中华现代学术名著丛书

现代中国文学史

(外一种:明代文学)

钱基博 著

2011年·北京

图书在版编目(CIP)数据

现代中国文学史:外一种:明代文学/钱基博著.—北京:商务印书馆,2011
(中华现代学术名著丛书)
ISBN 978-7-100-08504-5

Ⅰ.①现… Ⅱ.①钱… Ⅲ.①中国文学:现代文学-文学史 ②中国文学-文学史-明代 Ⅳ.①I209

中国版本图书馆 CIP 数据核字(2011)第 155226 号

所有权利保留。
未经许可,不得以任何方式使用。

《现代中国文学史》据世界书局 1936 年增订四版排印
《明代文学》据商务印书馆 1939 年版排印

中华现代学术名著丛书
现代中国文学史
(外一种:明代文学)
钱基博 著

商 务 印 书 馆 出 版
(北京王府井大街36号 邮政编码 100710)
商 务 印 书 馆 发 行
北京瑞古冠中印刷厂印刷
ISBN 978-7-100-08504-5

2011 年 9 月第 1 版	开本 880×1240 1/32
2011 年 9 月北京第 1 次印刷	印张 23⅛ 插页 1

定价:54.00 元

钱 基 博

(1887—1957)

世界书局1936年版《现代中国文学史》扉页

商务印书馆1939年版《明代文学》扉页

出版说明

百年前,张之洞尝劝学曰:"世运之明晦,人才之盛衰,其表在政,其里在学。"是时,国势颓危,列强环伺,传统频遭质疑,西学新知亟亟而入。一时间,中西学并立,文史哲分家,经济、政治、社会等新学科勃兴,令国人乱花迷眼。然而,淆乱之中,自有元气淋漓之象。中华现代学术之转型正是完成于这一混沌时期,于切磋琢磨、交锋碰撞中不断前行,涌现了一大批学术名家与经典之作。而学术与思想之新变,亦带动了社会各领域的全面转型,为中华复兴奠定了坚实基础。

时至今日,中华现代学术已走过百余年,其间百家林立、论辩蜂起,沉浮消长瞬息万变,情势之复杂自不待言。温故而知新,述往事而思来者。"中华现代学术名著丛书"之编纂,其意正在于此,冀辨章学术,考镜源流,收纳各学科学派名家名作,以展现中华传统文化之新变,探求中华现代学术之根基。

"中华现代学术名著丛书"收录上自晚清下至20世纪80年代末中国大陆及港澳台地区、海外华人学者的原创学术名著(包括外文著作),以人文社会科学为主体兼及其他,涵盖文学、历史、哲学、政治、经济、法律和社会学等众多学科。

出版说明

出版"中华现代学术名著丛书",为本馆一大夙愿。自1897年始创起,本馆以"昌明教育,开启民智"为己任,有幸首刊了中华现代学术史上诸多开山之著、扛鼎之作;于中华现代学术之建立与变迁而言,既为参与者,也是见证者。作为对前人出版成绩与文化理念的承续,本馆倾力谋划,经学界通人擘画,并得国家出版基金支持,终以此丛书呈现于读者面前。唯望无论多少年,皆能傲立于书架,并希冀其能与"汉译世界学术名著丛书"共相辉映。如此宏愿,难免汲深绠短之忧,诚盼专家学者和广大读者共襄助之。

商务印书馆编辑部
2010年12月

凡　　例

一、"中华现代学术名著丛书"收录晚清以迄20世纪80年代末,为中华学人所著,成就斐然、泽被学林之学术著作。入选著作以名著为主,酌量选录名篇合集。

二、入选著作内容、编次一仍其旧,唯各书卷首冠以作者照片、手迹等。卷末附作者学术年表和题解文章,诚邀专家学者撰写而成,意在介绍作者学术成就,著作成书背景、学术价值及版本流变等情况。

三、入选著作率以原刊或作者修订、校阅本为底本,参校他本,正其讹误。前人引书,时有省略更改,倘不失原意,则不以原书文字改动引文;如确需校改,则出脚注说明版本依据,以"编者注"或"校者注"形式说明。

四、作者自有其文字风格,各时代均有其语言习惯,故不按现行用法、写法及表现手法改动原文;原书专名(人名、地名、术语)及译名与今不统一者,亦不作改动。如确系作者笔误、排印舛误、数据计算与外文拼写错误等,则予径改。

五、原书为直(横)排繁体者,除个别特殊情况,均改作横排简体。其中原书无标点或仅有简单断句者,一律改为新式标点,专名号从略。

六、除特殊情况外,原书篇后注移作脚注,双行夹注改为单行夹注。文献著录则从其原貌,稍加统一。

七、原书因年代久远而字迹模糊或纸页残缺者,据所缺字数用"□"表示;字数难以确定者,则用"(下缺)"表示。

目　次

现代中国文学史

四版增订识语 3
序 7
绪论 10
   1. 文学 10
   2. 文学史 13
   3. 现代中国文学史 16
编首 18
   1. 总论 18
   2. 上古 19
   3. 中古 28
   4. 近古 33
   5. 近代 39

上编　古文学

一　文 51
   1. 魏晋文 51

　　　　王闿运附廖平、吴虞 ·· 51
　　　　章炳麟附黄侃 ·· 90
　　　　苏玄瑛 ··· 122
　　2. 骈文 ··· 131
　　　　刘师培 ··· 131
　　　　李详附王式通 ·· 149
　　　　孙德谦附孙雄 ·· 159
　　　　黄孝纾 ··· 167
　　3. 散文 ··· 174
　　　　王树枏 ··· 174
　　　　贺涛附张宗瑛、李刚己、赵衡、吴闿生 ························ 184
　　　　马其昶附叶玉麟 ··· 201
　　　　姚永概、永朴 ·· 212
　　　　林纾 ··· 222
二　诗 ·· 241
　　1. 中晚唐诗 ·· 241
　　　　樊增祥 ··· 242
　　　　易顺鼎附僧寄禅、三多、李希圣、曹元忠 ··················· 258
　　　　杨圻附汪荣宝、杨无恙 ··· 274
　　2. 宋诗 ··· 282
　　　　陈三立附张之洞、范当世及子衡恪、方恪 ················ 282
　　　　陈衍附沈曾植 ·· 294
　　　　郑孝胥附陈宝琛及弟孝柽 ··· 316
　　　　胡朝梁 ··· 324

　　　　李宣龚附夏敬观、诸宗元、奚侗、罗惇曧惇曼、黄浚、梁鸿志、
　　　　　　何振岱、龚乾义、曾克耑、金天羽 …………………… 326
　三　词 …………………………………………………………… 331
　　　　朱祖谋附王鹏运、冯煦 ………………………………… 333
　　　　况周颐附徐珂、邵瑞彭、王蕴章、龙沐勋 …………… 344
　四　曲 …………………………………………………………… 358
　　　　王国维 …………………………………………………… 358
　　　　吴梅附童斐、王季烈、刘富梁、魏戫、姚华、任讷、卢前 …… 373

下编　新文学

一　新民体 ………………………………………………………… 391
　　　　康有为附简朝亮、徐勤 ………………………………… 391
　　　　梁启超附陈千秋、谭嗣同 ……………………………… 445
二　逻辑文 ………………………………………………………… 481
　　　　严复 ……………………………………………………… 482
　　　　章士钊 …………………………………………………… 520
三　白话文 ………………………………………………………… 556
　　　　胡适附黄远庸、周树人、徐志摩等 …………………… 556
跋 ………………………………………………………………… 584

明 代 文 学

自序 ……………………………………………………………… 589
第一章　文 ……………………………………………………… 592
　　第一节　总论 ……………………………………………… 592

目　次

第二节　杨维桢　宋濂附张孟兼　刘基附王祎、徐一夔、
　　　　胡翰、苏平仲等 …………………………………… 592

第三节　方孝孺附解缙 ……………………………………… 599

第四节　杨士奇附杨荣、黄淮、金幼孜　杨溥 …………… 601

第五节　李东阳附邵宝 ……………………………………… 605

第六节　李梦阳　何景明附康海、王九思、王廷相等 …… 607

第七节　王守仁　杨慎 ……………………………………… 612

第八节　王世贞附李攀龙　宗臣附吴国伦等 ……………… 616

第九节　王慎中　茅坤　唐顺之　归有光 ………………… 620

第十节　袁宏道附徐渭、袁宗道　钟惺　谭元春 ………… 632

第十一节　钱谦益　艾南英附罗玘 ………………………… 641

第十二节　张溥　陈子龙 …………………………………… 645

第二章　诗附词 …………………………………………… 648

第一节　总论 ………………………………………………… 648

第二节　杨维桢附贝琼　刘基　高启附杨基、张羽、徐贲、
　　　　袁凯、林鸿等 ……………………………………… 650

第三节　李东阳　李梦阳　何景明　徐祯卿附祝允明、
　　　　唐寅、文征明、边贡等　杨慎附高叔嗣、华察、皇甫冲等 … 655

第四节　李攀龙　王世贞　宗臣　谢榛附徐中行、吴国伦 … 664

第五节　袁宏道附弟中道　高攀龙 ………………………… 667

第六节　钟惺　谭元春附程嘉燧、陈继儒　陈子龙附词 … 669

第三章　曲 ………………………………………………… 674

第四章　八股文 …………………………………………… 676

第一节　总论 ………………………………………………… 676

第二节　黄子澄　姚广孝附于谦 …………………………… 679

第三节　唐顺之附王鏊　归有光附胡友信……………… 682

第四节　陈际泰　艾南英附章世纯、罗万藻、邱义等 ………… 685

钱基博先生学术年表 ………………………………… 张德建　691

昭明师法,穷原竟委——钱基博的文学史写作 ……… 张德建　698

现代中国文学史

四版增订识语

拙著《现代中国文学史长编》出版以还,自柳诒徵、胡先骕、郑桐荪、陈灜一、刘麟生、陈悫涛、潘式、王利器、郭斌佳诸君,或识或不识,莫不致书通殷勤,匡我不逮。而胡先骕、郭斌佳两君,更有批评绍介之文,见于报章,缅缅千百言,奖勖交至。刘麟生君则全书校读,拾遗补阙,以校勘记见遗。文章之契,通于性命。博文质无底,常愧无以答诸君厚我之雅。何图万本流传,三版书罄,敢不融贯诸君之意,而就闻见之所及,重为增订;其有不知,盖阙如也!从今岁五月二十日属稿,迄今卒事,历时一月又二十二日。

有旧有其人而传改作者,如散文之马其昶、姚永概、永朴、林纾;诗中晚唐之樊增祥,同光体之陈三立、陈衍;白话文之胡适;是也。有旧无其人而今增入者,如魏晋文王闿运之增附廖平、吴虞;骈文孙德谦后之增黄孝纾;散文马其昶之增附叶玉麟,又增王树枏、贺涛附张宗瑛、李刚己、赵衡、吴闿生;诗中晚唐樊增祥、易顺鼎之增附三多、李希圣、曹元忠,又增杨圻附汪荣宝、杨无恙;同光体之增附奚侗、何振岱、龚乾义、曾克耑,又增异军突起之金天羽;以及词朱祖谋之增附龙沐勋,曲吴梅之增附卢前;是也。其它诸人,虽仍旧贯,各有增订。以视原书,材料增十之四,改窜及十之五;而要蕲于详略互见,脉络贯通;神明不减,而翔实过之。

此次增订,有郑重申叙,而为原书所未及者三事:第一、疑古非圣,五十年来,学风之变,其机发自湘之王闿运;由湘而蜀廖平,由蜀而粤康有为、梁启超,而皖胡适、陈独秀,以汇合于蜀吴虞;其所由来者渐矣,非一朝一夕之故也!第二、桐城古文,久王而厌,自清末以逮民国初元,所谓桐城文者,皆承吴汝纶以衍湘乡曾文正公之一脉,暗以汉帜易赵帜,久矣!惟姚永概、永朴兄弟,恪守邑先正之法,载其清静,而能止节淫滥耳!第三、诗之同光体,实自桐城古文家之姚萧嬗衍而来;则是桐城之文,在清末虽久王而厌,而桐城之诗,在民初颇极盛难继也。此三事,自来未经人道,特拈出之。

方清之季,吴汝纶之在北直,张之洞之在东南,虽用事不用事,得位得势攸异;而开风气之先,绾新旧之枢,则两公如出一辙也!特两公者早死,未可以入现代。兹举贺涛文,以《吴先生行状》为代表作品;马其昶文,以《吴先生墓志铭》为代表作品;而陈衍文,则以《张之洞传》为代表作品;匪惟以征数公之文事,亦欲读吾书者知学风士气之有开必先也。其他诸人诗文,代表作品,非有关国家之掌故,即以验若人之身世。廖平论文,谓:"欲为有才识之文,宜从史书中所录文观之,然后能详其此文之关系何在,而其文之妙处始可求;但看选本则不能!如屠京山为文,专学《宋书》,是其例也。史书所录之文,非于当时有关系之作,必当时最有名者,读之增人才识。"博虽不敏,请事斯语。其人其文,必择最有关系者。

会稽章学诚论《文史通义》,以谓:"文人记叙,往往比志传修饬简净;盖有意于为文也。志传不尽出于有意,故文不甚修饬;然大体终比记事之文远胜。盖记事之文,如盆池拳石,自成结构。而志传之文,如高山大川,神气包举,虽咫尺而皆具无穷之势;即偶有文理乖剌,字句疵病,皆不足以为累。"博草创是书,未能竟体修饬;而自谓大力控抟,神气包举,由一人以贯十数人,抟数十人如一人,有往必复,无垂不缩。潘式君贻我书,以谓:"此书断自现代,部勒精整,叙次贯串,其宛委相通之法,良得史公之遗。而摛辞雅洁,尤为独出冠时!""雅洁"愧曰未能,"部勒"则所经意,得失寸心,不敢自诬!如云"宛委相通,史公之遗",虽不能至,然心向往之矣!

余读《太史公书·商君列传》,叙鞅欲变法,备列群臣廷辩之议;又著鞅自叹为法之敝以终于篇,而为后世监戒;可谓有慨乎其言之!是书论列诸公,亡虑皆提倡宗风以开一代之新运;然利未形而害随之!昔贤咏"一将功成万骨枯",吾则谓一儒成名,百姓遭殃!我生不辰,目睹诸公衮衮,放言高论,喜为异说而不让,令闻广誉施于身;而不自知诸公之高名厚实,何莫非亿兆姓之含冤茹辛,有以成之!今吾侪小民,呻吟憔瘁于新政制之下,疾首恫心,求死不得;末学小生,叫嚣跳踉于新学说之中,急言竭论,迷复何日!而诸公声名日高,恧无反顾。昔法国罗兰夫人太息于"自由自由,天下人许多罪恶,假汝以行!"博则深致慨于"维新维新,中国人许多涕泪,随汝以来!"谁生厉阶,至今为梗。然有自始为之而即致其长虑却顾者,章炳麟是也。有自始舍旧谋新,如恐不力,而晚乃致次骨之悔以明不可追者,陈三立、王国维、康有为、严复、章士钊是也。有唯恐落伍,兢兢焉日新又新以为追逐,而进退维谷,卒不掩心理之矛盾者,梁启超、胡适是也。博梼昧无知晓,但掇拾排比诸公之行事及言论,散见于数十年中各报章,而参证之于本集,叙次之以系统。追忆昔年诵说王树枏之抗论诋廖平,朱一新之贻书规南海,马其昶之上疏论新政,方在弱冠,少年盛气以为顽朽,斥其昏庸;及今覆之,何乃不幸言中,生民道尽,验于蓍蔡!然后知"利不百不变法"之为老成瞻言也。时迫事近,其在今日,溺于风尚,中于意气,必有以余论列为不然者!吾知百年以后,世移势变,是非经久而论定,意气阅世而平心,事过境迁,痛定思痛,必有沈吟反复于吾书,而致戒于天下神器之不可为,国于天地之必有与立者;此则硁硁之愚,所欲与天下后世共白之者已。嗟嗟诸公,抵掌掀髯,日骛声气之中;而博则抱朴守愚,寂处声气之外;用敢著旁观之清,昭后车之鉴。金玉尔音,多言多败,无易由言,慎之哉!吾闻严复之殁也,遗书戒子孙,谓"中国必不亡,旧法可损益,必不可叛";一言为智,可悬日月。伯尔君子,尚哀吾言。

　　　　　　时在中华人民造国之二十五年七月十一日
　　　　　　　　钱基博自识于光华大学

序

余读班、范两《汉书》、《儒林传》分经叙次,一经之中,又叙其流别;如《易》之分施、孟、梁、丘,《书》之分欧阳、大小夏侯,其徒从各以类次,昭明师法;穷原竟委,足称良史。是编以网罗现代文学家,尝显闻民国纪元以后者。略仿《儒林》分经叙次之意,分为二派:曰古文学,曰新文学。每派之中,又昭其流别;如古文学之分文、诗、词、曲,新文学之分新民体、逻辑文、白话文。而古文学之中,文有魏晋文与骈文、散文之别;诗有魏晋、中晚唐与宋诗之别,各著一大师以明显学;而其弟子朋从之有闻者,附著于篇。至诗之魏晋,其渊源实出王闿运、章炳麟,而闿运、炳麟已前见文篇,则详次其论诗于文篇,以明宗旨;而互著其姓名于诗篇,以昭流别;亦史家详略互见之法应尔也。特是学者猥众,难以悉载。今但录其卓然自名家者,著于篇。

又按《汉书·儒林》每叙一经,必著前闻以明原委;如《班书》叙《易》之追溯鲁商瞿子木受《易》孔子,《范书》之必称《前书》是也。是编亦仿其意,先叙历代文学以冠编首;而一派之中,必叙来历,庶几展卷了如;要之以汉为法。特是规模粗具,而才谢古人。《汉传》经师,人系短篇,简而得要。仆纂文士,传累十纸,详而蕲尽。闻之前人:粤在明季,南浔庄氏为《明书》,中王阳明一传,有上下卷,共三百馀页;其冗长无体裁可知已!陈寅清《榴龛随笔》。传者以为笑。

《书》曰:"辞尚体要。"言史之论纂,贵简不贵烦也。然史笔贵能简要,而长编不厌求详。昔在鄞县万斯同季野草《明史》,每为一传,必就故家长老求遗书,考问往事,旁及郡志邑乘,杂家志传之文,靡不网罗;参伍而为长编,缃缃数十纸,传写者为腕脱;每语人曰:"昔人于《宋史》已病其繁芜,而吾所述将倍焉。非不知简之为贵也!史之难言久矣,非事信而言文,其传不显。李翱、曾巩所讥魏晋以后贤奸事迹,暗昧而不明,由无迁、固之文是也。而在今则事之信为尤难。盖俗之偷久矣,好恶因心而毁誉随之,一家之事,言者三人,而其传各异矣!言语可曲附而成,事迹可凿空而构。其传而播之者,未必皆直道之行也!其闻而书之者,未必有裁别之识也!吾恐后之人务博而不知所裁,故先为之极,使知吾所取者有可损,而所不取者,必非其事与言之真而不可益也!"钱大昕《潜研堂文集·万先生传》。可谓有慨乎其言之!然则详者简之所自出也!会稽章学诚实斋亦言:"古人一事,必具数家之学;著述与比类两家,其大要也。班氏撰《汉书》为一家著述矣;刘歆、贾护之《汉记》,其比类也。司马光撰《通鉴》,为一家著述矣;二刘、范氏之《长编》,其比类也。古人云:'言之不文,行而不远。''文不雅驯,荐绅先生难言之。'为职故事、案牍、图牒之难以萃合而行远也,于是有比次之法!"章学诚《文史通义·外篇·报黄大俞先生》。仆少耽研诵,粗有睹记;信余言之不文,幸比次以有法。征文,则扬、马佟陈词赋,《汉书》之成规也。叙事,则王、谢详征轶闻,《晋书》之前例也。知人论世,详次著述,约其归趣,迹其生平,抑扬咏叹,义不拘虚,在人即为传记;在书即为叙录,吾极其详,而以俟后来者之要删焉。署曰长编,非好为多多益善也!吾为刘歆、贾护,而听人之为班孟坚焉!吾为二刘、范氏,而蕲人之为司马君实焉!不亦可乎?

抑史家有激射隐显之法。其义昉于太史公,如叙汉高祖得天下之有天幸,而见意于《项羽本纪》,藉项羽之口以吐之曰:"非战之罪也,天也!"叙平原君之好客,而见意于《魏公子列传》,藉公子之言以刺之曰:"平原君之游,徒豪举耳!"事隐于此而义著于彼,激射映发,以见微旨。是编叙戊戌政变本末,详见《康有为》、《梁启超》篇;而戊戌党人之不餍人意,则见义于《章炳麟》篇,藉章氏之论以畅发之,如此之类,未可更仆数;庶几史家激射隐显之义尔。至若林纾之文谈,陈衍之诗话,况周颐之词话,以及吴梅之曲话,其抉发文心,讨摘物情,足以观文章升降得失之故,并删其要,著于篇。亦《班书·贾谊传》裁《政事诸疏》、《董仲舒传》录《天人三策》之例也。要之叙事贵可考信,立言蕲于有本。聊疏纂例,以当发凡。

中华民国十九年十一月十日
无锡钱基博叙于光华大学

绪　　论

1. 文学

　　治文学史,不可不知何谓文学,而欲知何谓文学,不可不先知何谓文。请先述文之涵义。

　　文之含义有三:(甲)复杂。非单调之谓复杂。《易·系辞传》曰:"物相杂故曰文。"《说文·文部》:"文错画,象交文。"是也。(乙)组织。有条理之谓组织。《周礼·天官·典丝》:"供其丝纩组文之物。"注:"绘画之事,青与赤谓之文。"《礼记·乐记》:"五色成文而不乱。"是也。(丙)美丽。适娱悦之谓美丽。《释名·释言语》:"文者会集众彩以成锦绣,会集众字以成辞义,如文绣然。"是也。综合而言:所谓文者,盖复杂而有组织,美丽而适娱悦者也。复杂,乃言之有物。组织,斯言之有序。然言之无文,行而不远,故美丽为文之止境焉!

　　文之涵义既明,乃可与论文学。

　　文学之定义亦不一:

　　(甲)狭义的文学。专指"美的文学"而言。所谓美的文学者,论内容,则情感丰富,而不必合义理;论形式,则音韵铿锵,而或出于整比;可以被弦诵,可以动欣赏。梁昭明太子序《文选》:"譬诸陶匏为入耳之娱；黼黻为悦目之玩"者也。"若夫姬公之籍，孔父之书……老庄之作，管孟之流，盖以立意为宗，不以能文为本；今之所撰，又以略诸。若贤人之美辞，忠臣之抗直，谋夫之话，辩士之端，冰释泉涌，金相玉振。所谓坐狙丘，议稷下，仲连之却秦军，食其之下齐国，留侯之发八难，曲逆之吐六奇，盖乃事美一时，语流千载，概见坟籍，旁出子史，若斯之流，又亦繁博，虽传之简牍，而事异篇章；今之所集，亦所不取。至于记事之史，系年之书，所以褒贬是非，纪别异同，方之篇翰，亦已不同。若夫赞论之综辑辞采，序述之错比文华，事出于沈思，义归乎翰藻，故与夫篇什杂而集之……名曰《文选》云耳。"所谓"篇什"者，《诗》，《雅》、《颂》十篇为一什，后世因称诗卷曰篇什。由《萧序》上文观之，则赋耳，诗耳，骚耳，颂赞耳，箴铭耳，哀诔耳，皆韵文也。然则经姬公之籍，孔父之书。非文学也，子（老庄之作，管孟之流）非文学也，史记事之史，系年之书。非文学也，惟赞论之"综辑辞采"，序述之"错比文华"，"事出沈思"，"义归翰藻"，与夫诗赋骚颂之称"篇什"者，方得与于斯文之选耳！梁元帝《金楼子·立言》篇以"扬榷前言，抵掌多识者谓之笔；咏叹风谣，流连哀思者谓之文"，又云："至如文者，惟须绮縠纷披，宫徵靡曼，唇吻摇会，情灵摇荡。"刘勰《文心雕龙·总述》篇曰："今之常言，有文有笔，以为无韵者笔，有韵者文也。"持此以衡。虽唐宋韩、柳、欧、苏、曾、王八家之文，亦不得以厕于文学之林；以事虽出于沈思，而义不归乎翰藻；盖以立意为宗，不以能文为本者也。夫文学限于韵文，此义盖有由来；然而非其朔也。大抵六朝以前，所谓"文学"者，"著述之总称"，所包者广。六朝以下，则"文学"者，"有韵之殊名"，立界也严。其大较然也。然吾人倘必持狭义以绳文学，则所谓文学者，殆韵文之专利品耳！倘求文学之平民化，则不得不舍狭义而取广义。

（乙）广义的文学。"文学"二字，始见《论语》，子曰："博学于文。""文"指《诗》、《书》六艺而言，不限于韵文也。孔门四科，文学子游、子夏，不闻游、夏能韵文也。《韩非子·五蠹》篇力攻文学而指斥及藏管、商、孙、吴之书者，管、商之书，法家言也；孙吴之书，兵家言也；而亦谓之文学。汉司马迁《史记·自序》曰："汉兴，萧何次律令，韩信申军法，张苍为章程，叔孙通定礼仪，则文学彬彬稍进。"举凡律令、军法、章程、礼仪，皆归于文学。班固撰《汉书·艺文志》，凡六略："六艺"百三家，"诸子"百八十九家，"诗赋"百六家，"兵书"五十三家，"数术"百九十家，"方技"三十六家，皆入焉。倘以狭义的文学绳之，六略之中，堪入"艺文"者，惟"诗赋"百六家耳；其"六艺"百三家，则《萧序》所谓"姬公之籍，孔父之书"也；至《国语》、《国策》与夫《楚汉春秋》、《太史公书》之并隶入"春秋"家者，则《萧序》所谓"记事之史，系年之书"也。诸子、兵书、方技、术数之属，则《萧序》所谓"老庄之作，管孟之流，盖以立意为宗，不以能文为本"者也。然则"文学"者，述作之总称，用以会通众心，互纳群想，而表诸文章，兼发智情：其中有偏于发智者，如论辩、序跋、传记等是也。有偏于抒情者，如诗歌、戏曲、小说等是也。大抵知在启悟，情主感兴。《易》、《老》阐道而文间韵语，《左》、《史》记事而辞多诡诞，此发知之文而以感兴之体为之者也。后世诗人好质言道德，明议是非，作俑于唐之昌黎，极盛于宋之江西，忘比兴之旨，失讽谕之义，则又以主情之文而为发知之用矣！譬如舟焉，智是其舵，情为帆棹；智标理悟，情通和乐，得乎人心之同然者也。

　　文学与哲学科学不同：

　　哲学解释自然　乃从自然之全体观察，复努力以求解释之。

　　科学实验自然　乃为自然之部分的观察，以求实验而证明之。

文学描写自然 科学家实验自然之时，必离我于自然，即以我为实验者之谓也。文学家描写自然之时，必融我入自然，即我与自然为一之谓也。

2. 文学史

文学之义既明，请论史之为物。

《说文·史部》："史，记事者也，从又持中，正也。"然则史之云者，又《说文》："又，手也。"持中以记事也；中者，不偏之谓，章炳麟曰："记事之书，惟为客观之学。"夫史以传信，所贵于史者，贵能为忠实之客观的记载，而非贵其有丰厚之主观的情绪也，夫然后不偏不党而能持以中正。推而论之，文学史非文学。何也？盖文学者，文学也。文学史者，科学也。文学之职志，在抒情达意。而文学史之职志，则在纪实传信。文学史之异于文学者，文学史乃纪述之事，论证之事；而非描写创作之事；以文学为记载之对象，如动物学家之记载动物，植物学家之记载植物，理化学家之记载理化自然现象，诉诸智力而为客观之学，科学之范畴也。不如文学抒写情志之动于主观也。更推是论之，太史公《史记》不为史。何也？盖发愤之所为作，工于抒慨而疏于记事：其文则史，其情则骚也。胡适《五十年来中国之文学》不为文学史。何也？盖褒弹古今，好为议论，大致主于扬白话而贬文言；成见太深而记载欠翔实也。夫记实者，史之所为贵；而成见者，史之所大忌也。於戏！是则偏之为害，而史之所以不传信也。史之云者，又持中以记事也。《周书·周祝》、《荀子·性恶》注："事，业也。"又《荀子·非十二子》注："事业谓作业也。"然则记事云者，记作业也。史之云者，持中正之道记人之作业也。文学史云者，记吾人之文学作业者也，然则所谓中国文学史者，记中国人之文学作业云尔。

中国无文学史之目，文史之名，始著于唐吴竞《西斋书目》，宋欧阳修《唐书·艺文志》因之；凡《文心雕龙》、《诗品》之属，皆入焉。后世史家乃以诗话、文评别于总集后出一文史类。《中兴书目》曰："文史者，所以讥评文人之得失。"盖重文学作品之讥评，而不重文学作业之记载者也。有史之名而亡其实矣！

自范晔《后汉书》创《文苑传》之例，后世诸史因焉；此可谓之文学史乎？然以余所睹记：一代文宗往往不厕于文苑之列！如班固、蔡邕、孔融不入《后汉书·文苑传》，潘岳、陆机、陆云、陈寿、孙楚、干宝、习凿齿、王羲之不入《晋书·文苑传》，王融、谢朓、孔稚珪不入《南齐书·文学传》，谢灵运、颜延之、鲍照、王融、谢朓、江淹、任昉、王僧孺、沈约、徐陵不入《南史·文学传》，元结、韩愈、张籍、李翱、柳宗元、刘禹锡、杜牧不入《旧唐书·文苑传》，欧阳修、曾巩、王安石、苏轼、苏辙、陈亮、叶适不入《宋史·文苑传》，宋濂、刘基、方孝孺、杨士奇、李东阳不入《明史·文苑传》，然则入《文苑传》者，皆不过第二流以下之文学家尔！且作传之旨，在于铺叙履历，其简略者仅以记姓名而已！于文章之兴废得失不赞一辞焉！呜呼！此所以谓之"文苑传"，而不得谓之"文学史"也！盖文学史者，文学作业之记载也；所重者，在综贯百家，博通古今文学之嬗变，洞流索源，而不在姝姝一先生之说；在记载文学作业，而不在铺叙文学家之履历。文学家之履历，虽或可藉为考证之资，欧西批评文学家尝言："人种、环境、时代三者构成艺术之三要素也；欲研究一种著作，不可不先考究作者之人物、环境及时代。"质而言之：即不可不先考证文学家之履历也。然而所以考证文学家之履历者,其主旨在说明文学著作。舍文学著作而言文学史,几于买椟还珠矣!

　　文学著作之日多,散无统计,于是总集作焉!一则网罗放佚,使零章残什,并有所归;一则删汰繁芜,使莠稗咸除,菁华毕出。是固文章之衡鉴,著作之渊薮矣!昔挚虞始作二书:一曰《文章志》,一曰《文章流别》,《文章志》四卷,《文章流别》三十集,见《晋书》本传。今其书佚不见,而体裁犹可悬揣而知;盖《志》如今之严氏《全上古三代文》,以人为纲;而《流别》疑如姚氏《古文辞类纂》,以文体为纲者也。尔后作者,代不乏人:梁昭明太子之《文选》,宋姚铉之《唐文粹》,吕祖谦之《宋文鉴》,真德秀之《文章正宗》,元苏天爵之《元文类》,明唐顺之之《文编》,黄宗羲之《明文海》,清严可均之《全上古三代秦汉三国六朝文》,姚鼐之《古文辞类纂》,姚椿之《国朝文录》,李兆洛之《骈体文钞》,曾国藩之《经史百家杂钞》,王先谦、黎庶昌之《续古文辞类纂》,王闿运之《八代文选》①,其差著者也。然有文学著作而无记载;以体裁分而鲜以时代断;于文章嬗变之迹,终莫得而窥见焉。则是文学作品之集,而非文学作业之史也。独严氏书仿明梅鼎祚《文纪》,起皇古迄隋,博搜毕载,是为总集家变例;然与史有别者,以所孜汔者,不在文学作业之记载,而在文学作品之集录也。此只以与文史、文苑传,供文学史编纂之材料焉尔!

　　昔刘知几谓作史有三难,曰才,曰学,曰识。而余则谓作史有三要,曰事,曰文,曰义,孟子谓"其事则齐桓晋文,其文则史,其义则丘窃取之"者也。夫文学史之事,采诸诸史之文苑;文学史之文,约取诸家之文集;而义则或于文史之属有取焉。然设以人体为喻:事譬则史之躯壳耳,必敷之以文而后史有神彩焉,树之以义而后史

---

① 此书未见,疑为《八代诗选》或《八代文粹》。——编者注

有灵魂焉！余以为作中国文学史者，莫如义折衷于《周易》，文裁则于班、马。《易·系辞传》曰："圣人有以见天下之动而观其会通。"又曰："《易》有圣人之道……以动者尚其变……通其变，遂成天下之文。"而文学史者，则所以见历代文学之动，而通其变，观其会通者也。此文学史之所谓取义也。至司马迁作《史记》，于六艺而后，周、秦诸子，若孟、荀、三邹、老、庄、申、韩、管、晏、屈原、贾生、虞卿、吕不韦诸人，情辞有连，则裁篇同传；知人论世，详次著述，约其归趣，详略其品，抑扬咏叹，义不拘墟，在人即为列传，在书即为叙录。其后《班书》合传，体仍司马而参以变化；一卷之中，人分首尾；两传之合，辞有断续；传名既定，规制綦密。然逸民四皓之属，王、贡之附庸也；王吉、韦贤诸人，《儒林》之别族也；附庸如颛臾之寄鲁，署目无闻；别族如田陈之居齐，重开标额；征文，则相如侈陈词赋；辨俗，则东方不讳谐言；盖卓识鸿裁，犹未可量以一辙矣！此尽可取裁而以为文学史之文者也。然而世之能读马、班书而通其例者鲜！读《周易》而发其义于史者尤鲜！太史公上稽仲尼之意，会《诗》、《书》、《左传》、《国语》、《世本》、《战国策》、《楚汉春秋》之言，通黄帝、尧、舜至于秦、汉之世，可谓观其会通者矣！所惜者，观会通于帝王卿相之事者为多，观会通于天下之动者少，不知"以动者尚其变"耳！

3. 现代中国文学史

吾人何为而治文学耶？曰："智莫大于知来。""来何以能知？""据往事以为推而已矣。"故治史之大用，在博古通今，藏往知来。盖运会所届，人事将变，目前所食之果，非一一于古人证其因，即无以知前途之夷险；此史之所以为贵。而文学史者，所以见历代文学之动,而通其变,观其会通者也。民国肇造,国体更新;而文学亦言革命,与之俱新。尚有老成人,湛深古学,亦既如荼如火,尽罗吾国三四千年变动不居之文学,以缩演诸民国之二十年间;而欧洲思潮又适以时澎湃东渐;入主出奴,聚讼盈庭,一哄之市,莫衷其是!权而为论,其弊有二:一曰执古,一曰骛外。何为骛外?欧化之东,浅识或自菲薄,衡政论学,必准诸欧;文学有作,势亦从同,以为"欧美之学,不异话言,家喻户晓,故平民化。太炎、畏庐,今之作者,然文必典则,出于尔雅;若衡诸欧,嫌非平民。"又谓:"西洋文学,诗歌、小说、戏剧而已。唐宋八家,自古称文宗焉;倘准则于欧美,当摈不与斯文。"如斯之类,今之所谓美谈;它无谬巧,不过轻其家丘,震惊欧化,降服焉耳!不知川谷异制,民生异俗,文学之作,根于民性;欧亚别俗,宁可强同!李戴张冠,世俗知笑,国文准欧,视此何异。必以欧衡,比诸削足;屦则适矣,足削为病!兹之为弊,谥曰"骛外"!然而茹古深者又乖今宜;崇归、方以不祧,鄙剧曲为下里,徒示不广,无当大雅!兹之为弊,谥曰"执古"!知能藏往,神未知来,终于食古不化,博学无成而已!或难之曰:"子之言自论文耳!倘文学言史,舍古何述?宁不稽古,即可成史!"请晓之曰:史不稽古,岂曰我思。然史体藏往,其用知来;执古御今,柱下史称;生今反古;谥以愚贱!文学为史,义亦无殊;信而好古,只以明因;阐变方今,厥用乃神;顺应为用,史道光焉!吾书之所为题"现代",详于民国以来而略推迹往古者,此物此志也。然不题"民国"而曰"现代",何也?曰:"维我民国,肇造日浅,而一时所推文学家者,皆早崭然露头角于让清之末年;甚者遗老自居,不愿奉民国之正朔;宁可以民国概之!而别张一军,翘然特起于民国纪元之后,独章士钊之逻辑文学,胡适之白话文学耳。然则生今之世,言文学而必限于民国,斯亦廑矣!"治国闻者,倘有取焉!

编　　首

1. 总论

　　昔清儒焦循以为一代文学有一代之所胜,欲自《楚骚》以下,撰为一集:汉则专取其赋,魏晋六朝至隋则专录其五言诗,唐则专录其律诗,宋专录其词,元专录其曲。而胡适亦谓:"一时代有一时代之文学,周秦有周秦之文学,汉魏有汉魏之文学,唐、宋、元、明有唐、宋、元、明之文学。"披二十四朝之史,每一鼎革,政治、学术、文艺,亦若同时告一起讫,而自为段落。然事以久而后变,道以穷而始通,殷因夏礼,周因殷礼,其所损益者微也。秦燔诗书,汉汲汲修补,惟恐不逮;其所创获者浅也。六代骈俪沿东京之流。北朝浑朴启古文之渐。唐之律诗,远因陈、隋。宋之诗馀,又溯唐季。唐之韩、柳,宋之欧、苏,欲私淑孟、庄、荀、韩以复先秦之旧也。元之姚、虞,明之归、柳,清之方、姚,又祖述韩、柳、欧、苏以迫唐宋之遗也。是则代变之中,亦有其不变者存!然事异世变,文学随之,积久而著,迹以不掩;而衡其大较,可得而论。兹以便宜分为四期:第一期自唐虞以迄于战国,名曰上古;骈散未分,而文章孕育以渐成长之时期也。第二期自两京以迄于南北朝,名曰中古;衡较上古,文质殊尚。上古之文,理胜于词。中古之文,渐趋词胜而词赋昌,以次变排偶,驯至俪体独盛之一时期也。第三期自唐以迄元,谓之近古。中古之世,文伤于华。而近古矫枉,则过其正,又失之野;律绝之盛而词曲兴,骈文之敝而古文兴,于是俪体衰而诗文日趋于疏纵之又一时期也。第四期明清两朝以迄现代。唐之韩愈,文起八代之衰,宋之言文章者宗之;于是唐宋八大家之名以起!而始以唐宋为不足学者,则明之何景明、李梦阳也。尔后谭文章者,或宗秦汉,或持唐宋,门户各张!迄于清季,词融今古,理通欧亚,集旧文学之大成而要其归,蜕新文学之化机而开其先!虽然,中国文学史之时代观,有不可与学术史相提并论者。试以学术言:唐之经学,承汉魏之训诂而为正义,佛学袭魏晋之翻译而加华妙,似不宜与宋之理学比,而附于陈、隋之后为宜。而自文学史论:沈、宋出而创律诗,韩、柳出而振古文,温、韦出而有倚声,则开宋元文学之先河,而以居宋元之首为宜。故谓学术史之第二期,始两汉而终五代,与文学史同其始而不同其终。而第三期则始于宋而终明,与文学史殊其终,并不同其始。盖明之学术,实袭宋朱、陆之成规而阐明之;不如文学之有何、李、王、李复古运动,轩波大起也。试得而备论焉。

2. 上古

呜呼!文章之作也,其于韵文乎?韵文之作也,其于声诗乎?声诗之作也,其于歌谣乎?盖生民之初,必先有声音而后有话言,有话言而后有文字;故在六书未兴之前,人禀七情以生,应物斯感;感物吟志,情动于中,而形于言;言之不足,故嗟叹之;嗟叹之不足,故咏歌之;咏歌之不足,不知手之舞之,足之蹈之也!情发于声,声成文谓之音;譬之林籁结响,调如笙笙;泉石激韵,和若球锽;夫岂外饰,盖自然耳！朱襄《来阴》之乐,包牺《罔罟》之章,葛天之《八阕》,娲皇之《充乐》,其声诗之鼻祖也。惟上古之时,文字未著,徒有讴歌吟咏,纵令和以土鼓苇籥,必无文字雅颂之声,如此,则时虽有乐,容或无诗,譬之则瑶僮之跳苗歌耳！是以缙绅士夫,莫得而载其辞焉,厥为有音无辞之世！是后鸟迹代绳,文字初炳,作始于羲皇之八卦,大备于黄帝之六书,而年世渺邈,则声采莫追！唐虞文章,则焕乎始盛！尧时有《康衢歌》、《击壤歌》,虞舜有《卿云》、《南风》、《明良喜起》等歌,始有依声按韵,诵其言,咏其声,播之篇什而为诗歌者！

　　虞舜诗之可信者,独见《尚书》之《明良喜起歌》,《尚书大传》之《卿云歌》。《南风歌》见称《礼·乐记》,而不著其词;见《尸子》,而辞气谐畅,疑若不类！然当日诗歌之属,必已多有！孔子于《帝典》录舜命夔之言曰:"诗言志,歌永言。"是诗教之始也。《明良喜起歌》者,《虞书》帝庸作歌曰:"股肱喜哉！元首起哉！百工熙哉！"皋陶赓歌曰:"元首明哉！股肱良哉！百工康哉！"又曰:"元首丛脞哉！股肱惰哉！万事堕哉！"凡三章,章三句,每句一音,虽以四言成句,而句有"哉"字语助;其实三言也。《卿云歌》曰:"卿云烂兮,纠缦缦兮！日月光华,旦复旦兮！"凡三句,每句一韵,虽以四言八言成句,而句有"兮"字语助;其实三言七言也。惟二典三谟记言之文,四言成句而寡将以助语;用"也"、"矣"、"与"、"耶"字者绝无;而"哉"字之语助亦止一二见。盖诗歌主音节,故成句之字数奇,而缀以语助,用以叶响。而言论则非同于歌咏;故典谟记载,多四言句而不用语助。此可以证韵文、散文之殊,在音节而不以句之奇与偶也。

后世有作,韵文多为偶,而散文多用奇。然三代以上,韵文不尽偶,而散文不必奇。凝重多出于偶,流美多出于奇。体虽骈,必有奇以振其气;势虽散,必有偶以植其骨。仪厥错综,致为微妙。试以《尧典》为例:"钦明文思"一字为偶。"安安"叠字为偶。"允恭"、"克让"二字为偶。偶势变而生三,奇意行而若一。"光被四表,格于上下",语奇也而意偶。"克明峻德"四字一句奇。"以亲九族"十六字四句偶。"协和万邦"十字二句奇;而"万邦"与"九族百姓"语偶;"时雍"与"黎民於变"意偶;是奇也而偶寓焉。"乃命羲和"一段奇;而"昊天"、"授时"隔句为偶;中六字纲目为偶。"分命"、"申命"四段,章法偶而辞悉奇。自"帝曰咨"至"庶绩咸熙"一段奇;"期三百"十七字参差为偶;"允釐"八字颠倒为偶;而意皆奇。故双意必偶,"钦明"、"允恭"等句是也。单意可奇可偶,"光被"、"允釐"等句是也。其中"以亲九族"四句,"慎徽五典"四句,凡数目之字,已无不对待整齐矣!"流共工于幽州"四句,竟居然以人名对人名,地名对地名焉,但不调平仄而已。然《关雎》"关关雎鸠"四句,以雎鸠雌雄相应和,兴君子之必得淑女为好逑;意似偶而句法不偶。"参差荇菜"四句偶,而承之曰"求之不得,寤寐思服,悠哉悠哉,辗转反侧",则又奇矣!首尾奇而中间以偶,骈文络乎散文之间,犹之偶数络乎奇数之间也。文之初创,骈散间用。数之初创,奇偶间用。厥后数理日精,奇数与偶数遂各立界说。文法日备,骈文与散文乃自为家数。喜骈,则成诗赋一流。嗜奇,则为散韵一派。又或合乐则以韵语,记事则以散行;而纯主偶者为骈体,纯主奇者称散文。然则骈、散古合今分者,亦文字进化之一端欤!

惟声律之用,本于性初,发之天籁。故古人之文,化工也;多自然而合于音,则虽无韵之文,而往往有韵;苟其不然,则虽有韵之文而时亦不用韵,终不以韵而害意也!《诗三百》,有韵之文也;乃一章之中,有二三句不用韵者;如"瞻彼洛矣,维水泱泱"之类是矣。一篇之中,有全章不用韵者;如《思齐》之四章五章,《召旻》之四章是矣。又有全篇无韵者;《周颂》,《清庙》、《维天之命》、《昊天有成命》、《时迈》、《武》诸篇是矣!说者以为当有馀声;然以馀声相协,而不入正文;是诗亦有不用韵者也。伏羲画卦,文王系之辞也,凡卦辞之系者时用韵,《蒙》之"渎""告",《解》之"复""夙",《震》之"虩""哑",《艮》之"身""人",皆叶韵也。孔子赞《易》十篇,其《彖》、《象》传、《杂卦》五篇用韵;然其中无韵者亦十之一。《文言》、《系辞》、《说卦》、《序卦》五篇不用韵;然亦间有一二;如"鼓之以雷霆,润之以风雨;日月运行,一寒一暑;乾道成男,坤道成女","君子知微知彰,知柔知刚,万夫之望"。此所谓化工之文,自然而合者,固未尝有心于用韵也。《尚书》之体,本不用韵;而《大禹谟》:"帝德广运;乃圣乃神,乃武乃文;皇天眷命,奄有四海,为天下君。"《伊训》:"圣谟洋洋,嘉言孔彰。惟上帝不常:作善,降之百祥;作不善,降之百殃。"《太誓》:"我武惟扬,侵于之疆;取彼凶残,我伐用张;于汤有光!"《洪范》:"无偏无党,王道荡荡;无党无偏,王道平平;无反无侧,王道正直。"皆用韵。礼之为体,据事制范,章条纤曲,好礼君子,随所闻见,得即录之,名曰《礼记》;方放废是惧,遗文掇拾,奚遑协音成韵,金声而玉振之乎?然《曲礼》:"行,前朱鸟而后玄武;左青龙而右白虎;招摇在上,急缮其怒。"《礼运》:"元酒在室,醴盏在户;粢醍在堂,澄酒在下;陈其牺牲,备其鼎俎;列其琴瑟,管磬钟鼓。修其祝嘏;以降上神,与其先祖;以正君臣,以笃父子,以睦兄弟,以齐上下,夫妇有所,是谓承天之祜。"《乐记》:"夫古者天地顺而四时当;民有德而五谷昌;疾疢不作,而无妖祥;

此之谓大当；然后圣人作为父子君臣以为纪纲。"此其宫商大和，翻回取均，声不失序，音以律文，如刘彦和所谓"标情务远，比音则近；吹律胸臆，调钟唇吻"者，庶几得之。左氏传经，亦多叶韵；见于近人著述中所举者更难以悉数！即如四子书中，子思、孟轲之书皆散文；而《中庸》曰："故君子不可以不修身；思修身，不可以不事亲；思事亲，不可以不知人；思知人，不可以不知天。"又曰："大哉圣人之道！洋洋乎发育万物，峻极于天！优优大哉，礼仪三百，威仪三千！"七篇曰："今也不然；师行而粮食！饥者勿食，劳者勿息；睊睊胥谗，民乃作慝。方命虐民，饮食若流；流连荒亡，为诸侯忧。"至如诸子之书，亦多有韵者，今试举《老》、《庄》而言；《老子》："元牝之门，是谓天地之根；绵绵若存，用之不勤。"《庄子》："巧者劳而知者忧，无能者无所求，饱食而遨游，泛若不系之舟。"子思、孟轲、老子、庄子，断非有意于用韵者也；而读其所作，谓非用韵而不可也。盖冲口而出，自为宫商；此即《乐记》所谓"声者由人心生"者也。故曰："有歌谣而后有声诗，有声诗而后有韵文，有韵文而后有其他诸体文。"

《诗三百》之用韵，于不规律中，渐有规律，而为后世一切诗体之宗。其用韵之法有三：首句次句连用韵，隔第三句，而于第四句用韵者，《关雎》之首章是也；凡汉以下诗及唐人律诗之首句用韵者源于此。一起即隔句用韵者，《卷耳》之首章是也；凡汉以下诗及唐人律诗之首句不用韵者源于此。自首至末，句句用韵者，若《考槃》、《清人》、《还》、《著》、《十亩之间》、《月出》、《素冠》诸篇，又如《卷耳》之二章三章四章，《车攻》之一章二章三章七章，《车发》之二章三章四章五章是也；凡汉以下诗，若魏文帝《燕歌行》之类源于此。自此而变，则转韵矣！转韵之始，亦有连用、隔用之别，而错综变化，不可以一体拘，于是有上下各自为韵，若《兔罝》及《采薇》

之首章,《鱼丽》之前三章,《卷阿》之首章者。有首末自为一韵,中间自为一韵,若《车攻》之五章者。有隔半章自为韵,若《生民》之卒章者。有首提二韵而下分二节承之,若《有瞽》之篇者。此皆诗之变格,然亦莫非出于自然,非有意为之也。

孔子博学于文,好古敏以求之。子贡曰:"夫子之文章,可得而闻。"盖继往开来,而集二帝三王文学之大成者也!稽之载籍,可考见者五事。

(甲)正文字 孔子在卫,曰"必也正名",郑玄以正名谓正书字也。盖孔子将从事于删述,则先考正文字。春秋之时,文字虽秉仓史之遗,而古之作字者多家,其文往往犹在,或相诡异;至于别国,殊音尤众。孔子之至是邦也,必闻其政;又观于旧史氏之藏,百二十国之事,佚文秘记,远俗方言,尽知之矣!于是修定《六经》,将择其文之近雅驯者用之以传于学者,故以周公《尔雅》教人,其馀亦颇有所定。《六经》文字极博,指义万端;间有仓史文字所未赡者,则博稽于古,不主一代;刑名从商,爵名从周之例也。春秋异国众名,则随其成俗曲期;物从中国,名从主人之例也。太史公往往称孔氏古文,以虽同是仓史文字,而经孔子考定以书《六经》,则谓孔子古文焉。意孔子当日必别有专论文字之书,其见引于许慎《说文》者不一。孔子曰:"一贯三为王。"孔子曰:"推十合一为士。"孔子曰:"黍可为酒,禾入水也。""儿,仁人也。孔子曰:'在人下故诘屈。'"孔子曰:"乌,盱呼也,取其助气,故以为乌呼。"孔子曰:"牛羊之字,以形举也。"孔子曰:"狗,叩也,叩气吠以守。"孔子曰:"视犬之字,如画狗也。"孔子曰:"貉之为言恶也。"孔子曰:"粟之为言续也。"许慎谓孔子书《六经》皆以古文。《论语》"《诗》、《书》、执礼"谓之"雅言";文字自孔子考定,始臻雅驯也。此孔子定文字之证。

（乙）订诗韵　孔子曰："吾自卫反鲁,然后乐正,《雅》、《颂》各得其所。"盖古诗皆被弦歌,诗即乐也。近世言古音者,如顾炎武、江永以来,并以《诗》为古之韵谱。夫《诗三百》删自孔子,是即孔子之韵谱也;以殊时异俗之诗,其韵安能尽合;意孔子就原采之诗,不惟删去重复,次序其义;而于韵之未安者,亦时有所正;故曰"乐正,《雅》、《颂》各得其所"也。《史记·孔子世家》曰:"《三百五篇》,孔子皆弦歌之以求合《韶》、《武》、《雅》、《颂》之音。"则孔子未正以前,或不协于弦歌;既正以后,学者即据之为韵谱,故《易象》、《楚辞》、秦碑、汉赋用韵与《诗三百》合,皆本孔子矣!

（丙）用虚字　上古文字初开,实字多,虚字少。周诰殷盘,佶屈聱牙,虚字不多,木强寡神。至孔子之文,虚字渐备;《赞易》用"者""也"二字特多。而《论语》、《左传》,其中"之"、"乎"、"者"、"也"、"矣"、"焉"、"哉"无不具备;作者神态毕出,尤觉脱口如生。此实中国文学一大进步。盖文学之大用在表情;而虚字者,则情之所由表也;文必虚字备而后神态出焉!

（丁）作《文言》　文言者,孔子之所作也。孔子以前,有话言而无文言。近人蔡元培称:"文言用古人的话传达今人的意思。"虽然,古人之话,果足当今之所谓"文言"乎？余不能无疑也！不知古人自有古人之话,古人自有用话所作一种通俗之白话"文学"书,即《尚书》、《诗经》是也。夷考《尚书》之《尧典》、《皋陶谟》、《高宗肜日》、《西伯戡黎》、《微子》、《洪范》、《康诰》、《无逸》、《君奭》、《立政》、《顾命》、《文侯之命》诸篇,当日对话之文也。《甘誓》、《汤誓》、《盘庚》、《牧誓》、《多士》、《费誓》、《秦誓》诸篇,当众演说之辞也。《大诰》、《多方》、《吕刑》诸篇,当日演说之文也。太史陈诗以观民风,而十五《国风》,则采自民间歌谣。斯二者,在当日义取通俗,文不雅驯。"格"之训至也,来也。"殷"之训中间之中也。"采"之训事也。"肆"之言于是也。"刘"之言杀也。"诞"与"纯"之言大也。"台"与"卬"之言我也。"莫莫"之言茂密也。"揖揖"之言会聚也。"蔑蔑"之言群飞也。"怒"之言饥也。"旁旁"之言驰驱也。"迈"之言去也,行也。"监"之言终了也。"伾伾"之言有力也。如此之类,古人用语,随在可以考见。然则《尚书》者,古人之白话文也。《诗经》者,古人之白话诗也。惟话言不能无随时变迁,后人读而不易晓,遂觉为佶屈聱牙焉!《尔雅》一书,有《释诂》、《释言》、《释训》三篇;是即以中古以来通用之文言,而注释《诗》、《书》之古语也。蔡元培云:"司马迁《史记》……记唐虞的事,把'钦'字都改作'敬'字,'克'字都改作'能'字;记古人的事,还要改用今字。"若自余观之:司马迁以"敬"改"钦",以"克"改"能",乃是依孔子以来通用之文言,改订唐虞之古语;而非如蔡氏所云"记古人的事,改用今字"也。此为中国最古之白话文学。此外《十三经》之中,如《春秋》、《左氏传》、《孝经》、《论语》、《孟子》、《礼记》之类,作于孔子之后者,皆文言而非白话;与《尚书》、《诗经》不同!所以字句之间,后人读之易晓,便不似《尚书》、《诗经》之聱牙涩舌;此可以见今之所谓"文言",是从孔子以来到今通用,而不似古人之话之受时间制限。《书·盘庚》:"乃话民之弗率。"东坡《书传》曰:"民之弗率……以话言晓之。"是《盘庚》之为古人之话,明也;而《盘庚》之佶屈聱牙特甚!孔子作《易·乾》、《坤》两卦《文言》,明明题曰"文言"而不称做"话";然而句法字法,与今之所谓"文言"无大殊。更可见古人之话,自别有一种,而非即今之所谓"文言"也。自孔子作《文言》以昭模式,于是孔门著书皆用文言！左丘明受经仲尼，著《春秋传》，文言也。有子、曾子之门人，记夫子语，成《论语》一书，亦文言也。曾子问孝于仲尼，而与门人弟子言之，门人弟子类记而成《孝经》，亦文言也。《檀弓》、《礼运》，皆子游之门人所记，亦文言也。可见仲尼之徒，著书立说，无不用夫子之文言者；故曰："夫子之文章，可得而闻也。"虽然，夫子之文章，不曰诵而曰闻者；盖古用简策，文字之传写不便，往往口耳相授。阮元曰："古人以简策传事者少，以口舌传事者多；以目治事者少，以口耳治事者多；故同为一言，转相告语，必有衍误，是必寡其词，协其音以文其言，使人易于记诵，无能增改；且无方言俗语杂其间，始能达意，始能行远；此孔子于《易》所以著《文言》之篇。"然则"文言"非古人之话，明也。大抵孔子以前，为白话文学时期；而孔子以后，则文言文学时期，孔子曰："辞达而已。""达"即《论语》"己欲达而达人"之"达"。达之云者，时不限古今，地不限南北，尽人能通解之谓也。如之何而能尽人通解也？自孔子言之，只有用文言之一法。孔子曰："书同文。"又曰："言之无文，行而不远。"此之所谓"远"，指空间言，非指时间言；是"纵横九万里"广远之远，而非"上下五千年"久远之远。推孔子之意，若曰："当今天下各国，国语虽不同；然书还是同文。倘使吾人言之无文，只可限于方隅之流传；而传之远处，则不行矣！"所谓"言之有文"者，即阮元所谓"寡其词，协其音……无方言俗语杂于其间"之言也。时春秋百二十国，孔子三千弟子，七十二贤，所占国籍不少；当日国语既未统一，如使人人各操国语著书，则鲁人著书，齐人读之不解。观于《公羊》、《穀梁》，已多齐语、鲁语之分，更何论南蛮鴂舌如所称吴楚诸国。此孔子于《易》所以著《文言》之篇而昭弟子之法式者欤？盖自孔子作文言，而后中国文学之规模具也。

（戊）编总集　古者《诗》三千馀篇；及至孔子去其重，取可施于礼义，上采契后稷，中述殷周之盛，至幽厉之缺，始于衽席；故曰："《关雎》之乱以为《风》始，《鹿鸣》为《小雅》始，《文王》为《大雅》始，《清庙》为《颂》始。"《三百五篇》，厥为诗之第一部总集。孔子观书周室，得虞、夏、商、周四代之典，乃删其善者，定为《尚书》百篇，所以宣王道之正义，发话言于臣下，故其所载，皆典谟、训诰、誓命之文。厥为文之第一部总集。则是总集之编，导源《诗》、《书》，而出于孔子者也！惟《诗》者《风》、《雅》、《颂》以类分，而《书》则虞、夏、商、周以代次。则是《诗》者，开后世总集类编之先河；而《书》则为后世总集代次之权舆也。子以四教，而文居首。及游夏并称文学之彦，而子夏发明章句。懿欤休哉，此所以为六艺之宗，称百世之师欤。

3. 中古

凡经之《易》、《诗》、《礼》、《春秋》，传之《左》、《公》、《穀》，子之《墨》、《老》、《孙》、《吴》、《孟》、《荀》以及《公孙龙》、《韩非》之属，集之《楚辞》，莫匪戛戛独造，自出机杼。是上古之世，文学主创作；而中古以后，则摹仿者为多。《史记·律书》仿《周易·序卦》；司马相如《大人赋》仿屈原《远游》；扬雄为汉代文宗，而其《太玄》摹《易》，《法言》摹《论语》，《方言》摹《尔雅》，《十二箴》摹《虞箴》，《谏不许单于朝》摹《国策·信陵君谏伐韩》，《甘泉赋》摹司马相如《大人赋》，几于无篇不摹；而班固《汉书·地理志》仿《禹贡》；陆机《辨亡论》、干宝《晋纪·总论》仿贾生《过秦论》。如此之类，不可悉数。

章学诚曰："西汉文章渐富，为著作之始衰。然贾生奏议入《新书》，相如词赋但记篇目，皆成一家之言，与诸子未甚相远；初未尝汇次诸体，裒焉而为文集者也；诸子衰而文集之体盛。"吾则谓文集兴而"文"、"学"之途分。何也？韩非子《五蠹篇》力攻文学，而指斥及藏管、商、孙、吴之书者。秦丞相李斯请悉烧所有文学、诗书、百家语，而以"文学"二字冠"诗书百家语"之上。太史公自序其书，举凡一切律令、军法、章程、礼仪，皆称之为"文学"。盖两汉以前，文与学不分。至两汉之后，文与学始分。六艺各有专师，而别为经学。诸子流派益歧，而蔚为子部。史有马、班，而史学立。文章流别分于诸子，而集部兴。经史子集，四部别居，而"文"之一名，遂与集部连称而为所专有！

李延寿《北史·文苑传·序》曰："江左宫商发越，贵于清绮。河朔词义贞刚，重乎气质。气质则理胜于词，清绮则文过其意。理胜者便于时用，文华者宜于咏歌。此则南北词人得失之大较。"盖北人擅言事之散文，而南人工抒情之韵语也。然战国以前，如《经》之《易》、《书》、《礼》、《春秋》，传之《左》、《公》、《穀》，子之《老》、《庄》、老子楚苦县人，苦县即今河南鹿邑县。庄子蒙人，蒙县在今河南商丘县之东北。本柳诒徵说。《孟》、《荀》等，其体则散文也，其用则叙述也，议论也；皆北方文学也。独《诗三百篇》，《楚辞》三十餘篇，为言情之韵文耳。《楚辞》之为南方文学，固也。考《诗》之所自作，《吕氏春秋》载："禹行功，见涂山之女。禹未之遇，而巡省南土。涂山之女，乃令其妾候禹于涂山之阳。女子乃作歌曰：'候人兮猗！'实始作为南风。周公、召公取风焉以为《周南》、《召南》。"而郑樵为之说曰："周为河洛，召为岐雍。河洛之南濒江，岐雍之南濒汉。江汉之间，二南之地，《诗》之所起在于此。屈宋以来，诗人墨客多生江汉，故仲尼以二南之地为作《诗》之始。"然则《诗三百》之始自南音，有明证矣！战国以前，所谓言情之韵文，可考见者，惟此与《楚骚》耳。未能与散文中分天下也！是为北方文学全盛时代。汉兴，而南人如枚叔、刘安、司马相如、王褒、扬雄之徒，寖与贾谊、晁错、董仲舒、刘向辈抗颜行。而司马迁撰《史记》，以史笔抒骚情；班固作《两都赋》，以赋体罗史实；且融裁南方文学以为北方文学矣！此实南方文学消长之一大枢机也！爰逮晋之东也，篇制溺乎玄风；嗤笑殉务之志，崇盛亡机之谈。孙绰、许询、桓、庾诸公虽各有雕采，而辞趣一揆，所以景纯《仙篇》挺拔而为俊矣！宋初文咏，体有因革。黄老告退而山水方滋，俪采百字之偶，争价一句之奇，情必极貌以写物，辞必穷力而追新，颜、谢腾声，骖以鲍照，尤足启后代之津途。自汉以来，模山范水之文，篇不数语；而谢灵运兴会标举，重章累什，陶写流峙之形；后之言山水也，此其祖矣！晋之陆云，对偶已繁，而用事之密，雕镂之巧，始颜延之；齐梁声病之体，后此对偶之习，是其源矣！然较其工拙，延之雕镂，不及灵运之清新，亦逊鲍照之廉隽。延之尝问鲍照，己与灵运优劣，照曰："谢五言如初发芙蓉，自然可爱；君诗若铺锦列绣，亦雕缋满眼。"延之终身病之。照以俊逸之笔，写豪壮之情，发唱惊挺，操调险急，史称其文甚遒丽，信然！然其所短，颇喜巧琢，与延之同病；至其笔力矫健，则远过之；与谢并称，允符二妙！然《国风》好色不淫，《楚辞》美人以喻君子，五言既兴，义同《诗》、《骚》，虽男女欢娱幽怨之作，未极淫放。至鲍照雕藻淫艳，倾侧宫体，作俑于前。永明天监之际，颜谢寖微而鲍体盛行，事极徐、庾，红紫之文，遂以不反。既而徐陵通聘，庾信北陷，北人承其流化，"矜一韵之奇，争一字之巧，连篇累牍，不出月露之形，积案盈箱,惟是风云之状。世俗以此相尚,朝廷据此擢士"！李谔《上隋高祖革文华书》尝慨乎言之！厥为南方文学全盛时代。物极则反。《唐书·韩愈传》载:"愈常以为魏晋以还,为文者多相偶对,而经诰之旨,不复振起。故所为文抒意立言,自成一家。后学之士,取为师法。"论者谓"文起八代之衰",实则唾弃南方文学,中兴北方文学耳！

燕赵多慷慨悲歌之士,江左擅绮丽纤靡之文,自古然矣！顾有不可论于三国者。魏武帝崛起称伯,开基青豫,以文武姿,捄藻扬葩,把酒临江,横槊赋诗,固一世之雄也。子桓、子建,兄弟竞爽,亦擅词采;然华而不实,上有好者,下必殆甚！陈琳、阮瑀以符檄擅声,王粲、徐幹以词赋标美,刘桢情高以全采,应玚学优以得文,皆一时之秀,已萌晋世清谈之习,开江左六朝绮丽之风矣！夫江左六朝,建国金陵,阻长江为天堑,与北方抗衡,其端实自孙氏启之。孙权称制江东,号吴大帝,然文笔雅健,不为绮丽;《与诸将令》、《责诸葛瑾诏》,卓荦有西京之风焉！虞翻《谏猎》之书,简而能要。骆统《理张温表》,语亦详畅。而诸葛恪救国之论,慨当以慷,尤吴人文之可诵者！吴之末造,韦曜《博弈论》,华覈《请救蜀表》,渐近偶丽,然质而不俚;以视魏武父子之风情隽上,词采秀拔,固有间矣！谁则谓南朝文士尽华靡者乎？至蜀为司马相如、扬雄词赋家产地,而陈寿称"诸葛亮文采不艳",范頵谓"陈寿文艳不及相如,而质直过之"。是南人之文质直,转不如北人之藻逸工言情矣,可谓变例也。

自魏文帝始集陈、徐、应、刘之文,自是以后,渐有总集;传于今者,《文选》最古矣。昭明太子序《文选》也,其于史籍,则云"不同篇翰"。其于诸子,则云"不以能文为贵"。盖必文而后选,非文则不选也！六朝之人，多以文笔对举。《南史·颜延之传》："竣得臣笔，测得臣文。"刘勰《文心雕龙》云："无韵者笔，有韵者文。"或疑"文笔区分，《文选》所集，无韵者猥众。夫有韵为文，无韵为笔，是则骈散诸体，一切是笔非文"。近儒章炳麟氏之所为致诮于昭明者也。不知六朝人之所谓"有韵者文"之"韵"，乃以语章句中之韵，非如后世之指句末之韵脚也。六朝不押韵之文，其中奇偶相生，顿挫抑扬，皆有合乎宫羽。故沈约作《宋书·谢灵运传论》曰："五色相宣，八音协畅，由乎元黄律吕，各适物宜；欲使宫羽相变，低昂合节。若前有浮声，则后须切响。一简之内，音韵尽殊；两句之中，轻重悉异。妙达此旨，始可言文。"其指实发于子夏《诗大序》，谓："情发于声，声成文，谓之音。"又曰："主文而谲谏。"郑玄曰："声，谓宫商角徵羽也。""声成文"，宫商上下相应。"主文"，主与乐之宫商相应也。此子夏直指诗之声音而谓之文也，不指翰藻也。然则《诗·关雎》"鸠"、"洲"、"逑"押脚有韵，而"女"字不韵；"得"、"服"、"侧"押脚有韵，而"哉"字不韵；此正子夏所谓"声成文之宫羽也"。此岂诗人暗与韵合，匪由思至哉？子夏此序，《文选》选之，亦以抑扬咏叹，其中有成文之音也。六朝人益衍畅其指而为韵之说。《南史·陆厥传》云："王融、谢朓、沈约等文，将平上去入四声制韵，有平头、上尾、蜂腰、鹤膝，世呼为永明体。"所谓"平头"者，前句上二字与后句上二字同声；如古诗："今日良宴会，欢乐难具陈。""今"、"欢"同平声，"日"、"乐"同仄声，是"平头"也。又如古诗："朝云晦初景，丹池晚飞雪。""朝云"、"丹池"同平声，是"平头"也。所谓"上尾"者，上句尾字与下句尾字俱用平声，虽韵异而声同；如古诗："西北有高楼，上与浮云齐。""楼"、"齐"平声，是"上尾"也。所谓"蜂腰"者，每句第二字与第五字同声；如古诗："闻君爱我甘，窃欲自修饰。""君"、"甘"皆平声,"欲"、"饰"皆入声,是"蜂腰"也。所谓"鹤膝"者,一句尾字与三句尾字同声;如古诗:"客从远方来,遗我一诗札。上言长相思,下言久离别。""来"、"思"皆平声,是"鹤膝"也。然则后世之所谓韵者,以句末之同为适而求其大齐;而六朝人之所谓韵者,则以句中之同为犯而求其不齐。是以声韵流变而成四六之骈文,亦只论句中之平仄,不谓韵脚也。而章氏乃谓"《文选》所集,无韵猥众";特以其无句末之韵脚耳。安知六朝以前之所谓"韵"者,非此之谓哉?

4. 近古

唐之兴也,文章承江左遗风,陷于雕章绘句之敝。贞元元和之际,韩愈、柳宗元出,倡为先秦之古文;一时才杰如李观、李翱、皇甫湜等应之,遂能破骈俪而为散体,洗涂泽而崇质素。上踵孟、荀、马班,下启欧、苏、曾、王,盖古文之名始此!古文者,韩愈氏厌弃魏晋六朝骈俪之文,而返之于《六经》两汉,从而名焉者也!其文章之变,即字句骈散之不同;而骈散之不同,则诗文体制之各异也!文势贵奇,而诗体近偶。重骈之代,则散文亦写以诗体;重散之世,则诗歌亦同于散文。即如范晔生刘宋之时,增损东汉一代,成《后汉书》,自谓"无惭良直";而编字不只,捶句必双,修短取均,奇偶相配;故应以一言蔽之者,辄足为二言;应以三句成文者,必分为四句;弥漫冗沓,不知所裁。初唐袭南朝之馀,《晋书》作者,并擅雕饰,远弃史、班,近宗徐、庾。夫以琢彼轻薄之句,而编为史籍之文,无异加粉黛于壮夫,服绮纨于高士;著讥《史通》,非虐谑也!近世赵翼则谓："以文为诗,自韩愈始。至苏轼益大放厥词,别开生面;天生健笔一支,有必达之隐,无难显之情。"故曰："重骈之世,则散文亦写以诗体;重散之世,则诗歌亦同于散文"也。诗有六义,其二曰赋。赋者铺也;体物写志,铺采摛文,滥觞于诗人,而拓宇于文境者也。是以重骈之代,赋中诗体多于文体。重散之世,赋中文体多于诗体。试观徐庾诸赋,多类诗句;而王勃《春思赋》则直七字之长歌耳。此重骈之代,诗体多于文体也。若欧阳修之《秋声赋》,苏轼之前后《赤壁赋》,则又体势同于散文。盖宋袭韩柳之古文,而归于质;重散之世也。论古文之流别,韩愈以扬子云化《史记》,柳宗元以《老》、《庄》、《国语》化六朝,王安石以周秦诸子化韩愈,曾巩以《三礼》化西汉,苏洵以贾谊、晁错化《孟子》、《国策》,苏轼以《庄子》、《孟子》化《国策》;于此可悟文学脱胎之法;而唐以后之言古文者,莫不推韩柳为大宗。然唐宋八家,韩柳并称;而继往开来,厥推韩愈。独愈之文安雅而奇崛:李翱敩其安雅,皇甫湜得其奇崛。其衍李翱之安雅一派者,至则为欧阳修之神逸;不至则为曾巩、苏辙之清谨。其衍皇甫湜之奇崛一派者,至则为王安石之峻峭;不至则为苏洵、苏轼之奔放。其大较然也。

惟骈俪之文,虽摧廓于中唐之韩、柳;而骈俪之诗,则大成于初唐之沈、宋。夷考其始,汉魏六朝诗,祖述《风》、《骚》,陶写情性,篇无定句,句无定声,长短曲折,惟意所从;世号曰"古体"。唐调以声律,加以排整,句有绳尺,篇有矩矱,谓之近体,以别于古体也。古体近体,唐代始划立鸿沟。近体诗者,合五七言律、五七言绝而称也。然诗之化散为骈,至唐而要其成耳!盖自沈约创声病之说,尔后诸家遵轨,竞为新丽,益与律体相近。陈隋之间,江总、庾信、虞茂、陆敬、薛道衡、卢思道等所作,往往见五律、七律、排律之体,此可以证六朝之散体趋骈，诗亦不在例外。然其初非出有意，不过偶合新调，故未能别成一格。凡其集中用律诗格调者，或仅六句，或至十句。至沈佺期、宋之问出，揣其声韵，顺其体势，始与六朝以前之古诗，判然分途而为律诗。盖前者之作，不期而成八句；后者之律，则立意而为四韵。诗之有沈、宋，犹文之有徐、庾也。绝之声调，与律同，或不与律同亦可；章四句，有全体属对者，有前二句或后二句属对者，盖由律诗中截来，故又号曰截句。然李白、杜甫，唐推诗圣；运古于律，纵横挥斥。李白五言律，秾丽之中，运以奇逸之思；而杜甫更能于四十字中，包涵万象。七言律，李白所短；而工于绝，纯以神行，独多化工之笔。杜不工绝，而善七言律；八音和鸣，济以沈雄。后世之言律绝者莫尚焉！是律绝之极工者，不拘于声律对偶；而铿锵鼓舞，自然合节，所以为贵也。然唐诗之有李杜，犹唐文之有韩柳。韩柳并称，而继往开来，韩愈之力为大；李杜竞爽，而入雅出风，杜甫之传称盛！一传而为元和，得韩愈、白居易焉，皆学杜甫者也。特韩更欲高，白更欲卑，韩得其峻，白得其平。自白衍而益为绮，则为温、李，温庭筠、李商隐。为宋之西昆。自韩流而入于奥，则为郊、岛，孟郊、贾岛。为宋之西江。杜诗之有韩愈、白居易两派，犹韩文之有李翱、皇甫湜两家矣。请得而备论之。

唐以诗名一代，有初、盛、中、晚之分。大抵高祖武德元年以后百年间，谓之初唐。唐玄宗开元元年以后五十年间，谓之盛唐。代宗大历元年以后八十年间，谓之中唐。宣宗大中元年以后至于唐亡，谓之晚唐。初唐诗人，王勃、杨炯、沈佺期、宋之问承陈隋之后，风气渐转而骨格未完；齐梁浓艳，尚有沾濡；排比之迹，盖亦精整。而陈子昂特起于王、杨、沈、宋之间，始以高雅冲淡之音，夺魏晋之风骨，变齐梁之俳优，力追古意。后代因之，古体之名以立。杜审言、刘希夷、张说、张九龄,亦各全浑厚之气,于音节疏畅之中。盛唐稍著宏亮,储光羲、王维、孟浩然之清逸,王昌龄、高适之闲远,常建、岑参、李颀之秀拔,李白之朗卓,杜甫之浑成,元结之奥曲,咸殊绝寡伦。而李白、杜甫独以雄浑高古,称盛唐之宗。其次当推王、孟、高、岑。王维诗丰缛而不华靡,秀丽疏朗,往往意兴发端,神情傅合,由工入微,不犯痕迹,所以为佳;七言律尤臻妙境。孟浩然专心古淡,句法章法,虽仅止于五言四十字,而悠远深厚,超以象外,不犯寒俭枯瘠之病。高、岑不相上下。高适轶宕,一起一伏。岑参遒劲少逊高,而婉缛过之。选体,岑差健也!储光羲有孟浩然之古而无其深远。岑参有王维之缛而掩以华靡。李颀工七言律,称与王、岑并驾。然李有风调而不甚丽。岑参才甚丽而情不足。惟王差备美尔!中唐弥矜卓练;刘长卿以古朴开宗,韦应物、钱起以隽迈擅胜。而韦应物尤工五言,闲淡简远,境界绝高。大抵应物诗韵高而气清,王维诗格老而辞丽,并称五言之宗匠;然互有得失,不无优劣。以体韵观之,王维诗格老,而味远不逮应物;至于词不迫切而耐人咀味,应物自不可及也!下暨元和,则有柳宗元之超然复古,韩愈之雄深博大,元稹、白居易之清新,张籍、贾岛、孟郊之峻刻,李贺之奇诡,尤称一时之杰也。张籍工乐府,与元稹、白居易并称,专以道得人心中事为工。但白才多而意切,张思深而语精,元体轻而词躁尔。晚唐体愈雕镂。杜牧高爽欲追老杜;而温庭筠李商隐婉丽自喜,开宋初西昆之体;皮日休陆龟蒙鹿门唱和,亦为西江拗体之先河。斯皆晚唐之胜矣!晚唐人单辞片语,一联数句之间,实有精到之处;然格局未完,雕镂愈工,真气弥伤,此其短也!

  律绝莫盛于唐,然律绝盛而词兴;而词者,则又律绝之破整为散者也。考词之滥觞,厥推李白之〔忆秦娥〕、〔菩萨蛮〕,及张志和之〔渔歌子〕，实破五七言之绝句为之。如〔菩萨蛮〕云："平林漠漠烟如织，寒山一带伤心碧。暝色入高楼，有人楼上愁！玉阶空伫立，宿鸟归飞急！何处是归程，长亭更短亭！"合五言七言而成。而张志和之〔渔歌子〕曰："西塞山前白鹭飞，桃花流水鳜鱼肥。青箬笠，绿蓑衣，斜风细雨不须归！"则裁七言绝一字者也。至〔忆秦娥〕云："箫声咽，秦娥梦断秦楼月！秦楼月！年年柳色，灞陵伤别。乐游原上清秋节，咸阳古道音尘绝。音尘绝！西风残照，汉家陵阙！"长短错落，亦裁之于七言或有馀，或不足，皆以协和其调也。明杨慎云："唐人之七言律，即填词之〔瑞鹧鸪〕也。七言之仄韵，即填词之〔玉楼春〕也。"然则词不惟破绝，并破律为之矣！

　　词上承诗，下启曲，亦唐代一大创制也。蜀赵崇祚编有《花间集》十卷。其词自温庭筠而下十八人，凡五百首，为后世倚声填词之祖。陆务观曰："诗至晚唐五季，气格卑陋，千人一律；而长短句独精巧高丽，后世莫及，此事之不可晓者！"至于宋以词为乐章，熙宁中，立大晟府，为雅乐寮，选用词人及音律家，日制新曲，谓之《大晟词》。于是小令中调之外，又出长调，而其体大备。故词之有宋，犹诗之有唐。宋初沿《花间》旧腔，以清切婉丽为宗；至苏轼出，始脱音律之拘束，创为激越之声调，一洗绮罗香泽之态，摆脱绸缪婉转之度，使人高瞻远瞩，举首高歌，逸怀浩气，超乎尘垢之表；或以其音律小不谐，自是横放杰出，曲子内缚不住者；比之诗家之有韩愈，遂开南宋辛弃疾等一派。辛弃疾才气俊迈，好为豪壮语，即法苏轼，为南宋词家大宗。然姜夔、张炎仍以清切婉丽为主。故宋词分二派，一派词意蕴藉，沿《花间》之遗响，称曰南派，是为正宗；一派笔致奔放，脱音律之拘束，称曰北派，号为变格。遗集尤著者：南派有晏殊《珠玉词》一卷，晏几道《小山词》一卷，柳永《乐章集》一卷,张先《安陆集》一卷,欧阳修《六一词》一卷,秦观《淮海集》一卷,李清照《漱玉词》一卷;以上北宋。姜夔《白石道人歌曲》四卷、《别集》一卷,张炎《山中白云词》八卷,吴文英《梦窗稿》四卷、《补遗》一卷,高观国《竹屋痴语》一卷,史达祖《梅溪词》一卷,王沂孙《碧山乐府》三卷,周密《草窗词》二卷。北派有苏轼《东坡词》一卷,黄庭坚《山谷词》一卷,辛弃疾《稼轩词》四卷,刘过《龙洲词》一卷,皆传诵人口者也!独周邦彦于南北宋为词家大宗,有《片玉词》二卷、《补遗》一卷,所作皆精深华艳,而长调尤善铺叙,用唐人诗语,檃栝入律,浑如己出,实兼综南北之长焉。

宋词至苏轼而变《花间》之旧腔,宋诗至苏轼而胚江西之诗派。宋初诗人如潘阆、魏野规规晚唐格调,寸步不敢走作。杨亿、刘筠则又专宗李商隐,词取妍华,而倡所谓西昆体者,欧阳修、梅尧臣始变以平淡豪俊,而规模未大!及苏轼出,乃以旷世之逸气高情,出入韩白,驱驾万象,雄伟轶荡,故是宋诗人之魁也!其门下客有江西黄庭坚者,得其疏宕豪俊之致,而益出之以奇崛,语必惊人,字忌习见,搜罗奇书,穿穴异闻,得法杜甫而不为蹈袭,自成一家;锻炼勤苦,虽只字半句不轻出;世以其诗与苏轼相配,称曰苏、黄,所谓江西诗派者宗之,是为宋诗一大变。而黄之所为不同于苏者,苏诗曲折汪洋,如长江千里。而山谷险峻奇崛,如太华三危。一深一阔,一难一易,故不同也。彭城陈师道者,亦游苏轼之门,喜为诗,自云学黄庭坚。然庭坚学杜,脱颖而出。师道学杜,沈思而入。宁拙勿巧,宁朴勿华,虽非正声,亦云高格。后来惟吕本中克肖师道,弃所学学黄庭坚;黄致广大,陈极精微,天下诗人北面矣!乃作《江西宗派图》,遂以师道次庭坚之后,而并称开宗之祖焉!

夷考六朝之骈文,一变而为唐宋之散体古文,又一转而为宋元之语录及章回小说,文之破整为散则然也！唐之律绝,一变而为宋之词,又一转而为元之剧曲,诗之破整为散则然也！然则中古文学之由散而整者,近古文学则破整为散；其大较然矣！虽然,近古文学之破整为散；特为社会士夫言之耳；要非所论于朝廷功令！唐以诗赋取士,宋以经义取士,皆俪体也；遂为近代取士模楷。然则近古而后,社会士夫既厌俪体之极敝而救之以散行；而朝廷功令,方挽俪体之末运而欣之以禄利；而朝廷之禄利,不足以易士夫之好尚。此则不可不特笔也！

5. 近代

夷考明自洪武而还,运当开国,其文章多昌明博大之音！永、宣以后,安享太平,多台阁雍容之作！作者递兴,皆冲融演迤,不事钩棘,而杨士奇文章特优；一时制诰碑版,出其手者为多。仁宗雅好欧阳修文；而士奇文得其仿佛,典则稳称,后来馆阁著作,沿为流派,所谓"台阁体"是也。庙堂之上,郁郁乎文！弘、正之间,茶陵李东阳出入元宋,溯流唐代。擅声馆阁,推一代文宗；而门下士北地李梦阳、信阳何景明,乃起而与之抗曰:"文必秦汉,诗必盛唐,非是者弗道！"曰:"古文之法亡于韩。"为文故作艰深,钩章棘句,至不可句读；持是以号于天下,而茶陵之光焰几烬。洎北地信阳之派,转相摹拟,流弊渐深！论者乃稍稍复理东阳之传以相撑拄。盖宋元以来,文以平正典雅为宗；其究渐流于庸肤；庸肤之极,不得不变而求奥衍！王、李之起,文以沈博伟丽为宗；其极渐流于虚憍；虚憍之极,不得不返而求平实。一张一弛,两派迭为胜负,盖皆理势之必然！然汉魏之声，由此高论于后世，而与韩欧争长。唐宋之文运，至此乃生一大变化矣！然较其得失：秦汉之文，玉璞金浑，风气未开。后世文明日进，理欲其显，故格变而平；事繁于昔，故语演而长；此亦天演自然之理。而何、李以其偏戾之才，矫为聱牙诘屈，无其质而貌其形，为文弥古，于时弥戾。故何、李之徒，卒为委罪之鏊。至嘉靖之际，历城李攀龙、太仓王世贞踵兴；更衍何、李之绪论，谓"文自西京，诗至天宝而下，俱无足观"。而世贞才最高，地望最显，声华意气，笼盖四海。独昆山归有光绍述欧、曾，毅不为下，至诋世贞为妄庸巨子。自明之季，学者知由韩、柳、欧、苏沿洄以溯秦汉者，有光之力也！虽然，有光之文，亦自有其别成一家而不与前人同者。盖有光以前，上而名公巨卿，下而美人名士之奇闻隽语，刿心怵目；斯以厕文人学士之笔。至有光出而专致力于家常琐屑之描写。桐城方苞谓："震川之文，发于亲旧及人微而语无忌者，盖多近古之文。至事关天属，其尤善者，不事修饰，而情辞并得，使览者恻然有隐；其气韵盖得之子长。"而姚鼐亦以为："归震川之文，于不要紧之题，说不要紧之语，却自风神疏淡，是于太史公深有会处！"其尤恻恻动人者，如《先妣事略》、《归府君墓志铭》、《寒花葬志》、《项脊轩记》诸文，悼亡念存，极挚之情而写以极淡之笔，睹物怀人，户庭细碎，此意境人人所有，此笔妙人人所无。而所以成其为震川之文，开韩、柳、欧、苏未辟之境者也！

让清中叶，桐城姚鼐称私淑于其乡先辈方苞之门人刘大櫆，又以方氏续明之归氏而为《古文辞类纂》一书，直以归、方续唐宋八家，刘氏嗣之；推究阃奥，开设户牖，天下翕然号为正宗！此所谓桐城派者也！方是之时，吾家鲁思先生实亲受业于桐城刘氏之门，时时诵师说于阳湖恽敬、武进张惠言。二人者，遂尽弃其考据骈俪之学而学焉！于是阳湖古文之学特盛，谓之阳湖派。而阳湖之所以不同于桐城者：盖桐城之文，从唐宋八家入；阳湖之文，从汉魏六朝入。迨李兆洛起，放言高论，盛倡秦汉之偶俪，实唐宋散行之祖；乃辑《骈体文钞》以当桐城姚氏之《古文辞类纂》；而阳湖之文，乃别出于桐城以自张一军。顾其流所衍，比之桐城为狭。然桐城之说既盛，而学者渐流为庸肤，但习为控抑纵送之貌而亡其实，又或弱而不能振；于是仪征阮元倡为文言说，欲以俪体嬗斯文之统。江都汪中质有其文，熔裁六朝，导源班、蔡，祛其缛藻，出以安雅；而仪征一派，又复异军突起以树一帜！道穷斯变，物极则反，理固然也。厥后湘乡曾国藩以雄直之气，宏通之识，发为文章，而又据高位，自称私淑于桐城，而欲少矫其懦缓之失；故其持论以光气为主，以音响为辅；探源扬、马，专宗退之，奇偶错综，而偶多于奇，复字单词，杂厕相间；厚集其气，使声彩炳焕而戛焉有声。此又异军突起而自为一派，可名为湘乡派。一时流风所被，桐城而后，罕有抗颜行者。门弟子著籍甚众，独武昌张裕钊、桐城吴汝纶号称能传其学。吴之才雄，而张则以意度胜；故所为文章，宏中肆外，无有桐城家言寒涩枯窘之病。夫桐城诸老，气清体洁，海内所宗！徒以一宗欧、归，而雄奇瑰玮之境尚少；盖韩愈得扬、马之长，字字造出奇崛。至欧阳修变为平易，而奇崛乃在平易之中；桐城诸老汲其流，乃能平易而不能奇崛；则才气薄弱，势不能复自振起，此其失也！曾国藩出而矫之，以汉赋之气运之，故能卓然为一大家，由桐城而恢广之，以自为开宗之一祖！殆桐城刘氏所谓"有所变而后大"者耶？

自明以来，言文学者，汉、魏、唐、宋，门户各张，一阖一辟，极纵横轶宕之观；而要其归，未能别出于汉、魏、唐、宋而成明之文学、清之文学也，徒为沿袭而已。清初诗家有声者，如钱谦益、吴伟业、龚鼎孳为江左三大家,皆承明季之旧,而曹溶诗名,亦与鼎孳相骖靳。大抵皆步武王、李也!明末公安袁宏道矫王、李之弊,倡以清真。竟陵钟惺复矫其弊,变为幽深孤峭;与谭元春评选唐人诗为《唐诗归》,又评隋以前为《古诗归》。钟、谭之名满天下,谓之"竟陵体",亦一时之盛也!新城王士禛肇开有清一代之诗学,枕葄唐音,独嗜神韵,含蓄不尽,意有馀于诗,海内推为正宗。与秀水朱彝尊、宣城施闰章、海宁查慎行、莱阳宋琬所汇刻者,曰《六家诗》。彝尊学富才高,始则描摹初唐,继则滥泛北宋,与士禛齐名,时人称为"朱贪多!王爱好!"又有南施北宋之目;盖闰章以温柔敦厚胜,琬以雄健磊落胜也!当是时,商丘宋荦亦称诗宗,与士禛颉颃;而诗主条畅,又刻意生新,其源出于苏轼;游其门者,如邵山人长蘅等靡然从风,亦于士禛之外自树一宗;独王士禛名最高,然清诗之有王士禛,如文之有方苞也。清初诗人皆厌王、李之肤廓,钟谭之纤仄;谈诗者颇尚宋、元,而宋诗之质直,流而为有韵之语录;元诗之缛艳,化而为对句之小词。王士禛崛起其间,独标神韵;所选古诗及《唐贤三昧集》,具见其诗眼所在;如《三昧集》不取李、杜一首,而录王维独多,可以知其微旨;蔚然为一代风气所归!但士禛之诗,富神韵而馁气势,好修饰而略性情!汪琬戒人勿效其喜用僻事新字,而益都赵执信本娶士禛女甥,习闻士禛论诗,谓"当如云中之龙,时露一鳞一爪",而执信作《谈龙录》纠之,谓:"诗当指事切情,不宜作虚无缥渺语,使处处可移,人人可用。"论者以为足救新城末派之弊!大抵士禛以神韵缥渺为宗,而风华富有。执信以思路巉深为主,而刻画入微。王之规模阔于赵,而流弊仍伤肤廓;赵之才力锐于王,而末派再病纤仄!两家并存,其得失适足相救也!执信既著《谈龙录》,发难士禛;而山左之诗一变!钱唐厉鹗《樊榭山房诗》,精深峭洁,参会唐宋,于王士禛、朱彝尊外,又别树一帜;而两浙之诗一变!钱唐袁枚、铅山蒋士铨、阳湖赵翼并起,号"江左三大家";而大江南北之诗无不一变矣!然乾、嘉之际,海内诗人相望,其标宗旨,树坛坫,争雄于一时者,要推沈德潜、袁枚、翁方纲。王士禛之诗,既为人所不餍!于是袁枚倡性情以矫士禛之好修饰而涉于泛。翁方纲拈肌理以救士禛之言神韵而落于空。沈德潜论格调以药士禛之工咏叹而枵于响。袁枚论诗,以为:"诗者,人之性情也。性情之外无诗。王士禛主修饰而略性情,观其到一处必有诗,诗中必用典,此可想见其喜怒哀乐之不真!"此袁枚论诗之旨也!翁方纲以学为诗者也。其论诗,谓:"士禛拈'神韵'二字,固为超妙!但其弊恐流为空调!"故特拈'肌理'二字,盖欲以实救虚也!所为诗,自诸经注疏以及史传之考证,金石文字之爬梳,皆贯澈洋溢于其中。王士禛之后,诗有翁方纲,犹桐城之后,文有曾湘乡乎?然言言征实,亦非诗家正轨!故其时大宗,不得不推沈德潜!德潜少从吴县叶燮受诗法,其论诗最崇格律。尝曰:"诗以声为用者,其微在抑扬抗坠之间。"此说本发之赵执信,谓:"汉魏六朝至唐初诸大家,各成韵调;谈艺者多忽不讲,与古法戾!"乃为《声韵谱》以发其秘;亦犹曾湘乡论文从声音证入,以救桐城懦缓之失也!德潜又曰:"诗贵性情,亦须论法。所谓法者,行所不得不行,止所不得不止;而起伏照应,承接转换,自神明变化;贵能以意运法,而不能以意从法。"及自为诗,古体宗汉、魏,近体宗盛唐,尤所服膺者为杜,选《古诗源》及《三朝诗别裁》以标示宗旨。天下之谭诗者宗焉!踵其后而以诗名者:大兴有舒位,秀水有王昙,昭文有孙原湘,世称"三君"。四川有张问陶,常州有黄景仁、洪亮吉,江西有曾燠、乐钧,浙中有王又曾、吴锡祺、许宗彦、郭麐,岭南则有冯敏昌、胡亦常、张锦芳三子,而锦芳又与黄丹书、黎简、吕坚,为岭南四家。大率皆唐人之是学,未尝及德潜门,而实受其影响者。其中以舒位、孙原湘、黎简三家,尤为特出!位与原湘皆自昌黎、山谷入杜,而简则学杜而得其神髓者也!于是宋诗之径途渐辟!道光而后,何绍基、祁寯藻、魏源、曾国藩之徒出,益盛倡宋诗。而国藩地望最显,其诗自昌黎、山谷入杜,实衍桐城姚鼐一脉。鼐每诏人,谓:"学诗,须先读昌黎,然后上溯杜公,下采东坡,于此三家,得门径寻入,于中贯通变化,又系各人天分。"及其自为诗,则以清刚出古淡,以遒宕为雄;由韩学杜,已开晚清"同光体"之先河,与文之萧然高寄者异趣;而特为文所掩抑不甚著。至国藩乃昌言"姚氏诗劲气盘折,能以古文家之义法通于诗";而用其法,旁参山谷,益恣为生崭奥衍。洞庭以南言声韵之学者,稍改故步,而湘潭王闿运则为骚选盛唐如故,比之古调独弹矣!王闿运始与武冈邓辅纶、邓绎,长沙李寿蓉,攸县龙汝霖四人者相善也,喜吟咏,日夕赓和;而辅纶尤工五言,每有作,皆五言,不取宋唐歌行近体,故号为学古,标曰"湘中五子"!而五子之中,闿运独推服邓辅纶云!

　　清诗有唐宋之殊,而词则宗宋。词学至南宋之季,几成绝响;知比兴者,金之白朴、元之张翥而已!朴词曰《天籁集》,清隽婉逸,意惬韵谐,可与张炎《玉田词》相匹。而翥《蜕岩词》,婉丽风流,亦有南宋旧格。惟朴所宗者,多东坡、稼轩之变调;而翥所宗者,犹白石、梦窗之馀音;门径微有不同。明初作者,犹沾溉张翥之旧,不乖于风雅。永乐以后,南宋诸名家词,皆不显于世。盛行者,为《花间集》、《草堂诗馀》二选。杨慎、王世贞辈之小令、中调犹有可取,长调皆失之俚。惟陈子龙之《湘真阁》、《江篱槛》词,直接唐人,可谓特出!明社既屋,京兆士大夫,虽依新朝,犹慨沧桑,特假长短之句，借抒抑郁之气，始而微有寄托，久则务为谐畅。而吴越操觚家闻风兴起，作者选者，妍媸杂陈，遂不免有怪词、鄙词、游词之三大弊！王士祯之数载广陵，实为斯道总持！盖皆祖述南宋，唯《草堂诗馀》是规，罕及北宋以上；殆若文之祢唐宋八家而祧东西京；诗之学苏、黄而不知有苏、李十九首；未可谓善学也！洎士祯在朝，位高望重，绝口不谈倚声；独朱彝尊、陈维崧两人并世齐名，妙擅倚声，合刻《朱陈村词》，而清朝词派始成！惟朱才多，不免于碎。陈气盛，不免于率。朱之情深，所作词高秀超诣，绵密精美，其弊为饾饤！陈之笔重，所作词天才艳发，辞锋横溢，其弊为粗率！继之而起，名重一时者，实惟纳兰成德，门地才华，直越北宋之晏小山而上之！其词缠绵婉约，能极其致，南唐坠绪绝而复续；故论清初词家，当推成德为一把手；朱、陈犹不得为上！所惜享年不永，门户未张耳！然乾隆以前，言词者莫不以朱、陈为范围。钱塘厉鹗，吴县过春山，近朱者也！兴化郑燮，铅山蒋士铨，近陈者也！其后作词者遂分浙西、常州两派。浙西派始于厉鹗，鹗词宗彝尊，而数用新事，世多未见，故重其富；后生效之，每以捃摭为工，后遂浸淫而及于大江南北！然抄撮堆砌，音节顿挫之妙，未免荡然！特是绮藻韵致，词家之有厉鹗，如诗之有王士祯。有《樊榭山房词》一卷，《续集》一卷，生香异色，超然神解，如入空山，如闻流泉，节奏精微，辄多弦外之音；然标格仅在南宋，以姜夔、张炎为登峰造极之境；流极所至，为饾饤，为寒乞，亦与诗之渔洋末派同！武进张惠言乃起而振之，与其弟琦选唐宋词四十四家百六十首，为《词选》一书，阐意内言外之旨，推文微事著之原，比傅景物，张皇幽渺；虽町畦未辟，而奥窔已开；盖以深美闳约为主，其意在尊清真而薄姜、张，视苏、辛尤为小家，贵能以气承接，通首如歌行然，又须有转无竭。嘉庆以来名家,大抵自张惠言而出。其学于惠言而有得者,歙县金应城、金式玉也。其以惠言之甥而传其学者,则武进之董士锡也。此常州派之所由起也。荆溪周济稍后出,尝谓:"词非寄托不入,专寄托不出。"其所立论,实足推明惠言之说而广大之。盖自济而后,常州派之壁垒益固矣!词之有常州,以救浙派俳巧之弊;犹之文之有湘乡,以矫桐城懦缓之失也。桐城之文,富神韵而馁气势,略如诗之有渔洋,词之有浙派;然而有不同者,盖崇雅淡而排涂饰,不如渔洋诗、浙派词之好修饰而略性情。此以流派论;若就词论词,南宋而还,极盛于清;然惟纳兰成德、项鸿祚、蒋春霖三人为当家耳!成德《饮水词》,哀感顽艳,得南唐后主之遗;虽长调多不协律;而小令则格高韵远,极缠绵婉约之致。鸿祚《忆云词甲乙丙丁稿》,古艳哀怨,如不胜情;荡气回肠,一波三折,有白石之幽涩而去其俗;有玉田之秀折而无其率;有梦窗之深细而化其滞;殆欲前无古人!其《乙稿自序》云:"近日江南诸子竞尚填词,辨韵辨律,翕然同声,几使姜、张俯首;及观其著述,往往不逮所言。"云云,婉而可思!《丁稿自序》云:"不为无益之事,何以遣有涯之生!"亦可以哀其志矣!以成德之贵,项氏之富,而填词皆幽艳哀断,异曲同工,所谓别有怀抱者也。浙中填词为姜、张所缚,百年来屈指惟项鸿祚有真气耳!蒋春霖为诗,恢雄肮脏,若《东淘杂诗》二十首,不减少陵《秦州》之作;乃易其工力为长短句,镂情刬恨,转毫于铢黍之间,直而致,沈而姚,曼而不靡。文字无大小,必有正变,有家数;春霖《水云词》,固清商变徵之声,而流别甚正,家数甚大;与纳兰成德、项鸿祚二百年中,分鼎三足!咸丰兵事,天挺此才,为倚声家杜老;而晚唐、两宋一唱三叹之意则已微矣!或曰:"何以与成、项并论!"应之曰:"清初王士祯、钱芳标钱芳标,字葆馚,华亭人,所著《湘瑟词》有"惊才绝艳"之誉。一流为才人之词,张惠言、张琦、周济一派,为学人之词。惟三家是词人之词,固不以流派限矣!"

此近代文学之大略也。现代文学者,近代文学之所发酵也。近代文学者,又历古文学之所积渐也。明历古文学,始可与语近代。知近代文学,乃可与语现代。既穷其源,将竟其流,爰述历古文家为编首。

上编 古文学

一 文

1. 魏晋文

王闿运附廖平、吴虞

　　方民国之肇造也,一时言文章老宿者,首推湘潭王闿运云。
　　王闿运,字壬秋,又字壬父。生时,父梦神榜其门曰:"天开文运。"因以闿运为名。顾天性愚鲁！幼读书,日诵不及百言,又不能尽解。同塾者皆嗤之！师曰:"学而嗤于人,是可羞也！嗤于人而不奋,无宁已！"闿运闻而泣！退益刻励,昕所习者,不成诵不食;夕所诵者,不得解不寝。年十五,始明训故;十九补诸生,与武冈邓辅纶、邓绎等结兰陵词社,号"湘中五子";二十通章句;二十四而言《礼》,作《仪礼讲》十二篇;二十八达《春秋》。其治学初由《礼》始,考三代之制度,详品物之体用;然后通《春秋》微言,张《公羊》,申何休,今文家言于是大盛也！时则让清之季,学者承乾、嘉以来训诂章句之学,习注疏;为文章法郑玄、孔颖达,有解释,无纪述,重考证,略论辨,掇拾丛残,而不知修辞为何事;读者竟十行,辄隐几卧。而闿运不谓是,因慨然曰:"文者,圣之所托,礼之所寄,史赖之以信后世，人赖之以为语言。词不修，则意不达；意不达，则艺文废，俗且反乎混沌！况乎孳乳所积，皆仰观俯察之所得；字曰文，言其若在天之星象，在地之鸟兽蹄迹，必其灿著者也！今若此，文之道或几乎息矣！"故其为文悉本之《诗》、《礼》、《春秋》，而溯庄、列，探贾、董，旁涉释乘；发为文章，乃萧散似魏晋间人；大抵组比工夫，隐而不现，浮枝既削，古艳自生。平湖张金镛方督学湖南，科试录遗才，得闿运卷，惊曰："此奇才也！他日必以文雄天下！"急延见，称勉之，且曰："湖岳英灵，郁久必发，其在子乎！"

中咸丰癸丑举人；应礼部试，入都。肃顺柄政，待为上宾。一日，为草封事；文宗叹赏，问属草者为谁？肃顺对曰："湖南举人王闿运。"上问："何不令仕？"曰："此人非衣貂不肯仕！"上曰："可以赏貂。"故事，翰林得衣貂。时闿运在公车，意不欲他途进也！既，文宗崩，孝钦皇后骤用事，诛肃顺。而闿运方客山东，得肃顺书招之；将入都，闻肃顺诛，临河而止，有《人日寄南昌高心夔伯足诗》曰："当时意气各无伦，顾我曾为丞相宾。俄罗酒味犹在口，几回梦哭春华新！"即咏肃顺也，不胜华屋山邱之感！后数十年，闿运老矣；而主讲船山书院时，一夜朗诵此诗，说肃顺故事，曰："人诋逆臣，我自府主！"泪涔涔下！某岁走京师，托言计偕，而实未与试，阴以卖文所获数千金，恤肃顺之家云！闿运诙谐善谑，独于朋友死生之际，风义不苟如此！

肃顺既败，乃踉跄归，伏匿久不出。旋参两江总督曾国藩军事。国藩，闿运通家也；其初简屏仪从，延纳士人，重法以绳吏胥，严刑以殛奸宄，皆纳闿运议！闿运谓："国藩之文，欲从韩愈以追西汉，逆而难！若自诸葛忠武曹武王以入东汉，则顺而易。"而国藩不能用也！独谓闿运文有慧业，极称其《秋醒词序》！其辞曰：

戊午中秋既望之次夕,余以微倦,假寝以休。怀衿无温,憬焉而寤!方醒之际,意谓初夜;倾听已久,乃绝声闻。揽衣出房,星汉照我。北斗摇摇,庭院垂光。芳桂一枝,自然胜露。秋竹数茎,依其向月。青扉半开,知薄寒之已入。垩墙如练,映苔地以逾阴。象床低彩凤之帷,金釭续盘龙之焰。罗帱轻扬而已惊蚊宿,锁窗无听而坐闻虫语。湛湛之露,隔鸳瓦而犹凉。瑟瑟之风,送鸡声而俱远。辽落一声,旁皇三叹!岂象罔三求之后,将钧天七日之终?怃然自失,旋云有得矣!嗟乎!镜非辞照,真性在不照之间;川无停流,静因有不流之体。然则屡照足以疲镜,长流足以损川;推移之时,微乎其难测也!且齐有穿石之水,吴有风磨之铜,油不漏而炷焦,毫不坠而颖秃,积渐之势也!笋一旬而成竹,松百年而穿天,迟速之效也!人或以百年为促,而不知积损之已久!或以耄期为寿,而不知佚我之无多!是犹夏虫之疑冰,冬鹬之忌雪矣!一年已来,偶有斯觉;未觉之顷,相习为安!况同景异情,觉而仍梦!庸得不即机自警,依影冥心者哉!于斯时也,从静得感,从感生空;意御列风之是非,乘轩云而升降,接卢敖之汗漫,入李叟之有无,犹陈思之登鱼山,茂陵之叹敝屣也!俄而侍娃旋起,闺人已觉,一庭之内,群籁渐生;似华胥之顿还,若化城之忽返;是知安闺房者,苦人之扰天;栖空山者,必静而慕动。神仙纵可以学至,倘非智慧之士所得而息机焉。居尘途而谈玄冥,在金门而希隐遁,悬车之愿徒设,拂衣之效无闻!与夫北山轩眉,终南捷仕,牛巢论禅代之事,武陵知汉晋之迁,亦有欣哀,未容相笑也!若出而思隐,将隐而思出乎?子思所以有素行之箴,许行所以有一瓢之累也!但幸契遐心,堪祛劳虑,信有为之如六,悟还真之用九。盖梦在百年之中,而愁居七情之外,由是澄心眇言,然脂和墨,聊赋其意,命曰《秋醒词》。浣笔冰盂,叩声霜磬,飞萤入户,引幽想以俱明;早雁拂河,闻秋吟而不去。人间风月之赏,别有会心;道场人天之音,切于常听也!

自诧以为生平妙文,无过此者! 文章雍容,遨游群帅间。而是时,天下大乱,将帅各开幕府,招致才俊。曾国藩尤称好士。贱人或起家为布政,裸身来,归资巨万,士争自效! 闿运独为客,不受事,往来军中,或旬月数日即归。后国藩益贵,宾客皆为弟子,闿运仍为客。尝至江宁谒国藩。国藩未报,遣使招饮。闿运笑曰:"相国以我为铺啜来乎!"即携装乘小舟去。国藩追谢之,则已归矣! 撰《湘军志》,叙曾国藩之起湘军,及戡平太平军本末;虽表扬功绩,而言外见意,于国藩且有微辞;不论其它;文辞高健,为唐后良史第一! 惟骄将惮其笔伐,造作蜚语,谓得暮夜金,所纂有乖故实,购毁其板,欲得而甘心焉! 然闿运自以为记事追太史公,趑趄不多让也! 其记事之流传者,《湘军志》而外,有《录祺祥故事》,其辞曰:

恭忠王母,文宗慈母也;全太后以托康慈贵妃;贵妃舍其子而乳文宗,故与王如亲昆弟。即位之日,即命王入军机,恩礼有加;而册贵妃为太贵妃。王心慊焉! 频以宜尊号太后为言。上默不应。会太妃疾,王日省视,帝亦省视,一日,太妃寝未觉,上问安至。宫监将告,上摇手令勿惊。妃见床前景,以为恭王,即问曰:"汝何尚在此? 我所有,尽予汝矣! 它性情不易知,勿生嫌疑也!"帝知其误,即呼额娘,太妃觉焉,回而一视,仍乡内卧不言。自此始有猜,而王不知也。又一日,上问安入。遇恭王自内而出。上问:"病如何?"王跪泣言:"以竺!意待封号以瞑!"上亶曰:"哦!哦!"王至军机,遂传旨令具册礼。所司以礼请,上不肯却奏,依而上尊号;遂愠王,令出军机,入上书房;而减杀太后丧仪,皆称遗诏减损之;自此远王同诸王矣!庚申之难,令王留守。至热河,帝疾;独军机诸臣在;王及醇王皆不侍。八月初,王具奏请省视。帝疾竺,以不能坐起,强起倚枕手批王奏曰:"相见徒增伤感,不必来觐!"其猜防如此。故肃顺拟遗诏,亦缘上意,不召王与顾命也!肃顺本郑王房,以功世为亲王;与袭郑王异母;以才敏得主知,自辅国将军为户部尚书,入军机,专断不让。怡王即世宗弟,亦以宠世王;袭王载垣与袭郑王端华皆依肃顺为用。初诏谒陵出都,实辟夷兵,而讳其行。行日之朝,犹有诏言"君死社稷"。独肃顺先具行装,备路赍。自都启行,供张无办;后妃不得食,惟以豆乳充饭;而肃顺有食担,供御酒肉。后御食有膳房,外臣不敢私进。孝贞、孝钦两后不知其由,以此切齿于肃顺!及之热河,循例进膳。孝贞又言:"流离羁旅,何用看席?请蠲之!"文宗曰:"汝言是也,当以告肃六。"明日,诏问云云。肃顺知上旨,则对以:"费亡几!若骤减膳,反令外惊疑!"上心喜所对,即诏后曰:"肃六云不可!"后益恶肃顺矣。已而大行,遗诏八臣受顾命如故事。孝贞诏顾命臣,以防雍阁为词;日进章疏,仍由内发;军机拟旨,上后览发,以小印为记;小印曰"同道堂",不知何时人刻,汉玉为之。汉玉者,汗玉也;殉葬玉,皆假名汉。文宗初晏朝;后至御寝,问侍寝何人,升坐责数之。上既视朝,心念后未还,恐有变;即还寝,则宫监森然侍立;知后升坐,即戒毋报知皇后;潜步入,则后方上坐,侍妃跪前。后见上至，下迎；帝即坐后坐，跪者犹未敢起；后立帝旁。帝阳指跪者，问后："此何人也？"后跪奏："自祖宗以来，寝兴有定法。今帝以醉过辰不出朝；外间不知，皆以奴无教；故责问彼何以多劝上酒。"帝叹曰："此自我过，彼何能劝我？且宜恕之！"后奉诏，因曰："此主子宥汝。以后无论何处醉，惟汝是问！"帝惭，即索所佩，唯一玉印，解赐后以谢。"同道"章自此始，今乃以为信；而或说不知，安有传伪云！既而御史高延祜上请垂帘，本后意也。以示顾命臣。肃顺即言："按制当立斩！"孝贞心怍焉，即曰："我辈不用其言足矣，不必深求！"及票拟上，议斩。奏下，独留高摺不发。于是军机三日不视事；孝贞问，则以对前摺未尽下！于是孝贞涕泣，自起检奏予之；拟高摘为披甲奴。越日大临，后见醇王福晋而泣。醇王福晋，孝钦妹也；孝贞亦妹之，故相亲善，诉其事，曰："欺我至此，我家独无人在乎？"福晋言："七耶在此！"孝贞喜曰："可令明晨入见！"及明，醇王入直庐前。肃顺问："何为？"对以"召见。"肃顺哂曰："焉有此！"斥令退。王退，立外阶。俄宫监来窥直房，旋去；而军机至晏，竟不叫起！叫起者，召见分班，一见为一起；军机则皆同入为头起；此日不召头起，先召醇王。宫监来窥者三，终不见醇王至；三至，乃自语曰："七耶何不来？"王在外闻之，即应曰："待久矣！"来监亦曰："待久矣！"遂引王入。肃顺在内坐，不能阻王。既对，孝贞诉如前。醇王曰："此非恭王不办！"后即令往召恭王。醇王受命，驰还京！三日，与恭王至，军机前辈也；至则递牌入。谒梓宫，因见后。后诉如前。恭王对："非还京不可。"后曰："奈外国何？"王奏："外国无异议。如有难，惟奴才是问！"后即令王传旨回銮，令肃顺护梓宫继发。既之京,即发诏罪状顾命八臣,俱拿问。怡、郑二王犹在直房,恭王出诏示之,皆相顾无语。王问:"遵旨否?"载垣曰:"焉有不遵!"王即拱之出,则以备车送宗人府。于是遣醇王迎提肃顺,即庐殿旁执诣刑部。肃顺骂曰:"坐被人算计,乃以累我!"临刑,骂不绝;卒以拦阻垂帘斩于市,而赐二王死!一时无识者谓之"三凶"。即诏旨亦不知垂帘之当斩也。先是改元祺祥,至是改同治。设三御坐,召见听政如常仪。名治肃党,以常酒食往来者当之。而恭之任事,委权督抚,朝政号为清明。颇采外论,擢用贤才能特达者,不为遥制。然宫监婪索;亲王密迩,时有交接,辄加犒赉,则不足于用。而国制,王贝勒不亲出纳,奉给庄产,皆有典主者,率盗侵以自给;及入枢廷,需索尤繁。王恒忧之!福晋父,故总督也,颇习外事,则以提门包为充用常例。王试行之而财足用。于是府中赇赂公行,珍货猥积,流言颇闻。福晋亦患之而不能止矣。王既被亲用,每日朝,辄立谈移晷,宫监进茗饮。两宫必曰:"给六耶茶。"一日,召对颇久。王立御案前,举瓯将饮,忽悟此御茶也!仍还置故处。两宫哂焉!盖是日偶忘命茶。而孝钦御前监小安方有宠,多所宣索。王戒以:"国方艰难,宫中不宜求取!"小安不服,曰:"所取为何?"王一时不能答,即曰:"如瓶器杯盘,照例每月供一分,计存者已不少,何以更索?"小安曰:"往后不取矣!"明日进膳,则悉屏御磁,尽用村店粗恶者。孝钦讶问,以"六耶责言"对。孝钦愠曰:"乃约束及我日食耶!"于时蔡御史闻之,疏劾王贪恣。它日,诏王曰:"有人劾汝!"示以奏。王不谢,固问:"何人?"孝钦言:"蔡寿祺!"王失声曰:"蔡寿祺非好人!"于是后积前事,遂发怒,罪状恭亲王,有"暧昧不明,难深述"之语。

朝论大惊疑！而外国使臣亦询军机事所由，用是得解。复召见，王痛哭谢罪，复直如初。以疑忌挤去者八人，军机有前后八仙，与前顾命者为对，皆以目恭王云！然恭王自是益谨！而安得海以擅出京师，诛于历城！李莲英继用事，烜赫过于小安，而谨饬慎密，竟终事孝钦。恭王亦以功名终，得谥曰贤，不遇祸败。然王大臣纳贿之风，及孝钦颇留意进献，皆自王倡之！五十年来，议和主战，终归于服从，亦孝钦之过虑也！恭王、孝钦皆有过人之敏知，而俱为财累。乃至德宗末年，天下惟论财货；及禅让亦以贿成，用兵惟先言饷，动至千百万；和款外债遂巨兆。举古今不闻之说，公言之而不怍，开辟以来未有之奇，盖又咸、同以来所不料者！以前史论之，战国、秦、楚之际，庶几肇兹。自非张四维，革浇风，吾乌知其所底哉！

盖作于国变以后；然婉而章，尽而不污，与《湘军志》同为逊朝大掌故文字也！既以肃党摈不用于时，大治群经，出所学以开教授。谓："文章之道，词不追古，则意必徇今。率意以言，违经益远；是以文饰者胥尚虚浮，驰骋者奋其私知！故知文随德异，宁独政与声通！欲验流风，尤资总集。但萧楼留《选》，仅存梗概；梅纪旁搜，未区门目。自馀捃摭，莫识津涯。蔽所稀闻，咻于众楚。"因辑《八代文粹》，广甄往籍，类分仍夫《萧选》，正副略仿《李钞》，要以截断众流，归之淳雅；并为述其本由，使必应于经义。四川总督丁宝桢钦其贤，延为成都尊经书院院长。至之日，则进诸生而告之曰："治经要道，于《易》，必先知《易》字含数义，不当虚衍卦名。于《书》，必先断句读。于《诗》，必先知男女赠答之词，不足以颁学官，传后世。一洗三陋，乃可言《礼》。《礼》明，然后治《春秋》。"又曰："说经以识字为贵,而非识《说文解字》之为贵。"又曰:"文不取裁于古,则亡法!文而毕摹乎古,则亡意!""然欲取裁于古,当先渐渍乎古。先作论事理短篇,务使成章;取古人成作,处处临摹,如仿书然,一字一句,必求其似;如此者,家信账记,皆可摹古。然后稍记事,先取今事与古事类者,比而作之;再取今事与古事远者,比而附之;终取今事为古所无者,改而文之;如是者,非十馀年不成也。人病欲速!"遂教诸生以读《十三经注疏》、《二十四史》及《文选》之法。诸生日有记,月有课,暇则习礼,若乡饮投壶之类,三年皆彬彬进乎礼乐。厥后廖平治《公羊》、《穀梁》、《春秋》、《小戴记》;戴光治《书》;胡从简治《礼》;刘子雄、岳森通诸经;皆有师法,能不为《阮氏经解》所囿,号曰蜀学。既还,主长沙校经书院,移衡州船山书院、江西大学堂。弟子数千人。学者称为湘绮先生。

湘绮先生者,盖因闿运自署所居之楼而称也。闿运闲雅广达,饶文史之乐,早岁偕妻赁庑,殊逼仄不甚适,自署曰湘绮楼,诵谢仪曹诗曰:"高文亦何绮,小儒安足为!"自以"好为文而不喜儒生,绮虽未能,是吾志也!"故以为名。然是时实未有楼也。后于长沙定王故台之旁,得三楹而居,有楼甚广,开窗即见湘水接天,山峦起伏,苍波无际,悠然景物,悉纳户牖。闿运于是大乐,欣得其所也!曰:"此真湘绮楼矣!"夫人蔡氏名藄生,亦知书,能诵《楚辞》以娱媚于闿运。先是闿运之少也,谒于蔡氏。有女贞不字,窥帘见以为丰裁独秀!其父微测其意,告于祖母,问曰:"湘潭王生尚有文才,惜太贫耳!"女默然久之,第曰:"贫亦何害!"祖母曰:"然则汝肯嫁若耶?"女益默然。父友丁取忠方善闿运,绳而媒焉。闿运少喜标置,不乐土风,未之许也。他日丁取忠乃言蔡女高傲,或劝勿媒。闿运遽曰:"女中安得高者?"请愿娉焉。问名之夕,梦通谒者红锦金书,惟媞字朗然;旦得庚帖;越二岁来归,故字以梦媞。既习礼容,尤矜风格,明眸广额,鬒发稠如。姻家黄尝大会族亲,满堂黻佩。或问谁为王嫂。黄母笑曰:"刘妇莱妻,一望识矣!"自以居贫,恒严取受。顷岁绝食。有馈金求闿运文者,笑曰:"当作则与,文可鬻耶?"已而闿运果却之,相视辗然。闿运居湘绮楼之一年,而太平军作难,曾国藩起湘军,闿运奋焉有用世之志,出参军谋,归读我书。邻园有鹤夜鸣,辄起徘徊,赋诗曰:"鹤唳华池边,气与空秋爽。平生志江海。低羽归尘鞅!"翛然有世外之致也。既,兵久不解,疮痍遍地,白日闭城,但有师旅,干戈之光映月,而哭声盈野,变故陈沓。闿运乃絜妻避兵明冈,六年还城,则困甚! 自言:"家无儋储,月供房税;靡菽水之福,有泉刀之苦。"乃身之广州,写所经途,有《到广州与妇书》,其辞曰:

> 吾自度揭岭,日远故国。下滩乘泷,并值冬涸,川石露列,溪流清弱,泷船柔脆,篙师拙狞。自平石至乐昌,乃昔迁客涕泣惊怖之地。凡有六泷,郦道元所谓"崖壁千空,交柯晦景"者也! 泷原由溱入洭,汉桂阳太守周昕疏凿巨石,始通舟楫;旧有祠祀昕,今惟祠祷韩愈。素湍激雪,风涛凛厉;估舟惊望,叹若天堑。然观其水势,浅陕殊甚。徒极奔溅之状,实无浩汹之奇。吾舟下泷时,触破来舫,移岸迁货,纤毫得济;非有江湖稽天之浸,风涛呼吸之危也;而众人矜惜衣装,婴于濡没,重载轻发,自取碎破;清水白石,遂受恶名! 耳口相传,自为眩惑,致使衣带之水,与吕梁齐险。祷求谪臣而使君废祀。以愈生时,犹不自济,欲其为福,不亦难乎? 由乐昌下大舟,东至曲江,五岭之口也。县以曲红冈而名;"江"、"红"声同,因改字矣! 设

府建关，控引吴楚；浮桥横江，以榷舟税。大艑巨舰，骈阗于此。韶石在其北，郦生所记二仙分憩之处也！自唐以前，传虞舜奏乐于此，乃英德亦有尧山。道元引耆旧之言，云"尧行官"。王韶之记亦谓"尧故亭"。又曰："父老相传南巡登此。"然则禹迹以前，斯为内地。且金银轮王治四天下；唐、虞二圣，岂局步于五岭乎？从英德至清远，经历三峡，即浈阳大庙中宿也。大庙介二峡之间，赵佗筑万人城；杨仆伐破寻狭，亦此岸地。然是陆地之要区也；江行之奇，则在浈阳。道元云："两岸杰秀，壁立亏天。"张子寿亦言："晴昼山阴，先秋水冷。"后人始开栈道，建峡山寺于上。悬崖长啸，江帆萧瑟，虽词客寻玩，淹流忘俗；而旁山剥落，翠秀靡依；以吾卧观，未为佳胜也！且南州炎德，草木恒青；藻丽山川，宜增幽映。而石壁竦仄，势若火燎，丹皮赭骨，寸茎不附；孰如蒸湘，岩树葱茏，松竹杉柏，陵冬鲜碧；故过岭以南，无可瞻悦。但此峡擅名既久，未跻绝壁；江山嘉会，步步异形；若登临俯观，或当有异。故周夔云："碧澜之下，寸寸秋色，乳枝磬落，松风瑟缩。"得此石室，题为难到矣！《吴都赋》以闽禺楫师，习御长风。今老龙河西等船，实为蠢陋；舟形彭亨，水手粗疏，每下篙竹，喧呼叫跳，足若蹄踏，号声惨烈；清旦黄昏，闻者骇悸。兼劫盗肆出，人人自危。下至三水，乃稍稍清旷。三水今县，《汉·地志》所谓"洭水南至"，四会之地也。洭水自清远来，曰浈江；牂牁水源流万里，自肇庆来，曰西江；晋康水自广宁来，曰绥江；均会昆都，故为县号。绥江至县，复分二派；同为一川，故昔言四会矣！冬水尽涸，舟楫无利；始以季冬六日至于广州。此州实四宅之南交，荆州之下徼。自汉迄今，繁富有名。往在他方，闻彼土人，说其物产，矜炫殊绝,云甲天下!及躬览风物,考之图志,要其土俗,可得而言焉!州为秦南海郡地。《山海经》所谓贲禺,郭景纯云:"今番禺也。"姚文式言:"城东南偏有水坑陵,此县人名之为番;城倚其上,在番山之隅也。"城始筑自越人公孙隅,号曰南武;楚威王时有五羊衔谷穗之瑞,乃增筑楚亭,城周十里,号五羊城。及任嚣、赵佗始成都会。吴步骘又廓番山之北。及宋,筑子城瓮城,又增两翅以卫居民。明永嘉侯朱亮祖始连三城为一,即今省城制也。市廛逼窄,第宅坚陿,街衢垢秽,无洁清之容。民言侏㒖,贪利好奢,自外中国,别为风气。地性蒸暖,易生疾疫,蚊蝇乘其昏运,蛇鼠充其毒食。瘴疠风淫,尤多盲女。昔人言之详矣!岛夷杂糅,诡服殊形;刀剑火枪,纵横于路。民无正业,习为博盗,白昼攫金,露刃连队,不知其非法也!俗取周兴嗣《千字文》,列字八十,分为一章,四分取一,任人射覆;凡出三钱,许射一条;由一至百千万,不限字数;全中,其利千倍;一钱之资,偿以十金。国人若狂,梦想颠倒,号曰"白鸽标",此敛财之巧术也!意钱掷骰,割肉悬壶,戴钩恹牌,皆供赌输;愚者倾家,智者疲神,古博徒所未闻也!凡娼女冶容,多乐隐蔽;独此邦中,视同商贾,或连房比屋,如诸生斋舍之制;或联舟并舫,仿水师行营之法;卷发高尾,白足著屐;燕支涂颊,上连双眉;当门坐笑,任客择视。家以千计,人以万数;弦唱撮声,尽发鸠音。远游之人,窈窕之性,入于其间,若抱虎狼;斯实男女之一厄乎!异物恒产,来自番舶,土人所甘,良亦奇诡。菜必生辛,羹必稠甜。若夫槟榔酸涩,蕉子甘烂,薯重十斤,芥高七尺,君迁小柿,新会大橙,不含霜雪,多复皱腐。腌橄榄以盐豉,取蚁粪为奇南,容树不可爨,木棉不可絮。

奇器巧制,则故贱其直;水火菽粟,则尽昂其贾! 陆生所记"南越之境,五谷无味,百花不香"者,信非他方之所取也。冬至初过,桃荣梅落,馀花生红,多不辨名,但有其质,聊无其姿,亦何取于长春乎？邦人市海鲜,别为厨馆,则有鲨鱼之翅,海蛇之皮,章举马甲,鳜鲵天蚝,咸蟹龙虾,雄鸭腊鹑,腥秽于市井,纷错于楼馆者,不可胜计。又俗好烧炙,物喜生割,操刀持叉,千百其徒,乞人待肉食而餐,宾筵以多杀为豪;婚礼烧猪,辄列数百。俗无羞耻,取妇以得女为奇! 床笫之私,守宫之验,明告六亲,夸以为荣。知礼之家,亦复随俗。亦既觏止,我心则降,此犹可笑叹者也！通商之夷,何止百种,蟠据城府,敖兀大官;屈心事之,惟恐不欢;况敢设备豫乎？外郡土客,仇杀未已;且不受官劝,谁能用武。乡村族居,多建炮台。县官催科,动必发兵;幸而战胜,惧乃纳税。省中录囚,日屠百人,皆无辜之穷老,受泉而代死。子卖其父,如犬羊然。轻命嗜货,三纲绝矣！早富则为大豪,夕贫则充盗魁。昔南汉刘铱奢僭自雄,乐裸逐之戏,制烧煮之刑。今久渐皇风,犹为恶俗！若非猛厉廉正,贵士贱商,先教礼让,后禁淫盗,则伊川之野,不百年而为戎乎！尉佗文理以止斗,陈祖奋武而勤王,彼何人哉！彼何人哉！吾乡游宦士大夫,多怀归思。亦有强壮,无瘴而夭,柳生夏涸,翁君冬亡,虽会冥数,诚可悲惧也！容兄以卑官居韶,十口饥寒;其妻与妾居,比肩钧敌,呼嫡子为儿,视所生如奴。山农新取南女,以为继妻。此女矜其华年,轻鄙老夫,动即叫骂,坐必偃蹇;同之南海,便褰裳而去,独坐夷船,还其母家;虽冯敬通之悍妻,贾公闾之妒妇,以今方古,未足云奇！亦近世之新闻,女史之一鉴也。夫阴教不修,夫妻同过;但责女德,岂足云乎？想卿闻斯,达此谊也。吾好为远游,何必乐土！优游自如,身心无患！比读庄生之文,悟其元旨,知物论生于是非,生死累于形骸,颇欲逍遥以化成亏,何觉哀乐之殊境,离合之异轨乎？惟恐淑子独处幽忧。聊书所经,以为笑噱。冬寒日轻,春物方妍,起坐眠食,勉当自慎;时复手书,以慰劳动！

诵者谓"辞章之美,情必极貌以写物,辞必穷力而追新";先民有作,鲍照《大雷》差相拟也。诗才尤牢罩一世,各体皆高绝。而七言近体则早岁尤擅场者。其《重悼师芳》闿运女,适钟,未逾年夭。诗曰：

初月无端入玉棂,露痕如白又如青。不成眉样依明镜,遥想啼痕染素馨。自是长愁甘解脱,未应多慧语娉婷。文姬死后知音少,吟尽伤心只自听！

又《泰安岱祠》曰：

三重门阁敞清晖,碧殿丹墀对翠微。路入仙坛孤影静,气通天座百灵归。秦碑古藓青成字,汉柏神风绿晕衣。祠令奉高严祀久,不同诸岳倚岩扉。

《斗姥宫尼院》曰：

瑶阶翠柏不知霜,仙地宜分玉女房。镜里云霞烘月影,川中脂粉带天香。灵官定有珠为蕊,尘世应知海未桑。朱鸟窗前几人到,等闲邪见莫思量！

《雪霁登玉皇顶》曰：

> 黄河如线海如杯，表里泱泱四望开。战国曾嫌天下小，登封常见圣人来。扶桑浴日光先照，匹练浮云首重回。一片空明尽冰雪，便疑身在九瑛台。

雅健雄深，颇似陈卧子，有明七子之声调而去其庸肤；**此其所以不可及也**。顾其集中所存，无七言近体，盖晚年手订全稿时删去者；惟"湘中旧刻"本内有七言绝律二卷，曰《杜若集》、《夜雪集》。而七言古最著者，莫如所作《圆明园词》一篇，韵律调新，风情宛然，乃敩唐元稹之《连昌宫词》，不为高古，于《湘绮集》为变格；然要其归引之于节俭，而以监戒规讽终其篇，亦仿元稹《连昌宫词》之体也。**冈罗园故，序而行者，则署名长沙徐树钧焉**。其词曰：

> 圆明园在京城西，出平则门三十里，畅春园北一里许；世宗皇帝藩邸赐园也。圣祖常游豫西郊，次于丹棱沜，乐其川原，因明武清侯李伟清华园旧址，筑畅春园。藩邸赐园故在其傍。雍正三年，乃大宫殿朝署之规，以避暑听政；前临西山，环以西湖。湖水发原玉泉山，曰瓮山，度宫墙东，流入清河，《水经注》所谓"蓟县西湖，渌水澄淡，燕之旧池"者也。东流为洗马沟，东南合高梁之水，故鱼稻饶衍，陂泉交绮。高宗皇帝嗣位，海宇殷阗，八方无事，每岁缔构，专饰园居。大驾南巡，流览湖山风景之胜，图画以归，若海宁安澜园、江宁瞻园、钱塘小有天园、吴县狮子林，皆仿其制，增置园中；列景四十，以四字题扁者为一胜区，一区之内，斋馆无数。复东拓长春，西辟清

漪，离宫别馆，月榭风亭，属之西山；所费不计亿万。园地多明权珰别业；或传崇祯末，诸奄皆以珍宝窟宅于兹；乾隆间浚池，发金银数百万。每岁夏幸园中，冬初还宫。内廷大臣赐第相望；文武侍从并直园林，入直奏对，昕夕往来，络绎道路。历雍、乾、嘉、道，百馀年于兹矣。文宗初，粤寇踞金陵，盗贼蜂起。上初即位，求直言，得胜保、曾国藩、袁甲三三臣，既以塞、程、徐、陆先朝重望，相继倾覆，始擢用前言事者，各畀重任。三臣支柱，贼不犯畿；然迭胜迭败，东南数省，蹂躏无完土。主上悯苍生之颠沛，慨左右之无人，九年冬，郊宿于斋宫，夜分痛哭；侍臣凄恻；大考翰詹，以宣室前席发题，忧心焦思，伤于祸乱；然后稍自抑解，寄于文酒；以宫中行止有节，尤喜园居；冬至入宫，初正即出。时园中传有四春之宠，皆汉女，分居亭馆；所谓杏花春、武陵春、牡丹春、海棠春者也。然上明于料兵，委权阃外，超次用人，薄内称哲；而部院诸臣，无所磨厉，颇袭旧敝；晚得肃顺，敢言自任，故委以谋议。先是道光二十年，英吉黎夷船至广东香港，求通商不得，又以烧烟起衅；执政议和，予海关税银千八百万。英夷请立约，广督耆英与期十年；届期而徐广缙督两广。夷使至广州，拒不许入以受封爵。夷酋恨焉，志入广州。咸丰元年，英吉黎、佛朗西、米利坚各国，乘粤寇鸱张，中国多故，复以轮舶直入大沽口。台王僧格林沁托团练之名，焚其二船，尽击走之。夷人知大皇帝无意于战，特臣民之私愤；乃潜至海岸买马数千，募群盗为军，半年而成。再犯天津，称西洋马队。闻者恐栗。夷马步登岸，我未陈而敌骑长驱矣！十年六月十六日，上方园居，闻夷骑至通州，仓卒率后嫔幸热河；道路初无供帐，途出密云，御食豆乳麦粥而已！十七日,英夷帅叩东便门;或有闭城者,闻炮而开。王公请和,和议将定。十九日,夷人至圆明园宫门,管园大臣文丰当门说止之。夷兵已去,文都统知奸民当起,环问守卫禁兵,一无在者,索马还内,投福海死。奸人乘时纵火,入宫劫掠;夷人从之;各园皆火,三昼夜不熄;非独我无官守诘问,夷帅亦不能知也。初英夷使臣巴夏里已拘刑部,和议成,以礼释囚;于是巴夏里与夷帅各陈兵仗,至礼部,订约五十七条,予以海关税银三千六百万;而夷人抵偿圆明园银二十万。十一年七月,文宗晏驾热河。今上即位,奉两宫皇太后还京,垂帘十载,巨寇削平;而夷人通商江海,往来贸易,设通商王大臣以接夷使。然常言"某省士民毁天主教堂","某省不行其教","某省民教挑衅",日以难我,应之不暇;盖岌岌乎!华夷杂处,又忽忽十有一年;园居荒虚,鞠为茂草;西山大寺,夷妇深居。予旅京师,恻然不敢过也!同治十年春,同年王壬父重至辇下,追话旧游;张子雨珊亦以计偕来,约访故宫,因驻守参将廖承恩许为东道主,四月十日,命仆马,同过绣漪桥,寻清漪园遗迹,颓垣断瓦,零乱榛芜,官树苍苍,水鸣呜咽。由辇路登廊如亭,望万寿山,但见牧童樵子,往来林莽间。暮从昆明湖归,桥上铜犀卧荆棘中,犀背御铭,朗然可诵。明日访守园者,得董监,自言:"年七十馀,自道光初入侍园中,今秩五品。"居福园门旁。导予等从瓦砾中循出入贤良门而北,指勤政、光明、寿山、太和四殿遗址,至前湖,圆明寝殿五楹,后为奉三无私殿,九州清晏殿,各七楹;坏壁犹立,拾级可寻。董监言:"东为天地一家春,后居也。西为乐安和,诸妃嫔贵人居也。洞天深处,皇子居也。"清辉殿为文宗重建,与五福堂、镂月开云台、朗吟阁,皆不可复识。镂月开云者,即所谓牡丹春也。世宗为皇子,当花时迎圣祖至赐园;而高宗年十二,以皇孙召侍左右。三天子福寿冠前古,集于一堂,高宗后制诗,常夸乐之;经其废基,裴回怒焉。东渡湖为苏堤、长春仙馆、藻园;又北为月地云居、舍卫城、日天琳宇、水木明瑟、濂溪乐处;仅约略指视所在。东北至香雪廊,阶前苇荻萧萧,废池可辨。复渡桥,循福海西行,为平湖秋月,水光溶溶,一泻千顷;望蓬岛瑶台,岛上殿宇,犹存数楹;惜无方舟,不达其下;流水潺湲,激石成响。董监示余,"此管园大臣文公死所也!"西北至双鹤斋,又西过窥月桥,登绮吟堂,经采芝径,折而东,仍出双鹤斋,园中残毁几遍,独存此为劫灰之馀,乱草侵阶,窗棂宛在,尤动人禾黍悲尔!双鹤斋西,为溪月松风;翠柏苍藤沿流覆道;斜日在林,有老官人驱羊豕下来。东过碧柳书院,地跨池,东为金鳌,西为玉��,坊楔犹存。又东去,皆败坏难寻,遂不复往,暮色沈沈,栖鸟乱飞,揖董监出福园门,还于廖宅。廖,澧州人,字枫亭;少从塞尚阿、僧格林沁军,亦能言行间事,感予来游,颇尽宾主之欢。既夕言归,则礼部放榜日也。雨珊既落第南去,余与壬父每相过从;言念园游,辄惘惘不自得!壬父又曰:"园之盛时,纯皇勒记,必殷殷踵事之戒。然仁宗始罢南幸,宣宗尤忧国贫,秋狝之礼,辍而不举。惟夫张弛之道,宜及嘉、道时补纯皇倦勤之功;而内外大臣惟务慎节;监司宽厚,牧令昏庸,讳盗容奸以为安静。八卦妖徒,连兵十载;无生天主,教目滋繁;由游民轻法,刑废不用故也。江、淮行宫既皆斥卖;国之所患,岂在乏财!"又曰:"燕地经安、史戎马之迹,爰及辽、金,近沙漠之风矣!明太宗以燕王旧居,不务改宅,仍而至今,地利竭矣!又园居单外,非所以驻万乘;废而不居,盖亦时宜。"余曰:"然! 前年御史德泰请按户亩鳞次捐输,复修园工。大臣以侈端将启,请旨切责;谪戍未行,忿悔自死。自此莫敢言园居者! 而比年备办大婚,费已千万,结彩宫门,至十馀万;公奏朝廷,动用钱粮。婚以成礼,岂在华饰? 若前明户部司官得以谏争,余且建言矣! 又余闻慈安太后在文宗时,有脱簪之谏;《关雎》、《车舝》之贤,中兴之由也。又园官未焚前一岁,妖言传上坐寝殿,见白须老翁,自称园神,请辞而去。上梦中加神二品阶。明日至祠,谕祠之。未一棋而园毁,岂前定欤? 子能诗者,达于政事,曷以风人之意,备《繁霜云汉》之采?"于是壬父为《圆明园词》一篇;而周学士、潘侍郎见之,并叹其伤心感人,笔墨通于情性!余以此诗可传后来,虑夫代远年逝,传闻失实;词中所述,固有征者;乃为文以序之。同治十年立秋日,长沙徐树钧撰。

宜春苑中萤火飞,建章长乐柳十围。离宫从来奉游豫,皇居那复在郊圻? 旧池澄绿流燕蓟,洗马高梁游牧地。北藩本镇故元都,西山自拥兴王气。九衢尘起暗连天,辰极星移北斗边。沟洫填淤成斥卤,宫廷映带觅泉原。淳泓稍见丹棱沜,陂陀先起畅春园。畅春风光秀南苑,蜺旌凤盖长游晏。地灵不惜瓮山湖,天题更创圆明殿。圆明始赐在潜龙,因为邸第作郊宫。十八篱门随曲涧,七楹正殿倚乔松。轩堂四十皆依水,山石参差尽亚风。甘泉避暑因留跸,长杨扈从且韬弓。纯皇缵业当全盛,江海无波待游幸。行所留连赏四园,画师写放开双境。谁道江南风景佳,移天缩地在君怀。当时只拟成灵囿,小费何曾数露台。殷勤《无逸》箴骄念,岂意元皇失恭俭! 秋狝俄闻罢木兰,妖氛暗已传离坎! 吏治陵迟民困痡,长鲸跋浪海波枯。始惊计吏忧财赋,欲卖行宫助转输。沈吟五十年前事,厝火薪边燃已至!揭竿敢欲犯阿房,探丸早见诛文吏。此时先帝见忧思,诏选三臣出视师。宣室无人侍前席,郊坛有恨哭遗黎!年年辇路看春草,处处伤心对花鸟。玉女投壶强笑歌,金杯掷酒连昏晓。四时景物爱郊居,玄冬入内望春初;袅袅四春随凤辇,沈沈五夜递铜鱼。内装颇学崔字髻,讽谏频除姜后珥。玉路旋悲车毂鸣,金銮莫问残灯事。鼎湖弓剑恨空还,郊垒风烟一炬间;玉泉悲咽昆明塞,惟有铜犀守荆棘。青芝岫里狐夜啼,绣漪桥下鱼空泣。何人老监福园门,曾缀朝班奉至尊。昔日喧阗厌朝贵,于今寂寞喜游人。游人朝贵殊喧寂,偶来无复金闺客。贤良门闭有残砖,光明殿毁寻颓壁。文宗新构清辉堂,为近前湖纳晓光。妖梦林神辞二品,自注曰:咸丰九年,文宗一日独坐若瞑,见白须老人跪前。上问何人。对曰:"守园神。"问何所言。云:"将辞差使耳。"问汝多年无过,何为而去。对以弹压不住得去为幸。上曰:"汝嫌官卑耳,可假二品阶。"未一年而乱作矣。佛城舍卫散诸方。湖中蒲稗依依长,阶前蒿艾萧萧响;枯树重抽盗作薪,游鳞暂跃惊逢纲。别有开云镂月台,太平三圣昔同来!宁知乱竹侵苔出,不见春花泣露开。平湖西去轩亭在,题壁银钩连到甓。金梯步步度莲花,绿窗处处留赢黛。当时仓卒动铃驼,守官上直馀嫔娥。芦茄短吹随秋月,豆粥长饥望热河。上东门开胡雏过,正有王公班道左;敌兵未爇雍门荻,牧童已见骊山火。自注曰:夷人入京,遂至宫园,见陈设巨丽,相戒勿入,云恐以失物索偿也。及夷人出,而贵族穷者倡率奸民假夷为名,遂先纵火,夷人还而大掠矣。应怜蓬岛一孤臣,欲持高洁比灵均!丞相避兵生取节,徒人拒寇死当门。即令福海冤如海,谁信神州尚有神!百年成毁何匆促,四海荒残如在目。丹城紫禁犹可归,岂闻江燕巢林木。废宇倾基君好看,艰危始识中兴难!已惩御史言修复,休遣中官织锦纨。锦纨枉竭江南赋,鸳文龙爪新还故。总饶结彩大官门,何如旧日西湖路!西湖地薄比郇瑕,武清暂住已倾家;惟应鱼稻资民利,莫教莺柳斗官花。词臣讵解论都赋,挽辂难移幸洛车。相如徒有《上林颂》,不遇良时空自嗟。

盖同治十年所作。诗出,辇下争写。大学士周祖培、侍郎潘祖荫见之,并叹为伤心感人也!独普定姚大荣议之曰:"杜子美《曲江行》、白乐天《长恨歌》、元微之《连昌宫词》,皆歌咏天宝遗事,大率据事直书,细微曲折,罗缕尽致。惟《长恨歌》托言汉皇,杨家有女,养在深闺,稍从曲笔。然文宗诵《曲江行》,辄思复升平故事,命浚曲江池,营宫殿于四岸以状之。宣宗吊白居易诗,有'童子解吟《长恨曲》'之句;文人之荣极矣!元相遭逢尤奇!其《连昌宫词》流播禁掖,妃嫔近习皆诵之,目为元才子!中官崔潭峻录以奉御,穆宗大悦,遽召见,迭加拔擢,遂参政事。可见唐时公论犹重,是非昭著,天子不得曲护其私;而名流诗歌,并得于君父之前,指陈既往以警将来,尚有古代陈诗观风之遗。余自少喜诵元白诗歌,《连昌宫词》尤读之烂熟。窃疑所述宫殿景物,历历如绘,当是曾经目击,恐得诸人言者,不能如是亲切也!顾乃托于宫边老人之言以生文。及观郑宾光《津阳门诗序》,述其'开成中,下帷石瓮僧院,甚闻宫中陈迹'云云。'甚闻'者,巨细备悉之寓词,盖有不仅耳闻而兼得之目验者;及其裁刻为诗,则又托诸旅邸主翁口授,与元相同一用意。岂故蹈前人窠臼耶?盖皆有所避忌,而懔然于刑名之不敢干也。按《唐卫禁律》:'阑入宫门者徒二年;殿门,徒二年半;守卫不觉,减二等；主帅又减一等；故纵者各与同罪。'当二家作诗时,连昌、华清二宫旷闭已久,虽循例守卫,而颓废之馀,纠察从宽,典守者自不必斷斷与游人为难；而徇隐疏纵,容或有之。盖人情于名胜之区,往往神游目想,冀得亲尝其境以为快！况先朝离宫,陈迹故事,熟在人口,垂诸记载,艳溢心目。苟机会可乘,混迹得入；较之他项冒不韪触禁令者,情殊可原。虽纠察不及,而播为诗歌,则须衷法度；书而不法,后嗣何观。此二家诗词,所以必托诸人言,而未敢自承亲见之微意也。昔宋崇宁中,崔德符以擅入景华御苑,为主者劾奏罢职,事载《容斋随笔》。光绪丙申,合肥李文忠公奉使俄罗斯,回国入觐颐和园行宫复命,便道至圆明园游观,为所司纠举干谴。盖御苑非公园之比；主帅守卫,无许人出入特权；往游者即不自为计,独不为主帅守卫计乎？曩阅乔重禧《陔南池馆遗稿》有《敬瞻避暑山庄前后七十二景恭纪诗》,甫展卷,即诧其未娴禁令,不啻自具枷杖供招。今湘绮此词,亦未检点及此。而彼周学士、潘侍郎乃翕然称之！嗟乎,礼、刑相为表里,士大夫不知律,即不知礼,亦实不恤国体,又何怪其后外部溺职,不严引律条以拒绝外人游观之请乎！且湘绮方慨然于游民轻法,刑废不用；抑思士大夫为民表率,尚自弁髦刑章,又何责乎小民？此甚关文章体要,非其他小疵可比。嗟乎,有唐诗人之不可及,岂徒以其诗哉！即以诗论：首二句'宜春'、'建章'、'长乐'并用,似涉填凑,合下二句'离宫'云云,意殊凡近。起势平弱,入后便难振奇！中间'山石参差尽亚风'句法,出自老杜；然杜系题画,风鼓洪涛,山木自偃,转似洪涛在上,山木在下,画中风色,确有此状；故云：'山木尽亚洪涛风。'若山石是不动物,云何'亚风'？此等死句,殊难索解！然尚系小疵。其巨谬则在不考事实；就所见闻,一断以心,而为莫须有之案证。既作诗,虑故实不详,传闻或失,复自序之,而托名于同游之主事徐树钧。第诗以纪事,叙以明诗,如二者皆非纪实,则不足征信。且纪事之文,最重年月日;年月日一不分明,则事实可臆造,必启虚诬颠倒之弊。庚申之役,衅起换约。先是咸丰八年戊午四月,英、法、俄、美四国以兵轮至天津议款。英、法联兵攻陷大沽炮台,挟兵要抚。文宗命大学士桂良等至天津查办,津民遮谒道左。初,发匪北窜,扰及畿南诸地;津郡团练御贼有功。至是乃请率民团助官军拒敌。桂相不允,慰遣之。嗣津民与洋人斗殴,有英使行营参赞李国太在场帮助。李国太者,广东嘉应州人,世通番,为英人爪牙。津民恶之,纠众生禽,谋杀之。桂相恐误和局,设法解散,释李国太回船,此咸丰八年五月事也。文宗以津沽密迩宸垣,海防紧要;特命蒙王僧格林沁为钦差大臣;驻津督办海防事宜。九年己未五月各国至津换约。英人背约,闯入大沽口,且用炮炸裂我截港铁锁;僧邸饬防军击之;英众歼焉。《中西纪事》所谓大沽前后之役,是也。而序以为'咸丰元年,僧邸托团练之名击走之;夷人知大皇帝无意于战,特臣民之私愤'云云;盖误以津团剿匪,暨禽李国太之事,并为一谈。而不知文宗历年宵旰忧勤,选将筹防,意在决战;其和乃不得已耳!十年庚申六月,英法大举北犯;二十六日,闯入大沽口,陷骑兵防营;七月五日,袭踞北岸炮台,提督乐善战死;初七日,陷天津,畿辅大震,遂有驾幸木兰,举行秋狝之议。八月初一日,洋兵逼通州,文宗命怡亲王载垣驰往议款。英使额罗金遣其参赞巴夏里督带散众数十人来会。巴夏里狂悖无理,或告洋人有异志。怡邸密商僧邸,以计禽巴酋及其众二十六人,解送京师。兵端复起!初七日,洋兵长驱而北。僧邸及大学士瑞祺、副都统胜保迎击,皆败。僧邸不及具折,马上书片纸飞奏御园,请暂幸热河;遂定北狩之计。初八日寅卯间,文宗诣安佑宫行礼,启跸。六宫及诸王从焉。《东华录》及《中西纪事》所载年月日皆同,《中西纪事》于此役皆据当时公牍纂辑,故悉与奏案合,而序乃以为'十年六月十六日',与上所述'咸丰元年'事直接;于此役本末,尚在云雾之中;而又传述脱节,信笔舞文;议论可以自为,岂年月日与事实亦可以自为乎?至洋军攻海淀、焚御园及景山、昆明湖一带,先后凡二次;初次在八月二十二、二十四等日,二次在九月初四等日,湘绮以为六月十九日,大缪。皆因巴夏里被释出狱,挟被捕及虐杀其从者十三人之恨,捕系及监毙人数,《中西纪事》不详。兹据日本冈本监辅《万国史记》。意图泄忿,乃为此不道之行。先是有建议杀巴夏里者,幸而未杀;若果杀之,则英人仇我愈甚!岂仅焚掠淀园而已乎?吾淀园之焚,由巴夏里积怨深怒所致。设当时操纵得宜,抑或命有学问阅历之汉大臣主持其事,不拘辱巴酋,并致死其从人,则圆明园至今犹在,何至后来别筑颐和园,糜尽天下膏血,府怨召衅,以贾无穷之祸哉!谋国者不慎于一日,其祸必及于百年;非偶然也。世多以淀园之焚为仁和龚孝珙奇计,不然,英兵将且屠都城,此特孝珙妄言,不衷事实。而湘绮于事实不屑屑讨论;其柱意只谓朝廷不当有郊外游观之乐;若徒侈游观,必失民心;民心既失,必乘机构乱;淀园之焚,由奸民纵火,洋兵乃从之;置巴酋修怨之师不讲,只归狱于园居过侈以垂炯戒;岂非言之成理,而隔膜太甚!譬诸村媪出入侯门,虽复醉卧泉石,指陈亭馆,颂德陈箴,均违事实,无当刍荛之采也。夫愚民迫于饥寒,乘乱劫掠,诚所不免!至于御园,在当时有恭邸及桂相率禁旅驻守;事棘时,僧、瑞二军并移往偕守;何物奸民,敢揭竿倡乱乎?庚子义和拳之乱,奸民聚众杀人放火无算,然不敢扰及官署或公所。至于御园,尤其不敢。庚子之乱,甚于庚申;以后证前,其诬立辨。不斥洋酋挟屡胜之威,纵火焚掠;而归罪于孱弱之贫民,何其不衷于事实乎！《万国史记》云：英法联军闻清兵据圆明园，进攻；又走之，蹂躏宫殿，掠夺宝货。自是此案公论。传曰：'俗语不实，流为丹青。'其湘绮之谓欤！"然闿运此诗，模范唐贤，踵武梅村，淫思古意，流播辇下，传写纸贵；观其窃比相如，恨不遇时，自负亦不浅矣。

然所自喜者尤在五言古！宗尚庾、鲍，上窥建安，华藻丽密，词气苍劲，自诧不作唐以后诗。盖其沈酣于汉、魏、六朝者至深，杂之古人集中，真莫能辨也！诃之者则云："惟莫能辨，故不必自成湘绮之诗矣！"然闿运则自以尽古人之美，熔铸以出！其教人亦从摹拟入手，以为："诗则有家数，易摹拟；其难在于变化。于全篇模拟中，能自运一两句，久之可一两联，久之可一两行；则自成家数矣！"有《诗法一首示黄生》。其辞曰：

> 诗有六义，其四为兴。兴者，因事发端，托物寓义，随时成咏；始于虞廷'喜起'及《琴操》诸篇，四五七言无定而不分篇章，异于《风》、《雅》；亦以自发情性，与人无干；虽足风上化下，而非为人作。或亦写情赋景，要取自适；与《风》、《雅》绝异，与《骚》、《赋》同名。明以来论诗者动称《三百篇》，非其类也。太白，能诗者，而其说曰："五言不如四言，七言又其靡也。"太白四言如《独漉篇》，其靡殆甚！岂古法乎？无亦以大言欺人，托于《三百篇》。而不知五言出于虞时，在《三百篇》千年前乎？汉人四言乃是箴铭一类，有韵之文耳！非诗也。嵇康四言则诚妙矣，然是从五言出，盖五言之靡者也。七言出于《离骚》，开合从衡，可谓靡矣！而其气足以振靡，故与五言亦分两途；非出于五言也！今欲作诗，但有两派：一五言，一七言。五律则五言之别派，七律亦五律之加增。五绝七绝，乃真

兴体,五言法门,皆从此权舆。既成五言一体,法门乃出,要之只苏、李两派。苏诗宽和,枚乘、曹植、陆机宗之。李诗清劲,刘桢、左思、阮籍宗之。曹操、蔡琰,则李之别派。潘岳、颜延之,苏之支流。陶、谢俱出自阮;陶诗真率,谢诗超艳。自是以外,皆小名家矣!山水雕绘,未若宫体;故自宋以后,散为有句无章之作,虽似极靡,而实兴体;是古之式也。李唐既兴,陈、张复起,融合苏、李以为五言;李、杜继之,与王、孟竞爽。有唐名家,乃有储、高、岑、韦、孟郊诸作,皆不失古法,自写性情。才气所溢,多在七言。歌行突过六朝,直接二曹,则宋之问、刘希夷道其法门;王维、王昌龄、高、岑开其堂奥;李颀兼乎众妙,李、杜极其变态。阎朝隐、顾况、卢仝、刘义,推宕排阖,韩愈之所羡也。二李贺、商隐、温岐、段成式,雕章琢句,樊宗师之所羡也!元微之赋《望云骓》,纵横往来,神似子美,故非乐天之所及!张、王乐府,效法白傅,亦推于《新丰》、《上阳》诸篇乎?退之专尚诘诎,则近乎戏矣!宋人披昌,其流弊也。诗法既穷,无可生新。物极必反,始兴明派,专事摹拟,但能近体;若作五言,不能自运。不失古格而出新意,其魏源、邓辅纶乎?两君并出邵阳,殆地灵也。零陵作者,三百年来,前有船山,后有魏、邓;鄙人资之,殆兼其长。比何李、李王,譬之楚人学齐语,能为庄岳土谭耳!此诗之派别,自汉至今之雅音也。今则从容尔雅,自然同声;天下作者,无复鄙音庸调,虽工拙不同,而趣向已一;斯则风会使然,不由人力矣!诗既分和劲两派,作者随其所近,自臻极诣;当其下笔,先在选词,斐然成章,然后可裁。诗者,持也,持其志,无暴其气;掩其情,无露其词。直书己意,始于唐人,宋贤继之,遂成倾泻;歌行犹可粗率,五言岂容屠沽?无如往而复之情,岂动天地鬼神之听!故曰"先王作乐,后哲为诗",观《乐记》之言,即知诗之体用。功成作乐,学成作诗,诗之终也。十三舞勺,能言作诗,诗之始也。乐必依声,诗必法古,自然之理也。欲己有作,必先有蓄;名篇佳制,手披口吟,非沈浸于中,必不能炳著于外!故余遇学诗人,从不劝进,以其功苦也。古人之诗,尽美尽善矣!典刑不远,又何加焉。但有一戒,必不可学元遗山及湘绮楼。遗山初无功力,而欲成大家,取古人之词意而杂糅之,不古不唐,不宋不元,学之必乱!余则尽法古人之美,一一而放之,熔铸而出之;功成未至而谬拟之,必弱必缜,则不成章矣!故诗有家数,犹书有家样,不可不知也。甲寅五月,书以示黄生铁臣。

盖议论偏至如此!起自孤童;未冠之时,即与诸贵人游,恐不礼焉;则高自标置,一生不受人慢;而成名之后,弥以夸诞。貌似逍遥,意实矜持;牢落不偶意,壹以谐谑出之。至京师,恭王奕訢慕其名,造问政。闿运曰:"国之治也,有人存焉。今少荃之洋务,佩蘅之政事,人才可睹矣!何治之足图哉!"少荃者,直隶总督李鸿章;佩蘅者,大学士宝鋆;一世所推伟人长德也;而闿运讥之如此。奕訢曰:"是处士之徒为大言者!"遂不复请谒。然闿运则自以为贤。其乡人左宗棠总督甘陕,方拓土西域,朝论倚重。而闿运与之书,怪其不以贤人见师,谓:"天下之大,见王公大人众矣!皆无能求贤者。今世真能求贤者,闿运是也!而又在下贱,不与世事,性懒求进,力不能推荐豪杰;以此知天下必不治也!"又尝谒两江总督曾国荃,诒以诗有:"若论上将功多少,试问长江水浅深。"诵者问:"是何义谛?"闿运曰:"汝意云何?"曰:"归功水师。"闿运笑曰:"否,此乃见景生情也。是时曾馈余五十金；余报之以诗，身在江船，对水赋此耳。"宣统之世，岑春蓂抚湘，以闿运老儒，上所著书，赐翰林院检讨；乡试重逢，晋侍读。至辛亥革除，士大夫争剪发，西冠西服；而闿运不改装。会八十寿辰，湖南都督谭延闿以乡后生，具大礼服往贺。闿运则红顶花翎，衣袍袭褂，拖辫发而出；延闿不得已屈膝焉！既坐，闿运谓之曰："子毋诧！吾胡服垂辫，子西服髡首，皆外国制也，有何文野？若能优孟衣冠，乃真睹汉官威仪矣！"相与一笑。

总统袁世凯致聘问；复书谓："今之弊政在议院，而根由起于学堂。盖椎埋暴戾，不害治安；华士辩言，乃移风俗。其宗旨不过弋名求利，其流极乃肆无忌惮；此迂生所以甘跧伏而闭距也！"持论不根，好恶拂人，大率如此！世尤盛传其民国总统之联曰："民犹是也，国犹是也，何分南北？总而言之，统而言之，不是东西！"额曰："旁观者清。"诶之者曰："此所谓戏笑怒骂，皆成文章者也！"闿运则弥以自喜！以民国三年入都，就职国史馆馆长。年八十有三矣！步履饮食谈谐，健如五十许人；童姿鹤发，携姬周招摇上道。时段芝贵为湖北将军；便道谒焉，指语周曰："汝欲看段大少爷，即此人也；有何异相！"芝贵怒然。既而抵京。袁世凯以自用车迎入公府，集百官大开筵宴以宠之。宴罢，互相道故，世凯辞极卑谦。闿运退而语人曰："袁四的是可儿。"过新华门，仰视太息曰："何题此不祥字耶？"同行者大骇而询之。曰："吾老眼花。额上所题，得非'新莽门'三字乎？"闻者不敢应也。都下诸贵人争张燕相逢迎。以前赏翰林院检讨，颇用沾沾，愿以后辈礼见诸老大前辈。大会于江亭，赋五言古一章。亭有辽寿昌幢；石屏袁家谷赋一律，中有云："车声芦荡人如海，花影槐厅梦化烟！白发漫谈天宝事，金幢兼感寿昌年！"一座称雅切也。同坐者向公集中前后《忆梅曲》、《紫芝歌》何为而作？闿运曰："昔年十八九时，在长沙与左氏女相爱，欲娶之。左女亦誓非我不嫁，乃格于其母，不得。左女抑郁以死。此三诗及《采芬女子墓志吊旧赋》皆为伊人作者。"因戏言："此事不足为外人道。恐笑我八十老翁，犹有童心也。"一日，谒国务卿徐世昌，袖出一额曰："以此为赠，可乎？"展视，则"清风徐来"四字也。世昌为之轩渠不置。旋归，得病，知不起；命儿孙持纸笔陈卧榻，倚枕疾书自挽曰："《春秋》表未成，幸有佳儿传《诗》、《礼》；纵横计不就，空馀高咏满江山！"掷笔而逝。次子代功，能传其学，悬诸灵石，泣语吊者曰："此吾父实录也！"年八十五。所著有《周易说》、《尚书笺》、《尚书大传补注》、《诗经补笺》、《礼经笺》、《小戴记笺》、《周官笺》、《春秋公羊笺》、《春秋例表》、《论语训》、《湘军志》，注《墨子》、《庄子》、《列子》，正诸史《艺文》，纂《春秋遗传》。门弟子辑其诗文笺启，为《湘绮楼集》，凡若干卷。晚年文章稍颓丧，而气矜之隆不减。所作《华山游记》，假郦善长《水经注》征证以记山游，自诩"结构之奇，直千年来未尝见也"。闿运既以主讲成都尊经书院，开蜀学，廖平独称高第弟子，名尤著！

廖平，原名登廷，光绪己丑进士，以知县即用，自谓才不胜百里，请改教；选授绥定府教授。尝分校广州广雅书院，成都尊经书院。著有《公羊论》、《穀梁义疏》、《周礼考》、《论语征》等书。师王闿运而欲以自名一家；所著《公羊论》，与闿运《公羊笺》陈义多不侔。闿运赏之曰："睹君此作，吾愧弗如。"而平则哂闿运经学为半路出家！其书最先成者曰《今古学考》，据汉许慎《五经异义》，专裁礼制，定今学主《王制》孔子，古学主《周礼》周公。然不久即变其说，谓《六经》皆新经，非旧史，以尊经者作《知圣篇》，辟古者作《辟刘篇》。方分校广雅书院，乃与义乌朱一新蓉生及康有为遇。

一新以御史疏劾内侍李莲英,为慈禧太后所恶,降官主事;而张之洞为两广总督,延为广雅书院山长;既有直节高名,为定院规,先读书而后考艺,仿古颙家之学,分经、史、理、文四者,延四分校主之。而平则主经。所居室与一新邻;一日,闻一新与客言:"学问须自作主人,勿为人奴隶!"因亟叩户问:"如何方能作主人?"一新谓:"近世汉与宋分,文与学分,道与艺分。岂知圣门设教,但有本末先后之分,初无文行与学术治术之别。"其论学术,一以宋儒义理为主;而亦不菲休宁戴氏、高邮王氏之汉学,谓:"训诂通而义理益明。"平则笑之曰:"此仍奴隶之奴隶也!高邮王氏,惟谈校勘,但便学僮,实不知学;故其所著之书,牵引比附,望文生义,绝不知有师说。近日俞荫甫樾讲学衍高邮,而知《穀梁》一家喜用某字;王氏则不知也。自陈兰甫澧主讲《广雅》,调和汉宋,王湘潭谓之'汉奸'。朱蓉生即其一派。盖略看数书以资谈助,调和汉宋以取俗誉,又多藏汉碑数十种以饰博雅。京师之烂派,大抵如此;其实中无所主,不中作人奴仆!"于是一新意大沮。而康有为则闻其说而大喜,遂从问学焉,乃述《辟刘篇》以作《新学伪经考》,述《知圣篇》以作《孔子改制考》。平叹:"倚马成书真绝伦也!"顾有为讳所自出;而平则又诋《伪经考》外虽炳琅,而内无底蕴,不出史学目录学之窠臼。既举进士,以复试停科,不准殿试,遂出京,漫游之武昌。张之洞为两湖总督,因谒见,历指所著《书目答问》之误。之洞爽然久之曰:"吾老矣!岂能再与汝递受业帖子耶?"平遂为论陈左海父子寿祺、乔枞所著书,皆今学;陈卓人立则有八分今学,二分古学。之洞问:"卓人所著《公羊义疏》何如?"应曰:"专心讲礼制,不知经例;以注《白虎通》之法注《公羊》,故凡传中言礼制者,必详证博引;至言经例处,则承用旧说。凡考据家不得为经学家。真正经学家,即当以经为根据；由经例推言礼制；凡礼之条例，必由经而生，此乃为专门经学。盖十四博士所言，皆由经文而生，彼此不同。若不根据经文，但详典礼，如说《公羊》而牵涉《诗》、《易》旧说，则于本经为赘说，每至矛盾矣！汉学乃惠、戴出死力探求而得者，如寻美洲之哥伦布也。清初诸老，皆宋学而参汉学者耳！清代今学，无成家者。孙渊如星衍以《今古文尚书疏证》①合而为一，此必不可通之说；晚年自悟其非，于是将原著《今古文尚书》中古文家说，别提出为一书，曰《尚书古文说》；而今古文之说始分。陈左海父子则集为今文《尚书欧阳夏侯师说考》，此本乃专为今学；特其书又于文字，专详声音训诂，不知今古典制之别。又其书但抄古说，不能推考，融为一片，所谓'明而未融'。至于张皋文惠言、魏默深源、龚定庵自珍妄诋康成为操莽，实则于经传少有心得。王湘潭半路出家，所为《春秋例表》，至于自己亦不能寻检。世或谓湘潭为讲今学，真冤枉也！康长素本讲王阳明学，而熟于《廿四史》、《九通》，盖长于史学者；于今学则门外汉！章太炎文人，精于小学及子书，不能谓为通经也！"词波澜翻，扬榷今古，其中多非常异义可怪之论。之洞为之色动神移。仁和谭献复堂、瑞安孙诒让仲容在之洞幕；而诒让治《周官》，献喜谭《公羊》，今古异学；然皆不屑平说。湘潭赵启霖方从闿运学，以平之高自标置，故与闿运立异，亦大不洽！而平则自言："居蜀时，未敢自信其说；出游后，会朱蓉生、俞荫甫诸公，以所怀疑质之，皆莫能解，胆乃益大。"而于闿运之学，亦更不为依违。闿运每语人曰："杨度但以慕名之心，转而慕利，暗为梁启超所移而不自知；前之师我者，亦以名也，非求益者也。与夏时济同，与廖登廷异。廖

---

① 疑误，当作《尚书今古文注疏》。——编者注

登廷者,王代功类也,思外我以立名。杨、夏思依我以立名;名粗立,则弃余如遗矣!故康、廖犹能自立;而杨、夏则随风转移。"康,指康有为也。

入民国,平游京师,而有为既不慊于共和,敢为异说而不让,刊行《不忍杂志》,遂以相诒而通书问焉。平则答书曰:

长素先生足下:

　　羊城分袂,倏忽廿年,音书未通,情感常切,想同之也。世运变迁,浮云苍狗;台端以高骞而见疑;鄙人潜伏,亦不能免咎。国事差池,忽焉揖让;个人升沈祸福,亦何足云!顷因事北游,询悉近况;妙悟任公,积悰良慰。君未肯渠来;我不能骤往,东望茫茫,弥切怛耳。忆昔广雅过从,谈言微中,把臂入林,弹指之顷,七级宝塔法相庄严,得未曾有。巍然大国,逼压弹丸;志欲图存,别构营垒。太岁再周,学途四变:由西汉以进先秦,更由先秦以追邹鲁;言新则无字不新,言旧则无谊非旧!前呈《四变记摘本》一册,求征高明;周璞郑鼠,不知何似。子云言:"高者入青天。"自非同游旧侣,恐山阴道上,转成迷惑耳!惠颁《不忍》二册,流涕痛哭,有过贾生!然中外优劣,后起者胜;积非成是,洽髓沦肌,非有比较,难决从违。间尝判五洲为昆弟,推世界于中华;据拨乱言之,礼为孔创,使别兽禽;《春秋》所讥,《坊记》所防,皆与海外程格相同。中人日用,旧疾久愈;药方流传,博施同病,洋溢蛮貊,今当其时!前陈《伦理约编》,颇为申叔、无量所许,以为战胜攻取,非此莫由!特钩深索隐,难得解人;以石投水,端在足下。政学中外,同剖野文,指挥若定,进退裕如,所谓深入黄泉者非耶?以是为救时保教奇策,台端其许之乎？鄙人毕生劳瘁,晚成二编,一以尊孔,一以救国。寻行数墨,世不乏人;若此秘微,唯恃知我。独是臣精衰竭,亡力扩充;非藉群才,难肩巨任。匠门多材,何止七十！深望阅兵秣马,分道守攻;大功告成,克副素志;敢不撰奉凯歌,欢逆大纛,亦世界未有奇乐耳！仓卒临颖,不尽所怀。廖平再拜。

平自明所学如此。其弟子蒙文通著《议蜀学》一文以褒大其师曰:"清儒述论,每喜以小辩相高,不务守大体,碎辞害义,野言乱德,究历数,穷地望,卑卑于章句文字之末;于一经之大纲宏旨,或昧焉。虽矜言师法,又未能明于条贯,晓其义例。道穷则变;迨其晚季,井研廖先生崛起,乃一屏碎末支离之学不屑究,发愤于《春秋》,遂得悟于《礼制》,于是廖氏之学,自为一宗。盖三百年间之经术,其本在小学,其要在声韵,其详在名物,其道最适于《诗》、《书》,其源则导自顾炎武者也！廖氏之学,其要在《礼经》,其精在《春秋》,不循昔贤之旧轨;其于顾氏,固各张其帜以相抗者也！廖氏本《五经异议》以考两汉学说。《今古学考》成,而昔人说经同异之故,纷纭而不决者,至是平分江河,若示诸掌！寻廖氏之学,则能推知后郑之异乎贾、马,而贾、马之别乎刘歆,刘歆之别乎董、伏、二戴;汉儒说经分合同异之故,可得而言。廖氏既成《今古学考》,遂欲集多士之力,述《十八经注疏》以成蜀学;而自致力于《春秋》,匡何、范、杜、服之注以阐传义;复推《公》、《穀》之文,孰为先师之故义,孰为后师所演说,本之于经以折中三传之违异。盖自五家并驰以来,言《春秋》,固未有盛于廖氏者也！汉儒窘于师法,是谓知传而不知经。宋儒于传,犹有未喻,则经于何有！清儒之高者,或能发明汉师之说，是谓知注。惟先生本注以通传，则执传以匡注；由传以明经，则依经以决传；七十子丧而大义乖！《穀梁》属传，当尸子、孝公之世。盖自子夏之殁，徒人各安其意以离其真，而《春秋》晦！先生起数千载之下，独探其微绪，申其本义，不眩惑于三家之言；六国而后，未易比拟。呜呼伟矣！"文通，字□□，四川□□人①；曾任北京大学教授，著有《经学导言》，亦以阐明师说；盖平弟子之尤稚齿者也。方清末造，仪征刘师培以《左氏春秋》世家，讲学来蜀，而不以平之导扬今学为嫌；独称"廖氏长于《春秋》，善说《礼》制，足以名一家"云！

平不屑意为词章，然论文则颇申闿运引而未发之旨，谓："《白虎通》为十四博士专门之说，实诸经之精华。此书即十四博士之讲义；而录讲义者为班孟坚，文笔尤妙。当时招集十四家博士讲说，其事体重大，用度繁巨；非皇帝之力量，殆难办到。而所论皆今学，真中国仅存之书！词章家不能深研经学，能精此书，殆可横行天下！专精之书，一部已足，岂在多乎？然看《白虎通》，宜先看陈左海《五经异义疏证》，方易了晰。今人读书，务博而不求精，不知精之中自有博；即如《史记》、两《汉书》注中，人迹不到之地正多。老僧寸铁杀人，岂在多也？一部《楚辞》，所用事实，不出《山海经》。昔年看《文选》，每日看文一篇，请湘潭讲之。湘潭喜谢诗，《通蔽互相妨》一篇，尤所酷好！《文选》之佳胜，在每一文，李善必详注其作此文之原因及其关系；唐以来之选本，未有佳于《文选》者！欲为有才识之文，宜从史书中所录文观之，然后能详其此文之关系何在，而其文之妙处始可求；但看选本则不能！如屠京山寄为文专学《宋书》，是其例也。史书所录之文，非于当时有关系之作，必当时最有

---

① 此句原书缺字，当作"文通，名尔达，以字行，四川盐亭人。"——编者注

名者，读之增人才识；视姚鼐、林纾选本，自有天渊之异。屈、宋、扬、马诸人，皆出道家，观《大人赋》可见。故词章有源于道家者，有源于儒家者，《易》与《诗》所衍一派，是也；观《大招篇》后半，实具皇帝之学术，而有拨乱世反之正之思，则词章一道，何可轻哉！一部《文选》，不用道家之意，必用道家之词，如刘孝标《辨命论》，全本《淮南·俶真训》；而读《文选》之佳者，观其注，必系《老》、《庄》、《列》文之语可悟；殆直可以《文选》合于道家也。湘潭重徐而不满于庾，后学深信其特识。盖学徐可上合于任、沈诸家；学庾则不能，因庾既自立一帜，与古人大异，不能复合也！后来学庾者，多不再向上求，故从而尊庾；犹李、杜并称，而后人尊杜是矣！学汪容甫、洪稚存文者，宜熟于《文心雕龙》、《水经注》、《列子注》、《淮南子》、《世说新语》、《宋书》。至桐城派古文，天分低者可学之。桐城派文但主修饰，无真学力，故学之者无不薄；其欲求乱头粗服之天姿国色，于桐城派文，不可得也！吴伯朅及宋芸子育仁两先生，其文实出《淮南》，但自讳之耳；故其文多纡徐漫衍，须多看数行，乃能知其意之所在也。曾季硕彦诗，为四川第一；季硕伏案既勤，且未读唐以后书也；沈雄壮迈，不及男子，则会朋友阅历少之故。凡人伏处山林，词章断难造成；盖人阔，然后词章乃得佳也。季硕在四川时，篆书并未写成；出游后，始工矣！"所称吴伯朅者，名某①，四川名山人，亦闿运尊经书院弟子也，熟精选理，尤好诵说司马相如、扬子云之文，曰："吾蜀人，当为蜀文尔。"平以民国二十一年卒，年八十三岁。

吴虞，字幼陵，四川成都人；学为文章于吴伯朅，问乡人卿云之学；又奉手问业于廖平。蜀处奥壤，风气每后于东南；自中外互市，

---

① 当作"之英"。——编者注

上海制造局译刊西书,间有流布;蜀中老宿,蹈常习故,指其政治、舆地、兵械、格致之学为异端,厉禁綦严,不啻鸩酒漏脯。虞则不顾鄙笑,搜访奔藏,博稽深览,十年如一日;盖成都言新学之最先者也! 以光绪三十一年,游学日本,始抗言非孔。回国以后,潜心读东西洋法律哲学之书,益明儒家之非;著有《李卓吾别传》、《家族制度为专制主义之根据论》、《儒家大同之义本于老子说》、《儒家重礼之作用》、《儒家主张阶级制度之害》、《消极革命之老庄》、《读荀子》诸篇;旋以所纂《宋元学案粹语》例言,引李卓吾之说;学部饬四川学政禁止发行;护总督王人文移文逮捕。顾虞持非孔之说益力;入民国,主《新群报》笔政;内务部电令制止。会陈独秀主编《新青年》,以非周孔、废礼教为天下号;钱玄同、胡适从而和之,声生势张! 虞则大喜,贻书陈独秀以明所见之同,且示以著书。独秀亦大喜,以为得强佐,刊布其说于《新青年》;遂以腾誉,历任国立北京大学及成都大学、四川大学教授。其论学,疑《六经》,非孔子,非孝非礼;以为:"孔学之助张君主以行专制,借礼制法制而确立;其专制不平,直接关系于吾人之生命财产权利义务者极大。苟由礼制法制之精神,以推论其得失,而再以各立宪共和国家之宪法民法刑法所规定者,一一比较对勘之;而后孔子之学说,二千年来,贻祸于吾人者昭然若揭!"世儒之非孔者,多以伦理道德为依据;而虞独以法制立论,又谓:"《六经》皆出荀子,汉唐以来所传之孔学,皆荀学。"又极称诸子而非孔孟;诸子中最崇老子,以为:"孔子问礼于老子。老子或告以大同小康之说。但孔子背其师说,舍道德而崇仁义,不说大同之道,而偏主张小康之天下,以重差别的礼,谓'贵贱有等,长幼有差';曲学阿世以媚显贵。"大抵袭章炳麟、康有为、梁启超早年之馀论。康有为疑《六经》而不非孔。梁启超非孔而不澈底。虞则非孔疑经,彻始彻终,放言不沦;而笑章炳麟、梁启超之不澈底,谓:"章炳麟《诸子学略说》,攻孔子最有力;其《訄书》并引日本远藤隆吉'支那有孔子,为支那祸本'之言。梁启超《新民丛报》攻孔子诛少正卯,以为吾国历史之最大污点。而炳麟于后著之《检论》,每去前说。启超于近年讲演,不复攻孔。盖炳麟于革命之顷,启超于变法之际,几不保首领,追怨专制压力之由来,多本孔学;切身之痛,故言之不惮其详!其后炳麟虽欲为筹边使而未得,然求田问舍,油碾之业,已足安居;遂受贿而与孙传芳拟电,投降军阀而不惜;艳羡尊贵,故不复攻孔。启超自任司法总长时,即非双马车不坐;王凌波之香巢,流连忘返;近则汽车如电。财产增多,安富尊荣,咀嚼孔学有馀味焉;逃亡之危险,六君之授命,已忘之久矣!至于尊孔之人,其行为多不足道。试举其著者:王闿运《五经》皆有著述;身入民国,不改满清衣冠;乙卯十一日,首先电请袁世凯称帝,附会谶语,一钱不值。康有为著《大同书》、《孔子改制考》,昌明孔教;而保皇之会,复辟之谋,皆反抗民国;甚乃侵占西湖,盗窃经卷,穿窬之智,尤为可丑!"虞为王闿运再传弟子。闿运好为荒唐之言,无端厓之辞,上说下教,时恣纵而不觉;一转手而为蜀学之廖平,粤学之康有为;再转手而为吴虞,决弃一切,喜为异说而不让,敢为高论而不顾,如石转厓,不坠地不止!同光间,一时称大师者三人,曰兴化刘熙载融斋、番禺陈澧兰甫及王闿运。刘、陈务平实,其学不显;王独好振奇,厥道乃光!固由人情之厌旧而喜新,亦适会世运之穷而欲变也。

虞文章以俪为体,依仿《文选》,兼拾周秦,诋韩愈之抒意立言为不足法,而主李兆洛《骈体文钞》之说,其实亦衍王闿运《八代文粹》之馀论;刊有《吴虞文录》、《续录》、《别录》,而《文录》中《爱智庐同香祖_{虞之妻曾氏,有文采}。玩月诗序》,即依仿闿运《秋醒词序》也。余独爱诵其《重印曾季硕桐凤集序》,不为组比,自然朗秀。辞曰:

> 胜清之世,文学丕兴,远轶前古。康、乾、嘉、道之际,作者如林;而吾蜀之士,乃阙然莫预!至同治十三年,始建尊经书院于省城以造士。张香涛、谭叔裕、朱肯夫先后督学,振拔淹滞,宏奖风流;而吴仲宣、丁稚璜、易笏山诸当道,爱才乐士以左右之;又得王壬秋先生高才硕学为之师表;于是蜀士彬彬向学,同风齐鲁矣!其时则有若吾师名山吴伯揭先生、井研廖季平、德阳刘建卿、富顺陈元睿、新津周雨人、酉阳陈子京、华阳顾印愚、成都胡念孙、汉州张子馥、绵竹杨叔峤,靡不洋洋炳炳,蔚然并著!其他瑰玮淹雅之材,不可胜数。于时,王壬秋先生之女帅芳,易笏山之女玉俞,俱擅才艺。季硕乃起而与之相应和,直出其右。呜呼盛已!季硕通经术,工文辞;篆书仿邓石如,秀气灵襟,独得天然之嫩;画尤妍丽,传其家法;风流文采,为一时之冠!吾观近世女士,如王采薇、金五云、席道华、归佩珊,皆最有名;比于季硕,远不逮矣!夫何地无才,左思所叹。巴蜀文雅,文翁始兴;顾居上者之教养何如尔。吾顷用暇日,游于尊经阁下,览其题名碑记,睹缥帙之凋残,悼蒿莱之勿剪,朋徒息散,风景顿殊,念益部之耆旧,慕华阳之士女,未尝不眷眷于怀,怅吾生之不及见也。季硕是集,初刻于吴中;蜀中罕见,故重为印行。在昔蔡琰之作,仅附于《范书》;徐淑之诗,不登于《萧选》;季硕方之,斯为优矣!后之览是集者,其亦将有感于斯文盛衰之故,而为之掩卷三叹欤!

诗之取径,则与闿运颇殊;独文章为合辙。其自叙学诗学文之途辙曰:"湘潭主讲尊经书院,其七言古诗以李东川为宗。而吾师名山吴伯朅则以《楚辞》、《汉郊祠歌》、鲍照、吴均、薛道衡、卢思道、李白、杜甫为宗;其言曰:'李杜之体清刚,故罕有长篇;元白之词铺叙,故特乏劲气。惟合二派而融化之,则大或千言,小或数百,兼二派之美,无二派之短矣!'予学七言古诗,大抵本于名山而加变化耳。湘潭五言古诗,以陆士衡、谢康乐为宗。友人邹受丞以为教人学陆、谢,不如教人学阮、鲍。予极以为然。故予以曹子建、嵇叔夜、阮嗣宗、左太冲、张景阳、郭景纯、陶渊明、鲍明远、谢玄晖、江文通、李太白为宗,与湘潭颇殊。名山不屑为近体诗;而予五言律诗宗李太白、杜少陵、王摩诘、孟浩然、刘文房;七言律诗宗杜少陵、刘文房、刘梦得、李义山、温飞卿、陆天随、皮袭美、吴子华、韦端己、韩致光、陈卧子、吴梅村;此其大校,固异于今日之言江西派者也。名山为文出于周秦诸子。刘申叔谓名山人品文学,当于周秦间人求之。湘潭之文上规《范史》,下摹徐、庾;而予之文,则仅上法沈休文、萧子显二家之书,下逮汪容甫、洪稚存而已;于名山门下为小卒矣!戊戌以后,兼求新学;乙巳东游,习其政法。廿年来所讲学术,划然悬绝。即为诗文亦取达意而止;非复当年谨守师法,刻意为文苦心矜练矣!"虞利口有笔舌,于当世学人,何所不讥弹。虽以王闿运之先生长者,亦在不免;顾独称闿运与章炳麟为皆有以自成其学而独立;以为:"章太炎、王湘潭,皆一代之怪人也!太炎国学既深,又富于世界知识;在日本时,读其高等师范讲义,悉能理解;高等师范生与之谈,恒为所窘。常评严几道之知识深,梁任公之知识宽,则自负可知矣!故其学识去国家社会最近。湘潭长于文学,而头脑极旧,贪财好色,常识缺乏;而自待甚高,唇吻抑扬,行藏狡狯,善

89

钓虚誉,故其学说去国家社会最远。远则遨游公卿,不为所忌,依隐玩世,以无用自全。近则影响政治,易惹波澜,激切人心,引起赞成与反对,其力至伟,而常不免贾祸。盖王怪属于旧,章怪属于新,要皆有以自成其学而独立,与夫近来口谈名教,依草附木,毫无新旧学之可言者,诚有凤凰鸡鹜之别矣。"虞谓"王怪属于旧"。然闿运晚年惓惓逊朝,致讥民国;而不知其张《公羊》以言改制,为今文学者固其壁垒,即不啻为革命家言导其前茅;此固闿运所不及料也!大抵晚清学者,有言《公羊》改制而嫌革命者,王闿运是也;亦有斥言《公羊》改制而革命非所嫌,则章炳麟是也。章炳麟稍后出,治经持古文,言《周官》、《左氏》,不言《公羊》,所学与闿运违异;而论文乃喜闿运,至以为闿运能尽雅者;则以闿运文出《萧选》而散朗,不贵绮错;与炳麟之衡文魏晋者意有契焉。

章炳麟 附黄侃

　　章炳麟,原名绛,字太炎,浙江馀杭人也。清末,尝及事经师德清俞樾,又尝问业于定海黄以周,谨守古学,以治《左氏春秋》见知于两湖总督张之洞。之洞自负在当日督抚中,恢廓有意量,能汲引天下士;见炳麟所为《左氏书》,故谓有大才,可治事。其幕客侯官陈衍又力为言。之洞曰:"此君信才士。然文字谲怪!余生平论文最恶六朝;盖南北朝乃兵戈分裂,道丧文敝之世,效之何为?凡文章无根柢词华,而号称六朝,以纤仄拗涩字句,强凑成篇者,必斥之。书法不谙笔势结字,而隶楷杂糅,假托包派者亦然!嗟嗟!此辈诡异险怪,欺世乱俗,习为愁惨之象,举世无宁宇矣!"衍力为解曰:"虽然,终是能读书人!"因属其乡人钱恂罗致,索得炳麟上海。

而炳麟方在《时务报》馆,与梁启超及顺德麦孟华哄。启超、孟华,皆康有为弟子,以其师为教皇,又目为南海圣人,谓:"不及十年,当有符命!"舌锋所及,目光炯炯如岩下电,闻者慑而崇信!独炳麟面诃,以为:"此病狂语,何值一笑!而好之者乃如蜣蜋转丸,则不得不大声疾呼,直攻其妄。"尝谓:"邓析、少正卯、卢杞、吕惠卿辈,咄此康瓠,皆未能为之奴隶!若钟伯敬、李卓吾狂悖恣肆,造言不经,乃真似之!"私议及此,属垣漏言,启超之徒衔次骨矣!启超门人曰梁作霖者,愤欲殴炳麟,昌言于众曰:"昔在粤中,有某孝廉,诋谟康氏,于广坐殴之。今复殴章某,足以自信其学矣!"炳麟呵曰:"噫嘻!长素有若数辈,其遂如仲尼得由,恶言不入于耳耶?"持不下。恂至,则携之赴鄂,炳麟意气甚盛,喜为高睨大谭,与之洞幕客朱某言革命。朱以告武昌守梁鼎芬。一日,鼎芬晤之,问曰:"人传康祖诒欲为皇帝,有诸?"炳麟曰:"我闻其欲为教皇,未闻皇帝也!其实帝王思想,人皆有之;而以教皇自居,未免想入非非矣!"鼎芬闻之大骇,将系而榜之。炳麟闻,仓皇逃走,之上海,遗书别陈衍,告其事,且曰:"之洞非英雄也!"亡何,以序巴县邹容《革命军》一书,偕逮系西狱,罚作;乃究心释典,治因明有所入。谓容曰:"学此可以解三年之忧矣!"盖因明之学,以分析名相始,以排遣名相终;从入之途,与平生古学相似,易于契机也。既出狱,东走日本。尝寓小石川,集留学国人二十许,为讲书,因以干食。睹国事败坏,大愤,思适印度为浮屠,资斧困绝,不能行;寓庐至数日不举火,日以百钱市麦饼果腹而已!或馈以鱼肉,则亦恣啖,一餐而尽,不为隔宿计也!开讲之前一日,共议讲何书。有人言讲《白虎通》为佳。炳麟默然而罢!众不晓所以。一人归语友,友曰:"是其中多公羊家言,非所愿。盍以许慎《五经异议》请?"翌日,其人如言。炳麟即欣然登座，敷演不倦。既多涉猎西籍，以新知附益旧学，日益闳肆。而治《说文》尤精，尝翻阅大徐本数十过，一旦解悟，的然见语言文字本原，以音韵为骨干；于是初为《文始》。而经典专崇古文，记传删定大义，往往可知。由是所见与笺疏琐碎者殊矣！顾好盛气攻辨，言革命而不赞共和，治古学而兼称宋儒，放言高论，而不喜与人为同。时论多诋秦专制；而炳麟不然！曰："人主独贵者，其政平。不独贵，则阶级起。秦皇负扆以断天下，而子弟为庶人；所任将相李斯、蒙恬，皆功臣良吏也。后宫之属，椒房之嬖，未有一人得自遂者！富人如巴寡妇筑台怀清；然亦诛灭名族，不使并兼。夫其卓绝在上，不与士民等夷者，独天子一人耳！天子以秉政劳民贵。帝族无功，何以得有位号？授之以政而不达，与之以爵而不衡，诚宜下替与布衣黔首等。夫贵擅于一人，故百姓病之者寡；其馀荡荡平于浣淮矣。明制贵其宗室；孽子诸王，虽不与政柄，而公卿为伏谒。耳孙疏属，皆饩廪于县官。秦皇无是也。汉世游侠兼并养威于下，而上不限名田以成其厚。武帝以降，国之辅拂不任二府；而外戚窃其柄。秦皇无是也！要以著之图法者，庆赏不遗匹夫，诛罚不避肺腑，斯为直耳！秦制本商鞅，其君亦世世守法；要其用意，使君民不相爱，块然循于法律之中。秦皇固世受其术，虽独制，必以持法为齐。藉令秦皇长世，易代以后，扶苏嗣之；虽四三皇，六五帝，不足比隆也；何有后世繁文饰礼之政乎？"时论方崇汉党锢，而炳麟不然！曰："党锢之名自汉始！迄唐、宋、明皆有党人。原其用心，本以渴慕利禄之心，务求速化；一朝摈斥，率自附于屈原、韩愈之徒；盖魏公子牟有云：'身在江湖之上，心在魏阙之下。'庄周述之以为热中之戒；而是族反举此以为美谈！观葛洪《抱朴子·外篇·汉过篇》曰：'历览前载，逮乎近代，俗微道敝，莫剧汉末也！'然又云：

'懒看文书,望空下名者,谓之业大志高。结党合誉,行与口违者,谓之以文会友。'则党锢诸公皆在所讥矣!《刺骄篇》曰:'闻之汉末诸无行自相品藻次第,群骄慢傲,不入道检者,为都魁雄伯;四通八达,皆背叛礼教,而纵肆邪僻,讪毁真正,中伤非党,口习丑言,身行敝事;凡所云为,使人不忍论也。'《名实篇》曰:'闻汉末之世,灵、献之时,品藻乖滥,英逸穷滞,饕餮得志,名不准实,贾不本物,以其通者为贤,塞者为愚。'则知党人之口,变乱黑白,甚于青蝇;其视阉尹,亦齐楚伯仲之间耳。若郑康成以山东大师,传授经术,未尝问王朝治乱之事;名在党中,实由株连所及;此本不得以党人论者。若夫汝南许劭有臧否人伦之鉴,而与其兄许靖不协,摈之马磨;则知朋党相倾,不足以协人望,久矣。郭林宗以在野之士,昵迹公卿,虽不应征辟,终不出于浮华竞名之域。是以葛洪正之曰:'圣者忧世,周流四方,犹为退士所见讥弹。林宗才非应期,器不绝伦;出不能安上治民,移风易俗;入不能挥毫属笔,祖述六艺;行炫自耀,亦既过差,收名赫赫,受饶颇多。然卒进无补于治乱,退无迹于竹帛,街谈巷议以为辩,讪上谤政以为高。时俗贵之歙然,犹郭解、原涉见趋于曩时也。'虽然,党人之所以自高者,率在危言激论;而亦藉文学以自华。今之新党,于古人固不相逮。若夫夸者死权,行险侥幸以求一官一秩,则自古而有之!明之党人,名为与逆奄相抗。然自江陵、新郑之时,朝士已分省自植。以熊廷弼之长于兵略而不附东林,则邹元标、魏大中辈必欲置之死地,其私心有可见者。会魏忠贤用事,廷弼、东林同时俱尽。海内党人,不得不解仇相助。忠贤既诛,而分省之事复亟。乃者东林之汪文言,复社之张溥,皆以善行贿赂,为党人所依赖;此汉、唐、宋之党人所不为者。若其内行点污,瞑瞒声色,则又前世清流之所未有。张溥喜服房中之药,见于医师喻昌书中。如瞿式耜之忠纯而犹有内实五姬；临命桂林，欲与妾诀，为张同敞所引止，况复延儒、谦益之流乎！明思文帝有言：'北都覆于东林，南京亡于马阮，厥罪维均！'信哉，党人之死权而忘国事也！今之新党，与古人挈长则相异，与古人比短则相同。自弘历殁而党人绝，百年之间，朝野士庶寂然宁息，国政军实，堕于暗昧。洪、王起于金田，虏始震动，旋踵亦灭。外有暂人之祸，北露、西欧交征诸夏。迄于载湉嗣位，丑声起于禁掖之间。李鸿章拥兵于外，朝士哗然，皆谓其有异志。梁鼎芬以劾李鸿章罢官，朱一新以言李莲英废黜，天下冤之，则新党之萌芽始作。甲午辽东之役，丧师靡财，疆场日蹙。台湾之割，旅顺之割，青岛之割，威海之割，接踵而至。大酋垂拱于上，失其帝天之尊；而宫掖亦时有诟谇。康有为乘七次上书之烈，内资翁同龢之力，外借张之洞之援，设强学、保国诸会以号召天下。当是时，有郑孝胥、陈三立之徒，以诗歌目录闻于世；而汤寿潜善持论，为吏有声，世比之陈仲弓；数子者，名为通达时事，并相和会。嘉应黄遵宪与有为交最深；元和江标以掇拾中外末流之学，视学湖南；熊希龄辈和之于下；皆更相驱驰为一朋。有为既用事，欲收物望，树杨锐、刘光第于军机；以宫闱相挤之故，复结二妃。时文廷式既废，亦扼腕欲自发舒。其外则有俞明震者，与陈三立父子有连；尝佐唐景崧称副总统于台湾，世人称其忠义，与有为亦相引为重。而诸贵游为京朝官者，各往往参错其间。新党自此立矣。惟谭嗣同、杨深秀为卓厉敢死。林旭素佻达，先逮捕一夕，知有变，哭于教士李佳白之堂。杨锐者，颇圆猾知利害；既入军机，知其事不可久；时张之洞子为其父祝寿京师，门生故吏皆往拜，锐举酒不能饮，徐语人曰：'今上与太后不协，变法事大，祸且不测。吾属处枢要，死无日矣。'吾尝问其人曰：'锐之任此，固为富贵而已。既睹危机,复不能去,何也?'其人答曰:'康党任事时,天下望之如登天。仕宦者争欲馈遗,或不可得。锐新与政事,馈献者踵相接,今日一袍料,明日一马褂料,今日一狐桶,明日一草上霜桶,是以恋之不能去也!'呜呼!使林旭、杨锐辈皆赤心变法无他志;颐和之围,或亦有人尽力。徒以萦情利禄,贪著赠贿,使人深知其隐;彼既非为国事,则谁肯为之效死者!有为既败,杨、刘死!张之洞、梁鼎芬始与有为抵拒,其党人亦稍稍引去;而江标以连蹇死。惟黄遵宪终始依之!倾侧扰攘,至于庚子汉口之役,有为以其事属唐才常。才常素不习外交,有为之徒龙泽厚为道地。其后才常权日盛,凡事不使泽厚知,又日狎妓饮燕不已。泽厚愤发,争之不可得,乃导文廷式至武昌发其事。才常死,其军需在上海,共事窃之以走。有为再败,则同党始有告密于诸藩,自戕其气类者。然新党之萌芽,本非自有为作,挟其竞名死利之心,而有为所为,足以达其所望,则和之;不足以达,则去之;足以阻其所望,则畔之。故有为虽失助,而新党自若!综观十馀年之人物,其著者或能文章,矜气节;而下者或苟贱不廉,与市侩伍;所志不出交游声色之间,人心不同固如其面,吾亦不敢同类而共非之;特其竞名死利则一也!幸其用事日浅,秽行不彰。不然而康氏事成,诸新党相继柄政;吾知必无叶向高、高攀龙辈;而人为谦益,家效延儒,可无待蓍蔡而决矣。猥俗之论,多以晚明方比后汉,此未得其情。后汉可慕,盖在《独行》、《逸民》诸传及夫雅俗孝廉之士而已!其党锢不足矜。然则孝弟通于神明,忠信行于蛮貊,居处齐难,坐起恭敬,道途不争险易之利,冬夏不争阴阳之和,见利不亏其义,见死不更其守;此后汉贤儒所立著于乡里,而本之师法教化者也。晚明风烈,独有直臣;直臣可式,独有杨继盛。徐琐琐皆党人矣!义色形于在公,流湎彰于退食；骨鲠闻于王路，唐行阙于草茅；而世以归厚，则过矣。"

时论咸薄宋程朱；而炳麟不然，曰："戴震生清雍正末，见其诏令谪人不以法律，顾摭取洛、闽儒言以相稽，觇伺隐微，罪及燕语。九服非不宽也，而迾之以丛棘；令士民摇手触禁，其伤已多。震自幼为贾贩，转运千里，复具知民生隐曲，而上无一言之惠；故发愤著《原善》、《孟子字义疏证》，专务平恕，为臣民诉上天，明死于法可救，犯于理即不可救。又谓衽席之间，米盐之事，古先王以是相民，而后人视之猥鄙！其中坚之言尽是也。究极其义，及于性命之本，情欲之流，为数万言。夫言欲不可绝，欲当即为理者，斯固苴政之言，非饬身之典矣！辞有枝叶，乃往往轶出阃外，以诋洛、闽。纪昀攘臂扔之，以非清净洁身之士，而长流污之行。挽世或盗其言以崇饰滔淫；今又文致西来之说，教天下奢，以菜食绹衣为耻，为廉节士所非。诚明震意，诸蠡言岂得托哉！洛、闽所言，本以饰身，不以苴政；震所诃又非也。凡行己欲陵而长民欲恕。陵之至者，止于释迦，其次若伯夷、陈仲；持以阅世，则《关雎》为淫哇，《鹿鸣》为流湎，《文王》、《大明》为盗言矣！不如是，人不与鸟兽绝！洛、闽诸儒躬行虽短，其言颇欲放物一二，而不足以长民。长民者使人人得职，筱簜其性，国以富强。上之于下，如大小羊羜相羋䍩而已！本不可自别于鸟兽也！徒以礼义厉民犹难；况遏其欲？民惟有欲，故刑赏可用；向若以此行已，则终身在鹑鹊之域也！洛、闽之学，明以来稍敝蠹，及清为佞人假借，世益视之轻。然刁苞，应扨、张履祥之徒，修之田舍，其德无点！至今草野有习是者，虽陋犹少虚诈；属之以事体而无食言；寄之以财贿，幸而无失期会，无妄出入；虽嫶嫇无奇节，亦以周用！往者程、朱既废，古籍又不恒讽诵，行谊已薄；然野士犹不骀荡逾轨。自顷谈者以邹、鲁比德蛮俚；谓颜回乞儿，孙卿屠家公,老聃木偶行尸,古籍复尽不诵;十稔之间,虽总角之僮,鼓箧之子,已狂狡不自摄矣。世人颇以东国师任王学,国以富强;此复不论其世。东国者,初脱封建,人习武事,又地狭而性拘固,治王学固胜;纵治程、朱之言,犹自振也!夫其民志强忍,足以持久;故借王学,足以粉墨之。中国民散性偷久矣;虽为王学,奚所当匡敝救衰!且夫本王学以任事者,不牵文法,动而有功,素非可以长世也!观自文成以后,徐阶复习其术以仆严嵩,辅主数年,而政理昏惰,子姓恣轶,又未能去嵩绝远!此则其术足以猝起制人,不足以定天保,仆大命明矣!其飞钳制伏之术,便习之,则可以为大佞;校其利害之数,而程、朱寡过矣!古之所谓成人者,见利思义,见危授命,久要不忘平生之言;其本要将在斯也。"

时论方蔑道德,奖革命;而炳麟不然!曰:"今与邦人诸友同处革命之世,偕为革命之人,而自顾道德,犹无以愈于陈胜、吴广。纵令瘖其口、焦其唇、破碎其齿颊,日以革命号于天下,其卒将何所济?道德者,不必甚深言之,但使确固坚厉,重然诺,轻死生可矣。虽然,吾闻古之言道德者曰:'大德不逾闲,小德出入,可也。'今之言道德者曰:'公德不逾闲,私德出入,可也。'道德果有大小公私之别乎?于小且私者,苟有所出入矣;于大且公者,而欲其不逾闲;此乃迫于约束,非自然为之也。政府既立,法律既成,其人知大且公者之逾闲,则必不免于刑戮;其小且私者,虽出入而无所害;是故一举一废应于外界而为之耳。政府未立,法律未成,小且私者之出入,刑戮所不及也!大且公者之逾闲,亦刑戮所不及也!如此,则恣其情性,顺其意欲,一切破败而毁弃之,此必然之势也!吾辈所处革命之世,此政府未立,法律未成之世也。方得一介不与,一介不取者;而后可与任天下之重。若曰:'有狙诈如陈平、倾险如贾诩者,吾亦可以因而任之。'此自政府建立后事,非今日事也。今世之言革命者,则非直以陈平、贾诩为重宝,而方欲自效陈平、贾诩之所为,若以此为倜傥非常者!悲夫,悲夫!方今中国之所短,不在智谋而在贞信,不在权术而在公廉;其所需求,乃与汉时绝异。楚汉之际,风尚淳朴,人无诈虞,革命之雄,起于吹箫编曲。汉祖所任用者,上自萧何、曹参,其下至于王陵、周勃、樊哙、夏侯婴之徒,大抵木强少文,不识利害。彼项王以勇悍仁强之德,与汉氏争天下,其所用皆廉节士。两道德相若也,则必求一不道德者而后可以获胜;此魏无知所以斥尾生、孝己为无用,而陈平乃见宝于汉廷矣!季汉风节,上轶商、周。魏武虽任刑法,所用将士,憨不畏死;而帷幄之中参预机要者,钟、陈、二荀,皆刚方皎白士也。有道德者既多,亦必求一不道德者而后可以获胜;故贾诩亦贵于霸朝矣。其所以贵者,以其时倾险狙诈之才,不可多得而贵之也。……风教陵夷,机械日构,至于今日,求一质直如萧、曹,清白如钟、陈、二荀,奋厉如王陵、周勃、樊哙、夏侯婴者,则不可得;而陈平、贾诩,所在有之。尽天下而以诈相倾;甲之诈也,乙能知之;乙之诈也,甲又知之;其诈亦即归于无用。甲与乙之诈也,丙与丁疑之;丙与丁之诈也,甲与乙又疑之;同在一族,而彼此互相猜防,则团体可以立散。是故人人皆不道德,则惟有道德者可以获胜。此无论政府之已立、未立,法律之已成、未成,而必以是为臬矣。今之习俗,以巧诈为贤能,以贞廉为迂拙,虽歃血苴盟,犹无所益。是故每立一会,每建一事,未闻其有始卒。其或稍畏清议而欲食其前言,则曰:'吾之所为,乃有大于此者。'知祸患之将至,则藉口于远求学术,容身而去矣。见异己之必胜,则遁辞于大度包容,委事而逸矣!'言必信,行必果,久要不忘平生之言',贯四时而不改柯易叶者,盖有之矣!我未之见也。若能则而行之,率履不越,则所谓确固坚厉,重然诺,轻死生者,于是乎在。呜呼,端居读书之日,未更世事,每观管子所谓'四维',孔子所谓'无信不立'者,固以是为席上之腐谈尔;经涉人事,忧患渐多,目之所睹,耳之所闻,坏植散群,四海皆是。追怀往诰,惕然在心;反是不思,亦已焉哉!"

时论方慕共和,称代议;而炳麟不然,曰:"代议政体者,封建之变相。其上置贵族院,非承封建者弗为也。民主之国,虽代以元老,蜕化而形犹在。其在下院:《周礼》有外朝询庶民,虑非家至而人见之也,亦当选其得民者以叩帝阍。《春秋》卫灵公以伐晋,故遍访工商。讫汉世去封建犹近,故昭帝罢盐铁榷酤,则郡国贤良文学主之,皆略似国会。魏晋以降,其风始息,至今又千五六百岁,而议者欲逆反古初,合以泰西立宪之制;庸下者且沾沾规日本。不悟彼之去封建近,而我之去封建远。去封建远者,民皆平等;去封建近者,民有贵族、黎庶之分。与效立宪而使民有贵族、黎庶之分,不如王者一人秉权于上,规模廓落,则苛察不遍行,民犹得以纾其死。盖震旦亦无他长耳。旁睨邻国,与我为左右手者,印度以四姓阶级亡。西方诸国,上者藩侯,下者地主,平民皆不得与抗礼;其废君主立总统者,以贫富为名分,若天泽冠履然;彼其与印度兴亡虽异,以阶级限民则同。独震旦脱然免是。必欲闒置国会,规设议院;未足佐民,而先丧其平夷之美!他国未有议员时,实验未著,从人心所悬揣,谓其必优于昔。今则弊害已章,不能如向日所悬拟者。其被选不以功贤,有权力者能以势藉结人,大佞取给于口舌,哗众啸群,其言卓荦出畴辈,至行事乃绝异。家有阎妻,又往往以色蛊人,助夫眩惑;既与举者交欢,骋辩未终,令听者魂精颠沛,俄而使其良人上遂矣。美国之法:代议士在乡里,有私罪不得举告;其尊与帝国之君相似;猥鄙则如此,昌披则如彼,名曰国会,实为奸府!徒为有力者傅其羽翼,使得腰腊齐民。震旦尚不欲有一政皇,况欲有数十百议皇耶?民权不借代议以伸,而反因之扫地。他且勿论。君主之国有代议,则贵贱不相齿;民主之国有代议,则贫富不相齿。横于无阶级中增之阶级,使中国清风素气,因以摧伤;虽得宰制全球,犹弗为也。吾侪所志,在光复宗国而已;光复者,义所在,情所迫也。光复以后,复设共和政府,则不得已而为之也;非义所任,情所迫也。世人矜美、法二国以为美谈。今法之政治以贿赂成,美人亦多以苞苴致贵显;而为代议士者,荣求入选,所费金无虑巨万,斯与行贿得官何异?举总统者又踊是!且众选者,诚民之同志哉?驰辩驾说以彰其名;人为之树旗表,使负版贩夫皆劝誉;民已愚无知,则以为诚贤。贤否之实,不定于民萌,而操于小己;此犹出之内府,取之外府;求良田大宅者,持人短长,而辞苛夺之名,使人署券以效其地也。既选,又树其同己者以为陪贰;下及茸骑驷伍,亡不易位;不考功实,不课疲能,而一于朋党。下者乃持大赂名琛,田之租赋,市之币馀;适妻荐席,外妇奉匜以求得当。议官司直,交视而莫敢议其后。然则政制之可鄙厌,宁独专制?虽民主立宪,犹将拨而去之。藉令死者有知,当操金椎以趣冢墓,下见拿破仑、华盛顿,敲其头矣!"

时论方兴学校,废科举;而炳麟不然!曰:"昔汉时举博士,年五十,始应科。今之世,有晨朝卒业,比暮已为父师者矣!而学官弟子,复以其业为足。循是以往,惧犹不如科举之世。何者?科举文辞至腐朽;得科举者犹自知不为成学;入官以后,尚往往理群籍、质通人;故书数之艺,六籍之故,史志之守,性命之学,不因以蠹败;或乃乘时间出,有愈于前。今终以学校之业为具,则画地不能进一武！老聃有言：'天下皆知美之为美，斯恶已！'彼学校者岂不美于科举耶？犹曰未已，而在学者以奸政。学校诸生，非吏也，所习不尽刑名比详；虽习之，犹未从政，辍业不修，以奸当途之善败，则士侵官而吏失守。士所欲恶，不尽当官成，又不与齐民同志；上不关督责之吏，下不编同列之民，独令诸生横与政事，恃夸者之私见以议废置，此朋党所以长。盖昔郑公孙侨不毁乡校者，期其私议横舍之中，以风闻者而理察之；不期其公议于廷。侨虽不毁，当是时，校士好议，忘其肄业，不嗣管弦之音而佻达于城阙，犹诗人所讥也。"自诩前识，其言往往而中。然世儒之于炳麟，徒赞其经子诂训之劬，而罕会体国经远之言；知赏窈眇密栗之文，未有能体伤心刻骨之意。世莫知炳麟，而炳麟纷纶今古，益与世为迕；剽剥儒墨，虽老师宿学不能自解免焉！

炳麟论文，右魏晋而轻唐宋，于古今人少许多迕。顾盛推魏晋之论，谓汉与唐宋咸不足学；独魏晋为足学而最难学；述《论式》。其大指谓："雅而不核，近于诵数；汉人之短也。廉而不节，近于强钳；肆而不制，近于流荡；清而不根，近于草野；唐宋之过也。有其利，无其病者，莫若魏晋。魏晋之文，大体皆埤于汉，独持论仿佛晚周；气体虽异，要其守己有度，伐人有序；和理在中，孚尹旁达，可以为百世师矣！效唐宋之持论者，利其齿牙；效汉之持论者，多其记诵；斯已给矣！效魏晋之持论者，上不徒守文，下不可御人以口，必先豫之以学。"斯其盛推魏晋也！于清儒推汪中、李兆洛；并世推王闿运、吴汝纶、马其昶三人；此外虽其师俞樾之文亦致不满。因著《校文士》以见意曰：

近代学者率椎少文，文士亦多不学。兼是两者，惟阳湖之张生张惠言,又非其至者也。然学者不习通俗之文;而特雅驯可诵,视欧、曾、王、苏将过之。先戴戴震《句股割圜记》,吐言成典,近古之所未有。迩者黄以周以不文著;惟黄氏亦自谓钝于笔语;观其撰述,密栗醇厚,庶几贾、孔之遗章,何宋文之足道!戴君戴望在朴学家,号为能文;其成一家言者,则信善矣。造次笔札酬对之辞,顾反与宋文相似。故知世人所谓"文"者,非其最上;而"椎少文"之云,特以匪色不足,短于驰骤曲折云尔。惟俞先生俞樾文窳滥,不称其学;此则轶出于恒律者也!史家若章、邵二公章学诚、邵晋涵记事甚善;其持论亦在《文心》、《史通》间;然史家固无木讷寡文之诮,故不悉论。若通俗不学者,其文亦略有第次;善叙行事,能为碑版传状,韵语深厚,上攀班固、韩愈之轮;如曾国藩、张裕钊,斯其选也。规法宋人,而能止节淫滥;时以大言自卫,亦不敢过其情;如姚鼐、梅曾亮,则其次也。闻见杂博,喜自恣肆,其言近于纵横,视安石不足,而拟苏洵为有馀;如恽敬辈,又其次也。自放尘埃之外,傲睨万物,而固陋不能持论;载其清静,亦使穷儒足以娱老;如吴敏树辈,又其次也。又夫文质相扶,辞气异于通俗,上法东汉,下亦旁皇晋、宋之间;而文士以为别裁异趣,如汪中、李兆洛之徒,则可谓彬彬者矣!魏源、龚自珍,则所谓伪体者也。源故不学,惟善说满洲故事;晚乃颠倒诗书以钓名声,凌乱无序;小学尤疏谬,而栩栩自高,以为微言大义在是!其持论或中时弊,而往往近于怪迂!自珍承其外祖之学,又多交经术士,其识源流,通条理,非源之侪!然大抵剽窃成说而无心得,其以经为史,本之《文史通义》而加华辞;观其华,诚不如观其质者。若其文辞侧媚,自以取法晚周诸子,而佻达无骨体,视晚唐皮、陆且弗逮；以较近世，犹不如唐甄《潜书》之近实。而后生信其诳耀以为巨子；诚以舒纵易效，又多淫丽之辞，中其所嗜；故少年靡然乡风。自自珍之文贵于世，而文学涂地将尽；将汉种灭亡之妖耶！孔子云："觚不觚，觚哉！觚哉！"

大率衡论诸家，犹以为得失互见；而于后生崇信之龚自珍，极口诋诽，致以为"汉种灭亡之妖"焉；世或不以为允也。既而入民国，炳麟故以文字张革命而有成功；誉望高，讲学推为大师。而持论逾峻厉。闽县林纾方以能文章治桐城家言，为士论所归；尤遭炳麟嫉诃。其《与人论文书》曰：

> 来书疑仆持论褒大先梁而损置徐、庾以下，又称中唐韩、吕、刘、柳诸家，次及宋世宋祁、司马光等；然上不取季唐，下不与吴蜀六士，谓欧阳、曾、王、苏。若两取容于姚、李二流者。仆闻之"修辞立其诚"也，自诸辞赋以外，华而近组则灭质，辨而妄断则失情，远于立诚之齐者，斯皆下情所欲弃捐；固不在奇耦数！徒论辞气，太上则雅，其次犹贵俗耳！主意。俗者，谓土地所生习，《地官·大司徒》注。婚姻丧纪旧所行也；《天官·太宰》注。非猥鄙之谓。孙卿云："有雅儒者，有俗儒者。"李斯云："随俗雅化。"夫以俗为缦白，雅乃继起以施章采，故文质不相畔。世有辞言袭常而不善故训，不綦文理，不致隆高者；然亦自有友纪。佻儇侧媚之辞薄之，则必在绳之外矣！是能俗者也。先梁杂记，则随俗而善，文尽雅，陈已稍替，乃南北挹合，其质大挠。故有常语尽雅，毕才技以造瑰辞，犹几不及俗者；唐世颜师古、许敬宗之伦是也。致文则雅，燕闲短语，有所记述题署，

且下于俗数等；近世阮元、李兆洛之伦，是也。且北朝更丧乱久，文章衰息，浸已绌于江左。魏收、邢子才刻意尚文，以任、沈为大师，终不近。会江左文体亦变。徐陵通聘，而王褒、庾信北陷；北人承其虿色，其质素丑，外自文以妖冶，貌益不衷！传曰："白而白，黑而黑。"夫《贲》，有何好乎？陵夷至于唐世，常文蒙杂。而短书媟慢，中间亦数改化。稍稍复古以有韩、吕、刘、柳，自任虽夸，顾其意岂诚薄齐、梁耶？有所欲于徐、庾；而深悼北人之效法者，失其轶丽，而只党莽，不就报章；欲因素功以为绚乎？自知虽规陆机，摹傅亮，终已不能得其什一；故便旋以趋彼耳！北方流势本拥肿也，削而砻之，大分不出后汉；碑诔尤近；造辞窜句，犹兼晋宋赋颂之流。宋世能似续者，其言稍约；亦独祁、光诸子。今夫韩、吕、刘、柳所为，自以为古文辞；纵材薄不能攀姬汉，其愈隋、唐末流猥文固远。宋世吴蜀六士，志不师古，乃自以当时决科献书之文为体；是岂可并哉？曩尝与足下言："仆重汪中，未尝薄姚鼐、张惠言。"姚、张所法，上不过唐、宋；视吴蜀六士为谨。原注云：夸言稍少，此近代所长。若恽敬之恣，龚自珍之儇，则不可同论。仆视此虽不与宋祁、司马光等；要之文能循俗，后生以是为法，犹有坛宇，不下堕于猥言酿辞；兹所以无废也。并世所见：王闿运能尽雅，其次吴汝纶之下，有桐城马其昶，为能尽俗。原注云：萧穆犹未能尽俗。下流所仰，乃在严复、林纾之徒。复辞虽饬，气体比于制举，若将所谓曳行作姿者也！纾视复又弥下，辞无涓选，精采杂污；而更浸润唐人小说之风！夫欲物其体势，视若蔽尘，笑若龋齿，行若曲肩，自以为妍，而只益其丑也！与蒲松龄相次，自饰其辞而祗敬之曰："此真司马迁、班固之言！"原注云：纾弟子记师言，援吴汝纶言以为重。汝纶既没,其言有无不可知。观汝纶所为文辞,不应与纾同其谬妄。或由性不绝人,好为奖饰之言乎?若然者,既不能雅,又不能俗,则复不得比于吴蜀六士矣。仆固不欲两取容于姚、李,而恶夫假托以相争者。扬子曰:"见弓之张弛而不失其良,曰檠之而已矣!"夫先梁与中唐者,势有张弛;岂其为良异哉!使奇耦之言,文章之议,日竞于世;失其所以檠,而诡雅异俗者据之,斯亦非足下之所惧耶?

盖斥严复、林纾为诡雅异俗云。而诃林纾尤甚。又以林纾小说为世俗称道,于是明述作之意,又署后曰:

小说者,列在九流十家,不可妄作。上者宋钘著书,上说下教,其意犹与黄老相似;晚世已失其守。其次曲道人物、风俗、学术、方伎,史官所不能志,诸子所不能录者;比如失遗,故可尚也!宋人笔记尚多如此,犹有江左遗意。其下或及神怪,时有目睹,不乃得之风听;而不刻意构画其事;其辞坦迤,淡乎若无味,恬然若无事者;《搜神记》、《幽明录》之伦,亦可以贵!唐人始造意为巫蛊媒娱之言,晚世宗之,亦自以小说名,固非其实。夫蒲松龄、林纾之书,得以小说名者,亦犹"大全"、"讲义"诸书,傅于六艺儒家也!

炳麟词意刻急,大率视此。惟炳麟之所贬绝者,特林纾耳!未尝贬绝桐城家言也。人问:"桐城义法何其隘耶?"曰:"此在今日,亦为有用。何者?明季猥杂佻脱之文,雾塞一世;方氏起而廓清之。自是以后,异喙已息,可以不言流派矣。乃至今日,而明末之风复作!

报章小说,人奉为宗;幸其流派未亡,粗存纲纪。学者守此,不至堕入下流;故可取也! 若谛言之:文足达意,远于鄙倍,可也;有物有则,雅驯近古,是亦足矣!"然则炳麟之所贬绝者,固非桐城而林纾也。顾林纾不平于炳麟之斥绝,往往引桐城家以自障焉! 错具林纾篇中。

炳麟论文,谓当以文字为主,不当以彣彰为主;而"文"之为名,包举一切著于竹帛而言;故有成句读之文,有不成句读之文;而成句读者,复有有韵、无韵之别;无韵文中,当有学说、历史、公牍、曲章、杂文、小说六科;而欲以书志疏证之法,施之于一切文辞。命其形质,则谓之文;状其华美,则谓之彣。凡彣者必皆成文,而成文者不必皆彣,援经据典,述《文学论略》一篇,博辨强证,洋洋万馀言;兹以繁不能具录,仅节约其旨曰:

《论衡·超奇》篇云:"能说一经者为儒生。博览古今者为通人。采掇传书以上书奏记者为文人。能精思著文,连结篇章者为鸿儒。"又曰:"州郡有忧,有如唐子高、谷子云之吏,出身尽思,竭笔牍之力;烦忧适有不解者哉!"又曰:"长生死后,州郡遭忧,无举奏之史,以故事结不解,征诣相属;文轨不尊,笔疏不续也。岂无忧上之吏哉? 乃其中文笔不足类也!"又曰:"若司马子长、刘子政之徒,累积篇第,文以万数;其过子云、子高远矣! 然而因成前纪,无胸中之造。若夫陆贾、董仲舒论说世事,由意而出,不假于外;然而浅露易见。观读之者犹曰传记。阳城子长作《乐经》,扬子云作《太玄经》,造论助思,极窅冥之深;非庶几之才,不能成也! 桓君山作《新论》,论世间事,辩照然否,虚妄之言,伪饰之辞,莫不证定。彼子长、子云说论之徒,君山为甲!自君山以来,皆善鸿眇之才,故有嘉令之文。"据此所说,所谓文者,皆以作奏记为主。自是以上,乃有鸿儒。鸿儒之文,若司马子长、刘子政所著,则为历史;陆、董、阳城、杨四子所著,则为经说;君山所著,则为诸子。是历史、经说、诸子三者,彼方目以最上之文;非如后人摈此于文学之外,而沾沾焉惟以华辞为文,或以论说、记序、碑志、传状为文也。或言:"学说、文辞之所以异者,学说在开人之思想,文辞在动人之感情;虽亦互有出入,而大致不能逾此。"此亦一偏之见也!就彼所说,则除学说而外,一切有韵无韵之文,皆得称为文辞;而一以激发感情为主;则其误亦已甚矣。无韵文中,专尚激发感情者,惟杂文、小说耳!历史之中,目录学案,则于思想有关,而于感情无涉。其他叙事之文,固有足动感情者;然本非以是为主。盖叙事者,在得其事之真相耳!其事有足动感情与不动感情之异,故其文亦有足动感情与不动感情之异。若强事而就辞,则所谓削足适屦者也!至于姓氏之书,列入史科,此则无关思想,亦无关于感情者也。公牍之中,诏诰奏议,亦有能动感情者;然考绩升调之诏,支销举劾之书,则于感情固无所预;其取动感情者,惟为特别事端,非其标准在此也。诉讼之词状,录供之爰书,当官之履历,经商之引帖,此足动感情乎?抑不足动感情乎?典章之中,思想感情,皆无所预。若评论典章,与寻求其原理者,此则诸子之法家,当在学说;非彼所谓文辞矣!然则无韵之文,除学说外,有历史、公牍、典章、杂文、小说五科;而三科皆不以能动感情为主,惟杂文、小说则以是为标准耳。有韵之文,诚以能动感情为主矣;然则著龟象象之文,体皆韵语,命曰占繇;《周易》而外,见于《左氏》者多!乃于扬子之《太玄》,焦赣之《易林》,东方朔之《灵棋》,其文古雅有馀,而于感情实无所动。其他诗赋、箴铭、哀诔、词曲之属,固以宣情达意为归;抑扬宛转,是其职也。虽然,儒家之赋,意存谏戒,若荀卿《成相》一篇,固无能动感情之用。毛公传《诗》,独标兴体;所谓兴者,即能动感情之谓;则知比、赋二式,宜不以此为限。传称"登高能赋,谓之德音"。然则原本山川,极命草木,若相如《子虚》,扬雄之《羽猎》、《甘泉》,左思之《三都》,郭璞、木华之《江》、《海》,奥博翔实,极赋家之能事矣!其感情动耶否耶?其专赋一物者,若荀卿之《蚕赋》、《箴赋》,王延寿之《王孙赋》,祢衡之《鹦鹉赋》,佯色揣称,曲尽形相;读者感情亦未动也。今之言诗,与古稍异;故诗、赋分为二事。汉世《郊祀》、《房中》之歌,沈博绝丽;而庄敬之情,览者曾不为动;盖其感人之处,固在被之管弦,非局于词句也。若夫《柏梁》联句,语皆有韵,后世遵之,自为一体;今试细绎其辞,惟是夫子自道;而《上林令》诗则以"桃李橘柚枇杷梨"七字垛积成言,无异《急就篇》中文句。若以《柏梁诗》为不善,则固诗人所尊奉也!若以《柏梁诗》为善,则无可动人之感情也!然则谓文辞之妙,惟在能动感情者,在韵文已不能限,而况无韵之文乎?彼专以杂文、小说之能事,概一切文辞者,是真知其一而不知其二也。或云壮美,或云优美,学究点文之法,村妇评曲之辞,庸陋鄙俚,无足挂齿,而以是为论文之轨,不亦过乎?吾今为一语曰:一切文辞,体裁各异:以激发感情为要者,箴铭、哀诔、诗赋、词曲、杂文、小说之类是也;以浚发思想为要者,学说是也;以确尽事状为要者,历史是也;以比类知原为要者,典章是也;以便俗致用为要者,公牍是也；以本隐之显为要者，占繇是也。其体各异，故其工拙亦因之而异；其为文辞则一也。夫以学说与文辞对立者，其失在惟以彣彰为文，而不以文字为文；故学说之不彣者，则悍然摈之于文辞之外。惟《论衡》所说，略成条理。先举奏记为质，则不遗公牍矣！次举叙事、经说、诸子为言，则不遗历史与学说矣！有韵为文，人所共晓，故略而不论；杂文汉时未备，故亦不著。不言小说，或其意存鄙夷；不列典章，由其文有缺累。此则不能无失者也。虽然，王氏所说，虽较诸家为胜，亦但知有句读文，而不知无句读文；此则不明文学之原矣！吾今当为众说：古者书籍得名，由其所用之竹木而起；此可见语言文学，功用各殊；是文学之所以称文学也！且如"经"之得称，谓其常也；"传"之得称，谓其转也；"论"之得称，谓其伦也；此皆后儒训说，未必睹其本真。欲知称"经"、称"传"、称"论"之由，则"经"者，编丝缀属之谓也，是故《六经》而外，复有纬书，义亦同此。如《佛经》称素怛缆，亦云修多罗。素怛缆者，直译为线，译意为经。盖彼贝叶成书，故不得不用线联贯；此以竹简成书，亦不得不编丝缀属。其必举此为号者，异于百名以下，专用版牍者耳。盖经本官书，故《吴语》有"挟经秉枹"之说。韦昭解："经，兵书也。"此说未确也。岂有临阵而读兵书者？盖尺籍伍符之属，临阵携之，取便检点。字既繁多，故用策而不用版也。"传"者，专之假借也；《论语》"传不习乎"，是其明证。《说文》训专为六寸簿，簿则手版，古谓之笏，今作笏。书思对命以备忽忘，故引伸为书籍记事之称。书籍名簿，亦名为专；专之得名，以其体短有异于经。郑康成序《论语》云："《春秋》二尺六寸，《孝经》一尺二寸，《论语》八寸。"则知专之简策，当更短于《论语》所谓八寸者也。《汉书·艺文志》言：刘向校中古文《尚书》，有一简二十五字者。而服虔注《左氏传》则云：古文篆书一简八字。盖二十五字者二尺四寸之经也，八字者六寸之传。古官书皆长二尺四寸，故云二尺四寸之律。举成数言，则曰三尺法。经亦官书，故长如之。其非经律则称短书，皆见《论衡》。论者古只作仑；比竹成册，各就次第，是之谓仑。箫亦编竹为之，是故龠字，从仑引伸，则乐音之有秩序者，亦称为仑，"于论鼓钟"是也，言说之有秩序者，亦称为仑，"坐而论道"是也，推寻本义，实是"仑"字。《论语》为师弟问答，而亦略记旧文，散为各条，次编成袟，故曰仑语。要之"经"者，绳线贯联之称；"传"者，簿书记事之称；"论"者，比竹成册之称。各从其质以为之名，亦犹古言"方策"，汉言"尺牍"，今言"札记"也。虽古之言"肄业"者，《左氏传》："臣以为肄业及之也。"亦谓肄版而已。《释器》云："大版谓之业。"所习之书，各有篇第；而习者移书其文于版，故云肄业，《管子·宙合》篇云："退身不舍端，修业不息版。"以此证之，则"肄业"之为肄版明矣。学业之名，由此引伸，与事业、功业异义。据此诸证，或"简"或"牍"，皆从其质为名；此所以别文字于言语也！其所以必为之别者，何也？文字初兴，本以代言为职；而其功用有胜于言者！盖言语之用，仅可成线，喻如空中鸟迹，甫见而形已逝；故一事一义得相联贯者，言语司之。及夫万类坌集，棼不可理；言语之用有所不周，于是委之文字。文字之用，可以成图；故表谱图书之术兴焉。凡排比铺张，不可口说者，文字司之。及夫立体建形，向背同现，文字之用，又有不周；于是委之仪象。仪象之用，可以成体；故铸铜雕木之术兴焉。凡望高测深，亦不可图表者，仪象司之。然则文字本以代言，而其用则有独至；凡无句读之文，皆文字所专属者也。

文之代言者，必有兴会神味。文之不代言者，则不必有兴会神味。不代言者，文字所擅场也。故论文学者，不得以感情为主。今分无句读文为图画、表谱、簿录、算草四科。而有句读文则分有韵、无韵。有韵文者：赋颂、哀诔、箴铭、占繇、古今体诗、词、曲；无韵文者：学说、历史、公牍、典章、杂文、小说也。其中学说、历史、公牍、典章、杂文又当区为各类。以此分析，则经典亦当散入各科：如《周易》者，占繇科也。如《诗》者，赋颂科也。如《周礼》者，典章科之官礼类也。如《仪礼》者，典章科之仪注类也。如《礼记》者，典章科之仪注类、《曲礼》、《内则》、《投壶》、《公符》诸篇皆是。书志类、《祭法》、《明堂》、《月令》诸篇皆是。学说科之诸子类、《中庸》、《礼运》、《三朝》诸篇皆是。疏证类，《昏义》、《冠义》、《乡饮酒义》诸篇皆是。历史科之纪传类如《五帝德》篇是。也。《春秋》者，历史科之编年类，《世本》则表谱科，《国语》则历史科之国别史类，"二传"则学说科之疏证类也。《论语》、《孝经》者，学说科之诸子类也。《尔雅》、《说文》者，学说科之疏证类也。至于正史一书之中，分科各异：如纪传，则历史科之纪传类也；书志，则典章科之书志类也；年表，则表谱科也；若《百官公卿表》，则又典章科之官礼也；《宰相世系表》，则又历史科之姓氏书类也。于书志中，有《艺文》、《经籍》等志，则又历史科之目录类也。文人所作总集、别集之属，大抵多在杂文科中；而碑志，则历史科之款识类；传状，则历史科之行状类、别传类；若《翰苑集》，则公牍科之奏议类也；若《顺宗实录》，则历史科之纪传类也。凡自成一家之书，名为诸子。然《别录》、《七略》，兵书、方技、数术，皆为独立，不入《诸子略》中。晋荀勖《簿录中经》分为四部；而兵书、数术，遂与诸子合符。梁阮孝绪作《七录》,子、兵为一,而技术复在其外。隋《经籍志》始以兵家、天文家、历数家、医方家尽入诸子,自今以后,科学渐兴,则诸子所包,其数将不可计;儒家、道家,同为哲学;墨家、阴阳家,同为宗教;似亦不须分立矣!此与历史、公牍、典章、小说诸科皆相涉入;惟于杂文则远耳!其次或自成一家,或依附旧籍,而皆以实事求是为归者,则通名为"疏证"。上自经说,下至近世之札记,此皆疏证类也。其最古者,若《尚书》有《太誓故》;见《周语》。《管子》有《形势解》、《立政九败解》、《版法解》、《明法解》;《韩非》有《解老》、《喻老》;此亦疏证类也。而近人别集,如戴震、钱大昕、段玉裁、阮元辈,其间杂文甚少,而关于考证者多,是亦疏证类也。此类与历史、公牍、典章、杂文、小说诸科,则皆相涉入者也。其有商度文史,自成一家者,名曰"平议";若荀勖之《杂撰文章家集叙》,挚虞之《文章志》、傅亮之《续文章志》,《隋书》皆列入《史部·簿录篇》中,皆为近似;而后人则于"别集"、"总集"而外,又立一"文史"类,搜集此种,录入其中;则名实相去远矣。今之史评,若《史通》是也;今之文评,若《文心雕龙》是也;其关于款识者,若《金石要例》是也;其关于古今体诗者,若《诗品》是也;其通评文史者,若《文史通义》是也。此则与无句读文、有句读文皆相涉入者也。故凡有句读文,以典章为最善,而学说科之疏证类,亦往往附居其列;文皆质实而远浮华,辞尚直截而无蕴藉,此于无句读文最为邻近。魏晋以后,珍说丛兴,文渐离质,作史者能为纪传而不能为表谱书志。今观陈寿之《三国志》,范晔之《后汉书》,姚思廉之《梁书》、《陈书》,令狐德棻之《周书》,李百药之《北齐书》,李延寿之《南史》、《北史》,惟存纪传，而表志绝焉！惟沈约《宋书》、萧子显《齐书》、魏收《魏书》有志。若《续汉书》之志，则司马彪作，非范晔所能作也。《隋书》成于官撰，纪传与志分任纂修，盖作纪传者亦不能作志也。《晋书》亦官撰，故得有志。江淹所以叹"作史之难，莫难于作志"也。中唐以后，"三传"束阁；降及北宋，论锋横起，好为浮荡恣肆之辞，不惟其实；故疏证之学渐疏。刘敞、刘奉世、洪适、洪迈、娄机、吴曾、王应麟之徒，虽能考证丛残，持之有故，言之不能成理，属文者便于荒陋，反以疏证为支离，此文辞所以日趋浮伪也！虽然，既已谓之文辞，则书志必不容与表谱、簿录同其繁碎，疏证必不容与表谱、簿录同其冗杂。故书志之要，必在训辞翔雅，若《汉志》《隋志》、《通典》之文则得矣！宋、元、明《志》《通考》《续通考》辈，非其任也！疏证之要必在条理分明，若江永、戴震、段玉裁、王引之、金榜、黄以周之文，则得矣！余萧客、王昶、洪亮吉辈，非其任也！以典章科之书志，学说科之疏证，施之于一切文辞；除小说外，凡叙事者尚其直叙，不尚其比况；若云："血流漂杵。"或云："积干曳甲与熊耳山齐。"其文虽工，而为偭规改错矣！凡议论者尚其明示，而不尚其代名；若云："颜渊虽笃学，附骥尾而行益显。"或云："足历王庭，垂饵虎口。"其文虽工，而为雕刻曼辞矣！乃若叠韵双声，连字连义，用为形容者，惟于韵文为宜！无韵之文，亦非所适。所以者何？韵文以声调节奏为本，故形容不患其多。无韵之文，便与此异！前世作者用之符命，是为合格；其他诸篇，倘见则可，过多则不适矣！相如、子云湛深于古文奇字；《移檄》、《解嘲》之属，用此亦多。后人当师其奇字，不当师其形容语也！乃如举地称官，皆从时制；虽当异族秉政，而亦无可诡更，所谓"名从主人"也。近世为文例者,只以此为金石刻画之程式,其实杂文亦尔;特历史、公牍诸科,需此尤切耳!夫解文者,以典章学说之法,施之历史、公牍,复以施之杂文,此所以安置妥帖也!不解文者,以小说之法施之杂文,复以施之历史、公牍,此所以骩骳不妥也!或曰:"子前言一切文辞体裁各异,故其工拙亦因之而异;今乃欲以书志疏证之法施之于文辞,不自相刺缪耶?"答曰:"前者所说,以工拙言也;今者所说,以雅俗言也。工拙系乎才调,雅俗者存乎轨则。轨则之不知,虽有才调而无足贵;是故俗而工者,无宁雅而拙也!雅有消极、积极之分。消极之雅,清而无物,欧、曾、方、姚之文是也;积极之雅,闳而能肆,扬、班、张、韩之文是也。虽然,俗而工者,毋宁雅而拙;故方、姚之才虽驽,犹足以傲今人也!吾观日本之论文者,多以兴会神味为主,曾不论其雅俗;或其取法泰西,上追希腊,以'美'之一字横梗结喧于胸中。故其说若是耶?彼论欧洲之文,则自可耳;而复持此以论汉文。吾汉人之不知文者,又取其言以相矜式,则未知汉文之所以为汉文也。日本人所读'汉籍',仅中唐以后之书耳!魏、晋、盛唐之遗文,已多废阁;至于周、秦、两汉,则称道者绝少;虽或略观大意,训诂文义,一切未知,由其不通小学耳!夫中唐文人,惟韩、柳、皇甫、独孤、吕、李诸公为胜。自宋以后,文学日衰,以至今日。彼方取其最衰之文、比较综合以为文章之极致,是乌足以为法乎!"或曰:"子之持论,似明世七子所言,专以唐为封域,而蔑视宋后诸公,宁非一偏之论耶?"答曰:"七子之弊,不在宗唐而祧宋也,亦不在效法秦、汉也;在其不解文义而以吞剥为能,不辨雅俗而以工拙为准。吾则不然。先求训诂,句分字析而后敢造词也;先辨体裁,引绳切墨而后敢放言也！此所以异于明之七子也！"或曰："予谓不辨雅俗，则工拙可以不论。前者已云：'以便俗致用为要者，公牍是也。'彼公牍者，复何雅之足言乎？"答曰："所谓雅者，谓其文能合格。公牍既以便俗，则上准格令，下适时语，无屈奇之称号，无表象之言词，斯为雅矣！《汉书·艺文志》曰：'书者，古之号令。号令于众，其言不立具，则听受施行者勿晓。古文读应尔雅，故解古今语而可知也。'是则古之公牍，以用古语为雅；今之公牍，以用今语为雅。或用'军门'、'观察'、'守'、'令'、'丞'、'倅'以代本名，斯所谓屈奇之称号也；或用'水落石出'、'剜肉补疮'以代本义，斯所谓表象之言词也。其馀批判之文，多用四六，昔在宋世，已有龙筋凤髓之书；近世宰官相率崇效，以文掩事，猥渎万端。此弊不除，此公牍所以不雅也。公牍之文，与所谓高文典册者，其积极之雅不同，其消极之雅则一，要在质直而已；安有所谓便俗致用者，即无雅之可言乎？非独公牍然也！小说之文，与他文稍异矣；然亦有其雅者。《史记·滑稽列传》、《汉书·东方朔传》，此皆小说所本；而《汉·艺文志》之称小说，则云'街谈巷语、道听途说者所造'，是所谓询于刍荛者也；故如邯郸淳之《笑林》，刘义庆之《世说》，多当时实事也。其有意构造者，则如《汉志》所载小说诸家，多兼黄老；而其后亦兼鬼神，若《搜神记》、《幽明录》者，非小说之正宗矣！然犹不以谲怪恢奇相尚，虽云'致远恐泥'，而无淫污流漫之文；是在小说，犹不失为雅也！自明以来，文人夸毗，惟怀婚姻，自诩风流，廉耻道丧，于是有《秘辛杂事》、《飞燕外传》诸作，浸淫至今，而其流不可遏矣！反古复始，故亦有其雅者。近世小说，其为街谈巷语，若《水浒传》、《儒林外史》；其为神怪幽秘，若《阅微草堂》五种；此皆无害为雅者。若以古艳相矜，以明媚自喜，则无不沦入恶道。故知小说自有雅俗，非有俗无雅也！公牍、小说，尚可言雅，况典章、学说、历史、杂文乎？若不知世有无句读文，则必不知文之贵者，在乎书志、疏证。若不知书志、疏证之法可施于一切文辞，则必以因物骋辞，情灵无拥，为文辞之根极。宕而失原，惟知工拙，不知雅俗；此文辞所以日弊也！"

炳麟生平论文之旨大略具是矣！然未及文之所由生也。炳麟以为文生于名，名生于形，修辞必原本小学；而自以造辞先求故训，穷理能为玄言，高出时辈，不欲为伍！《与邓实书》曰：

昨闻上海有人定近世文人笔语为五十家，以仆纡厕其列。仆之文辞为雅俗所知者，盖论事数首而已，斯皆浅露其辞，取足便俗，无当于文苑！向作《訄书》，文实宏雅；箧中所藏，视此者数十首；盖博而有约，文不掩实，以是为文章职墨；流俗或未之好也！定文者以仆与谭复生、黄公度耦。二子志行，顾亦有可观者！然学术既疏，其文辞又少检格。复生气体骏利，以少习俪语，不能远师晋、宋，喜用雕琢，惊而失粹，轻侠之病，往往相属。公度喜言经世，其体则同甫、贵与之侪；上距敬舆，下榷水心，犹不相逮。仆虽朴陋，未敢与二子比肩也。近世文士王壬秋，可谓游于其藩，犹多掩袭声华，未能独往。康长素时有善言，而稍谲奇自恣。仆亦不欲与二贤参俪！谓宜刊削鄙文，无令猥厕；大衍之数，虚一不用，亦何伤于蓍卦哉！故非欲掎摭利病，泛僇时彦以自崇也。以为文生于名，名生于形；形之所限者分，名之所稽者理；分理明察，谓之知文。小学既废，则单篇槭落；玄言日微，故俪语华靡。不揣其本而肇其末，人自以为卿、云，家相誉以潘、陆，何品藻之容易乎？仆以下姿，智小谋大；谓文学之业，穷于天监；简文变古，志在桑中；徐、庾承其流化，淡雅之风，于兹沬矣。燕、许诸公，方欲上攀秦、汉；逮及韩、刘、吕、权、独孤、皇甫诸家，劣能自振。晚唐出以谲诡，两宋济以浮夸，斯皆不足劭也。将取千年朽蠹之馀，反之正则；虽容甫、申耆，犹曰"采浮华，弃忠信"尔；皋文、涤生尚有谖言，虑非修辞立诚之道。夫忽略名实，则不足以说典礼；浮辞未剪，则不足以穷远致。言能经国，绌于笾豆有司之守。德音孔胶，不达形骸知虑之表。故篇章无计簿之用，文辨非穷理之器。彼二短者，仆自以为绝焉。所以块居独处，不欲寄群彦之数者也！夫代文救僿，莫若以忠；撰录文辞，谅非急务。然彼之为是，亦云好尚所至而已。遂事既不可谏；仆之私著，出内在我，宜告以鄙怀，无令署录，玉石朱紫，庶其有分！

炳麟故意高自标置；并世文人，独称王闿运能尽雅。或问如何能雅？曰："抒所欲言，成章以达；而汰其虚字，不厕笔端，则尽雅矣。"为文章尤喜以古字易今字，曰："六书本义，废置已夙。经籍仍用，通借为多。舍借用真，兹为复始。"然尽雅而不便俗，后生小子读其文者，罕能竟焉！徒震其高名，相为矜耀而已。

炳麟论文，薄宋六士；而言诗又不取宋诗，作《辨诗》。其大指以为"宋世诗势已尽，故其吟咏情性，多在燕乐。今词又失其声律，而诗尨奇愈甚。考征之士，睹一器，说一事，则纪之五言，陈数首尾,比于马医歌括。及曾国藩自以为功,诵法江西诸家,矜其奇诡,天下鹜逐,古诗多诘诎不可诵,近体乃与杯珓谶辞相等。江湖之士,艳而称之,以为至美!盖自《商颂》以来,歌诗失纪,未有如今日者也!物极则变,今宜取近体一切断之;古诗断自简文以上;唐有陈、张、杜、李之徒,稍稍删节其要,足以继风雅,尽正变。"以故生平为诗不作近体;五言古最多!早岁亡命日本,因咏《东夷诗》以讥之,其第一首曰:

> 昔年十四五,迷不知东西;曾闻"太平人,仁者在九夷。陇首馀粻粮,道路无拾遗。"少壮更百忧,负绁来此畿。车骑信精妍,艨艟与天齐。穷兵事北狄,三载熸其师;将率得通侯,材官眊山鸡。帑藏竟涂地,算赋及孤儿。天骄岂能久,愁苦来无沂。偷盗遂转盛,妃匹如随麏;家家怀美疢,骭间生疡微。乃知信虚言,多与情实违。

诵者叹为实录。然炳麟为诗,拟古之迹太甚;往往意以词夺,卒不可通晓,盖与文章同病云。刊有《春秋左氏传读叙录》、《刘子政左氏说》、《文始》、《新方言》、《小学答问》、《说文部首韵语》、《庄子解故》、《管子馀义》、《齐物论释》,又重定本《国故论衡》、《检论》、《太炎文录》、《菿汉微言》凡四十八卷,曰《章氏丛书》;而《菿汉微言》最晚出。炳麟负气自高,又挟所学。辛亥国变,孙文以首倡革命,被推为临时大总统,又组国民党而为之魁,虽袁世凯亦屈意交亲。而炳麟不为之下。创设统一党,组织《大共和日报》,自为总主笔,为文多相绳纠。及袁世凯代孙文为临时大总统。炳麟则与以书曰:"以光武遇赤眉之术,解散狂狡;以汉高封雍齿之术,起用宿将;以宋祖待藩镇之术,安慰荆吴。大端既定,然后政治可施。当法纪之未成,惟人才为急务。徇故吏,则不才者任事;安反侧,则无赖者入官。殊途同归,皆以紊政。夫变革之世,贵跅弛才。兴作之时,尚精白士。"世凯答曰:"至理名言,亲切有味。"特授勋二位。而炳麟性不受羁縻,一出任筹边使,高谈大论,渐为世凯不耐,召入京,锢之龙泉寺,虑其文字煽乱,欲杀之。内史监阮忠枢谏曰:"武曌读骆宾王之檄布,犹许为人才;燕王受方孝孺之口诛,尚欲其不死。章之文章学术,不可多得;无罪而戮之,公之智岂下于燕王、武曌乎!"世凯动容,乃止。世凯死,乃释出。及国民军之再起也,孙传芳抚有苏、浙、皖、赣四省之众,专制江以南,割地自封。国民军将致讨焉。而炳麟则借辞于孙文之联俄容共,诟厉国民军以为不道,大放厥辞;孙传芳亦以自张其垒而卒无救于败。于是孙传芳走,炳麟隐,杜门却客,有晤论学,则怃然曰:"论学不在多言,要于为人。昔吾好为《蓟汉微言》,阐于微而未显诸用,核于学而未敦乎仁;博溺心,文灭质,虽多亦奚以为!欲著《蓟汉昌言》以竟吾指也!"生平有"章疯子"之目,而弥为诡诞,题署多名,初本名炳麟,后私淑昆山顾亭林氏,而易名绛,于是字曰太炎;以亭林名绛,又名炎武也;既则自以治汉学,而所服膺者在刘歆,辄署"刘子骏之绍述者"。迨研《大乘起信论》,每作梵文叙言,后题"佛灭度后二千三百八十三年,震旦优婆塞章绛序",或署"震旦白衣章炳麟序"。及为袁世凯所幽,逻卒在门,从游者皆不得见,至以为苦!既而世凯亦知炳麟徒书生好大言,实无它;意解,移之钱粮胡同,稍弛其禁,然仍不得出,则慨然曰:"余惟待死矣!"与其弟子黄侃书,则署"待死人章某"也。每慨然曰:"吾死,诸夏文化亡矣!"既以国民党用事而摈于世,无所发愤。会前大总统黎元洪死,则挽以联曰:"继大明太祖而兴,玉步未更,绥寇岂能干正统。与五色国旗同尽,鼎湖一去,谯周从此是元勋。"弦外之音,令人惊异。而下署"中华民国遗民章炳麟挽"也。继而孙总理奉安新都,寄挽一联曰:"举国尽苏俄,赤化不如陈独秀!满朝皆义子,碧云应继魏忠贤!"以总理前停榇北平碧云寺,旧传出魏阉建也,则又公然诽谤,拟不于伦。诵之者哗曰:"此真疯子矣!"既而主张读经救国;以民国二十三年,讲学苏州之锦帆路,设章氏国学讲习会。锐意治《书古文》,以太史公为准绳。其弟子汪柏年亲闻微言,迻录成书。蒋中正方当国,以其一代大师、邦人矜式而佐以万金,又欲聘之主国史馆,而炳麟谢不就。以二十五年六月十四日卒,年六十九岁。弟子数百人,钱玄同、黄侃最著。而玄同中途畔去;独侃称高足也。

黄侃,字季刚,号运甓,别号病禅,一作病蝉,湖北蕲春人。炳麟逃难日本,与侃遇;侃数称道《毛诗传》、《说文解字》,自言受父四川按察使黄君云鹄为《儿时书笞》诵之,以更《千字文》。遂受学炳麟称弟子。读书多神悟,尤善音韵;文辞淡雅,上法晋宋。炳麟亟称之曰:"季刚清通练要之学,幼眇安雅之辞,并世吾未见有比也!"尝著《梦谒母坟图题记》,炳麟尤所赏异!辞曰:

> 乘拨逆蕲水而上,可百三十里,溪水清泊,平湍弥望,有水自东来会,是为白水,其右有市,名曰包茅;对溪孤山,孽然高举,峭不可上;则螭堆也。山麓精庐,云洗心阁;寒泉步绮,所在深窈。渡此以上,堤绵半里;松桧棽映,中有豫章,缭以周垣,扶疏四布,干可十围;与溪西一树相直;悉是三百年物。堤外广陂,扶渠满中;小渚二三,杂植槐柽。循池东走,得黄氏祠墓,前直螭堆,若树重表。黄氏始自江西,占籍此地;有信甫是

其初祖,乡人谣俗以人表地,及其自署,乃云螭堆黄氏。盖山水清邃,错以腴壤,良宜聚族而居者矣!先人相宅,在山之阴。前有三丘,骏骐相属;右为章丘,亡母周孺人墓在焉,面西背东,水出其北,白石为茔,碑崇三尺。陇首长松,高可二丈,下覆冢兆,有如羽盖。升虚反望,便见吾家。墓下田舍庳隘,藉以守冢,山田数亩,有囿有池;其前溪袤十里,璇环可睹,侠溪远阜,青苍擬天。临溪一面,重巘峻削,与螭堆齐。自尔而下,堤皆树柳;墓前单椒,斗入溪胁;堤则尽矣。先时卜葬,神灵听从;意母之潜魂,眷怀旧地;茕茕孤子,可以朝夕顾守斯坟。曾不几时,违患远游,既流窜东夷,恐遂不得反乡里,上先人冢墓,一旦滔死,复不能依母泉下。宵中魂梦,恒来是丘,既寤悲伤,至于旸旦。因请沙门曼公绘为是图,粗存较略,借用寄思,但望之匪遥,远则万里,诗曰:"岂不怀归?畏此罪罟。"每念斯言,所以零涕沾衣者也。黄侃题记。

侃入民国,历北京大学、武昌师范大学、南京中央大学文科教授;以民国二十四年十月八日卒,年五十岁。平生于当代老宿,多讥弹;惟于炳麟则始终服膺。仪征刘师培学赡文高,为炳麟所敬服;师培在北京大学,而侃与商量学术,心折靡已,亦师事焉!徒以生性狷洁,恒与人忤。而词笔高简;初见方讶其奇字涩句,细玩又觉隽永深醇;小赋可追魏晋;五言诗有晋宋之遗;则固足以绳徽于炳麟而为高第弟子焉。顾有炳麟同时交好,不称弟子,而造辞傀丽,依于炳麟,以言译事者,苏玄瑛也。然玄瑛志洁而行芳,超然尘埃之表,可以仪刑浇世,则轶乎炳麟矣!

苏玄瑛

苏玄瑛,字子谷,号曼殊,即所称"沙门曼公"为黄侃绘《梦谒母坟图》者;小字三郎,始名宗之助。其先日本人也。王父忠郎,父宗郎,母河合氏。生数月而父殁,母子茕茕靡所依,而河合氏综览季世,渐入浇漓;思携所生托根上国,会粤人香山苏某商于日本,因归焉,遂籍香山而父苏某。苏某固香山甲族,在国内已娶妻生子矣!至是得玄瑛母子,并挈之归国,时玄瑛方五岁也。居三年。河合氏不见容于苏妇,走归日本。玄瑛依假父独留,顾苏妇惎玄瑛甚,族人亦以玄瑛异类,群摈斥之。假父无如何,则分资遣就外傅于香港,从西班牙罗弼氏、庄湘处士治欧罗巴文。庄湘奇赏焉!学二载而假父亦殁。乃归于苏,则苏妇遇玄瑛益虐。年十二,遂为沙门,始从慧龙寺主持赞初大师披剃于广州长寿寺,法名博经,号曰曼殊。旋入博罗,坐关三月,诣雷峰海云寺,具足三坛大戒;嗣受曹洞衣钵,任知藏于南楼古刹。亡何,以师命归广州。值新学方张,争言毁寺;而长寿寺亦被其厄!玄瑛则特笔记之曰:"不意长寿寺已被新学暴徒,毁为墟寺,法器无存。"乃东渡日本,依河合氏,居神奈川,顾自居中国人而乐重其风土!学泰西美术于上野二年,学政治于早稻田三年,皆无成。清使汪大燮以使馆公费助之学陆军八阅月,卒不屑竟学;则思为远游,发抒其意志。得故师庄湘资助,整装之暹罗,随乔悉磨长老究心梵章二年。初玄瑛以汉土梵文作法,久无专书;其存于龙藏者,惟唐智广所撰《悉昙字记》一卷,然音韵既多龃龉,至于语格一切未详,盖徒供持咒之用而已。尝欲有志造术而未果也。至是乔悉磨长老勖以成书,而见西人撰述《梵文典》,条例彰明,与慈恩所述八转六释等法,正相符会;因成《梵文典》八卷,章炳麟为序焉! 遂尽通梵、汉暨欧罗巴诸国典籍;尝谓"世界文字简丽相俱者,莫若梵文;而梵文之典丽闳雅,莫如《摩诃婆罗多》、《罗摩衍那》二章,为长篇叙事诗,虽吾震旦《孔雀东南飞》、《北征》、《南山》诸什,亦不足比其闳美! 考二诗之作,在吾震旦商时;此土向无译本,惟《华严疏钞》中述其名称,有云《波罗多书》、《罗摩延书》,谓出马鸣菩萨手,文固旷劫难逢,特玄奘当日以其无关正教,而不之译也。然二诗于欧土早有译本,《婆罗多书》以梵士哆君所译为当。"更援《婆罗多书》以证"支那"之音非"秦"转;其大指谓:"中夏国号曰'支那'。有谓为'秦'字转音者;欧洲学人皆具是想,而不知其非然也。尝闻天竺遗老之言曰:'粤昔民间耕种,恃血指,后见中夏人将来犁锄之属,民咸骇叹,始知效法,从此命中夏人曰"支那"。"支那"者,华言巧慧也。是名亦见《摩诃婆罗多书》,前此有王名婆罗多,其时有大战,后始统一印度,遂有此作,王言:"尝亲统大军,行止北境,文物特盛,民多巧智,殆支那分族"云云。'考婆罗多朝西纪前千四百年,正震旦商时;当时印人慕我文化,称智巧耳! 证得音非'秦'转矣。"旋至上海,从陈独秀、章士钊游,为《国民日日报》翻译,译法人嚣俄书,名曰《惨社会》,刊诸报端;盖独秀之所删润也。时玄瑛虽博学而不工为文章,造辞多乖律令;而独秀殷勤牖迪,不啻师之于弟子焉! 而于是玄瑛中国文学之天才始浚发也!

已而玄瑛赴苏州,任吴中公学教授。继渡湘水,登衡岳以吊三闾大夫,主讲实业、崇正、明德、经正诸学校。授课以外,终日杜户。忽一日,手筇杖著僧服而出,云将游衡山;则飘然去矣! 寻重游暹罗之盘谷,时让清光绪二十九年癸卯,玄瑛年二十矣! 明年甲辰,主讲盘谷青年学会；旋赴锡兰，驻锡菩提寺。暹罗古称扶南；锡兰则法显《佛国记》所谓师子国也；遂作《法显佛国记》、《惠生使西域记地名今释》及《旅程图》。乙巳之南京，会池州杨文会仁山方创祇桓精舍，招玄瑛及李世由为讲师。而玄瑛则大喜过望，与友人书曰："瑛于此亦时得闻仁老谈经，欣幸无量。仁老八十馀龄，道体坚固，声音宏亮。今日谨保我佛馀光，如崦嵫落日者，惟仁老一人而已！"德国柏林大学教授法兰居士者，适来游，遇玄瑛谈及英人近译《大乘起信论》，以为破碎过甚。玄瑛喟然叹曰："译事固难，况译以英文，首尾负竭，不称其意，滋无论矣。又其卷端谓马鸣此论，同符景教，是乌足以语大乘者哉！"法兰属玄瑛为购《法苑珠林》，版久蠹蚀，无以应其求也。因语法兰曰："震旦万事零坠，岂复如昔时所称天国？亦将为印度、巴比伦、埃及、希腊之继耳！"感喟身世。发呕血疾，东归，随河合氏居径子樱山，侍母之馀，惟好啸傲山林。一日，夜月照积雪，泛舟中禅寺湖，歌拜轮《哀希腊》之篇，歌已哭，哭复歌，抗音与流水相应，盖哀中国之不竞而以拜轮身世自况。舟子惶骇，疑其痴也。亦以其间从章炳麟学为诗焉！丙午，辑《文学因缘》二卷成，自为序。之芜湖，主讲皖江中学，识怀宁邓绳侯。已复之南京，主讲陆军中学，识丹徒赵声；旋以病起胸鬲，遄归将母，与黄侃同译《拜轮诗》；而意趣所寄，尤在《去国行》、《大海》、《哀希腊》三篇；则玄瑛与黄侃草创之，而章炳麟润色以成篇者也。玄瑛重系之赞曰："善哉！拜轮以诗人去国之忧，寄之吟咏；谋人家国，功成不居，虽与日月争光可也！夫诗歌之美，在乎气体，译之所不能概；然其情思幻眇，抑亦十方同感，如予旧译《颇颇赤墙靡》、《去燕》、《冬日》、《答美人赠束发毡带诗》数章，可为证已！"所称《答美人赠束发毡带诗》者，亦拜轮之作也。凡六章，章四句，辞曰：

何以结绸缪？文纨持作绲。曾用系卷发,贵与仙蜕伦！
系著襦衣里, 魂魄还相牵。共命到百岁,殉我归重泉！
朱唇一相就, 沕液皆芬香。相就不几时,何如此意长！
以此俟偕老, 见当念旧时。蛰情如根荄,句萌无绝期！
鬖发乃如铣, 波文映珍鬘。颔首一何佼,举世无与易！
锦带约鬖发, 朗若炎精敷。赤道瞰无云,光景何鲜晔！

欧诗之译,自玄瑛始;而出以五言,辞必典则;仿佛晋宋,不为鄙倍,斯可谓王闿运、章炳麟之同调也已！至《去燕》者,英人师梨诗也;玄瑛常言:"英人诗句,以师梨最奇诡而兼疏丽;盖合中土义山、长吉而熔冶之者。"乃译以五言四章,章四句,辞曰：

燕子归何处？无人与别离！女行箦谁见,谁为感差池？
女行未分明, 蹀躞复何为！春声无与私,尼南欲语谁？
游魂亦如是, 蜕形共驱驰。将翱复将翔,随女天之涯！
翻飞何所至？尘寰总未知。女行谅自适,独我弃如遗！

玄瑛有《师梨诗》一册,称为西方美人之贻,甚宝贵之！炳麟题其端曰:"师梨所作诗,于西方最为妍丽,犹此土有义山也。其赠者亦女子,展转移被,为曼殊阇黎所得,或因是悬想提维与佛弟难陀同辙。于曼殊为祸为福,未可知也。"师梨与拜轮咸以诗人多愁善感,又年少美风仪;蛾眉曼睩之流,多倾心焉。而玄瑛以飘泊流徙之躯,东西南北,随人裒其情丝;瓣香所在,意以自况身世;各题以一绝曰：

秋风海上已黄昏,独向遗篇吊拜轮！词客飘蓬君与我,可

能异域为招魂？（《题拜轮集》）

　　谁赠师梨一曲歌，可怜心事正蹉跎！琅玕欲报从何报？梦里依稀认眼波！（《题师梨集》）

诗人寄托，别有怀抱，每谓："拜轮犹中土李白，天才也。师梨犹中土李贺，鬼才也。"然拜轮豪放，师梨凄艳，而玄瑛字拟句放，译以五古，晦而不婉，哑而不亮，衡其气体，似伤原格！其译拜轮《星耶峰耶俱无生》一章，则几不成语矣！不特于译学三事，皆未周匝也！所自为诗，又不为译诗之奥古，而以七绝最为工！然亦仅足备司空表圣所云"窈窕深谷，时见美人"一格；而往往有故作虚神，其实无远味者！散文萧闲有致，小品弥佳，而长篇皆冗弱，无结构，无意境，无情趣，笔舌散漫；所谓隽人而非大才也！徒以抗心希古，依于炳麟，沾溉所被，所译遂称高格！而后生睹其古体，相惊汉、魏，又多淫丽之词；中于所嗜，推崇过当，异议亦起。然玄瑛词旨雅令，自称隽才。

　　丁未，为译学会译师，交游婆罗门忧国之士；愿捐所有旧藏梵本，与陈独秀、章炳麟议建梵文书藏；人无应者，卒不成！已而刘师培为《天义报》，倡无政府主义，邀玄瑛同居，刊其画于报端。师培妇何震则从玄瑛习绘事，号称女弟子。震为玄瑛辑刊书谱，玄瑛自有序。又思刊布所著《梵文典》，印度波罗罕学士暨炳麟、师培为序，独秀为题诗，震为题偈。顾咸未集事，仅于《天义报》刊其序跋诸作而已！别取《文学因缘》刊布之，亦仅成其半；戊申，刊《拜轮诗选》成；复广为《潮音》一书，即迻录《拜轮诗选序》弁其首。己酉，南巡星加坡，值庄湘处士及其女雪鸿于舟次。初，庄湘欲以雪鸿妻玄瑛。玄瑛垂泪曰："吾证法身久，辱命奈何！"遂已。顾犹以文字寄情款,《与友人书》曰:"衲谓凡治一国文学,须精通其文字。昔瞿德逢人,必劝之治英文;此语专为拜轮之诗而发。夫以瞿德之才,岂未能译拜轮之诗? 以非其本真耳! 太白复生,不易吾言! 此次南渡,舟中遇西班牙才女罗弼氏,亦以此说为当;即赠我西诗数册,每于椰风椰雨之际,挑灯披卷,且思罗子,不能忘弭也!"时玄瑛方译《燕子笺传奇》为英吉利文;甫著稿而雪鸿约以相诒,刊行欧土,欲以志文字因缘。顾玄瑛好言译事而致难其词,以为未易! 每称"译事之剧,莫难于诗;而欧土诗伯,无过拜轮、师梨。拜轮足以贯灵均、太白;师梨足以合义山、长吉;而沙士比、弥尔顿、田尼孙以及美之郎弗劳诸子,只可与杜甫争高下。此其所以为国家诗人,非所语于灵界诗翁也。近世学人均以为泰西文学精华,尽集林、严二氏故纸堆中。嗟夫,何吾国文风不竞之甚也! 严氏诸译,我未经目。林氏说部,独《鲁滨孙飘流记》、《金塔剖尸记》二书,以少时曾读其原文,故售诵之,服其精能! 馀如《吟边燕语》、《不如归》,皆译自第二人之手。而林不解英文,可谓译自第三人之手,所以不及万一! 甚矣,译事之难也! 独辜鸿铭氏译《痴汉骑马歌》,可谓辞气相副。惜乎辜氏之无意文学也! 至其中土之美,转逊欧方;独诵庄湘师《葬花诗》,词气凑泊,语无增减。若法译《离骚经》、《琵琶行》诸篇,雅丽远逊原作! 夫文章构造,各自含英;有如吾粤木棉素馨,迁地弗为良! 况歌诗之美,在乎节族长短之间,虑非译意所能尽也! 文章之美,身毒为最,汉文次之;欧洲番书,瞠乎后矣! 汉译佛经,自然缀合,无失彼此! 盖梵、汉字体,俱甚茂密;而梵文八转十罗,微妙傀琦;斯梵章所以为天书也!"旋之爪哇,主讲噩班中华会馆;庚戌,始游梵土,居中印度芒碣山寺。辛亥夏,归日本,诣王父墓所;会其远亲金阁寺僧飞锡为删定《潮音集》,与莲华寺主刊印流通，嘱玄瑛重证数言，玄瑛曰："余离绝语言文字久矣。当入邓尉，力行正照，吾子其毋饶舌！"时玄瑛年二十有八也，复渡爪哇，得庄湘处士书，为序所译《燕子笺》，并论佛法。而玄瑛答书千馀言，其中极论忏之非佛法，大指谓："应赴之说，古未之闻。昔白起为秦将，坑长平降卒四十万；至梁武帝时，志公智者，提斯悲惨之事，用警独夫好杀之心，并示所以济拔之方。武帝遂集天下高僧，建水陆道场，凡七昼夜；一时名僧咸赴其请，应赴之法自此始。检诸内典，昔佛在世，为法施生，以法教化。一切有情，人间天上，莫不以五时八教，次第调停而成熟之；诸弟子亦各分化十方，恢弘其道。迨佛灭度后，阿难等结集《三藏》，流通法宝。至汉明帝时，佛法始入震旦，风流向盛。唐宋以后，渐入浇漓，取为衣食之资，将作贩卖之具。嗟夫异哉！自既未度，焉能度人？譬如落井救人，二俱陷溺。且施者，与而不取之谓。今我以法与人，人以财与我，是谓贸易；云何称施！况本无法与人，徒资口给耶？纵有虔诚之功，不赎贪求之过。若复苟且将事以希利养，是谓盗施主物，又谓之负债用；律有明文，呵责非细。志公本是菩萨化身，能以圆音利物。唐持梵呗，无补秋毫；矧在今日凡僧，相去更何止万亿！田延云栖广作忏法，蔓延至今，徒误正修，以资利养，流毒沙门，其祸至烈！至于禅宗本无忏法，而亦相率崇效；非但无益于正教，而适为人鄙夷。思之宁无堕泪！"并著其说于《断鸿零雁记》，辞意悲慨，而出之大声疾呼，如闻狮子吼矣！

既闻汉土光复，而玄瑛亦以兴会标举，航海来归，遂之上海。临时大总统孙文，亦香山人也，初亡命日本，以与玄瑛乡里雅故；海内才智之士，望风慕义者，鳞萃辐凑，人人愿从玄瑛游，自以为相见晚。玄瑛翱翔其间，若庄光之于南阳故人焉。及是南都建国，诸公者皆乘时得位,争欲致玄瑛。玄瑛冥鸿物外,谓:"山僧日醉卓氏炉前,则亦已耳!何遂要山僧坐绿呢大轿子,与红须碧眼人为伍耶?明末有童谣曰:'职方贱如狗,都督满街走。'不图今日沪上所见,亦复如是!"徒以禀性孤洁,悄然独往,不肯为翕翕热,每谓:"南雷有言:'人而不甘寂寞,何事不可为?笼鸡有食汤刀近,野鹤无粮天地宽。'特为今日之名士痛下箴砭耳!"时章炳麟方持节为东三省筹边使,意气洋洋,甚自得也!而玄瑛则语人曰:"此公兴致不浅,知不慧进言之缘未至;不欲见之矣!"然而炳麟则称之曰:"广东之士,儒有简朝亮,佛有苏玄瑛,可谓厉高节、抗浮云者矣!若黄节之徒,亦其次也;岂与录名党籍,矜为名高者同日语哉!"而玄瑛远矣!

　　玄瑛工愁善病;顾健饮啖,日食摩尔登糖三袋,谓是茶花女酷嗜之物,又尝一日饮冰五六斤,比晚不能动,人以为死,视之犹有气;明日仍饮冰如故,以是得腹疾。尤嗜吕宋雪茄烟;偶囊中金尽,无所得资,则碎所饰义齿金质者,持以易烟。其他行事都类此,人目为痴。然谈言微中,玄瑛不痴也!尝过张园,有女如云,竞为欧妆以相炫耀。因悲叹曰:"'艳女皆妒色,静女独检踪。任礼耻任妆,嫁德不嫁容。君子易求聘,小人难自从。此志谁与谅,琴弦幽韵重。'此孟郊《静女吟》也。所见吾女国民,皆竞邪侈,新妆袨服,招摇过市,殊自得意,以为如此则文明矣;又奚望其有返朴还淳之日哉?衲敬语诸女同胞,此后勿徒效高乳细腰之俗,当以静女'嫁德不嫁容'之语为镜台格言,则可耳。"又谓:"吾国今日女子殆无贞操,犹之吾国殆无国体之可言;此亦由于黄鱼学堂之害!女必贞而后自由。昔者王凝之妻,因逆旅主人之牵其臂,遂引斧自断其臂。今之女子何如?若夫女子留学,不如学毛儿戏。"或问"黄鱼学堂"

何意。曰："衲效吴中语耳。苏称女子大足者曰黄鱼。"又谓："吾国多一出洋学生,则多一通番卖国之人。"又告友人曰："吾在沪见各国面包远不及法兰西人所制者。惟牛肉牛乳,劝君不宜多食。不观近日少年之人,多喜牛肉牛乳,故其情性类牛?不可不慎也。吾发明一事,以中华腐乳涂面包,又何让外洋痴司牛油哉!"伤心之言,出以戏笑;言之无罪,闻者足戒也!《国风》好色而不淫,《小雅》怨悱而不乱,若玄瑛者,可谓兼之矣!癸丑以还,袁世凯既擅政,翦灭异己,孙文、黄克强皆亡命出国;而玄瑛栖迟上海,顾侦者则指为黄克强之间也。玄瑛既躬更丧乱,乃垂涕曰:"嗟夫,四维不张,生民涂炭,宁有不亡国者!吾但奉承阿母慈祥颜色可耳!"遂东归养疴。一日,之上海,与友人握手道故,形容憔瘁甚!但言:"邑庙新辟商场极绚烂;顾求旧时担饧粥者弗可得;盖大商垄断之术工,而细氓生计尽矣!天下之所谓新政者,类如此耳!"玄瑛生平绝口论政事,独其悲天悯人之怀,流露于不自觉,有如此者。七年戊午,再之上海,卧病金神父路广慈医院数月,竟不起!卒年三十有五。少时假父为聘女曰雪梅,假父殁,女家绝玄瑛婚,雪梅侘傺死。既东渡,河合氏有姊,欲以女静子嫔玄瑛,卒谢之!顾美利加有肥女重四百斤,胫大如汲水瓮,玄瑛视之,问:"求耦耶?安得肥重与君等者?"女曰:"吾故欲瘦人。"玄瑛曰:"吾体瘦,为君耦何如?"传者以为笑!玄瑛独行之士,不侪流俗;而遭逢身世,有难言之痛。间为小诗,多绮语,自言有《无题》三百首,索阅,乃弗肯出,卒亦无见其稿者。尤工绘事,精妙奇特,自创新格。既交丹徒赵声,索为《荒城饮马图》,未应;声起兵广州事败,呕血死!玄瑛则绘寄所好,焚之墓上。自是遂绝笔,不复作也!玄瑛既殁之十年,其友吴江柳弃疾亚子始搜其遗著,刊成《苏曼殊全集》,凡七类,曰《诗集》、《译诗集》、《文集》、《书札集》、《杂著集》、《译小说集》①,旁采博搜,加以考证,而于是玄瑛之文章,乃大白于天下也!玄瑛交游满四海,尤多贤豪长者。而一死一生,乃见交情;独藉弃疾以不朽其文章云!弃疾,字安如,别号亚子,江苏吴江人,盖南社之发起人也;别著于篇。

2. 骈文

王闿运弘宣今学,章炳麟敦尚古文,苏玄瑛皈心释典,所学不同;而文尚魏、晋,以淡雅为宗,则蹊径略同。顾有敦崇古学,与炳麟契合,而义章不同者,刘师培是已。

刘师培

刘师培,字申叔,江苏仪征人;曾祖文淇,祖毓崧,伯父寿曾,均以治《左传春秋》,名于清道、咸、同、光之世,列传国史;三世传经,世称仪征刘氏者也。父贵曾,亦以经术发名东南。师培少承先业,服膺汉学,以《春秋》三传同主诠经;《左传》为书,说尤赅备;审其义例,或经无传著,或经略传详;以传勘经,知笔削所昭,类存微旨。汉儒说《左氏》,据本传以明经义,凡经字相同,即为同指;又引月冠事,明经有系月不系月之分;创获实多,亦校"二传"为密。爰阐厥科条,著之凡例,成《春秋左氏传例略》一卷。

---

① 又,《小说集》。——编者注

又据《汉志》,《礼古经》五十六卷,卷与篇同;谓于今文十七篇外,增多三十九篇,故合五十六篇言,则曰《古经》,亦曰《古文礼》;即三十九篇言,则曰《逸礼》。至五十六篇所自出,刘歆移书太常博士云:"鲁恭王得古文于坏壁之中,《逸礼》有三十九篇,《书》十六篇。天汉之后,孔安国献之,藏于秘府,伏而未发。"据是,则秘府所藏,即系孔壁所得!《志》云出于鲁淹中及孔氏;孔氏,即安国也;是则《古经》篇目,当据《班书》;《逸礼》原流,当宗歆说。西汉之时,其古文旧简,盖惟藏于秘府,民间亦私传授;然其说不昌,是以绝无师说。东汉古经之行于民间者,别本滋多,然《逸礼》三十九篇,当世经师,均不作注,计其散亡,盖在东晋以前;而遗文佚句,时见郑氏及诸家称引;宋王应麟、元吴澄并事考辑,所采未备,爰举佚礼篇名之确可征信者,成《佚礼考》一卷。又以《礼经》十九篇目,大小戴及刘向《别录》所次不同;郑注据《小戴》本,其篇次则从《别录》;《既夕》、《有司彻》二篇,篇名仍从《小戴》。魏、晋以下,推崇郑本;三家旧谊,遂以湮没。考郑氏《目录》,于经文十七篇分属吉、凶、嘉、宾四礼,前此礼家并无此说。郑义虽合古文,然不得目为此经旧谊;爰广征两汉经师之说,为《礼经旧说考略》如干卷。又以《周礼》先师说六乡之吏,即冢宰六官,亦即六军之将。知者,贾公彦引贾逵说:"以为六乡之吏,则冢宰以下是。"《说文》"乡"字注云:"封圻之内六乡,六卿治之。"勘以《五经异义》所引古《周礼》之说,符契适合。自马、郑始以乡吏别六官,则王国之卿十有二人;并数三孤,则为十五,迥异古说。近孙诒让为《正义》,一是折衷马、郑,疹发实鲜;爰申古谊,正其违失,著《周礼古注集疏》二十卷。又以《古文尚书》,安国所得,既献汉廷,因藏秘府。仁和龚自珍顾云:"秦烧天下图书。汉因秦宫室,不应独藏《尚书》;假使宫中有《尚书》,不应安国献孔壁书始知增多十六篇。"不知汉收图籍,非谓《诗》、《书》;若实有书,安国无缘再献;史公云"献",则是未有其书。是知中秘古文,藏自武帝。既为孔壁之书,即匪嬴秦之籍,观刘歆言:"安国献古文!"又言:"藏于秘府,伏而未发,成帝乃陈发秘籍,校理秘文。"所云秘藏,即谓中文之属;所云校理,盖即刘向所司;是则刘向所观,安国所献,既无殊本,应即一书;龚氏所疑,不析自解;著《驳太誓答问》一卷。又以《汉志》书类著录《周书》七十一篇;自注云:"孔子所删百篇之馀,近儒每援之以说群经,爰参校同异,详加编次,成《周书补正》六卷。若五官、三监、五服、濮路、月令、明堂诸考,则别著为编,成《周官略说》一卷。"清代经师治古文者,自高邮王氏父子以降,迄于定海黄以周玄同、德清俞樾曲园、瑞安孙诒让仲容,各揭厥识,匡微补缺,阐发宏多。若夫广征古说,足诤马、郑之违,且钳今师之口,则诸家未之或逮。故述造视前师为省,而精当浸浸过之。信乎研精覃思,持之有故者矣!又历检群籍,至于《内典》、《道藏》,无不究宣;尝取老、庄、荀、董之书,雠正讹脱,独创新解。按文次列,成《老子斠补》一卷,《庄子校义》一卷,《荀子斠补》若干卷,《吕氏春秋斠补》一卷,《楚辞考异》八卷,《贾子新书斠补》一卷,《春秋繁露斠补》三卷,计所发正,凡数百事,均王、洪、俞、孙之所未诠;一事论定,必旁推交通,百思莫能或易,乃著简毕;而术业专攻,则在《周官》、《左氏春秋》。

　　生平精力夺于著述,世变纷纶,匪所能悉。而早岁过从,独契章炳麟!炳麟治《周官》、《左氏春秋》,其说多取之师培,而有不同,辄下己意。师培无以难也!炳麟著《新方言》,师培为疏数十事。师培说有字,疑《说文》从月不谛,炳麟曰:"有者,本义为日月食。《开元占经》引西方说,言月日食者,阿修巨灵所为;浮屠书谓手遮蔽之；上古诸神怪语，多自西域来。有从月，又兼会意也，不然者，《春秋》书日食，必言'日有食之'，辞繁不杀，何也？日月蔽遮为有，凡有所蔽曰囿，或谓之宥；反宥则谓之别，皆有字也。言有无者，当作宥；庄子所谓在宥矣。"师培曰："《释诂》赍、畀、卜皆训予，义云何？"炳麟曰："畀与鼻同声，古文鼻但作自，畀借为自。《说文》：'吾，我自称也。''我，施身自谓也。'《春秋》有郲畀我，季芊畀我，即自我也。卜者，仆也；《记》卜人师，注改为仆，是古卜、仆通也。王侯称不谷，不谷合音即为仆；世以不善为说，无由知为仆字，亦懿矣！不赉不来，来、以一声；赉即台字，是故赍、畀、卜训予，非付予也。"炳麟问师培："鲁冉雍字仲弓，义云何？"师培曰："辟雍、泮宫类也，河间献王奏对三雍宫，弓借为宫，宫从躬省声，躬又作躬，明弓、宫声通也。"炳麟说："刘氏向、歆，父子治《左》。"著《刘子政左氏说》。师培曰："《汉书》本传言：'歆以为左丘明好恶与圣人同，亲见夫子，而公羊、穀梁在七十子后，传闻之与亲见之，其详略不同。歆数以难向；向不能非间也；然犹自持其《穀梁》义。'辞意明白如此！胡云父子治《左》也？"炳麟曰："是有说！君山《新论》明言刘子政、子骏、伯玉父子，呻吟《左氏》，下至婢仆，皆能讽诵。君山亲见二刘，语当可信。而君以《汉书》为疑。仆则以为仲任论次人材，鸿儒通人，本与儒者有别。汉世儒者，墨守一先生之说，须以发策决科，此专持家法者也。向、歆本好博览，左右采获，自在鸿儒通人之列，与墨守者有异。即观子骏之说《左氏》，犹多旁引《公羊》，则向之兼通二家，未为异也。《穀梁》与《左氏》义少违戾，与《公羊》复非同趣。上自孙卿，下至胡常、翟方进辈，皆以《左氏》名家，而亦兼治《穀梁》；盖二家本皆鲁学，异夫《公羊》齐学，绝不相通者。则子政贯综二氏，宜也。《新论》本书，今已亡佚，所引数语，见于《论衡》；素丞相之遗迹，犹可搜寻，量其时代，本在叔皮之前，似不应信《汉书》而疑《新论》也。《说苑》、《新序》所举《左氏》成文，多至三十馀条，虑非征据他书者；其间一字偶易，适可见古文《左传》不同今本。且子政之改易古文，代以训诂者，亦皆可观。太史公世家所述，大略同兹。盖字与今异者，则可见河间古文；训与今异者，则本之贾生训故；籀绎古义，断在斯文。"师培说："杜预《春秋释例》，以经之条贯，必出于传；传之义例，归总于凡。《左传》称凡者五十，其别四十有九，皆周公之垂法，史书之旧章，仲尼因而修之以成一经之通体。然颇疑五十凡例，不足尽传文之旨。"炳麟曰："君言诚是。而刘、贾、许、颍复于传文之外，自为枝梧，则不足致意者。今欲作疏，惟就征南《释例》，匡救其违；先于篇首为条例数十篇，然后随事疏证，各附其年，斯纲纪秩如矣。康成笺《诗》，必先作谱；辅嗣说《易》，亦有《略例》。凡此揭示大义，自与随文训说有殊，可据以为法者也。征南《释例》，惟拘于赴告者必当匡救，其馀可采者多！即贾侍中言：'《左氏》义深君父。'此与《公羊》反对之词耳！若夫称国弑君，明其无道，则不得以'义深君父'为解；征南如此最为宏通。而近世鲰儒多谓借此以助典午，如沈小宛、焦理堂辈；则所谓'焦明已翔乎寥廓，弋者犹视乎薮泽'也！"师培曰："贾、服虽善说经，然于五十凡例，间有所补，或参用公、穀，不尽左氏家法，宜存而弗论。"炳麟曰："然也！仆怀斯疑甚久。始谓刘、贾诸儒，曾见左氏微言，或其大义略同二传；而杜征南不见，遂疑诸儒诡更师法。后复紬绎侍中所奏，有云'《左氏》同《公羊》者十有七八'，乃知《左氏》初行，学者不得其例，故傅会《公羊》以就其说；亦犹释典初兴，学者多以老、庄皮傅。征南生诸儒后，始专以五十凡例为揭橥，不复杂引二传，则后儒之胜于先师者也。然以是为周公旧典，抑又失其义趣。其间固有史官成法，如赴告诸例是也！自兹而外，大抵素王新意，宾礼有会盟而无宗觐，官职汰孤卿而存大夫，其非周、鲁旧史，固已明白。《公羊》以殷礼自文，诚辞遁；《左氏》末师又谓当时霸制，其于会盟之礼则从矣。抑岂孤卿之秩，亦霸制所无乎？故知酌损《周官》，裁益齐晋，亦素王之制也。"二人者，皆书生好大言，负所学以自岸异，不安儒素；而张皇国学，诵说革命，微词讽谕，托之文字；又假明故，以称排满。师培《书曝书亭集后》以见意曰：

> 秀才朱氏，博极群书，虽考古多疏，然不愧博物君子。夫朱氏以故相之裔，值板荡之交；甲申以还，蛰居洛诵，高栗里之节，卜梅市之居，东发深宁，差可比迹。观于《马草》之什，伤满政之苛残；《北邙》之篇，吊皇陵而下泣。亡国之哀，形于言表！此一时也。及其浪游岭峤，回车云朔，亭林引为知音，翁山高其抗节；虽簪笔佣书，争食鸡鹜；然哀明妃于青冢，吊李陵于虏台，感慨身世，迹与心违；此一时也。至于献赋承明，校书天禄，文避北山之移，径夸终南之捷；甚至轺车秉节，朵殿承恩，仕莽子云，岂甘寂寞！陷周庾信，聊赋悲哀；此又一时也。后先异轨，出处殊途；冷落青门，忆否故侯之宅！萧条白发，难沽处士之称。此则后凋松柏，莫傲岁寒；晚节黄花，顿改初度者矣！秋风戒寒。朗诵遗集，因论其行藏之概，以备信史之采焉。

二人者，既高儒雅望，缘饰经术；与邓实、黄节诸人，创国学保存会于上海，刊行《国粹学报》，放言高论，语有据依；而后无君不为叛乱,排满即云匡复,持以有故,言之成理,胥为嚣暴鲜事者之所欲藉宠。而师培儒生修边幅,不习剑客;雅步从容,动遭陵慑;意恒鞅鞅!而与炳麟则竞名分崩;又好内,妇何震敏给通文史,而悍锐能制其夫;以师培亡命日本久,不获志于同盟会,遂牵以入两江总督端方之幕,而为之侦伺也。炳麟恨焉!贻之书曰:

申叔足下:

与君学术素同,盖乃千载一遇;中以小衅,鬻为仇雠;岂君本怀?虑亦为人诖误?兼以草泽诸豪,素昧问学,夸大自高,陵慑达士。人之践忿,古今所同;铤而走险,非独君之过也!天牖其衷,公权殒命。君以权首,众所瞩目;进无搏击强御之用,退乏山林独善之地。彼帅外示宽弘,内怀猜贼,闲之游徼之门,致诸干掫之域;臧谷庪养,由之任使;赁舂执爨,莫非其人。猜防积中,菹醢在后;悲夫悲夫!斯诚明哲君子,所为嗟悼者也!夫恩素厚者怨长,交之亲者言至。仆之于君,艺术素同,气臭相及。猥以形寿有逾,恒人视之,若先一饭;精义冥思,亦有多算。君雅好闻望,不台于先我;自谓文学绪业,两无独胜,怀此觖望,弥以恨恨。然仆岂有雍蔽之志哉?学业步骤,与年相将,悠悠之誉,又非由己。畴昔坐谈,盖尝勤攻君过;时有神悟,则推心归美;此盖朋友善道之常,而君岂忘之耶?自顷辀张,退息坟典,胸怀相契,独有黄生;思君之勤,使人发白。何意株附,乃寻斧柯,令中夏无主文之彦,经术有违道之谤,独学少神解之人,干禄得鼎烹之悔,以此思哀,哀可知已。君虽絓离鞅绊,素非愚暗;内奉慈母,亦闻史家成败之论:洁身远引,虽无其道;阳狂伏梁,为之由己。盖闻元朗、冲远,皆尝为凶人索引矣,先迷后复,无减令名。况以时当遁尾,经籍道息,俭德避德,则龙蛇所以存身;人能弘道,而球图由之不队;祸福之萌渐,废兴之枢机,可不察乎!然则唐棣之华,翩然如反,未之思也,何远之有!

师培得书不报。以举人拣选知县,保涛知府。会王闿运以端方之迎,来游江宁。师培写文百篇以示。闿运曰:"非但为人所不能阐发;即索解人亦未易得!"师培大喜过望。既而端方去两江,后来者不致饩焉。师培惘惘失志,则去而之四川,为国学院讲师。端方以督办粤汉川铁路入川,聘师培为顾问官。及端方之被杀也,川人絷师培而囚焉,欲以逞志。炳麟则以书为解,师培廑乃得脱。既抵沪,其仇又将肆志焉。炳麟慨然曰:"今者文化陵迟,宿学凋丧。一二通博之才如刘师培辈,虽负小疵,不应深论。杀一人无益于中国;而文章道尽,使禹域沦为夷裔者,谁之责耶!"又为之道地以主讲北京大学文科,曰:"刘生儒林之秀。使之讲学而不论政,亦足以扬明国故,牖迪我多士;未可以一眚废也!"既袁世凯欲以大总统称帝,而未有以发。师培则以参政杨度之提挈,与孙毓筠、严复、李燮和、胡瑛等六人,发起筹安会,推杨度为理事长,孙毓筠为副理事长;而师培则与严复、李燮和、胡瑛为理事,欲以研究君主、民主国体,二者以何适于中国?世称筹安六君子。而师培名次严复,在第四也!乃著《君政复古论》以明劝进之指,曰:

夫国无强弱,视乎其政;政无良窳,视乎其人。是故千里之胜,决于庙堂;万化之原,基于用舍。至于创制天下,宾属四海;至大之统,非至辨者莫之能分;至重之业,非至强者莫之能任！伊古膺期赞世之主，必有显懿翼天之德。德象天地谓之帝，仁义所在谓之王，斯必竹帛以载之，金石以昭之，立天下之美号，制天下之大礼。表明功德，故立名正度；继天治物，故以爵事天。缅寻谟典，历听风声，损益虽殊，其揆一也。是以天生烝民，无主则乱；事弗稽古，无以承天。往者清承明祚，天地板荡，斗机绝纲，摄提无纪，黄炎之后，踣弊不振！被发之痛，甚于伊川；左衽之悲，兴于微管。迄夫季末失驰，帝命殒越，内外混淆，庶官失职；国政迭移于亲贵，强邻窥伺夫衽席；缀旒之喻，未足为方；守府之灵，于斯亦泯。上失其道，民背如崩。用是雄桀扬声，雷动电发。偕亡之叹，兆生于革夏；云集之众，事浮于张楚。斯实金火相革之交，抑亦天命去就之会也。天祚有圣，纂作民主，悬三光于既坠，扬清风于上列，万姓廓然，蒙庆更生。诚宜踵迹灵区，扶长中夏，显章国家竺古之制，以拒间气殊类之灾，绍胤汉勋，俾知族类，保育生人，使得苏息。其在《诗》曰："民亦劳止，迄可小康。"厚下安宅，靡切于斯。顾复虚建极之尊，遵兴能之典，宸位旷而不居，皇统替而弗续。是盖继变化之后，示拨乱之法；深惟厉揭随时之义，以慰远方瞻望之观；非谓王政乏致治之图，世及非经国之术也！惟是舍澄鉴沫，未为善监；扬汤弭沸，计劣抽薪。故道术之要，百世不移；行权反经，《春秋》所疾。今也以一朝之计，违万世之轨；委成功之基，造难就之业。道乖于经始，义昧于慎终。卒之巨猾窃灵，下陵上替；侵弱之衅，绵历岁年。陵夷之祸，曾不终日。虽曰天命，岂非人事！得失之故，可略而言：夫民生有欲，假物斯争。好恶无节，致乱之源。然峻城十仞，楼季弗逾；铄金百镒，盗跖不搏。盖必争之情，民所恒具；无冀之利，众所弗干。

先王因民之情以为之节。名以定分,分以止争,爰峻其防,俾无或溃;譬之户必有墉,器必有范。襄陵之浸,制以金堤;夐驾之马,驱以衔策;所以重齿路之防,定逐鹿之分,成长久之计,定永年之功也。是以大宝之位,必属大德之君。斗筲之器,不经栋梁之任;薮泽之夫,弗希云龙之轨。下无觊觎之望,上无偏谬之授,人心专壹,风化以淳,观化上机,于是乎在。抚民定业,恒必由兹。遭时垝绝,诸夏无君,元后之尊,下侪匹竖。九服之广,民无定主。火泽易位,数见换易。荡涤等威,堕损威重,改玉改行,习为固常。用是徒步之人,绳枢之子,曾无体睿之明,合元之德,十室之资,百乘之赋;拔于陪隶之中,俯越什伯之际,挟负舟之力,忘折足之凶。功逊强晋,不戢请遂之图;地劣荆楚,思假九鼎之问。则是神器可以力征,而天钧可由窃执。是必分威共德,祸成于耦国;比知同力,衅兆于土崩;虽无下人伐上之疴,必有炕阳动众之应。湘赣之难,自是而生;沪宁之师,势有必至。至于党争之弊,则又可得而说矣。夫丑言异计,见耻前志;阿党比周,先圣所戒。自古善言庸违之众,必生滔天泯夏之凶。以党举官,适滋奸幸。往者邦朋枋政,列士养交;一哄之市,不胜异意;频频之党,甚于鹭斯;倾动辅颊之间,反覆齿唇之内;下以受誉,上以得非。阴行取名,则伐技以凭上,取予自己,亦肆意而陈欲。及夫私议成俗,名器双假,授位乖越,署用非次:诋讦之民,密通要契;赇纳之政,更共饬匿;出入逾侈,犯太上之节;溪壑靡厌,峻大半之赋;民萌之命,危于累卵;刑屋之凶,生于喜怒。民神痛怨,亿兆悼心。葡、墨覆车,其迹弗远。今者约法更新,颇易前敝:垂石室之制,颁金匮之法,斯盖应时偶变之具,讪伸济用之术;杯水之益,其与几何！释根务枝，孰云有济。至于存名漏迹，损敝袭新；张歆失序，既昧彝宪；真伪相贸，尤爽昔谈；非所以昭示国典，垂无穷之制也！是以群才大小，咸斟酌所同，稽之典经，假之筹策；静惟屯剥，延首王风，亦犹群流之归巨壑，众星之拱北辰。夫积力所举，无弗胜之业；众知所为，无或黩之功。邦命维新，属当今会。世之论者，则以昭功之本，莫尚于宁民；怀远之经，莫先于体信。若复法禁屡易，位号数革，信不可知，义无所立，转易之间，虑滋民惑。知弗然者，昏明相递，晷景恒度。豹变之义，《大易》所著。流之浊者澄其源，景之枉者正其表，是盖自然之物理，抑亦前世之明鉴也！方今百姓，盛歌元首之德，股肱贞良，庶事宁康，吏各修职，复于旧典。虽复屯沴屡起，金革亟动，幸蒙威灵，遂振国命，毕歼群丑，载廓氛祲；《采芑》之什，弗足辟其功；《戎斧》之歌，未足喻其捷。葛其戎谋，民服如化，此实天下乂安刑措之时也。顾复邦国殄瘁，惠康未协；野泽有兼并之民，江介有不释之备，赋发充于常调，生人转于沟壑，上贻日昃之忧，下重倒悬之厄，失不在人而在于制，是可知已！夫临政愿治，莫如更化；创制改物，古以显庸。追观季末倾覆之戒，宜有蠲法改宪之道。缅维逐兔分定之义，深慰瞻乌知止之情，外植国维，内酬人望，正受始之大统，乘握乾之灵运，用协大中之法，俾抑祸患之端；则磐石之安，易于反掌，休泰之祚，洪于来业矣。

文出，好者以为《剧秦美新》，子云之亚也！袁世凯败，而师培望实并堕，愈为士论所鄙；然文章尔雅，泽古者深，人亦以此多之！

师培与章炳麟并以古学名家，而文章不同。章氏淡雅有度而枒于响；师培雄丽可诵而浮于艳。章氏云追魏、晋，与王闿运文为同调；师培步武齐、梁，实阮元文言之嗣乳。此其较也。师培于学无所不窥；而论文则考型六代，探源两京，尝谓："积字成句，积句成文。欲溯文章之缘起，先穷造字之源流。上古之时，有语言而无文字；未造字形，先有字音，以言语流传难期久远，乃结绳为号，以辅言语之穷。及黄帝代兴，乃易结绳为书契，而文字之用以兴。故'字'训为饰，《广雅》、《玉篇》并言：'字，饰也。'《广韵》注引《春秋纬说题词》亦云：'字，饰也。'与'文章'之训相同。文章取义与藻绘，言有组织而后成文也。足证上古之初，言与字分，以字为文。然文字初兴，勒书简毕，有漆书刀削之劳，抄胥匪易，传播维艰。故学术授受，仍凭口耳之传闻，又虑其艰于记忆也，必杂于偶语韵文以便记诵。阮芸台《文言说》云：古人以简策传事者少，以口舌传事者多；以目治事者少，以口耳治事者多。故同为一言，转相告语必有愆误。是必寡其词、协其音、以文其言，使人易于记诵，无能增改。且无方言俗语杂其间，始能达意，始能行远。而语言之中有文矣。故《易》言《文言》。及以语言著书册，而书册之中亦有文。是则上古之前，文训为字；故许书称《说文》；中古以降，'文'训为章；故出言之有章者为文，《诗》曰：'出言有章。'著书之有章者亦曰文。观于三代之书，谚语箴铭，实多韵语。若六艺之中，《诗》篇三百，固皆有韵之词，即《易》、《书》二经，亦大抵奇偶相生，声韵相叶；而《尔雅·释训》'子子孙孙'以下，用韵者亦三十条；惟《戴礼》、《周官经》言词简质，不杂偶语韵文，则以昭书简册，悬布国门，犹后世律例公文，特设专门之文体也，故与文言不同。降及东周，直言者谓之'言'，论难者谓之'语'，见《说文》。修词者谓之'文'。而《易》曰：'修辞立其诚。'《说文》：'修，饰也。'词之饰者，乃得为文；不饰词者，即不得谓之文。不独言与文分，亦且言与语分；故出言亦分文质，言之质者，纯

乎方言者也。方言者，犹今俗语也。《说文·序》云：秦代以前，诸侯各邦'文各异形，言各异声'。是三代以前各邦之中皆有特别之语言文字矣。**言之文者，纯乎雅言者也。**阮芸台曰：雅言者，犹今官话也。'雅'与'夏'通。夏为中国人之称，故'雅言'即为中国人之言。'尔雅'者，乃方言之近于官话者也。《春秋》之时，言词恶质，故曾子斥为鄙词，曾子曰：'出辞气，斯远鄙倍矣。'荀子讥为俚语，而一语一词，必加修饰。《左传》曰：'言之无文，行而不远。'又曰：'非文词不为功。'文词，犹言文言也，文言者，即文饰之词也。孔子言'词达而已'，即不文饰之词也。言'词达而已'，不言'文达而已'，足证'词'与'文'不同；词，非文也。至《春秋》时代之书册，亦大抵文与语分。文近于经；语近于史。故曾子作《孝经》，观《孝经》虽无韵语，而偶语实多。如'加于百姓，刑于四海'，'非法不言，非道不行'，'口无择言，身无择行'，皆偶语也。其语句互相为偶者尤多。老子作《道德经》，其中多韵文，且多偶句。杨氏《太元经》亦然。屈原作《离骚经》，如《太素》、《灵枢经》等书，皆多偶句韵文也。**皆杂用偶文韵语者也。**若《春秋左氏传》以及《国语》、《国策》诸书，乃史官记言记事之遗，**非杂用偶文韵语者也。**至诸子之书，有文有语。《荀子·成相》篇、《墨子·经》上下篇，皆属于文者也。庄、列、孔、孟、商、韩，皆属于语者也。文犹后世之文词，语犹后世之演稿。惟古人言词，一经书册之记载，或加润色之功，致失本文之旧。俞氏荫甫谓左氏一书，由丘明润色，非其本文之旧也，则语而饰以文矣！又古代之初，虚字未兴，罕用语助之词；故典谟誓诰，无抑扬顿挫之文。后世以降，由实字假为虚字，浑噩之语，易为流丽之词；文士互相因袭，致偶文韵语之体，亦稍变更；则文而涉于语矣。西汉代兴，文区二体：赋颂箴铭，源出于文者也。论辨书疏，源出于语者也。然扬、马之流，类湛深小学，故发为文章，沈博典丽，雍容揄扬；注之者既备述典章，笺之者复详征诘故；非徒词主骈俪，遂足冠冕西京！东京以降，论辩书疏之作，亦杂用排体，易语为文。魏晋六朝，崇尚排偶，而文与笔分，偶文韵语者谓之文，无韵单行者谓之笔。观魏晋六朝诸史，各列传中多以文笔并言；则当时所谓笔者，乃直朴无文之作也，或用之记事之文，《唐书·蒋楷传》：'踵修国史，世称良笔。'亦为记事之文。张说称'大手笔'，亦指其善修史及作碑版耳，亦记事之文也。故孔子作《春秋》，必言笔削。陆机《文赋》不及传志碑版之文，盖以此为史体非可入之于文也。或用之书札之文，《汉书》称谷永'善笔札'，而《晋书》亦言'乐旨潘笔'，皆指书札之文而言之也。体近于语，复与古人之语不同。盖魏、晋之时尚清谈，即古人所谓语也；而笔则著之书册，故又与古人之语不同。梁元帝《金楼子》云：'至如不便为诗如阎纂，善为章奏如伯松，若此之流，泛谓之笔，吟咏风谣，流连哀思者，谓之文。'刘彦和《文心雕龙》云：'今之常言，有文有笔，无韵者笔也，有韵者文也。'文笔区分，昭然不爽矣。故昭明之辑《文选》也，以沈思翰藻者为文；凡文之入选者，大抵皆偶词韵语之文；即间有无韵之文，亦必奇偶相成，抑扬咏叹，八音协唱，默契律吕之深；见阮芸台《文韵说》所引《宋书·谢灵运传论》，及沈约《答陆厥书》，甚为的当。故经子诸史，悉在屏遗。是则文也者，乃经史诸子之外，别为一体者也。齐、梁以下，四六之体渐兴，以声色相矜，以藻绘相饰，靡曼纤冶，文体亦卑；然律以沈思翰藻之说，则骈文一体，实为文体之正宗。降及唐代，韩、柳嗣兴，始以单行易排偶，由深趋浅，由简入繁，由骈俪相偶之词，易为长短相生之体；与诗歌易为词曲者，其理相同。昔罗马文学之兴也，韵文完备，乃有散文；史诗既工，乃生戏曲；而中土文学之秩序，适与相符；乃事物进化之公例，亦文体必经之阶级也。韩、柳之文，希踪子史，即传志碑版之作，亦媲美前贤；然绳以文体，特古人之语而六朝之笔耳！故唐代之时，亦称韩文为笔。刘禹锡《祭韩侍郎》文云:'子长在笔。'赵璘《因话录》曰:'韩公文至高,时号韩笔。'是唐人不以散行者为文也。至北宋苏轼,推崇韩氏,以为'文起八代之衰'。明代以降,士学空疏,以六朝之前为骈体,以昌黎诸辈为古文,文之体例莫复辨。而近代文学之士,谓天下文章,莫大乎桐城;于方、姚之文,奉为文章之正轨。由斯而上,则以经为文,以子史为文。由斯以降,则枵腹蔑古之徒,亦得以文章自耀;而文章之真源失矣!惟歙县凌次仲先生以《文选》为古文正的,与阮元《文言说》相符。而近世以骈文名者,若北江、容甫步趋齐、梁。西堂、其年导源徐、庾。即縠人、甹轩、稚威诸公,上者步武六朝,下亦希踪四杰。文章正轨,赖此仅存。而无识者流,欲别骈文于古文之外,亦独何哉!"此论小学为文章之始基,以骈文实文体之正宗也。又曰:"六朝以前,文集之名未立,及属文之士日多,后之君子,欲观其体势,以见性灵,乃汇萃成编,颜曰文集。然古人学术,各有专门;故发为文章,亦复旨无旁出,成一家言,与诸子同。试即唐宋之文言之:韩愈、李翱之文,正义明道,排斥异端;欧、曾继之,以文载道;而下逮南宋朱、陆,阐发性天;儒家之文也。子厚永、柳游记,善言事物之情,出以形容之词,而知人论世复能探原立论,核核刻深;如《桐叶封弟辨》、《晋赵盾许世子议》、《晋命赵衰守原论》诸作是也。宋儒论史,多诛心之论,皆原于此,名家之文也。明允之文,最喜论兵,谋深虑远,排兀雄奇,兵家之文也。子瞻之文,以粲花之舌,运掉阖之词,往复卷舒,一如意中所欲出,而属词比事,翻空易奇,纵横家之文也。南宋陈同甫之文,亦以兵家兼纵横家者也。介甫之文,侈言法制,因时制宜,而文辞奇峭,推阐入深,法家之文也。若夫邵雍之徒,为阴阳家。王伯厚之徒,为杂家。而叶水心之徒，亦近于法家兵家。近代以还，文儒辈出。望溪、姬传，文祖韩、欧，阐明义理，趋步宋儒；此儒家之支派也。慎修、辅之，综核礼制，章疑别微。近儒治三礼者，如秦蕙田、凌廷堪、程瑶田之流，咸有文集，集中一多论理之作。考汉制言名家出于礼官，则言礼者必名家之支派也。若膺、伯申，考订六书，正名辨物近儒喜治考据，皆从《尔雅》《说文》入手，而诸家文集亦以说经考字之作为多。古人以字为名，名家综核名实必以正名析词为首，故考据之文亦出名家。皆名家之支派也。叔子、崐绳，洞明兵法，推论古今之成败，叠陈九土之险夷，落笔千言，纵横奔肆；此兵家之支派也。子居之文，取法半山，喜论法制，而文章奇峭峻悍，亦颇仿佛，安吴之文，洞陈时弊，兵农刑政，酌古准今，不讳功利之谈，爰立后王之法；此法家之支派也。朝宗之文，词源横溢；简斋之作，逞博矜奇，若决江河，一泻千里；此纵横家之支派也。若夫词章之家，侈陈事物，娴于文词，亦当溯源于纵横家。雍斋沈涛、于庭之文，杂糅谶纬，靡丽瑰奇，凡治常州学派者皆然；此阴阳家之支派也。大绅、台山之文，妙善玄言，析理精微；彭尺木亦然；此道家之支派也。维崧、瓯北之文，体杂俳优，涉笔成趣；凡文人之有小慧者，其文皆然，此小说家之支派也。旨归既别，夫岂强同，即古人所谓'文章流别'也。惟诗亦然。子建之诗，温柔敦厚，近于儒家。渊明之诗，淡雅冲泊，近于道家。陶潜虽喜老、庄，然其诗则多出于《楚辞》，若嵇康之诗，颇得道家之意。郭景纯诗亦有道家之意。康乐之诗，琢磨研炼，近于名家凡六朝之诗，喜用炼句以状事物之情，且工于刻画，如何逊、阴铿之诗皆是也。然康乐之诗，其滥觞也。太冲之诗，雄健英奇，近于纵横家。盖在心为志，发言为诗，讽咏篇章，可以察前人之志矣。隋、唐以下，诗家专集，浩如渊海，然诗格既判，诗心亦殊。少陵之诗，惓怀君父，希心稷、契，是为儒家之诗。杜诗云：许身亦何愚，窃比稷与契。又云：法自儒家有。此杜诗出儒家之证。太白之诗,超然飞腾,不愧仙才,是为纵横家之诗。后世惟辛稼轩、陈同甫之词慷慨激昂近于纵横家。襄阳之诗,逸韵天成。出于陶渊明。子瞻之诗,妙善玄言,是为道家之诗。储光羲、王维之诗,备陈稽事,追拟《豳风》,是为农家之诗。山谷、后山之诗,喜用瘦削之语,出以深峻,是为法家之诗。由是言之,辨章学术,诗与文同矣。要而论之:西汉之时,治学之士,侈言灾异五行;故西汉之文,多阴阳家言。东汉之末,法学盛昌;故汉、魏之文,多法家言。西汉之文,无一篇不言及天象者。三国之文,若钟繇、陈群、诸葛亮之作,咸多审正名法之言,与西汉殊。六朝之士,崇尚老、庄;故六朝之文,多道家言。隋、唐以来,以诗赋为取士之具;故唐代之文,多小说家言。观唐代丛书可见矣。宋代之儒,以讲学相矜,故宋代之文,多儒家言。明末之时,学士大夫多抱雄才伟略;故明末之文,多纵横家言。近代之儒,溺于笺注训故之学;故近代之文,多名家言。此特举说经之文言之。虽集部之书,不克与子书齐列,然因集部之目录,以推论其派别源流;知集部出于子部,则后儒有作,必有反集为子者;是亦区别学术之一助也。会稽章氏、仁和谭氏,稍知此义,惟语焉未精,择焉未详,故更即二家之言推论之,以明其凡列焉。"此论文章流别,同于诸子也。又曰:"古人诗赋俱谓之文。阮芸台《咸秩无文解》云:古人称诗之入乐者曰文,故子夏《诗大序》:'声成文谓之音。'《孟子》:'不以文害辞。'赵注:'文,诗之文章也。'然诗赋之学,亦出行人之官。盖赋列六艺之一,乃古诗之流。古代之诗,虽不别标赋体;然凡作诗者,皆谓之赋诗;见左氏隐三年、闵二年及文六年传。诵诗者亦谓之赋诗。见左氏襄二十八年传。《汉志》叙《诗赋略》,谓:'古者诸侯卿大夫交接邻国,以微言相感,当揖让之际,必称诗以喻其志,盖以别贤不肖而观盛衰;故孔子言不学诗,无以言。'夫交接邻国,揖让喻志,咸为行人之专司;行人之术,流为纵横家;故

《汉志》叙纵横家,引'诵《诗》三百,不能专对'之文以为大戒;诚以出使四方,必当有得于诗教;则诗赋之学,实惟纵横家所独擅矣!试考之古籍,则周代之诗非徒因行人而作,且多为行人所赓诵。有知行人之勤劳,而赋诗以慰恤者。见《诗·周南·卷耳》篇序及郑序。有奖行人之往来,而赋诗以褒美者。见《诗·小雅·四牡》篇序及'四牡骓骓'句《毛传》。《小雅·皇皇者华》篇序及'駪駪征夫'句《毛传》。或行人从政,而室家赋诗以劝行。见《诗·周南·殷其雷》序及郑笺。或行人于役,而僚友赋以寄念。见《王风·君子于役》篇序及正义。或行人困瘁,赋诗以抒其情。见《诗·小雅·北山》篇序及'或不已于行'句《毛传》,又见《绵蛮》篇序及《郑笺》。或行人闵忧,赋诗以述其境。见《诗·王风·黍离》篇序及'行迈靡靡'句《毛传》,又见《小雅·小明》篇'我征徂西'句孔疏。是古诗每因行人而作矣。又以《左氏传》证之:有行人相仪而赋诗者。见襄二十六年传。有行人出聘而赋诗者。见襄八年传。有行人乞援而赋诗者。见襄十六年传。有行人莅盟而赋诗者。见襄二十七年传。有行人当宴会而赋诗者。见昭元年传。有行人答饯送而赋诗者。见昭十六年传。是古诗每为行人所诵矣。盖采风侯邦,本行人之旧典;见《汉书·食货志》。故诗赋之根源,惟行人研寻最审;吴季札以行人观乐于鲁,此其证。所以赋诗当答者,行人无容缄默;而赋诗不当答者,行人必为剖陈。由是言之,行人承命以修好,苟非登高能赋者,难期专对之能矣。两汉以前,未有别集之目,《汉志》所载诗赋,首列屈原;而唐勒、宋玉次之;其学皆源于古诗,《汉志》言'屈原作赋以讽,咸有恻隐古诗之义'。而《史记·屈原传》亦言《离骚》兼《国风》、《小雅》之长。虽体格与《三百篇》渐异;然屈原数人,皆长于辞命,有行人应对之才;《史记·屈原传》云:'娴于辞令,出则接遇宾客,应对诸侯。屈原既死之后,楚有宋玉、唐勒、景差之徒者,皆好词而以赋见称;然皆祖屈原之从容词令。'其确证也。西汉诗赋其见于《汉志》者,如陆贾、严助之流,并以辩论见称,受命出使;是诗赋虽别为一略,不与纵横同科,而夷考作者之生平,大抵曾任行人之职。则后世诗赋,皆纵横家之支与流裔矣!欲考诗赋之流别者,盍溯源于纵横家哉?"此推诗赋根源,本于纵横也。凡所持论,见《文说》、《广文言说》、《文笔诗笔词笔考》。盖融合昭明《文选》、子玄《史通》以迄阮元、章学诚,兼纵博涉,而以自成一家言者也!于是仪征阮氏之文言学,得师培而门户益张,壁垒益固!论小学为文章之始基,以骈文实文体之正宗,本于阮元者也。论文章流别同于诸子,推诗赋根源本于纵横,出之章学诚者也。阮氏之学,本衍《文选》。章氏蕲向,乃在《史通》。而师培融裁萧、刘,出入章、阮,旁推交勘以观会通;此其秖也。又哀次所为辞赋诗文如干首,成《左庵文集》五卷。以民国八年十一月二十日卒,得年三十有六,特其生平文章之誉,掩于问学;而同时扬州文士,骈俪名家,揭帜阮元、汪中以自标置者,则有兴化李详焉。

李详 附王式通

李详,字审言,扬州府兴化县廪生,与师培诸父名富曾者游,名辈特先,而迺邅过之。其为人聪颖夙成,甫六岁倍讽异常儿;父增亲督教之,携夸坐宾。比长,瞻顾非常,泛嗜群言。于诗,唐则少陵、昌黎、义山,宋则东坡、荆公,靡不精熟。假馆戚氏许。许为盐城大姓,藏书富。而详见《汲古阁十七史》、《十三经注疏》、《文选》,乃大喜;而于《文选》尤笃嗜焉,日尽十页,夜则绕案背诵。闻者笑以迂,而详不顾也。羞为功令之文。年二十,江苏督学使者瑞安黄体芳漱兰始录为附学生员;详衔感次骨,为作《思君子赋》。出游落落无所合，羁贫失志；闻淮扬海道桂林谢公好士，往谒之，留门下为书记。谢居京师久，于厂肆搜罗故籍，四部略备。详得纵观，常云："僻处海隅，学无师承，至是始识门径，尤喜四刘之学。"人莫解所谓；盖言《汉书·艺文志》、《世说》、《文心雕龙》、《史通》也，皆有所发明。而于乾嘉先辈，则极称汪中《述学》，服膺拳拳，每效其体。阮元之《揅经室集》，钱大昕之《潜研堂集》，亦所笃好；谓之"二研"，以名其堂。合肥蒯光典礼卿，以道员候补南京，阴求文士谈谐为乐。详以介往见。光典钦其学行，厚礼焉。详感其意，从之游。而光典以名公子宦达，过其门者皆一时名公贵人。详衣冠粗朴，揖让其间；而伧父辈指摘礼数，借为口实；意鞅鞅不自得。谒石埭居士杨文会仁山，参究生死。文会湛深佛典，谓曰："尔亦头陀，堕落受苦！"详为悚然！既以蒯光典之介，得识江阴缪荃孙艺风，一见如旧相识；荀、陆睹面，不作常谈；苏、李知心，托诸诗句。言之两江总督端方，委充江楚编译官书局帮总纂。时实无书可纂，支官钱，治私书，即端方之《陶斋藏石记》是也；总纂本为荃孙，以为端方撰《销夏记》，论列书画，不遑兼顾；举临桂况周颐夔笙领之。周颐择拓本无首尾，及曼漶模糊不辨字迹者，一以属详，而时刺探释文何若；将以抵㕮送难。顾详于王述庵侍郎《金石萃编》及钱少詹、阮文达、翁覃溪、武授堂集，精研有素，周颐无以中也！然详目耗精销于此书矣！其记经详所编凡一百六十余种，择其释文略经考定者，别辑为《分撰陶斋藏石记释文自定本》。端方视详，颇加敬礼。丹徒某妒详之进，与长洲朱孔彰仲我皆为所龁齕，以为名士，非学人也！详以应曰："是何害！"撰《名士说义》以解。其辞曰：

《小戴记·月令》："季春之月，聘名士。"郑君注："名士，不仕者。"孔冲远疏引蔡氏云："名士者，德行贞纯，道术通明，王者不得臣，而隐居不在位者也。"按此名士之称，自足高式人表，矫排浮竞。故颍川仲达持此以目卧龙。琅琊茂宏，下教而尊卫虎。求之于古，必如鲁儒卓立，万变不穷；郢臣好修，九死靡悔；始能民誉允孚，昭示来代。自唐而后，俗化浇讹，乡曲猥子，江湖小集，李赤胡生之流，游神火马之辈，并得揖让公卿，骄稚里闬。饮酒作达，率师嗣宗；蹑屐通讯。强附子敬。致使往昔荣名，降沦舆隶。三桠五叶，乃得芫菁；千里一曲，遂积浊渭。黎邱冒形，欺魄失质，集矢巧诋，有自来矣。然有高世绝俗，砥砺廉隅，好奇服而不衷，禀幼清而未沬；特以宗尚有别，旨趣稍殊，比党交攻，诧为异类。阴挤下流，阳奉此号；一若鹖服适集，恶其鸣声；魑魅可御，宜投绝远。昔之君子，今直不肖。九变复贯，孰云可回？溯游相从，《周礼》宛在。是以耿介之士，侧身人间，容止不改其常，风雨贞于如晦。脱有相轻，偶蒙品目；方如宠锡之膺，惭负嘉贶；讵敢引为缪丑，纵斧本根？嗟乎，苟令大嵬狂易，勿蹈藩篱；二三有道，力行不惑；则揆厥所元，其朔可考也。

文出，益以兀傲见嫉。而详不顾。王闿运以端方之召，来游江宁，为文士之宴。与会者数十人，迭相问难。详独默坐。会论《文选》，闿运曰："明远、元晖，已开唐初律体。"详举"朔风吹飞雨，萧条江上来"句以证。闿运喜甚，写小幅为赠，惟详称"先生"；其馀或"弟"或"兄"，皆儿子辈畜之；未有称"先生"者也！既而端方移督直隶，详与朱孔彰往送，时值盛暑，两衣冠拱立；端方微颔之。孔彰以为大辱。详曰："第忍之，何妨！世方誉陶斋为毕镇洋，即此慢士一端,去毕已不如远甚!"寻端方以骄蹇无状褫官;其再起也,特以铁路大臣督师入川,抵资州,为革命军所杀。事闻,详见《陶斋藏石记》印本,感赋三绝以哀之:

槐影扶疏红纸廊,冶城东畔又沧桑!摩挲石墨人空老,忆到金陵便断肠!

脱略曾非礼数苛,上官有女妒脩蛾!濮阳全集儒书客,那得扬雄手载多!

觍觍含宪出重闉,传命居然奉敕尊;轻薄子玄犹并世,可怜不返蜀川魂!

情见乎词,盖犹不忘前恨也。自嗟迍邅,媲于汪中,宗尚所寄,以况身世。尝为其文笺注,语必溯源。上元周钺左麐亦好汪文。详以《广陵对》"忠孝存焉"四字,出陈寿《三国·蜀志·诸葛瞻传》注。后钺举示座客,谓:"李某强识绝人,能寻不经意处。"仪征刘富曾谦甫,一日,谈汪《黄鹤楼铭》。详言:"'桃花绿水,秋月春风',出萧子显《南齐书》,而李延寿袭之。"富曾惊起曰:"先兄恭甫昔校《南齐书》,得汪语所出,喜慰数日,不意君一叩即应!"详弥以自喜!每谓:"容甫之文,出范蔚宗《后汉书》;而承祚《国志》,先于范氏;裴松之注所采诸家,规模如一;观其约疏为密,继以闳丽,文之能事,尽于此矣。容甫窥得此秘,节宣于单复奇偶间,音节遒亮,意味深长;又甚会沈休文、任彦升之树义遣词,而不敢轻涉鲍明远、江文通之藩篱;此其所以独高一代而推为绝学也!"仁和谭献仲修撰《师儒表》于汪氏称为"绝学"。"骈文一道,清初以来,名辈迭出。浙派初宗云间,后亦别开户牖;穀人以后,弥共畦畛。仲瞿梅伯,披猖无已!稚威阂览,虬户筱骖,隶事诡越;学渠者死,诚亦不免。定庵错综金石,其弊日甚。湖口、碧湄,刻意模放,眩目颃耳,语至累译。《卷葹》之体,钻仰猥积,肰箧探囊,非止旁采;举其偏词,即揣对句。凡此之类,仆所不喜。仆论骈文,以自然为宗,以单复相间为体,以貌为齐梁伪体为戒,以胡稚威为不足法;而以孔撝轩不薄初唐,阮仪征、孙渊如简淡高古为趋向。容甫生小仓气矜之隆,后又鉴同郡吴园次之流靡,异军突起,衍为宗派;惟我能寻得容甫所出之途而改辙辟之。我行我法,何尝于容甫集中作贼!"意思牢落,托之文章。而州郡交契,最称顾硕石孙,为《顾石孙四十生日寿序》以寄慨曰:

今之生日何昉乎? 履端于《楚骚》,祝延于《颜训》。唐宋而嬗,墨儒藻士,往往肸饰华曼,专诗摘文,以是为颂祷焉;盖亦雅材之宪典,伐木之幽贽也。余与顾子石孙生幸同岁,交倾辈流。庞、马不问主宾,殷、刘至陷轻薄,穷则抚翼濡沫,欢则扬眉抵掌;西陵弭棹,辛苦相诒;南馆鸣笳,起居互讯。三年不见,绵思憛于风霜;一夕九逝,劳结纡于书疏。违离之感,尔我同之。比邅多幸,适君远归。洒练神明,沐浴膏泽。弥年疢疾,赠并州之一丸;永日谭谐,预泉明之三益。君则意气干云,余则坎壈失职,荣悴寒暑,未足相雠。顾景徂年,各登卅九。置酒见属,为庆更生;值君初度,讵能默息? 昔陈遵、张竦,志趣小异;阿瞒、伯业,孟晋各殊。咸履途轨,同蹑好尚。敬相比附,用资喧噱。君词宗累叶,门第蝉嫣。夜光专曜,良璧独玩。北海年少,居龙腹而不惭;东国人伦,附骥尾而立显。余植根异所,藉荫柯条。汝南应场,略有著书;陈留阮瑀,雅善笔札。偻指宗衮,俱非一贯。此不如君一也。君幼禀挺至,噪誉觿辰。慧析杨梅,玄参荷棘;炊糜忘箪,听长者之谈。盗酒不觊,动家尊之喜。余少役里衖,荃蕙为茅;蹴踘意钱,间侣甲乙;司空城旦,屡废研寻;逮解裳衣,升堂嗟晚。鲁国男子,逢盛宪而已迟;槐里朱生,师萧倩而不获。此不如君又一也。君瞻瞩异等,卓荦冠时。元龙置上下之床,嗣宗为青白之眼。魏其坐次,奢气要人;金闺亭前,敛迹群小。余钳舌弭谤,危行仄视,裁量月旦,扬抑时流,片言积忤,诮安国之寒灰。微文见刺,近支离之攘臂。此不如君又一也。君鸿篇巨制,乔宇旁魄,长河一泻,修桐百尺。宋玉口多微辞,江总尤工侧体。铜蠡丽制,持喻琼瑰;碧玉娟家,结言环佩。余役才苦短,颠踬官商;仲宣不足起文,子云常病少气;闺中邃远,陫侧扬灵;陌上徘徊,昌丰辍咏。譬之工膆不属先施,卖侣终非阳五。此不如君又一也。君任侠自喜,豪举称雄。设醴以款穆生,挥金以希疏傅。邻女炳烛,往就徐吾;修龄乞米,唯在谢尚。余胥疏人世,雅志开拓;亦尝质衣恤隐,解佩盱衡;铜山之赍未赓,归墟之水旋焦。以至王阳衣被,微微轻名;陈汤丐贷,取讥无节。此不如君又一也。总此五惭,谬蒙心赏。流波析引,寒谷熙春。鄱阳暴谑,欣与平叔为曹;敬礼小文,辄付陈思是定。称药量水,栖屑曾经;泛舟裹裳,欢情自接。申四海之敬,各存断金;献三托之辞,请赓溉釜。粗窥厓涘,略挈都凡。佐公感知己之赋,愿君不行兮夷犹;颜远思友人之诗,慰余自怜兮惆怅!善保黄发,勉贻令名!

借题抒慨,以己度人。又为《自序》一文以模汪氏,至云:"容甫比于孝标,已为不逮。余于容甫,又愈下焉!是知九渊之深,未及劫灰!

餐荼之苦,劣于含鸩。"辞意激楚,可概见焉。

详论文不主桐城,论诗又薄西江,与时流异趣;而特心折侯官陈衍石遗。衍著书,揭帜西江以成诗派。而详之砭西江特甚,每谓:"余学诗五十年,初嗜《文选》,继宗杜韩,又复流连义山;而深以宋派伤于径直,涪翁、后山学杜,直可谓之生吞活剥。半山一老学究语,陈简斋乃涪翁之肖子。诚斋、后村,质儳朴野,太无兴会。放翁稍有雅人深致。南宋始终,皆西江派所流衍而不能自成一队。北宋之初,自西昆体后,不失唐人正轨。欧公学韩,冗长驰骋,毫无归宿。苏长公出,伤尽,伤巧,伤譬喻太多,伤聪明太露;心知为一大家,意所重者,不在是也!乃清道、咸以降;涪翁派曼延天下;又以定庵恢奇鬼怪,淆乱聪明子弟;如聚一邱之貉,簧火妄鸣,为详为制,至于亡国。声音之道,不可不正也。余论诗好从实处入,又喜直起直落,而略致情款;不喜作伪语及仙佛一切杂碎,比于奸声者。"语详所著《拭觚》。而陈衍见详篇什,谓非近日诗人妙手空空者可比!详闻之,意不足,谓"石遗殆未知余论诗之说见于《拭觚》"者;记以一诗曰:

偶闻北海知刘备,惜未任华遇少陵。儇薄自迷三里雾,烦敲谁办一样冰。游吴物论惟轻宋,自注:赵秋谷游吴,事阮吾山,谓所指者西陂耳。朝鲁宗盟竟长滕。心折长芦吾已久,别材非学最难凭。

陈衍见之曰:"沧浪论诗,以谓别材非学,余所不凭;曾于罗瘿庵诗叙畅言之。惜审言所著《拭觚》,终未见之;至此诗使事雅切,仍以非妙手空空儿评之耳!近人能诗者,皆好自欺欺人语;又千篇一律,语熟口臭,阅之不一行,使人欲睡。"详应之曰:"有子部杂家之学,偶尔为诗,必有可传。若就诗求诗,架上堆得《随园全集》、《湖海诗传》,交不出乡里,材料皆家人匡箧中物。钟记室以任昉为戒,但揭'羌无故实','讵出经史',相为裁量。因之一千馀载之后,白话诗出,为大革命。公诗避俗好奇,直高于我;而仆敢执弭以从者,以好为子部杂家之学,诗格虽不同,内函子部杂家语;即和意不和词,亦箭锋相直;绝非若卢子幹之酬刘越石、李谪仙之嘲杜少陵也。沆瀣一气,久而加敬,如文殊师利之叩维摩诘,为二士之谈道。两家弟子,各处一方。公托闽海,弟家淮溠,天公不捉在一处囚,泥鳅专制,孽狐作祥,各传其学而已!"顾所自喜者,尤在文章。自谓初好容甫文,又嗜昭明《文选》之序,日加三复;阮太傅《文言说》,尤所心醉也!然详骈文,精隶事而乏韵致。特其书札,词笔疏俊,而气调岸异;繁采既削,古艳自生,乃正萧散似魏、晋间人作。答《江都王翰棻论文书》曰:

渥然仁兄足下:

　日者之集,以有坐客,不能畅谈。客未来时,某已略陈狂瞽。兹奉来书,洋洋盈耳,色然以骇!不意足下少年,所造至此!殊可羡仰!足下起自孤童,与某相等;其无师承,一以古人为归。足下尚居郡城,某则村落僻左,求一卷之师不得也,又苦无书可借!蚕岁自致,不能如足下百分之一,而困学则同。稍观古人文字,喜蔚宗《汉书》、昭明《文选》,以求申阮氏《文言》之旨。阮氏之言,亦昭明立意能文之区画也。文章自《六经》、周秦、两汉、六代以及三唐,皆奇耦相参,错综而成。六朝俪文,色泽虽殊;其潜气内运,默默相通,与散文无异旨也！其散文亦为千古独绝！试取《三国志注》、《晋书》及《南》、《北》两史、郦善长《水经注》、杨衒之《洛阳伽蓝记》与释氏《高僧传》等书读之，皆散文之致佳者；至今尚无一人能承其绪！盖误以雕琢视之，而未知其自然高妙也！唐之肃、代以下，文字亦多追响南北两朝；特韩、柳稍异耳。夫韩、柳亦耦也，观其全集，何曾有子家言连犿恣肆，渺无岸畔，参厕其内？北宋初元，为师承未坠。自穆伯长、柳仲涂、苏子美、尹师鲁倡为古文，胸中初无所储，而务纡其词以为古，曳其声以为韵，裁复为单，改短为长。欧阳兖公虽师昌黎，而小变其体；未为背师法也。苏老泉以布衣求之于纵横、名、法家言，冀以自达。二苏继之，驰骋而好为策士议论，重以比况为长，文遂往而不返！后虽别为一派，而文章正宗不在是也！本朝自望溪以古文自命，惜抱拥护于后，曾文正演程鱼门言，比于禅林宗派。后生小子，粗有见地，一若文非桐城，即为畔道；比于汉人，且有甘背师法以求禄利。于是天下靡然向风，相逐于不悦学之一途，而摹其章法起讫，以为古文在是！沧海横流，其谁主之？异代必有推原祸始者，某不敢尽言也！足下涉猎诸书，已见一班。惟近人文字，相戒弗观，其害人如鸩，著人如腻。求之于古则得矣！安有今人之足师耶！治经治小学亦不易。但观大意与训诂、假借、引申，用之于文字不谬；若精研之，非数十年功力不可！且必求胜于诸老，否则公然剽袭，可勿为也。某所嗜者，《左氏传》、《文选》、《杜诗》、《韩集》、《容斋随笔》、《困学纪闻》、《曝书亭集》、钱少詹《潜研堂》、阮文达《揅经室集》、汪容甫《述学》、高邮王氏之诸书、《说文段氏注》，《郝氏遗书》此皆某之师也；敢以荐于左右。足下今持盛意，欲执贽衰朽以为论文之地。在昔昌黎好为人师,其门下皇甫湜、张籍、李翱,未有以师称之者。翱又娶其兄女,尚称退之为兄。某何敢屈足下为弟子!谦必称"受业",尊必称"夫子"。噫,此市道交也,奈何效之!且韩门至有刘乂,况今之逄蒙、吕步舒比比耶?《通鉴》某亦好此,胡注于地理最佳;其他亦有望文生义者;足下如有所见,可互相推勘。相距甚远,以书往来,不异面谈;毋以未相推奉,谓有隔阂。某非让以鸣高,亦以古人论学,不规规于是也!某再拜。

盖持论不慊桐城如此。而一时揭帜桐城以号于天下者,则为侯官林纾畏庐;而详则诃之曰:"观林氏所译小说,重在言情,纤秾巧靡,淫思古意。三十年来,胥天下后生,尽驱入猥薄无行,终以亡国!昔人言王何之罪浮于桀纣;畏庐之罪,应科何律!畏庐既以此得名,可以已矣;而又强论文章,因择举世所宗,又为时贵倾向,遂复附和其说,张之无已,气矜之隆,浸至不可向迩!畏庐本佳人,而入迷途。其初多文为富,炫鬻自媒,致败风俗;后又出其绪馀,高论文章,取究韩、柳文法,复起桐城之焰,鼓以炉鞴,势令海内学子,从风而靡,一与其小说等;而其富厚之愿始毕。此仆七十老公,所未不平,而欲义形于色者也。"国变以后,尝谒嘉兴沈曾植子培于上海。曾植以名士为达官,座客常满;辄指详称说曰:"此江淮选学大师李先生也。"慨然谓:"光绪中叶,李顺德(文田)及翁文恭、潘文勤迭主文柄;公车之士,无不识者。何独不见此君!"金坛冯煦梦华总纂《江苏通志》,引详为佐;所上条陈,无不曲纳;综其议论,署为《碎金》。别有《艺文志商例》,煦尤极赏之!函令采访分纂,依例核真;而众畏其难!惟松江、南通、太仓如所云云,著见本末,馀则重悭贻谬而已。它如江都、甘泉、仪征三县《人物》、《儒林》、《文苑》及《艺文》，又《舆地沿革表》，皆详所修定也。煦于志事，深相委重。而详以煦之乡里姻亲，荧惑视论，差与分谤；遂膺东南大学之聘，教授《文选》及《陶渊明集》、《韩昌黎集》。尚气好攻辩，人畏其口；亦以此累不得志。而文章自矜重，骈文尤所得意，以为"骈文全贵隶事，不可拾人唾馀。扬雄赋甘泉，为之病悸少气，曾为一骈文，汗出不止，几殆；服参附乃免。"因改定润例，凡求骈文，要先两月通问，先奉润金三百元；不依此格者，付之不答，其自矜贵如此。论者亦以相推，冒广生鹤亭言："方今骈文，北王南李。"王谓汾阳王式通书衡，让清光绪戊戌进士，入民国，官大理院推丞；亦以骈文有名，而与李详不同。李详以雕藻，式通以秀润。而冯煦之叙孙德谦《六朝丽指》也，仿陈思王《与杨德祖书》，以为"并世作者，可得而言；夔生鹰扬于岭表况周颐；芸子猿吟于蜀都宋育仁；静山鸿冥于毗陵屠寄；审言鹤峙于淮左；并抽秘骋妍，标新领异。今益葊异军突起，独秀江东。"与冒氏品藻不同。而以详所为，固已跻之作者，名以一家矣！以民国二十年四月三日卒，年七十三岁。

孙德谦附孙雄

孙德谦者，益葊其字，一号隘堪，江苏元和人，历任东吴、大夏、交通诸大学教授；其论学究心流别，以治会稽章学诚《文史通义》有盛名。李详尝以语曰："会稽之学，君与钱唐张尔田孟劬，海内称为两雄；有益一人而不得者。"自称少而从事声音训诂，好高邮王氏之学，久之，病其破碎，遂有事于会稽之学，以上溯《班书》六略，旁逮周季诸子，考其源流，观其会通，成《诸子要略》五十篇。而目录家言,三十以前,即有偏嗜;《班书》六略,《隋志》四部,时用钩稽。徒见世子讲版本者,得宋、元以矜奇秘,而于书之义理,则非所知;又断断在字句之间,以为刘氏向、歆之所长,只此琐琐辨订,未克条其篇目,撮其指归;于是纂《〈汉书·艺文志〉举例》、《刘向校雠学纂微》两书。盖生平得力,在周秦名家之术,于一切学问异同得失,咸思核实以求其真;与世之穿凿附会者不同科矣。然生平志在千秋,以为:"诗文戋戋,何足称不朽绝业!"弱冠之岁,有友箴之曰:"君子之学,所贵文质相宜,学贯天人,尤贵润以文章。"意有感发。而文之为体,骈散而已;自以散文非性所近,遂致功于俪偶;日取武进李兆洛申耆所选《骈体文钞》专一诵习,苦不得其奥窔,第领其音节气息而已!既读朱一新《无邪堂答问》,论六朝文云:"上抗下坠,潜气内转。"大悟,创血脉之说;以为:"颜黄门谓文有心肾、筋骨、皮肤,而不知有血脉。血脉者,以虚字使之流通,亦有不假虚字而气仍流通,乃在内转。刘成国训脉为幕,谓幕落一体,则其贵尤在于通体之气韵。"以故为文不尚涂泽,唯务气韵天成。尤喜读范蔚宗《后汉书·叙论》,爱其遒逸;而济之以江文通,欲更加研炼。一时论俪体者,以李详为第一,德谦次之。而海宁王国维静安则语之曰:"审言过于雕藻,知有句法而不知有章法。君得疏宕之气,我谓审言定不如君。"德谦每引自重。而以俪体必溯六朝,因撰《六朝丽指》一书而叙其端曰:

丽辞之兴,六朝称极盛焉。夫沿波者讨源,理枝者循干。作为斯体,不知上规六朝,非其至焉者矣!唐、宋以来,各擅其胜。爰迨近彦,颇亦为工。然北江杰材,别成其派衍;南城辑略,群奉为正宗。六朝之气韵幽闲,风神散荡,飙流所始,真赏殆希。亦由任陆楷模,得世缵而显;魏邢优劣,唯孝征则知。未有下帷钻坚,升堂睹奥,沾逮来哲,辟晓密微故也。夫论文之制,托始子桓。厥后宏范谓之《翰林》,仲洽条其《流别》;士衡诠赋,曲尽于能言,公曾撮题,杂撰乎集叙;自是孳多于世矣。其在六朝,往往间出,彦升《缘起》,乃原《六经》;休炳一编,备稽江左。若夫隐侯述志,水德博征;仲伟周游,风谣自局。其古今隐括,体用圆该,东莞《雕龙》,可云殆庶!然宋、齐而下,不复详言。则以世近易明,无劳甄叙;六朝盛藻,嗣响鲜闻。将师旷知音,且期异代;惠施妙处,未获传人;意者岂其然乎?加以昌黎崛起,古文代雄。后来辞人,递相师祖,震起衰之说,近蔽眉山;矜载道之华,远承泗水。语乎六朝富艳,方且俳优黜之。夫迭相奇偶,前良所崇。虽简文嗤其懦钝,士恢訾其华伪;尔时气格,或不免文胜之叹。然其缛旨星稠,逸情云上,缀字通苍雅之学,驭篇运骚赋之长,骈俪之文,此焉归趣!又况王筠研炼,独步名家;仲宝典裁,腾芬当世者焉!余少好斯文,迄兹靡倦,握睇籀讽,垂三十年;见其气转于潜,骨植于秀;振采则清绮,凌节则纡徐,缉类新奇,会比兴之义;穷形抒写,极绚染之能。至于异地俊才,刚柔昭其性;并时齐誉,希数观其微;凡皆成诵在心,借书于手,符羊子百章之数,准马谈六家之论,亦已著之篇中,兹盖试言其略也。评非月旦,敢凯乎高名;礼毋雷同,岂资于剿说。固知言不尽意,恒患攸存,庶六朝之闳规密裁,于是焉在。若乃镜鉴源流,铨综利病,善文之士,类能道之;斯则非所急矣。

籀其归趣,大指主气韵,勿尚才气;崇散朗,勿嬗藻采。其论以为:

"骈文之有任、沈,犹诗之有李、杜。彦升用笔,稍有质重处;不若休文之秀润,时有逸气,为可贵也。《诗品》云:'昉既博物,动辄用事,所以诗不得奇。'然则彦升之诗,失在贪用事,故不能有奇致;吾谓其文亦然,皆由于隶事太多耳!语曰:'文翻空而易奇。'以此言之,文章之妙,不在事事征实;若事事征实,易伤板滞。后之为骈文者,每喜使事,而不能行清空之气,非善法六朝者也。六朝之文,无不用顿宕之笔;后人但赏其藻采,而于气体散朗,则不复知之。故即论骈文能入六朝之室者,殆无多矣。"此崇散朗,勿嬗藻采之说也。又谓:"长沙王益吾选《骈文类纂》若干卷。其持论大旨,则在不分骈散,而以才气为归。夫骈文而归重才气,此固可使古文家不复轻鄙,无所藉口。惟既言骈文,则当上规六朝;而六朝文之可贵,盖以气韵胜,不必主才气立说也。《齐书·文学传论》曰:'放言落纸,气韵天成。'若取才气横溢,则非六朝真诀也。昌黎谓:'惟其气盛,故言之高下皆宜。'斯古文家应尔;骈文则不如此也。六朝文中,往往气极遒练,欲言不言;而其意则若即若离;上抗下坠,潜气内转,故骈文蹊径与散文之气盛言宜,所异在此!"此主气韵,勿尚才气之说也。主气韵,勿尚才气;则安雅而不流于驰骋,与散行殊科。崇散朗,勿矜才藻;则疏逸而无伤于板滞,与四六分疆。德谦以为:"骈体与四六异。四六之名,当自唐始;李义山《樊南甲集序》云:'作二十卷,唤曰《樊南四六》。'知文以四六为称,乃起于唐;而唐以前,则未有也。且《序》又申言之曰:'四六之名,六博、格五、四数、六甲之取也。'使古人早名骈文为四六,义山亦不必为之解矣!《文心雕龙·章句》篇虽言:'四字密而不促,六字格而非缓。'此不必即谓骈文。不然,彼有《丽辞》一篇,专论骈体,何以无此说乎?吾观六朝文中,以四句作对者往往只用四言,或以四字五字相间而出。至徐、庾两家,固多四六语,已开唐人之先;但非如后世骈文,全取排偶,遂成四六格调也。"而骈文又与律赋异。以为:"骈文宜纯任自然,方是高格;一入律赋,则不免失之纤巧。《文心雕龙》、《诠赋》与《丽辞》各自为篇,则知骈文且不同于赋体。赋体出以雕纂,而骈文尤贵疏逸。"疏逸之道,则在寓散于骈。以为:"骈体之中,使无散行,则其气不能疏逸,而叙事亦不清晰。故庾子山碑志诸文,述及行履,出之以散;每叙一事,多用单行,先将事略说明,然后援引故实,作成骈语以接其下。推之别种体裁,亦应骈中有散文。倘一篇之内,始终无散行处,是后世书启体,不足与言骈文矣。"德谦之书,此为精核;其他著有成书,曰《古书读法略例》、《诸子通考》、《孙卿子通谊》、《吕氏春秋通谊》、《太史公书义法》、《古书录辑存》、《补南北史艺文志》、《文选学通谊》,各若干卷;而骈偶文特以馀事为之而已。李详以为骈文全须隶事,不可拾他人唾馀。而德谦则病任彦升隶事太多,不如沈休文之秀润有逸气;以为"文章之妙,不在事事征实"。此可以征两家蹊径之不同。李详以隶事新颖自夸,德谦以逸气清空为尚。《北齐书·魏收传》,见邢子才、魏之臧否,即任、沈之优劣。吾则谓任、沈之优劣,即是李、孙之优劣尔。然德谦好自标置,特工议论,而所作或不逮!若论秀润有逸气,盖不如同郡孙雄云!以民国二十四年九月十五日卒,年六十三岁。

孙雄,早岁治经宗东汉,愿学郑玄,以玄字康成,原名同康,字师郑,亦号郑斋;别号朴盦,以明蕲问所在也。昭文人。高祖原湘,为清代乾隆、嘉庆间诗人,世称子潇先生,著有《天真阁诗文集》六十四卷。雄幼承家学,十岁即能诗。弱冠以后,从德清俞樾、定海黄以周游,始知服膺东汉大儒郑康成之学,而治《三礼》、《毛诗》尤邃。中式光绪甲午进士,授职吏部主事。大学士张之洞管京师分科大学，奏派为文科大学监督。辑近人诗，约得二千馀家，为《道咸同光四朝诗史一班录》；无贵贱老幼与相识不相识，旁搜博采，每人缀以小传，其题《薛纲铭诗稿》后有云："朱子论作文，勿使差异字。选言戒钩棘，说理尚平易。《朱子语类》卷一百三十九云云。诗文体纵殊，探源靡二致。"又云："谪仙旷世才，逸足追风骥。落笔撼五岳，绝尘飞六辔。少陵郁忠肺，字字流血泪。高歌泣鬼神，独醒唤众醉。慷慨南董笔，从容北山议。天若假之鸣，词取达其意。蛇神牛鬼徒，形秽三舍避！"又云："诗中隐有我，诗外更有事。回甘道味浓，叩寂馀音嗣。古云貂裘杂，不如狐裘粹；见《淮南子》。哂彼饾饤儒，獭祭夸多识！作诗如用兵，操纵身使臂。奇兵不在众，敢战推骠骑。"即此可见论诗宗旨；盖所贵达意，而无取使事也。其为骈文不以遒峭为古，而气味自渊懿。年二十许，游京师，客其乡人尚书翁同龢所，与会稽李慈铭莼客相过从。慈铭工骈文，又宿学；索观所作，亟赏之，谓曰："君文精洁简雅，渊乎经籍之光！妙在命意遣词，必以盅粹为本，雍和为节；视世之矜奥衍，逞才情者，或雕饰以为古，或恢诡以示奇，正宗旁门，判若泾渭。此经生之文，异乎瑰士也！"为加点定，因辑为《师郑堂骈体文存》上下二卷，都十七篇；而慈铭尤推其《居庸关至宣化府行记》、《贺曾孟朴新昏序》、《读元秘史注书后》、《与胡复修书》四篇，辞趣渊雅，非徒苟为炳炳琅琅而已。若论怀文抱质，征见性情，则莫如《与翁师汉书》，其辞曰：

  执别数日，相思千里，冬序忽来，秋思弥甚！北地苦寒，冰厚寸许。车声雷奔，马足雾乱；黄尘飞扬，两目为障；紫沙堆积，半体若塑。昨日之午，爰抵深州；征骖甫停，即觉疾首。寒气侵骨，倚枕不寐！遥念足下，澂虑经史，削迹家衖。入有吹埙之雅，出有盍簪之欢。委蛇偃仰，诚足念乐。仆本乏技能，唯耽文史。谬蒙长者推奖，为之先容。羁鸟借一枝之安，劳鱼得蹄涔之水。静言思之，已为非分！矧以顺德先生中朝冠冕，海内斗山；幕府群才，孔多鸿硕；相与推襟送抱，佩韦质弦，证古史之对音，论骈文之异体。松盟柏悦，生幸同时。月落参横，谈犹未倦。以此稍慰岑寂；暂忘离忧。然南望之心常悬，北堂之膳谁侍！门前别子，何限歔欷！梦里觐亲，难酬顾复。每当鱼更三跃，掩卷就寝；魂游江南之国，身在华胥之乡：婢仆贺其速归，弟妹喜而起舞；高堂扶杖，话面目之瘦肥；良友叩门，问著作之多寡。邻僮解事，乐闻笑言，山妻赋诗，互相赠答。恍惚自思，疑为幻境。颓然而醒，仍复独处。呼仆举烛，亦在睡乡。仰视东方，天光已白。一夜十起，只益怅然。嗟呼！北江先生有言："积瘁之士，寡至四十者。"仆之年齿，已近三十；而学问事业，迄用无成！倘得策名清时，委质京国，窃怀负石赴河之义，力挽琅汤凌铄之风；破柱求奸，作守天之一鹗；开城创制，为南溟之大鹏；此乃上愿所存，不可必也！若夫辑高密之遗书，申淡长之奥说，诵龙门之雄文，校兰陵之异字，含毫邈尔，思通古人；伸纸斐然，精骛八表。休息经籍之囿，驰骤文雅之囿。百家杂语，渊汇乎一编；六籍微言，囊括夫万象。覃思以终其业，咀华以润其流。则我心区区，亦窃慕乎是！昔北齐刘孔昭云："使我数十卷书传于后世，不以易齐景之千驷也！"仆尝叹此达言，以为美谈！至乃以科举为性命，视富贵若神仙。骛向而寻声，承意而揣色。牡群牝友，殷殷沄沄；齿豁头童，灌灌跻跻。偶邀顾盼，如登天而坐云。略失援系，便坠心而危涕。百年倏忽，时不我与。幸得禀乾坤之至灵，承鞠育之遗体，宁忍驱役魂梦，眩惑耳目，随草木以同腐，动朋友之茹叹哉？吾乡诸子，并雄于学：夔修研思乎《国策》，谦斋振响乎《淮南》，孟朴殚勤乎《汉志》，秉衡覃精乎《晋书》，隐南肆力乎古文，木强疲神乎目录。开箧而视，咸有成书；闭门而造，无非确论。足下又淹贯众长，自成绝学。惟善蓄光彩，益彰令名！道远言略，各自努力耳。十日以后，使车返都，再达笺缯。发函乌邑，不尽所云！同康再拜。

时雄未举进士，以翁尚书之介，随侍郎顺德李文田仲约按试承德府，文字赏会。初文田实以光绪戊子主江南乡试，号能得士；题为《论语》"可与共学"两章。雄主反经行权古说，合两章为一章；通篇散体，不拘拘八比格，中有云："君臣者，天地之常经也；而读《鹰扬》之诗，有以臣伐君者矣！兄弟者，亦天地之常经也；而读《鸱鸮》之诗，有以弟杀兄者矣！是何也？曰反经以行权也。盖经为已定之权，而权实未定之经；反经者，非离乎经，乃合乎经耳。"卷由房考吴承志呈荐。文田击节叹赏，而以语意过激，未敢取中；至是追述前事，引为大恨，如东坡之失李方叔也。文田熟精《辽》、《金》、《元》三史，及碑版、地理、考证之学；以长春真人《元秘史》晚出，于蒙古立国强域世系，颇具梗概；乃广搜纪载，兼采近世泰西译籍，辨析考订，作注十六卷；成书以示雄，此《读元秘史注书后》之所为作也。文田诵之，叹曰："拙著《元秘史注》，本极猥鄙；然经通人一览，抉摘无遗。惟博闻强记于平时，故能提要钩玄于一日！"盖雄之学，兼综条贯，而于文章流别，辨之尤严，故其文笃雅有节，光气黝然。而不尚雕藻，与孙德谦辞趣一揆。然未能以骈文上说下教，发凡起例如德谦所云为也！亦于民国二十四年九月卒，年七十三岁；别有

《师郑堂散文存》、《旧京诗存》、《旧京文存》行世。

冯煦论近世能为汉魏六朝文者,自李详及德谦外,尤称闽县黄孝纾警炼俶诡,后出居上。孝纾灵悟天挺,弱而好文;通习训诂,多识奇字;根柢经史,皋牢百家,瑰辞奥义,亭蓄万有。于清代喜汪中、洪亮吉,因以上窥六朝,尤致力于范晔、郦道元、庾信诸家。尝与冯煦书论文曰:"晚近士夫,驱骛耳学,揿张目论;哗众取宠,乃市诊痴之符;饰智矜愚,私窃狄鞮之说;抵掌于裨瀛,而茫昧于衣履之近;哆口于经济,而乖舛乎人伦之常;左书而右契,北辙而南辕,是谓浮夸;吾无取焉。亦有胸臆是任,沟瞀为怀,《鯯书》视犬之字,斥为委谈,扬云雕虫之文,谓之小技。祖韩柳而祧徐庾,轩秦汉而轻齐梁;究之方闻朴学,但属空谈,贩舌张颏,取饰俭腹;自蔽益深,误人弥甚,抑亦近世之通病也。若夫广丽制之规,绎文言之义,千金享帚,谓有其人,则又目营兔园之册,耳习阐蛙之音,金针单慧,误迦陵之澜言;绣褞诸干,溺随园之伪体;凡诸骸凯,曾何足云!纾家有赐书,少闻庭诰,治经之暇,窃好斯文。尝以六朝人士,祖尚玄学,吐属清拔,高在神境;譬夫车子转喉,有声外不言之悟;湘灵鼓瑟,得曲终无人之妙。以才雄者,类物赋形;以情胜者,言哀已叹。潘陆联镳于典午,江鲍骖靳于萧齐;道元经注,山水方滋,蔚宗史才,论赞独绝;曹思王之诔碑,吴季重之笺奏;庾信多萧瑟之思,刘峻得隽上之致。各专一体,并有千秋。求之昭代,容甫北江,雅称复古。平生证罗,略罄斯言。"可以觇孝纾蕲向矣。

黄孝纾

黄孝纾,字颐士,号匑厂。父某,光绪中以翰林转御史,出为守,历官皖鲁;更世嬗变,僇然以遗佚隐劳山,年几八十矣!孝纾服习庭训,洁身养志,滨海一楼,朝夕相慰藉于风雨潇晦之会,其心亦良苦焉!尝仿庾信《哀江南赋》体,撰《哀时命》一文,低徊家国盛衰之故,惊心动魄,传播逮大江南北。其辞曰:

西汉严忌遭时不偶,赋《哀时命》一篇;后世读其言而悲之。余涉历艰屯,磋跎岁路,仰视先哲,其境尤戚。而古人之间,独以梁之庾信,庶为近之!爰仍严生之旧名,兼用子山《哀江南赋》体并韵,暇日抽思,更为新制。嗟乎!茫茫来日,谁可晤言?瞢瞢彼苍,岂云可问!橘植江浦,非可假以逾淮。玉燔昆冈,或当同夫焦石。卷葹之心已死,鹔鹴之枝未安;自非茂陵铜狄,武担石人,畴能无身世之感,俯仰之慨哉?削藁潸然,薄抒胸臆。劳者自歌,无嫌鄙屑;知我罪我,亦无薏焉。辞曰:

横艾纪岁,元冥莅官。日薄无色,云流有澜。时逼岁暮,土靡寸安。乱眷眷而胡底,意回回而无主。家窜梁鸿,神伤卫虎。抟沙何常,断梗靡聚。黳兰锜之旧族,爰肇兴于我祖。厕七姓以从王,入八闽而宅土。作流旧于侯官,甄勋格于军府。文无旷僚,武无律竭。奕世簪缨,嬗家钺节。或宰邑而称循,或殚忠而蒙烈。陆浚仪揭像而表图,杜元凯临流而湛碣。猗惟大人,启跃秀民。通籍侠陛,励志埋轮。乌合论列,玉府浮筠。重旽作牧,申命词臣。南莅皖服,北来济滨。翔旂起隼,绾佩镂麟。作郡十载,颂声在人。余随侍于卯岁,值开元之季年。虽外侮之间至,乃国事其犹贤。玉棓隐耀,宁锄列筵。钟鼓周序,歌吹沸天。家颂塞晏,国安幅圆。朝夜无事,薰风泛弦。运极炽则中屯,天降疵于下武。道竟失于夷庚,厄乃丁于典午。摧躐四维，昌言九主。杞人忧天，仲尼叹鲁。涕出未央之钟，袄鸣历阳之鼓。西望川陕滇黔，南极湖湘江浦。地覆坤维，天倾乾柱。券裂十华，讖兴三户。钟离廪君，宣宫巽羽。莫不共鳖封而宵爇，与獾疏而昼舞。颓垣有云，洗兵无雨。武昌首义，遂复天下。鼙鼓乏死节之臣，轺车耻观军之使。责干城于剩员，假阃寄于债帅。部曲星离，将士麻沸。阃外有执冰公徒，军中号摸金校尉。庙堂偷乐，士皆不学。上下周章，老成凋落。习媚高尻，偷容崩角。清谈则夷甫，元老则长乐。腰扇者窃附褚公。扪虱者自矜景略。志士颜汗，尸臣气索。人为藏窟之鵕，士半乘轩之鹤。曹社鬼谋，吴官尘浊。国改宗祊，野多壁垒。汉失灵蛇，秦亡宝雉。值铜驼于棘中，屑金人之铅水。九庙之祀忽诸，八纮之祸兆矣！本初窃命，为蜮为狷。安忍无亲，伪张盅性。伏地呫天，瞽实聋正，仲家自为，束绚自縻。嗟鸡尸而牛从，亦羊质而虎皮。九世卿族，百年宗枝。丑不胜载，傫无俟吹。促威斗于一瞬，问神鼎其何窥！时则方镇阻兵，精冽摄胄。勒军则烧掇焚杅，逐帅则仆表决漏。韬未谙于孙吴，谞不逮于贾寇，亦复很逾贪羊，酷如鸷兽。赤告降天，妖雾蔽宿。肆函谷之鲸吞，骇郑城之蛇斗。原燎簸扇，畇畇禹甸。搂赵连齐，跨州并县。路习枪雷，士狃被练。望鳅篮而遣诛，据貊盘而欢宴，遂乃称戎畿辅，抢攘契箭。火彻谚门，矢惊朵殿。范阳魏博之卒，犯阙而合围。函箱背嵬之军，乘势而激变。十二年中，辇毂五战，日空返于挥戈，军难销于挥扇。权则上替，策靡远绥。发号不越十步，施令讵式九围。金雌告讖，铁牡宵飞。乃有两戒分裂，榱崩栋折，舟沮南樯，车迷西辙。倓爣旄头，张皇箕舌。奋旅番禺，窥兵武穴。

尸积洞庭，甲齐大别。勍敌五岭飞刍，将军三湘驰节。城堡棒旷，兜烽冥灭。地殚荼芨，国罢丁壮。不闻系缨之呼，坐见偾军之将。鞭临江而可投，筹无粮而哭唱。楚氛甚恶，吴师齐丧。枫林化械，鬼声啾怆。始滇池之易帜，乃致叹于鞭长。疽溃非针锒所治，川决非石楗所防，绵延万里，祸起萧墙。尉佗左纛，半壁云亡。草寇窃发，云屯雾勃。揭竿有知世之郎，斩木则渔阳戍卒。狐火千村，鸱苕万窟。四序游魂，三军暴骨。铤险呼号，负隅出没。天醉难言，毒痛谁假。扰扰海岱之郊，茫茫荆河之野。鸱列贼众，城高人寡。环伊洛而为墟，攻即墨而竟下。里第巢乌，麕车系马。兔窜颓垣，兽嗥破瓦。于是民力殄瘁，生计倾覆。火热八鸿，水深独鹿。千危万困，上惨下黩。暴烈风禽之灾，祸甚日乌之酷。小民不遑假寐，君子无望晏睡。加以政密秋荼，家空杼轴。人之无良，穿窬技熟。上多掊克之臣，野有中宵之哭。秉算牢盆，设征要塞。杓栏并征，桁杨相对。苛羲和之五均，值杨炎之两税。贾肆钱荒，通途壅碍。矧复巨浸掀舟，河倾下流。彼淮海与闽越，又频患于江流。溢澉浦之故道，漂利津之谯楼。谁堙息壤，高筑哀邱。巢居架灶，陆行用舟。嗟我黎献，湛兹阳侯。有邑皆沼，何地非洲。人聚化于鱼鳖，里无镇于犀牛。风雪载路，人靡生趣。泣单复而无衣，望慈航而不渡。筑堰征徭，防河设戍。大旱继之，鸟靡栖树。野稿穜稑，乡刊桑梓。连岁为灾，呼天孰恃！豫陕燕齐，赤地千里。祷剪爪而不灵，惯刺泉而无水。极目伤心，民焉逃死！永嘉板荡之辰，王粲流离之始，朝改钩维，家谢宦仕。寄命瘿杨，脱身安史。遇逢萌而怆三纲，从箕徐而讥九洛。徘徊死生，崎岖靡托。载铁笼而忧来，泣露车而泪落。傫从飘零,轻装萧索。始则穷岛铲迹,荒陬杜扉。与蛰燕而分食,更茅龙而乏衣。舃惟吟越,腊不从王。涸茶坡之逆旅,采薇蕨于首阳。打头有屋,蹼步无堂。肠折羌笛,梦萦归樯。北不见铁岭,南不见琴江。地则侨置鹿督,台则惟登雁王。海气铄肌,寒冰搅泗。鸿雁寡飞,蛟龙大至。言半杂于侏僑,居近邻于魑魅。谓僻陋之可居,复甘寝之莫冀。突未黔于寒灶,兵忽讧于凶器。毡屋弥山,佉苴匝地。城郭虫沙,楼合蜃气。东播西流,心力交瘁。若乃指南郭之柳泉,傍东门之瓜圃。海岱大郡,称名自古。赁庑有伯通破舂,卜宅有太初焦柱。虽无榱题之观,自慰室家之聚。然而避秦不入于武陵,障尘恐污于元亮。杜陵瀼西,介推绵上。境迫愈艰,神摧难旷,彼潍阳之被兵,又百里而可望。不闻中翼稍兵,屡见𢘪公对仗。惊禽堕飞缴,潜鳞泣游纶。独闭门而任命,徒运甓而习勤。去国有鹡鸰之恨,偷生皆虮虱之臣。霸陵醉尉,贵于汉李广。吴门市卒,涸于梅子真。与木石而为友,逃蓬藋而无人。吕肆贩葱,眷言已远。高台落叶,长谣恨晚!晞发风前,行吟嗒然!难回长沙之袖,谁赠绕朝之鞭。鬶乱拼鹤,肩削异鸢。萧综之北归无日,王褒之南渡何年!家世清贫,甑尘窃耻。以蟛蜞而佐餐,无鱼菽以供祀。点金之术未谙,吹玉之忱方始。侯光但热不因人,伯龙则鬼窃笑已。静言思之,慨其叹矣!平原之雅志典坟,思公之与为卧起。慕书淫于北地,抑文栋于东吴。雕虫等视,覆瓿之徒。资髦而适蛮越,货冠而索戎渝。辱正平以俳优之伎,嘲张纮于大小之巫。但散帙之自享,幸瓜硎之得娱,文不能磨盾作檄,武不能盘马弯弧。譬命官于磨蝎,等肮脏于猪都。世路艰难,积忧百端。摈桂林而移植,杂橘枳而为安。檀公则饿麟不噬,应生之枯鱼已残。言语独忤,笑啼亦难。俗则蒙蝟集蜮,身则叠棋累丸。跬步足踬,伏念心寒。虽使盼马角于一日,招猿鹤于故山。而兵燹屡经,交视凋残。钟墅侵于强宗,陋巷辇于车轸。中条之墅已荒,下潠之田复尽!兹复祅气顽洞,沴气絪缊。晋楚不睦,郑息违言。马江兵哄,狮岩军屯。帐启环玉之馆,马系还珠之门。进肉篓于碧海,鏖下濑之弋船。八闽则弥望狼烟,三山则流离雁户。星指牵牛,云愁参虎。目空击于渔沧,梦渐迷于霞浦。未斩鲸鲵,空占狐蛊。徐陵则归去无家,鲍照则忧来击柱。昔之豪气纵横,霞起赤城。八极口侈,四海目营。返乌桓于羲御,探骊珠于墨兵。讲道艺者慕王子,谈武略者陋士行。亲戚嘉乐,友生嘤鸣。令原启花树之宴,砥路寖桴鼓之声。曾几何时,栖屑无地;家以乱离,志难气帅。等孤篷之无依,共秋蒂而吹沸。侘傺屏营,忧思潮沸。欲赓《同谷》之歌,长下穷途之泪。哀天下之营营,已浊乱于渭泾!喻纷谋于道室,譬聚讼于灶陉。众金昧夫飞幕,泣谁怆夫新亭。枯木生蠹,腐草为萤。上则置君如棋弈,下则贫劣污汗青。燕雀高飞而刺天,鸥鹅难驯于集泮。等周鼎于康瓠,谓白徒为黄散。已成五代之风,难弭九州之乱。沧海乃昔日之桑田,深谷为当年之高岸。北邙夜长,南山石粲。孟敏有破甑之悲,魏牟动败缫之叹。伒离山河,飘若逝波。内乱方亟,外患孔多。鲁仲连之蹈海,申屠狄之沈河。见被发者识瓜分之先兆,问故国者起《黍离》之哀歌。呜呼!国家之维曰廉耻,上下之别有等威。道背驰而绝远,《诗》何怨于《式微》。梦丝孰斩,游骑无归。陆沈则四海共尽,劫灰则六合俱飞。哀此道否,孰为祸始!虽党人之不竞,亦乱阶之自起。始则铸错一时,终则流毒万祀。奉侏离为功令,侈游谈于学子。吃诟以多力遗珠,浑沌以凿窍而死。杞侯下耻于用夷,晁错幸逃于肆市。大道既亡,皇运不昌。置仁义于屎尿,弃蕉萃于姬姜。故秦之贼是为公孙鞅,赵之覆由于武灵王。虽复晖台返鼎,乾官正位,革囊之运未几,敝屣之业旋弃。朽索非奔马之驾,深山黯兴龙之气。嗟呼!天道难言,人心如醉。屯不极者剥不复,否不甚者泰不旋。俯仰身世,感慨系焉。叹纬缅于大化,消余身于逝川。日诡月异,千变万迁。迈宗悫破浪之日,追陆机入洛之年。拔剑斫地,呵壁问天。加以髀肉复生,前程杳然。月穷星纪,春回岁始。万虑迫于穷冬,百忧丛于茂齿。警鸣鸡于中宵,歌阐蛙于下里。欲援雍门之琴,何处燕台之市。误我儒生,伊谁国士!长言当哭,属辞代史。岂直感哀时命,独有西汉严生;盖亦萧瑟文章,窃拟江南庾子。

孝纾以盛年富才藻,而奉亲孤往,与山林枯槁之士同其微尚,识者悲之。刊有《匔厂文稿》六卷,大抵融情于景,而抒以警炼之词,效鲍照以参郦道元;夹议于叙,而发以纵横之气,由庾信以窥范蔚宗。辞来切今,气往轹古;以视李详之好雕藻而乏韵致,孙德谦又尚气韵而或缓懦;其于孝纾,当有后贤之畏焉。孝纾亦善画、工诗、善倚声,有"三绝"之誉。以民国十三年来鬻画上海,遂有人介以主吴兴刘承幹之嘉业堂者十年,遍读所藏书;四方请业者踵系,隐然为东南大师矣!至其治偶文,则又力主因声求气,毗阴毗阳之说,默契桐城诸老绪论。纪述山水,数称柳子厚;而为散文特雅洁遒粹,则又不为桐城之故为闲情眇韵云。

3. 散文

民国更元,文章多途;特以俪体缛藻,儒林不贵。而魏晋、唐宋,骈骋文囿,以争雄长。大抵崇魏晋者,称太炎为大师;而取唐宋,则衍湘乡之一脉。自曾国藩倡以汉赋气体为文,力追韩昌黎雄奇瑰伟之境,欲以矫桐城缓懦之失;特是冗字缛句,时伤堆砌;所幸气沈而力猛,掉运自如,故不觉耳!桐城吴汝纶、武昌张裕钊衍其绪。而裕钊笔遒而气未雄;汝纶则气恢而力未浑;然造语洁适,特为简练,不如国藩之缛也。武强贺涛,北方之强,得法汝纶,而步趋韩轨,特为朴厚,章妥句适,自然雄肆,不同曾氏之为缛瑰,亦异张、吴之少遒变,浑灏流转,大力包举,以视师门,可谓出蓝!其次新城王树枬,体势宏远,辞笔警炼,而出以沈郁跌宕,生创奋勃,得韩公风力之骏迈,而不徒寻章摘句之瑰伟;此其所以胜曾氏而为张、吴之所畏也!

王树枬

王树枬,字晋卿。光绪丙戌进士,以主事分户部,改官知县,选授四川之青神,改署资阳新津,治邑有威惠。初入川,王闿运之学方炽,其弟子井研廖平曼衍其说,多士风动;自节帅以下,罔不致敬,声生势张。而树枬下邑宰,无气力,独抗不为下,昌言排之,发愤而道曰:"蜀学之兴,始自南皮张之洞。自湘潭倡为新学;而廖平今古文之说,凿空虚构,益以狷披;决荡屏弃一切先儒之说,敢为无忌惮大言,淫蛊以眩当世。至谓东西海国大通而后,始悟《六经》皆孔子假设之辞,举《诗》之所谓十五国者,一一实之于五洲诸地。其说荒唐曼衍,奇离诞怪,不可思议。呜呼！孔学之不明久矣！其下焉者不具论。而今之所谓老师巨子,或锢守经生家法,支言割裂,破道无术。而矫其弊者,又复专言理性,过为幽深要眇之词,是孔学若帝天之不可方物。廖氏者出,乃更创为皇帝王霸之世以分配《六经》；于是孔子之学,几等于《齐谐》志怪之书。诬圣蠹经,说愈奇而道愈裂。謷者遂谓孔子之学,疏阔迂夐,不切于国家之用；至欲取圣人之微言大法,所以垂教万世者,一切抹杀而粪除之,悲夫！此孟子之所谓自伐人伐,不能不为今之学者咎也！"平闻之,乃更低首输心于树枏。树枏岸异自多。其为政也,不惮礼接士民,而未尝为上官屈；因事罢职,而从戎于甘肃。总督陶模器其能,奏复其官,而以佐其幕府；寻出知中卫县,迁巩秦阶道,以光绪三十二年三月,补授新疆布政使。自海国通市,而中外接构,皆谋于海；故海防议起,朝廷以全力注之。新疆西北接俄境,狡焉思逞,祸且甚于东南；当事者未尝不引为深忧,而终以海防为重,不能毕力于西陲。日俄之役,日帅在辽东垒中,得俄人秘册；于是其国豪俊智勇有志之士,联袂接武,争赴新疆,觇俄人动静安危,以定外交政策之所在。树枏既之官之明年正月,日本上原英东偕南州少佐日野强远踔北庭,匝游西域五十馀国,图其山川险要；因得出入布政使署,每雪夜过从,置酒抽剑画地,纵谈西北大局,辄相与奋衣起舞,感喟歌呼。树枏因为论："新疆大势,天山之北,地气寒冽,宜于牧。天山之南,地气暑湿,宜于耕。然观全疆土宜,皆殖五谷；黍稷稻粱麦菽胡麻之属,长穗硕实,满车满篝；而大薮具区,丰草弥望无际；南北郡邑,所在皆是。盖全疆之地,皆宜耕牧,而牧之利尤大且厚。若夫莎车、英吉沙尔、叶城、皮山、和阗、洛浦之蚕桑,吐鲁番之麻、棉、葡萄,哈密之瓜,焉耆、库车之梨杏,叶城之石榴,绥来宁远之苹婆,类皆垂名西域。中外商贾贩易丝棉毛革者,迹属于道。询土著之佳植,物产之巨宗。而盐泽之利,家给人足,不假财力。生之有道,为之得法,庶富之效,可驯致也。曾子曰:'有人此有土,有土此有财,有财此有用。'今考世界地理诸书,新疆面积四百四十九万一千一百方里;以五百四十亩为一方里计之,现垦之田,仅一千七百七十五分之一耳!此其故不在于无土,在于无人。无人,则虽有土与无土等耳!财出于土,而土出于人。新疆地广民稀,劳来生聚。实边之策,盖莫有先于此者!方前大学士左宗棠聚天下财力兵力以事西域;若及是时,专拨十营壮勇,仿汉时田卒之制,开渠垦荒,招徕流散,分给田亩耕植以为生聚之计。十年之间,举天山南北,可以尽地利,无复弃土;乃舍此不图,安于苟简,坐失良会。今则关内诸行省协金不继,府库空匮,岁入不能当所出;求曩日财力,举此大政,不可复得;是足惜耳!"言下慨然。又谓:"西域自古不通中国。自汉凿空开四郡,辟南北大道,斥堠亭障,出长城数千里,上下相望。唐时,践汉旧迹,置过邮六十八所,具群马湩肉以待使客;瞭望之卒,更番之吏,不绝于路。其所以开通荒服,巩卫边圉者,其机全在于此!盖新疆为四塞天堑之国,不患其不能守,而患其不通;通则强,不通则弱;通则富,不通则贫。况夫环我边界之上,俄人轮轨,包络西北,风驰电掣,朝驾夕至,我苟不谋所以通之,一旦祸发,必有束手受困之势!夫一国,犹一身也;人之一身,血脉贯通,筋络条达;则百体厌然,无复痈瘵痿躄之虞。铁路者,一国之血脉筋络也。将以告于大府,谋所以通之之道;而先仿西人汽车之制,由古城以达归化,为将来铁路之先驱。"顾财匮而未暇以为!慨然念前人沐栉之劳,文治武功,历时愈远,愈益湮没坠失,无可征信。乃招集二三博雅同志之士,网罗文献,分纂《新疆图志》,而自以意润色,成书八十册。考之上古,验之当今,殚见洽闻,洵创前古之所未有,而足为后来殖边者之考监;不徒文章之典茂渊懿,独翘然而出其类也!

树栅少善骈偶之文。吴汝纶之知冀州也,延主州之信都书院,索观其文,笑曰:"此非晋卿之文也!"树栅始不服,已取《太史公书》以下治之数月,试操笔为之,以示汝纶。乃曰:"此真晋卿文矣!"于是尽屏骈偶之文不为;益浸淫于两汉,而出入于昌黎、半山之间。及其成就,乃一扫桐城末流病虚声下之习;气骨遒上,其文戛戛独造,一洗俗嚣;而生创奋勃处,尤得力于昌黎者为多。树栅为文不规规桐城,而亦不悖其义法,以谓:"义法者,文之质干也;舍义法,则无以言文;知义法者,质干立矣。由是进而上焉,而各就其性之所近,专一其蕲向,以广已于深造之域。毗于阳者,其文雄以直;毗于阴者,其文纡以和。阴阳相翕,则如乐之谐而克几于大成。故当其始之端吾向者,虽桐城是适,可也;若诣乎其极,则神明变化,充然塞天地,横古今而无乎不至;夫岂姝姝焉守一成之迹者所能自振于其间?"树栅居常所自勉,而亦以勉人者,大略如此。刊有《陶庐文集》九卷。集中《代李傅相为合肥张靖达公墓志铭》,又《琴师黄勉之墓碑》,皆直叙作一气奔放之势,极似王荆公《田太傅墓志》、《兵部员外郎马君墓志》;而选字造句,又似昌黎《曹成王碑》、《贞曜先生墓志》。《祭曹子清先生文》,《祭邓景亭军门文》,奇章瑰句,喷薄迸出,四言韵文至此,直欲方驾昌黎。而《祭曹子清文》中写钓猎处,最有逸致,实脱胎昌黎《祭河南张员外文》。方其时在冀州书院,一日放声大哭。门人骇而问焉,则得曹讣书也。树栅笃于交友,此文可见。其辞曰:

呜呼！君往规我，"身若膏煎。膏以火�армировать，身以心腌。"君胡蹈此，一蹶而颠！君昔聆学，大父之门。频于先子，又申以姻。予辈儒儒，君独仁我。我傒我翼，方龀而髫。予谩多问，绕几嘈啁；君谇我数，掩听交眸。君贡于乡，我忼于学；鏖艺斗策，载牙载角；交嘲互圣，淫惕腾踔。顾谓时荣，如俯而嚼！君熟不获，乃堕于泥；亦罔我食，鄙弃为稊！自此相失，我别君啼；风摇雨荡，南北东西。我贻君诗，君寄我筒；一有不嗣，目裂至眥。光绪初载，访君于郊。衰草弥原，风烈沙飘。椎马弯弧，猎彼丰毛。劲矢脱把，兔殒狐号。间岁顾君，偕钓于水。波流澄夐，丛草生沚。巨饵长纶，手登大鲤。飞觥狂嚼，摇喉裂齿。一噉而踏，君舞我歌。何郁于中，有涕滂沱。去岁之冬，君来我顾；逾年相期，一再晤语；夜卧一榻，加股于腹。君返故里，我来冀州。谁谓一诀，遽尔千秋！君始渐疠，继痤于头。我往哭君，乃蘖而粤。余尝语人，天右吉士。今胡不仁，遘虐至死！余性狂拙，百啄是喧；知我诲我，惟君一人。今忽我弃，一厝成尘！搏膺大恸，痍涕沾唇。涿水之南，督亢之土。琢辞驰哀，以告终古。呜呼哀哉！尚飨！

其《琴师黄勉之墓碑》曰：

琴师黄勉之者，不知何许人也？或曰"本姓章氏，初坐法逃金陵某寺为僧；继又与人遘讼，变姓名走匿燕市。"而勉之则自言："金陵僧有枯木禅师者，善弹琴，非其徒不传；于是始削发从之学，学成复还俗。"然卒无能道其详者。京师人无识与不识，皆呼黄勉之云。勉之以其琴学教授弟子，惟宁远杨诗伯得其传，知之最深。丙寅之冬，吾友章曼仙招饮其室，诗伯、勉之皆先在。勉之兀坐枯寂，貌如湿灰，终夕默默，不出一语；既检容授琴，雄峻凝整，若武夫按剑危坐凛凛然不可肆以干也。其用指力重能透木，声清而响坚，触挓栎捊，以神为宰，以气为使，安趋诡赴，贯以始终；古人所谓疾而不速，留而不滞者，勉之皆能罄其妙，不可以名状言也！勉之时时自称其法得广陵正宗；其教人也，以对弹法反复启迪之；虽其愚且拙，苟好而习之，无不得其意以去。丁巳，湘人宾楷南玉瓒聘往长沙，集校中聪颖子弟数十人，专授琴法，年餘而归。己未正月二十八日，以疾殁于宣南之寓庐，享年六十有六。闽县刘崧生谋诸冯君公度，即以其年二月十一日，葬于龙树寺张文襄公祠之西偏；文襄公，盖亦尝从勉之学琴者也。铭曰：

　　昔吾听勉之之弹琴也，座中之客，大都先朝遗老，去国羁臣，莫不收目注耳，长欷累呻；怆怳惨凄，横臆沾唇；初不知涕泗流湎之何因也！呜呼！《广陵散》于今亡矣！然有不亡者存！刊石松下，以妥幽魂。后之人过其墓者，流连慨慕，当有感于余文！

碑入民国作，亦以发身世沧桑之感。大抵恢诡以发其沈郁，恣肆而出之顿挫。生气远出，蔚成奇观；而奇不为难，气能举之为难！然树枏文亦有茂情远韵，含毫逸然，而用熙甫之质淡，得永叔之芳逸者，集中《漱芳园记》、《书钞本金刚经后示青生资生两儿》、《奉贞葬志》、《六儿卫官葬志》、《孙女存圹志》、《送日本上原英东之伊犁序》诸篇是也。 其《漱芳园记》曰：

> 余性喜藏碑，不喜藏帖；以碑足以备经史考证，故余所收唐以上碑至数千种。至于通儒硕夫，残墨败纸，虽书不工，亦不惜出重资购之。顾颇不喜丐书于人；其能即甚赫著耳目，独以其为今人，不足轻重。若其人已往，则又常百计搜访其遗迹，什袭之有若珍宝。独往者于武昌张廉卿之书，不能守此。廉卿书法，一矩汉隶，巧力变化，自为一体；视之，若古衣冠人环列揖让；又若怪石古木，肥瘦蠢秀之不假凿饰也。向尝求其书，不可即得；因作书与廉卿，谓："予以古人待君，而君乃以今人自处。"故廉卿喜余之知言，为余书甚多。而往来书简及诗歌唱酬之什，皆箧藏之，虽千金之宝，不以易也。宣恩李君彰五者，廉卿之同里人也，宦游四川，通敏达政体，为当世大人所器。余始至蜀，人争称其能书。戊子七月，余奉分校秋闱之檄，来居成都凡七十余日，始与彰五相晤；又见其所摹晋帖，形解神合，通于自然，始所谓天机阖辟而不知其故者。于是乃自笑向之不丐书于人，皆其能之不足移吾性而夺吾守者也。因复作书以求书于廉卿之意，请之彰五。彰五则曰："余昔年买宅于成都之南城，拓其隙地为园，莳花种竹，构书室数楹，穷昼夜为书自娱于其间；取陆士衡《文赋》'漱六艺芳润'之语，名曰漱芳；亦以书为六艺中之一事云尔。子善为文者，其为我记以易吾书，其可乎？"余曰："唯唯。"爰于返任青神之十日，述吾两人相要之词，为之文驰寄其园，并以索其所以易吾文者。

纡徐委备，于质淡中出波澜，机神凑泊，韵味盎然，乃熙甫胜境；而文笔之拗折，仍出荆公。其它《书钞本金刚经后示青生资生两儿》、《奉贞葬志》、《六儿卫官葬志》及《孙女存圹志》，叙琐事有生气，以气遣情，情至文生，故拉杂叙之，无一不应节谐声，盖脱胎熙甫《先妣事略》、《项脊轩记》、《寒花葬志》，而自出变化；中间声情迸出，悲哽欲绝；乃知能者无所不可！而树枬尤才高意奢，群经子史，皆有撰说，又广为诗文以经纬世事。而于外国载籍，搜讨最勤；尝欲取彼制度器物，提扼纲领，推类以求，包括万有，作《西雅》；取彼用弱为强大有为之君，捃摭政迹，显揭其功，而归本君术，作《海国君鉴》。而尤自喜者，《希腊春秋》八卷，《欧洲列国战事本末》二十二卷。《希腊春秋》以年为经，《战事本末》以事为经；辞笔雅练而发之铿訇，学左丘明，神到秋毫，雅壮多风，亦瑰作也！其文无所不学，亦无所不似；而提顿折转，意象浑雄，要以昌黎、荆公为归宿云！

　　树枬为诗，雄恣怪瑰，亦以昌黎为宗，而特参以孟东野之凄苦，李昌谷之警丽，则与曾国藩之由黄山谷以学昌黎者，蹊径微不同。自记称："诗凡屡变，然每为诗，必守昌黎'念难须勤追，悔易勿轻踵'二语，不敢以轻率出之。"亦可知宗尚所在矣！至于律绝，浑朴而不为槎枒，顿挫而饶能沈着，直可追踪老杜，不止步趋韩轨也。刊有《文莫室诗》八卷，中《紫水集》一卷、《樊舆集》一卷、《信都集》一卷、《西征集》三卷、《幽装集》一卷、《陇尘集》一卷。而《西征》以下，益臻浑化，则从戎甘肃以后之作。如《入子午谷》曰：

　　薄晓发石泉，冬日含春晖；行行入层岩，草木青不腓。夜来北风劲，吹起云千堆；天女剪寒花，撒手片片飞；漫天三日雪，不辨山径蹊。攀藤陟崔巍，下临千丈溪。麻鞋踏冰石，性命悬微丝！一谷通秦喉，万险无一夷！当关塞丸泥，诸葛不敢窥。老亮慎用兵，善正不善奇。天心久去汉，空作鹬蚌持。惜哉魏延策，一失不可追！

《鸡头关》曰：

> 寒风出阴崖，吹我度鸡头。重关倚层云，下顾猿狖愁。众水汇一泉，滚滚东南流。汉中大如丸，万舍随沈浮。南瞻汉王城，片瓦不可拊！当时逐鹿人，零落同山邱！英雄一骸骨，千载空悠悠！

《龙门关》曰：

> 两日山中行，复沓如平垣。崎岖百馀里，巍然见龙门！修栈踏苍虺，首尾云中蟠。并峰祖群峭，罗列高曾孙。阴柯舞魑魅，蠹壁愁猱猿。顽龙穴山腹，穿破盘古根；一水入无底，哆口汩汩吞；西出吐涎腥，驶入长江奔。女娲补天能，失手塞漏坤。吾欲探其幽，赵趄丧精魂！

《望朱圉山过羲皇故里》曰：

> 伏羌之西朱圉山，先儒传注相流传。朱圉反在鸟鼠下，道山次序毋乃颠？昔与陶君拙存讨山脉，陈子子康为说洮西偏。中有一山类伏虎，两峰夹之雄且殷。"朱圉"、"祝敔"本同义，卓尼字变音流迁；土司取名实可证，有若"猪野"讹"居延"。古来地舆失图学，《禹贡》误说尤连篇。行行廿里近城郭，羲皇故里丰碑镌。曾闻羲都在天水，遗址又复留秦安。世儒嗜古好附会，名人名地争依攀。驱车访古日已暮，下马四顾心茫然。

其它类是。侯官陈衍得而读之,谓:"如读岑参之《凉州》、《北庭》、《陇头》、《碛西》、《交河》、《临洮》、《轮台》、《燕支》、《热海》、《火山》,杜陵之《赤谷》、《寒峡》、《铁堂峡》、《木皮岭》、《泥功山》、《石柜阁》、《桔柏渡》诸诗也。能诗者不必至其地;至者不能诗,能之亦才力不称其景物之壮远。安得如晋卿者,历少陵、嘉州所历之地,而为少陵、嘉州所为之诗哉!"遂以序其诗焉。

　　树枏早惠夙成,既通籍,由牧令以跻监司,踬而再奋,夙夜在公,锲学不舍。已而民国肇建,树枏年则六十矣。自伤终不得有为于世,乃弃官走京师,而母夫人犹在堂,细弱数十口,无所投止,每与知交言之太息也。袁世凯为大总统,而树枏以宿望为参政院参政。既清史馆开,徐世昌方柄用,属取畿辅先正遗集,搜讨而论述之,以备一方文献。而其时贺涛死,独树枏健在;北方之学者,最推老宿云。始吴汝纶官直隶也,以兴学为务,尤重择师;其知冀州,欲得树枏以主书院;而黄子寿方主修直隶通志,倚树枏,靳不肯与,腾书互争。总督李鸿章为和之,令树枏居冀与志局各半岁,乃解。而树枏既去;继之者则贺涛,号大师,教冀士最久。然贺涛执业张裕钊、吴汝纶称弟子,而树枏独抗颜尔汝。自裕钊、汝纶主讲保定之莲池书院,先后十馀载,北方学者多出于其门;此两人者,皆尝亲承绪论于曾国藩,于是燕蓟之间,始有湘乡之学。惟树枏亦适以文学崛起于是时,且于义理、考据、词章三者皆有深得;其为文尤有合于国藩标举之旨。裕钊、汝纶并皆引为畏友,不在弟子之列。而树枏生平亦雅不欲标榜门户,谬托师承。顾当北学绝续之交,独能异军突起,以与东南争一席之长;非卓卓克自树立者,乌能若是!呜呼,可谓豪杰特立之君子者已!

贺涛 附张宗瑛、李刚己、赵衡、吴闿生

贺涛，字松坡；先世自山西洪洞迁武强之段家庄，移居北代。世以文学有声于时。曾祖云，举进士，江宁督粮同知。祖式周，四川泸州州判。父锡璜，以举人官故城训导，孝友敦谨，有学行。涛少承家学，与弟沅以文字相砥砺，中式同治庚午顺天乡试举人，兄弟同榜。而涛考取国子监学正，改官大名县教谕；又与沅同榜举光绪丙戌进士；涛以学使按郡至大名，不及殿试而归。吴汝纶知冀州，邀之主讲信都书院，因调署冀州学正。十五年殿试，以主事分刑部。而自以不乐为官，刑部尤非所宜。而时势所值，又不能决然舍去；仍兼冀州讲席，凡十有八年。汝纶在莲池书院久，且辞去。会袁世凯督直隶，坚留。汝纶举涛自代曰："贺君在！斯文之传，可以不绝。某去，犹不去也。"既而世凯因莲池书院故址，创文学馆，请涛主之，语所属曰："贺先生不至，则馆可废也！"再三聘，始应。南皮张宗瑛愿来受业为弟子焉！宗瑛，字献群，狂士也；后慕扬雄为人，以玄之尚白也，更字雄白。负气好奇。生五六岁，习闻古名将兵法，画地聚沙石为营陈以戏；稍长，采取历代史传，自《左氏》以来，凡言兵事者，绘图案书，悬拟其进退攻取拒守所道，与奇正开阖变化张弛之机，口状手摹，虽窒困不已；既又研求法律及国家典章制度，山海舆地形势险要；学为诗于胶州柯劭忞，亦习为训诂音韵之学；西学入中国，又徙为之；其为学数迁，然不数月辄弃去；独言兵刑最久，几十年。性急隘婞直，不见容于世，发愤走海外国，踔海西迈，出亚丁湾，之柏林，遂踪巴黎，蹑英伦，经大西洋，入华盛顿，穷探恣览，浮东海，蹒日本。自俛终得当以归；而触忤逾多，又遭父

丧,故强力自负,至是益困惫。私居叹诧,悔向时驰骛繁碎,铄精挫锐,终无所成。偶见张裕钊、吴汝纶所为文,则惊叫大喜。求其门人,得涛。涛曰:"此怪物也! 世不能容,吾当宝有之为己私。"宗瑛乃痛自折屈,抑抑诸生后,执卷从涛问难,一志为文,抗心追韩;豪情侈志,遏谧屏绝;而波涛光怪,璘彬骇幻,炎烁炽烂,纷藉纸墨,苞英涵灵,神趡鬼伏,孤往复出,蠋寝与饫。时既莫之知,顾益自喜曰:"吾其几矣!"删定所著,曰《雄白文集》。其时宗人太保张之洞方柄国,能以文章奔走天下士,号有气力。尝进宗瑛,询说术业。宗瑛以所学对。之洞无言;既退,之洞目之曰:"此子为吴挚甫所误!"挚甫者,汝纶字也。或以告宗瑛。宗瑛如故也,而自谓得法涛。涛之主文学馆也,宗瑛实首从。初汝纶之官畿辅,倡为古文之学;其知深州也,见涛所为《反离骚》,大奇之,遂进而诏以所学。"奇宝遗我",涛深德之。及张裕钊北行,来主莲池书院。汝纶复使往受学于裕钊。裕钊叹曰:"北行得松坡,吾道为不孤矣!"益勖之使进宏肆之境。涛欣然意会,而于裕钊之归也,乃为序以送之曰:

经词质;《诗》独烂然而华。楚人既侈其体以为赋。而贾谊、司马相如、枚乘、扬雄、班固、张衡之伦,用以荐功讽时,抒怀愫,状物变,益瑰放诡怪而不可穷。承效者多,沿用伪体,其弊也庞芜而纤伪。唐韩愈氏急起而持之,汰繁抑浮,一归于朴。群天下学者,惟韩之从。自汉迄唐,旷数百年而文章始复于古! 习传之既久,或孤抱韩氏之义法而不敢他有所涉;其弊也意固而言俚。国朝姚姬传氏纂录古文,益以楚辞汉赋,其说既美矣! 曾文正公取其说。而益恢之以自治其文;而宋后数百年沿用之体,于是始变。汉文伟丽矣,而所谓质者固在也;

末流汨焉耳！韩文简朴矣，而汉文气体固在也；末流靡焉耳！韩氏振汉氏之末流，反之古。曾公振韩氏之末流，反之汉。先生师曾公，尝取姚氏所纂录，而独说其辞赋以示学者。涛既蒙不弃，以为可与于兹事，而数进以闳肆之境。夫闳肆之境，舍先生所说，固莫由达也；而孰思之而莫窥其涯。于先生之归也，敬以问之。

裕钊受之，告白："'无望其速成，无诱于势利。'两语尽之矣；吾固无以易韩愈氏之说也！"涛既从裕钊游学，益抟精于古人之文，《六经》子史以逮唐宋八家，心维口诵，深有契于姚氏、曾氏义理、考据、词章三者不可偏废之说，尤必以词章贯澈始终，而兢兢于因声求气之说，日与从学者讨论，不厌不倦，以为："古之论文者以气为主。桐城姚氏创为'因声求气'之说。曾文正论'为文以声调为本'。吾师张、吴两先生亦主其说以教人；而张先生与吴先生论文书，乃益发明之。声者，文之精神，而气载之以出者也；气载声以出；声亦导气以行；声不中其窾，则无以理吾气；气不理，则吾之意与义不适，而情之侈敛，词之张缩，皆违所宜而不能犁然有当于人。质干义法可力索而其也；声不能强搜而得也！冶金以为钟，斫桐以为琴，截竹以为管，依古谱而奏之，伶人乐工盖可学而能矣！至于感阴阳，动万物，而辨治理之盛衰，则伶伦夔旷之外，盖无几人。以其神解妙会，无法之可传，不能据成迹以求之也。后之学者，将取合乎古，必取古人之文，长吟反覆而会其节奏；其徐有得也，含而咀之，毋操毋忘，薰炙浸灌，而渐而进焉以契乎其微而几于自然。然后吾之气，与古人之气相翕合；而吾之文乃随其意之所向，措焉而皆得其安。此之不能，罗列纂排，章摹而句仿之，其精神意象，岂有合哉！"

及为文章,导源盛汉,泛滥周秦诸子,唐以后罕措意也。其规模藩域,依仿曾、吴,宏章巨制,差欲相埒;而矜练生创,意境浑化,则欲过之! 大抵方、姚之文,由欧阳修、归有光以敩史公,摈绝班固,而欲以洁其辞,渊其味;其声色格律,务以简淡寂寞为归。而曾、吴所作,则敩韩愈、王安石以窥史公,旁及班固,而务欲茂其气,伟其辞;其句调声响,必叶铿锵鼓舞之节。此曾、吴之所以不同方、姚也! 然曾国藩矫为雄而厉之已甚,又好袭成语,时有脱支失节之处;所幸气足以载其辞。吴汝纶则片段较整,又失之描头画角,不如国藩之高视阔步,举止岸异! 桐城马其昶与涛皆早受业于汝纶。汝纶矜宠之甚,亦通之于张裕钊,以故兼受两家学,虽与涛同,而辞笔则异。其昶矜慎以敛,涛则雄峭以浑;其昶之学粹,而涛之才高,于汝纶皆有出蓝之誉。义宁陈三立题其昶《抱润轩集》目后曰:"曾、张而后,吴先生之文至矣! 然过求壮观,稍涉矜气,作者之不逮吴先生,而淡简天素,或反掩吴先生者以此也!"然其昶之不逮汝纶者,在矜慎而未能雄峭。而涛之所以智过其师,则在雄峭而出以浑厚。沛然出之,言厉气雄,行所无事,不如汝纶之跌宕顿挫,扪之有芒。然涛诵说汝纶,以为得法所自,谓:"吴先生论文,每推崇曾文正公及张廉卿先生。自吾观之,先生所造,殆出曾、张之上,宋以来一人而已! 其记近事、阐新理,尤可师法。"又曰:"文章固为宋以后所无;而尺牍尤能浚发新知,激厉志气!"汝纶之殁也,涛既推本深、冀二州人士之意以为之状;又以其子闿生之请,表于墓;所以扬诩学行者,如恐不及! 其《吴先生行状》曰:

先生,讳汝纶,字挚甫,姓吴氏,安徽桐城人。曾祖讳太和,候选府经历。祖讳廷森。父讳元甲,以诸生举孝廉方正;

武昌张廉卿先生尝表其墓，所谓吴征君者也。母氏马。其卒也，张先生又有马太淑人祔葬之志。自先生贵，封赠两世如其官。先生幼喜读书；少长，以文章见知于曾文正公，遂从受学。同治甲子，举于乡。乙丑，成进士；文端公倭仁见其廷试策而奇之，拔置一甲。先是今湖广总督南皮张公以第三人及第，其策不用当时体；先生所为策，其体亦异。某公曰："此有所效而为之者！"抑置三甲，以中书用。曾公督两江，奏调先生至金陵；移督直隶，又调先生北来，补深州直隶州知州。以父忧归，又丁母忧；服除，署天津府知府，补冀州。先生之言曰："不可于上，守吾法。不可于法，利吾民。不可于民，行吾志与学。"故其为政，可博美政，取上考，而实无裨于民，且扰之者，一不屑意。逆民之情，实则利之，则毅然而行；虽触上官之怒，不顾也！初治深，布政使钱敏肃公令复废仓积谷，州县趋为之。先生为言其弊，以为扰民，独置不复。州旧有义学二百四十馀区，其学田，豪氏攘有之；前知州多注意于此，屡变其法而弊不除，先生曰："上务其名，民私其利，不责实之过也！"乃废义学，没入其田千四百馀亩，归之书院，又为书院追偿二十年负员五千金，厚给师生，广置书籍，而书院以兴！道光初，议均减徭役。知州张杰以为宜用摊丁法均之田亩，乃三分所辖村而更取之。同治十二年，谒东陵，吏以故事白。先生曰："均徭于亩，张杰之议善矣！村户改变不常；而班分而更取，仍以故籍为率，犹之不均也！"于是统境内田亩，依征粮册而一均之，而均徭之法，遂简易而无弊，垂为永式焉！其在冀，开冀、衡六十里之渠，泄积水于滏，变沮洳斥卤之田为膏腴者且十万亩。时财用匮竭，官钱不易得。先生既上言大府以请；苟可出力以助吾谋，无不通以书，情感势劫，与相违复；牍牒书问，日数十发，卒得白金十万两，而功以成。功之未成，先生与人书曰："百计哀求，情同无赖。"既成，则又曰："吾于事百无一能，至于筹款，可谓有作金之术矣！"其于书院，如在深州时；故二州人士，皆知务实学。先生在冀久，成材尤多；两书院遂为畿辅冠！冀之役法，合若干村为一官村；官村岁出钱若干。官取之官村；官村，村取之；村，户取之；官不问也，已有不均之患！村之丰啬，户之贫富，今昔不同，而官与官村之递相科敛者，不改其旧；而民之苦乐，遂至夐绝。先生一以深州均徭之法均之；民以为便！在深代游公智开，在冀，代李公秉衡，皆世所称廉能吏也！而今之称道先生所为者不容口，于二公之治顾忽焉；以先生所施皆实政也。先生既受学曾公；曾公国士目之，与闻大谋，辄为草奏。李文忠公代曾公总督直隶，尤倚重焉。与外国互市通好之始，中国人不知外事，辄召侮受欺；李公出而外交之道始明；其后交际事繁，有疑难，必取决于李公。故外交之政，皆所建立；而仿效西法，岁有兴改；其造端发难，惟先生是咨，而以章奏属之。张靖达公，刘壮肃公，亦皆虚怀接纳，访以救时所急。中国建筑铁路，刘公发其端，先生实劝之；其疏，先生所属稿也。先生数与诸公议天下事，既行其言矣，顾不乐仕进。在冀八年，引疾乞退。李公系时安危，故先生竭诚赞划，知无不言。数为李公辨谤，遭口语，而未尝有所求；尝一入幕府，已而辞不往。李公以先生天下才，说从计听；其居官，所请无不允。屡欲荐之，而先生辞，不强。故先生入仕二十年，未尝迁官增秩，而品服如初！及乞退，李公问其故。先生曰："无仕宦才！"李公曰："才则有余；性刚，不能与俗谐耳！"先生笑不言；

遂听其去官，而留主莲池书院，其倚办于先生者如前。李公失势，先生为尽力有加于初；故《祭李公文》有曰："不佞在门，或仕或止。迹疏意亲，谓公知己。"呜呼，贤者之相与，固不易测度哉！先生之学，何所不究，而以能济时变为归宿。于古人书，率以文衡之；以谓："文者，精神志趣寄焉。不得其精神志趣，则辞之轻重缓急离合失其宜，而不能得其要领，或悖其旨而旁趋。"又尝言："古人著书，未有无所为而谩言道理者。"故治群经子史，必因文以求其意；于古今众说，无所不采，亦无所不扫。文法司马子长，旁逮诸家以极其变；其论事之文，无高论肤说，不为苟快意之词，必使言之可行，行之可久。海外诸国，近百年，日出其所得新理，施之政事，遂致富强；挟其术东来，相逼日甚！中国相沿之政俗，不足以当之，非讲求其术，殆无以自立。三十年前，先生固尝以新学倡天下矣；近更旁搜广取，穷险阐幽，大畅厥旨；而文益博奥醇懿。侯官严幼陵先生博学能古文，精通外国语言文字，所译西书，自译书以来，盖未能及之者；而必就质于先生。先生每为审正，辄叹而服曰："非所及也！"其教人，既以古学进之；又必语以当世之务，夺其旧习。故自外交事起，士大夫毁所不见，以无所挟之骄，不自量之愤，为进退失据之说，谓之正论，散布于朝野上下间，使当事者有所牵率，不敢恣所为；民气亦因之不靖，祸乱屡生。而从先生游者，则类能通知世变，不为时所摇，而以息嚣虎，启愚昧为己任；于古学亦能破除庸陋，以所独得发为文章。先生于学者引掖奖荐，既出于至诚；故学者多乐从而爱慕之，意久而弥笃。在保定十馀年，深、冀之人，岁时往谒者不绝于途。尝有急需，二州人酾金以进；先生不能却也。光绪二十六年，外衅开,诸国兵并至,京师不守。先生避地至深。李公受命与诸国议和,以书招先生;先生遂至京师。和议成,天子忧世变之靡有届也;大新庶政,与天下更始,而以作育人才为先;诏天下用西国法立学,建大学于京师以统摄之;而命吏部尚书长沙张公为管学大臣。于是张公聘先生为大学总教习。先生辞,固请不可。直隶搢绅魏钟瀚等千二百人,上书先生,请就张公之聘;犹未应也。张公欲遂其事,递闻于朝。天子许之,命以五品京堂充大学总教习。先生既受命,思报张公之知遇,而虑学校初立,其法未能尽善也!日本用西法久,学制尤明备;自请赴日本考求之。既至,自长崎、神户、大阪与东西京所有之学校,无不往也!自文部大臣以及教师学徒,与凡以教育名家者,无不晤语也!自大学下至村町之学,其学地、学舍与于学事之人、学所应具之器物,无不博稽而详察也!教授之法,论学之旨,则必深求其所以然之故;求而不得,思之至困。日行数十里,日接数十人,而文部听讲,尤必日至不少间;举所闻见之涉乎学制者,编以为《东游丛录》,既备既精。在日本,凡百日而归;便道桐城,至数日,又如安庆,谋立桐城小学堂;议定乃还,还数日而病,病数日而卒,二十九年正月十二日也,春秋六十有四。先生声播中外,欧美名流皆喜与过从,推为东方一人!日本人尤信慕。学者或航海西来,执弟子礼受业;其居中国者,无不造门请见,赠珍物,通殷勤,而乞诗文以夸示其国。及先生东渡,倾一国人,无贵贱男女,皆以得一见为幸;更进迭来,或伺候言动以登报纸。有讥其国人趋谒不时,使不得休息,为不爱客者!其国君亦延见致敬爱。而有识之徒,则争出所有自效,曰:"吾国维新之初,号称多才,无先生比者!"见所纂录,则又以为吾国人自为论次,不能如此精审。先生之始至,其士大夫及中国人之居游是邦者,结会相迎,谓之欢迎会;及其卒也,则又相与吊祭,为追悼会云!先生友于兄弟;伯兄病,屏去仆役,躬执烦辱。季弟病羸,服食药饵,必具必精;苟可以娱其意,竭财力为之;得闲,则守视不去;积十馀年,不怠。叔弟官山东,亦多病。先生时在保定,岁走千里往省之,为经纪其公私所应为者。兄弟殁,孤寡皆依焉。配汪氏,封淑人。女四人:长适直隶候补知县薛翼运,次适举人汪应张,次适翰林院编修、湖南学政柯劭忞,次适直隶候补知县王光鸾。侧室欧氏。子闿生,年少有轶才,游学日本,学且成矣;闻先生病,乃归。女一。所著书有《书说》三卷、《易说》二卷、《写定尚书》一卷、《诗文集》五卷、《深州风土记》二十卷、《日记》十二卷、《东游丛录》四卷。所读书皆章乙句绝;其文辞之美,以丹黄识别之,而评骘其醇疵高下;其考证校勘,亦杂识其中;书数万卷,皆有手迹。先生虽不乐久官,未尝以忘世为高;李公事业,尝以所学济之;又将佐张公以新教法。虽未获竟其志,声光所被,已足增重国家,激厉士气。而所采录,法明义阐,尤可据以措施!厥功伟矣。其吏治于法不必;而纪二州政绩,必详且尽者,二州人皆以先生私我,辄欲私报之;故备书焉,以慰我二州人之私也。门人驾涛谨状。

《送张先生序》,历叙文章之变,提顿折转,而义必相辅,气不孤伸,自是国藩法脉;然气体闳远,而独发以高简之笔,则非国藩所能!至《吴先生行状》,则尤气厚色穆,靠实发挥;雄赡而归于朴,绝不张皇。其神郁动;写一人而当时政治之得失与其习尚所趋,皆历历如绘在目前；而究其极，不立间架；循其人之生平直叙，作一气奔放之势，而起伏照应，意象浑融，一望不能穷其际；此境惟退之有之，宋以后人不能为也！及其卒也，徐世昌为刻《贺先生文集》四卷，而序其首。涛以张裕钊、吴汝纶为师，以徐世昌为友；而读其文集所载，涉于三人者不少！《送张先生序》、《武昌张先生七十寿序》、《上张先生书》、《祭张廉卿先生文》，皆为张裕钊作也。《上吴先生书》、《送吴先生序》、《复吴先生书》、《吴先生六十寿序》、《再上吴先生书》、《吴先生行状》、《吴先生墓表》、《吴先生点勘史记序》，皆为吴汝纶作也。至《吴熙甫先生墓表》，则吴汝纶之季弟也。《马太恭人墓表》，则熙甫之妻，而汝纶之弟妇也。《吴宜人传》，则汝纶之第四女也。《欧太淑人墓表》，则汝纶之妾，而闿生之母也。《复吴辟疆书》、《复吴辟疆送籍亮侪之日本序后》、《送吴辟疆序》，则汝纶之子所谓闿生，而尝问学于涛者也。其它若《徐君少珊墓志铭》，则徐世昌之父也。《徐母刘太宜人六十寿序》，则世昌之母也。《北江旧庐记》、《书天津徐氏族谱后》、《题江楼送别图》、《题御制十臣赞册》、《送徐尚书序》、《上徐制军书》、《复徐制军书》、《上徐尚书书》，皆为世昌作也。世昌起自孤寒，而与涛为同年进士；文章赏会，道义切磋，气类之感，非徒以势利相结云。

涛既精于为文，以为："国之积弱，由于人才之消歇；欲起而振之，必有赖于文学。"而又深喜西儒学说，欲以彼国之法，匡我之所不逮，盖汝纶之教然也。乃作《国势篇》，推世界进化之理，以启吾国改革之基。逮见西学大兴，举国从风；则又忧吾道之将坠，斯文之将丧，而思有以存国粹，立大本。集中《复吴辟疆书》，尤深切言之，不随时俗为转移。其教弟子，必以博通世务为有用之才；深以取近名，谋小利为大戒。一方一时之事，不为喜戚。而精力趋注，尤在文学;自幼至老,卷册不去手,虽舟车逆旅,人事丛杂,而不以溷所学。中岁以后,病目失明,仍讲学不辍;日令从学者诵说中外群籍,为之解说;而评骘古书,及所为文章,亦得诸病目者造诣为多;而冥思孤往,弥臻神解,足以发作者之奥旨,诏后生以楷式。其论古之立言者曰:"《易》不可为典要,以变动不居也。微独《易》,凡书皆然,其时、其人、其事各有取尔也。孔子答门人各异。观其以父兄退由而不知进;及观其进求,则又见人之退者而疑之;其可乎?孟子论汤、武放伐,以为'诛独夫',抑齐王之侈心耳;使问者为人臣,必曰'有汤武之志则可,无汤武之志则篡也'语以语齐王者,岂非助之乱乎?论放太甲,归本伊尹之志;使人君问之,则必如师旷之对晋悼公矣。两说相辅,理乃具;知其一焉,恶有无蔽之言乎?'三传'述春秋时事各异;而诸子杂纪古人言行尤不合;或有激而寓之古人;或据古人素行以为宜尔,而撰具其事与言;其托迹以示义也。殆如《易》之取象,随地与时而变,岂有常形之可泥乎哉?荀子曰:'持之有故,言之成理。'孟子曰:'以意逆志,是谓得之。'据是而求,庶乎其无抵滞。而韩非乃取古人之事,一一难之,作《难》篇,诚多事矣;然吾观非所为书,其征引古人,亦辄迁就其事以佐吾说;则其所谓'难'者,固将假之以抒所蓄,意不在难古人也!柳子厚好《国语》,为文辄效之;而作《非国语》六十馀篇,其意盖与韩非同。苏氏之文长于辨,往往间古人所为而代之谋,殆亦抵触于事,而谬托古人以见意欤?不然,以事后为人筹万全之策,苏氏固若是之矫诬哉!"其读《国语》曰:"《吴语》以越事为主,所述越事,又详言大夫种之谋,而不及范蠡;越之上篇亦如之;其下篇则专言范蠡而不及大夫种;既皆非史法所宜,而造端摘辞,亦不类史氏所纂,而近于晚周诸子之所为。《汉·艺文志·兵·权谋家》有《大夫种》二篇,

《范蠡》二篇；疑后人取此二书，附之《国语》。"其论《史记》曰："《太史公书》缀辑旧闻，既创为记叙之体；而敖睨古今，挥斥万有，孤行其意于若隐若见之间，乃一如诸子所为。故其体，史也；后人名其书为《史记》；实则以其文鸣不平于姬周以后。刘子政、杨子云、班孟坚，称其'有良史才'，以为善叙事理，又以为实录；其于论史尽矣，而未为知史公。至韩退之侪其书于庄周、屈原、司马相如、扬雄之列，而上与诸经相衡量，乃归重于文，不以史称矣！然自汉以来，历二千年，史家既沿用其体以为例，莫之或逾；而文士代兴，殚智竭才，卒不能入其堂室；则以史有法可据，文无定势而其妙难窥也！归熙甫、方望溪以文字之说发明其指趣，乃稍有途辙可寻；其后知文者，各有平议。而桐城吴先生研读之尤深，章疏句栉，钩玄阐幽，益精以备；其参考异同，订正讹谬，亦惟取适于文；至是而文之奥窔乃大豁露！涛尝以为《左氏》，传经也；舍经以求之，而左氏之文乃见！《史记》，史家言也；离史以求之，而史公之文乃见！"其论《三国志·蜀志》曰："蜀无史可征，其志略。诸葛公海内所仰，咨说者众；故述之特详。自二牧、二主、妃子、诸葛外，仅十篇，亦往往托于诸葛以传；其人之臧否高下，既多取其言以为断；而生平识趣功用，与夫言论书教，本传不及载者，则杂载之诸传。诸传阙不具矣，以诸葛事纬经其中，随所指称，辄能得其大者；合观之，为诸葛一传，可也。陈氏于三国时，所伏膺惟诸葛一人，至拟之咎繇、周公；故言之不厌如此！因事制义法，破除旧常，此其闳指孤诣，固宜肩随马班，而非蔚宗以下所能追步也。"其论古文之渊源曰："张籍劝退之为书排释老，刘秀才劝之作史，退之皆推而却之。其心期殆他有所属；答书云云，特诡遁其词，非其实也！《答孟简书》云：'使其道由愈而粗传，虽灭死万万无恨。'何恤身之有？抗疏触天子之怒,谴死不顾,而畏哓哓之口乎!《上李巽书》所谓'旧文一卷,扶树道教',当指《原道》诸篇;时永贞元年,退之年三十八,不待五十六十,而所以排释老者,固已有成书矣!《顺宗实录》,于当时权幸小人罪状,直书无所惮;何云畏祸乎! 且其初志固非无意于史也。'求国家之逸事,考贤人哲士之终始,非唐之一经';尝与崔立之言之矣;今何自谢不能? 古之作者,皆自辟区宇,峣然而特立,不相师放;而后乎我者,胥于是取则焉。使退之为史,则司马子长而已;为书距异端,则孟子而已;二子者,固退之之所亟称而宗奉之者也;然遽蹈循途轨,而为其所为,犹不甘也。汉魏以来,多能文者,汇所杂著为一编,名曰文集;循俗应世之文耳! 退之独约群经、子、史之义法则为之;其标类也不易其故,而辞体则由我造焉;而'古文'之名以称。故《六经》之外,为编年之史者,本左氏;为志传之史者,本司马子长;指事揭义,傍问设辞,意尽语止,不标体格,本孔孟门人所记述;不隶于事,不离于人,不淆于数度,探根构空以论道,本老子;辞赋,本屈原;而古文则本退之。退之之文出,凡从事于此者,举不能外所为而别启途径;而其文遂与左、马、孟、屈诸家并峙于天地;此退之所以敖睨古今,独抱伟志而不肯告人者也。退之文多以奇胜;而少年与晚年之作尤奇! 少作之奇,由于陈言务去,力为其难。晚年之奇,则涵育珍怪,积而愈多,不能自蔽遏。是固韩公之特质也。孙可之才学不能过绝人,特求奇于句调,故不免后人之讥。奇涩不可不常用,欲其习也;然用之不可太多,恐人疑我以此见长也,且恐伤我自然之元气。"其论治古文之法曰:"《春秋》旁事设辞,而文之属乎辞者,即事而异,遂以得事情而尽其变。辞如事;是非如辞。歉焉则不达;侈焉则辞侈而事晦;偏焉私焉则失平! 韩退之文本诸经,而于《春秋》则取其谨严。太史公谓孔子制义法以次《春秋》;

谨严,其义法也。其称《仪礼》,以为考于今无所用之,而独取其奇辞奥旨,殆亦慕乎其文耳!吾尝以为诸经皆缀辑而成,独《礼》与《春秋》成于一圣人之手,尤学者所宜究心!《春秋》者,圣人治事之书也。《仪礼》者,圣人尽性之书也。春秋时,公卿大夫习于仪矣。孔子处朝庙乡党,亦只如经所言,而《论语》详志之,若志所独者。其仪,夫人习而能之;而情随事变,发乎容色,不待勉强而中乎其节,则非圣人能尽其性者不能也!非圣人能尽其性者不能行,则亦非圣人能尽其性者不能言也!其书诚无所用之;而读其书而神游其时,不觉肃然自敛其侈邪,而爱敬哀乐之心,怦然动于中而不能自已焉,岂非其文之至耶?旌要以题事,节属以备典,标一以类馀,参通旁达以尽变,貌所形而情著,断所不然而义显,称名举物以隶乎事而丽乎辞,相所宜命之,奇而雅,典而不居,则于所谓义法,乃广而益备矣!治古文者,以谨严为之基,以礼之详博拓其规,然后合众材以具体焉,则庶几乎大雅之林矣!"其论《左文襄公年谱》曰:"今山东提学使湘潭罗公知兵能古文;所纂《左文襄公年谱》言兵事甚精。其言兵分四事:佐湖南幕为一事;东征为一事;而西征,则关内外各为一事;皆具事之本末而自为一文;于西事尤注重焉。自文襄始受命西征,至功成还朝,其筹画之见于章奏书牍者,既择精提要而备载之矣;而公所撰辑,洪赡坚重,一如谱所载文襄之文。昔赵充国降服西羌,言兵事利害及屯田诸奏,翔实矜慎,一洗贾、晁浮夸之习;于汉文中为最知体要。班氏论次其传,亦即仿效之;而其文乃与充国诸奏无异。文襄勋伐大于充国,而谋略则同;公所为谱文,如文襄,与《班传》之仿充国诸奏亦同,'惟其有之,是以似之'。桐城吴先生撰《深州风土记》自谓篇篇成文。公所为谱,挈大拾零,捃摭遗佚,至繁博矣;而融以精意,经纬成章,如吴先生所云。

因论其大旨以归重于文。"其论《深州风土记》曰:"《深州风土记》,《河渠》、《赋役》、《兵事》三篇,严密而纵宕,盖兼《汉书》、《史记》之长;而远识孤怀,傲睨今古,则子长所独擅,孟坚不能也!自馀诸篇,亦皆奇而法,正而谲。而论黄彭年、张映槐及肆礼堂三事,尤为神妙!其论人物,或不立体格,任举一二事,淡荡似《五宗世家》;或以数语括其人之生平,简要似《先友记》。《物产后序》仿《货殖传》,《序目》仿《法言》,奇古皆足与埒,而识力过之。总之,体例皆自我创而变动不居;文辞则翕受古人,而并攘其美。至于贯串往籍,抉精指误,亦非国朝考据家所能!"其诏学者,必以文字为入德之门,亦以此要其归,不惟喻其理而已;安章宅句之法,必深研而详讨之。以为义法明,而古人之精神乃可见。自周孔以降,若左丘明、孟轲、庄周、太史氏、韩氏之书,未尝一日不致其思而诵于口,通微合莫,若躬处其间而相唯诺也!然于群经尤观其通;每诵汝纶"于学无所不采,无所不扫"之说。于《易》、《书》则手录诸家说,积成巨帙。《仪礼》、《周官》,讲之尤精;宫室车服之图,登降拜跪之节,与后生解说,一若身与其事而周施之者。以为《仪礼》非圣人不能行,亦非圣人不能言;故编次古今文章而首《仪礼》;实以古圣自著之书,传至近世无伪讹者仅此!又谓:"左氏非解《春秋》之书;太史公固与《虞氏春秋》、《吕氏春秋》同称;取经文而释其例,盖汉刘歆所为;后人误入之传耳,不得与《公羊》、《穀梁》比。"为说甚具。又为天算舆地之学。于天象,凡割圜曲线诸新理新术,皆录其要而会通之;行星轨道邈远,观象以求其密合,辄因图而悟其理。舆地为治史要术;乃探源《禹贡》、《水经》,下采历代地志,于顾氏祖禹诸人所言形胜,李氏兆洛诸人所为考证,近世江防海防中外疆界险要,尤极注意;自州县山水方域以至大地浑圆,皆为之图,细书精绘,纤如毛发,别以五色,依其犬牙钩绾裁剪之,使行省自为图可分合;与学者说《史记》、《汉书》,辄取所图,上溯春秋战国,以为沿革明,文章乃可读也!尝曰:"吾无过人之才,惟不敢为无益之学扰其神明而费时日。为人为学,尤宜善养其气象,使渊然穆然为不可测;宋程氏每求古人之气象,可谓善学矣!"以民国元年五月一日卒,年六十一。

门下著籍弟子数百人,独张宗瑛最为高第弟子,刊有《雄白集》。今观其文,专志于韩,得其雄奇,而模拟之迹太甚,尚未臻于浑化。然体简词足,自然老健。大抵选字造句,务于奇崛,学韩之《曹成王碑》、《许国公神道碑》、《贞曜先生墓志铭》一路。运气使笔,刻意横恣,学韩之《与崔群书》、《答崔立之书》、《赠太傅董公行状》一路。轶宕陵跨,从茂厚出莽苍,远胜孙樵、王安石之以刻削为峻峭。集中《钞三十以前所为文书后》云:"我不肯为文;苟为,则非靡退之之垒,抉介甫之藩不止。"可谓言有大而非夸。然禀命不融,年止三十有三。而造诣至此,于吴门弟子,骎骎与涛争后先矣!其次南宫李刚己。刚己以字行,为吴汝纶官冀州时所得士,俾受学于通州范当世及涛。汝纶每叹刚己诗文雄肆淋漓,殆为绝足;赠联曰:"奇文间出汉三辅。闳识下规禹九州。"然得科第早,以光绪甲午进士,补官山西大同知县,诗文不自检拾;传有《李刚己遗集》五卷,乃其死后桐城吴闿生搜刻而为序之。其文大抵由王安石以敦韩愈,亦衍曾国藩一脉;虽未臻韩公之雄奇瑰伟,而颇得介甫之瘦折拗劲,其在师门,雄茂逊张宗瑛,而清遒则胜赵衡;盖衡缛芜无不免填砌;而刚己瘦硬乃饶风力也。其诗则由李长吉以敦韩愈,略似王树枏早年作,往往警丽,而不免雕琢伤朴。以民国二年卒。张宗瑛死尤早,为让清宣统二年;皆未能以所学传授其徒!贺涛既死,独吴闿生、赵衡克承父师之绪,以文章为北学所宗!衡字湘帆,冀州人,为涛之弟子;又尝奉手问业于吴汝纶、王树枏;亦从徐世昌受所谓颜李之学。及世昌当国,衡出入其门,管书记;受世昌指,取颜习斋存人、存性、存学、存治语,倡四存学会。而论文,则壹宗韩愈、曾国藩以导扬吴汝纶、贺涛之说;刊有《叙异斋文集》八卷。大抵碑传文以瑰奇穷笔势,仿佛皇甫湜、孙樵学韩一流;而气不能运掉,不免硬砌。议论文以拗折入深际,差似王安石学韩一流;而理不见精透,亦时肤絮。在涛弟子中,不如张宗瑛之鲜明紧健;而视韩门弟子,差胜皇甫湜之肤缛庸絮也!吴闿生者,汝纶之子也,字辟疆;早濡家学,作文呈父,奇许之曰:"琢炼警耸,可与学韩!"俾受学于涛。及为文章,纵恣转变,能究极笔势;辞气喷薄,而出以酝酿深醇;兴象空逸,而能为沈郁顿挫。其势沛然!其容穆然!震荡错综,是真能得父师之血脉者!涛每叹曰:"文章天下公器;自今日观之,已为吾师家事!"闿生既以守汝纶遗绪,穷数十年之力,传写父书,尽布于世;复以馀力平骘各家之文,摘其微词奥义,开导后学;而抒发所蓄,著之于文。论文以奇为主,独称张宗瑛;以为:"文章苟无渊懿之思,沈博之气,而徒炫奇于字句间,皆为识者之所弃!虽然,沈博矣,渊懿矣,则其字句光采,自尔不凡,有不求奇而自奇者!此境未可骤几,但当积功力以俟之尔。如张献群文,岂易效耶?彼浸渍于《史》、《汉》、扬、马,步武于昌黎、永叔者,工力至深;非世俗之貌为高古而中无有者,所可袭似于万一也!龙川所谓'不为诡异之体而自宏富,不为险怪之辞而自典丽。'若韩公以镌镵造化为能事,艰穷变怪得而后造平淡,则从险怪入手,又何不可之有?但惧不得师承而失古人规矩准绳之法耳!盖沈潜于古人者深,而神明于矩矱者熟,则平易可也,险怪可也;非然者,险怪不免支离,平易亦入流俗矣。退之曰：'文无难易，惟其是尔！'是真知言！鲁直以好奇语为一病，殊不尽然。彼鲁直，固好奇语者也！"刊有《北江先生文集》七卷行世。

马其昶 附叶玉麟

马其昶，字通伯；先世居六安，姓赵氏；始祖明永乐中赘桐城马氏，遂为桐城人。父起升，为诸生，务益发名成业；从同县戴钧衡、方东树受学，为诗古文，守乡先辈方、姚义法；有《趣园诗文稿》八卷。四体势宗怀宁邓山人完白，有《慎庵字范》四卷。而笃学媚古，尤服膺韩、欧、朱、王四家；韩、欧文宗，朱、王道统，极诣而互通，有《载道集》十二卷，稽讨义例，终其身不厌；谓文与道，不得而离也！其昶少承家学，刻意为古文词，请业于吴汝纶。汝纶则戒作宋元人语，曰："是宜多读周秦两汉时古书！"又言："今天下宿于文者，无过张廉卿；子往问焉，吾为之介！"则赋诗一篇，谐庄杂出，谓："得之桐城者，宜还之桐城。"其昶持往江宁，谒裕钊于凤池书院。裕钊则大喜，赋诗为答；且诏之曰："文之道至精。古之能者，义不苟立，词不苟措；陈义必取其最高而尤雅者；造言必深古，不使偏词杂乎凡近；其句调声响，必在在叶乎铿锵鼓舞之节。"又曰："培其源，无速厥成！善学者宜俟其自至！"其昶欣若有会，方年二十一岁。意气甚盛，自以守其邑先正之法，禅之后进，义无所让也！潜思力探，每有所作，益复劲悍矜练，力矫凡庸。汝纶诵之，叹曰："某老朽，于文事已无可望。朋友中，范肯堂困于贫病，贺松坡目已失明；唯吾通伯，尚精进不懈！"而裕钊亦引欧阳修语，谓："老夫当让此人出一头地矣！"惟其昶自以始学文时，受知爱于汝纶最深；而开辟径途，不迷其源，不阻其修，其得力于汝纶者为多。汝纶之殁也，贺涛既为之状，且表其墓；而其昶则更为《吴先生墓志铭》以章之；其辞曰：

光绪二十年，畿辅民肇乱，搆外衅。八国联兵内犯。京师不守！既和议成，朝廷嘳然，图所以自立，更庶政；郡县罢书院，用西国法立学；而建大学堂京师，命吏部尚书长沙张公为管学大臣。于是张公奏荐桐城吴先生学行高，兼综中西，可以师多士！天子俞其请，命以五品卿衔，充大学总教习。先生坚辞不得，则请赴日本，考学制。既至日本，自其国君相，下至教育名家，妇孺学子，皆备礼接款。海内外钦迟风采；而先生亦素以兴学育才济时变自诡，博搜精咨，穷日夜不息息；思彼族所以骤盛，而度吾力之所能及，与时所宜，必得当以称天子明诏，塞知遇。归未及返命而卒！呜呼，悲夫！先生讳汝纶，字挚甫。祖庭森，县学生。父元甲，以诸生举咸丰元年孝廉方正。母马太淑人。两世皆以先生贵，赠如其官。征君孝友博爱，养育宗亲数十人，家日以贫！先生幼刻苦，向尝得一鸡卵，不食，易松脂以照读书；笃嗜古文词。少长，受知曾文正公，文益宏肆高洁；以同治甲子举于乡，明年，成进士，用内阁中书。曾公督两江，奏调至金陵；移督直隶，随调至北，补深州直隶州知州；连丁外内艰，服除，署天津府知府，补冀州，所至有迹。先生既师事曾公，与闻大谋，参章奏。曾公薨，李文忠公继督直隶，尤倚重焉！初在官，凡有请必得。任冀州八年，方叙迁，一旦投劾去；李公留之，不可；则处以宾师，聘为莲池书院山长；机要疏牍，必就咨视草；自是十馀年不离直隶，遂与李公相终始！先生为政，于世所矜尚为名高者，一不屑；独留意教化，经画书院；苟力所能至，不惮贵势；籍冀州已废学田为豪民所攘夺者千四百馀亩充书院经费；聚所属之高材生，求贤师而教之。深冀二州书院，遂为畿辅冠！其在冀州，成材尤多。又时时求其士之贤有文者礼先之，凡得十许人；自谓"每得一士，虽战胜而得一国，不足喻其喜"也！此十许人，皆守高不喜亲官府。先生强起之；与此十许人者，月一会书院；凡所施为便不便，兴革于民，必与此十许人者共之。开冀、衡六十里之渠，泄积水于滏，以溉田便商旅，费白金十万两；公私无一储，百方敛输，势劫情化，功卒以成！民或初不便其所为，既去而人思之。先生为人简易佚荡，不矜持威仪为曲谨；其宏奖好士出天性。始为吏，继为师，一以文术诱进之；以谓："文者，天地古今之至粹；苟入之不深，其精神意脉一有失，则所载道无幸焉！"其教始学，必本周秦古籍，由训诂以求通其文词；而要以能知当时之变，备缓急。其于西国新法，冥心孤探，得其旨要。欧美名流，皆倾诚缔结。日本学者，踔海请业。远近以文字求是正者，四面而至；又愈益以其暇，裨助李公谋略。李公操国柄久，其防海、交邻、购器，皆前古所未有！拘学恣意妒毁。先生愤国势弱，李公牵于异议，不克尽其能；为之剖析疑谤。李公尝失势，先生尤为之尽。其实先生入仕二十年，李公国士目之；而顾未尝有所迁官增秩；其于李公无分毫私也！先生既不乐仕宦，随李公媾和至都。李公薨，益浩然思归；不得已于张公之荐，殊亦无意教授；独欲考究学制得失，厘为定法，俟能者。其归自日本也，自乞先返籍省墓，因兴办桐城小学堂；数月，学堂成；北行有日矣！卧疾遂不起；二十九年正月十日也，春秋六十有四。嗟乎！处数千年递积递敝之俗，非大有以夺其故习,其势不足以振起。世方惩任事锐往之失;以先生之所挟,而揆时之须,其遂能有合耶?则不幸中驾而税,使夫朝野上下,以逮殊邻绝域之区,歔欷郁悼,谓"其人若存,其所为何遽若是",以为斯世之不幸;而其于先生,犹未为不幸也。此其尤可慨痛者已。先生配汪氏,封淑人,前卒;侧室欧氏。子启孙有轶才,能世其学。女五人,长适候补直隶州知州薛翼运。次适举人汪应张。次适翰林院编修湖南学政柯劭忞。次适直隶候补知县王光鸾。幼女许聘姚氏。所著书有《易说》、《书说》、《深州风土记》、《诗文集》、《日记》、《东游丛录》,凡若干卷。启孙将以某年月日,营葬某所。门人马其昶为铭。铭曰:

宋后儒贤,睨之亡有!道吾不知,文抑何朽!嘲嚛风发,而行则修!我昆我弟,万古殊尤。苟恣其好,身命可浟!真性结牢,鬼愉神泣!惟其大偏,乃匪能及!瘖姬锲孔,高跱远睎。亦图于新,造莫追微。竞存强力,救我民瘏。凡此二行,世谓二反。馔德镌辞,九幽是烜!

昔唐韩愈死,其弟子李翱为行状,皇甫湜为墓铭。而李《状》演迤条畅,自然浑成;湜则句铸字炼,读者即以觇二人造诣之攸异。今观其昶此志,以与贺涛《吴先生行状》相衡。其昶综括一生,笔力坚净;拗峭之笔,饶有妩媚;浏亮之词,妙能顿挫;不为雄迈驱驰,而为瘦削拗折,是诚得王安石学韩愈之神者!然不如涛之出以高浑。而提折顿挫,在笔墨蹊径之外也!其昶承汝纶斯文之传,与涛为南北两宗,皆由王安石以溯韩愈,而衍湘乡一脉。特涛则积健为雄,欲追韩愈。而其昶由拗得劲,乃比安石;气脉不如涛之大,骨节不如涛之浑,不敢出大笔重笔,而好用瘦笔拗笔。其昶尝以《上孙方伯书》就质于张裕钊。裕钊谓曰:"学介甫文已甚峭似,此后便可上窥昌黎。介甫之瘦硬精劲,诚为罕俦,恨意境少狭!更进以他家恢廓之,使不窘于边幅,则善之善者已!"今观所作,则终其身于介甫,而未臻浑化者也!特以身丁丧乱,蒿目瘵心,常炰焉若不克终日;故其思深,其辞婉,其言虽简而意有馀,往往幽怀微指,感喟低徊;令人读之,而靡曼之音、醇酽之味沁入心脾!刊有《抱润轩文集》二十二卷。

其昶性淡泊,貌庄而气醇;自少于俗尚外慕,一不屑意;而刻苦锐进于学。三十以前,治古文辞;既而悼世变日亟,未可以文章经国;自识涯分,绝意进取,闷声光一室之中,十馀年不出;所治自《易》、《书》、《诗》、《礼记》、《大学》、《中庸》、《孝经》,旁及诸子史暨梵典之说,编摹撰述,寻躐要眇,而一衷于斯文。每谓:"学之始,利在实;其成也,利在虚。虚也者,所以超万类而莫滑其灵者也。自尧舜之事业,邹鲁之道术,千古所震骇;而其自睇,常廓然不有其一物。文之为方也亦然;不实,则植干不立;不虚,则气为之累。居常读顾亭林先生书,甚好。又尝喜读陆桴亭《思辨录》,私谓国朝诸儒之学,平湖、杨园,步趋朱子,至矣!顾氏之博,桴亭之通,近代曾文正之大,此三家者,不专主朱子;实与朱子为近,综赅本末,确然可施行。顾氏独好《五经》及宋人性理书,其自述盖如此。惟其论学论治,锐于自信,词旨矜高;且鉴明季空言之失,矫枉或过;其后学者遂祖其说,称述汉京,轻诋宋贤,风尚变焉!乃吾观其书,务求经世之业,固非章句小儒所可托也!夫古之君子,自任以天下之重者,深知事变无穷,故尝有退让审慎之意;矜其所学,而概欲施之天下,古若今操此而蹶者有矣!吾读《文正集》,歉然于学问之不足,事功之未可易言;其识固有过人者哉!抑更事多而后知量远也!

然文正生平颇致力文事,务推大之。顾氏则一以礼教风俗为己任,于文若有不屑意。二者不同之致,果孰为得失乎?"又曰:"佛经译自梵文,诚不可律以常格;然立一意于此,宣之口,布之简册,言必有其序,义必有所归。无古今中外,人情一而已!况佛说法,普度愚智;岂故曼衍其辞,使人不能了其意绪之所在乎?余读《金刚经》,仍以章句文字之法求人;向之苦其繁复者,今见其亲切也!诸家之解,不免凿之使深;正如说《易》者之见智见仁,引《诗》者之断章取义,非不自成其说;然按之本文,或辽远矣!古人超悟自得,全在行解相应,不恃文字,亦不离文字也!文字明,而受持诵读者便焉。昔之人读是经而证悟者不可胜数;今则分画章段,条理晰,诵读便矣;而自反身修,乃无异常士。获者不必求知,知者又未必获;既不获矣,则其所谓知者,果有当乎?一日,读《圆觉》云:'末世众生,希望成道;无令求悟,惟益多闻;增长我见,但当精勤;降伏烦恼,起大勇猛;未得令得,未断令断;贪瞋爱慢,谄曲嫉妒,对境不生;彼我恩爱,一切寂灭。佛说是人,渐次成就。'释之者曰:'求悟,则有攀援心,则必于经论文句间理会;理会益明,只益识妄耳。'然后知吾之为说,虽明于文句,皆有攀援也,益多闻也,长我见也;成就之道,固在彼不在此!"每有诠论,听者咸犁然当于心。广西巡抚合肥李经羲者,李鸿章从子也;乃延其昶于家,教诸子弟;其中国松字木公者最知名,号能传其学,为刻所著《周易费氏学》、《庄子故》、《屈赋微》、《法言章义》等书。光绪三十三年,诏求人才。安徽巡抚冯煦以经明行修荐辟。其昶自以少无殊邈之操,粗解文句,亦尝从诸生后求举,累进累踬;今年逾五十,知能才力,无一可效用于世,因自退伏。非以此为高节;闲居无聊,其平素之所业,不欲中废。时时有所述作;而亦旷观当世之变,为开辟以来所未有;应之者不得持故常,阻道化不进;既群天下之才争新于其际,而数百千年先圣留遗之籍,为举世所不为者,亦必有人焉赓续而保存之;揣己度分,愿以自任;上书辞不应。宣统二年,学部聘之编辑《礼经课本》,遂入都。会吏部奏请考验续到人才,随同报到;特旨以学部主事补用;观政两月,即实授。其昶睹当国之操切,哀民生之况瘁,《上皇帝疏》不啻痛哭言之!

时朝论厉行新政,而其昶不谓然!曰:"方今朝廷发愤图治,罢科举,兴学校,奖游学,设巡警,广征兵,劝工业,启商会,变刑律,改官制,开咨议局,许地方自治;甚至损独裁威福之柄,定九年立宪之期;宜若富强之效可睹矣。而天下乃反岌岌不终日!此何故也?则以凡事务其虚名,而百姓受其实祸也!盖天下之穷甚矣!《王制》曰:'国无九年之蓄曰不足;无六年之蓄曰急;无三年之蓄曰国非其国。'今非特无三年之蓄;每岁出入相较,亏四千馀万,逐年筹备宪政,则逐年增出,又不啻数十百巨万。夫无三年之蓄,已曰国非其国;况亏短至数十百巨万而可以为国乎?夫办事必先筹款。度支无款应付,固一事不能举行;倘度支竟能应付,其为祸烈,更不忍言!何则?度支总全国之财政;请款于度支,度支无款也,则索之于督抚;督抚亦无款也,而事又非款不办,则其所应付者,仍是多方搜括,虐取于民耳。天下之患,莫大乎是非利害,显然明白,而朝野上下,知之而不言,言之而不尽!吾国旧政,是古圣君贤相及我祖宗所行之而效者;然流弊至今日而极;不以实心行实政,此其失,人人能言之!今之新政,亦东西各国行之而效者;然而不以实心行实政如故也!此其失,人人知之而勿敢言;言之即被阻挠新政之名,而目为狂怪!今上自枢臣疆吏,下逮文儒搢绅之彦,莫不私忧叹息,以为未来之效,茫如捕风;必至之患,危如厝火;而奉行犹恐不力者,督之以至严之功令,限之以至迫之时日,困之以至窘之财政,劫之以至新之学说,而莫可如何也!张皇耳目之举,其声誉骤腾于报章;慎固邦本之图,则讥嘲已遍于众口;如是而求免于罪戾,其政策之出敷衍也必矣。夫变法,大事也!立宪,尤创举也!今欲变法而创古今未有之举,而上下承以敷衍之心,诚不知其可也!旧政之失,失之因循。新政之失,失之纷扰。因循之失,听民之自生自死,而不为之所。纷扰之失,日日为民谋所以生,而实迫之以死!何则?苛敛重而民不堪命也!《传》曰:'长国家而务财用者,必自小人矣!小人之使为国家,灾害并至。'又曰,'与其有聚敛之臣,宁有盗臣!'今灾害亦可谓并至矣!炸弹起于辇毂;民变兵叛,时有所闻;水火旱蝗,叠见层出;历稽天人相与之故,必有感召致此之由。当今在位之公卿大臣,其存于心者,未尝无公忠体国之志;观其设施,则皆财用聚敛之谋。岂得已哉?百端待举,兼营并进,不务财用而不得也!利之所在,上与下争,内与外争;绅民与官争;争之而民穷,亲民之官亦穷!国家愈穷,遂成灾害!夫以公忠体国之人,迫之使务财用而为灾害于国家,臣诚惜之。而说者且曰:'欧美纳税重于吾国。人民应尽义务,多取之不为虐。'凡此皆亡国之言,不可听也!今日中国之民,其应享利益,何一事可比泰西?而独欲效其纳税;窃恐宪政成而民无孑遗矣!人莫不有室家妻子之爱;其欲就安利,去危殆,含生之伦,殆有同情。今不顾室家妻子,奋然一逞以阻遏新政,非其势万不容已,讵肯出此?谕旨何尝不严切责之曰:'是皆不肖州县办理不善之所致。'州县,亦人也;岂真甘为不肖哉?责以就地筹款,而又以筹款激变罪之。筹款未有不滋怨毒者。民间无衣无食,无以为生;而朝程一法,出费若干;暮厘一事,出费若干;曰'为尔图治安';养生救死之不暇,而责之费无已时;治安未睹,而民死已久矣!州县亲民之职,古时所贵,今所甚贱。自新政兴,上下之言筹款者,莫不以州县为质的,同心而射之。于是其职非独贱也,贫乃益甚!夫人生仕宦,固以试其所学,亦欲自赡身家;若官累私亏,因而加重,自谋无术,何暇治民!贤者乃洁身思退;中材录录,岂能自守?是直迫之使为不肖。贤者退,而中材不能自守;察吏之术,至此益穷!此真天下之大患也。是故今日之四民,至穷者农人也;今日之百官,至穷者亲民之官也!亲民之官穷,而民愈不聊其生矣!尧、舜、禹相授曰:'四海困穷,天禄永终!'四海困穷而天禄遂终,可不惧哉?自古丧亡之道不一,皆由暴君污吏虐政害民之所致;未有图强而反得弱,图富而反得贫如今日者!"

时朝论亟练新军;而其昶不谓然,曰:"今夫生计蹙而盗贼起;谋国者始惶然以养兵为要图。民以无所养而为盗。不悟其然,乃括民财以养兵;养兵,则民愈贫而盗贼愈炽;仍不寤,又益增兵。今之养兵如骄子,会操如儿戏,用财如泥沙。剥肤敲髓以练三十六镇之兵,而叛者四起。陆军不足恃,更谋海军。夫练兵平乱,而乱者即兵,兵可易言乎?故大学士曾国藩论湘军之功,在一二督兵大臣,能以忠诚为天下倡。闻忠诚能倡天下;不闻虚骄之气可以镇天下、慑四夷。内治不修,人才不出,纵竭全国之力,专供海军,犹未堪一战;况财力竭,外人即借口债权而攫财政;乱民起,又借口保商而干涉兵事;在在可以亡国,奚暇海战?则何如移其费以办实业,使内乱不作,犹可以图存乎?耗财莫甚于养兵,生财莫要于实业。危急存亡之秋,财者民命,岂堪浪掷?有识引为大戚,而皇上曾不闻知者,以海陆军政皆寄之亲贵,天下遂缄口结舌而不敢道也!从来亲贵用事,流弊滋大。位高,则穷于赏;亲近,则穷于罚。魁柄久持,趋附者众,势不能复就闲寂;缘竿百尺,有上无止,岂不至危?

裁之,则生怨;断之,则伤恩;纵之,又无以善其后!我朝开国之初,专征秉钺,实赖亲藩;然皆起自艰难,有雄伟盖世之略。自后皇子概不预闻朝政。中兴以还,主少国疑,亲王辅政,事非得已!醇贤亲王以非成宪为言。今贝勒载洵、载涛慨然欲救危亡,以练兵为急务;然兵事变化,必资实验,非可坐谈;出洋考察,匆遽一过,岂遂得其深际!彼邻邦接待之优崇,皆其外交之机智,争欲售船炮于我耳!而海军一经开募,用费既广,用人尤多。急功喜事之徒,可以坐致通显,自必肆其营求。夫以生长贵富之王公,受外人优待,则不免有自是之心;乐群下推崇,更有勿能中止之势。聚无数急功喜事之徒,奉少不更事之王公,而握全国之军政,游历考察,糜费无已,徒豪举耳。西国王子,肄习军事,与齐民同编伍,劳瘁不辞;若一望能了,又何为自苦哉!"

时朝论放废礼教;而其昶不谓然,曰:"立国于天地之间,能传嬗数千年之久,必有其所以存立不弊之道,是曰国粹。吾国开化最早,自尧舜至于孔子,文教大备;其递相讲明而为法于天下后世者,无他,亦曰人伦道德而已!君臣、父子、兄弟、夫妇、朋友,五者相维系,相亲爱,而天下治矣!此真所谓国粹。若夫析阴阳造化之微,穷制作之巧,此泰西之能事矣。吾圣人非不重之。《易》曰:'备物致用,立成器以为天下利。'是圣人未尝不以开物利天下为亟亟;特圣人启其端,后之学者,不能极而精之。然泰西制作之巧,其发明亦多在近世,不以是而轻其耶稣也!今乃以科学疑圣教,何其妄也!泰西之学,析理诚微,制作诚巧;要其国之所以存立不敝,必不仅此;而于人伦道德之意,亦必有其合者矣!谓其不如圣人之详备,可也;因其礼俗之异,谓其一无当焉,不可也。吾所未能极而精者,不可不效法于彼;幸而圣人之所讲明详备者,而顾可弃之欤?

效法于彼,可也!皮傅,不可也!皮傅西学者,见吾国势之不振,遂疑圣人之教,不宜于今。不知世变虽大,而人伦道德不能变也!试问今国势之不振,果束于圣人之教而然乎?皮傅圣人之教,以至成为今之天下;又皮傅西学而毁弃圣教,更不知成为何等世宙!今之学堂,特造成皮傅西学之士,驱天下之在位,以为灾害于国家;更驱天下之学者以毁弃圣教,视三纲为桎梏,等《六经》为弁髦;大乱之道,其在此矣!向使专务富强,置人伦道德于不顾;则是举天下唯利是趋,强凌弱,众暴寡,臣不知有君,子不知有父,妻不知有夫;当是时,虽船坚炮利,能一日安乎!"心所谓危,语语警惕;疏上忤旨,以谓迂阔而远于事情也。然验之后日,有如蓍蔡。"维此老成,瞻言百里",其昶有焉。

寻充京师大学堂教习。吴汝纶既逝,世之归仰桐城者,必曰:"是马通伯先生,当世之能古文者,承方、姚道脉而且见淑于吴先生!"其昶则自谓为文而不求之经,是无本之学也。时方治《费氏易》既卒业,复治《毛诗》,治《尚书》,及秦汉诸子,乃于文若有所不暇为者。民国肇造,其昶近六十矣!虽为教习如故;而自以不获安乡里,孤寄京师;厕抢攘嚣哄之场,危祸交乘,听睹皇惑;怏郁之极,浸淫佛乘,覃精穷思,须发尽白;然神完气凝,老而不衰!以民国十三年,领清史馆总纂;无日不到馆属稿,晨出夕返,风雨寒暑不少间;退值,则注《尚书》,成《尚书谊诂》八卷,夜半不辍,如是以为常;既而握管稍久,战悸不宁。医者曰:"心血尽矣!"遂以十五年夏南归养疴。四方问学者日至,酬对移晷,娓娓忘倦。肢体久不仁,而与人短札,犹力疾自书,密行小楷,无一笔苟者。十七年戊辰冬十一月十四日卒,年七十四岁。先卒之四日,疾已不支,告家人曰:"无害!吾将以十四日行!"及期,天未明,命侍者扶起更衣,移坐于椅,南向合掌,自卯至午不少欹;亲友诵佛号于前;其昶注视,神定色夷,渐以目瞑。释徒闻之,欢喜赞叹曰:"往生净土矣!"

其昶既死,而号能传其学以授徒者,曰同县叶玉麟,字浦荪,诸生,与李国松受业其昶最早,为高第弟子;刊有《灵贶轩文钞》一卷,中有《含纯女士传》,题下注代通伯师,而其昶《抱润轩集》亦收之。其昶晚年文,多以属玉麟代笔;亦甚矜宠之矣!今观其文,朴而不茂,宕而欠逸;意尽于言,故少味;语不免絮,斯伤洁;喜为闲情眇状,摇曳其声,以取姿媚,而乏高识远韵;又控御纵送,用笔未极伸缩转换之妙。此诚桐城之支与流裔,而独抱逸响以殁齿不贰者矣。然未足以绍其师也!

其昶及贺涛皆不为诗,而文亦不规规桐城姚氏义法。独桐城姚永朴、永概兄弟为古文,亦兼能诗,禅其家学;为文淡宕而坦迤,每不欲尽;其诗清刻而峭发,又不害尽;盖笁守姚鼐之教也;而永概名尤著!

姚永概、永朴

永概,字叔节,号幸孙。五世祖范,字南青,乾隆壬戌进士,官编修,著有《援鹑堂文集》六卷;学者称姜坞先生。姚鼐以从子受业焉;姚氏之学所由起也。祖莹,字硕甫,以诸孙受学于鼐;嘉庆戊辰进士,官终湖南按察使,著有《后湘诗集》二十一卷,《东溟文集》二十六卷。父浚昌,字慕庭,承累世宦业,而贫困几不能自存;独以诗受知于曾国藩,遂佐戎幕,洊保知县,终湖北竹山县知县,为治一本经术;自少至老,书未尝一日去手;而尤深于《易》,著有《读易推见》三卷;喜为诗,晚年自订其集为十二卷。姚氏自范以诗古文义授从子鼐；嗣是海内言古文者，必曰桐城姚氏。而鼐之诗，则独为其文所掩。自曾国藩昌言其能以古文之义法通之于诗，特以劲气盘折；而张裕钊、吴汝纶益复张其师说；以为天下之言诗者，莫姚氏若也。于是桐城诗派始称于世。有清一代自王士禛以神韵言诗；其敝也，绰约而无实。而矫其失者，则又僄悍以骋才，俶荡以使气，而温柔敦厚之旨，荡然无复存馀；识者盖益病焉！独范之为诗，事料酝郁，善于俪事；萧子显所谓"以新变为雄"者也。莹既焯有祖风，又师事鼐久，诗文之美，颇亦兼擅；然其中多感慨沈郁之音。浚昌则一秉家法，属辞比事，蔚然与姜坞同风；而骨力之清遒，神情之俊朗，则鼐之遗也。其昶早为浚昌女夫，独工文而不为诗。其次女夫，则通州范当世，尤以诗有大名；恨其昶不为诗而愧厉之。其昶发愤欲试一为。汝纶解之曰："子毋然！子为诗，徒见短耳；终莫能胜彼！"因相与一笑而罢。先是其昶甫逾冠，就婚姚氏；永概则十一岁耳。其长兄曰永楷，次永朴，每从其昶商论文史；以永概幼，未遽语也；永概则愠见辞色，谓："奈何轻我！"永概以其昶及范当世为姊婿，以永朴为兄，耳目濡染，神与古会。年十八，补诸生。二十有三，中式光绪戊子江南乡试举人，实为解首。考官李文田、王仁堪皆负时望；病科举文日即靡敝，以江南多才隽，思得老儒宿学振起多士；得永概文，置第一；谓耆硕也。撤卷，颇讶其年少；及观其先祖父有高名，乃喜相告，庆得士矣。后屡试礼部不第。既以家贫衣食于奔走，所主如长沙王先谦、婺源江人镜，皆当世名公；而依吴汝纶冀州最久，得力亦最深。汝纶尝称其诗才气俊逸，足使辞皆腾踔纸上，虽百钧万斛，而运之甚轻；故能出入于李、杜、苏、黄诸家，而自成体貌也！尝以大挑二等，选授太平县教谕；又举博学鸿儒；皆不就。当是时，变法之议兴；朝旨既罢科举，各行省皆兴学，以永概充安徽高等学堂教务长,改师范学堂监督。永概为人孝友笃至,其教士必根本道德,以文艺科学为户牖;与人友,披沥肝腑无不尽;广坐高谈,音响震越。安徽数更大吏,咸钦才望;有大计,辄就决,是非得不谬,乡里往往被其惠,而谤议滋起;于是浩然无用世之志矣!会范当世亦以兴学通州,卒遭谤侮,遂病不起。乃为之墓志铭以发其指曰:

太史公曰:"《诗三百篇》大抵皆圣贤发愤之所为作也。"岂不诚然乎哉?诗体至唐而大备。然世之论者,每称李白、杜甫;二人者,途辙不同,其忧时疾俗之情则一。厥后以诗鸣者至多;而苏轼,黄庭坚,陆游,元好问为之最!四子之为诗,犹白、甫也。自是以降,竞于格律声色,公然模袭;其发愤也不深,则立乎中者不诚;中不诚,则气不昌;气不昌,则不足震动而兴起。孔子曰:"《诗》可以兴。"兴于发愤也。惟我清载逾二百,五洲交通,艺术竞胜,仅持一国窳败不振之故习,不足敌彼族之方新;而朝野之论又断断不可合并,故酿为甲午、庚子之再乱。于时,范君起江海之交,太息悲伤,亡所抒泄,一写之于诗;震荡开合,变化无方。读者虽不能全喻精微,无不知爱而好之;以一诸生名被天下,噫!何其盛也!君,讳当世,字无错,号肯堂,世为江苏通州儒族。祖某,父某,皆不仕。君少出语惊长老,壮而益奇!武昌张先生裕钊有文章大名,客江宁。君偕张謇、朱铭盘谒之。张先生大喜,自诧一日得通州三生,兹事有付托矣!其后君弟钟、铠相继起;世又称"三范";而称君为"大范"云。吴先生汝纶官冀州,见君与謇、铭盘唱和诗,贻书钩致。君亦乐依吴先生,遂之冀。而张先生亦来主讲保定，益相与论定古圣贤人微言奥谊，学更大进。是时，君方丧前夫人。吴先生为介，聘吾仲姊；因就昏先子安福署中。先子故能诗；吾姊亦娴吟咏；君往来二年，得诗益多。其后吴先生居保定，吾往从之。君方携吾姊客李文忠公所，见即饮酒赋诗，诙调间作；别十日不见君寄诗，即寄声诮责以为乐。迨甲午战败，文忠公得罪；君与吾皆东归，又复北游，视曩时游燕如易世矣！君初在冀，所教诸生，多为通才，知名于世。家居及道途所遇人士，有一语之善，必扶植之。其经承君讲授者，悉有成就，收科第者相望。两弟一成进士，为令河南；一拔贡朝考一等，为令山东；而君卒以诸生终。学堂令下，君已病肺卧，慨然强起，以助国家长育人才为己任。迂儒老生，极口訾嗷；至投书丑诋。君一接以和，而论文谕，使有端序。病且笃，就医上海，遂以光绪三十年十二月初十日卒，年五十一；逾年，葬于通州东门外范氏之阡，前夫人吴之右。吴夫人生二子，罕、况，皆诸生，有文学，足以推大君志；以况为弟钟后。一女适义宁陈衡恪，早卒。后夫人姚。君所为诗，尝自写定为十八卷，合文十卷，藏于家。方今海宇学术棼起，云变川增，治斯事者，材力已患不给；而吾国文至繁奥，习之尤费时日，议者乃欲更张之就浅易。君诗虽至工，真知其意者无几人；数世以后，又孰能测君所用心乎？然巴比伦、埃及之古碑，希腊、印度之诗，西士好古者搜醳之不馀力也。以吾国文字精深微妙，实有不可磨灭者存！意必有魁桀之士，宝贵而研索之，殆可决也！于君诗，又何忧乎？君事亲教弟，极于孝友；待朋友有终始。将葬，弟钟来问铭，未敢应也。既久，乃写所得于君者以纾吾哀，而系之以铭。铭曰：

> 猗与仁人，世有范君。大本既立，发为高文。若最其行，以儒而侠。友死孤稚，娟娟者妾；君引任之，以濡以沫。囊亡一泉，求者踵门，计子而贷，女裈女衎。胸中恢恢，齐其仇恩。欺不女疑，背不女怨。有李生者，尝为人言。岂大奸欤，不即圣贤？何奸何贤，有韫弗宣。吾铭未信，曷读诗篇。

意以自抒感慨，而跌宕昭彰。其它未能称是。往往寂寥短章，声几欲下，词不敢尽，而未能以发其意。刊有《慎宜轩文集》若干卷。侯官林纾则序之曰："气专而寂，澹宕有致，不矜奇立异，而言皆衷于名理，是固能袮其祖矣！"特诗则秀爽而为警炼，沈郁而能顿挫；早喜梅宛陵、陈后山，晚乃出入遗山，语必生新，而意在独造；是则曾国藩所谓劲气盘折，欲以古文义法通之于诗；亦其家风然也！方为安徽师范学堂监督时，布政使沈曾植尝为刊《慎宜轩诗》八卷；其中如《寒夜寄肯堂》曰：

> 西风吹芭蕉，片片都成丝；蟋蟀辞碧野，唧唧鸣霜闱。感物遽如此，怀君结梦思。海水净霜空，狼山矗崔巍。蒲团一龛内，坐对维摩师；原注：来书云近借邻庵养疴。梅花绕纸帐，香气砭肤肌。惝恍扪我手，喃喃颇有辞。伸足忽梦断，天鸡风送悲！恩情同骨肉，款曲未一时！明年君当来，我辕又北驰。但祝身长健，会面自有期。寄此当尺素，莫作扬雄麾！

又《书梅宛陵集后》曰：

> 《梅集》六十卷，买自武昌市。刻者明嘉靖，宋君巡按使。

属工宣城令,字大殊可喜。惟其讹谬多,又阙数十纸。借得道光本,弥月事校理;所阙抄使完,其讹难订矣!我思文字贵,在切时与己;要使真面目,留与千秋视。时为何等时,士为何等士。当其入微妙,不在文字里。阅历助胸襟,天姿加践履。四事不关诗,诗固得此美。俗士动夸古,终身寄人篱!一体效一家,自矜工莫比。乞人衣百宝,不称徒为嗤。扬眉讥杜韩,况说宋诸子。告以先生诗,笑口或大哆!孰知六一翁,低首直到趾。古董何人卖,病在古入髓。东坡尚嫌酸,馀贤可知尔。检之笥箧中,我欢独在此!

又《赠陈静潭淡然》曰:

有田不能耕,有屋不能住。七尺不赀躯,竟为漂泊具。昨日金陵潮,今朝瓜口路。眼中三百里,未必当虎步。天门荡荡开,白日昭宿雾。帝旁玉女多,妒此修眉婢!山庐鲜芳草,江径饶兰杜。著述百千言,蟠胸犹郁怒。呼叫千秋亭,痴人愕相顾。信陵骨已朽,肝胆向谁露?但取意气倾,钱刀何足慕!

侯官陈衍尤极称其《方伯恺仲斐招游天坛观古柏作歌》一首,以为音节苍凉,气息沈郁,极近遗山者也。辞曰:

天坛锁钥放三日,士女长安空巷出。琉璃厂内鞭影骄,正阳门外车声疾。方生邀客及衰朽,微醺莫放斜阳失。未到先惊势骏雄,出门已觉情萧瑟。绕坛一碧皆种柏,罗列骈生咸秩秩。元耶明耶世不知,百株千株数难悉。阴森夺日色凄凉,惨淡生风寒凛栗;怪根直下渴重泉,霜皮绉裂蟠修缂。真宜虎豹据为官,恐有狐狸攫作室。旁干犹承累叶露,中枝折为前宵砲。无情树木尚如此,系日长绳知乏术。祈年殿上望西山,金碧依然暮霭间;王气已随龙虎尽,夕阳只见雁鸟还。往圣千秋垂教泽,严祀昊天威百辟。彼苍视听悉依民,精意分明存简册。大道原为天下公,此心不隔耶回释。斋宫肃穆水环垣,想见千官助骏奔;中夜燔燎半空赤,连营宿卫万夫屯。五千运过苍天死,更闻开作公园矣。倚天拔地之古柏,愿与游人重爱惜!

此歌八卷本未收,盖民国改元后作矣。方段祺瑞为国务总理,以高等顾问官聘;总统徐世昌招入晚晴簃,选诗;皆笑谢曰:"吾如处女,少不字,老乃字耶?"顾殚心教学,一出应北京大学之聘,为文科学长。萧县徐树铮方佐段祺瑞用事,尤相礼敬;创正志学校,延为教务长;而永朴及马其昶、林纾为教师,皆一时宿学;士风肃静,出京师诸校上,天下无异词。清史馆之开也,永朴、永概皆从事为协修焉。永朴故短视,步行趑趄;每适馆,永概则肩随扶持。赵尔巽方以前朝大老领馆长,见之,迎永朴笑曰:"吾年八十矣。倘与君竞走,未知孰为后先。他日君逮吾年,欲无颠蹶,将终若弟是赖乎?"众为粲然。永概少秉先训,长博览群书,遍交海内贤士大夫,其论学不分门户,而制行一以宋贤为归。初以解元计偕入都,父犹在官,方年少气盛,顾恂恂自饬,无纤毫矜夸之习。姚氏风规:凡令节若诞辰,弟于兄必四拜;兄揖之而已!及永概之老也,永朴止无拜,曰:"白首兄弟,何尚乃尔?"永概率礼如故。人第服其强记多闻,议论雄辩;岂知修己之谨,乃如是耶!晚年耽心内典,得趣颇深。以民国十二年癸亥夏六月十九日卒,年五十八岁。而永朴亦以老病归,赵尔巽闻而唏曰:"今海内学人,求如二姚者,岂易得乎!"

永朴,字仲实,光绪甲午举人。少与永概以文章相礲切;年二十五岁,北行,过上海,遇同县萧穆,谆谆然勖以经史之学;既抵都,复与迁安郑杲游,于是锐意治经。吴汝纶知冀州,闻其名,延而宾礼之。永朴遂请业焉,始知精诵为学文始事;因取古人之文,悉心读之,久之乃涣然有得。顾自谓治学之途径,穆实开之;又以穆论议与汝纶异同,而交久益敬;乃作《萧先生传》曰:

> 萧先生,讳穆,字敬孚,桐城诸生;少谒曾文正公于安庆。文正语人曰:"异日缵其邑先正遗绪者,必此人也。"先生屡应江南乡试,不售;客上海制造局广方言馆,得俸,辄购书,筑小楼于家,庋之;不戒于火,烬焉!踵求不息,久乃逾其旧。犹谓未足,踔海至日本求之。所储皆善本,或孤行于世,人未见者。盖先生所至,书贾每盈座焉。是时吾邑先辈如方先生宗诚著书多谈性道,及军国利病、吏治得失。徐先生宗亮亦究心边事。吴先生汝纶尤喜以泰西学说为吾国倡。惟先生一意编摩古籍,与后生言,于字句异同,刊本良否,以及前闻轶事,历历然如数室中物;而无一语及世务。吴先生每思广以异域之事,见必极论。先生意不与之合,讥嘲轰发;然吴先生退,未尝不重先生。在上海,凡数十年,四方贤公卿,下逮游客,语及闻见洽熟,必曰萧君!先生既笃意文献,见有力者,必诱之刊书,所刊数十种,皆躬为雠校,不取酬。初先生尝从市中得邵阳魏公光焘先世遗稿。其家无副本,闻之,辇金以求。先生笑曰:"父祖之业,固宜传之子孙,何言财乎!"卒归其书。及光绪末,先

生老矣,而家益贫。总办制造局者不相知,夺其事。会魏公总督江南,过上海,首诣先生,纵谈三日。总办大惊,急谢过增俸至倍。先生叹曰:"是谓我将不利于若而货之也。"仍受故俸,而称其所长于魏公。人以为长者。先生于光绪某年月日卒,年六十有几;所著曰《教孚类稿》,嘉兴沈子培提学、合肥蒯礼卿观察为鸠资刊行,凡十六卷。

论曰:当今之世,如先生,有不以为迂阔者乎?顾其学于古,深有所得,宜乎爱之笃而护之周也!永朴少学古文辞。一日,过上海,先生劝之用力经史,谓匪是无以为文章根本,语意肫勤;由是始知从事朴学。今先生亡久矣,天下多故,闻所藏书散佚殆尽。而永朴浮沈斯世,深夜怀旧,愧负先生;撰次遗事,慨焉不知涕下也。

其文随手起落,不为张皇,坦迤平直中,自然感激顿挫;不如并世诸公之好做段落,狠其容,亢其气,硬断硬接;而我用我法,馀味曲包;此真姚萧血脉也!刊有《蜕私轩诗文集》五卷,续一卷。其诗则无意雕琢,而简括坚琢,能以清遒出酝郁。如《夜起》曰:

雨过山气凉,虚室夜增爽。搴帷忽窗明,孤峰月初上。林疏竹萤流,石冷壁虫响。微风动高檐,暗香入幽幌。披衣下前除,悠然绝尘想。

又《雪中戏作呈大兄时将之湖口》曰:

人生聚散何所似?正如池萍阖复开。有时暂聚当痛饮,一举定须累百杯。幽居况逢三日雪,山川皓洁无尘埃;老鸦不飞枯木折,寒月自照墙边梅。天地不令生意绝,溪堂顿觉春风回。快弃笔砚陈尊罍,低头兀兀胡为哉! 明朝霁放射蛟台,吾将举棹江之隈,安得从容试绿醅!

就诗化诗,永概挺拔,有俊逸之才;永朴清越,得冲淡之味;迭用短长,亦无懵焉。永概交满海内,好议论天下事;而永朴声华寂寞,专志读经三十馀年,不立门户,视唐如汉,视宋元明亦如唐,博稽而约取,会通众说,有不安,乃下己意;曰:"传经者必守师说;治经则取其通而已!"或问郑杲:"今世为汉学者几人?"杲曰:"吾未见也。独如姚仲实者,舍书无他营,舍经无他书,虚心以求真,若将终身焉;其殆庶欸!"尝客旅顺;泰兴朱铭盘见其书,大惊曰:"吴越士夫有此,早取声名一世。君乃掩覆不肯曝,今日见古人矣!"因投诗订交,而永朴意落落也。永概每太息曰:"余同母兄弟三人。伯也早世,不竟其学。惟仲实及余存。余好为诗古文辞,而治之不专精;不如仲实耽于书,数十年如一日;每见辄用自惭焉。"方清末造,科举制废;永概尝参皖学政,每以兴学育才为身任;盖承汝纶之教也。永朴独虑兴学之无以善其后,上学部书,大旨谓:"曩时乡间中,盖家有塾矣;弦诵之声,遍于四境也。今则自学堂外,其自延师训课者,乃日少一日。查宪政编查馆、资政院会奏宪法大纲,方期逐年筹备,至第九年,人民识字者可得二十分之一。岂知兴学之效,人民识字者,且有减无增哉? 此其故由于公款未充,学堂不能多设;民间穷困,更无力入学。事之可忧,孰大于是! 盖一学堂之设,其始建筑有费,开办有费;至每年延聘管理员、教员及一切杂需,尤为不訾。将募之人民欤? 以征费之故,酿成他变,屡见报章矣! 将索诸求学者欤？今之所定膳费、学费，不可谓多；然诸生强半寒畯，往往不任。此创设所以难也。且合群少年麇集一校，约束稍宽，黠者抗于前，愿者和于后。此办理所以难也。为今之计，莫若高等小学堂以下，听民间自为，勿拘人数多寡以济其穷，第令开塾初报明提学使立案；及毕业，由提学派员考试，果年限程度与部章合，即给文凭。如是，民之庐舍，即学堂也，何须建筑？民之父兄，即管理员也，何须延聘？其为费仅教员修脯而已。生徒无多，气习何患不谨？财用即节，教泽何致不周？于一道同风之中，稍为变通，岂不可大可久哉？"永概无以难也。民国既建，永朴亦受聘为北京大学教授，因著《文学研究法》，凡二十五篇；每成一篇，辄为诸弟子诵说，危坐移时，神采奕奕，恒至日昃忘倦；仆御环听户外，若有会心者，其发凡起列，盖仿之刘勰《文心雕龙》；而自上古有书契以来，论文要旨，略备于是焉。既以老病南归，寻受聘为东南大学教授、安徽大学教授，犹强学不怠云。

永朴、永概生长桐城；而为文不矜奇奥，为诗自然清道，恪守姚氏家法，顾不以桐城张门户。独有产匪出桐城，文不尽淡雅，异军突起，而持桐城姚鼐以为天下号者，厥有林纾焉。特是姚鼐学归而祛其庸絮，运实于虚，纤徐委备，以几永叔之逸，而失之不深厚。林纾学韩而无其雄博，融情于景，郁结苍凉，以得柳州之幽，而不免伤纤刻；于湘乡为转手；与桐城为异调。惟其为诗旷如奥如，尚清道而不贵绮错，则庶乎姚鼐之具体而微焉。

林纾

林纾，原名群玉，字琴南，号畏庐，又自署冷红生，福建闽县人也。天性敦挚。年十岁,从同县薛锡极读,字之曰徽。一日,锡极读《檀弓》,至防墓崩,捧卷大哭。纾愕然。锡极曰:"若非人子乎?吾哭而若不动,何也?"纾曰:"徽重闱在上,不知所哭;虽然,闻先生哭,亦滋悸矣!"锡极叹曰:"谅哉徽也!"锡极家绝贫,夏日尝不举火。纾归食既,度先生未炊,乃觅得父袜,实米满中,负之以献。锡极大怒,咤曰:"徽!若年十一,竟行窃耶?"纾泣曰:"先生侵晨授徽书,逾午未食;归而对食心动,故自以其米来;非窃诸他氏也。"锡极曰:"他氏益不可矣!吾已得米,且至,无须此。若将归,当请杖于若母。吾竟不忍夏楚若矣!"纾归白母。母笑曰:"女以米饷师,奈何以袜?"易以巨橐,重益之,别令人赍以往。锡极乃受,因授纾欧文及杜诗,务于精熟;曰:"吾不为制举文。若熟此,可以增广胸次。"然纾贫无所得资买书,则杂收断简零篇,用自摩治。偶发箧,得季父所读《毛诗》、《尚书》、《左传》、《史记》四种残本,则大喜过望!而喜《史记》特甚。尝语人曰:"《史记》之文,纯一纪事之文也。然《本纪》、《世家》、《列传》中,有同时之事,不并叙,无以取证。已往之迹,不插叙,无以溯源。繁赜之文,不类叙,无以醒目。"为笺识,用力颇巨。自十三岁及于二十以后,校阅不下二千余卷。追三十以后,得与同县李宗言交,乃尽读其家所藏书,不下三四万卷。强记多闻,为骈文,慕王昙、金应麟。为古今体诗,追吴伟业、陈恭尹。能画,能经世文,才名噪里党,与林崧祁、林某有三狂生之目!久之,一切弃去,为古文,祈向桐城诸老,寝馈昌黎;自谓善阚抑蔽匿,当伯仲吴敏树、梅曾亮,不敢多让。或翘其阙,则勃怒于言。中式光绪壬午举人,再应礼部试不遇,大挑用教谕。以二十六年入京师,为五城中学国文教员,年五十矣!因得与吴汝纶遇,为论《史记》竟日。纾曰:"《大宛》一传,不划断诸国,融为长篇;犹散钱贯之以绳，前半贯以张骞，骞卒，续贯以宛马；于是安息、奄蔡、黎轩、条枝、身毒之通，皆为马也；零落不相胶附之国，公然与汉氏联络矣！但观传首大书曰：'大宛之迹，见诸张骞'，则史公当日用心，因张骞以贯诸国，故能融散为整。又《绛侯世家》，叙侯功颇简约；至亚夫事，则文笔婉媚动人；犹欧西人之构宇，集民居为高楼，扩其馀城成公园，以待游侣。此文字疏密繁简之法也。《彭越传》疏率若不经意，不如淮阴之详，且与魏豹同传。然世称汉初功臣，必曰韩、彭者，几不得解；乃不知《高帝本纪》中，累书'彭越反梁地以牵掣项羽，使不得过成皋'，厥功与韩信垓下之役实同。读《史记》者，能于不经意中求之，或得史公之妙乎！"汝纶大赿纾说；及读纾文，称曰："是抑遏掩蔽，能伏其光气者！"日人伊藤氏问汉文高师谁何？汝纶应曰："吾见惟林琴南孝廉纾。"于是声名益起。自言："少时博览群书。五十以后，案头但有《诗》、《礼》二疏，《左》、《史》、《南华》、韩欧之文，此外则《说文》、《广雅》，无他书矣！"其诏学者，恒令取径于《左氏传》及马之《史》、班之《书》、韩之文，以为："此四者，天下文章之祖庭也。自周秦以迄于元明，其间以文名，而卒湮没勿章者何限，胡以左、马、班、韩巍然独有千古？正以精神诣力，一一造于峰极，历万劫不复漫灭耳！而后人之称昌黎者，曰'文起八代之衰'；此专言昌黎一人之文，不属于唐人之文也！唐之名家，如裴度、李华、独孤及、段文昌、权德舆、元稹、刘禹锡之流，力摹汉京，自以为古；然响枹而气促，体赝而格俗；偶与皇甫湜、李翱、孙樵之文杂陈，则意境神味，迥然不侔；矧能肩随退之哉？平心而论：六朝之文，去古尚近；而后来则弥不及。范晔、陈寿、魏收三君，较之马、班，固不能望其项背；然三家之文，咸沈穆方重，饶有古趣。自唐以下则渐杀。至于宋之刘原父、宋子京之伦，力欲求古而弥不古,则时时发为伧狞之音。追及明之陈仁锡、李梦阳、王元美,日以赝体侈众,犹复唾弃南北朝为凡猥;则不可解矣。天下之理,制器可以日求其新;惟行文则断不能力掩古人而自侈其厚!六朝时,古书未尽毁,又去汉魏不远,元气深厚,制局用笔,敛而不散,精而能卓;虽体格弗高,然能遏光弗扬,亦其精力有独至者!故文家取材,知窥涉子书,而取其古色;不知六朝人之吐属名贵,亦故家风范,不能不用以荡涤其伧气。"是纾早年崇唐宋,故亦未尝薄魏晋者。然又谓:"为文师古人者,亦师其醇于理,精于法,工于言,神于变化者而已!凡是数者,求之古人,或不可得兼;兼者其惟昌黎乎?盖昌黎之文,理蓄于内,文肃于外,篇同而局不复,则先后处置之适宜也!语激而词不嚣,则吐吞研炼之出于自然也。或千旋百绕而不病其繁细。或东伏西挺而愈见其奇崛。"其所以推大韩愈而倾倒之者至矣!唐皇甫湜谓:"图王不成,其敝犹可以霸。"纾文则学韩不至,其趣乃迫近柳。柳宗元云:"漱涤万物,牢笼百态。"而兴化刘熙载著《文概》;以为:"自喻文境。乃若其文如奇峰异嶂,层见迭出;所以致之者有四种笔法:突起,纡行,峭收,缦回也。"观纾所译小说,蹊径正同。韩愈自言其文亦时有感激怨怼奇怪之辞;而纾之文,多含悲凉凄激之音,怨怼非所敢,奇怪又不能。其论古文,以文气、文境、文词为三大要;三者之中,文境尤重。谓:"古文不能造境,即沦于尘浊。方望溪斥钱虞山其秽在骨,即其造境俗也。下至竟陵、公安,非特不能造境,直以流漫媟涵之笔,入于古文,则文境尤不堪问;文章惟能立意,方能造境;故谓之意境。至于文气则附理而行,理足则气坚凝,理亡则气虚枵;舍理言气,皆欺人之言。古文,犹人身也;动作言语,皆气所使;动作言语可见,气不可见,实则一一皆气所运动。能多读书积理,则文气所发,声之短长高下皆宜矣！以理遣词，胡为不工？然必泽之《六经》、诸子，又湛深于小学，则一字一句，皆有来历矣！"及自为文，则矜持异甚！或经月不得一字，或涉旬始成一篇。独其译书，则运笔如风落霓转，而造次咸有裁制，不加点窜。盖古文者，创作自我，造境为难；而译书则意境现成，涉笔成趣已！

初纾与长乐高氏兄弟凤岐、而谦敦昆弟欢。凤岐、而谦历佐大府，为东诸侯上客有声，与纾相引重。而谦挚友王寿昌精法兰西文；亦与纾欢好。纾丧其妇，牢愁寡欢。寿昌因语之曰："吾请与子译一书，子可以破岑寂；吾亦得以介绍一名著于中国，不胜于蹙额对坐耶？"遂与同译法国大仲马《茶花女遗事》，至伤心处，辄相对大哭。既出，国人诧所未见，不胫走万本。既而凤谦主干商务印书馆编译事，则约纾专译欧美小说；前后一百五十种，都一千二百万言；其中多泰西名人著作，若却而司·迭更司，若司各德，若莎士比亚，均有之；而以译却而司·迭更司为尤高！最先出者为《茶花女遗事》，致自得意。盖中国有文章以来，未有用以作长篇言情小说者！有之，自林纾《茶花女》始也。纾遂译既熟，口述者未毕其词，而纾已书在纸，能限一时许就千言，不窜一字，见者竞诧其速且工。然属他文，亦坐此率易命笔矣！自以工为文辞，虽译西书，未尝不绳以古文义法也。其序英哈葛德《斐洲烟水愁城录》曰："哈氏所遭蹇涩，往往为伤心哀感之词，以写其悲；又好言亡国事，令观者无欢。此篇则易其体为探险派，言穷斐洲之北，出火山穴底，得白种人部落；且因游历斐洲之故，取洛巴革为导引之人；书中语语写洛巴革之勇，实则语语自描白种人之智。书与《鬼山狼侠传》似联非联，斩然复立一境界；然处处无不以洛巴革为针线，何乃甚类我史迁也？史迁《大宛传》，其中杂沓十馀国。文章之道，凡长编巨制，苟得一贯串精意,即无虑委散。《大宛传》因极绵褫,然前半用博望侯为之引线,随处均著一张骞,则随处均联络;至半道张骞卒,直接入汗血马;可见汉之通大宛诸国,一意专在马;而绵褫之局,又用马以联络矣!哈氏此书,写白人一身胆勇,百险无惮,而与野蛮并命之事,则仍委诸黑人;白人则居中调度之,可谓自占胜著矣!然观其着眼,必描写洛巴革为全篇之枢纽,此即史迁《大宛传》篇法也;文心萧闲,不至张皇无措,斯真能为文章矣。"序英却而司·迭更司著《孝女耐儿传》曰:"天下文章,莫易于叙悲;其次则叙战;又其次则宜述男女之情;等而上之,若忠臣、孝子、义夫、节妇,决脰绝血,生气凛然。苟以雄深雅健之笔施之,亦尚有其人。从未有刻画市井卑污龌龊之事,至于二三十万言之多,不重复,不支离,如张明镜于空际,收纳五虫万怪,物物皆涵涤清光而出,如凭阑之观鱼鳖虾蟹焉。则迭更司者,盖以至清之灵府,叙至浊之社会,令我增无数阅历,生无穷感喟矣!中国说部,登峰造极者,无若《石头记》,叙人间富贵,感人情盛衰,用笔缜密,著色繁丽,制局精严,观止矣!其间点染以清客,间杂以村妪,牵缀以小人,收束以败子,亦可谓善于体物,终竟雅多俗寡,人意不专属于是。若迭更司者,则扫荡名士美人之局,专为下等社会写照,奸狯驵酷,至于人意所未尝置想之局,幻为空中楼阁,使观者或笑或怒,一时颠倒,至于不能自已;则文心之邃曲,宁可及耶? 余尝谓古文中叙事,惟叙家常平淡之事为最难着笔。《史记·外戚传》述窦长君之自陈,谓:"姊与我别逆旅中,丐沐沐我,饭我,乃去。"其足生人惋怆者,亦只此数语。若《北史》所谓隋之苦桃姑者,亦正仿此;乃百摹不能遽至,正坐无史公笔才,遂不能曲绘家常之恒状。究竟史公于此等笔墨亦不多见;以史公之书,亦不专为家常之事发也!今迭更司则专意为家常之言,而又专写下等社会家常之事,用意着笔为尤难!此书特全集中之一种,精神专注在耐儿之死;读者迹前此耐儿之奇孝,谓死时必有一番死诀悲怆之言,如余所译之《茶花女日记》,乃迭更司则不写耐儿,专写耐儿之大父凄恋之状,疑睡疑死,由昏愦中露出至情;则又于《茶花女日记》外,别成一种蹊径矣!"序迭更司著《块肉馀生述》曰:"此书为迭更司生平第一着意之书。分前后二部,都二十馀万言,思力至此,疑绝顶天!古所谓锁骨观音者,以骨节钩联;皮肤腐化,揭而举之,则全具锵然,无一屑落者;方之是书,则固赫然其为锁骨也!大抵文章开阖之法,全讲骨力气势;纵笔至于灏瀚,则往往遗落其细事繁节,无复检举,遂令观者得罅而攻;此固不为能文者之病,而精神终患弗周。迭更司他著,每到山穷水尽,辄发奇思,如孤峰突起,见者耸目;终不如此书伏脉至细,一语必寓微旨,一事必种远因,手写是间,而全局应有之人逐处涌现,随地关合;虽偶而一见,观者几复忘怀,而闲闲着笔间,已俯拾即是;读之令人斗然记忆,循编逐节以索,又一一有是人之行踪,得是事之来源。综言之,如善弈之着子然,偶然一下,不知后来咸得其用;此所以成为国手也!施耐庵著《水浒》,从史进入手,点染数十人,咸历落有致;至于后来,则如一群之貉,不复分疏其人,意索才尽,亦精神不能持久而周遍之故。然犹叙盗侠之事,神奸魁蠹,令人耸愒。若是书特叙家常至琐至屑无奇之事迹,自不善操笔者为之,且恹恹生入睡魔;而迭更司乃能化腐为奇,撮散作整,收五虫万怪,融汇之以精神,真特笔也!史、班叙妇人琐事,已绵细可味矣!顾无长篇可以寻绎。其长篇可以寻绎者,惟一《石头记》;然炫语富贵,叙述故家,纬之以男女之艳情而易动目。若迭更司此书,种种描摹下等社会,虽可哙可鄙之事,一运以佳妙之笔,皆足供人喷饭;尤不可及也!"又法森彼得著《离恨天译馀剩语》曰:"凡小说家立局,多前苦而后甘;此书反之。然叙述岛中天然之乐,一花一草,皆涵无怀、葛天时之雨露;又两少无猜,往来游衍于其中,无一语涉及纤亵者,用心之细,用笔之洁,可断其为名家。中间着入一祖姑,即为文字反正之枢纽,余尝论《左传》楚武王伐随,前半写一'张'字;后半落一'惧'字;'张'与'惧'相反,万不能咄嗟间撇去'张'字转入'惧'字。幸中间插入'季梁在'三字。其下轻将'张'字洗净,落到'随侯惧而修政,楚不敢伐'。今此书叙葳晴在岛之娱乐,其势万不能归法,忽插入祖姑一笔;则彼此之关窍已通。用意同于左氏。"如此之类更仆难数,尝语人曰:"中西文字不同;而文学不能不讲结构一也。"即此可以征已。

纾之文工为叙事抒情,杂以恢诡,婉媚动人,实前古所未有。固不仅以译述为能事也。其自作《冷红生传》曰:

冷红生,居闽之琼水;自言系出金陵某氏,顾不详其族望。家贫而貌寝,且木强多怒。少时见妇人,辄踧踖匿隅。尝力拒奔女,严关自捍。嗣相见弃者恒恨之。迨长,以文章名于时,读书苍霞洲上。洲左右皆妓寮,有庄氏者,色技绝一时,夤缘求见,生卒不许。邻妓谢氏笑之;侦生他出,潜投珍饵,馆僮聚食之尽。生漠然不闻知,一日,群饮江楼,座客皆谢旧昵。谢亦自以为生既受饵矣!或当有情?逼而见之,生逡巡遁去。客咸骇笑,以为诡僻不可近。生闻而叹曰:"吾非反情为仇。顾吾褊狭善妒,一有所狎,至死不易志。人未必能谅之!故宁早自脱也!"所居多枫树,因取"枫落吴江冷"诗意,自号曰冷红生,亦用志其僻也。生好著书,所译巴黎《茶花女遗事》,尤凄惋有情致。尝自读而笑曰:"吾能状物态至此!宁谓木强之人,果与情为仇也耶!"

又以中日之战,海军败绩,用丛诟厉;伤毁者之例以一概也!作《徐景颜传》曰:

> 徐景颜,江南苏州人,早岁习欧西文字,肄业水师学堂;每曹试必第上上。筝琶箫笛之属,一闻辄会其节奏;且能以意为新声。治《汉书》绝熟,虽纯史之家,无能折者。年二十五,以参将副水师提督丁公为兵官。壬辰,东事萌芽时,景颜归辄对妻涕泣:意不忍其母。母知书,明大义,方以景颜为怯弱;趣之行。景颜晨起,就母寝拜别。持箫入卧内,据枕吹之;初为徵声,若泣若诉;越炊许,乃斗变为惨厉悲健之音,哀动四邻;掷箫索剑,上马出城。是岁,遂死于大东沟之难!
>
> 论曰:余戚林少谷都督于大东沟之战,所领兵舰,碎于敌炮。都督浮沈海中,他舟曳长绳援之,都督出半身推绳,就水上拱揖,俾勿援!如是三四,终不就援以死!又杨雨亭镇军,军覆威海时,以手枪内龈齶之间,弹发入脑,白浆溃出,鼻窍下垂径尺许,端坐不仆,日人惊以为神!二公皆闽人,与景颜均从容就义者也!恒人论说,以威海之役,诋全军无完人!至三公之死节,亦不之数矣。呜呼,忠义之士,又胡以自奋也耶!

又作《赵聋子小传》以非相者;其辞曰:

> 赵聋子,楚人;以相术至闽。三日,闽之荐绅先生集其门,至不可过车马。纳金屏息,听决于聋子。聋子曰:"某颐丰寿

鼙。"群客闻之，皆自摩其颐也！"某准隆位相。"群客闻之，又皆自按其准也。神色惴恐，惟患聋子之诋已者。"若者神木而色朽，当死！"则泪承睫，他客亦憿然若悯其果死者；更抚其项，审其颊曰："是纹佳，可勿患。"则泪者笑矣！寿夭贵贱，惟聋子一言。聋子诡谲多智；尝阴饰姝丽若贵家者，而亦至求相。聋子伪叱曰："若倡也，若何相！"相者泚而栗，引去。见者大神之！士之应举者麇至，聋子皆许售。闱试得售者百有三人耳！聋子许售已百数。榜未出，至于更欲有问者，晨款其扉；而聋子以夜去矣。

　　畏庐曰：有某公者，拥赀巨万，已任方面，事聋子甚恭！聋子筴三年必开府；今已后期无验；病瘵，不复良行！公恭俭峻整，亲故严惮，无敢陈乞；于聋子特厚。呜呼，聋子亦神于乞矣！

此《畏庐初集》之文也。其它若《先妣事略》，若《周养庵籝灯纱织图记》，若《苍霞精舍后轩记》，若《先母陈太宜人玉环铭》，每于闲漫细琐之处，追叙及母，音吐凄梗，令人不忍卒读。盖文章通于性情，不尽关功力也。晚年名高，好为矜张，或伤于蹇涩；不复如初集之清劲婉媚矣！《初集》出，一时购读者六千人；盖并世作者所罕觏焉！

当清之季，士大夫言文章者，必以纾为师法。遂以高名入北京大学主文科。尝教学者以作铭之法曰："铭者，有声之文也；与序事之体异。昌黎为《郑君弘之墓志铭》曰：'再鸣以文进涂辟。佐三府治蔼厥绩。郎官郡守愈著白。洞然浑璞绝瑕谪。甲子一终反玄宅。'用'辟'字、'蔼'字、'谪'字，不特取其字，亦兼取其声也。顾但用其声,其中无波折停蓄之态,则声亦近枵;读之索然。故每句须用顿笔;用顿笔,则断不流利;故有'拗'字、'蹇'字、'涩'字之诀。欧公为《安陆侯墓铭》,亦用七字;其文曰:'思无邪,容则庄;蔚然有仪人所望。学而不止久愈彰。铭昭厥美示不忘!'可谓不'拗'不'涩'矣。然读之无声响。庐陵散文能至;而有声之铭词未必至。其不能至者,由少拗笔、蹇笔与涩笔也。南宋之词,至白石、草窗,亦皆沈哑,然播以声律,又复悠扬动听,如〔暗香〕、〔疏影〕,字字皆哑,亦字字皆圆。填词小道,尚须沈哑;况铭词高贵,安可以油滑之调出之?至于昌黎作铭时,不作七古之想;故力求蹇涩,正以敛避七古。"又曰:"或以为班固《封燕然山铭》用《楚辞》体者,非也。《楚辞》之声悲,而《班铭》之声沈;《楚辞》之声抗,而《班铭》之声哑。其词曰:'铄王师兮征荒裔,剿凶虐兮截海外,夐其邈兮亘地界。封神邱兮建隆碣。熙帝载兮振万世!'班氏深知铭体典重,一涉悲抗,便为失体;故声沈而韵哑;此诀早为昌黎所得,为人铭墓,往往用七字体,省去兮字,声尤沈而哑。然此体尤难称;不善用者,往往流入七古。七古在近体中,别为古体,以不佻也;然一施之铭词,则立见其佻。法当于每句用顿笔,令'拗',令'蹇',令'涩',虽兼此三者,而读之仍能圆到,则昌黎之长技也!"纾读书能识古人用心,抉发阃奥。及其老也,虽散文亦以拗笔、蹇笔、涩笔出之,固非其伦!而名亦渐衰!

初纾论文持唐宋,故亦未尝薄魏晋。及入大学,桐城马其昶、姚永概继之;其昶尤吴汝纶高第弟子,号为能绍述桐城家言者;咸与纾欢好。而纾亦以得桐城学者之盼睐为幸;遂为桐城张目,而持韩、柳、欧、苏之说益力!既而民国兴,章炳麟实为革命先觉;又能识别古书真伪,不如桐城派学者之以空文号天下。于是章氏之学

兴,而林纾之说熸。纾、其昶、永概咸去大学;而章氏之徒代之。纾愤甚!《与姚永概书》曰:

仆潜蛰京师久,咫尺之地,不与足下相闻。既见足下南归,不居大学。有人言校长不直足下;寻校长亦不见直于学子,且不见直于司学之人;而校长行矣!继其事者不知为谁?然以足下之鸿学方论,宜其不见容于大学也。夫瞢然不审中国四千馀年之继绍绝学,则蔽于东人之言;此少年轻剽者所为,虽力攻吾学,而不即隳堕于其手。散在庸妄巨子,剽袭汉人餘唾,以挦扯为能,以钉饾为富;补缀以古子之断句,涂垩以《说文》之奇字,意境义法,概置勿讲;侈言于众:"吾汉代之文也!"伧人入城,购搢绅残敝之冠服,袭之以耀其乡里;人即以搢绅目之,吾不敢信也!王、李之相竞以能古,震川先生岿然不之却;而后来古文之绍其传者,未闻以沧溟、弇州为正宗,矧弇州晚年之于震川又何如?震川之痛诋弇州,已不以能古属之,矧今日妄庸之巨子,其道又左于弇州万万也。古人因文以见道;非能文即谓之知道。盖古文之境地高,言论约;不本于经术,为言弗腴;不出于阅历,其事无验。唐之作者林立,而韩、柳传。宋之作者亦林立,而欧、曾传。正以此四家者,意境义法,皆足资以导后生而进于古;而所言又必衷之道;此其所以传也。孔孟之徒,传之勿替者,以其善诱也。庄、列恃其聪明,高蹻远步,惟晋人绍之;已而光焰熠然;然庄、列之文,亦岂挦扯钉饾,如今日妄庸之巨子者耶?近者其徒某某腾噪于京师,极力排媢姚氏,昌其师说;意可以口舌之力挠蔑正宗!且党附于目录之家,矜其淹博!谓古文之根柢在是也!夫目录之学,书贾之帐籍也。京师书贾之老暮者,叩以宋、明之椠历历然,谓文之有根柢者,必若书贾之帐籍,其可乎?贡父兄弟读书多于欧公,今日《二刘遗集》,宁足与居士集并立?矧庸妄之谬种,又左于二刘万万也。桐城之派,非惜抱先生所自立。后人尊惜抱为正宗,未敢他逸而外轶,转辗相承而姚派以立。仆生平未尝言派,而服膺惜抱者,正以取径端而立言正。若弗务正,而日以捫扯钉饾,震眩流俗之耳目,吾可计日而见其败。离违久,不得足下之书,故拾其所闻以相语;非斤斤与此辈争短长;正以骨鲠在喉,不探取而出之,坐卧皆弗爽也!

盖卑卑无甚高论,而持唐以前之古为不可法,立说与前殊矣!既不得志于大学;会徐州徐树铮为段祺瑞谋主,以北洋军人魁桀,盗国之钧;自谓有文武才,喜谈桐城之学;以纾三人文章尊宿,遂引之入所办正志学校。一时言桐城者咸得皈依,而纾尤倾心焉;其撰《徐氏评点古文辞类纂序》曰:

> 总集昉于《文选》,梁以前未有也。昭明创立体例,法严而律精。迨宋之《文苑英华》出,始舍精而贵多,凌杂失统,柳宗元、白居易、权德舆、李商隐、顾云、罗隐诸人,至全卷收入。姚铉辑《唐文粹》,始铲刈繁芜,师承穆修、柳开一派,而独孤常州乃列为正宗。顾衡以退之,尚有间也!燕、许宗汉京;四杰尚骈俪;置韩、柳、李、孙四公于全唐文中,翘然莫肖其类。然非深于文者亦不能别。自是以来,吕祖谦之《宋文鉴》、苏天爵之《元文类》、程敏政之《明文衡》出;谓之备列三朝人之文,可也;谓之鉴别三朝文格之精,不可也。盖必深于文者,始能去

取古人之文。若徒备数而取足；则梅鼎祚之《文纪》，合东西晋、南北朝而尽录之，直汇书耳！宁复谓之选本？故茅鹿门之选八家，失之滥收；储同人之选八家，亦未必得其传作。独惜抱先生沈酣于古文近六十年，获成是书；心力瘁矣！蜀中赵尧生侍御，称是书为"姚氏学"。余曰："惟姚氏始有是学，他氏恶能有者！"姚氏之文，近于欧、归。夫欧非学韩者耶？韩之变化，不可方物；欧则出之以冲融，顾外融而中矫，如《送徐无党南归序》，其中化单而偶，化偶为单，迹象浑然，读之不辨其为韩也！震川沈厚不及欧；而因事设权，能不自袭其旧；是亦解变化者。惜抱则综二氏之长，潜其脉而永其趣！脉潜则不见其偾张，趣永则弥觉其渊邈；殆所谓阴柔之文也！凡文近于阴柔者，恒深沈而善思；故亦精于鉴别。韩之文，崇义而履忠者，凛乎其阳刚也！叙哀而述情者，粹然其阴柔也！而欧公则寓阳刚于阴柔之中。惜抱近欧而慕韩，故集中所选韩文特多，欧次之。凡余平日所惬于韩、欧者，惜抱则皆录之矣。黎氏、王氏均有续集，黎则古今杂收而不审择；王本专收近人，于桐城之弟子为多；幸皆不悖于法；然其行世仍不如姚选之盛！吾友徐君又铮崇礼《姚氏全集》，已一一加墨！且集诸家评语标之眉间，间亦出以己意。又铮韬钤中人，而笃嗜古文如此！较余之驽朽为甚矣！夫文评始于《典论》，次则挚虞之《流别》，刘勰之《文心雕龙》，然皆自成一集。至宋明诸老则务求深解，好作高谈，非毁前人，毛举细事，用矜其识，又铮均不以为可。其刊成是篇，盖发明古人用心所在，用以嘉惠后学者。呜呼！天下方汹汹！又铮长日旁午于军书，乃能出其馀力以治此；可云得儒将之风流矣！

其所以推姚氏学者甚至。顾徐树铮军人干政,时论不予;而纾称为儒将,或者以莽大夫扬雄《剧秦美新》比之,惜哉!

方清末造,谭诗者既宗宋之西江派,章炳麟既力辟之。而天下之倡宋诗者,如闽县陈宝琛、郑孝胥、侯官陈衍之伦,皆林纾乡人也。顾林纾不以为然,语于人曰:"汉之曹、刘,唐之李、杜,宋之苏、黄,六子成就,各雄于一代之间;不但沿袭以成家;既就一代之人言,亦意境各别。凡侈言宗派,收合党徒,流极未有不衰者也!时彦务以西江立派,欲一时之后生小子,咸为蹇涩之音。有力者既为之倡,而乱头粗服,亦自目为天趣以冒西江矣!识者即私病其鲜味。然宗派既立,亦强名之为涩体;吾未见其能欺天下也!陈后山之诗,犹寒潭瘦竹,光景清绝;性情稍弗近者,即弗能入。妄庸者乃极意张大之,力辟李、杜,惟此是宗。然闽中文人,在嘉、道间咸彬彬能诗,几见为枯瘠之语者?"是纾不惟不主宋诗;且斥闽人之主宋诗者为"妄庸",如其以"妄庸巨子"之斥章炳麟矣。及其老也,自谦其诗,谓少作已尽弃斥;近年始专学东坡、简斋二家七言律。又称"方今海内诗人之盛,过于晚明;而余所服膺者,则陈伯严、吾乡陈橘叟、郑苏戡而已!"陈伯严者,义宁陈三立,而橘叟则陈宝箴,苏戡则郑孝胥,皆西江派之健者也!按林纾论文不薄六朝,论诗不主西江,不持宗派之见,初意未尝不是。顾晚年昵于马其昶、姚永概,遂为桐城护法;昵于陈宝箴、郑孝胥,遂助西江张目。然"侈言宗派,收合徒党,流极未有不衰";纾固明知而躬蹈之者,毋亦盛名之下,民具尔瞻;人之藉重于我,与我之所以见重于人者,固自有在;宗派不言而自立,党徒不收而自合,召闹取怒,卒丛世诟?则甚矣,盛名之为累也!或者以桐城家目纾,斯亦皮相之谈矣!

未几,绩溪胡适自美国可伦比亚大学卒业归,倡文学革命之论,蕲于废古文,用白话,以民国七年入北京大学为教授,陈独秀、钱玄同诸人和之,斥纾三人为桐城余孽。纾心不平,作小说《妖梦荆生》诸篇,微言讽刺,以写郁愤。又致北京大学校长蔡元培书曰:

大学为全国师表,五常之所系属。近者外间谣诼纷集,我公必有所闻,即弟亦不无疑信? 或且有恶乎阘茸之徒,因生过激之论。不知救世之道,必度人所能行;补偏之言,必使人以可信。若尽反常轨,侈为不经之谈,则毒粥朝陈,旁有烂肠之鼠;明燎宵举,下有聚死之虫。何者? 趋甘就热,不中其度,则未有不毙者。方今人心丧敝,已在无可救挽之时;更侈奇创谈,用以哗众。少年多半失学,利其便己,未有不縻沸麇至,附和之者! 而中国之命如属丝矣! 晚清之末造,慨世者恒曰:"去科举,停资格,废八股,斩豚尾,复天足,逐满人,扑专制,整军备,则中国必强!"今百凡皆遂矣,强又安在? 于是更进一解,必覆孔、孟,铲伦常为快! 呜呼! 因童子之羸困,不求良医,乃追责其二亲之有隐瘵,逐之;而童子可以日就肥泽,有是理耶? 外国不知孔孟;然崇仁、仗义、矢信、尚智、守礼,五常之道未尝悖也;而又济之以勇。弟不解西文,积十九年之笔述,成译著一百二十三种,都一千二百万言,实未见中有违忤五常之语;何时贤乃有此叛亲蔑伦之论! 此其得诸西人乎? 抑别有所授耶? 弟年垂七十,富贵功名,前三十年,视若弃灰;今笃老尚抱守残缺,至死不易其操。前年梁任公倡马、班革命之说。弟闻之失笑! 任公非劣,何为作此媚世之言? 马、班之书,读者几人? 殆不革而自革,何劳任公费此神力? 若云"死文字有碍生学术",则科学不用古文,古文亦无碍科学。英之迭更，累斥希腊、腊丁、罗马之文为死物；而至今仍存者，迭更虽躬负盛名，固不能用私心以蔑古；矧吾国人尚有何人如迭更者耶？须知天下之理，不能就便而夺常；亦不能取快而滋弊！使伯夷、叔齐生于今日，则万无济变之方。孔子为圣之时；时乎井田封建，则孔子必能使井田封建，一无流弊；时乎潜艇飞机，则孔子必能使潜艇飞机不妄杀人；所以名为时中之圣！时者，与时不悖也。卫灵问陈，孔子行；陈恒弑君，孔子讨；用兵与不用兵，亦正决之以时耳！今必曰天下之弱，弱于孔子。然则天下之强，宜莫强于威廉，以柏林一隅，抵抗全球，皆败衄无措，直可为万世英雄之祖。且其文治、武功、科学、商务，下及工艺，无一不冠欧洲；胡为悢悢为荷兰之寓公？若云成败不可以论英雄，则又何能以积弱归罪孔子？彼庄周之书，最摈孔子者也；然《人间世》一篇，又盛推孔子；所谓《人间世》者，不能离人而立之谓；其托颜回，托叶公子高问难孔子，而陈以接人处众之道；则庄周亦未尝不近人情而忤孔子。乃世士不能博辩为千载以上之庄周，竟咆哮为千载以下之桓魋，一何其可笑也！且天下唯有真学术，真道德，始足独树一帜，使人景从。若尽废古书，行用土语为文字；则都下引车卖浆之徒，所操之语，按之皆有文法，不类闽、广人为无文法之啁啾；据此，则凡京、津之稗贩，均可用为教授矣！若《水浒》、《红楼》，皆白话之圣，并足为教科之书。不知《水浒》中辞吻，多采岳珂之《金陀萃编》；《红楼》亦不止为一人手笔；作者均博极群书之人。总之非读破万卷，不能为古文，亦并不能为白话。若化古子之言为白话演说，亦未尝不是。按《说文》："演，长流也。"亦有延之、广之之义；法当以短演长，不能以古子之长，演为白话之短。且使人读古子者,须读其原书耶?抑凭师之一二语,即算为古子?若读原书,则又不能全废古文矣!矧于古子之外尚以《说文》讲授。《说文》之学,非俗书也;当参以古籀,证之钟鼎之文,试思用籀篆可化为白话耶?果以籀篆之文杂之白话之中;是引汉、唐之燕、环,与村妇谈心;陈商、周之俎豆,为野老聚饮;类乎不类?弟闽人也;南蛮鴃舌,亦愿习中原之语言;脱授我者以中原之语言,仍令我为鴃舌之闽语可乎?盖存国粹而授《说文》,可也。以《说文》为客,以白话为主,不可也。大凡为士林表率,须圆通广大,据中而立,方能率由无弊。若凭位分势力,而施趋怪走奇之教育;则为穆罕默德左执刀而右传教,始可如其愿望!今全国父老以子弟托公,愿公留意,为国民端其趣向。故人老悖,甚有幸焉!愚直之言,万死万死!

是时胡适之学既盛,而信纾者寡矣!于是纾之学,一绌于章炳麟,再蹶于胡适。会徐树铮又以段祺瑞为奉直联军所败,纾气益索。然纾初年能以古文辞译欧美小说,风动一时;信足为中国文学别辟蹊径。独不晓时变,姝姝守一先生之言;力持唐、宋,以与崇魏、晋之章炳麟争;继又持古文,以与倡今文学之胡适争;丛举世之诟尤,不以为悔!殆所谓"俗士可与虑常"者耶?然有系于一代文学之风会者固匪细;不可不特笔也!性勤事不少休,晚年卖文译书外,益肆力作画。自珂罗版书画盛行,虽家乏收藏,不难见古名人真迹。珂罗版者,西法用药水玻璃,照印字画,毫发不爽。纾用得饱临四王、墨井、南田,上及宋、元诸大家杰作,骎骎擅能品;而时出恢诡以发其趣。尝以二尺小横披,绘二乞儿争食。一乞前立者得食,意颇自得,掀盖将倾于釜。其一分食不得,意甚愤,自后拔其足使颠。

神态栩栩。题其后曰:"遇食汝尽前,我拔其足汝便颠。汝遇食,须顾我,汝先我食如何可!乞儿纷纷方争食,林子过之长太息。不让固非佳,纷争亦何得!官场士品半如此,我今借汝作样子!"沽者麇至,幅直数十饼金,纸绢塞屋,益以版税版权,岁入巨万。版税者,著作稿书坊代印,每书分其价十之几;版权者,以著作稿售书坊,每千字价若干金;其丰歉壹视其人之声誉以为衡;而版税、版权之所饶益,并世所睹记,盖无有及纾者也。纾有书室,广数筵;左右设两案:一高将及肋,立而画;一案如常,就以作文;左案事暇,则就右案;右案如之;食饮外,少停晷也!作画译书,虽对客不辍;惟作文则辍。同县陈衍戏呼其室为"造币厂",谓动即得钱也。然纾颇疏财,遇人缓急,周之无吝色;中年丧妻;置一妾,爱怜少子,而有不克家者!所著《畏庐文集》、《续集》、《三集》、《诗存》、《笔记》、《春觉斋论文》、《韩柳文研究法》,都若干卷。以民国十二年卒,年七十三岁。

二　诗

1. 中晚唐诗

　　方今之世,文有古今之殊;而古文之中,又有魏晋、齐梁与唐宋之分,所谓歧之中又有歧焉!惟诗亦然。独文则唐与宋不分派;而诗则所谓"同光体"者,又喜谈宋诗,以别于中晚唐一宗焉。

　　近来诗派大别为三宗:清季王闿运崛起湘潭,与武冈邓辅纶倡为古体,每有作皆五言,力追魏晋,上窥《风》、《骚》,不取宋唐歌行近体。辅纶《白香亭诗》,高秀出《湘绮楼》之上!闿运自谓学二陆,至陶、谢已无阶可登。而辅纶和陶,冲淡微远,深哜神味。衡阳曾熙学诗辅纶,又奉手闿运,述二人教学诗之法曰:"拟古而已!"盖以为六朝诗人,皆有拟古之作;惟其能与古合,斯能与古离也。武陵词人陈锐,字伯弢,为闿运弟子,著《袌碧斋》论诗,称曰诗中之圣;而自为诗,初学汉魏选体;晚乃脱然自立,思深旨远,虽时嫌生硬,尚不失为楚人之诗也。章炳麟诗不多作,每出一篇,韵古格高,欲轶湘绮。其弟子黄侃,五言颇窥庾、鲍,皆属此宗。张之洞总督两湖时,尝谓:"洞庭南北,有两诗人。壬秋五言,樊山近体,皆名世之作。"樊山者,恩施樊增祥也;早岁崇清诗人袁枚、赵翼;自识之洞,皆悉弃去;从会稽李慈铭游,颇究心于中晚唐;吐语新颖,则其独擅。龙阳易顺鼎，固能为元、白、温、李者。于是流风所播！中晚唐诗极盛，然学者颇多，而佳者卒鲜；何者？盖此体易入而难精也。至同光体者，闽县郑孝胥之伦，所为题目同、光以来诗人，不专宗盛唐者也；出入南北宋，标举梅尧臣、王安石、黄庭坚、陈师道、陈与义以为宗尚，枯涩深微，包举万象；盖衍桐城姚氏、湘乡曾氏之诗脉，而不屑寄人篱下，欲以自开宗者也。此宗又分为两派：一派为清苍幽峭，自《古诗十九首》、苏武、李陵、陶潜、谢灵运、王维、孟浩然、韦应物、柳宗元以下逮贾岛、姚合，宋之陈师道、陈与义、陈傅良、赵师秀、徐照、徐玑、翁卷、严羽，元之范梈、揭傒斯，明之钟惺、谭元春之伦，洗炼而烹铸之，体会渊微，出以精思健笔；字皆人人能识之字，句皆人人能造之句；及积字成句，积句成韵，积韵成章，遂无前人已言之意、已写之景；又皆后人欲言之意、欲写之景。此一派当以郑孝胥为魁垒。其同县陈宝琛，亦此中之健者；而五言佐以孟郊，七言参以梅尧臣、王安石及金之元好问；斯则郑孝胥之所独矣！孝胥尝语教六朝诗者曰："六朝诗非不佳妙！第陈陈相因，生意索然耳！"盖学六朝者，能入而不能出；或不失古格而罕出新意；此固孝胥之所不许也。其一派生涩奥衍，自《急就章》、《鼓吹词》、《铙歌十八曲》以下逮韩愈、孟郊、樊宗师、卢仝、李贺、梅尧臣、黄庭坚、薛季宣、谢翱、杨维桢、倪元璐、黄道周之伦，皆所取法；语必惊人，字忌习见；此派推义宁陈三立为巨子；而嘉兴沈曾植作诗喜用僻典，与三立之好用奇字，又少异焉！

樊增祥

樊增祥，原名嘉，字云门，号樊山，湖北恩施人。父燮，承袭一等轻车都尉,历官湖南永州镇总兵,酣饮不事事。巡抚骆秉章将劾之。湘阴左宗棠方以在籍举人,佐秉章,主其军政。燮恐,谒求解,伏地拜。宗棠不答,又诟让燮。燮负武官至红顶矣,亦惭怒相诟唾而出也。遂以剥饷乘轿被劾。罢官归,谓增祥曰:"一举人如此,武官尚可为哉! 若不得科第,非吾子也!"增祥天性聪颖,七岁读唐诗;燮曰:"汝能对'开帘见月'否?"则应声曰:"闭户读书。"燮心喜之而故诃曰"书可对月耶!"时架上所有,自太白、香山、放翁、青丘而外,惟袁、蒋、赵三家诗;增祥不喜蒋而嗜袁、赵,放言高咏,动数百言;长老皆奇赏之。既而燮被议,则课增祥为举业,日坐斋中教督;属文,每数行,必取阅;阅必数数诃骂。中式同治丁卯举人,而家益贫。先是,燮归,有衣裘数笥,斥卖略尽;则母夫人徐典钗珥继焉。增祥既乡举,即为人司书记以供菽水。会张之洞视学,至宜昌,见增祥文,奇赏之,延致宾座,诏以治学途径;荐为潜江书院山长,又移主江陵讲席,日夕肆力于古。所为诗文稿草,岁尝逾寸,旋作旋弃,如剥笋箨,如断蔗梢;夙昔下笔千言,至是七言八句,或终夕不成。自汉及今名篇俊句,手所甄录者,不下数十卷,盖于此事,独得圣解;益以精思博学,手熟心虚,故其所作,称心而出,如人人意中所欲言,而实人人所不能言。顾食贫自甘;每日薪蔬不过钱三十文;性不肉食,食或不托数枚,或汤饼一器,取诸市肆,并爨火省焉;而尽以所获奉父母。母徐知增祥好书,每持馆金归,必检数金畀之曰:"尔且可买书。"如是者十年。先是,之洞以同治丁卯典浙试,得士称盛。增祥馆之洞久,故与浙士亲,因得见李慈铭,深相慕结;及计偕入都,遂受业焉。慈铭尝曰:"今世学人能诗者,皆幽邃要窈,取有别趣。若精深华妙,八面受敌,而为大家者,老夫与云门不敢多让。"增祥惊谢。慈铭叹曰:"得失寸心知;子自视宁不佳耶?"以光绪丁丑成进士。之洞适自蜀还京,与增祥别且久,相见叹曰:"子其终为文人乎?事有其大且远者,而日以风雅自命,孤吾望矣!"增祥皇然请业,尽屏所为词章之学,非有用之书不观。之洞与增祥故皆好谈,至是谈益剧,达昼夜不止,相与上下千古,举凡时政得失之由,中外强弱之形,人才消长之数;每举一事,必往复再三,穷其原始,究其终极。所著《广雅堂问答》一卷,即当日疏记者也。增祥纵横有机智,五官并用,笔舌所至,颠倒英豪,雕绘万象;执政畏而恶之!而胜流凤士,推襟送抱,莫不赏其奇逸!时俄事方棘,言者蜂起,增祥亦有论列,益见嫉焉。己卯冬,散馆试列二等,名与湖南孙宗锡相次;而宗锡在湘序第四,增祥在鄂第三。已而宗锡留馆得编修;增祥竟改外。时清流方盛,之洞为之盟主,广雅堂中,户屦恒满;而增祥议论雅不附和;之洞疑其将持异同,故荐剡不及。会以父艰归,服阕,久之,乃起谒选,得陕西宜川令。将行,李慈铭谓曰:"子之诗信美矣!而气骨少弱。关中,汉唐故都,山川雄奥,感时怀故,当益廓其襟灵,助其奇气。老夫让子出一头矣!"既之官,历移咸宁、富平、长安三县。居常服膺宋儒玩物之戒,公事未毕,不读书观画;及退食萧然,绿茗一杯,石叶数片,清吟抱膝,入兴成章。尝以《春兴》八首寄慈铭,得报曰:"子诗曰益遒上,曩所许不虚矣!"寻以母丧归。张之洞方自广督移鄂,延致之。之洞高掌远蹠,举措非常;初以增祥诗人,清谈而已;久之,渐与谋议,乃大叹挹曰:"云门智计过人!"益见亲待。服阕,还陕西,授渭南令。其为政尚严,而宅心平恕;所遇大吏,皆推诚相与;故得自行其志。贫贱日久,阅历世故三十餘年;其于物态诡随,情伪百变,无不揣摩已熟;又上自节镇,下至令长,出入宾幕,更事最多;故尤达于吏治。少时好听人折狱,无当意者;尝曰:"使吾操丹笔从事,故当与此辈小异!"至是,果符曩言。每听讼,千人聚观;遇朴讷者,代白其意,适得其所欲言;其桀黠善辩、以讼累人者,一经抉摘,洞中窾要,皆骇汗俯伏,不得尽其词;乃从容判决,使人人快意而止。以故所至良儒怀恩,豪强屏息;而于家庭衅嫌,乡邻争斗,及一切细故涉讼者,尤能指斥幽隐,反复详说,科其罪,而又白其可原之情;直其事,而又摘其自取之咎;听者骇伏,以为洞察而得。实则熟于世情,长于钩较,因此识彼,闻一知十;凡所侔揣,无不奇中。每行县,一马一仆,裹粮往返,不费民间一钱。其治盗,皆身自捕逐,立就擒缚;尝谓人曰:"作吏最苦!临事贵速,若昼寝夜宴,寄权于人,其所亡失,不知凡几矣!"湘人赵元臣者,善相人。增祥诣之;一见叹曰:"终身不得志也!"增祥谩曰:"吾宁穷饿死耶!"元臣曰:"非也!他人求之不得者,子得之皆若不足,是宁有满志时耶!"增祥笑抚元臣肩曰:"然,子知我!"有日者谓增祥权极重。谩应曰:"宰相乎?督抚乎?"则曰:"非也!阶不过四品。所谓权重者,譬如数人共事,必公一人尸之;人常逸而公独劳;公常发谋而人皆退听,此为权重耳。"增祥亦以为知我。二十许时,即好聚书;侵寻三十年,所得二十馀万卷,而书画碑帖之属,又十馀巨簏;关内目为收藏家。增祥尝曰:"意不能无所寄。声色服玩,非性所嗜;此事差以自娱!若值攻取之场,赴功名之会,视弃此物犹敝屣耳。吾宁作虎头痴哉?"自再入关,刑名钱谷笺启会计之属,皆身自为之。而鹿传霖为陕西巡抚,荣禄为西安将军,更以记室参军见委;他人十口不及详、十手不及书者,独从容庀治,咄嗟立办;而意必警切,辞必宏丽,灏乎沛然,腾跃行墨。盖自少至老,口诵之书殆逾万卷;手抄之牍,不啻百本;腹笥充积,俯拾即是。其代鹿传霖《祝荣禄五旬晋九生日并送还朝祝嘏叙》曰:

光绪二十年，恭遇皇太后六旬万寿；直省将军督抚以下奉诏入都祝嘏者四十二人，西安将军仲华尚书与焉。鸾书紫检，听玉殿之宣名；驷铁华镳，待金商而启节。传霖与君辇下钦风，关中抗手；交蜀公如兄弟，望景倩若神仙；请以奚斯复宇之辞，附于绕朝赠策之谊，可乎？先是，癸巳二月，祝君生日，既尝镌词绿玉，纪德金犀；第于君三朝出入之荣，平生忠亮之节，犹未尽也。粤自皇太后四旬万寿；君方以工部尚书总管内务府事。上慈宁之徽号，手奉瑶函；进长乐之霞杯，亲斟天酒。绿衣舞蹈，升玉阶以纠仪；法曲教成，先大常而按拍。月华门里，指挥万国之衣冠；上林苑中，辇致三山之花药。凡兹庆典，并得赞襄。迨慈寿五旬，君年四九。长依日月，近在蓬莱。中更十年，再逢万寿。方谓奇章第宅，常居金椀之中；郑公履声，不离瑶阶之上。而乃金马自遥于万里，衮衣不见者三年。寇平仲暂出中书，来掌北门之钥；李卫公相将一妹，远投西岳之书。未免周览黄图，瞻依丹御。盼红云于香案，想甜露于金茎。而孰知天子徘徊，最忆凌云之气；宫嫔笑语，时称德雨之名；言祝慈釐，首衔明诏。定远遣材官诣阙，方冀幸于还京。曹参趣舍人治装，已心知其必召。传霖以为瞻天之愿，不以中外殊；捧日之心，不以夷险易。方君之值内廷也，累月宿禁近之中，朝夕对平台之上。黄家骑马，频至臣家；侍中珥貂，常拂御手。国事直如家事，重臣复是亲巨。缛礼云繁，明恩露湛。名驹玉带，特颁锦树之英；佳果新冰，先赐豫章之第。禁里喧传之口敕，日必数番；箧中未缴之诏书，动逾千首。璇闱鬟朵，无非内苑之花；娇儿乳汁，尽出天厨之馔。诸王驸马，多总角之交游；二府三司，若布衣之昆弟。而复以羽林宿卫，领龙武新军；颇牧出于禁中，孙吴走于帐下。君之贵盛，华裔传之；君之强直，朝廷惮之。内务府者，典司御药，句管金舆，大而朝庙之彝章，细及宫庭之服御；中官宣索，日累百纸，动称进奉，莫诘从来。君请尚方所需，钤以小玺。先帝曰"俞"，遂为定制。此则东吴哲后，立明鼠矢之奸；南国昭冥，无复虎威之假！既而两宫顾香山之佛寺，舍布地之金钱，爰诏水衡，规修绀宇，估值白金六十万两。君敷宣至理，引喻先朝，感动慈怀，卒得停寝。是则汉文罢露台之役，所省犹微；昌黎谏佛国之书，厥功非巨。帝子库者，地接周陛，人多猥杂；官中暑寒代嬗，帘簟一新，率用此曹司其除换；依栖灵囿，譬雉兔之群游；居近液池，善鱼龙之百戏。或言于慈圣。以左珰乏人，欲悉召入官，给扫除之役。君述铁牌之遗训，引官史之明条；雷霆赫然，明争如故。卒使椒庭月朗，兰掖风清；屏汉室之弄儿，罢齐廷之官市。从此骏蚁冠底，竞毁申屠；青雀窠中，争逸斛律；而君遂引疾就第矣。屏居绿野，静卧漳滨；清酒三升，瑶琴数弄。汲淮阳之卧阁，渐就痊平；庾武昌之据床，最工谈咏。然且贤王屡顾，百辟纷来。紫微倘失君房，中书奠赖；天策不逢如晦，断割无人。虽散地之优游，仍忠谋之恳款。周公负扆，终资史佚之规绳。汉将如云，全赖留侯之卧护。置酒召朔方之诸将，驰书救东林之党人。北扉翰林，多公门之桃李；外夷馆伴，钦上国之枏榴。皇上褒录忠勋，眷怀耆旧，用伏波以安关陇，起韩琦而知永兴。立马莲峰，呼鹰紫阁。八千子弟，一一能呼其姓名；百二关河，处处习知其险要。劝学增举场之额，练兵颁奇器之图。博访材贤，力开风气。徒以去京日远，恋阙情深。明诏方宣，锋车待发。御床近接，邺侯重睹于龙颜；羽扇翩然，诸葛复还于鱼水。今者年将周甲,节届生申。阿母蟠桃,未启瑶池之宴;曲江红杏,先开旌节之花。百吏称觥,千军截辔。深惟赠送之义,无忘忠爱之忱。是以规谏文章,颂武公于淇水;泽袍气谊,美秦仲于《车邻》。将军此行,海内属望。天子待于西邸,百司候于东门。玉佩穿花,绯衣倚树。歌卿云之五色,不尽揄扬;捧金鉴于千秋,依然风度。三分礼绝,仲华特冠崇班;千叟筵开,君实犹居末座。是皆然矣!抑有进焉!朝廷若问玉关内外,馈运艰阻之状;则愿君为萧酂侯;若问三辅左右,流离鸿雁之民,则愿君为汲长孺。如欲齐一法令,登崇俊哲,以臻贞观、开元之盛,则愿君为姚元之;如欲调和官掖,赞成慈孝,以显光献、宣仁之名,则愿君为韩魏国。如欲强国富民,绸缪边围,则愿君为李赞皇;如欲忠信文武,憺邻却敌;则愿君为富郑公。若欲慰塞人望,隐慭夷情,擢用老成,跻之枢要;则愿君为司马端明。若欲威加四海,子惠元元,大计英谋,朝咨夕考;则愿君为耶律文正。若问柏梁建章,千门万户之制;知君决不为张茂先。若问方田水利,青苗手实诸法;知君更不屑为王安石也!

陈善责难,以规为颂,经国至谟,不难以寻常酬酢出之。观其体赡而律调,志尽而文畅,应物掣巧,随变生趣,执辔有馀,故能缓急应节矣。刊有《樊山文钞》四卷,其中有骈有散,辞能舒徐,笔非遒紧,散文非当行。至其骈俪之文,安雅冲粹,无钩章棘句之形,而情味婉笃,事理曲畅;短书小记,亦有生峭。而酬对宾客,处分庶事,从容文史,若不经意。居渭南久,虨虎改行,风俗清美;他州之民,称为仙界。荣禄内调,以中日战争起,帮办军务;后三年,总统武卫五军。增祥适以卓异召对称旨,记名以道府用,交荣禄差遣。自是增

祥居荣禄幕者一年。拳变作,乃款段出都,返西安。既而两宫西幸,荣禄以枢府秉笔无人,任增祥掌诏敕;罪己之诏,皆增祥削草。累擢陕西督粮道、布政使,移江宁布政使。张之洞七十岁,增祥方布政陕西,以文二千馀言寿之,为俪体,用电报分日拍发,告之洞;中有四句云:"不嘉其谋事之智,而责其成事之迟;不谅其生财之难,而责其用财之易。"盖之洞志大而才疏,任督抚四十年,凡所兴作,多谋少成,而耗费巨万万,一时有"国家败子"之目也!之洞以其极意斡旋,大声琅诵,拊几曰:"云门诚可人哉!"增祥又以之洞禁士夫为文用新名词;有句云:"如有佳语,不含鸡舌而亦香。尽去新词,不食马肝为知味。"巧譬生新,亦为之洞激赏者也。顾增祥所自喜者在诗;刊有《樊山诗钞》六卷,以时地先后为次,起同治九年庚午,迄光绪三十二年丙午,前后三十七年;又起宣统三年辛亥,尽民国二年,刊《樊山集外诗文》八卷,身世遇合,朝局沧桑,略可考见。徒以心能超览,文无苦语,虽感深苍凉,而辞归绮丽。自言:弱冠以前,嗜袁子才、赵瓯北。庚午,从南皮游,遂捐弃故技,尽焚前作;存稿断自庚午,犹宋人以《见黄》名集云。然诗境并不与同。遂涉温庭筠、李商隐以溯刘禹锡、白居易,于此事颇具甘苦。今观所作,隶事稳称,风华掩映;而骨力未遒,意境欠深,媚而不遒,与文同蹊;性情所关,非可勉强;然而竖义常丰,涉情必显,圆若流珠,熟于美酝;尤雅负其艳体之作,谓可方驾冬郎,《疑雨集》不足道也!赋《前后彩云曲》并《序》,最为时诵;其辞曰:

傅彩云者,苏州名妓也;年十三,依姊居沪上,艳名噪一时。某学士衔恤归,一见悦之,以重金聘为簉室,待年于外。祥琴始调,金屋斯启。携至都下,宠以专房。学士持节使英,万里鲸天,鸳鸯并载;至英,六珈象服,俨然敌体。莫故女主,年垂八十,雄长欧洲,尊无与并!彩出入椒庭,独与抗礼;尝偕英皇并坐照像,时论荣之。学士代归,从居京邸,与小奴阿福奸生一女。学士逐福留彩,寝与疏隔。俄而文园消渴,竟促天年。彩故与他仆私,至是遂为夫妇。居无何,蓄略尽,所欢亦狙!仍返沪为卖笑计,改名曰赛金花。苏人公檄逐之!转至津门,虽年逾三十,而艳名不减畴昔。己亥长夏,与客谈此事,因记以诗。先是学士未第时,为人司书记,居烟台,与妓爱珠有啮臂盟;比再至,已魁天下,遽与珠绝。珠冤痛累日,竟不知所终。今学士已矣!若敖鬼馁,燕子楼空,唱《金缕》者,出节度之家;过市门者,指状元之第;得非霍小玉冥报李十郎乎?余为此曲,亦如元相所云:"甚愿知之者不为,而为之者不惑耳。"

姑苏男子多美人,姑苏女子如琼英。水上桃花如性格,湖中秋藕比聪明。自从西子湖船住,女贞尽化垂杨树。可怜宰相尚吴棉,何论红红兼素素!山塘女伴访春申,名字偷来五色云。楼上玉人吹玉管,波头桃叶倚桃根。约略鸦鬓十三四,未遣金刀破瓜字。歌舞常先菊部头,钗梳早入妆楼记。北门学士素衣人,暂踏球场访玉真。直为丽华轻故剑,况兼苏小是乡亲。海棠聘后寒梅喜,侍君居外明诗礼。两见泷冈墓草青,鸳鸯弦上春风起。画鹢东乘海上潮,凤凰城里并吹箫。安排银鹿娱迟暮,打叠金貂护早朝。深宫欲得皇华使,才地容斋最清异!梦入天骄帐殿游,阏氏含笑听和议。博望仙槎万里通,霓旌难得彩鸾同。词赋环球知绣虎,钗钿横海照惊鸿!女君维亚乔松寿,夫人城阙花如绣。河上蛟龙尽外孙;虏中鹦鹉称天后。使节西持娄奉章,锦车冯嫽亦倾城。冕旒七鼍瞻繁露,盘敦双龙赠宝星。双成雅得君王意,出入椒庭整环佩;妃主青禽时往来,初三下九同游戏。装束潜将西俗娇,语言总爱吴娃媚。侍食偏能餍海鲜,投书亦解翻英字。凤纸缅来镜殿寒,玻璃取影御床宽。谁知坤媪山河貌,只与杨枝一例看。三年海外双飞俊,还朝未几相如病!香息常教韩寿闻,花枝每与秦官并。春光漏泄柳条轻,郎主空嗔梁玉清;只许丈夫驱便了,不教琴客别宜城。从此罗帐怨离索,云蓝小袖知谁托!红闱何日放金鸡,玉貌一春锁铜雀。云雨巫山枉见猜,楚襄无意近阳台;拥衾总怨金龟婿,连臂犹歌赤凤来。玉棺昼下新官启,转廛玉郎长已矣。春风肯坠绿珠楼,香径还思苎罗水。一点奴星照玉壶,樵青婉娈渔童美;缥帷犹挂郁金堂,飞去珉梁双燕子。那知薄命不犹人,御叔子南先后死。蓬巷难栽北里花,明珠忍换长安米。身是轻云再出山,琼枝又落平康里。绮罗丛里脱青衣,翡翠巢边梦朱邸。章台依旧柳鬖鬖,琴操禅心未许参;杏子衫痕学官样,枇杷门榜换冰衔。吁嗟乎!情天从古多缘业,旧事烟台那可说!微时萱蒯得恩怜,贵后萱芳都弃掷;怨曲争传紫玉钗,春游未遇黄衫客。君既负人人负君,散灰扃户知何益!歌曲休歌《金缕衣》,买花休买马塍枝!彩云易散玻璃脆,此是香山《悟道诗》!

某学士者,吴县洪钧,光绪间,出使英、俄、德、奥诸国者也,故增祥以洪容斋影之。尝语人曰:"祸水何能溺人;人自溺之。出入青楼者,可以彩云为鉴!"厥后彩云以庚子入京,会八国联军至,统师者德国瓦德西,则彩云前媵洪钧出使时所私昵也;至是重续坠欢,侍瓦居仪鸾殿。尔时联军驻京,惟德军最酷!留守诸大臣结舌坐视,莫之谁何?而彩云则言于瓦,止其淫掠。又曰:"琉璃厂,中国数千年文物之所萃也;幸毋毁!"凡瓦之欲使中国过于难堪者,彩云必争之!迨议赔款,则抑减其数;而于是朝局斡旋,民生之利赖,不在诸公之衮衮,而系彩云之纤纤!此可谓中国奇耻极辱也。然士大夫之向诅骂者,一转而颂彩云之能效忠于国矣。虽然,彩云则何知。一日,谓瓦曰:"中国之搜人材,在八股试帖;将相于是出焉。"瓦用其言,乃于金台书院集诸生而试之,示期悬榜如制。文题"以不教民战";试题"飞斾入秦中"。试之日,人数溢额;瓦为评定甲乙,考得奖金者,咸欣然有喜色。自此事出,而向之誉彩云者,颂声未歇,又或大诟以为丧心辱国也!增祥乃著《后彩云曲》以叙其事;可以觇国势之不竞,世变之凌夷焉!其辞曰:

纳兰昔御仪鸾殿,曾以宰官三召见。画栋珠帘霭御香,金床玉几开宫扇。明年西幸万人哀,桂观蚩廉委劫灰;虏骑乱穿驿道走,汉官重见柏梁灾。白头宫监逢人说:庚子灾年秋七月。六龙一去万马来,柏林旧帅称魁杰。红巾蚁附端郡王,擅杀德使董福祥;愤兵入城肆淫掠,董逃不获池鱼殃!瓦酋入据仪鸾座,凤城十家九家破;武夫好色胜贪财,桂殿秋清少眠卧。闻道平康有丽人,能操德语工德文;状元紫诰曾相假,英后殊施并写真。柏灵当日人争看,依稀记得芙蓉面。隔越蓬山十二年,琼华岛畔邀相见。隔水疑通云汉槎,催妆还用天山箭。彩云此际泥秋衾,云雨巫山何处寻?忽报将军亲折简,自来花下问青禽。徐娘虽老犹风致,巧换西装称人意。百环螺髻满簪花,全匹鲛绡长拂地。雅娘催下七香车,豹尾银枪两行侍。

钿车遥遵辇路来,罗袜果踏金莲至。历乱宫帷飞野鸡,荒唐御座拥狐狸。将军携手瑶阶下,未上迷楼意已迷!骂贼还嗤毛惜惜,入宫自诩李师师。言和言战纷纭久,乱杀平人及鸡狗。彩云一点菩提心,操纵夷獠在纤手!胠箧休探赤仄钱,操刀莫逼红颜妇。始信倾城哲妇言,强于辩士仪秦口!后来虐婢如蝮虺,此日能言赛鹦鹉。较量功罪相折除,侥幸他年免缳首。将军七十虬髯白,四十秋娘盛钗泽!普法战罢又今年,枕席行师老无力。女闾中有女登徒,笑捋虎须亲虎额;不随槃瓠卧花单,那得驯狐集金阙。谁知九庙神灵怒,夜半瑶台生紫雾。火马飞驰过凤楼,金蛇掞韬燔鸡树。此时锦帐双鸳鸯,皓躯惊起无襦袴。小家女记入抱时,夜度娘寻凿坏处。撞破烟楼闪电窗,釜鱼笼鸟求生路。一霎秦灰楚炬空,依然别馆离宫住。朝云暮雨秋复春,坐见珠槃和议成。一闻红海班师诏,可有青楼惜别情。从此茫茫隔云海,将军颇有连波悔。君王神武不可欺,遥识军中妇人在。有罪无功损国威,金符铁券趣销毁!太息联邦虎将才,终为旧院蛾眉累。蛾眉终落教坊司,已是琵琶弹破时!白门沦落归乡里,绿草依稀具狱词。世人有情多不达,明明祸水褰裳涉。玉堂鹓鹭愆羽仪,碧海鲸鱼丧鳞甲。何限人间将相家,墙茨不扫伤门阀!乐府休歌《杨柳枝》,星家最忌桃花煞。今者《株林》一老妇,青裙来往春申浦。北门学士最关渠,西幸丛谈亦及汝。古人诗贵达事情,事有阙遗须拾补。不然落溷退红花,白发摩登何足数。

读者至以比清初吴伟业之《圆圆歌》;而《后曲》有当诗史,剧胜《前曲》,嘉兴沈曾植以为的是香山,不只梅村者也。增祥为诗甚捷疾,案头诗稿,用薄竹纸订厚百馀页,蝇头细字,下笔数行,极少点窜,不数月又易本矣!友人侯官陈衍尝辑《师友诗录》,以增祥之诗多而选难,欲于往来赠答之外,专选其艳体诗;而为之辞曰:"后人见云门诗者,不知若何翩翩年少?岂知其清癯一叟,旁无姬侍;且素不作狭斜游者耶!"方增祥游宦关中时,同官涂少卿,江西宿士;谓其弟子田生曰:"子之师,奇男子也。自弱冠至四十,不御内者十七年;此岂易到耶?"盖增祥二十馀丧妻,至三十九乃续娶也。洎老,闻妻侄纳姬,以诗规之云:"樊山词笔擅风华,一世曾无称意花。冰簟银床凉雨夜,人生无过独眠佳!"好色不淫,弥见风趣;轻薄少年,慎无以增祥为借口也!生平论诗,以清新博丽为主;工于隶事,巧于裁对,见人用眼前习见故实,曰:"此乳臭小儿耳!"作诗万首,而七律居其八九;次韵叠韵之作尤多,无非欲因难见巧也。近代诗人,其隶事之精,致力之久,益以过人之天才,盖无逾于增祥者。入民国,历任总统府秘书长、顾问。以退宦诗人,寓都下;文酒过从,与周树模少朴、左绍佐笏卿号楚中三老。而并时楚人中,及与增祥同举秀才者,只左绍佐一人而已。绍佐,应山人,一字竹笏,于清季官广东雷琼道,有政声;诗词均戛戛独造;所为日记,密行精楷,数十年如一日;诗在昌黎、东坡之间,与增祥不同,而交期极笃。增祥有《与笏卿论诗长歌》,其词曰:

  君不见兰子七剑两手中,中有五剑常在空;巧手能虚以运实,开凿浑沌皆玲珑。又不见单父种花骊花宫,万花颜色无一同;匠心能以素为绚,坐使枯寂回春风。兵家在以少克众,权家在以轻起重,道家在以静制动,诗家在以独胜共。能言人所不能言,如山出灵无不宣;能圆人所不能圆,如月三五悬中天。

百汲不竭井底泉,任烧不绝香上烟。百花酿作酒一甊,白药炼成丹一丸。五味入口取其甘,五色入目取其鲜,五声入耳取其和,惟貌不独取其妍。取之杜、苏根底坚,取之白、陆户庭宽,取之温、李藻思繁,取之黄、陈奥窔穿。言之有物饼中馅,裁之成幅机中练,视之无迹水中盐,出入则飞匣中剑。无意何能作一经?无笔何以役万灵?无才何以笼群英?无学何由跻老成?无法何所谓尺绳?无事何足为重轻?一字不安众所议,八面受敌谁则能。老笏杂言昨挑战,意亦学韩通其变。六十馀年穷生活,为君一骋雕龙辩。诗林籦籦百尺竿,老年进步如少年。学我者死殊不然,果如我语诗其仙。

增祥之诗,缉裁巧密,尤工隶事;而论诗乃贵虚以运实,素以为绚;不独取其妍而已!尤不拘拘宗派,每语于人曰:"向来诗家率墨守一先生之集,其他皆束阁不观;如学韩、杜者必轻长庆;学黄、陈者即屏西昆;讲性灵者,则明以前之事不知;遵选体者,则唐以后之书不读。不知诗至能传,无论何家,必皆有独到之处,少陵所谓'转益多师是我师'也。人所处之境,有台阁,有山林,有愉乐,有幽愤。古人千百家之作,浓淡平奇、洪纤华朴、庄谐敛肆、夷险巧拙,一一兼收并蓄,以待天地人物形形色色之相需相感,吾即因以付之;此即所谓八面受敌,人不足而我有馀也。所蓄既富,加以虚衷求益,旬锻季炼;而又行路多,更事多,见名人长德多,经历世变多,合千百古人之诗以成吾一家之诗。此则樊山诗法也。"初取径于中、晚唐;而晚年亦为宋诗,《与苏戡冬雨剧谈》之作,瘦淡仿郑孝胥体,不为侧艳。而孝胥和诗,亦备极倾倒之。辞曰:

久于南皮坐,习闻樊山名。老矣始一见,赵璧真连城。落笔必典赡,中年越峥嵘。才人无不可,皎若日月明。春华终不谢,一洗穷愁声。南皮凤自负,通显足胜情。达官兼名士,此秘谁敢轻！晚节殊可哀,祈死如孤茕。其诗始抑郁,反似优生平。吾疑卒不释,敢请樊山评。

尝序伯严诗,持论辟清切。自嫌误后生,流浪或失实。君诗妙易解,经史气四溢。诗中见其人,风趣乃隽绝。一语莫非深,天壤在毫末。何须填难字,苦作酸生活。会心可忘言,即此意已达。

穷愁固易工,忧患宁爱好；奋飞抉世网,结习犹烦恼。午诒论诗骨,见谓饥不饱。心知小潺湲,河海愧浩渺。何期樊山老,闽荔喻益巧！荔甘而诗涩,唐突天下姣！庶几比谏果,回味得稍稍。嗜涩转弃甘,攒眉应绝倒。原注:夏午诒赠诗云:"世人无此骨餐之不疗饥。"

说者谓能传增祥生平,不仅足征此日之诗派焉。顾增祥自负一代诗伯,从不轻许可人诗。某甲自负能诗,每对增祥诵所作。增祥不耐,一日嗤以鼻曰:"君诗多不协韵,且误用故事,于他人尚不应如此！矧向余卖弄,尤可不必！"甲面发赤,谢曰:"小子学殖荒落以致此也。"增祥抚掌狂笑曰:"田无一草,不得言荒；树无一果,奚所用落。君胸无点墨,犹之无草之田,无果之树,何荒落之有！"甲不胜惭,发怒。增祥不顾也。独诵龙阳易则鼎之《初至关中》诗,则倾倒备至。如"翠华西幸周王骏,紫气东来李叟牛。""关百二重秦代月,宫三十六汉时秋。""云从武帝祠边散,雨自文王陵下来。""城堞雄连秦晋树,关门牡绣汉唐苔。"评云:"精丽无匹！""何忍呼他为祸水,尚思老我此柔乡。"评云:"绮艳。""流残清灞无情水,画出阿房不霁虹。"评云:"名句。"集句之"词客有灵应识我,好云无处不遮楼。河山北枕秦关险,故国东来渭水流。"评云:"巧匠运斤。"谭者诧为得未曾有。然顺鼎意殊不足;语于人曰:"余《初入关中》诗,精丽绮艳者宁止此!如'瑶池雪作帘前水,玉井花为槛外峰。《三辅黄图》天下壮,九洲黛色此间浓!''行人立马罗敷水,仙客乘鸾玉女祠。天地魂销还有我,汉唐才尽久无诗!''渭城小雪如朝雨,秦地残云似美人。一百二重愁望远;五三六点欲催春。'诗虽不多,而无一联不簇簇生新,戛戛独造。试向渔洋《菁华录》中觅之,恐欲求如此之一联,亦未必可得也。"顺鼎《咏古诗六十首》,偕增祥作,盖仿西昆体而为之者。增祥甚赏宋仁宗"西夏不过鳞甲患;长秋微惜爪痕伤"一联。顺鼎曰:"樊山未为知言。自评以诸葛武侯一联为第一。其联云:'万牛回首因龙卧,三马惊心为虎来!'盖咏武侯诗无人不用'龙'典,而用'虎'典者,止余一人,可谓工巧精切矣!孙伯符一联云:'小弟坐分三足鼎,大乔方称并头花。'有此惊才!当为第二。唐明皇一联云:'三郎枉自除安乐,四纪何曾保莫愁!'天生巧对,竟无人对过!当为第三。此外则西楚霸王云:'早知秦可取而代;晚叹虞兮奈若何!霸业祖龙分本纪,诗才妾马入悲歌。'又一首两联云:'二十有才能逐鹿,八千无命说从龙。咸阳宫阙须臾火,天下侯王一手封!'第四句自谓奇绝横绝;非如此不能将项羽为人写出。项王可爱,此诗亦可爱!当为第四。虞姬云:'死怜斑竹湘妃庙,生笑桃花息国祠。良史他年如作传,美人当日定能诗。'当为第五。张丽华云:'鸡台梦尚愁高颎,马嵬诗应怨郑畋。'咏张丽华断无人能用郑畋典,当为第六。明太祖云:'开国不能降保保,复仇岂意仗圆圆!'当为第七。至如汉高祖之'公然亭长能为帝,奇绝英雄不读书！'文帝之'宣室客来湘水外，露台金出邓山馀！'贾生之'黄老学兴儒术废，苍生对易鬼神难。'光武之'上界星辰都作将，故人天子不能臣。'刘聪之'生比季龙先作帝，死同擒虎尚称王。'晋元帝之'半壁江山牛易马，渡江人物鲫随龙。'王猛之'家在第三峰下住，孙于重五日间生。'隋文帝之'普六非常知最早，独孤误我悔应迟！'罗隐之'偕郑五终唐《雅》、《颂》；讨朱三合鲁《春秋》！'宋太祖之'水色碧时留寡妇，火光红处产孩儿。'神宗之'面垢臣思追孔子，颡宽君本类高辛。'较之西昆诸公以一二联脍炙千古者何如！"时两宫西狩，而顺鼎以道员领行在所转运也。闻者咋舌，以为顺鼎之磊落自喜，轶增祥矣。增祥以民国二十年三月十四日，卒于北平。年八十六；遗诗三万篇。

易顺鼎附僧寄禅、三多、李希圣、曹元忠

易顺鼎，字仲硕，一字实父，自署曰忏绮斋，又自号眉伽，晚署哭盦，湖南龙阳人。父佩绅，累官江苏布政使。顺鼎天生奇慧，三岁，读《三字经》，琅琅上口。五岁能作对。其父以"鹤鸣"使对，应声曰："犬吠。"父曰："'犬吠'再对之。"曰："猿啼。""又作何对？"曰："凤舞。"曰："'凤舞'更不可无对。"曰："龙翔。"父大惊喜。有神童之目。自谓张梦晋后身；又自谓张船山、张春水后身；以为王子晋再世为王昙首，三世为梦晋，四世为船山，五世为春水，实则春水及见船山，焉得为其后身？不过天性诡诞，托所心好者以自夸异耳。十五岁补诸生，刻诗词各一卷，曰《眉心室悔存稿》。其七言律句如："眼界大千皆泪海，头衔第一是花王。""生来莲子心原苦，死傍桃花骨亦香。""秋月一丸神女魄，春云三摺美人腰。""寸管自修香国史,万花齐现美人身。""飞龙药店输金屋,走马兰台感玉溪。""仆本恨人犹仆仆,卿须怜我更卿卿。"七言乐府诸篇如:"冰蟾走入谁家楼,唤起楼中无限愁!""貂裘公子气如虹,十万金钱掷秋雨。"及《七夕篇》之"红泪流成无定河,香肩倚倦长生殿"等句,皆传诵一时,称曰才子。十六岁,随父贵东道古州任所,有容园,以榕得名,得句云:"日斜花外红如此,人立榕阴碧欲无。"中光绪丁丑举人,时年十七,以是年冬应礼部试北上,取道江南,骑一卫冒大雪入南京城,遍访六朝及前明遗迹。一日中成《金陵杂感》七律二十首,其警句如:"地下女郎多艳鬼,江南天子半才人。""淘残旧院如脂水,住惯降王没骨山!""桃花士女桃花扇,燕子儿孙燕子笺。""衰柳绿连三妹水,冰枫红替六朝花!""如此江山奈何帝,误人家国宁馨儿!"哀感顽艳,亦有口能诵者也!忠州李士芬号能诗,为湘乡曾国藩总督两江时所称,读《金陵杂感》诗有一联云:"蒋侯死去留青骨,江令生还负黑头!"谓曰:"何不改蒋侯死去留青史!"顺鼎举蒋子文青骨成神事告之。士芬大叹服,因赠诗云:"烂熟《南朝史》,澜翻东海波。"其为老辈折服有如此者。尝问业于王闿运。闿运诧叹,与湘乡曾广钧并称两仙童;顾不然其诡诞,讽以书曰:"海内有如祥麟威凤,一见而令人钦慕者,非吾贤与重伯耶?曾广钧字重伯。然亦惹非笑,不尽满人意者;重伯好利,仲硕好名故也。好名,不独好忠孝之名,即母姊皆仙,白吕神交,皆是浮名。见诸行事,害不及人,故无妨也;笔之于书,有目共见,则生同异矣。同必有异,异则必损名;强为无伤,人必伤之。故吾为'仙童'之说,谓夫仙童有玉皇香案者,兄日姊月,所见美富,土苴诸天,遗弃一切,是上等也。有幽居岩穴,草衣木食者;一旦入世,则老虎亦为可爱,金银无非炫耀;乃至耽著世好,情及倡优,不惜以灵仙之姿,为尘浊之役;物欲所蔽,地狱随之矣!请贤择于斯二者。"顺鼎发书不为意也!自负才气。会中日战起,我军败绩,乃割辽东、台湾以媾和。顺鼎慷慨上书,请都察院代奏,大旨谓:"辽东者,北洋之藩篱。台湾者,南洋之门户。天下畏盗之人,必求远盗;未有揖盗于门内而求其不发箧探囊;天下畏虎之人,未有纳虎于室中,而冀其不磨牙吮血!倭既据我内地,且将取我民心;以利诱之,而桀黠者必为倭爪牙;以威迫之,而驽弱者必为倭鱼肉。行见流民无所依归,而西晋雄、特之祸起;奸民相与勾结,而嬴秦胜、广之变生。驱鱼为渊,瞻乌谁屋;中国将来必无可固之人民,可守之山河。"书上,不省;则间关航海,走台湾,欲赞刘永福军,为海外扶馀。既至,见事已不可为,乃脱身归国。时论推为气节功名之士。年三十,以同知候补河南,寻捐道员。骤冀大用,不得,志意牢落,有句云:"三十功名尘与土,五千道德粕兼糟。"沈滞无所事事,如是者六年,遂弃官,入浙,访诗僧寄禅,偕游普陀山,赋诗,得"海是空王泪,云为织女槎","三代以前无贝叶,《六经》而外有芙蓉。释典有《莲华经》。《离骚》注:芙蓉一名莲华。""龙来拜佛成童子,客到游山变女人"诸句,自以为奇隽。溧阳狄平子者,常喜以禅论诗,见之叹曰:"蕴含万有,超妙极矣!"然以名士谈禅,未空色相!不如寄禅一律曰:"到此弥知佛理深,普门日夜演潮音。莲为大士出尘相,海是空王度世心。今古沧桑从变幻,鱼龙多少任浮沈。喜游华藏庄严刹,吐我生平浩荡襟。"可谓聿浚道源,得未曾有!不仅禅门本色,不染一尘也!寄禅者,本湖南湘潭姜畬黄姓农家子。幼孤贫,为人牧牛。十馀岁时,投山寺出家为僧;燃两指供佛,故又号八指头陀;具宿慧,能为诗,初不识字,以画代诗;不知"壶"字,辄画壶形,自言:"初学为诗,甚苦!其后登岳阳楼,忽若有悟,遂得句云:'洞庭波送一僧来。'灵机偶动,率尔而成,不谓竟得诗奥!"其后僧众推主长沙上林寺,为士大夫所礼重。独叶德辉郋园谓之曰:"工诗必非高僧。古来名僧,自寒山、拾得以下,若唐之皎然、齐己、贯休,宋之九僧、参寥、石门,诗皆不工;而师独工。其为僧果高于唐宋诸人否耶?"寄禅不服。德辉书楹联赠之,有"正法眼空三教论,中唐音变九僧诗"之句,亦谓其诗自工而僧固不高也! 主上林方丈一年,憧憧仆仆,无一日顷闲! 德辉又举吴茴次讽大汕之语语之曰:"和尚应酬杂遝,何不出家?"寄禅笑颔之,不能答。辞上林席;还姜畲,宿杨度晰子山斋。度出屏纸,强其录诗,十字九误,点画不备,窘极大汗,书未及半,言愿作诗以求赦免。度许之,命题《击钵》,洪编立成。后游天台,得"袖底白生知海色,眉端青压是天痕"一诗;莫不称诵。未几,主天童方丈,作《白梅诗》,远近传写,呼之曰白梅和尚。一日,下山,睹流水,憬然有悟,为诗曰:"流水不流花影去,花残花自落东流! 落花流水初无意,惹动人间尔许愁。"入民国,湘中寺产为党人所据,寄禅被推为中国佛学会会长,以二年入京请愿发还,与内务部主管司长某言语抵牾。某怒,起捆其颊。寄禅归所主法源寺,一夕,愤懑而死! 杨度则收其平日诗文遗稿,付刊行世,都十九卷,曰《寄禅上人集》①。其诗大抵清空灵妙,音旨湛远,以视顺鼎,一清一艳,有人间天上之别。顺鼎溺于绮语,不能出。少年之作,如"星光忽堕岸千尺,水气平添波一层"等句,绮障日深,不可复睹矣! 又入庐山,于三峡涧上,筑琴志楼居之,若将终身。而幽忧侘傺,中丧其母,乃作《哭厂传》以见其意曰:

　　哭厂者,不知何许人也! 其家世姓名,人人知之,故不述。

---

① 书名疑为《八指头陀诗集》,卷首有杨度序。——编者注

哭厂幼奇惠。五岁陷贼中；贼自陕、蜀趋郧、襄，以黄衣锈葆缚之马背，驰数千里，遇蒙古蕃王大军，为骑将所获，献俘于王。哭厂操南音，王不能辨，乃自以右手第二指濡口沫，书王掌。王大喜曰："奇儿也！"抱之坐膝上；趣召某县令，使送归。十五岁，为诸生，有名。十七岁举于乡。所为诗歌文词，天下见之。称曰才子。已而治经，为训诂考据家言。治史，为文献掌故家言。穷而思反于身心，又为理学语录家言。然性好声色，不得所欲，则移其好于山水方外，所治皆不能竟其业。年未三十而仕，官不卑；不二年弃去；筑室万山中，居之，又弃去。综其生平二十馀年内，初为神童，为才子；继为酒人，为游侠少年，为名士，为经生，为学人，为贵官，为隐士；忽东忽西，忽出忽处，其师与友谑之称为"神龙"！其操行亡定，若儒若墨，若夷若惠，莫能以一节称之。为文章亦然，或古或今，或朴或华，莫能以一诣绳之。要其轻天下，齐万物，非尧、舜，薄汤、武之心，则未尝一日易也！哭厂平时谓天下无不可哭，然未尝哭；虽其妻与子死不哭；及母殁而父在，不得遽殉，则以为天下皆无可哭；而独不见其母为可哭！于是无一日不哭，誓以哭终其身，死后而已，自号曰哭厂。

好为恢诡，素性使然。而闿运则重诒以书曰："仆有一语奉劝：必不可称哭厂。上事君相，下对吏民，行住坐卧，何以为名？臣子披昌，不当至此。若遂隐而死，朝夕哭可矣！且事非一哭可了；况又不哭而冒充哭乎？闿运言不见重，亦自恨无整齐风纪之权；坐睹当代贤豪，流于西晋；五胡之祸，将在目前。因君一发之，毋以王夷甫识石勒为异也。"独两湖总督张之洞爱其才，又伤其不遇，意颇怜之。招

入幕，又畀以两湖书院分教；亦不自得。二十五年冬，以大臣荐召见，意气发舒，赋《纪恩诗》，有句云："金掷民膏二万万，珠含天泪一双双！"盖慈禧皇太后谕中日战败，赔款巨万，为之泪下也。此联盛传都下，谓"二万万"极不易对；而顺鼎以"一双双"对之，可谓神通狡狯矣！又有句云："股肱周室留黄发，羽翼商山进紫芝。"不十日而立大阿哥，以尚书崇绮为师傅，说者谓建储为顺鼎所请；而商山四皓有绮里季，即影师傅崇绮也。其上宰相王文韶诗云："北虏亦知司马相，南人都是卧龙儿。太皇太后嘉申国，天上天孙福子仪。"荣禄诗云："心捧九重双日月，手携二十八星辰。庙堂范老寒西夏，帷幄留侯定奉春。"皆谀非其实；而顺鼎脱口无惭。上荣禄诗又有句云："行地中犹洪水抑，措天下若泰山安。"时增祥在荣禄幕，为言相公亟赏此联。顺鼎夸称以为荣，士论薄之。一出为广西右江道，将出都，有句云："新词欲赋《贺梅子》，他日应呼易柳州。"以右江道治柳州也。樊增祥调以诗，有"好收侧贰作蛮姬"之句。顺鼎和韵云："已办腰刀思杀贼，未留须戟为谋姬。"或诘谋姬何意，顺鼎曰："'谋'字有二解：与姬谋，一解也；谋纳姬，一解也。"闻者大笑。既抵官，无所展布，寻为两广总督岑春萱劾罢；遂以不振，而益肆力于为诗。

顺鼎诗才绮绝，自少至壮，所作将万首。尤工裁对，与樊增祥称两雄。惟增祥不喜用眼前习见故实，而顺鼎则必用人人所知之典。增祥诗境，到老不变；而顺鼎则变动不居，学大小谢，学杜，学元、白，学皮、陆，学李贺、卢仝，无所不学，无所不似；而风流自赏，以学晚唐温、李者为最佳。所刻自《眉心室悔存稿》以后，有《丁戊行卷》、《摩围阁诗》，及《出都》、《吴蓬》、《樊山》、《沌水》、《蜀船》、《巴山》、《锦里》、《峨眉》、《青城》、《林屋》、《游梁》、《庐山》、《宣南》、《岭南》、《甬东》诸诗录，盖足迹所至十数行省；一行省一集也；而以《四魂集》为最所自喜。号于人曰："余所刻《四魂集》，誉之者满天下，毁之者亦满天下。湘绮、樊山皆极口毁之者也。然文章千古事，得失寸心知，余自信此集为空前绝后、少二寡双之作。盖毁余者皆以好用巧对为病；即张文襄亦屡言。不知以对属为工，乃诗之正宗。凡开国盛时之诗，无不讲对属者。如唐之初盛，宋之西崑，明之高刘皆然。自作诗者不讲对属而诗衰，诗衰而其世亦衰矣。杜诗亦讲巧对；如'子云清自守，今日起为官'，及'大司马''总戎貂'之类。况余诗对仗皆用成语，且不喜用僻典，而所用皆人人所知之典，又皆寓慷慨悲歌、嬉笑怒骂于工巧浑成之中。自有诗家以来，要自余始独开此派矣！其尤工者，如'城郭人民丁令鹤，楼台冠剑子卿羊。''云汝衣裳龙鸟往，风其臣妾马牛奔。''月云鄂国八千里，冰雪苏卿十九年。''潮州谪宦能驱鳄，汐社遗民有拜鹃。''六月图南海东运，七星在北汉西流。''送别五千人橦李，压装三百颗离支。''东云龙向西云路，南海牛从北海风。''丁令威真返辽海，申包胥合哭秦廷。''鸢肩火色宾王相，鹤唳风声太傅兵。'此皆无一字无来历，又无一字用僻典，又无一字稍杂凑而不浑成。必如此方可以讲对仗也！《四魂集》中凡用古人名，非属对甚工者不用，如'过江兵马狸终毙，亡国河山鼠亦妖。''竟同鹏举死冤狱，无怪马迁修谤书。''中朝党误牛僧儒，西域胡讥马伏波。''唤女惟闻木兰父，哭夫不顾杞梁妻。''李怨牛恩朋党论，桃生羊死贱贫交。''酎金罚已宽荀彘，盈箧书都示乐羊。''肯事春农王相国，漫同秋壑贾平章。''觅得屠苏刘白堕，偕来广柳鲁朱家。''边墙故迹熊经略，幕府高贤鹿太常。''中朝旧议封关白，上相新闻使契丹。''忍耻灭吴求范蠡，写忧适越学梁鸿。''即墨田单为守将，睢阳南八是男儿。''深州未出牛元翼，浪泊难归马伏波。'此皆属对工巧，而用典隶事,又极精切,所以可贵耳。余尝有一推倒一时豪杰之论云:无工巧浑成对仗,竟可以不必作诗。盖尘羹土饭,人云亦云之语,虽数十万首,亦作不完;何必千首雷同,徒费纸墨乎?虽然《四魂集》中不仅以属对工巧为尚也;其隶事之精切,设色之奇丽,用意之新颖,皆兼而有之。如'殿脚至今多妇女,露筋前代有神人。''此日盟犹存白马,何人塞欲卖卢龙!''海上鱼龙真跋扈,淮南鸡犬岂平安!''石马汗流唐祚永,铜驼泪下杞忧深!''星临吴分坚当败,雪满淮西济可擒!''蓬莱海上三千岁,荆杞山中二百州。''鹤语今年时令异,乌知屋底达官空。''似闻文帝宽黄屋,每念高皇困白登!''棘门、灞上皆儿戏,太液、昆明是水嬉。''下泽当骑款段马,常山枉策率然蛇。''似报韩人仇侠累,未闻郑伯减宣多!''肯让秦人剪鹑首,欲回周纪次天鼋。''王母有图呈益地,麻姑无术救扬尘。''丹穴生灵熏越嶲,乌桓部落奉田畴。''泛海零丁文信国,渡泸兵甲武乡侯。''梳头逆旅逢张妹,椎髻蛮夷起赵佗。''痛哭珠崖原汉土,大呼仓葛木王人!''折节太原公子在,感怀真定弟昆多!''见说杜鹃啼蜀帝,不妨桀犬吠唐尧。''谢公昔欲凌穷发,葛相今思入不毛。'何其隶事之精切也!'天吴紫风为奇服,含景苍龙有佩刀,''雌龙雄风曾北走,铜驼金狄有东迁!''重攀碧柳重魂断,一步红桥一泪流!''鸡唱一声天已白,马通三尺地皆黄。''黄帝画图公玉带。素王书谶卯金刀。''白龙鳞甲为刀柄,翠凤翎毛作帚叉。''鳞甲玉龙三百万,觚棱金爵九重双。''鳌腾轴底思掀地,龙入窗中欲攫人。''《韬略》六三差虎豹,《骚辞》廿五感龙鸾!''白狼元菟都非我,青雀黄龙已赠人!''青绿山川图小李,丹黄村落认诸杨。''黄耳音书隔人海,红毛衣服共云山。''虎齿所居楼十二,鸿毛难载水三千。''元蜂赤蚁苍梧野,紫蟹黄鱼白苇庄。''南窗朱鸟贻书札,东国青童畏佩刀。''麒麟凤鸟为先戒,翡翠鲸鱼入小诗。''胭脂坐令输胡地,翡翠何曾赚越装!''馆问碧蹄平秀吉,城寻赤嵌郑成功。'何其设色之奇丽也!'紧急春寒如战事,迟延花信似家书。''露布定寒西夏国,云台应画富春山。''军书竟日如经读,诗卷他年作史看。''墨磨盾鼻为诗砚,钱挂矛头当画叉。'何其用意之新颖也!其实皆人人眼前语,皆人人意中语,他人或眼前有之而意中无之,或意中有之而笔下无之,我不过取他人之眼前者意中者,而出之于我笔下耳!至集成语用虚字为句者,如《苏诗》'君但未知其趣耳,臣今时复一中之'之类,古人亦常有之。《四魂集》中最喜集成语用虚字,而无不浑灏流转者;所以独开一派,突过前人也!如'江潭摇落树如此,鹍鸠晨鸣草不芳!''母兮顾复生成我,某也东西南北人!''朝去黄河暮黑水,云横秦岭雪蓝关。'"罛汿汿施鱣泼泼,车辚辚过马萧萧。''惟民所止畿千里,与汝游兮古九河。''讴歌恐不讴歌汝,笑骂还由笑骂他!''蓼蓼者莪应葬我,离离彼黍不关卿!''未识明年在何处,请看今日是谁家!''藤萝芦荻如夔府,薜荔芙蓉似柳州。''魂归来些蘋齐叶,心悦君兮木有枝!''锦缆朱帘鸥与鹢,红颈白项燕兼乌!'字字如抛砖落地,又如生铁铸成,不能不谓之绝调矣!更有奇句创格,开古人所未开之境者;如'庆历众贤之进日,元和惟断乃成年!''布衣臣本南阳者,冠冕人皆北斗之。''与诸君饮黄龙耳,若有人乘赤豹兮!'此与《四魂集》中'北海知刘豫州否?南朝有李侍郎无'一联,及'南朝可谓无人矣!北海犹知有备耶?'一联,皆可以横绝千古也!用成语为句而平仄不调者,如'曰归曰归嗟岁暮!其雨其雨叹朝阳!'古称名作。《四魂集》中此体有数首;如'相头上冠将腰箭,母手中线儿身衣。''其惟云乎雨天下,何多日也露泥中。''我祖东山别西土,王命南仲城朔方!'成语对仗之工,古今无两矣!集中更有音节高亮悲壮之作;如'九叶藩封周正朔,千年礼乐汉衣冠。''人料苻坚难胜晋,帝知周勃可安刘。''立马岱宗青未了,闻鸡天下白如何!''渡河气壮周王兕,入蔡寒侵晋国貂。''生当火色鸢肩上,死不乌头马角还!''雪窖冰天前路永,云阶月地此生休!''裹革尸当糜作粉,冲冠发亦炼成钢!''无定河边新鬼在,长安市上故人多!''属国未收苍海郡,单于犹在白登台!''如龙如虎诗无敌,为鹤为猿国有兵!''皂帽辽东归路断,白衣易水哭声多!''水欲接天天接水,花难如雪雪如花!''唐陵汉寝凄翁仲!禹甸尧封媚夜叉!''自然流涕如周颛,何以销忧有杜康!''鼍愤龙愁沧海外,猿惊鹤怨草堂前!''帆席有情搴海月,褐衣无恙绣天吴。''海上星方明太白,天边月又照流黄!''汉弃珠崖非得已,越熏丹穴果何如?''廿年赐姓空开国,再世降王已入朝!''蛮烟瘴雨添行色,海水天风和哭声。''未许朱三是天子,尚留南八是男儿!'似此之类,亦不可以枚举也。"盖高自标置,誉不容口如此。然唐言寡实,又不检于行。其在仕途,颇工逢迎之术,惟有类饥鹰,饱即扬去;又恃宠而骄,以是见赏如张之洞,亦鲜克有终。尝以俚语为诗,上之洞云:"三十三天天上天,玉皇头戴平天冠。平天冠上竖旗竿,中堂更在旗竿巅。"盖讥之洞好佞谀也。之洞见之,为之掀髯笑乐;不之遣也。中年以往,日以诗词写其牢骚;然海淫之作,居什之八九。顺鼎自以为玩世不恭;或俳优畜之,而顺鼎弥铁荡自喜。会民国更元,岁逢癸丑,新会梁启超邀都人士于三月三日,修禊京师之万生园,仿兰亭故事也。诸名士会而赋诗,而顺鼎长歌当哭,可以觇革除之际,都下士夫之用心焉!其辞曰:

噫吁戏悲哉!今日非同前代崇祯之甲申!今日岂同前代

顺治之乙酉？我生不幸,逢此前代义熙之甲子;我生何幸,逢此前代永和之癸丑！义熙甲子宜止酒,顺治乙酉宜得酒,永和癸丑宜行酒。古人最重三月三、九月九。九月九乃陶元亮所专,三月三为王逸少所有。吾辈生于古人后,事事皆落古人之窠臼。岂知今日此身一半化为会稽山阴人,一半化为彭泽斜川叟。酒在口,笔在手;剑不必悬腰,印不必系肘。莺含桃,鱼贯柳;冠任汝沐猴,衣任汝成狗。喜有钓台朋,幸少金谷友。昨者樊山寄诗云:"莲社人居晋宋间。"今日吾亦赋诗云:"兰亭禊在清明后。"西直门,万生园,先朝创造资游观,不知曾费几许水衡钱。中有牡丹厅、采莲船。如水之车,如龙之马,奔驰于其外;如斗之花,如凤之鸟,充牣于其间。我亦尝携壶觞,听管弦。逢初三下九,携三五二八,销三万六千。我昔尝有句云:"照脸脸霞皆北地,压眉眉黛是西山。"此诗未成仅断句,此游亦复不记为何年。梁夫子,招我何为至于此？君著书数百万言,远过习凿齿;在外十有六年将及晋重耳。其学可以左右《十三经》,贯串《廿四史》;此才何止上下五千年,纵横九万里！来从析木津,恰看桃花水。七十二沽春水生,一百五日东风起;东风吹花花怒开,东风吹人人老矣。昔年丁酉,与君相见于湘川;今年癸丑,与君相见于燕市;我已憔悴枯槁,非复神禫吊靡;君之颜色尚觉女偊如婴儿,君之容貌尚觉姑射如处子,况有圣人之才,更如卜梁倚。方持玉杯断国论,方用铁函贮《心史》。且倾铜斗,洗金罍兮,饮此天宝之诗人,贞元之朝士。或言:"不为无益之事,何以遣有涯之生！"或言:"以后种种,譬如今日生;从前种种,譬如昨日死。"或言:"前不见古人！"或言:"不恨古人吾不见,恨古人不见吾狂耳！"又闻孔云:

"不曰如之何,吾末如之何!"又闻孟云:"然而无有尔,则亦无有尔。"使我茫然莫知其所以,勿令下士闻之,声如苍蝇笑不止!噫吁戏悲哉!吾尝闻尧氏、舜氏之歌辞曰:"菁华已竭,褰裳去之。"又尝闻穆满氏、西王母氏之歌辞曰:"道里悠远,山川间之。"方今朱干苓落犹可期,白云黄竹何须悲!且相与采华芝,玩菊篱,餐蕨薇;亦安用谈刑天,说精卫,称钦䲹。梁夫子,与其有朱、虎、熊、罴、伯夷、龙、夔同列廿二人,召风使之南;不如有骅骝、騄駬、山子、盗骊亟行三万里,追日使不西。所以候人之歌曰:"猗!"梁鸿之歌曰:"噫!"丁令威之歌曰:"城郭犹是人民非,何不学仙冢累累!"楚接舆之歌曰:"凤兮凤兮,何德之衰!往者不可谏,来者犹可追。"古儒家之歌曰:"青青之麦,生于陵陂。生不布施,死何用含珠为?"汉田家之歌曰:"种一顷豆,落而为萁。生不行乐,死何以虚谥为?"元亮曰:"时运而往矣!"逸少云:"死生亦大矣!"此与"春非我春"、"日新又新",皆为前哲之良规。然则今日之日兮,当一刻千金为要素;明日之日兮,当以寸阴尺璧为前提。梁夫子,勿我诃!帖不必摹临河,图不必仿上河。试问百年之间,癸丑能有几?正恐中年以后,上已还无多!何况今日之共和,远非昔日之共和。国曰支那,土曰婆娑。历曰娄罗,时曰刹那。捧剑有金人,流觞有玉女,卧冢无石麟,流涕无铜驼。"庆云烂兮,纠缦缦兮!"再听明日之国歌,有酒不饮意如何!

盖诗之诡诞极矣,所以寄郁勃之思也。时袁世凯为大总统,次子克文以才捷爱幸,顺鼎秉意投契,屡与谭宴,如杨修之于曹植焉。作《寒云茗话图记》曰:

南海有亭，题额曰流水音者，盖禁籞胜地，瀛台比邻；而在今为寒云主人读书之所也。水隔衣带，睇仪鸾殿而可招；坞藏画船，疑倚虹堂之在望。轩槛掩映，房栊窈深，宜青绿以画山，非丹朱之罔水。宋人词云："檀栾金碧，婀娜蓬莱。"斯境似焉。爰有翠松磊砢，争学虬翔；素瀑潺湲，时窥猿饮。石皆削立，将睹日观之峰；泉尽伏流，直探星宿之海。距龙楼凤阙而近，在鹦洲凫渚之间。主人读书其中，问寝多暇，于是命俦啸侣，挈榼提壶，招甫白以论文，延荆关而读画。沧江虹月，若登米家之船；紫泉烟霞，不下隋宫之锁。岂意轩冕之内，有此俊人！但觉图书以外，无他长物！忘驹阴之移晷，乐麈尾以谈玄。老聃所称："虽有荣观，燕处超然。"道林所言："虽在朱门，如游蓬户。"以今方古，殆过之矣。时则玄冥司契，盰光执权，验泽腹而既坚，卜天心而渐复。水失环珮，犹疑有声；冰成琉璃，误认为地。寻诗而缘磴道，如鹤一一以上天；照影而立桥阴，无鱼六六之可数。觞咏将倦，谈谐复生。娜环如虎之犬，不使卧乎阶前；汉祠如龙之马，不许驾乎门外。方其摄影也，主人如欲振衣千仞冈。方其临池也，众宾如欲濯足万里流。及执节益恭，则主人驹驹然如冬涉渊；及其推襟尽欢，则众宾熙熙然如春登台也。夫尊严之所，罕接章缝；华腴之胄，不亲山泽。穷鱼濡沫，每相呴于江湖；候蛰感秋，始争吟于圃砌。若乃香草十步，馨桂一山；人望如神仙，自视若寒素。去天不盈尺，而谢韦、杜二曲之纷华；为地仅方丈，而收壶峤三山之佳胜。寒山千尺雪，夺席宣光；庐岳一囊云，争墩宁献。其相较也，不已多乎？其人乃属汪子鸥客作图，而余为之记。癸丑仲冬十日。

其后袁氏僭帝,而顺鼎闲居日下,贫不能自存。克文问:"君能屈志小就否?"对曰:"枯鱼入水,岂遑择流;穷鸟奔林,乌暇问木!"遂荐为印铸局参事,两权印铸局长,志满意得,狂喜欲绝。亦作诗以自写其幸。既而帝制事败,袁氏发恨死,克文南行;而顺鼎侘傺失志,浮泊京师。又以日者言:"寿不过五十九。"歌场舞榭,放荡益甚。赋《买醉津门雪中》成咏三绝云:

> 焉知饿死但高歌,行乐天其奈我何?名士一文值钱少,古人五十盖棺多!

> 访戴寻梅意略同,楼台寂寞水晶宫。小车出没飞花里,疑是山阴夜雪蓬!

> 雪水斟来置竹炉,歌姬院里著狂夫。平生陶谷韩熙载,乞食烹茶画两图!

士夫诵而悲之。以民国九年卒,年五十有九。

顺鼎与樊增祥,同一好为绮语,形诸歌咏。而增祥持躬清谨,不如顺鼎之恣娱声色。然增祥潦倒晚景,一同顺鼎之侘傺末路!道路传言,谓增祥之未病也,国民军初定北平,有新贵为母寿;各要人拟制屏,欲得增祥文。增祥老寿,未能戒之在得;世亦知其贫而原之。乃于新贵之母,则以为特件,索润甚奢,且须先润后墨。居间者谓:"送屏诸人皆有身分;岂有食言不馈之理?若必先润,未免予人难堪。"增祥乃勉成一文。不意送屏者以此大不快,序成,谓不合格,退还。增祥自以文有大名,遭此奇辱,发愤遂病,倚榻成《罪己》诗,中有"钱可通神亦载鬼,方知文字不疗贫"之句。既死,其友人绵竹曹经沅缏衡为治丧,挽诗曰:"句多诙诡宁谐俗,文渐颓唐只为贫。"略迹论心，出以斡旋。而有署快恩仇馆主作悼诗，乃云："传后原非只易米，润金两字误先生！"直言相规，不只婉讽矣！

增祥为诗，惊才绝艳；然祈向者不多。杭州三多六桥、丹徒丁传靖闇公其著也；而三多为胜。三多称增祥诗弟子，工于隶事，得其师法。于清末，历官绥远都统，库伦驻防大臣；尤熟于满蒙各地方言，与故实稍雅驯者，多以入诗。而歌行似增祥，尤似易顺鼎；七律似顺鼎，尤似增祥。增祥、顺鼎爱伶人贾璧云美，各为长歌以张之，极俳色揣称之能事。而三多赠贾诗，独以少许胜多许；诗云："万人如海笑相迎，月扇云衫隐此生。我惜贾郎仍不幸，倘逢刘季亦良平。"以张良貌似妇人女子，陈平美如冠玉，皆子都宋朝之美，非西施郑旦之美，可谓拟于其伦！又赠罗惇曧诗有句云："人品如西晋，家居爱北平。"稳称雅切，咸得增祥师法。

增祥与易顺鼎诗学温、李，而转益多师，变化自我。时则有专学李商隐者，当推湘乡李希圣、吴县曹元忠两人为著。希圣，字亦元，光绪壬辰进士，官刑部主事。庚子之变，著有《庚子传信录》，自肇乱至于西狩，不及万言，能尽情变，自负可追王闿运《湘军志》。通籍后，始学为诗，有作必七律，以玉谿生自许；著有《雁影斋诗存》，中《湘君》一篇，为光绪帝珍妃而作也。珍妃不悦于慈禧太后，将西狩，呼之出，投井中死。诗以哀之，其辞曰：

青枫江上古今情，锦瑟微闻呜咽声。辽海鹤归应有恨，鼎湖龙去总无名。珠帘隔雨香犹在，铜辇经秋梦已成。天宝旧人零落尽，陇鹦辛苦说华清。

希圣每喜自誉其诗，尝自举其得意之作，诵一绝句曰：

□□重逢又十年,云门风物尚依然。杨花瘦尽桃花落,开到酴醾更可怜!

自言:"其乡云门寺旁,郑氏三女,皆有色;长者嫁一兵,次嫁贾人,先死;三者尤艳,感而题壁。"而与后来为欧阳君重《题吴楚两生图》一绝格调相同。辞曰:

京兆相逢侠少场,吴生落拓楚生狂。短衣匹马横门道,一试郊原春草长。

侯官陈衍曰:"'吴生'句正好与'杨花'句作对;而后诗尤俊逸。"每许其诗,谓可肩随元之萨天锡云。

曹元忠,字君直,号夔一,光绪甲午举人;以词有名。诗不常作,学玉谿生,工处时出雁影斋上!专事摘艳熏香,托于芬芳悱恻,有《北游小草》。如《赠天韵阁主》二律曰:

碧玉小家女,青楼大道旁。杨花生命薄,李树代谁僵。凉笛縩烟思,秋衣怨夕香。南湖好风月,端合住鸳鸯!

误入华鬘劫,回头计总差。楼前尽珠翠,门外卓金车。风响衣交串,日娇裙透花。谁知红烛夜,背坐泣琵琶。

可谓工整绵丽矣。

顺鼎既逝,增祥亦老。而用熏香摘艳之词,抒感时伤事之旨,由李商隐沿洄以溯白居易、杜甫,而"诗史"自命,誉满江左者,则有杨圻焉。

杨圻 附汪荣宝、杨无恙

杨圻，原名鉴莹，字云史，江苏常熟人。父崇伊，字莘伯，光绪庚辰进士，授编修，由御史外放汉中府知府。圻少负不羁之誉，与元和汪荣宝、江都何震彝及同县翁之润，皆以名公子擅文章，号江南四公子。年十七，娶大学士直隶总督李鸿章女孙，就馆甥焉。通州范当世为幕府上客，见其诗出入温、李，叹曰："杨郎清才！"二十一岁，以秀才为詹事府主簿。道扬州，遇老伶工蒋檀青，尝侍文宗于圆明园，追话恩幸，不觉泣数行下；为赋《檀青引》而弁以传，自负绝艳警才，不在王闿运《圆明园词》之下！长沙张百熙诵之，谓江东独步；遂以诗有盛名，而自署曰"江东杨圻"云。其辞曰：

蒋檀青，京师人，其先越产也。善弹筝吹笛，工南北曲；文宗时，乐部推第一！长安名士宴宾客，非檀青在座则不欢。初高宗建圆明园于京师西北，园景宏丽。时海宇晏安，府库充牣，高台深地，极游观之乐；岁以首夏幸园，冬初还宫；历仁宗、宣宗以为例。文宗时，梨园尤盛；设升平署以贮乐工，内务府掌之；设南府，命乐工教内监之秀颖者习歌舞。当夫棠梨春晚，梧桐秋末，万几之暇，辄召两部奏新曲。檀青发喉，则天颜怿霁，赏赉过诸伶。文宗中叶，粤匪据金陵，捻匪扰皖豫；英法龃龉，与战不利；东南多事，海内骚然！上抑郁不乐，稍近声色。总管圆明园事务大臣文丰方宠盛，承旨遣人采江浙美女以进，更广治台沼以居之。诸姬皆汉人，殊色善歌舞。咸丰十年七月，英法联军犯天津；胜保与战，败绩；敌长驱入北京。时秋暑犹盛；上方与诸美人避暑福海，荡米兰之舟，歌凉风之曲；闻变，于八月八日，仓猝率后妃皇长子巡幸木兰。诏恭亲王留守京师。奸民李某导联军劫圆明园，珠玉珍宝尽出，三朝御府希世之物，不知纪极；掠殆尽，择其尤者以奉英法军；纵火焚宫殿，火三日不息；诸美人不知所终！文丰北向再拜，投福海，死之；从者郎员数人。恭亲王既议和于礼部；事定，檀青乃赴行在；明年七月，文宗皇帝崩于避暑山庄行殿；梓宫奉安，返京师。尝于暮春入园，帝所居山高水长、朗吟阁、环碧亭、无边风月阁、听莺馆、无尽意轩、丽瞩轩、影湖楼及诸美人院，赭壁参差，不可指辨；惟福海潺潺，鸟啼花落而已！恸哭出，不忍再往！从人游江南；江淮间乱，无所业；檀青抱筝沿门卖曲为活。迄穆宗中叶，湘淮军克金陵，平捻匪，东南定，再见中兴；而檀青贫，终不得返京师。京师方重靡靡之音，无工昆曲者；于是诸伶中，亦无有知檀青姓氏者矣！朝廷稍稍闻圆明园之毁，祸由李某，下狱穷治，诛之！籍其产以赐文丰家属焉。后三十馀年，而东吴杨云史年二十一，游广陵，宴客平山堂。江山春暮，花絮际天，乃命丝竹以佐诗酒。坐上遇檀青，知余之自京师来也，清歌一声，弹筝一曲，白发哀吭，泪随声下。问所哀，为余述宫中事甚悉，言："咸丰九年三月某夕，牡丹堂牡丹盛开。月出，上敕诸美人侍夜宴，置酒赏花于镂月开云之台。春寒未解，以紫貂荐地，宝炬千百，珠翠瑟瑟，靓妆如云；召宴明皇沈香亭故事数折。花月之下，春光如醉，歌声遏云，不能自已！上顾诸美人嗟赏，赐伽楠牟尼、碧玉带钩各一事，西洋文锦两袭。内官引余跪花阴谢恩，春露滴云鬟，舞衣犹未脱也！由今思之，四十馀年矣！每念先皇恩，如隔世事！"因叹曰："从此以往,无复此乐矣!"言已欷歔。余亦愀然。时光绪乙未四月也。今岁秋,复见之青溪花舫,哀音怆怆,益老矣!尝读少陵《逢李龟年》诗,于流离之况,寄国家之感。余悲檀青之与龟年,同一流落也;乃为传而长歌之。丁酉冬十月,识于京师。

　　江都三月看琼花,宝马香轮十万家。一代兴亡天宝曲,几分春色玉钩斜。玉钩斜畔春色去,满川烟草飞花絮。都是寻常百姓家,欲问迷楼谁知处。高台置酒雨溟溟,贺老弹词不忍听!二十五弦无限恨,白头犹见蒋檀青!雕栏风暖凝丝竹,筵上惊闻朝元曲!其时雨脚带春潮,江南江北千山绿。朱弦断续怨沧桑,望帝春心暗断肠!欲说先皇先坠泪,千言万语总心伤!坐客相看共呜咽,金徽弹罢愁难绝!同时伤春事不同,飘零身世何堪说!家在京师海岱门,少年往事不堪论!旗亭旧日多名士,北海当年侍至尊。太行北尽仙园起,灵合缥缈五云里。年年豹尾幸离宫,百官扈从六宫徙。万户千门鱼钥开,柳烟深浅见蓬莱。妆楼明镜云中落,别殿笙歌画里来。祖宗旰食勤朝政,百年文物乾坤定。万方钟鼓与民同,九重乐事怡天听。建康杀气下江东,百二关河战火红!猿鹤山中啼夜月,渔樵江上哭秋风!军书旁午入青锁,从此先皇近醇酒!花萼楼前春昼长,芙蓉帐里清宵久。三山清月照瑶台,夹道珠灯拥夜来。一曲吴歌调凤琯,后庭玉树报花开。临春、结绮新承宠,玉骨轻盈珍珠重。避面宁教妒尹、邢,当筵未许怜张、孔。太液春寒召管筵,官家小宴杏花天。昭阳宫里春如海,五鼓初传《燕子笺》。鞓红照睡繁华重,绝代佳人花扶拥。南府新声妒野狐,升平独赐龟年俸。夜半青娥扫落花,深宫月色照羊车。庸知铜雀春深事,留与词人赋馆娃!当时海内勤王事,慷慨誓师有曾、李。未见江头捷旗来,忽闻海畔夷歌起!避暑温殿夜气清,宫花露冷月华明。惊心一曲《长生殿》,直是渔阳鼙鼓声!延秋门外黄昏路,城阙生尘妃嫔去。穆王从此不重来,马上天颜频回顾。来朝胡骑绕宫墙,凝碧池头蹯御床。昨夜《采莲》新制曲,月明多处舞衣凉。太白睒睒欃枪吐,云房水殿都凄楚;咸阳不见阿房宫,可怜一炬成焦土!和戎留守有贤王,八骏西幸入大荒。金粟堆空啼杜宇,苍梧云冷泣英皇!居庸日落离宫暮,北望幽州空烟树。初闻哀诏在沙丘,已报新君归灵武。鼎湖龙静使人愁,福海悠悠春水流!山蝶乱飞芳树外,野莺啼满殿西头!梨园寂寞闭烟雨,百草千花愁无主!汉家仙掌下民间,秦宫宝镜知何处!玉泉山下少人行,琼岛春阴水木清。独有渔翁斜月里,隔墙吹笛到天明!繁华事散堪悲恸,玉辇清游忆陪从。明年重过德功坊,梨花落尽柳如梦!小臣掩面过宫门,犬马难忘故主恩!檀板红牙今落魄,寻常风月最销魂!十年血战动天地,金陵再见真王气。南部烟花北地人,天涯那免伤心泪!武帝旌旗满九州,湘淮诸将尽封侯。两宫日月扶双辇,万国车书拜五洲。独有开元伶人老,飘泊秦淮鬓霜早。夜梦帘间唱谢恩,玉阶叩首依宫草。餬口江淮四十年,清明寒食飞花天。春江酒店青山路,一曲《霓裳》卖一钱!君问飘零感君意,含情弹出宫中事。乱后相逢话太平,咸丰旧恨今犹记!怜尔依稀事两朝,千秋万岁恨迢迢!至今烟月千门锁,天上人间两寂寥!

情词哀乱,音节苍凉,令人低徊欲绝。其后江南词人卢前字冀野,为撰《琵琶赚杂剧》者也!自是圻游宦京师,少年跳踉,遇大侠王正谊，倾心交欢。光绪二十六年庚子，八国联军入京；君相以下，逃徙一空；而正谊独以匹夫御敌死。乃赋《哀大刀王五》而系以序曰：

> 王正谊，字子彬，回教人；少为盗，出没燕、豫、秦、陇间，称大刀王五！吏莫能得。所取皆赃贿，得财济贫困，称义盗。因案自首。有司嘉其义，薄责，释之。乃设镖局于京师，以保运辎重为业；立子彬旗，数千里无警也！折节下士，喜近名流文人。戊戌春，余识之，时过从。余居京师久，习与士大夫游；与子彬言，乃与世殊；豁如也！庚子，死于拳匪之乱。多轶事，世多记载之。长眉豪气，今拱木矣！
>
> 长安谁健儿？王五四海友。高颡贯大鼻，河目胆如斗。策马过其门，遮客不得走。大臂如巨橡，持我坐并肘；呼妻出见客，布衣椎髻妇。杀鸡具面饼，酌我巨觥酒。大声谈刀剑，眼光忽左右。自言："少年事，谈笑杀人夥！天下多奸吏，安得尽授首！悖入不悖出，此理天不取。男儿贵坦白，为盗何足丑！英雄如落日，忽焉已衰朽！"我时方弱冠，闻言前席久。问以刀剑术？大笑握我手："公子好书生，才智得未有。一人何足敌，《六经》乃真守。豚儿令读书，君能教之否？世道促浩劫，饥寒十八九。天下一指掌，有事十年后。"斯言犹在耳，斯人木已秀。真气见肺肝，愧死肉食臭！乃知山泽间，奇士或一觏。人生共天地，流品何薄厚！苟不知礼义，衣冠有禽兽！

圻颇尚气好奇，优伶侠少，咸与推诚；而颇不慊意士大夫。二十七岁，为户部郎中，举光绪壬寅顺天乡试，为南元；调邮传部主稿，薪优冠京曹。顾默察同官多海内才俊，所为类胥吏琐屑事，而干请征逐,终日皇皇然;觉今日所谓用者,在此不在彼。而矫其弊者,且为异说诡行,举伦常体法制文物,百世之大防大经,一切摧陷为快;曰:"将以求治也。"才智之士,则扬波而煽焰焉;其势寖至反道败德,殆哉岌岌!而执政大吏,且荐拔如不及,以为斯人不出,如苍生何!乃叹或者古今事殊,俯仰咸不自得。而闻南洋群岛有海山之胜,中国人数十万居之,长子孙焉。心壮而慕之,请于外部,奏充英属南洋领事,驻新嘉坡。所居颇幽胜,水木数里,风月清夜,孤岛绝壁,高咏独啸,不知人间何世!既而辛亥国变,自以弱冠从政,事德宗者十二年,事幼帝者三年,弃职归里。常熟山水秀绝吴中。圻于是营缮园林,尤爱种梅,多高出于檐。继娶徐,艳而有文;夫妇吟啸,圻有"一囊诗句但谋妻"之句。带甲满地,天下无干净土,而圻则林卧江乡,寂寞人外,玩妇弄儿,若将终身焉。江西督军陈光远以民国九年十月,延致之幕,请为秘书。张宗昌方据袁州;光远患其逼也,谋逐之。圻以重苦民,谏毋用兵。既而宗昌败走,士民流离数郡。光远乃以十年正月为所部阵亡将士开追悼会。圻挽联曰:"公等都游侠儿,我也得幽燕气,可怜北去滞兰成,听鼙鼓一声,怆然出涕!醉后摩挲长剑,闲来收拾残棋,惭愧西来依刘表,看春江万里,别有伤心!"又赋《南昌军幕感怀》诗,有句云:"白骨如山诸将贵,黄金满地五丁愁。"哀时忧民,人争传诵。有以告光远者,谓讥其佳兵而好货也;且曰:"杨秘书欺我辈不识字,至敢以刘表拟公,谓公终如表让成都耳。"光远惭怒,拍案起曰:"我不薄云史,何辱我!"方张乐设饮,遽命罢。座客愕然,为圻解言:"让成都,是璋非表。表官江右,为汉末八俊。"终不解。一客愤,取《表本传》趋入,掷案上曰:"谈何容易做刘表!"光远阅之,乃释然曰:"我过矣!"圻即草牍乞放归曰:"圻东吴下士;将军谬采虚声,致之幕府,时陪阎公之座,遂下陈蕃之榻,颇思尽其愚悃,有裨万一。得山妻徐书,谓'园梅盛开,君胡不归!'不禁他乡之感。复动思妇之怀。清辉玉臂,未免有情;疏影高窗,亦复可念。清狂是其素性,故态因之复萌。敢效季鹰烟波之请,乞徇林逋妻子之情,予以休假,遂其山野。庶白云在山,靓妆相对,此中日月,亦足为欢;则将军之赐也!"明日,遂行。光远知不可留,则致赆千金。及门,阍者曰:"渡江矣!"光远意亦怅然!圻之行也,道出九江,远游匡山之黄龙寺。僧问姓字已;曰:"公非别有伤心之杨秘书乎!"会吴佩孚以两湖巡阅使,奉曹锟之命,督师攻赵恒惕于湖南,驻宜昌;闻圻名,电招入幕。佩孚起家诸生,颇以文字相赏会;自是一心奉事,称曰主公。佩孚既取岳州,与赵恒惕媾和以解,归练兵洛阳。而圻以秘书长从,睹盗贼横行,官利民懦,感怀怆然!赋《哀中原》以献;辞曰:

贼来复官来,旦夕命如丝。嗟乎大河南,手足将安施!近年盗如毛,数数攻城池。飘忽若风雨,流亡满泽陂。大郡如临敌,小县闻声驰;饱掠复他去,空城弃如遗。狐狸出以昼,貔貅守其雌。妇女走山谷,老弱化为骴。千里绝炊烟,午夜无啼儿。大索良家子,狞笑令纳赀;赎命妻子切,救子父母慈。置身刀俎上,悉索焉避辞;岂不惜倾家,求免虎口饲!平时聚敛才,驱雀惟恐迟。此时官何往,哀呼宁或知!资贼在苟免,犹得留铢锱。忽闻官已至,民喜忘其饥。官曰"尔通贼",结舌莫置词!喘息犹未定,俯就狱吏笞。乱后四壁立,赂赎将何资?贼来官先去,贼去官杀之。献俘上大吏,加爵功有差。贼去已经年,城中何伏尸。所望父母心,后来乃若兹!死官不死贼。

良民理如斯！哀哀河南民,尔曷生今时！尔生不如死,死矣则莫悲！

佩孚读之震怒,任马志敏、田维勤、靳云鹗、丁香玲为四司令,分区兜剿,诛渠魁张国威、范明新;民稍安枕焉！佩孚方以武力统一为国是;而圻则哀大盗窃发,强藩割据,莫不以革命为名,胁制众心;遂有诗曰:"历数岂有归,英雄徒虚伪。天意本无常,人事亦何为！得士必杀人,螳雀争觊觎。一姓岂终极,孤城几易帜;宁令万骨枯,成我数年事。所谓吊伐心,大盗胜者贵;逐鹿满今古,心迹岂同异。哀哉众生灵,浩劫将焉避！"可谓慨乎言之;佩孚亦不罪也。自是山海关之战,鸡公山之役,黄州、岳州之走,佩孚疲于奔命;而圻则间关相从,无役不与。佩孚再起不振,而圻则依佩孚而名益重,诗酒倜傥,每有作,争相传写,称曰"诗史",媚曰"诗阀"焉。刊有《江山万里楼诗钞》十三卷,而佩孚为之序,分少年、壮年、中年、强年四集;欲以力振唐音,不落宋人哑涩之体。所作七古皆长庆体,自《檀青引》以外,如《金谷园曲》、《天山曲》、《长平公主曲》,缘情绮靡,直欲突过梅村。而《天山曲》,长数千字,纪香妃事,自有七古以来,无此长篇也。特是弹冠新朝,猥托攀髯之痛;委身强藩,特多阿谀之辞;进退失据,殊有足为诗史玷者焉。此外元和汪荣宝,字衮甫,入民国,为日本公使多年。在昔尝官京曹,与曹元忠及常熟张鸿璚隐往还,从事西昆,相戒毋作西江语,有《西砖酬唱》之集;西砖者,张鸿所居胡同名也。故其少壮之作,隐约缛丽,神肖玉谿;及后乃参取异派之长,致力于荆公、山谷、宛陵、后山诸集,其清超遒上,诗境益进;郑孝胥亦称其工。然西昆面目,固犹蜕之未尽也！而常熟有杨无恙让渔者,学玉谿而能变;所刊

《无恙吟稿》,隐文谲喻,义归翰藻,而亦颇摆脱陈法,自出手眼;陈三立盖亟许之云!

2. 宋诗

陈三立附张之洞、范当世及子衡恪、方恪

陈三立,字伯严,江西义宁人;晚筑室金陵,署曰散原精舍,又称三原老人;故湖南巡抚宝箴子也。少而文,有风概,与湖北巡抚谭继洵之子嗣同,福建巡抚丁日昌之子惠康,提督吴长庆之子保初齐名,天下称"四公子"。而三立早为故侍郎出使英法大臣湘阴郭嵩焘所知,集中《留别墅遣怀诗》所称"绮岁游湖湘,郭公牖我最;其学洞中外,孤愤屏一世"者也!光绪丙戌进士,官吏部主事,不坐曹,侍父湖南巡抚任。天怀湛发,志意尤瑰玮,尝思振挈摧颓,幸赞乃父,作新百度。戊戌政变,三立以名公子与康有为、梁启超交关中外作气势,声称藉甚!而四品卿军机章京杨锐、刘光第又皆因宝箴荐以达德宗,既以骄诛;慈禧太后恚之甚,褫父子职。遂侍父归南昌;而宝箴以光绪二十六年庚子夏,闻拳匪之乱,发愤死!既而两宫回銮,党禁稍解,遂移家金陵;自是肆力为诗,陶写情性,呼之欲出。有《遣兴》一律云:

> 而我于今转脱然,埋愁无地诉无天。昏昏一梦更何事,落落相看有数贤。懒访溪山开画轴,偶耽醉饱放歌船!诗声尚与吟虫答,老子痴顽亦可怜!

又有《城北道上》一律云：

> 晶砾新驰道，晴霆迭马蹄；屋阴衔柳浪，裾色润瓜畦。诣客能相避，偷闲亦自迷。归栖枝上鹊，为我尽情啼！

又《至沪访郑太夷》云：

> 生还真自负，杂处更能安。意在无人觉，诗稍与世看！所哀都赴梦，可老得加餐！吐语深深地，吹裾海气干。

三诗乃庚子以后移寓金陵作，真气旁薄。不假雕饰，沈忧积毁中，乃能吐属闲适如此！盖三立为诗学韩愈，既而肆力为黄庭坚，避俗避熟，力求生涩，与薛士龙季宣绝似。然其佳处可以泣鬼神，诉真宰者，未尝不在文从字顺中也！而荒寒萧索之境，人所不道，写之独觉逼肖，而壹出自然，可谓能参山谷三昧者。其题《豫章四贤象拓本》第三绝云：

> 驼坐虫语窗，私我涪翁诗。镂刻造化手，初不用意为。

世人只知以生涩为学庭坚，独三立明其不然，此所以复绝人人！其为《濮青士观察丈题山谷老人尺牍卷子》曰：

> 我诵涪翁诗，奥莹出妩媚。冥搜贯万象，往往天机备。世儒苦涩硬，了未省初意！粗迹持毛皮，后生渺津逮。书何独不然，笔法摹讹伪；九州炫赝本，蛇蚓使眼眯；岩拓亦损真，略具

银钩势。望古忝邑子，遣墨期购致。邻寺守传幅，号称小三昧。謷謷转郡国，坐失摩挲地。属闻散人家，居奇千金利。濮叟骚雅宗，袭珍辱持示。阿谁乞伽佗，想见娱游戏。风日发光妍，珠玑蕴温粹。宛窥虞柳全，渐拾羲献坠。锋锐敛冲夷，乃副儒者事。取证内外集，波澜与莫二。得此夸家鸡，政尔适痦寐。后有五百年，永宝十行字。劣咏污败毫，凭叟哂以鼻！

盖论定黄氏，有不同人云亦云者。尝以宣统元年刊《散原精舍诗》二卷，郑孝胥序其端曰：

> 伯严诗，余读至数过，尝有越世高谈、自开户牖之叹。己酉春，始欲刊行，又以稿本授予曰："子其为我择而存之。"余虽喜为诗，顾不能为伯严之诗，以为如伯严者，当于古人中求之！伯严乃以余为后世之相知，可以定其文者耶？大抵伯严之作，至辛丑以后，尤有不可一世之概！源虽出于鲁直，而莽苍排奡之意态，卓然大家，非可列之江西社里也！往有巨公与余谈诗，务以清切为主，于当世诗流，每有"张茂先我所不解"之喻！其说甚正。然余窃疑诗之为道，殆有未能以清切限之者。世事万变，纷扰于外；心绪百态，腾沸于内；官商不调而不能已于声，吐属不巧而不能已于辞；若是者，吾固知其有乖于清也！思之来也无端，则断如复断，乱如复乱者，恶能使之尽合；兴之发也匪定，则倏忽无见，惝恍无闻者，恶能责以有说；若是者，吾固知其不期于切也！并世而有此作，吾安得谓之非真诗也哉！噫嘻，微伯严，孰足以语此！

此孝胥赠樊增祥诗所称："尝序伯严诗,持论辟清切"者也。序中巨公,即指南皮张之洞也。晚清名臣能诗者,前推湘乡曾国藩,后称张之洞。国藩诗学韩愈、黄庭坚,一变乾嘉以来风气,于近时诗学,有开新之功。之洞诗取欧阳修、苏轼、王安石,宋意唐格,其章法声调,犹袭乾嘉诸老矩步,于近时诗学,有存旧之思。国藩识巨而才大,寓纵横诙诡于规矩之中,含指挥方略于句律之内,大段以气骨胜,少琢炼之功。而之洞则心思致密,言不苟出;用字必质实,勿纤巧;造语必浑重,勿吊诡;写景不虚造,叙事无溢辞;用典必精切,不泛引,不斗凑;立意必已出,毋袭故,毋阿世;称心而出,意不求工;刊落纤浓,宁质勿绮;虽以风致见胜处,亦隐含严重之神,不剽滑;其生平宗旨,取平正坦直。最不喜黄庭坚,题其集曰："黄诗多槎牙,吐语无平直;三反信难晓,读之鲠胸臆!如佩玉琼琚,舍车徒荆棘;又如佳茶荈,可啜不可食。子瞻与齐名,坦荡殊雕饰!"几于徵声发色,不啻微言讽刺;而见诗体稍僻涩者,则斥为江西魔派,不当意也!三立尝从之洞游南京燕子矶,有《九日从抱冰官保至洪山宝通寺送梁节庵兵备》一律云:

  啸歌亭馆登临地,今日都城隔世寻。半壑松篁藏梵籁,十年心迹比秋阴。飘髯自冷山川气,伤足宁为却曲吟。作健逢辰领元老,下窥城郭万鸦沈!

诗在三立为最清切之作,而之洞诵之,哂曰:"元老那能见领于人!"又称"逢辰"二字为不经,"逢辰"二字,陈师道、朱熹常用之。盖亦不解之一。然之洞督鄂之日,尝聘三立校阅经心两湖书院卷,先施往拜,备极礼敬。而三立亦称之洞诗重厚宽博,在近代诸老之上焉。

三立之诗,晚与郑孝胥齐名;而早从通州范当世游,极推其诗;以当世亦学黄庭坚也。当世尝录示《甲午客天津中秋玩月》之作。三立诵叹绝曰:"苏黄而下,无此奇矣!"因酬以诗称"吾生恨晚数千岁,不与苏黄数子游。得有斯人力复古,公然高咏气横秋"者也!当世困厄寡谐,一出客直隶总督李鸿章所,意气甚欢!既更世难,抑郁牢愁,壹发以诗,有《范伯子诗集》,工力甚深,下语不肯犹人,峻峭与三立同!而三立笔势壮险,仿佛韩愈、黄庭坚。当世意思牢愁,依稀孟郊、陈师道。顾三立喜之特甚!为子娶当世女,有《衡儿就沪学须过其外舅肯堂通州率写一诗令持呈代柬》一律云:

　　吾尝欲著《藏兵》论,汝舅还成《问孔》篇。此意深微俟知者,若论新旧转茫然。生涯获谤馀无事,老去耽吟倘见怜!胸有万言艰一字,摩莎泪眼问青天!

志意牢落可想。盖三立名公子,既蹉跌不用!然不能忘情经世,则一发之于诗。其《甲辰感春》诗云:

　　杂置王霸书,其言综治乱。慷慨一时画,指列亦璀璨。世运疾雷风,幻转无数算;冥冥千岁事,孰敢恣臆断!况当所遭值,文野互持半!垂示不过物,道苦就羁绊;又若行执烛,迎距光影判;倍谲势使然,安能久把玩?巍巍孔尼圣,人类信弗叛!劫为万世师,名实反乖谩。起孔在今兹,旧说且点窜。撼彼体合论,差协时中赞。吾欲哀百家,一以公列贯。与之无町畦,万派益输灌。国民如散沙,披离数千岁。近儒合群说,哓哓徒置喙!无当下民心,反唇笑以鼻。"疴痒本非我,我爱焉所寄。"

生今探道本,亦可决向避。天地有与立,绸缪非细事! 吾尤痛民德,繁然滋朋伪! 东掖顗于西,宁独室厥智! 环球悬宗教,始赖缮万类。厮养炀灶间,上帝临无二。俗化得基础,然后图明备。嗟我号传孔,梓潼杂儿戏。回释既浮剽,耶和益相怼。向见龙川翁,组织别树帜;谬欲昌其说,用广师儒治。惜哉畏弹射,又倚厌世义。徒党散四方,杳茫竟谁嗣!

呫嗟渤海战,楼橹涌山岳。长黥掉巨蛟,咋死落牙角。腾挟三岛锐,其势病飞鼍。立国何小大,呼吸见强弱。稍震邦人魂,酣梦徐徐觉。方今麛群雄,万钧操牡钥。之死而之生,妙巧讵苟托;醉饱视息地,一映飑扫箨! 奋起刀俎间,大勇藏民瘼! 兹事动鬼神,跃与泪血薄。一士沧瀛归,苍黄发装橐。携取太和魄,佐以万金药。曰"举国皆兵",曰"无人不学"!

皆戛戛生新而绝不为钩棘者! 然辛亥国变以后,则诗体一变,错于杜、梅、黄、陈间矣。《癸丑由沪还金陵散原别墅杂诗》云:

入门戚生还,踌躇顾室庐! 凝尘扫犹积,阴藓侵阶除! 几案未改位,签架稍纷挐。檐间新巢燕,似讶客曳裾! 猫犬饥不还,帙落干死鱼! 纸堆弃遗札,略辨谁某书。因嗟哄变始,所掠半为墟! 长旗巨刃前,守者对欷歔。就抚手植树,汝留劫烬馀!

夙恋山水区,辛勤营此屋。草树亦繁浓,颇欣生意足。移居席未暖,烽燧已在目! 提携卧疾雏,指星庇海曲。栖息屡改火,奋身看新筑。四望带城闬,春气染花竹。狭巷闻卖浆,居邻唤黄犊。卸装此盘桓,倐骇万霆逐。窗壁为动摇,坐立几俱仆!地震兼鸣啸,平生所历独!夜中震复然,破寐叫庸仆。置彼灾祥说,一枕百忧续!

钟山亲我颜,郁怒如不平!青溪绕我足,犹作呜咽声!前年恣杀戮,尸横山下城。妇孺蹈藉死,填委溪山盈。谁云风景佳,惨憯弄阴晴!檐底半亩园,界画同棋枰。指点女墙角,邻子戍骄兵。买菜忤一语,白刃耀柴荆。侧踞素发母,孥婴哀哭并。叱咤卒不顾,土赤血奔倾!夜楼或来看,月黑磷荧荧!

前两首叙述曲折,后一首郁怒呜咽;革命之师,号曰吊民;而兵骄民残,可谓极绘写之能;诵者恍若闻睹焉!

初三立之移家金陵也,日从两江总督端方游,评品书画,意气甚欢。端方将具疏复其官。三立坚辞,怃然知时不可为,烦冤离懑,一放于诗。而为文恣肆奇峻,吴汝纶读之曰:"是欲不立宗派,有意为曾文正者;然谈何容易!"李希圣则称其文在陈承祚、范蔚宗之间。而三立自言:"余少年名习为文章,与南丰刘君孚京字镐仲者游。而君为之愈专且勤,所治书淫于周秦汉诸子杂家;所为文亦本之,不阑入唐以后体势及宗派诸说;与余颇持同异,互标举掎摭为噱乐。时君以主事厕刑部,俸入微,颇假士大夫责文吊贺,受金赡乏绝。一日,君属草稿,意蹇产良苦;乃取箧中有所谓《续古文辞类纂》者,溷君几案,漫语以:'且读且效为之!恶有日聒刘子政、班孟坚,贱易盐米至此乎!'未几,余去都。君以书告曰:'用公言,吾所卖文果易就;然累吾文益即卑近者,公也。'余大笑!方是时,海内才俊故旧集辇下,过逢络绎;而日以道义术业相切磨。晨夕眤语,为余所兄事而弟畜之者,独君与丰城毛君庆藩字实君两人而已!"盖早岁用事于文之劬且久有如此!顾海内争诵其诗,至真知其文者不多。自随其父废退居南昌,阅一年,拳祸作,而父以忧死。乃作《啨庐记》以抒愤曰:

西山负江西省治,障江而峙,横亘二三百里,东南接奉新、高安诸山,北尽于彭蠡;其最高峰曰萧坛,下纷罗诸峰,隆伏绵缀,上为青山之原,吾母墓在焉。墓旁筑屋,前后各三楹,杂屋若干楹,施楼其上,为游廊,与母墓相望;取"青山"字相并属之义,名啨庐。初吾父为湖南巡抚,痛窳败无以为国,方深观三代教育理人之原,颇采泰西富强所已效相表里者,放行其法。会天子慨然更化力新政,吾父图之益自喜,究用此得罪!免归南昌。因得卜葬其地;明年遂葬吾母,穴左亦预为父圹,光绪二十五年之四月也。吾父既大乐其山水云物,岁时常留啨庐不忍去,益环屋为女墙,杂植梅、竹、桃、杏、菊、牡丹、芍药、鸡冠、红踯躅之属。又辟小坎,种荷蓄鲦鱼;有鹤二,犬、猫各二,驴一。楼轩窗三面当西山,若列屏,若张图画;温穆杳蔼,空翠蓊然扑几榻,须眉帷帐衣履,皆映黛色。庐右为田家,老树十馀亏蔽之;入秋叶尽赤,与霄霞落日混茫为一。吾父淡荡哦对其中,忘饥渴焉!呜呼,孰意天重罚其孤,不使吾父得少延旦暮之乐;葬母仅岁馀,又几葬吾父于是耶?而啨庐者,盖遂永永为不肖子烦冤茹舍,呼天泣血之所矣!尝登楼迹吾父坐卧凭眺处,耸而向者山耶?演迤而逝者,陂耶、畴耶?缭而幻者,烟云耶?草树之深以蔚耶?牛之眠者斗者耶?犬之吠,鸡之鸣,鹊鸱群雉之噪而啄、呴而飞耶?然满目凄然,满听萧然瑟然,长号而下。已而沈冥以思!今天下祸变既大矣!烈矣!

海国兵犹据京师,两宫久蒙尘,九州四万万人民,皆危慑莫必其命,乃益大恸,转幸吾父之无所睹闻于兹世者也!其在《诗》曰:"谁生厉阶,至今为梗!"又曰:"莫肯念乱,谁无父母!"曰:"凡今之人,胡憯莫惩!"然则不肖子即欲朝歌暮哭,憔悴枯槁,褐衣老死于兹庐以与吾父母魂魄相依,其可得哉!庐后檐下植二稚桂,今差与檐齐。二鹤死其一,吾父埋之庐前寻丈许,亲题碣曰鹤冢。旁为长沙人陈玉田冢;陈盖从营吾母墓工有劳,病终啬庐云!

盖伤戊戌政变之无成功以至于斯也,意有与《甲辰感春诗》相发者焉。然而德宗奉慈禧太后西狩回銮,遂下诏变法,开学堂,练新军,筹备宪政,言新政者嚣然并起,卤莽灭裂,而革命随之,以有民国;目击伤心,浸又悟变法图治之未可求速效,急功利之无裨于富强;遂见于《庸盦尚书奏议序》曰:

> 庸盦尚书既退居沪渎,乃辑生平扬历所得奏议,区为十六卷,授刊竟,命三立序其端。窃维国家兴废存亡之数,有其渐焉;非一朝夕之故也!有其几焉,谨而持之,审慎而操纵之,犹可转危为安,销祸萌而维国是也!吾国自光绪甲午之战毕,始稍言变法。当是时,昧于天下之大势,怙其私臆,激荡驰骤,爱憎反复,迄于无效,且召大衅,穷无复之,遂益采嚣陵之说,用矫诬之术,以涂饰海内外耳目。于人才风俗之本,先后缓急之程,一不关其虑。而节钺重臣,号为负时望、预国闻者,亦复奋舌摩掌,扬其澜而张其焰,曲徇下上狂逞之人心,翘然以自异。于是人纪之防坠,滔天之象成,而大命随之矣!是故今日祸变

之极，肇端虽不一辙；而由于高位厚禄士大夫不遏其渐，不审其几，揣摩求合，无特立之节，盖十而六七也；岂不痛哉！尚书当官京兆时，值庚子祸作，躬捍大难；旋督漕淮上，迁河南、江苏巡抚，擢督湖广，最后为直隶总督。其为治务培国本，恤民隐。凡所敷陈，常持大体，度势所能行，不欺其志；于预备立宪列上诸疏，尤言人所不敢言！往者三立从湘阴郭筠仙侍郎游。侍郎以为中国俲行新政，尚非其人，非其时；辄引青城道人所称"为国致太平，与养生求不死，皆非常人所能。且当守国使不乱，以待奇才之出；卫生使不夭，以须异人之至"；郑重低徊以寄其意。侍郎，世所目为通中外之略者也；其所守如此！时少年盛气，颇忽而不察。今而知老成瞻言百里，验若蓍蔡，为不可易！乃观于尚书疏，语中往复于重纲纪、挽学术，诫变更之繁，匡陵躐之弊，类皆切挚惷直，孤忠謇謇，有可揭日月而泣鬼神者！呜呼，其于青城道人守国使不乱之旨，倘有合欤？后之治国故者，讨其勋绩，综厥终始，愀然于尚书之不幸而垂空文，亦一代得失之林也！

庸盦尚书者，前直隶总督陈夔龙也。三立此序，感慨家国兴废之故。低徊引郭侍郎之言，忧心悄悄，乃深追悔少年之盛气，变法激荡驰骤之迄于无效，前后易虑，何啻南北驰；此直索解人不得也！

三立诸子皆能诗；而长子衡恪名最著，即三立写诗柬范当世署曰"衡儿"者也；字师曾，多能艺事，篆刻逼汉人，画得元人倪瓒、黄公望风味；而为诗喜敩谢灵运、谢惠连之作，由沈郁出清迥；尤挚言情。妇范早卒；继娶汪，又卒，悲之甚，有《春绮卒后百日往哭殡所感成三首》云：

我居西城闉，君殡东郭门。迢迢白杨道，萋萋荒草原！来此尽一哭，泪洗两眼昏。既不簠簋设，又无酒一尊。焚香启素幄，四壁惨不温！念我棺中人，欲呼声已吞！形影永乖隔，目渺平生魂！我何不在梦，时时闻笑言？倏忽已三月，卒哭礼所敦。我哭有已时，我悲郁难宣。藕断丝不绝，况此绸缪恩！苦挽已残月，留照心上痕！

　　故人九原土，新人三寸棺！相继前后水，一往不复还！我何当此戚，泪眼送奔澜！生时入我门，绿发承珠冠。死别即尘路，灵辀载鸣銮。忽忽十年事，真作百岁观。念此常恻怆，凋我少壮颜！少壮能几何，厌浥朝露团，会当同归尽，万事空漫漫！

　　子身转脱然，于我一何忍！相期白首欢，岂意娱俄顷！当时携手处，一一苦追省。伸纸见遗墨，检奁得零粉。衣绽何人补，书乱惟自整！亦有庭院花，独赏不成景！一昨致盆兰，三日叶枯殒。似我同心人，寿命吝不永！郁陶对暗壁，泪若繁星陨！天乎何困余，江海吊寒梗！有生有忧患，此味今再领！

侯官陈衍评："第二首'冠''銮'二韵，眼前事，人不能道。愈瑰丽，乃愈悲痛，信有不堪回首者！"春绮，其妇字也。又《题春绮遗像》云：

　　人亡有此忽惊喜，兀兀对之呼不起！嗟余只影系人间，如何同生不同死！同死焉能两相见，一双白骨荒山里。及我生时悬我睛，朝朝伴我摩诗史。漆棺幽闶是何物？心藏形貌差堪拟。去岁欢笑已成尘，今日梦魂生泪沘。

《月下写怀》云：

> 丛竹绿到地，月明影斑斑。不照死者心，空照生人颜！

词意凄厉，盖亦悼亡之作。陈衍谓其真挚处突过乃父。三立诘衍何乃誉儿以抑父？衍应之曰："此正吾辈求之不得者。恐君词若有憾，实乃深喜之！向在都，尝与林宰平推究古今闻人，其子往往赶不上；此与家学濡染之说，岂不大相反？宰平曰：'此殆谚所谓近庙欺神之故也！'"相与大笑而罢。顾衡恪诗不多作，特以画名，自称徐天池转生，屡梦天池与论画，且告之曰："我得年七十有三，汝寿如之！"自许当得大年，而以民国十二年卒，年三十有几①；士论惜之。

衡恪之弟方恪，字彦通，亦能诗。陈衍赠以诗曰"诗是吾家事，因君父子吟"者也。衍尝论衡恪真挚，而方恪则名贵，有感于京师南妓，作《梁溪曲》，其词曰：

> 曲罢真能服善才，十年海上几深杯。不知一曲梁溪水，多少桃花照影来！
>
> 休言灭国仗须眉，女祸强于十万师。早把东南金粉气，移来北地夺胭脂。
>
> 灯痕红似小红楼，似水帘栊似水秋。岂但柔情软似水，吴音还似水般柔！

---

① 陈衡恪（1876—1923），享年四十八。此处疑误。——编者注

自跋言"前清末年,京师南妓最盛,皇室贵胄,无不惑溺,遂以苞苴女谒亡国。而梁溪亦成北来南去之李师师"云。然方恪诗有酷似其父者,如《为先母卜兆域至临安法华山中夜宿兰若》云:

> 荒山独夜自惊神,鼠落鸱腾簌屋尘。灯影扑床疑有魇,松涛如海欲沉身。免怀顾复承家日,换劫艰难拜墓人。明日出门愁雨脚,麻鞋跣足仰苍旻。

陈衍以为杂诸《散原精舍诗》峭庐诸作,几不能辨也!

陈衍附沈曾植

陈衍,字叔伊,少时,尝梦至一处,重楼叠阁,阒其无人;有书数百橱,随手抽数册阅之,书边印"石遗某某",书中似是自己著作;醒时只记如此,书中云何,则忘之矣。时方阅《元遗山集》,因遂自号石遗;盖以旧字叔伊,"遗""伊"国语同音,"石""拾"同音,而"叔"训"拾"也。中式光绪壬午举人,官学部主事,历任京师大学、厦门大学文科教授。生而警敏;四岁诵《千家诗》,喜"花开红树"、"绿树阴浓"、"黄梅时节"、"去年花里"诸首,别有会心。五岁,父用宾授《四子书》、《毛诗》、《春秋左氏传》、《尚书》,日必数千言,若《尚书·禹贡》,《左传》公子重耳之出亡,韩、城濮、邲、鄢陵之战,皆起讫,限一日背诵。衍则临睡熟读,倦极乃寝;诘旦迟明起,奔立案头,一手披衣一手翻书朗诵,逾时,厨下晨餐熟,则成诵矣!一日,读《孟子·不仁者可与言哉》章,一日,读《小弁小人之诗也》章,喜其音节苍凉,抗声往复。父自外归,闻之色喜曰:"此儿于书理,殆有神会!"九岁,兄书授唐诗,自秋徂冬,王维、孟浩然、韦应物、柳宗元诗皆成诵,上及陈子昂、张九龄之作,次年,乃及李白、杜甫与晚唐诸家,每言:"夜读时,见案头瓶中所插折枝菊花、梅花,秀色香韵,沁入脑际,胸中一种诗味,不可名言!"十岁以后,毕诵《诗》、《书》、《易》、《春秋》、《左传》、《周礼》、《礼记》、《尔雅》,习为制举之文。然终年学为诗,日课一首;盖书之教也。书胸中不滞于物,诗境超逸,于白居易、苏轼为近;中间为陈师道、陆游、杨万里,为陆龟蒙、皮日休,雅不以空言神韵,专事音节为岑参、李颀、孟浩然、韦应物、柳宗元之所为者为然。衍秉其教;旁逮考据,以唐、宋、金诗,皆有纪事,而元独无,遂辑《元诗纪事》。其教人学诗,必因材性之所近,不主一家;而自为诗,则欲荟萃古人之所长以自名家。如《与默园论诗即送其行》曰:

  黄生手持荆公诗,密密圈点吟哦之。此中海藏久探索,更无馀地堪因依。君家双井富书卷,驱使诘屈或汝师。兹行山水入八桂,剑铓罗带相参差;柳韩笔力藉磨砺,勿怨世路多岖崎!

又《胡诗庐诗存题后》曰:

  君于五七言,气体均不俗;问其不俗故,服膺在山谷。山谷之为人,磊砢见节目;生长山水窟,历皖湘黔蜀。世间清刚气,贯凑入骨肉。发为诗文字,可喜不可欲!知者谓坚凝,不知谓严酷。君生于其乡,师又谷之续。今诗尽谷体,谷致杜之曲。别古体为今,吾国之所独!音业与古异,貌自为唐局。

李、白、贺、孟郊。不律诗。二杜审言、甫。沈、陈属。陈律何铿然,五古古自复。要知杜与黄,万卷胸积蓄。当其欲下笔,万象森瞻瞩。春踩范奇偶,左右罔不足。七言始《骚经》,刘、项节犹促。《式微》云兆端,"帝力"更高躅。《柏梁》不易韵,杜、韩厮二渎。然实《骚》之流,两句韵一束。但省其"兮"字,一韵自起伏。又视古乐府,长短句尽剧;试将枚、苏、李,用韵一细读。显与歌曲流,同流而异澳。因君偶放言,敢谓识归宿!

盖教黄舍荆公以学山谷;而诏胡勿以山谷自限,而进之以杜、韩也。至《论诗一首送觐俞同年归里》,则曰:

君从故乡来,忽索我诗看。言逢畏庐说:"子诗近所罕!"因得读君诗,湖上作居半。湖光与山渌,着笔不肯散!自言探诗境,一叶坠浩漫。岷峨在何许,蜀道险不惮。我从学诗来,亦复思之烂。乐天善闲适,柳子工嗟叹。孟郊骜且雄,次山碎何惋。奇兵双井出,短剑渭南锻。老树曲而直,颓云连复断。连宵快纵谈,归棹惜岁晏。何当小旗亭,画壁赌之涣。

盖欲集古人之长以自名家也。尤喜翘称渭南;盖近人为诗,喜学北宋,学陆游者特少;故表而出之也。尝语人曰:"放翁七言近体,工妙宏肆,可称观止。古诗亦有极工者;盖荟萃众长以为长也。"以光绪二十四年,应两湖总督张之洞辟召。之洞督鄂久,值中外多故,而武昌居长江上流,形势扼要;之洞以陶侃自命。衍未许之。有友人同在幕府,酷嗜赌;衍因以诗规之曰:"捋蒲运甓等无用,互讼廷尉难为平!"盖兼讽之洞也。而衍为从事久,诵说计学。之洞则维新庶政,方以作业剧而财匮,无所为计;而用衍之谋,通轻重之权,以铸铜圆,消息财货;遂以讲武兴学,显名中朝;其议自衍发之也。学则博闻强记,自经史子集以逮小学、金石、目录、山经、地志,靡所不赅贯,有叩斯应;而泓深渟蓄,久乃不掩,发为文章以抒胸中之瑰伟,皆不屑屑袭古人窠臼,而异军别张以自开派。伟辞独铸,诗最有名;盖有会于宋贤梅尧臣之洗炼,苏轼之谐畅,杨万里之拗折,陆游之宏肆,而以上窥韩愈之雄奇诙诡,白居易之萧闲旷适,熔裁而出之一手,精思健笔,时有拙语,而气能运之,成章以达,透辟生峭,与陈三立、郑孝胥一时争雄,同出宋贤西江,而蹊径各别。三立奥峭而出之以磊砢。孝胥枯涩而抒之以清适。衍则奥衍而发之以爽朗,凿幽出显,力破馀地,此其所独也!客武昌,谒嘉兴沈曾植。曾植见刺,张目视曰:"岂著《元诗纪事》之衍耶?是固吾走琉璃厂肆,以朱提一流之所购读者!"衍曰:"吾丙戌在都,闻郑苏戡诵君诗,相与叹赏,以为同光体之魁杰。"苏戡,郑孝胥字也。曾植,字子培,号乙盦,浙江嘉兴人,光绪庚辰进士,累官安徽布政使。顾是时曾植方以京曹官掌教两湖书院,博极群书,于辽、金、元史及舆地,尤精熟;初若不屑意为诗。衍曰:"吾亦耽考据。其实谈经说史,皆为人作计,无与己事!作诗尚是自家意思,自家言说。此外学问皆诗料也。"曾植意动,因言:"吾诗学深,诗功浅,夙喜张文昌、玉豁生、山谷内外集,而不轻诋七子诗。""诗学深"者,谓阅诗多;"诗功浅"者,作诗少也。衍曰:"君爱艰深,薄平易,则黄山谷不如梅宛陵。"时人无道梅尧臣者,因贻《宛陵集》残本以赠。时郑孝胥亦在武昌,投衍诗索和。衍句云:"著花老树初无几,试听从容长丑枝。"孝胥曰:"此本《宛陵》诗。"因赠衍诗曰:"临川不易到,宛陵何可追。凭君嘲老丑,终觉爱花枝!"自是始有言宛陵者,实自衍一人倡之。所居与沈曾植邻,谈诗过从极欢。平生论诗,谓"诗莫盛于三元";三元者,上元开元,中元元和,下元元祐也。曾植戏敩时语应曰:"三元,皆外国探险家觅新世界,殖民政开埠头本领。"衍言:"今人强分唐诗、宋诗,又咎同光以来舍唐诗不为而为宋诗。不知宋诗皆,推本唐人诗法,力破馀地耳。欧阳修、梅尧臣、苏轼、王安石、黄庭坚、陈师道、陆游、杨万里诸家,唐诗岑参、高适、李白、杜甫、韩愈、孟郊、刘禹锡、白居易之变化也。陈与义、陈傅良、严羽及永嘉四灵徐照、徐玑、翁卷、赵师秀诸家,唐诗王维、孟浩然、韦应物、柳宗元、贾岛、姚合之变化也。故开元、元和者,世所分唐宋人之枢纽也。若墨守旧说,唐以后之诗不读,有日蹙国百里而已!"然衍论诗宗宋,而于宋诗之弊,亦极言之;曰:"咸同以来,古体诗不转韵,近体诗不尚声,貌之雄浑焉尔;其弊也,蓄积贫薄,翻覆只此数意数言;或作色张之,非其人而为是言,非其时而为是言,视貌为六朝、盛唐之言者无以胜之也!余于诗文,无所偏好,以为惟其能与称耳。浅尝薄植,勉为清隽一二语,自附于宋人之为;江湖末派之诗耳!"刊有《石遗室诗集》十卷,附《补遗》一卷,《续集》二卷;每语人曰:"江右诗家,五十年来,惟吾友陈散原称雄海内;后生英俊,谬以余与海藏侪诸散原,方诸北宋苏、王、黄三家,以为海藏服膺荆公,遂以自命;双井为散原乡先哲,散原兀傲僻涩似之,皆成确证;因以坡公属余。余于诗不主张专学某家,于宋人固绝爱坡公七言各体,兴趣音节,无首不佳;五言则具体而已,向所不喜!双井、后山,尤所不喜。日本博士铃木虎雄特撰《诗说》一卷,专论余诗,以为专主张江西派,实大不然!余七古向鲜转韵,七律向不作拗体,皆大异山谷者;故时论不尽可凭。若自己则如鱼饮水,较知冷暖矣!至鄙人续刻诗二卷,似近来之我,颇非昔时之我;形容变尽,语音亦变。往尝为海藏言之，今则轮到我矣！此外尚有百首诗待刻，亦多非故我。所读时贤号称能诗者之诗，多不过瘾，如何如何！"日本文学士神田喜一郎慕衍名，过访，谓："公所著《尚书》、《周礼》、《礼记》、《考工记》、《说文》诸书尚未读过；惟见《元诗纪事》、《近代诗钞》、《诗话》，因谈铃木虎雄博士著《诗说》，谓主江西派，然否？"衍应之曰："大家诗文，要有自己面目，决不随人作计。自《三百篇》以逮唐宋各大家，无所不有，而不能专指其何所有。盖不徒于诗中讨生活也！"神田极以为然。

衍喜说诗，所著有《石遗室诗话前编》三十卷，《续编》六卷，上下古今，靡所不论及；盖自有《诗话》以来，未有如是之浩博者！其论古今人诗曰："李习之论文，谓：'《六经》之创意造言，皆不相师。故其读《春秋》也，如未尝有《诗》也。其读《诗》也，如未尝有《易》也。其读《易》也，如未尝有《书》也。其读屈原、庄周也，如未尝有《六经》也。'古之诗人亦然。一人各具一笔意。谢之笔意，绝不似陶；颜之笔意，绝不似谢；小谢之笔意，绝不似大谢。初唐犹然。至王右丞而兼有华丽、雄壮、清适三种笔意。至老杜而各种笔意无不具备。大历十子，笔意略同。元和以降，又各人各具一种笔意。昌黎则兼有清妙、雄伟、磊砢三种笔意。北宋人多学杜、韩，故工七言古者多。南宋人稍学韦、柳，故有工五言者。南渡，苏黄一派流入金源。宋人如陈简斋、陈止斋、范石湖、姜白石、四灵辈，皆学韦、柳，或至或不至。惟放翁无不学，独七言古不学韩、苏。诚斋学白、学杜之一体。此其大较也。"

又曰："诗贵风骨，然亦要有色泽，但非寻常脂粉耳；亦要有雕刻，但非寻常斧凿耳。有花卉之色泽，有山水之色泽，有彝鼎图书种种之色泽。王右丞，金碧楼台山水也。陈后山，淡淡靛青峦头耳。黄山谷则如赭石，时复著色朱砂。陈简斋欲自别于苏、黄之外，在花卉中，为山茶、腊梅、山矾。'吴波不动，楚山丛碧'，李太白足以当之。'木叶微脱，石气自青'，孟浩然足以当之。'纷红骇绿'，韩退之之诗境也。'縈青缭白'，柳子厚之诗境也。"

又曰："五律四十字，字字清高，惟初唐至太白为然！老杜五律，高调似初唐者，以'国破山河在'一首为最。自大历以后，高调者渐少。宋人七律，可追唐人；五律罕可诵者，其高者仅至晚唐而止。盖一句只五字，又束于声律对偶，难在结响有馀音，易同于排律句调。欲学初唐五律，求之于音节，须求之于用字；音节由用字出也。"

又曰："严沧浪云：'少陵诗法如孙吴，太白诗法如李广。'殊为得之！孙吴有实在工夫，李广则全靠天分，不可恃也！渔洋于沧浪，不取此二语，而取'羚羊挂角'之说；盖未尝学杜故也。表圣之'不著一字，尽得风流'，已在可解不可解之间。'羚羊挂角'，是底言乎？至如禅家所云'两头明，中间暗'，及诗家之'鸳鸯绣出从君看，不把金针度与人'，竟是小儿得饼，且将作谜语、索隐书而后已乎？渔洋更有'华严楼阁，弹指即现'之喻；直是梦魇，不止大言不惭也。"

又曰："学古人，总要能变化。曹孟德《苦寒行》中云：'熊罴对我蹲，虎豹夹路啼。'少陵《石龛诗》云：'熊罴哮我东，虎豹号我西。我后鬼长啸，我前狖又啼。'盖变本加厉言之；而用之篇首，与曹公用之篇中者，尤见罕兀。《水会渡诗》'大江动我前'，又用此种句法。《草堂诗》之'旧犬喜我归，低徊入衣裾；邻舍喜我归，酤酒携胡卢；大官知我来，遣骑问所须；城郭知我来，宾客隘村墟'，则用《木兰辞》而小变换之。他人之学少陵者，王荆公思王逢原云：'庐山南堕当书案,溢水东来入酒卮。'非从'瀍水流中坐,岷山到此堂'来乎？少陵《奉观严郑公厅事岷山沲江画图十韵》句。'青山扪虱坐,黄鸟挟书眠',非从'钩帘宿鹭起,丸药流莺啭'来乎？少陵《水阁朝霁奉简云安严明府》句。但'庐山'一联,视'瀍水'一联无不及。'钩帘'一联,何等自然；'青山'二语,则所谓'是底言'矣！山谷之'凄其望诸葛',则明用《晚登瀼上堂》之'凄其望吕葛'耳。"

又曰："少陵之'边秋一雁声,露从今晚白',从江淹《别赋》'值秋雁兮飞日,当白露兮下时',不觉脱化而出！'月是故乡明',亦翻用谢庄'隔千里兮共明月'意耳！"

又曰："少陵诗用字之有来历者,如《甘林》之'脱粟为尔挥',言长老留饭也；'挥'字,用范彦龙'恨不具鸡黍,得与古人挥'句。"

又曰："杜陵古诗,往往将后面意撮在前面预说,使人不易看出线索；退之作文之善于蔽掩,即此法也。如《遣怀诗》为高适、李白叙哀而作；'芒砀'十字,似登台语；而寓意极微,语切友生,怀深先帝。上句喻云驭上宾,时事改易；下句喻庸庸求食,无复功名之想。此二句置在未入'先帝'之先,故无所阂口,而使人不觉；下面即紧顶先帝好武,叙拓境后,便接以存殁,中间全无曲折,盖亦倒找势耳！通篇要指,全在'气酣'二十字中,言先皇升遐后,三人皆无望于进取。白佯狂诗酒,恳辞还山,原是避诸杨之祸；集中有《惧谗》一诗,又句云：'谗惑英主心,恩疏佞臣计。'史称帝每欲官白,辄为妃子所沮；适先曾授钺淮南,为李辅国所沮毁,改授詹事,后来摄钺西川,旋经内召,身虽显于肃代间,特以资格迁官；以云受知则未也！《甘林诗》'子实'四句,即长老语；却用'主人'二句倒押在后；杜诗如此笔法甚多！"

又曰："少陵《别唐十五诫因寄礼部贾侍郎至诗》,言唐负经济才,九载相逢,仍旧未遇,岂甘槁饿老死! 设其此举一虚,势必于谒镇帅,谋以他途进身。'胡星'六句,所以著骄将悍帅之黟;末'念子善师事,岁寒守旧柯'二句,祝其遇合;如其不然,不可改操。后来昌黎《送董召南序》,用意全本此诗。"

又曰:"今人作诗,学元、白者视诗太浅,视元、白太浅也。学韦、柳者视诗太深,视韦、柳太深也。学温、李者,只知温、李之整丽。学韩、苏者,只知韩、苏之粗硬。非直知诸家者也!"

又曰:"涛园说诗,时有悟入处;尝云:昌黎《南山诗》,连用五十一'或'字;少陵《北征》已有'或红如丹砂,或黑如点漆'之句,实则莫先于《小雅·北山》'或燕燕居息,或尽瘁事国',十二句连用十二'或'字。余谓《北山》将苦乐不均两两相较;视《南山》专状山之形态,有宽窄难易之不同。《北山》到底竟住,斩截可喜!《南山》则不免辞费,故中多复处,如'或戾若仇雠',非即'或背若相恶'乎?'或密若婚媾',非即'或向若相佑'乎?'或随若先后',非即'或连若相从'乎?其馀'或赴若辐辏'与'或行而不辍','或妥若弭伏'与'或颓若寝兽',大同小异之处尚多。故昔人谓《北征》不可无,《南山》可以不作也。且其叠用'若'字,'如'字,'或'字,又本于《高唐赋》之'愀兮如风,凄兮如雨','若生于鬼,若出于神';《神女赋》之'耀乎若白日初出照屋梁,皎若明月舒其光','晔乎如华,温乎如莹';《洛神赋》之'翩若惊鸿,婉若游龙','仿佛兮若轻云之蔽月,飘摇兮若流风之回雪','皎若太阳升朝霞,灼若芙蕖出渌波','肩若削成,腰如约素','或戏清流,或翔神渚,或采明珠,或拾翠羽'诸句来也。等而上之,《淇奥》之'如切如磋,如琢如磨','如金如锡,如圭如璧';《板》之'如埙如箎,如璋如圭,如取如携';《荡》之'如蜩如螗,如沸如羹';《三百篇》早有之矣!"

又曰："白乐天《寄韬光禅师》云：'一山门作两山门，两寺原从一寺分。东涧水流西涧水，南山云起北山云。前台花发后台见，上界钟声下界闻。遥想吾师行道处，天香桂子落纷纷！'此七言律创格也。惟灵隐、韬光两寺实一寺，'一山门实两山门'者，用此格最合。其馀东西涧，南北峰，前后台，上下界，无一字不真切，故此诗不可无一，不能有二！惟东坡能变化学之，《游西菩寺》次联云：'白云自占东西岭，明月谁分上下池'，略翻乐天意说之。据《咸淳临安志》，寺前有东西双峰，寺中有清凉池、明月池，有似灵隐、韬光；故东坡亦分'东西'、'上下'言之。又《赠上天竺辩才师》云：'南北一山门，上下两天竺。'又《自普照游二庵》云：'长松吟风晚雨细，东庵半掩西庵闭。'皆用此例，亦以天竺寺有上下，庵有东西故也。王摩诘《访吕逸人诗》云：'城上青山如屋晨，东家流水入西邻。'又乐天诗所自出。"

又曰："宛陵古体用意笔，多本香山；异在香山多用偶，宛陵变化用奇；香山多五言，宛陵变化以七言。东坡意笔曲达，多类宛陵；异在音节，梅以促数，苏以谐畅；苏如丝竹悠扬之音，梅如木石摩戛之音。放翁、诚斋皆学香山，与宛陵同源。世于香山，第赏其讽谕诸作，未知其闲适者之尤工！于放翁、诚斋，第赏其七言近体之工似香山，未知其古体常合宛陵、香山以为工；而放翁才思较足耳！"

又曰："东坡七言古，全用对句排戛到底，本于老杜《岳麓山》、《道林二寺行》。他如《洗兵马》、《追酬高蜀州人日见寄》，则全用对句而有转韵；东坡却少学。后山七律，结联多用涩语对收，则学杜而得其皮者。山谷、铁厓多学杜之七言绝句。"

又曰："苏长公之诗，自南宋风行，靡然于金；元明中熄；清而复炽，二百馀年中，大人先生殆无不濡染及之者。大抵才富者喜其排昇,趣博者领其兴会。即学焉不至,亦盘硬而不入于生涩,流宕而不落于浅俗;视从事香山、山谷、后山者受病较鲜,故为之者众。张广雅论诗,扬苏斥黄,略谓:'黄吐语多槎牙,无平直,三反难晓,读之梗胸臆;如佩玉琼琚,舍车而行荆棘;又如佳茶,可啜而不可食。子瞻与齐名,则坦荡殊雕饰,受党祸为枉!'亦可见大人先生之性情,乐广博而恶艰深,于山谷且然,况于东野、后山之伦?广雅过芜湖,吊袁沤簃,则云:'江西魔派不堪吟,北宋清奇是雅音。双井半山君一手,伤哉斜日广陵琴!'不喜江西派,即不满双井;特本渔洋说'山谷虽脱胎于杜,顾其天姿之高,笔力之雄,自辟门庭。宋人作《江西宗派图》,极尊之,以配食子美,要亦非山谷意'云云。故阳不贬双井,而斥江西为'魔派';实则江西派岂能外双井?双井岂能高过子美,雄过子美,而自辟门庭哉?渔洋未用功于杜,故不知杜,不喜杜,亦并不知黄,乃为是言。"

又曰:"余尝谓达官而足山林气者,莫如荆公。荆公佳句,皆山林气重,而时觉黯然销魂者,所以虽作宰相,终为诗人也。余尝语子培,荆公诗甚妖冶。子培曰:'何以言之?'余曰:'怊惆俯凌波,残妆坏难整,不谓之妖冶,得乎?'"

又曰:"宋诗人工于七言绝句,而能不袭用唐人旧调者,以放翁、诚斋、后村为最。大约浅意深一层说,直意曲一层说,正意反一层侧一层说。诚斋又能俗语说得雅,粗语说得细;盖从少陵、香山、玉川、皮、陆诸家中一部分,脱化而出也。如'归去江南无此景,未须吃饭且来看!''中间不是平林树,水色天容拆不开。''点检风来无觅处,破窗一隙小于钱。''小儿不耐初长日,自织筠篮胜打闲。''醉去皆然卧绿窗,醒来一枕好凄凉!''皂荚树阴黄草屋,隔篱犬吠出头来!'全首如:'诗人长怨没诗材,天遣斜风细雨来。领了诗材还又怨,问天风雨几时开?''晴明风日雨干时,草满花堤水满溪。童子柳阴眠正著,一牛吃过柳阴西。''莫言下岭便无难,赚得行人错喜欢。正入万山圈子里,一山放出一山拦!''风雨掀天浪打头,只须一笑不须愁。近看两日远三日,气力穷时会自休'。此外以粗语、俗语入诗者,未易悉数。善学之,可以上追圣俞、后山;不善学而一味为之,或流于钉铰击壤。后世袁简斋多学诚斋。近人则竹坡先生宝廷、木庵先生陈书、林暾谷旭亦时为之。"

又曰:"陈简斋五言古,在宋人几欲独步;以宋人学常建、刘慎虚及韦、柳者鲜也。至《夏日集葆真池上》一首,尤为压卷之作。厉樊榭平生所心摹力追者,全在此种。"

又曰:"厉樊榭先生《樊榭山房诗》,为浙派领袖,在前清风行颇久,至近日稍衰。然其参会唐宋,于渔洋、竹垞外自树一帜;虽以沈归愚之主张汉、魏、盛唐,亦盛称之。实则五言古、七言律、七言绝句,佳者甚多!七言古才力薄弱,局势平常;五言律殊少神味;非其所长耳!"

又曰:"有清二百馀载,以高位主持诗教者,在康熙曰王文简,在乾隆曰沈文悫,在道光、咸丰,则祁文端、曾文正也。文简标举神韵;神韵未足以尽《风》、《雅》之正变,《风》则《绿衣》、《燕燕》诸篇,《雅》则'杨柳依依、雨雪霏霏','穆如清风'诸章句耳。文悫言诗,必曰温柔敦厚。然孔子删诗,《相鼠》、《鹑奔》、《北门》、《北山》、《繁霜》、《谷风》、《大东》、《雨无正》、《何人斯》以迄《民劳》、《板》、《荡》、《瞻卬》、《召旻》,遽数不能终其物,亦何尝'温柔敦厚'者?而皆勿删。祁文端学有根柢,与程春海侍郎为杜,为韩,为苏、黄;辅以曾文正、何子贞、郑子尹、莫子偲之伦,而后学人之言,与诗人之言合而恣其所诣;于是貌为汉魏、六朝、盛唐者,夫人而觉其面目性情之过于相类,无以识其若人之言也!夫文简、文悫,生际承平,宜其诗之为'正风'、'正雅'、但其才力为'正风'则有馀,为'正雅'犹或不足。文端、文正以来丧乱云膴,迄于今变故相寻而未有屆,其去《小雅》废而《诗》亡也不远矣。"

又曰:"诗至晚清同光以来,承道咸诸老,斯向杜韩,为'变风'、'变雅'之后,益复变本加厉,言情感事,往往以突兀陵厉之笔,抒哀痛迫切之辞!甚且戏笑怒骂,无所于恤。矫之者则为钩章棘句,僻涩聱牙,以至于志微噍杀,使读者悄然而不怡然。皆豪杰贤知之子乃能之;而非愚不肖所及也!道咸以前,则慴于文字之祸,吟咏所寄,大半模山范水,流连景光;即有感触,决不敢显然露其愤懑,借咏物、咏史以附于比兴之体;盖先辈之矩矱类然也。自今日视之,则以为古处之衣冠而已!"

又曰:"后山学杜,其精者突过山谷,然粗涩者往往不类诗语。瞰谷学后山,每学此类;在八音中,多枹鼓,少丝竹,听之使人寡欢。若循此春夏行冬令,则四十五十,尚何诗之可为!"

论作诗之法曰:"诗贵淡荡,然能浓至,则又浓胜矣!诗喜疏野,然能精微,又精善矣!'鸣鸠乳燕青春深,落花游丝白日静','雷声忽送千峰雨,花气浑如百和香',可谓浓至!'穿花蛱蝶轻轻舞,点水蜻蜓款款飞',可谓精微!"

又曰:"诗要处处有意,处处有结构,固矣。然有刻意之意,有随意之意;有结构之结构,有不结构之结构。譬如造一大园亭然;亭台楼阁,全要人工结构;而疏密相间中,其空处不尽有结构也;然此处何以要疏,何以要空,即是不结构之结构。作诗亦然,一篇中某处某处要刻意经营,其馀有只要随手抒写者,有不妨随意所向者;如走路然,今日要访何人,今夜要宿何处,此是题中一定主意,必须归结到此者。至于途中又遇何人，立谈少顷；又逢何景，枉道一观；迤逦行来，终访到要访之人，终宿到可宿之处而已！若必一步不停，一人不与说话，一步路不敢多走，是置邮传命之人，担夫争道之行径矣。譬之造屋，尽是楼阁构连，亭台攒簇；并无山花野草生长之方，陂陀回伏自然之天趣矣。"

又曰："诗有四要三弊：骨力坚苍为一要。兴趣高妙为一要。才思横溢，句法超逸，各为一要。然骨力坚苍，其弊也窘；才思横溢，其弊也滥；句法超逸，其弊也轻与纤。惟济以兴趣高妙，则无弊。唐之孟浩然、王摩诘、杜少陵、韦苏州，宋之东坡、荆公、放翁，皆有真兴趣者。孟、韦才思，庸有不及时耳。渔洋自夸学王、孟、苏州，则非有真兴趣，而才思骨力，不足以赴之！"

又曰："诗最患浅俗。何谓浅？人人能道语，是也。何谓俗？人人所喜语，是也。"

又曰："苏戡言律诗要能作高调。余曰：高调要不入俗调，要是自家语。元裕之多是高调，却无俗调。高季迪、前后七子喜高调，遂多俗调。东坡律句极少高调，属对每以动宕出之；此秘发于沈佺期、王右丞，极变化于老杜。《吴都赋》云：'欱窣乎数州之间，灌注乎天地之半。'七律中对，要有此二语体势。"又曰："余言作诗起调不落凡近易，结调不落凡近难。苏戡言作诗用利笔易，用秃笔难；谓即诗家'折钗脚'、'屋漏痕'之说耳！大抵诗要兴象才思，两相凑泊。有悁悁不甘之情，不自觉其动魄惊心，回肠荡气也。有自然高妙之旨，乃使人三日思，百回读也。"

又曰："宛陵尝语人曰：'凡为诗，必能状难写之景，如在目前；含不尽之意，见于言外；乃能为至。'此实至言。前二语，惟老杜能之；东坡则有能有不能。后二语，阮、陶能之；韦、孟、柳则有能有不能。惟宛陵此四语,前二语实难于后二语。姜白石《说诗》云:'僻事实用,熟事虚用,学有馀而约以用之,善用事者也!意有馀而约以尽之,善措词者也!句中无馀字,篇外无剩语,非善之善者也!句中有馀味,篇中有馀意,善之善者也。始于意格,成于句字。诗有四种高妙:一曰理高妙;二曰意高妙;三曰想高妙;四曰自然高妙。一篇全在结句,如截奔马,词意俱尽;如临水送将归,尽意不尽词。若夫意尽词不尽,剡溪归棹,是也。'此言颇尽作诗之妙!惟譬喻尽不尽处,亦有未当!截奔马,正是词尽意不尽;奔马本意不止于是,截之使止于是。临水送将归,已是词意俱不尽。然不过宛陵后二语而已!今人非不能如白石所言约以用之;然而学未尝有馀矣!非不欲如白石所言约以尽之,然而意未必有馀矣;约又何足贵乎?句中且未能无馀字,篇外且不能无剩语;而遽言句中有馀味,篇中有馀意,亦谁信之?始于意格,成于句字,然后再言高妙。大抵作古体诗,患在无结想,患在结想之不高妙!作近体诗,患在意不足;如七律诗八句,奈无八句之意,则空滑搪塞,无所不至矣!但果是作手,尚张罗得来;八句中有两三句、三四句可味,馀亦可观耳!意有馀,而后如截奔马,如临水送将归,非施手段,善含蓄不可。意仅足,则剡溪归棹,故作从容,故留馀地,工于作态而已。"

又曰:"钟记室作《诗品》,遂谓:'清晨登陇首,羌无故实;明月照积雪,讵出经典。思君若流水,既是即目;高台多悲风,亦惟所见。'以示宗旨。由是流传名句,写景者居多,如老阮之'门外大江横';陶潜之'倾耳无希声,在目皓已洁'咏雪,'往燕无遗影,来雁有馀声','采菊东篱下,悠然见南山';大谢之'池塘生春草,园柳变鸣禽','晓霜枫叶丹,夕曛岚气深';小谢之'红药当阶翻,青苔依砌上','馀霞散成绮,澄江净如练','天际识归舟,云中辨江树';

丘迟之'风轻花落迟';谢贞之'风定花犹落';何逊之'夜雨滴空阶';皆写景也。大约代不数人,人不数语。至隋炀帝忌人能作'空梁落燕泥'、'庭草无人随意绿'句而杀之;亦可知工于写景之不易矣!唐郑翼观崔信明全集,曰只有'枫落吴江冷'五字。孟浩然'挂席几千里,名山都未逢。泊舟寻阳郭,始见香炉峰'四语;王摩诘至写为图。'微云淡河汉,疏雨滴梧桐'二语,举座英华,尽为阁笔。大历以降,犹有常建'曲径通幽处,禅房花木深',钱起'曲终人不见,江上数峰青'诸传作。韦苏州之'春潮带雨晚来急,野渡无人舟自横',后人取以建庵,名野渡庵。元和后,并讲求一字两字,如'僧推月下门'、'僧敲月下门','昨夜数枝开'、'昨夜一枝开'之类,开宋人许多诗说。祖咏《赋终南残雪》,至'林表明霁色,城中增暮寒',自谓意尽,不终篇而止。司空表圣自谓得味外味,亦第举'绿树连村'、'棋声花院'二联,皆写景也。宋人除陆放翁、范石湖、杨诚斋外,往往写景中带着言情,一联中或一句写景,一句言情,或两半句写景,两半句言情;岂好景果为前人写尽乎?抑亦嫌赋体浅直,不如比兴深而曲耳!然景中带情,六朝盛唐人已有之,如薛道衡之'人归落雁后,思发在花前';杜甫之'感时花溅泪,恨别鸟惊心'是也。沈休文云:'相如工为形似之言,二班长于情理之说。'宋张戒《岁寒堂诗话》云:'建安、陶、阮以前诗,专以言志;潘、陆以后诗,专以咏物。'此言情与景分者也。刘彦和云:'因情造文,不为文造情。'又曰:'情在词外曰隐,状溢目前曰秀。'梅圣俞云:'含不尽之意,见于言外;状难写之景,如在目前。'此言情与景合者也。宋人写景句,脍炙人口者,如晏元献之'梨花院落溶溶月,柳絮池塘淡淡风';林和靖之'疏影横斜水清浅,暗香浮动月黄昏','雪后园林才半树,水边篱落忽横枝';梅圣俞之'春洲生荻芽,春岸飞杨花',

'野凫眠岸有闲意,老树着花无丑枝';东坡之'竹外桃花三两枝,春江水暖鸭先知';荆公之'坐看青苔色,欲上人衣来','细数落花因坐久,缓寻芳草得归迟';山谷之'近人积水无鸥鹭,时有归牛浮鼻过',亦不过代数人,人数语;视唐人传作之多,不及远甚!此外惟放翁之'小楼一夜听春雨,深巷明朝卖杏花','山重水复疑无路,柳暗花明又一村','云归时带雨数点,木落又添山一峰','白菡萏香初过雨,红蜻蜓弱不禁风',较多数联耳!其东坡之'帘前柳絮惊春晚,头上花枝奈老何','酒阑病客惟思睡,蜜熟黄蜂亦懒飞';陈简斋之'客子光阴诗卷里,杏花消息雨声中',诗中皆有人在,则景而带情者矣。"

又曰:"作诗文要有真实怀抱,真实道理,真实本领;非靠着一二灵活虚实字,可此可彼者,斡旋其间,便自诧能事也!今人作诗,知甚嚣尘上之不可娱独坐,'百年'、'万里'、'天地'、'江山'之空廓取厌矣!于是有一派焉,以如不欲战之形,作言愁始愁之态,凡'坐觉'、'微闻'、'稍从'、'暂觉'、'稍喜'、'聊从'、'政须'、'渐觉'、'微抱'、'潜从'、'终怜'、'犹及'、'行看尽'、'恐全非'等字,在在而是,舍此无可着笔。非谓此数字之不可用,有实在理想,实在景物,自然无故不常犯笔端耳!"凡此之类,皆所谓语无泛设,洞中奥窍者!

衍之为文,则极意避熟俗,而辞笔奇矫,于孙樵、王安石为近,瘦硬通神,盖学韩愈而得其一体。自以生平服事张之洞久,而挽清之新政新猷,无不自之洞发其端;而见闻之真,无如己者;遂为之传曰:

　　张之洞,字孝达,一字香涛,直隶南皮人,晚自号抱冰;督两广时,创广雅书院、广雅书局,故又称广雅。父官贵州观察使,生之洞,躯干短小,不类北人,广颡伟鼻,目三棱有光,修髯及腹,行坐揖让,仪观秩然! 未冠,举顺天壬子乡试第一,癸亥,始成进士。时粤匪方炽,诏廷对勿拘旧格式。之洞纵陈时事,然终以第三人及第。旋督学湖北,取士提倡朴学,才华次之;建经心书院,选高才生肄业,《校士录》出,天下传诵! 丁卯、庚午,典浙江四川试,皆遍搜经策遗卷,名下士无一失者! 遂督川学,著《輶轩语》、《书目答问》教士。道咸以来,士溺于陈腐时艺,愈益不学;自是后进乃略识读书门径。有诋諆《书目》不尽翔实,稿非己出;然不害其励学爱士勤勤意也! 同治间,大乱初定,朝廷尚兢业,开言路。言者竞进,颇党伐同异;久而孝钦太后厌之。独之洞多上书陈政事,不以参劾为能。光绪初,由内阁学士简授山西巡抚。京曹久不放疆吏,倚畀之重自兹始矣! 未几,法越事起,擢两广总督。沿海驿骚,方修炮台楼船水战具;之洞注意陆战,专力筹军饷,重顾广西边防,兼济云南,馀力及福建之台湾,皆百十万。以湘淮军已暮气,王德榜、潘鼎新辈连战不利;乃起宿将粤人冯子材,畀以重任,谅山告大捷,为自来中西构兵所未曾有! 云南宣光亦捷,法人势大屈,浼英人议和,急请停战。政府怵且暗,遂从之。之洞力争,且密饬冯军速战;朝旨终连责,不得已,乃退师。粤俗多盗,多海贾,以博为生;闱姓尤非法,士绅分肥——闱姓者,遇童子试,乡会试,限稍僻之姓,射其中否,以百十万为博注;姓僻者,则有代之作文通关节,使之必中而后已。害亦甚矣! 然禁之不易;筹饷无所出,则且因势而重征之,岁入恒百十万。中国币制,铜钱外,向用生银互市;口岸则用外国所铸银圆,渐及内地；乃创铸龙文银圆、小银圆；造兵轮船、商轮船，设水师学堂，诸要务繁然兴矣！时铁路风气未开；惟台湾巡抚刘铭传言之最早，疑阻者众！之洞以为："铁路，国之脉络。无铁路，是人身无脉络也；无干路，是无督脉也！"乃建议首办芦汉干路，而后西达秦晋，南通湘粤。中朝因调督湖广。湖广治武昌，督抚同城；自胡林翼以湘军戡定武汉，开办厘金，筹饷察吏，事权一归巡抚；总督拱手而已！之洞至，兴铁厂、枪炮厂、纺纱、织布、缫丝、制麻、制革各厂；创设官钱局、造币局，行用钞票，铸银圆，以固根本，剂盈虚；揽铸东三省、云、贵、四川各省小银圆，收其馀利，岁百十万。用从事陈衍言，仿造外国暗字银纸；创铸当十铜圆，当二铜钱，行用南北各省，至数千万，馀利至千百万；继而邻省竞利，分画行用疆界，而闭塞滞销矣！又继而京师集权，禁限各省铸造，而铜币业已充斥，值亦贬矣。议者咎铜圆之渔利病民，直不足当十。然一文钱既极敝而乏绝，无铜圆，即无以交易；失在铜价既贵，当用金银主币，不当用铜；有主币、补助币乃有限制；铜圆特一时济急，先铸者暂获其利耳！湖北为数省要冲。若盐斤加税，土药加税，罢厘金，行统捐，开富签票，岁入增数百万。益以沿江沙田，堤工坚实，汉口后湖涨滩，大冶、崇通铁煤矿，会城内外筑马路、辟商场，生活穷民无算。用以添造枪炮及浅水兵轮。首开速成师范，两湖完全师范，方言及普通中小各学堂；选派学生，留学东西国，甲于各省，先于各省；其讲武则武备将弁各学堂，练军全镇，炮队辎重各营，罔不具备；湖北列在小省，摊京饷，摊赔款，至方驾江南焉。庚子之乱，端王载漪矫旨命各疆吏攻击居留外人。之洞不奉诏，与两江总督刘坤一、两广总督李鸿章倡互保之策。北方鼎沸,东南晏然！前后坐镇武昌二十年,中权两江总督者二年;丁未,乃以大学士入为军机大臣,兼管学部。未几,景帝、孝钦太后相继崩殂,少帝立。醇王载沣摄政监国,专用亲贵,至十部大臣中,惟司法学部属汉人;以母弟载洵、载涛典水陆军。载洵招权作威福,日营宫室,天下侧目！载泽长度支,无所知;惟与之洞争币制,袒庇瑞澂以亡其国。之洞力争亲藩典兵,至于椎心呕血,病旬月,以薨;遗疏有"守祖宗永不加赋之规,凛古人不戢自焚之戒"各语,天下诵之！生平独立无奥援;惟高阳相国李鸿藻稍左右之。李卒,政府皆不以所为为然;刚毅翁同龢尤恶之。戊戌,景帝召,将内用;翁以留办教案阻之,中途折回。之洞天资稍迟钝,而精力过人,文章经济之学,弗得弗措;思深忧长,眼光因之及远;长虑却顾,亦间坐此！宏奖知名士,无不罗致;然不与谋政事。所用多杂流奔走承意旨之人,亦无荐刻为公卿大臣者！

论曰:《传》曰"长国家而务财用者,必自小人";此大一统之世之言也！今不能与列强闭关绝约,人富强,己贫弱,犹为此言,非骁则狂易耳！中国士夫讳言财用,见之洞用财如粪土,从而百端诟病之;然其家固不名一钱也。三十年经营财用,与外国理财家较挈短长,去之尚远;而中国居高位者,遂未有其人！闻姓签捐之类,固不轨于正;铁厂纱布丝麻各厂亦折阅相继;然一易商办,则赢利巨万;一击不中,谤者引为大戒,岂不误乎？独铜圆钞票畅行时,衍请以中国所自有金铸造金币,以数百万建织呢大厂,可支三十年国用;迟回审顾,未之能从;兹可惜耳！为专制之说者,至谓开学堂、派游学、练兵造械为乱阶。彼骊山囚徒,又何尝负笈之学子耶？

其为文章,遣言造意,不屑屑为含蓄顿挫,以力脱尽桐城畦封。然并世文家,有力脱桐城畦封,与衍同,而取径适相反。新城王树枏《陶庐文稿》,造语逼韩退之,陈义师曾南丰,力救桐城脆薄之弊,有与为清隽、宁为繁衍者。而衍之文,取径于孙可之,用笔似王半山,以矫桐城滑易之失,有与为妍媚、宁为峻削者。树枏力有馀劲而或未隽。衍则气有馀清而微伤妍。又衍直抒欲言,不事间架,而或失之碎,不成片段者。其乡人林纾诵说桐城以传门户,而衍不然!然以矜慎矫平熟,以琢炼救滑易,则又不同趣而同归。顾纾矜慎而或为搔首弄姿,衍琢炼而不害粗头乱服;盖纾用功在炼辞,而衍着意欲炼骨也。然以矜慎伤气,以琢炼伤格;纾润泽而不腴,衍清隽而未逸;得趣不得笔,有笔又无气,则又不同工而同病!刊有《石遗室文集》、《续集》、《三集》、《四集》,自序谓"生平无韵之文,何啻二三千首。教授京师、武昌各学校,说经之文数百首,论史之文数百首。论文之文百十首。佐幕台北、武昌,草奏书札数百首。卖文海上十年,寿言数百首,杂报论说又数百首;而少时里居课经义治事词章于书院者不与焉,今皆弃不取!尚有数百首,属于记载告语各类。"下笔缅缅,不肯自休;而垂老经意之作,莫如《福建通志》,凡六百馀卷,约一千万言,皆以一人心力目力经营论纂。其新创门类为前志所未有者,如《通纪》二十卷,《方言志》二十卷,《艺文志提要》七十六卷,《艺文志附录》五卷,《板本志》八卷,《金石志》三十卷,《三经》三十五卷,《河渠书》十一卷,《儒行传》六卷,《酷吏传》、《滑稽传》、《宦者传》各一卷,分类《列女传》七卷;其改名目者,为《高士传》五卷,《高僧传》一卷,《神仙传》一卷,《道士传》二卷;而新政不在此论焉。所采取必载出处,皆主广义,宁繁毋简;曰:"此史料也,以备后人删节,可也!"

尝读姚鼐《泰山记》，寂寥短章，故示高简，不为题压，世称传作，而衍殊不以为然。曰："'东汉马第伯《封禅记》，洋洋二千言。'盖必如是，乃移不到他山去。若《姚记》，则普通高山皆是矣；诸峰或得日，或不得日，最是警语；然以状衡山，不更善乎！"迨宣统辛亥，游泰山，作记一篇，二千馀言，所以状泰山者，特为穷工尽妍。又得五言律四首，以为"古今登岱，未为传作。惟少陵《望岳》一诗，然实未尝登，乃想象之作；末四句凡高山皆可用，不必岱也。独余诗广大雄深，殆无抗手者矣！"衍雅好山水，足迹遍上谷、居庸、昌平、泰岱、嵩山、华山、衡山、匡庐、罗浮、峨眉、京西之香山、翠微，江上之金、焦、北固、钟山、石钟、西山、赤壁，汉上之大别、郎官，西湖之南北两峰，及其它诸名胜，无地不赋诗，无诗不雅切云！

顾以性好说诗；同辈有作，必请论定，而衍抗论得失，谓："赵瓯北言：'元遗山才不甚大，书卷亦不甚多，较之苏、陆自有大小之别；然正惟才不大，书不多，而专以精思锐笔，清炼而出；故其廉悍沈挚，胜于苏、陆。'苏戡诗七言古今体，酷似遗山；正可引瓯北说以为论耳！"严复相告："或以此言告苏戡，苏戡愠矣！"衍乃致书孝胥以解之。孝胥答曰："兄叙吾诗许与太过，刻后自视殊不慊；奈何不许知者之评骘乎？仆虽不德，然恩怨恢疏，不介于抱；至友朋相爱之情，老而弥笃；知我有几人，岂所忍怒哉？"既而孝胥有诗稿一卷，为衍涂窜。客窃以献诸孝胥。孝胥鄙之，告衍。衍曰："公乃牛奇章，吾则刘梦得。"盖唐宰相牛僧孺文字，尝为刘禹锡窜点殆尽，厥后二人相见，亲好如故相识；故衍以为况也。

陈衍论诗，当代最推陈三立、郑孝胥。然三立奇崛雄肆，以山谷为门户，而根极于韩愈。孝胥凄惋深秀，以柳州树骨干，而润泽以半山。

郑孝胥 附陈宝琛及弟孝柽

郑孝胥者,字太夷,苏戡其号,福建闽县人也;中式光绪壬午乡试榜首,与林纾同榜。纾方治诗古文词,孝胥问为诗祈向所在,答以《钱注杜诗》、《施注苏诗》。孝胥曰:"何不取法乎上?"意在汉魏六朝也。取苏轼"万人如海一身藏"诗意,自名其楼曰海藏,又集其所为诗曰《海藏楼诗》凡八卷,以年先后为次。其三十以前,专攻五古,规模谢灵运而浸淫于柳宗元,又以孟郊琢洗之;沈挚之思,廉悍之笔,一时殆无与抗手!三十以后,乃肆力于七言,自谓为吴融、韩偓、唐彦谦、梅尧臣、王安石;而最喜王安石。尝言:"作诗工处,往往有在怅惘不甘中者。"此其所为与樊增祥、易顺鼎异趣者也!张之洞诵孝胥诗,亦极推重曰:"苏戡是一把手!"闲适之作,夷旷冲淡;而骨力坚炼,罔一字涉凡近!诗体百变,咸衷以法,语质而韵远,外枯而中膏,吐发若古之隐沦;同县陈宝琛赠以诗曰"苏龛诗如人,志洁旨弥复"者也!宝琛,字伯潜,号弢庵,又号橘隐,同治戊辰进士,名辈先孝胥而诗名不如!宣统逊国,官太保,抚时感事,一托于诗,有《沧趣楼集》;尤长于五古,潜气内转,真理外融,肆力于韩愈、王安石,出入于苏轼、黄庭坚,幽思峭笔,略与孝胥相似!顾宝琛乐易长厚,与人为亡町畦;而孝胥则自负经世之略,好奇计,抵掌谈兵,有口辨。于清之季,尝以道员赏四品京堂,率湖北武建军,督办广西边防。既柄兵,骤擢用。顾所自喜者在诗,与人书曰:"何意以诗人而为边帅!"或震边帅之贵,乃解以诗曰:

　　高楼先生耽苦吟,廿年来往江之浔。何曾梦见烟瘴地,蛮荒一落颜为黔！连城三月脱鬼手，龙州还对山嶾嶾。边关形如马振鬣，戍卒状似猿投林。风情收拾付隔世，坐觉老人来相侵。岂无春花与秋月，路绝不到诗人心。终年望饷数不至，欲和《乞食》谁知音？此人此地宁足爱，庙堂用意殊难寻，天高匪高海匪深。平生诗人岂不贵，何以卑我空伤今！

襟抱可想。顾孝胥之乘边也，着短后衣，亲历戎行，勤放哨，教打靶，振刷士气，日日俨对大敌，以此坐镇两年，威惠甚著。已又不适，以光绪三十一年乞罢归江南。三十三年，中朝再以安徽按察使、广东按察使征，皆不起。宣统二年，东三省总督锡良方营辽沈；孝胥至，为策画十馀事，疏上不报；于是悒悒，至京师，寻南归。明年，再抵京师，投刺中朝贵人，署曰诗人郑孝胥。于唐柳宗元、孟郊、韦应物、韩愈、吴融、唐彦谦、宋梅尧臣、王安石诸人诗，皆手写。《录贞曜先生诗题后》云：

> 复古孤莫立，佞今群所褒。初非荣世物，而亦为名劳。风雅业坠地，士心兹淫慆。先生不偶生，结束归坚牢。咄嗟浮游子，没齿徒滔滔。
>
> 高意属秋迥，惠心屏春华。手挥海上琴，衣缀岩间霞。诗涛涌退之，束手徒咨嗟。羌以意表论，邈兹神理遐。不为一世可，坐使千秋哗！
>
> 五年南国游，一卷东野诗。寄余独往意，重此绝世辞。连城必良玉，三染必素丝。勿惊绚烂文，终与大璞期。夷厚含陶思，超异同谢规。谁言中唐声，此是《小雅》遗。太息贞懿士，老死山巍巍。

端人思无邪,笃行言自文。运思虽匪涯,立义各有云。下士逐纷华,百年心如熏! 性情荡不支,荣枯随世氛。行跖而言夷,此语非所闻。余表先生节,以振顽懦群!

毕生独吟诗,得此物外身。中有感怀篇,恻怆难具陈。玉堂悲玄鸟,故国望星辰;素月忽经天,鸱鸮不可因。忧时匪吾事,远念何酸辛。位卑惧为罪,言孙遇益屯!"春晖"一终曲,忠孝两断断。咄哉眉山叟,铜斗岂足论!

《录韦苏州诗题后》云:

违华即冲漠,散性难自整。岂云与俗殊,意独得沈省。平生一深念,异代爱隽永。三叹古之贤,曾同惜徂景。

《录柳州诗毕题卷后》云:

河东文章伯,童冠拔时选;翻飞触世网,壮岁坐迁转。盛名自取病,众诟实不浅! 惩疚辞徒悲,晚景遇益蹇。丽思郁欲流,惊才蹢未展。横经眇心贯,读《骚》俨躬践;蓄悲语离奇,取幽气奥衍。发为淡荡作,嘘吸出坟典。五言暨七言,老手废雕篆;每放寂寞游,偶托释、老辩。鲍、谢方抗行,李、杜足非靦。以兹复妙篇,千古解宜鲜。当代竞宗韩,北辰故易显。那知东方曙,启明上云巇。晴窗与往复,尘虑得驱遣。心折《吊屈》文,语息特修謇。伟人不世出,我辈类狂狷;怀哉文先生,吾砚蚀秋藓!

三诗未收入《海藏楼诗》,然可以征孝胥诗功所自出。其《书韦诗后》云:

> 为己为人之歧趣,其征盖本于性情矣!性情之不似,虽貌合神犹离也。夫性情受之于天,胡可强为似者?苟能自得其性情,则吾貌吾神,未尝不可以不似似;则为己之学也!世之学者,慕之斯貌之;貌似矣,日异在神,神似矣,日异在性情。嗟乎,虽性情毕似,其失已不益大欤!吾终恶其为佞而已矣。韦诗清丽而伤隽,亚于柳;多存古人举止,则高于王。遗王而录韦,与其不苟随时;然亦不可与入古。柳之五言,可与入古矣;以其渊然而有浡也。柳之论文也,曰"得之为难"。韦之为韦,亦曰"得之而已矣"。弗能自得其性情而希得古人之得;尽为人者也!

可以窥其生平论诗之宗旨焉。

生平论诗,以为写景视记事、抒情为难。举古人名句如柳宗元之"壁空残月曙,门掩候虫秋。""回风一萧瑟,林影久参差。"白居易之"一道斜阳铺水中,半江瑟瑟半江红。"王安石之"南浦辞花去,回舟路已迷。暗香无觅处,日落画桥西。"赵师秀之"行向石栏立,清寒不可云。流来桥下水,半是洞中云。"其极超妙者,人不过一联两联。而所自得意者,则"乱峰出没争初日,残雪高低带数州","月影渐寒秋浩洞,柝声弥厉夜嵯峨","月黑忽惊林突兀,泉枯惟对石嶕峣","楚泽混茫方入夏,暮云嶵崒忽连山","白下溪流向人静,紫金山色入春妍","入春风色连林觉,过雨山园一半开","两郡楚山临岸起,一江初日抱楼生"七联。可谓"夥颐沈沈"矣!

孝胥为诗，一成则不改。与陈衍书曰："骨头有生所具，任其支离突兀也。"禀性喜雨，爱诵姜夔"人生难得秋前雨，乞我虚堂自在眠"二句。其《同南通张謇夜坐吴氏草堂赋诗》云：

> 一听秋堂雨，知君病渐苏。欲论十年事，庭树已模糊。

略用姜诗意也。所作七言绝句，以《子朋属题山水小幅》两绝及《吴氏草堂》两绝为最工。其《子朋属题山水小幅》云：

> 江东顾五倦游还，占取城西水一湾！卷卷清诗皆入画，底须俗笔污溪山！
>
> 二十风流比阮、嵇，年来物役苦难齐！欲知白下闲踪迹，只向书堂觅旧题！原注：子朋所居深柳读书堂中，余旧日题诗最多。

《题吴氏草堂》云：

> 雨后秋堂足断鸿，水边吟思入寒空。风情谁似霜林好？一夜吴霜照影红！
>
> 水痕渐落霜渔汀，秃柳枝疏也自青！唤起吴兴张子野，共看山影压浮萍！

陈衍最喜诵两题之第二绝，曰："韦苏州之'独怜幽草'，苏东坡之'竹外桃花'，不是过也！"

孝胥之诗，得趣宋之王安石；而论文则推唐之柳宗元；其《海藏楼杂诗》之七云：

幼时学为文,独喜柳子厚!《断刑》与《时令》,熟读常在口!近人尚桐城,其论深抑柳。阳湖分支派,相袭亦已久。柳文彼所轻,学柳更可有!奇人吾炜士,爱我忘其丑!咨嗟愧室辞,沈至信高手。子亦毗陵宗,胡不惮众诟?损名勿轻言,意子适被酒!

盖推柳文如此。及所自作,情文骚楚,则得柳之幽峭纡郁,有《拟谢灵运怨晓月赋》云:

　　梦既觉兮心然疑?下匡床兮搴罗帷。有厌厌之纤月,托夜堂而徘徊!徘徊兮何其?怨绮疏兮天涯!漏促光沈,窗涵影弱。乍讶孤飞,旋愁将落。腹顾莵而谁怀?锁关山而无钥。浮云兮尚羊,羌自宝兮精光!惜残宵之荏苒,众星纷其耀芒。奈须臾之流影,怅修途之阻长;山岩岩而向曙,海荡荡而无梁。寄瑶华于千里,劳引领兮相望!

《诔燕文并叙》云:

　　初秋早起,墙隅露草间,坠燕,且毙矣!取视几,俄而遂毙。瘗之东院芭蕉之下,坎深及咫。旬日,草茸茸然合其墟也。诔之以文曰:

　　惟此一抔,微尘瘗愁。雕梁坠月,老翅伤秋。寒暑几何,星火既流!恨沈沧海,梦锁高楼。终古江南,芳草悠悠!莺啼花落,鸿过庭幽。并随逝往,杳与今留!

昔人评柳文以为"丰缛精绝";如孝胥之《拟谢》、《诔燕》两文,殆庶几焉!

孝胥诗文之外,喜作书,笔力挺秀,而瘦硬特甚;盖原本苏轼而参以变化者。顾于古人书,极推王安石。有《作书久不进愤赋此》一诗云:

作书无难易,要自习之久。苟怀世人誉,俗笔终在手。古今祇此字,点画别谁某。必随人作计,毋怪落渠后。但当一扫尽,逸兴寄指肘;行间驰真气,莫复抟土偶。时贤争南北,扰扰吾无取!狂奴薄有态,得者进猿叟。达哉临川言:"忘凿妍与丑!"原注:王荆公诗:"谁初妄凿妍与丑,坐使学士劳筋骸。"

《杂诗》云:

学书欲何为?坐使百事废!规规摹古人,久之意不快!冥追愈向上,聊以避前辈,人云似某某,窃用引为愧。虽古亦犹人,面目那可对?作真不如草,稍悟竟奚异。谁能起自运,写此盖世气?每奇王介甫,下笔风雨至!聊为宋仲温,千纸勿惜费!原注:宋克仲温杜门染翰,日费千纸。

能书由天资,成就在学力。遍搜古人奇,一悟或有得。篆分绝矜严,取势常以逆。草真趋隽永,神味务自适。唐庸宋益弛,晋魏诚造极。扫去殊未能,岂免为人役!幼年慕从祖,淳古仍宕激。中年观忠端,独往深莫测。米颠恨其手,坐受谈口厄。纵手且勿谈,破柱来霹雳。原注:米元章诗云:"有口能谈手不随。"

此可以证其学书之劬。而论书则贵行笔之完。《简梦华》云：

梦华足下：

　　属书高丽纸，辄以奉还。书殊不佳，然亦有所妄见。昔之论书者曰"圆健"。"健"诚是也。"圆"之义乃未了，徒增后生魔障；终无悟入地。必当正之则宜曰"完"。夫书以气脉为主。结字之工，在于行笔；如人筋骸百节，面目四肢，都无残损；充以涵养，成后精神焕发，生韵迥出！结字随时不同；惟行笔无不足之病，则于长短肥瘠反正之中，各具起伏往来顿掷之观。每作一笔，神理俱备，合而成字，亲于骨肉；所谓"完"也。观近人作，结字每苦支离，行笔动伤夭札；因无完笔，遂无完字。又其下者，但辨行列，则小史之技尔！然仆为此言，大不自量。米老曰："有口能谈手不随。"言之不怍，则为之难！皆吾病也。既为足下书毕谛视，益惭。姑述代谈，即讯文祉。

梦华者，金坛冯煦也；极叹孝胥为至论。

孝胥之弟曰孝柽，稚辛其字也；能诗如其兄。将之江南，《留题福州西湖禅壁一律》云：

　　一天离绪望吴门，彳亍湖堧昼易昏。山槲叶黄词客面，水蕻花瘦女儿魂。上方听法传清梵，他日寻诗拂坏垣。谁为慰留行不得？痴禽着意太温存。

时光绪二十二年也。迨辛亥国变归里，《旧地重游重赋一律》云：

> 曾闻共命是频伽,啼落曼陀一树花。七字题诗犹疥壁,廿年归客已无家。远峰扫黛眉如语,旧事成尘眼欲遮。只有湖波留不尽,照人青鬓点霜华!

题曰:"岁丙申将去福州,留诗西湖禅壁,和者数十首。顷归自吴,沧桑换世,坏壁重题,他日又当若何触枨也!""山榭"一联,极似陆游"断桥烟雨梅花瘦,绝磵风霜槲叶深"七字一联,极似苏轼"老僧已死成新塔,坏壁无因见旧题"。廉悍不如乃兄,而婉约胜焉!

孝胥之诗,与陈三立齐名。三立弟子,推铅山胡朝梁为高第。而学孝胥诗者,则以侯官李宣龚为最早云。

胡朝梁

胡朝梁,字子方,自号诗庐。诗以外无他好。为人嬲观剧,自午至酉,万声阗咽中,攒眉搜肠,成五言古一篇,盖和其师陈三立《题听水第二斋》韵者。其为诗专学黄庭坚。七言律中二联,多兀傲不调平仄。《夏日即事》云:

> 人生快意是会合,尽日好风来东南。芳塘半亩水清浅,茅屋一间人两三。看水看山殊未厌,栽桑栽竹粗已谙。青云可致不须致,我愿食贫如荠甘!

《写义宁师诗竟辄书所触以呈》云:

大块噫气幻万千,上飞下走日月旋。诗人能事通造化,驱使万物归新篇。吾师读书善养气,胸次浩荡收百川。作诗不须故作势,却自凌厉横无前!

《夏居漫兴》云:

　　双塘之水明如镜,一带垂杨青可攀。得意醉而非醉候,游身材与不材间!有时嚄唶仰天语,消得寻常负手闲!幸是中年健腰脚,短衣匹马好还山!

《述怀》云:

　　年年作计随人后,短发长歌只自疑。来日万端付之酒,江南片月为吾私!非关早岁思齐物,合有寒儒瘦到诗。我已穷于孟东野,高天厚地更何之!

疏宕遒隽,大率类是。陈三立许其直造宋贤胜处。而陈衍则告之曰:"盖仿山谷之学杜,得其一体者。在杜如'爱汝玉山草堂静,高秋爽气相鲜新。有时自发钟声响,落日时见渔樵人。''锦官城西生事微,乌皮几在还思归。昔去为忧乱兵入,今来惟恐邻人非!'如此之类,不过百首之一二。在山谷则十首之三四。然犹仅三四也。君则十之七八矣。不俗在此!仅能不俗亦在此!"朝梁深服其言,而不能改也。

李宣龚 附夏敬观、诸宗元、奚侗、罗惇曧惇曩、黄浚、梁鸿志、何振岱、龚乾义、曾克耑、金天羽

李宣龚,字拔可;早年为诗,学陈师道。及从郑孝胥游,乃为王安石。而孝胥之为汉口铁路局总办也,宣龚实为记室。时陈衍在武昌,宣龚旬日必过诣衍所,有诗云:

> 石遗小住藤为屋,无闷新居竹满庭。准拟过江寻一憩,午凉容我作诗醒。
>
> 不知鱼鸟归何处,却与蚊蝇共一区!眼底了无芳草色,那能长日闭门书!

盖最早为孝胥诗派者。孝胥在日本有诗题曰:"决壁施窗,豁然见海,名之曰无闷。"诗中无闷,即指孝胥也。后孝胥去职。宣龚又有《过盟鸥榭有怀太夷奉天一律》云:

> 庭前病桧自萧疏,门外惊鸥不可呼。饱听江声十年事,来寻陈迹一篇无。投荒坐惜人将老,望鲁空嗟道已孤。赖有胜天坚念在,稍分肝胆与枝梧!

盟鸥榭者,盖汉口铁路局之临江一室,而孝胥决壁施窗以为燕客谭诗之所者也。宣龚之学诗,实于是大成焉。

宣龚诗最工嗟叹,盖古人所谓凄悒得江山助者!《题吴文剑隐鉴园图》云:

事业欲安说！溪边柳成围。当时叩门人，百过亦已衰！此园在城东，地偏故自奇。世俗便贵耳，浊醪争载窥！那识赏寂寞，但闻簧与丝。我向喜独游，扁舟弄连漪。拊槛一片云，钟山远平篱。花竹不迎拒，鱼鸟无瑕疵。岂惟客忘主，青溪吾所私。中间共出处，就官淮之湄。土瘠民力瘁，百无一设施。鄂渚将再觐，征车方北驰。归途望楚氛，被服鹡鸰飞。陵谷事已改，变迁到茅茨。相逢忽揽卷，不收十年悲。《郑记》似柳州，平淡乃过之！夙忝文字饮，可能欠一诗。巷南数椽屋，有枝亦无依。倘免耀耀曩，滔滔还当归。芳草结忠信，吾言兹在兹！

盖宣龚少游金陵，后自筑屋青溪旁，小有林亭，经国变，颇遭蹂躏；又目击武昌兵乱，吟此寄怀，正郑孝胥称王安石诗所云"工处有在怅惘不甘中者"。论者谓："此诗二十年青溪钟阜间交游踪迹，直举孝胥《海藏楼诗》：《吴氏草堂》、《晚登吴园小台》、《正月二日诗笔》、《上巳吴园修禊》、《濠堂》、《题吴鉴泉新城水榭》、《舟过金陵》诸诗怀抱而萃之一诗"云。

宣龚有诗友二人：曰新建夏敬观剑丞，曰绍兴诸宗元贞壮。宗元审曲面势，善使逆笔，而造语用意，胥求透过一层者。惜其太少。而宗元以为得此已足；若必求益，则卖菜佣所为已。早年随宦江西，得交敬观而未谈诗。及寓沪时，始与敬观唱和，味隽而永，有"二妙"之目。敬观生平论诗所服膺者东野、宛陵；及所自为，则刻意锻炼，不肯作一犹人语。陈衍尝嘲之曰："吾子诗卓自树立，视乡老陈散原，尚思徐行后长者否也？"因题其诗稿曰："命词薛浪语，命笔梅宛陵。散原实兼之，君乃与代兴！"盖追散原之逸轨者。当涂奚侗无识宦金陵久，奉手散原，诗语奇崛，亦为近之！而顺德罗惇龘挨东、罗惇曧敷庵,二难竞爽,咸推诗伯。然而惇龘苍秀,惇曧谨严;惇龘气体骏快,得东坡之具体;惇曧意境老淡,有后山之遗响。迹其成就,其在散原,亦犹苏门之有晁、张也!侯官黄浚秋岳尝从陈衍学,诗工甚深;天才学力,皆能相辅,有杜、韩之骨干,兼苏、黄之诙诡,其沈着隐秀之作,一时名辈,无以易之。晚乃私淑于三立,气体益苍秀矣!其乡老林纾不以诗名,早岁有作,则学梅村;而六十以后,渐为苍秀,自命杜陵诗史;惟结体松缓,未能精严,写数十首示陈衍。衍谓工者二三,不工者七八,寓书劝其删汰,膝以一绝,有"铺张排比杜陵人"之句;"铺张排比"四字,元稹以赞杜甫。而纾则大不悦;以视于浚,殊觉前贤畏后贤也。长乐梁鸿志众异有作,必请益陈衍;其诗植骨杜、韩,取径临川,工为嗟叹,颇得介甫深婉不迫之趣;盖郑孝胥之同调矣!陈衍言:"乡人中能为深微淡远之诗者,有何振岱梅生,非惟淡远,时复浓至;其用力于柳州、郊、岛、圣俞、后山者,皆颇唪其藏也。龚乾义惕庵,则诗思窈曲,而辞多僻涩,造语使事迥不犹人。"盖乾义于三立为近,而振岱,则孝胥之流也。顾衍又言:"近贤诗清脆者多,雄俊者少。独闽县曾克耑履川兀傲不群,可以走僵籍湜。"克耑论诗主雄深雅健,以谓:"诗之能深者未必雄,能健者未必雅。雄而深,斯为真雄;健而雅,斯为真健;此固缪合而不可分。世之视浮嚣为雄,粗犷为健者不喻焉!疲心于字句之末,自足于艰晦逼仄,而笑纵横悲壮之作为'可以惊四筵,不可适独坐'者不喻焉。"所致力者,陶潜、阮籍、杜甫、韩愈、苏轼、黄庭坚诸家,要归之于杜;亦博其趣于孟郊、李贺、李商隐、韩偓、王安石、陆游;宋以下作者,元好问外,涉猎而已;刊有《涵负楼诗》八卷。凡兹所论,咸足以张西江之壁垒,而殿同光之后劲者也。

晚近诗派,郑孝胥以幽秀,陈三立以奥奇,学诗者,非此则彼矣！顾有异军突起，为诗坛树赤帜者，当推吴江金天羽松岑。天羽才气横肆，极不喜所谓同光体；越世高谈，自开户牖；论诗宗旨，可于其答樊山老人一书征之。以谓："诗之为学，根乎性识，成乎服习，性习相守，流别以成。甄综大要，盖有三途。刘彦和曰：'在心为志，发言为诗。'夫心之精微，不达于毫素。志之菀结，宁播乎声乐。是故隐文谲喻，冥心绝迹，哀乐百端，惊听回视，《变雅》、《离骚》是其初祖。浣花、东野尤工悴吟。赵宋一代，西江、永嘉遂成涩调。夫其激音内转，妙思侧出，踠骏足于蚁封，握鸷爪于蟠木，劲折奥邃，良足餍心！而末学滞固，依声逐影，爱谢傅风流，吟当拥鼻；师德耀高志，出必椎髻；斥崔颢为轻薄，呼阮籍为老兵，枝条纤曲，华叶萎悴，空山啄木之响，里巷春杵之节，劳歌互答，以为娱赏。论者谓为山林文学，虽非精诂，良亦近似。此其一也。惨舒异节，弇侈殊音；六艺之道，有隐有显。是以能文之士，含咀百家，韬会六籍，经典深富，方册隐暧，体宪乎两汉，考文乎六代，振绮乎徐、庾，骈秀乎卢、骆，订律乎元、白，缄情乎温、李。至清代梅村，蔚成诗国；《碧城》、《瓶水》，亦足附庸。然其蔽也，丰词少骨，繁采寡情，驱使故实，义隐迹晦。况今梯抗四达，心灵棣通，诗歌文学，同乎政理。是以拜轮、戈德、嚣俄之伦，并驰声区外，万口吟讽。乃如吾国文学，四杰、七子、西昆、长庆，一经鞮译，将剿剥俪偶，摆落典制；鸿裁雅什，声理不烂。'日角''天涯'之句，'丁年''甲帐'之吟，'生张''熟魏'之佳嘲，'黄祖''乌孙'之劲对，味同嚼蜡，或将哑笑。故知仓颉造文，单音独体，音通乎律，质有其文；二偶俶落乎《典谟》，四声萌柢乎《三百》，迁地弗良，永为国性。此其二也。有清一代，诗体数变。渔洋神韵，仓山性灵，张洪竞气于辇毂，舒王骋艳于江左，风流所届，遂成轻脱。夫口餍粱肉，则苦笋生味；耳倦筝笛，斯芦吹亦韵。西江杰异,瓯闽生峭,狷介之才,自成馨逸。纤文弱植,未工模写,而瓣香无已,标举宛陵。洎夫临篇搦翰,乃不中与钟谭当隶圉。文质两敝,在乎偏霸;图霸不成,齐晋分裂。世有大雅君子,张皇坠绪,振起宗风,张乐洞庭之野,敷座灵山之会,九幽觑怪,千仞刷翩;胚胎六义,吐纳百家,揖让庄、马之庭,出入李、杜之囿,体左、鲍以树骨,蹑颜、谢以振采,服陶、韦以涤志,规韩、孟以厉气,狎坡、谷以广志,栀陆、范以尽态,此数子者,皆情条敷畅,思业高奇,景羡方矩,作程遐域。视彼任昧,雅郑殊科;安得有缛藻之病,而钩吻之劳乎!"其所自造,能副所言;自谓:"我诗有汉魏,有李、杜、韩、苏,有张、王小乐府,有长吉,有杨铁厓,有元、白,有皮、陆,有遗山、青邱,而皆遗貌取神,不袭形似。自幼学义山,人不知也;学明远、嘉州,人不知也;学山谷,人不知也;然于此数家功最深。"斯盖寸心得失之言;刊有《天放楼诗集》、《续集》。陈衍谓:"其才思如矿出金,如铅出银,在明则杨升庵,在清则龚定盦,可相仿佛。及其老笔纷披,殊有杜少陵所云绝代佳人,'摘花不插鬓,采柏动盈掬'之态。"并著于篇以备考论焉。

三　词

　　谈词学者,匪如诗与文之歧其途也,壹以宋词之常州派为宗。盖词莫盛于宋,而宋人目词为小道,名曰"诗馀",及让清而词学大昌。秀水朱彝尊、钱唐厉鹗先后以博奥淡雅之才,舒窈窕之思,倚于声以恢其坛宇。浙派流风,泱泱大矣。浙派始于朱彝尊,盖承明词之弊,而崇尚清灵,欲以救啴缓之病,洗淫曼之陋也! 然标格仅在南宋,以姜夔、张炎为登峰造极之境。厉鹗继之,而好用新事;后生效之,每以捃摭为工;流极所至,为饾饤,为寒乞。其后乃有常州派起。张惠言、董士锡易学大师;周济治《晋书》,号为良史;各以所学益推其谊,张皇而润色之,由乐府以上溯《诗》、《骚》,阐意内言外之旨,推文微事著之源,盖至于是。而词家之业乃与诗家方轨并驰;而诗之所不能达者,或转藉词以达之。张惠言为常州开山之祖;其论词以深美闳约为旨,缘情造端,兴于微言,以相感动。董士锡、周济稍后出,而士锡则惠言甥也。士锡与济至交,而论说互相短长。士锡初好玉田,而济谓之曰:"玉田意尽于言,不足好。"济不喜清真,而士锡推其沈着拗怒,比之少陵。抵牾者一年,士锡益厌玉田,而济遂笃好清真,以为"初学词求空,空则灵气往来。既成格调,求实,实则精力弥满。初学词,求有寄托,则表里相宣,斐然成章。既成格调,求无寄托;无寄托,则指事类情,仁者见仁,知者见知。北宋词,下者在南宋下,以其不能空,且不知寄托也;高者在南宋上,以其能实,且能无寄托也。南宋,则下不犯北宋拙率之病,高不到北宋浑涵之诣。"故曰:"词非寄托不入,专寄托不出。一物一事,引而伸之,触类多通,驱心若游丝之胃飞英,含毫如郢斤之斲蝇翼,以无厚入有间,既习已,意感偶生,假类毕达,阅载千百,馨欬弗违,斯入矣。赋情独深,逐境必寤,酝酿日久,冥发意中,虽铺叙平淡,摹绘浅近,而万感横集,五中无主。读于篇者,临渊窥渔,意为鲂鲤;中宵惊电,罔识东西;赤子随母笑啼,乡人缘剧喜怒,抑可谓能出矣!余所望于世之为词人者盖如此。"著有《词辨》一书,又选《宋四家词》以为倚声之正鹄。四家者,曰周邦彦、辛弃疾、王沂孙、吴文英。其所望于词人之读是选者,问途碧山,历梦窗、稼轩以造乎清真。自张惠言有"缘情造端,兴于微言以相感动"之论,而词之体乃尊。自周济有"非寄托不入,专寄托不出"之论,而词之学乃大。浙派但事绮藻韵致,已为下乘,论者谓南宋之作法于凉。要之浙派之词,朱彝尊开其端,厉鹗振其绪,皆奉白石、玉田为圭臬,不肯进入北宋人一步,况唐人乎?故南北宋者,世所分浙派、常州之枢纽也。常州以拙、重、大,学北宋之浑涵。浙派以松、轻、灵,学南宋之清空。常州派兴而浙派替。至晚近世,仁和谭仲修崛起同光之间,乃衍张惠言、周济之学以纂《箧中词》十卷,盖皆清词也。又取济所纂《词辨》而评之,自谓持论小异,而折衷柔厚则同;所著《复堂词》,大雅遒逸,深得张惠言深美闳约之旨;而传其学于杭县徐珂仲可。由是浙江杭州有常州之学。同时有高密郑文焯叔问者,奉天铁岭人,汉军;其自称高密郑氏者,文焯自诡托于康成之后也;所著词曰《樵风乐府》,感兴微言,淡远沈着。其人少工侧艳,而不尽协律;游吴中十年,学琴于江夏李复翁,极论古音,乃大悟"四上竞气"之指;于白石自度曲所记音拍,能以意通之,深明管弦声数之异同，上以考古燕乐之旧谱，撰成《词原斠律》一书，而能因《姜词》以上溯唐谱，推求词律之本原，为研求词学者别辟途径。文焯既留心于乐律，故其词亦偏宗周邦彦、姜夔。两宋词人号知音能自制曲者，惟柳永、周邦彦、姜夔最为大家；而姜词旁谱，至今犹在，为其有迹可寻，因求其声律，而兼及其格调；故文焯中年，于《白石词》致力尤深；其教人亦舍白石外，并在禁例；而晚乃兼涉梦窗，以上追清真。又谓："东坡词气韵格律，并到空灵妙境。"则受临桂王鹏运之熏染也。鹏运，字佑遐，一作幼霞，自号半塘僧鹜，于光绪朝官礼科掌印给事中，号强直敢言事；而慈禧太后及德宗常驻颐和园，鹏运争之尤力。卒以不见容去位，之江南，寻客死！郁伊无聊之概，一于词陶写之。所著词刊为《半塘定稿》。其词幻眇而沉郁，义隐而指远，盖导源碧山，复历稼轩、梦窗以上追东坡之清雄，还清真之浑化；与周济之说，固契若针芥也。由是常州词派流衍于广西矣！鹏运死，而文焯寂寞不求闻；乃群推归安朱祖谋、临桂况周颐为词宗，二人之学，盖一出于王鹏运云。

朱祖谋 附王鹏运、冯煦

朱祖谋，原名孝臧，字古微，号沤尹；世居浙江归安之埭溪渚上彊山麓，唐白居易所谓"惟有上彊精舍，与刘商屈之仙知"者也，自号上彊村民，因题其集曰《彊村词》。少时随宦河南，遇王鹏运，交相得也。鹏运之治词也，盖取谊于周济，而取律于万树。万树者，于康熙间尝著《词律》以纠驳《啸馀谱》、明程明善撰。《填词图谱》清赖以邠撰。及诸家词集之讹，即所称万红友者是也。鹏运常语人曰，

"万氏持律太严,弊失之拘。然使来者之有人,综群言于至当,俾倚声一道,不致流为句读不缉之诗,则筚路开基,万氏实为初祖。"而祖谋强识分铢,宗万氏而益加博究,上去阴阳,矢口平亭,不假检本;鹏运惮焉,谓之律博士。然祖谋之词学,实受之鹏运者为多。祖谋以光绪癸未进士,殿试二甲第一人,授编修。二十二年赴官京师。鹏运方官御史,举词社,邀之入。顾鹏运性喜宏奖,于祖谋则绳检不少贷,微叩之,则曰:"君于两宋途径,固未深涉;亦幸不睹明以后词耳。"因贻所刊《四印斋词》十许家,四印斋者,鹏运所以自署其室者也。又约校《梦窗词》四稿,谓:"以空灵奇幻之笔,运沈博绝丽之才,几如韩文杜诗,无一字无来历。"时时语以源流正变之故,旁皇求索,从南宋入手;明以后词,绝不寓目。如是者三年,则曰:"可以视今人词矣!"示以顾贞观、厉鹗、蒋春霖等所作。二十六年,拳匪入京师,汹汹将作乱。祖谋以侍读学士,与太常袁昶侍郎许景澄上疏力谏,格于端王不得达。慈禧太后召王大臣议攻使馆。昶侃侃力争。德宗持景澄而泣。祖谋抗声曰:"拳匪不可恃,袁昶言是也!"太后勃然变色,询:"言者为谁?"祖谋徐徐白姓名,语杂浙音。太后不辨,幸不及于难。联军入京,都人士骇而走,祖谋则偕修撰刘福姚就鹏运以居。三人者,痛世运之凌夷,知患气之非一日致,则发愤叫呼,相对太息!既困守穷城,乃约为词课,拈题刻烛,觞于唱酬,日为之无间。一阕成,赏奇攻瑕,诙谐间作,若忘其在颠沛兀臲中,而自以为友朋文字之至乐。即世所传《庚子秋词》也。鹏运投劾,之上海,讲学于南洋公学,而祖谋以太后回銮,得前疏,读之流涕;遂擢礼部侍郎,视学广东,奉诏南下,遇于上海,鹏运则出示所为词九集,将都为《半塘定稿》,约曰:"吾两

人作,交相校订。"祖谋携其稿之粤,以《彊村词》邮致,索删定,鹏运复以书曰:

大集琳琅,日来料量课事讫,即焚香展卷,细意披吟,宛与故人酬对。昨况夔笙渡江见访,出大集共读之,以目空一世之况舍人,读至《梅州送春》、《人境庐话旧》诸作,亦复降心低首曰:"吾不能不畏之矣!"夔笙素不满某某,尝与吾两人异趣,至公作则直以独步江东相推,非过誉也。若编集之例,则弟日来一再推求,有与公意见不同之处,请一陈之:公词庚辛之际,是一大界限。自辛丑夏与公别后,词境日趋于浑,气息亦益静,而格调之高简,风度之矜庄,不惟他人不能及;即视彊村己亥以前词,亦颇有天机人事之别。鄙意欲以已见《庚子秋词》、《春蛰吟》者编为别集,己亥以前词为前集,而以庚子《三姝媚》以次以汔来者为正集,各制嘉名,各不相杂;则后之读者,亦易分别。叔问词刻,集胜一集,亦此意也。自世人之知学梦窗,知尊梦窗,皆所谓"但学兰亭面"者。六百年来,真得髓者,非公更有谁耶?夔笙喜自诧,读大集竟,浩然曰:"此道作者固难,知之者能有几人?"可想见其倾倒矣。拙集既用《味黎集》体例,则《春明花事》诸词,其题目拟〔金明池〕下书"扇子湖荷花"题,序则另行低一格,而去其"第一"、"第二"等字,似较大方。公集去之良是;体例决请如此改缮。暑假不远,拟之若耶上冡,便游西湖。江干暑湿,不可久留;南方名胜,当亟游,以便北首。

时光绪三十年夏五月也。祖谋得书之浃月,而鹏运客死苏州矣!祖谋恸之甚,遂以书弁《彊村词》之首,而哭之以词;即《彊村词》卷二、卷三载〔木兰花慢〕、〔哨遍〕、〔八声甘州〕诸阕也。而〔木兰花慢〕、〔八声甘州〕两阕尤凄绝!

木兰花慢

程使君书报半塘翁亡。翁将之若耶上冢,且为西湖猿鹤之问,遽逝湖中;赋此寄哀。时方为翁校刊《半塘定稿》,故章末及之。

马塍花事了,但持泪问西泠。信有美湖山,无聊瓶钵,倦眼难青!飘零!水楼赋笔,要扁舟一系暮年情。才近要离冢侧,故人真个骑鲸!自注:昔年和翁生圹词有云:"傍要离穿冢尔,何心长安。"翁笑曰:"息壤在彼。"岂谶耶? 瑶京何路问元亭,九辨总无灵。算浮生销与功名抗疏,心事传经。冥冥。夜台碎语咽,飘风邻笛不成声!恨墨盈笺未理,暗虫凉堕愁灯!

八声甘州

暮登灵岩绝顶,叔问为述半塘翁昔年联棹之游,歌以抒哀,用梦窗韵。

倚苍岩半暝,拂春裾千鬟乱明星。信间僧指点愁香粘径,荒翠通城。故国鸥夷去远,断网越丝腥。销尽兴亡感,一塔铃声。 招得秋魂来否?对冷漪空醰,梦难醒。问琴弦何许?飘泪古台青。好湖山孤游翻懒,又咽风衰笛起前汀。把筇去小斜廊路,双屦苔平。

祖谋按试广东,务以拔取真才,汪兆铭即出其门。见朝政日非,挂冠归，买宅苏州，与郑文焯商量词学，并以校刊历代词集自任焉。

祖谋之词，初学吴文英，晚又肆力于苏轼、辛弃疾二家；而于轼词尤所嗜喜，遂校刊《东坡乐府》，而属金坛冯煦序其端曰：

> 词之有南、北宋，以世言也；曰秦、柳，曰姜、张，以人言也。若东坡之于北宋，稼轩之于南宋，并独树之帜，不域于世，亦与他家绝殊。世第以豪放目之，非知苏、辛者也。顾二君专刻，世不恒有！坡词尤鲜善本。古微前辈，词家之南董也，酷嗜坡词，乃取世所传毛、王二刻，订讹补阙，以年为经，而纬以词。既定本，属煦一言简端。煦嗜坡词，与前辈同。综其旨要，厥有四难：词尚要眇，不贵质实；显者约之使隐，直者揉之使曲。一或不善：钩辀格磔，比于禽言；扑朔迷离，或侪兔迹。而东坡独往独来，一空羁靮，如列子御风以游无穷，如藐姑射神人吸风饮露而超乎六合之表。其难一也。词有二派，曰刚与柔；毗刚者斥温厚为妖冶，毗柔者目纵佚为粗犷。而东坡刚亦不吐，柔亦不茹；缠绵芳菲，树秦、柳之前称；空灵动宕，道姜、张之大辂；唯其所之，皆为绝诣。其难二也。文不苟作，寄托寓焉。所谓文外有事在也。于词亦然。然世非怀襄，而效灵均《九歌》之奏；时非天宝，而拟杜陵《八哀》之篇；无病而呻，识者恫之。而东坡夙负时望，横遭谗口，连蹇廿年，飘萧万里；酒边花下，其忠爱之忱、幽忧之隐，旁薄郁积于方寸间者，时一流露；若有意，若无意，若可知，若不可知。后之读者，莫不罙然思，逌然会，而得其不得已之故；非无病而呻者比。其难三也。夫侧艳之作止以道淫；悠谬之词或将损性，拘虚小儒县为徽缰。

而东坡涉乐必笑，言哀以叹。暗香水殿，时轸旧国之思；缺月疏桐，空吊幽人之景；皆属寓言，无惭大雅。其难四也。噫，东坡往矣。前辈早登鹤禁，晚栖虎阜；沈冥自放，聊乞玉局之词；峭直不阿，几蹈乌台之案；其于东坡，若合符契。今《乐府》一刻，殆亦有旷百世而相感者乎！若夫校订之审，笺注之精，则前辈发其几矣。此不具书。

时宣统二年夏五月也。冯煦者，母朱，梦僧拈花入室，遂寤而生，字以梦华。少好词赋，有江南才子之目。累举不第。至四十五岁，实为光绪十二年丙戌，成一甲三名进士，授编修。廷对策用双行，文仿陆宣公《奏议》，书作钟元常体。阅卷大臣大学士张之万、侍郎徐郙怪而抑之。而尚书翁同龢、潘祖荫则力主进呈。胪唱，跪螭蚴下，慈禧皇太后遥见之，顾谓左右曰："此老名士！"累官安徽巡抚，上疏请核名实，明赏罚，忤朝旨罢斥。入民国，起总纂《江南通志》，年已八十，犹能作蝇头小楷。著有日记，积六十二年，迄殁之日，皆精楷不苟，都四十五册。所为骈散文，陶染典籍，衷于物则。诗则无体不工。旁究倚声，一以南唐、北宋为则；尝就常熟毛晋《汲古阁汇刊》之《宋六十一家词》，择其尤精粹者，为《宋六十一家词选》十二卷。所定例言，谈词者奉为模楷。少时尝以词质正仁和谭献。献故推本周济之旨，发挥光大，称词家名宿；跋其稿曰："阅丹徒冯煦梦华《蒙香室词》，趋向在清真、梦窗，门径甚正，心思甚邃，得涩意。惟由涩笔，时有累句，能入而不能出；此病当救以虚浑。单调小令，上不侵诗，下不堕曲，高情远韵，少许胜多，残唐北宋后，成罕格！梦华有意于此，深入容若、竹垞之室，此不易到。"虽有微词，然期于增美释回，盖以古作者待煦矣！煦与祖谋有《同赋精忠柏》,用岳飞〔满江红〕旧韵各一阕,盖作于民国以寄思者。

满 江 红
赋精忠柏,敬用忠武旧韵
朱祖谋

大木无阴,浑不是众芳凋歇。相望处灵旗风雨,于今为烈！亘古心坚如铁石,何人手植无年月。向南枝应有旧啼鹃,声凄切！　奸桧铸,沈冤雪！幽兰瘗,仇雠灭。问乔柯几见金瓯完缺？朱鸟定飘枋得泪,碧苔错认苌弘血！更空山玉骨冷冬青,悲陵阙！

满 江 红
同古微前辈赋精忠柏,敬踵岳忠武韵
冯 煦

萧艾披昌,邈今世众芳衰歇！留一木孤撑天宇,寸心尤烈！七百馀年陵谷变,英灵犹恋西湖月。算亭阴鬼雨怒涛飞,身悲切！　离九节,凌冰雪。传海外,何生灭！恁抚柯舒啸唾壶敲缺！古殿苔封虫食篆,空枝春尽鹃啼血。问南朝遗孽桧分尸,屠王阙？

祖谋又有《清明渝楼同梦华》之〔高阳台〕、〔六幺令〕两阕:

高 阳 台

短陌飞丝平碾曲,市帘江柳争青。中酒年光,买春犹有旗

亭。彩幡长记花生日,甚彩窗儿女心情?尽安排画幰吴缣,钿阁秦筝。　　白头未要相料理;要哀吟狂醉,消遣浮生。无主东风,博劳怨不成声!朦胧几阵东阑雪,算今年又看清明。怕相逢睇燕归来,犹诉飘零!

六　幺　令

　　碧纱烟语,恩怨无端的!分明宋墙东畔,帘幕几重隔?扶梦花灯宛转,不照伤心色。后期今夕,青天碧海,未道相思是无益。　　蜡烛花还有泪,惜别筵前滴。罗带诗本无题,出意机中织。千万秦筝素手,莫教危弦急!凤帷鸳席,能拼憔悴,知否金钗未堪擘?

盖两人同调常相酬答也,声情激楚,有弦外之音焉。既而汪兆铭为行政院长,以前清补学官弟子出其门;奉手致币以明束修之敬,而祖谋谊不以受;兆铭一不之强也。祖谋又有为《曹君直题赵子固凌波图》之〔国香慢〕一阕曰:

　　一幢湘魂,正捐珰水阔,泛瑟烟昏。江皋几丛憔悴,留伴灵均。日暮通词何许?有婵媛北渚含颦。国香纵流落,未许东风换土移根!　　经年亡国恨!料铜槃冷透,铅泪渍痕。故宫天远,鹅管从此无春。补作宣和残谱,《宣和画谱》无水仙。尽消凝老去王孙。不成被花恼,步入鸥波,满袜秋尘。

调亦凄咽,殆所谓"弦弦掩抑声声思"者矣。曹君直者吴县曹元忠也。祖谋以民国六年校刻唐、五代、宋、金、元词总集四种,别集一百六十八家，名曰《彊村丛书》。盖词起晚唐，越三百馀年，而有南宋之刻《百家词》；据《直斋书录解题》于《笑笑词》一条下云："自南唐二主以下，皆长沙书坊所刻，号《百家词》"。又四百馀年，为明末造，而有常熟毛晋《汲古阁》之刻。又且三百年，而后有祖谋之校刻也。千祀以来，词苑于是为第三结集矣！元忠盖与有力，遂属为之序曰：

彊村侍郎校刻唐、五代、宋、金、元词，以元忠尝助搜讨，共抱微尚；约书成为序其首。今年秋工竣，得别集百有十三家，总集所收，犹不以此数。盛矣哉！自《汲古》以来，至于近时，朋旧若《四印斋》、《灵鹣阁》、《石莲山房》、《双照楼》诸刻，皆未足方，虽然，彊村是刻之所以独绝者，则尚不因此！盖尝取近世所传《国策》、《管》、《晏》、《荀》、《列》诸子书录，而知其校刻各词，犹有刘向家法，为不可及焉！按向所校雠，以中书为主，尚取太史书，太常书，大中大夫卜圭书，射声校尉立书，臣富参书，校除复重，定著篇数；可见虽据善本，犹待参订也。而彊村所校如之。其于误字，如以"趙"为"肖"，以"齐"为"立"，以"尽"为"进"，以"贤"为"形"，以"夭"为"芳"，"又"为"备"，"先"为"牛"，"章"为"长"，每云："皆已定杀青可缮写。"可见实事求是，不妨改字也。而彊村所校又如之。顾彊村所尤致意者，则在声律；故于官调旁谱之属，莫不悉心校定；或非向之所及。然《汉书·艺文志》既载《河南周歌诗》，又附《河南周歌声曲折》；既载《周谣歌诗》，又附《周谣歌诗声曲折》；度向所校，必亦精审如彊村可知。则又惜其书久亡，并无书录之可证也。且夫唐、五代、宋、金、元之词，汉魏六朝之乐府也。往读《宋书·乐志·汉鼓吹铙歌》十八曲，至《有所思》

之"妃呼豨",《临高台》之"收中吾",虽以索解无从；然犹得据王僧虔启所云："诸调曲皆有声有辞,辞者歌诗,声者若'羊吾夷伊那何'之类。"引为比例。独至宋《鼓吹铙歌》《上邪》、《晚芝田》、《艾如张》诸曲,几于满纸皆"几令吾"、"微令吾",令人口呿吞拼,不知其作何语。及考诸《乐府解题》,则云："凡古乐录；皆大字是辞,细字是声,声辞合写致然。"然后知乐府工伶官,既无左骖、史妠、䜌姐名倡理董其事；士大夫复以非肄业所及而不屑道；又谁为之刊正者？故自宋迄梁,不过七八十年；而沈约所见已骖驳如此。使当时有如疆村者出而校勘,岂非《宋史·乐志》、《导引六州》、《十二时》、《降仙台》之流,纵音节不传不可歌,宁至不可读哉！然则汉魏六朝乐府,以声辞杂糅之故,等诸若存若亡；知凡夫唐、五代、宋、元词之仅存者,欲延坠绪于一线,殆非精校传刻不可！我疆村惟有鉴于此,故《梦窗》锓版者三,而《草窗》亦至于再；馀诸家亦复广搜珍秘,博访通雅,必使毫发无憾而后已。岂不以南宋所传《望瀛十二遍散序》无拍,《韵语阳秋》能言之,而今不可知矣；《夷则商霓裳羽衣曲》十一段起第四遍至煞拍,《碧鸡漫志》能言之,而今又不可问矣？姑无论大曲也！甚而缠慢小令,若《词源》所称张枢《寄闲集》旁缀音谱者,今且无自访求；恐再阅百年,即此总集别集百数十家,亦将灰飞烟灭。不及时整娖,安知不如刘向所言："为其俎豆管弦之间,小不备,绝而不为以至大不备,惑莫甚焉！"不得不尽力以为之乎？则又用心与向相同；不但校雠守其家法已也。元忠故详言之,以告当世读《疆村丛书》者。

盖近今词集之校刻,王鹏运《四印斋》造其端,而祖谋实以是书集其大成;志益博而智专,心益勤而业广,其有功于词学者不浅也!徒以裒然巨帙,卒业为难;而阐词学之闉奥,诏后生以途辙,始宋徽宗皇帝,迄李清照,凡八十七人,人选数首,曰《宋词三百首》,比之于《唐诗三百首》。中以周邦彦、吴文英为最多,盖求之体格神致,以浑成为主旨也。况周颐尝翘以语人曰:"能循途守辙于三百首之中,必能取精用宏于三百首之外。益神明变化于词外求之,则夫体格神致间,尚有无形之吪合、自然之妙造,即更进于浑成,要亦未为止境。无止境之学,必有以端其始,莫如《宋词三百首》。"盖甚推其书也。及所自为,大抵寄绵密于藻丽,抒情感于比兴,而融诸家之长,声情益臻朴茂,清刚隽上,并世词家推领袖焉!

祖谋以词名,顾诗亦入能品,《和远根乞米曲》曰:

宣州诗翁恒苦饥,索米梦持篆窠归。举家啜粥癯不肥。平原笔力弩释机,先生研田十年机,溉墨一斗键其扉。临川三昧荧荧晖,浓锋蹶岂诸城痱,赫蹄纸百不供挥。玺书增俸畤敢睎,月料半流圩茹薇,焉能休粮脱尘靰?道山延阁接太微,胡不陈书紫宸闱?胡不曼胡短后衣?捷书夜草旄头飞,何为颛领幽筐围?乾愁漫诞不可矶,诸公遑辨"妃"与"稀",一丘之貉蒙庶几,菜佣求益来已稀。牛铎黄钟荒是非,枵然者腹负大诽,安用陶胡奴累欷?逝将着鞭骖子骓。安吴笔诀绝几韦,他年奇字森烟霏!

又题《胡憎仲金光明胜经卷子》二绝曰:

妙伽佗谛绝传衣,花雨香中旧捷犀。一逝翩如黄鹄子,刺天海水又群飞!

江左一流今日尽,诗篇连卷共谁论?不如自拨炉烟坐,饶舌丰干已不言!

诗研炼似陈三立,而用事下语或失之晦。陈衍称之曰:"诗中之梦窗",允矣。以民国二十年辛未冬卒,年七十五岁。

况周颐 附徐珂、邵瑞彭、王蕴章、龙沐勋

临桂况周颐者,名周仪,以讳清宣统溥仪名,遂改周颐;夔笙其字,别号蕙风,官内阁中书,王鹏运致祖谋书所称"目空一世之况舍人"也。少而察惠,读书辄得神解,垂髫应府县学试,冠其曹,举案首。同考或窃窃低语:"何以稚子,独争上流?"知府事者至榜示谓:"广右以灵淑所钟毓,诞此英才;所望为贤父兄者,善为掖进,俾以有用之身,致国家之用;则宦辙所至,亦复与有荣"云。九岁,补博士弟子员。十三岁赋诗有句云:"薄酒并无三日醉,寒梅也隔一窗纱。"其姊婿蒋栋材见而诫之曰:"童子学诗,何乃作衰飒语!"十八岁举优贡。一日,往省姊,偶得《蓼园词选》读之,试为小词,而沈浸者日以深;其集中附有《存悔》一卷,即十七前作也。轻倩流慧,理境两绝;有曰:"春小于人,花柔似汝。云涯怅望知何处?"每谓神来之笔,若有所感;至于垂老追念,都难为怀。二十一,举光绪五年乡试。乃娶于赵,伉俪綦笃。夫人擅雅乐,因并习操缦,俨然理曲。既而宦游京国,遵例官内阁中书,与王鹏运同官,益以词学相砥砺。并治金石文字,凡有碑版无不罗致,得万馀本,中《龙门造象》千馀

本；尤长于许氏《说文》，名声训诂，潜造精研，故其治碑版，并为渊源之学。寻以会典馆纂修叙劳，用知府分发浙江，曾参两江总督端方幕府。端方藏碑版甲于海内，辄属周颐定之，《陶斋藏石》一记，盖出手纂。时合肥蒯光典礼卿以进士官道员，分发江南，与周颐学不同；乃荐兴化李详以间之，每见端方，必短周颐而称详。一日，端方招饮，光典又及周颐。端方太息曰："亦知夔笙必将饿死，但我端方在，决不容坐视其饿死耳！"周颐闻之，感激涕下，而致怨于李详。详以不得志于端方。既而端方入川被杀；详以诗吊之，有云："轻薄子云犹未死，可怜难返蜀川魂！""轻薄子云"，盖指周颐也。自是有宴会，周颐与详，必避不相见。而周颐濡古既深，字画必谨，自以氏况，见人书"况"字只写两点为"况"则必斥其讹讹；而为之加成三点水焉；又睹文书中"金樽"字，必涂去木旁作"尊"字，诸如此类，崇古不苟，冯煦戏称之为"况古人"。而所自喜者尤在词；尝自谓："世界无事无物不可入词；但在余能自运其笔，使宛转如意耳！"所著曰《第一生修梅花馆词》、《二云词》、《香樱词》、《蕙风词》。逊国而后，家国之感，身世之情，所触日深，而词格亦日遒上；顿挫排宕，柔厚沈郁，千辟万灌，略无炉锤之迹；而又严于守律，一声一字，悉无乖桀。方之古人，庶几白石；亦自谓五百年后，得为白石，亦复相类也。录其二词；聊当举隅：

齐天乐　　秋雨

沈郎已自拚憔悴，惊心又闻秋雨。做冷欺灯，将愁续梦，越是宵深难住。千丝万缕，更挽入虫声，搅人情绪！一片萧骚，细听不作乎是故园树！　　沈沈更漏渐咽，只檐前铁马，幽怨如诉。倘是残春,明朝怕有无数飞花飞絮。天涯倦旅,记滴向蓬窗,更加凄苦。欲谱潇湘,黯愁生玉柱。

四 字 令

南陵徐积雨得小铜印,文曰"石家侍儿",白文方式,以拓本见诒,报之以词。

石家侍儿,绿珠宋袆。当年毕竟阿谁,捺银榼紫泥?香名未知,乡亲更疑。绿珠,广西博白人;余旧有"绿珠红玉是乡亲"小印。红玉,陈文简侍儿,墓在临桂凄霞山麓。愿为宛转红丝,系裙腰恁时!

盖周颐之词,细腻熨贴,典丽风华,阔大不及祖谋,而绵密则过之焉!然周颐之词学,实得助于祖谋者不鲜,尝语人曰:"余之为词,二十八岁以后,格调一变,得力于半塘。比岁守律綦严,得力于沤尹。人不可无良师友也!"周颐为词崇性灵,而或伤尖艳;既与王鹏运同官中书,鹏运词凤尚体格,于周颐异趣,多所规诚。又以所刻宋、元人词属为斠雠,自是周颐得窥词学之深,所谓"重、拙、大",所谓"自然从追琢中出",积心领神会之,而体格为之一变。盖声律与体格并重也。周颐之词,仅能平仄无误,或某调某句有一定之四声,昔人名作皆然,则亦仅守勿失而已。未能如鹏运之一声一字,剖析无遗也!鹏运刻词至三十馀家,周颐任校勘者多。当其时,海宇澄清,人物丰穰,厂肆购书之乐,苇湾清游之胜,裙屐毕集,似可终古。鹏运笑傲烟霞,一灯斗室。周颐以词学相砥砺,传授心法;而亦并传鹏运之半榻一灯;其烟具,皆鹏运所馈遗也。如是者二十年。既鹏运卒,乃与祖谋相切磋。祖谋于词不轻作,恒以一字之工,一声之合,痛自刻绳;而因以绳周颐。周颐亦恍然向者之失,断断不敢自放,乃悉根据宋、元旧谱,四声相依,一字不易,其得力于祖谋,与得力于鹏运者同。如《甲午展重阳日邃父招同半塘登西爽阁子美因病不至》,调寄〔蝶恋花〕云:

  西北云高连畔睨,一抹修眉,望极遥山翠!谁向西风传恨字,诗人大抵伤憔悴! 有酒盈尊须拌醉,感逝伤离!自注:端木子畴前辈于数日前谢世。何况登临地,恰好秋光图画里!黄花省识秋深未?自注:西爽阁在京师土地庙下斜街山西会馆,可望西山。

自跋云:"金元已还,名人制曲,如《西厢记》、《牡丹亭》之类,皆平侧互叶,几于句句有韵;付之歌喉,极致流美。溯其初哉肇祖,出于宋人填词。词韵平侧互叶,丁北宋已有之,姑举一以起例:贺方回〔水调歌头〕云:'南国本潇洒,六代浸豪奢。台城游冶,襞榍能赋属官娃。云观登临清暇,璧月流连长夜,吟醉送年华。回首飞鸳瓦,却羡井中蛙。访乌衣,成白社,不容车。旧时王谢,堂前双燕过谁家?楼外河横斗挂,淮上潮平霜下,橹影落寒沙。商女蓬窗罅,犹唱《后庭花》!'蕙风此作,倘有合者。"又《题徐仲可舍人珂女公子新华山水画稿》,调寄〔玉京瑶〕云:

  玉映伤心稿,凤羽清声,梦里仙云幻!自注:用徐陵母五色云化为凤事。故纸依然,韶年容易凄畹。乍洗净金粉春华,淡绝处山容都换。 瑶源远。湘苹染墨,昭华搋管。自注:徐湘苹、徐昭华皆工画。苴窗旧扫烟岚。韵致云林,更楷模北苑。陈迹经年,蟫奁分贮丝茧黯。赠琼,风雨萧斋,带孺子泣珠尘湆。帘不卷,秋在画图香篆!

自跋曰："此调为吴梦窗自度曲,夷则商犯无射宫腔。今四声悉依梦窗,一字不易。"盖抗心希古,严于守律,大率类此。

周颐论词最工,细入毫芒,能发前人所未发,所著曰《香海棠馆词话》、《餐樱庑词话》。论词境曰:"词境以深静为主。韩持国〔胡捣练令〕过拍云:'燕子渐归春悄,帘幙垂清晓。'境至静矣;而此中有人如隔蓬山,思之思之,遂由静而见深。盖写境与言情非二事也;善言情者,但写境而情在其中;此等境界,唯北宋人词往往有之。持国此二句尤妙在一'渐'字"。又曰:"《小山词》〔阮郎归〕云:'天边金掌露成霜,云随雁字长。绿杯细袖趁重阳,人情似故乡。兰佩紫,菊簪黄,殷勤理旧狂。欲将沈醉换悲凉,清歌莫断肠!''绿杯'二句,意已厚矣!'殷勤理旧狂'五字三层意。狂者,所谓'一肚皮不合时宜,发现于外'者也;狂已旧矣,而理之,而殷勤理之,其狂若有甚不得已者。'欲将沈醉换悲凉',是上句注脚。'清歌莫断肠',仍含不尽之意;此词沈著厚重,得此结句,便觉竟体空灵!"又曰:"《东坡词》〔青玉案〕用贺方回韵送伯固归吴中,歇拍云:'作个归期天已许。春衫犹是小蛮针线,曾湿西湖雨。'上二句未为甚艳,'曾湿西湖雨'是清语,非艳语;与上二句相连属,便成奇艳绝艳,令人爱不忍释!"又曰:"词有淡远取神,只描取景物,而神致自在言外,此为高手。然不善学之,最易落套,亦如诗中之假王、孟也。刘招山〔一翦梅〕过拍云:'杏花时节雨纷纷,山绕孤村,水绕孤村。'颇能景中寓情。"又曰:"罗子远〔清平乐〕:'两桨能吴语。'五字甚新。杨柳波头,荷花荡口,暖风十里,翦水咿哑,声愈柔而景愈深。尝读《饮水词》〔望江南〕云:'江南好!虎阜晚秋天!山水总归诗格秀,笙箫恰称语音圆。人在木兰船!''笙箫'句与此'两桨'句,同一妙于领会。"又曰:"《空同词》〔浪淘沙〕《别意》云:'花露涨冥冥,欲雨还晴!'能融景入情,得迷离惝恍之妙。'涨'字亦炼。"又曰:"韩子畊〔高阳台〕《除夕》云:'频听银签,重燃绛蜡,年华衮衮惊心!饯旧迎新,能消几刻光阴?老来可惯通宵饮?待不眠还怕寒侵。掩清尊,多谢梅花伴微吟。邻娃已试春妆了,更蜂枝簇翠,燕股横金。勾引春风,也知芳意难禁。朱颜那有年年好!逞艳游赢取如今!恣登临,残雪楼台,迟日园林。'此等词语浅情深,妙在字句之表。便觉刻意求工,是无端多费气力。"又曰"《履斋词》〔二郎神〕云:'凝伫久,蓦听棋边落子一声声静。'〔千秋岁〕云:'荷递香能细。'此'静'与'细',亦非雅人深致,未易领略。"又曰:"王易简《谢周草窗惠词卷》〔庆官春〕歇拍云:'因君凝伫,依约吴山,半痕蛾绿!'此十二字绝佳,能融景入情,秀极成韵,凝而不佻!"又曰:"填词景中有情,此难以言传也。元遗山〔木兰花慢〕云:'黄星几年飞去?淡春阴,平野草青青。'平野春青,只是幽静芳倩;却有难状之情,令人低徊欲绝!善读者约略身入景中,便知其妙。"又曰:"党承旨〔月上海棠〕《用前人韵》后段云:'断霞鱼尾明秋水,带三两飞鸿点烟际。疏飒秋声,似知人倦游无味。家何处?落日西山紫翠。'融情景中,旨淡而远。又〔鹧鸪天〕云:'开帘放入窥窗月,且尽新凉睡美休。'潇洒疏俊极矣!尤妙在上句'窥窗'二字。窥窗之月,先已有情;用此二字,便曲折而意多;意之曲折,由字里生出,不同矫揉钩致,不堕尖纤之失。"又曰:"段诚之《菊轩乐府》〔江城子〕云:'月边渔,水边钼。花底风来,吹乱读残书。'前调《东园牡丹花下酒酣即席赋之》云:'归去不妨簪一朵,人也道看花来。'骚雅俊逸,令人想望风采。〔月上海棠〕云:'唤醒梦中身,鹈鹕数声春晓',前调云:'颓然醉卧,印苍苔半袖。'于情中入深静,于疏处运追琢,尤能得词家三昧。"又曰:"真字是词骨;情真景真,所作必佳。金章宗《咏聚骨扇》云:'忽听传宣须急奏,轻轻褪入香罗袖。'此咏物兼赋事,写出廷臣入对时情景,确是咏聚骨扇,是章宗咏聚骨扇。他题他人,挪移不得。"又曰:"密国公璹词,《中州乐府》著录七首,姜、史、辛、刘两派,兼而有之,〔春草碧〕云:'旧梦回首何堪,故苑春光又陈迹。落尽后庭花,春草碧!'〔青玉案〕云:'梦里疏香风似度,觉来惟见,一窗凉月,瘦影无寻处!'并皆幽秀可诵;〔临江仙〕云:'薰风楼阁夕阳多!倚阑凝思久,渔笛起烟波!'淡淡着笔,言外却有无限感怆!"又曰:"遗山句云:'草际露垂虫响遍。'写出目前幽静之境,小而不纤,妙在'垂'字、'响'字,此二字不可易。"

论词笔曰:"《清真词》〔望江南〕云:'惺忪言语胜闻歌';谢希深〔夜行船〕云:'尊前和笑不成歌',皆熨帖入微之笔。"又曰:"词亦文之一种。名家词笔,亦有理脉可寻;所谓蛇灰蚓线之妙。如范石湖〔眼儿媚〕《萍乡道中》云:'酣酣日脚紫烟浮,妍暖试轻裘。困人天气,醉人花底,午梦扶头。春慵恰似春塘水,一片縠纹愁。溶溶泄泄,东风无力,欲皱还休。''春慵'紧接'困'字'醉'字来,细极!"又曰:"潘紫岩词,余最爱其〔南乡子〕《题南剑州妓馆》一阕,小令中能转折,其词笔有尺幅千里之势!词云:'生怕倚阑干,阁下溪声阁外山。空有旧时山共水,依然!暮雨朝云去不还!相见蹑飞鸾,月下时时认佩环。月又渐底霜又下,更阑!折得梅花独自看。'歇拍尤意境幽瑟。"又曰:"词笔艳与丽不同。艳如芍药牡丹,慵春媚景。丽若海棠文杏,映烛窥帘。薛梯飙词工于刷色,当得一丽字。〔醉落魄〕云:'单衣乍着,滞寒更傍东风作,珠帘压定银钩索。雨弄初晴,轻旋玉麈落。花唇巧借妆梅约,娇羞才放三分萼。尊前不用多评泊,春浅春深红向杏梢觉。'"又曰:"曾宏父〔浣溪沙〕云：'紫禁正须红药句,清江莫与白鸥盟',寻常称美语,出以雅令之笔,阅之使不生厌。"又曰："翁五峰〔摸鱼儿〕歇拍云：'沙津少驻。举目送飞鸿,幅巾老子,楼上正凝伫!'东坡《送子由诗》：'时见乌帽出复没',是由送客者望见行人,极写临歧眷恋之状。五峰词乃由行人望见送者;客子消魂,故人惜别,用笔两面俱到。"又曰："刘伯宠〔水调歌头〕《中秋》云：'破匣菱花飞动,跨海青光无际,草露滴明玑。''跨海'云云,是何意境! 下乃忽作小言。子云所云'大者含元气,细者入无间',略可喻词笔之变化。"又曰："近人作词,起处多用景语虚引,往往第二韵方约略到题,此非法也。起处不宜泛写景,宜实不宜虚,便当笼罩全阕,他题挪移不得。唐李程作《日五色赋》,首云：'德动天鉴,祥开日华。'虽篇幅较长于词,亦以二句隐括之,尤有弁冕端凝气象。此旨可通于词矣!"又曰："名手作词,题中应有之义,不妨三数语说尽。自馀悉以发抒襟抱所寄托。往往委曲而难明;长言之不足,至乃零乱拉杂,胡天胡帝。其言中之意,读者不能知,作者亦不蕲其知,以为流于跌宕怪神,怨怼激发而不可以为训;则亦楚徒之骚些云尔。夫使其所作,大都众所共知,无甚关系之言,宁非浪费纸墨耶!"又曰："词笔固不宜直率,尤切忌刻意为曲折。以曲折药直率,即已落下乘。昔贤朴厚醇至,由性情学养中出,何至蹈直率之失? 若错认直率为真率,则尤大不可耳。"又曰："党承旨〔青玉案〕云：'痛饮休辞今夕永。与君洗尽满襟烦暑,别作高寒境。'以松秀之笔,达清劲之气,倚声家精诣也。'松'字最不易做到。"又曰："金古齐散汝弼,字良弼,官近侍副使,〔风流子〕《过华清作》云：'三郎年少客,风流梦,绣岭虫瑶环。看浴酒发春,海棠睡暖! 笑波生媚,荔子浆寒。况此际,曲江人不见,偃月事无端。羯鼓数声,打开蜀道;《霓裳》一曲,舞破潼关。

马嵬西去路,愁来无会处,但泪满关山。赖有紫囊求进,锦袜传有。叹玉笛声沈,楼头月下;金钗信杳,天上人间。几度秋风渭水,落叶长安。'正大三年刻石临潼县,今存。词笔藻耀高翔,极慷慨低徊之致。"又曰:"姚成一《雪坡词》〔霜天晓角〕《湖上泛月归》换头云:'烟抹,山态活。雨晴波面滑。'五字对句,上句读作上二下三,'抹'字叶韵,不勉强,尤饶有韵致。词笔灵活可喜!"又曰:"宋江致和《五福降中天》句:'秋水娇横睃眼,腻雪轻铺素胸。'以'铺'字形容腻雪,有词笔、画笔所难传之佳处,无一字可以易之!"又曰:"词笔能直固大佳。顾所谓'直'诚至不易,不能直率也。当于无字处为曲折,切忌有字处为曲折。"又曰:"云林'寿彝斋'〔太常引〕云:'柳阴濯足水浸矶,香度野蔷薇。芳草绿萋萋。问何事王孙未归? 一壶浊酒,一声清唱,帘幕燕双飞。风暖试轻衣。介眉寿遥瞻翠微。'寿词如此着笔,脱然畦封,方雅超逸,寿字只于结处一点。后人可取以为法。"

论词句曰:"'诗酒尚堪驱使在,未须料理白头人!'少陵句也。《梅溪词》〔喜迁莺〕云:'自怜诗酒瘦,难应接许多春色!'盖反用其意。"又曰:"卢申之〔江城子〕后段云:'年华空自感飘零,拥春醒,对谁醒? 天阔云闲,无处觅箫声。载酒买花年少事,浑不似旧心情。'与刘龙洲词'欲买桂花重载酒,终不似少年游',可称异曲同工。然终不如少陵之'诗酒尚堪驱使在,未须料理白头人'为倔强可喜!"又曰:"草窗〔少年游〕《宫词》云:'一样春风,燕梁莺户,那处得春多!'即'梨花雪,桃花雨,毕竟春谁主!'之意;俱从义山'莺啼花又笑,毕竟是谁春!'脱出。"又曰:"《竹山词》〔虞美人〕《咏梳楼》云:'楼儿忒小不藏愁,几度和云飞去觅归舟。'较'天际知归舟'更进一层。"又曰:"寄闲翁〔风入松〕云:'旧巢未着新来燕,任珠帘不上琼钩。'用'待燕归来始下帘'句意,翻新入妙。〔恋绣衾〕云:'自不怨东风老,怨东风轻信杜鹃!'是未经人道语。"又曰:"宋周端臣〔木兰花慢〕句云:'料今朝别后,他时有梦,应梦今朝。'吕居仁〔减字木兰花〕云:'来岁花前,又是今年忆昔年!'命意政同而遣词各极其妙。"又曰:"仲弥性〔浪淘沙〕过拍云:'看尽风光花不语,却是多情!'语淡而深。〔忆秦娥〕《咏木樨》后段云:'佳人敛笑贪先折。重新为翦斜斜叶。斜斜叶,钗头常带一段秋风月。'末二句赋物上乘,可谓药纤滞之失。"又曰:"大卿荣諲《咏梅》〔南乡子〕云:'江上野梅芳,粉色盈盈照路旁。闲折一枝和雪嗅,思量!似个人人玉体香。''似个'句艳而质,犹是宋初风格,《花间》之遗。"又曰:"宋名词多尚浑成,亦有以刻画见长者。沈约之〔谒金门〕云:'犹倚危阑清昼寂,草长流翠碧!'又云:'寒色着人无意绪,竹鸣风似雨!'〔如梦令〕云:'忺睡忺睡,窗在芭蕉叶底!'〔念奴娇〕刻本无题,当是咏海棠之作。云:'醉态天真,半羞微敛,未肯都开了!'虽刻画而不涉纤,所以为佳。"又曰:"陈梦敩《和石湖》〔鹧鸪天〕云:'指剥春葱去采蘋。衣丝秋藕不沾尘。眼波明处偏宜笑,眉黛愁来也解颦。 巫峡路,忆行云,几番曾梦曲江春。相逢细把银釭照,犹恐今宵梦似真!'歇拍用晏叔原'今宵剩把银釭照,犹恐相逢是梦中'句;恐梦似真,翻新入妙;不特不嫌沿袭,几于青胜于蓝!"又曰:"张武子〔西江月〕过拍云:'殷云度雨井桐凋,雁雁无书又到。'昔人句云:'江头数尽南来雁,不寄西风一幅书。'此词括以六字,弥觉沈顿。"又曰:"马古洲〔海棠春〕云:'护取一庭春,莫弹花间鹊。'用徐干臣'闷来弹鹊,又搅碎一帘花影',可谓善变。"又曰:"黄雪舟词清丽芊绵,颇似北宋名作。其〔水龙吟〕云:'柔肠一寸,七分是恨,三分是泪。'盖仿东坡'春色三分,二分尘土,一分流水'之句;所不逮者，以刻镂稍着痕迹耳。其歇拍云：'待问春怎把千红，换得一池绿水？'亦从'一分流水'句引申而出。"又曰："吴乐庵〔水龙吟〕《咏雪次韵》云：'兴来欲唤羸童瘦马，寻梅泷首。有客遮留，左援苏二，右招欧九。问聚星堂上，当年白战，还更许追踪否？'此词略仿刘龙洲〔沁园春〕'斗酒巘肩，醉渡浙江，岂不快哉！被香山居士，约林和靖与坡公等驾勒吾回'云云！而吴词意较胜。"又曰："填词之难，造句要自然，又要未经前人说过。自唐五代以还，名作如林；那有天然好语，留待我辈驱遣。必欲得之，其道有二：曰'性灵流露'，曰'书卷酝酿'。性灵关天分，书卷关学力。学力果充，虽天分少逊，必有资深逢源之一日；书卷不负人也！中年以后，天分便不可恃；苟无学力，日见其衰退而已。江淹才尽，岂真梦中人索还锦囊耶？"又曰："易被〔喜迁莺〕云：'记得年时胆瓶儿畔，曾把牡丹同嗅。'语小而不纤，极不经意之事，信手拈来，便觉旖旎缠绵，令人低回不尽。纳兰成德〔浣溪沙〕云：'被酒莫惊春睡重，赌书消得泼茶香，当时只道是寻常！'亦复工于写情，视此微嫌词费矣！〔喜迁莺〕歇拍云：'强消遣，把闲愁推入花前杯酒。'由举杯消愁意翻变而出，亦前人所未有！"

论词与诗之别曰："《吹剑录》云：'古今诗人间出，极有佳句。陈秋塘诗：不知筋力衰多少？但观新来懒上楼。'按此二句，乃《稼轩词》〔鹧鸪天〕歇拍。或者俞文豹氏误记耶？此二句入词则佳，入诗便觉未合。词与诗体格不同处，其消息即此可参。"又曰："赵愚轩〔行香子〕云：'绿阴何处？旋旋移床。'昔人诗句'月移花影上阑干。'此言移床就绿阴，意趣尤生动可喜！即此是词与诗不同处。可悟用笔之法。"

论词律曰："《梅溪词》《寻春服感念》〔寿楼春〕有句云：'几度

因风飞絮,照花斜阳。'又云:'最恨湘云人散,楚兰魂伤!''凤飞'、'花斜'、'云人'、'兰魂'并用双声迭韵字,是声律极细处。"又曰:"入声字于填词最为适用。付之歌喉,上、去不可通作,惟入声可融入上、去声。凡句中去声字,能遵用去声固佳;若误用上声,不如用入声之为得也!上声字亦然。入声字用得好,尤觉峭劲娟隽。"又曰:"上、去声字,近人往往误读;如动静之'静',上声,误读去声;暝色之'暝',去声,误读上声。作词既守四声,则于宋人用'静'字者用上声,用'暝'字者用去声,斯为不误矣!顾审之声调,反蹈聱牙戾喉之失。意者宋人亦误读误用耶?遇此等处,惟有检本人他词及他人此词征之,庶几决定从舍。特非精研宫律者之作,不足为据耳!"又曰:"宋人名作于字之应用入声者,间用上声;用去声者绝少。检《梦窗词》知之。"又曰:"词用虚字叶韵最难。稍欠斟酌,非近滑,即近佻。忆二十岁作〔绮罗香〕过拍云:'东风吹尽柳绵矣!'端木子畴前辈埰见之,甚不谓然,申戒至再。余词至今不敢复叶虚字。又如'赚'字'偷'字之类,亦宜慎用。'儿'字尤难用之至,此字天然近俚,用之得如闺人口吻,即亦何当风格!若于此等难用之字,笔健能扶之使坚,意精能练之使稳,庶极专家能事矣!此境未易臻,仍以不用为是。"又曰:"畏守律之难,辄自逃律外,或托前人不专家未尽善之作以自解,此词家大病也!守律诚至苦;然亦有至乐之一境。常有一词作成。自己亦既惬心,似乎不必再改,惟据律细勘;仅有某某数字于四声未合;即姑置而姑存之,亦孰为责备而求全者。乃精益求精,不肯放松一字,循声以求,忽然得至隽之字;或因一字改一句,因此句改彼句,忽然得绝警之句;此时曼声微吟,拍案而起,其乐何如!虽剥珉出璞,选薏得珠,不逮也。彼穷于一字者,皆苟完苟美之一念误之耳!"

论词与曲之别曰:"曲有煞尾,有度尾。煞尾如战马收缰,度尾如水穷云起。煞尾,犹词之歇拍也。度尾犹词之过拍也,如水穷云起,带起下意也。填词则不然。过拍只须结束上段,笔宜沈着;换头另意另起,笔宜挺劲。稍涉曲法,即嫌伤格。此词与曲之不同也。"又曰:"元人制曲,几于每句皆有衬字,取其能达句中之意;而付之歌喉,又抑扬顿挫,悦人听闻;所谓'迟其声以媚之'也。两宋人词,间亦有用衬字者。王晋卿云:'烛影摇红向夜阑,乍酒醒、心情懒!''向'字'乍'字是衬字。"又曰:"两宋人填词,往往用唐人诗句。金元人制曲,往往用宋人词句;尤多排演词事为曲。关汉卿、王实甫《西厢记》,出于赵德麟〔商调蝶恋花〕,其尤著者。就一句一事而审谛之。填词之用笔用字何若?制曲者又何若?曲由词出,其渊源在是。曲与词分,其经途亦在是。曲与词格迥殊,而能得其并皆佳妙之故,则于用笔用字之法,思过半矣!"

论词之代变曰:"六朝已还,文章有南北之分,乃至书法亦然。姑以词论:金源之于南宋,时代略同;疆域之不同,人事为之耳,风会曷与焉?如辛幼安先在北,何尝不可南?如吴彦高先在南,何尝不可北?顾细审其词,南与北确乎有辨。其故何耶?或谓《中州乐府》,选政操之遗山,皆取其近己者。然如王拙轩、李庄靖、段氏、遁庵、菊轩,其词不入《元选》;而其格调气息,以视《元选》诸词,亦复如骖之靳;则又何说?南宋佳词能浑至;金源佳词近刚方。宋词深致能入骨,如清真、梦窗是;金词清劲能树骨,如萧闲、遁庵是。南人得江山之秀;北人以冰霜为清。南或失之绮靡,近于雕文刻镂之技;北或失之荒率,无解深裘大马之讥。善读者抉择其精华,能知其并皆佳妙。而其佳妙之所以然,不难于合勘而难于分观;往往能知之而难明言之。然而宋、金之词之不同,固显而易见者也。"又曰:"《清真词》有句云:'多少暗愁密意,惟有天知;最苦梦魂,今宵不到伊行!拚今生对花对酒,为伊泪落!'此等语愈朴愈厚,愈厚愈雅。至真之情,由性灵肺腑中流出。不妨说尽而愈无尽。南宋人词如姜白石云'酒醒波远,政凝想明珰素袜',庶几近似。然已微嫌刷色。明已来词纤艳少骨,致斯道为之不尊。窃尝以刻印比之。自六代作者,以萦纡拗折为工;而两汉方平正直之风,荡然无复存者!"厥辞甚夥,最其要者著于篇。

方清末造,周颐故以文学有大名,端方总督两江,礼致入幕,又优以税差。既入民国,窜居海上无所事;赁庑一廛,渐以不继。室人以无米告,占〔减字浣溪沙〕云:

逃墨翻教突不黔,瓶罍何暇耻齑盐。半生辛苦一时甜。
传语枯萤共宁耐,每怜饥鼠误窥觇。顽夫自笑为谁怜!

又集《左传》、《通鉴》语署楹联曰:"余惟利是视!晋侯使吕相绝秦。民以食为天。贾闳甫谓李密语。"盖牢落可想焉!以民国十五年秋卒,年六十有六。而硕果仅存,独一朱祖谋矣!然自王鹏运之殁,朱祖谋、况周颐更主词坛,导扬宗风;而后学者乃趋向北宋,以深美闳约为归;佻巧奋末之风,自此而杀!馀杭徐珂仲可、淳安邵瑞彭次公、无锡王蕴章西神亦皆以词有名,年辈差次,而归趣略同;则朱祖谋、况周颐导扬之力也。祖谋旋亦老死;而传其学于闽县龙沐勋榆生;盖以平生校词朱墨两砚并为一匣者与之,而以当衣钵之传焉!

四　曲

词盛于宋，剧起于元。而词者，剧曲之所自出也。顾能词者不必识曲。而并世之治词以进于剧曲者，有海宁王国维、长洲吴梅。

王国维

王国维，字静安，亦字伯隅，号观堂，亦曰永观。生而歧嶷，读书通敏；年未冠，文名噪于乡里。寻入州学，以不喜帖括之文，再应乡举，不中程。于时值中日战役，我师败绩，海内士夫争抵掌言天下事，谋变法。国维方冠年，思有以自试，乃之上海，顾怅怅无所遇。适上虞罗振玉叔蕴与吴县蒋黼伯斧结农学社于上海，遂译东西各国农学书报；以乏译才，遂以光绪二十四年戊戌夏，立东文学社，聘日本藤田博士丰八为教授。国维乃往受学，写所为咏史绝句于同舍生扇头。振玉见而赏异，遂拔之俦类之中，为赡其家。而国维之知学问途辙以自发闻名家，皆振玉有以启之也。国维欲以其间治古文辞；自以所学根柢未深，读江子屏《汉学师承记》，欲于此求修学途径。振玉诏之曰："江氏说多偏驳。本朝学术，实导源于顾亭林处士。厥后作者辈出，而造诣最精者，为戴氏震、程氏易畴、钱氏大昕、汪氏中、段氏玉裁及高邮二王。"因以诸家书赠之。国维虽加流览，然方治东西洋学术，未遑致力于此。治日文之馀，则从藤田博士受欧文及西洋哲学、文学、美术,尤喜韩图、叔本华、尼采诸家之说,发挥其旨趣,为《静安文集》。岁庚子,既毕业东文学社。振玉适主武昌农学校,以教授多日人,乃延国维任译授。明年东渡,留学日本物理学校。而其时革命之说大昌。振玉移书,谓:"留学诸生,多后起之秀,其趋向关系于国家者甚大。曷有以匡救之?"国维答书言:"诸生骛于血气,结党奔走,如燎方扬,不可遏止。料其将来,贤者以殒其身,不肖者以便其私。万一果发难,国是不可问矣!"时有闽中萨生均坡与国维同留学,亦入党籍。国维以书告振玉曰:"萨固贤者;然性高明而少沈潜。彼既入籍,见所为必非之。惟背之则危身,从之则违心。迩见其居恒郁郁,恐以此夭天年也!"已而萨生果夭,如国维言。寻以脚气病归,止振玉家。病愈,乃荐之南通师范学校,主讲哲学、心理、伦理诸学。甲辰秋,振玉主江苏师范学校;乃移国维于苏州,凡三年,刻所为诗词,骎骎致力于文学。以为:"生百政治家,不如生一大文学家。何则?政治家与国民以物质上之利益,而文学家则与以精神上之利益。夫精神之与物质,二者孰重?物质上之利益,一时的也。精神上之利益,永久的也。前人政治上所经营者,后人得一旦而坏之。至古今之大著述,苟其著述一日在,则其遗泽且及于千百世而未沫。故希腊之有鄂谟尔也,意大利之有唐旦也,英吉利之有狭斯丕尔也,德意志之有格代也,皆其国人人之所尸而祝之、社而稷之者。而政治家无与焉!惟文学家能与国民以精神上之慰藉,而国民之所恃以为生命者,若政治家之遗泽,决不能如此广且远也。"顾独谓中国无纯文学,中国文学无悲剧,辟奇论以砭往古,树新义而诏后生。其言曰:"'自谓颇腾达,立登要路津。致君尧舜上,再使风俗醇',非杜子美之抱负乎?'胡不上书自荐达,坐令四海如虞唐',非韩退之之忠告乎?'寂寞已甘千古笑,驰驱犹望两河平',非陆务观之悲愤乎?如此者,世谓之大诗人矣!至诗人之无此抱负者,与夫小说、戏剧、图画、音乐诸家,皆以俳儒优倡自处,世亦以俳儒优倡畜之;所谓'诗外尚有事在','一命为文人,便无足观',我国人之金科玉律也。呜呼!美术之无独立之价值也久矣!此无怪历代诗人多托于忠君爱国,劝善惩恶之意以自解免;而纯粹美术上之著述,往往受世之迫害而无人为之昭雪者也!以是之故,所谓诗歌者,则咏史、怀古、感事、赠人之题目,弥满充塞于诗界;而抒情叙事之作,什伯不能得一;其有美术上之价值者,仅其写自然之美之一方面耳!甚至戏曲小说之纯文学,亦往往以惩劝为旨;其有纯粹美术之目的,世非惟不知贵,且加贬焉!故曰:'中国无纯文学也。纯文学,以诗歌、戏曲、小说为其顶点;以其目的在描写人生故。而所谓描写人生者,在描写人生之苦痛与其解脱之道,而使我侪冯生之徒,于此桎梏之世界中,离其生活之欲之争斗而得其暂时之平和。若然者,唯悲剧能之!昔雅里大德勒于《诗论》中谓:'悲剧者,所以感发人之情绪而高上之。'而如恐惧与悲悯二者,为悲剧中固有之物;由此感发而人之精神于焉洗涤。然而我国人之精神,世间的也,乐天的也;故代表其精神之戏剧、小说,无往而不著此乐天之色彩;始于悲者终于欢,始于离者终于合,始于困者终于亨;非是而欲餍阅者之心,难矣!若《牡丹亭》之《返魂》,《长生殿》之《重圆》,其最著之一例也。《西厢记》之以《惊梦》终也,未成之作也;此书若成,我乌知其不为《续西厢》之浅陋也?有《水浒传》矣,曷为而有《荡寇志》?有《桃花扇》矣,曷为而又有《南桃花扇》?有《红楼梦》矣,彼《红楼复梦》、《补红楼梦》、《继红楼梦》者,曷为而作也?又曷为而有反对《红楼梦》之《儿女英雄传》?故我国之文学中,其具厌世解脱之精神者,仅有《桃花扇》与《红楼梦》耳!而《桃花扇》之解脱非真解脱也!沧桑之变,目击之而身历之,不能自悟,而悟于张道士之一言;且以历数千里冒不测之险,投缳继之中所索之女子,才得一面,而以道士之言,一朝而舍之;自非三尺童子,其谁信之哉!故《桃花扇》之解脱,他律的也,而《红楼梦》之解脱,自律的也。且《桃花扇》之作者,但借侯、李之事,以写故国之戚,而非以描写人生为事。故《桃花扇》,政治的也,国民的也,历史的也。《红楼梦》,哲学的也,宇宙的也,文学的也。此《红楼梦》之所以大背于我国人之精神,而其价值,亦即存乎此!彼《南桃花扇》、《红楼复梦》等,正代表我国人乐天之精神者也。故曰'中国文学罕悲剧'也。"具见所著《静安文集》。徒以议多违俗,物论骇之;寻遭禁绝,不行于世。

　　国维年三十一,而有《静安文集》之刻;是为光绪三十年丁未也。先一年,振玉奉学部奏调;至是荐国维于尚书荣庆,命在学部总务司行走。入都以后,始治宋、元以来通俗文学,而殚瘁于宋之词,元之曲。著有《人间词话》,论词标举境界;谓:"有境界则自成高格,自有名句。五代、北宋之词,所以独绝者在此。而境非独谓景物也;喜怒哀乐,亦人心中之一境界;故能写真景物、真感情者,谓之有境界;否则谓之无境界。'红杏枝头春意闹',著一'闹'字而境界全出;'云破月来花弄影',著一'弄'字而境界全出。境界有大小,不以是而分优劣。'细雨鱼儿出,微风燕子斜',何遽不若'落日照大旗,马鸣风萧萧'?'宝帘闲挂小银钩',何遽不若'雾失楼台,月迷津渡'也?有造境,有写境,此理想与写实二派之所由分。然二者颇难分别,因大诗人所造之境,必合乎自然;所写之境,亦必邻于理想故也。有有我之境,有无我之境。'泪眼问花花不语,乱红飞过秋千去','可堪孤馆闭春寒,杜鹃声里斜阳暮',有我之境也。'采菊东篱下,悠然见南山','寒波淡淡起,白鸟悠悠下',无我之境也。有我之境,以我观物,故物皆着我之色彩。无我之境,以物观物,故不知何者为我,何者为物。古人为词,写有我之境者为多;然未始不能写无我之境;此在豪杰之士,能自树之耳。无我之境,人唯于静中得之。有我之境,于由动之静时得之。故一优美,一宏壮也。"更进而辩词境,有隔不隔之别,而谓:"南宋逊于北宋。白石写景之作,如'二十四桥仍在,波心荡,冷月无声','数峰清苦,商略黄昏雨','高树晚蝉,说西风消息',虽格韵高绝,然如雾里看花,终隔一层。梅溪、梦窗诸家写景之病,皆在一隔字。即以一人一词论,如欧阳公〔少年游〕《咏春草》上半阕云:'阑干十二独凭春,晴碧远连云。二月三月,千里万里,行色苦愁人。'语语都在目前,便是不隔。至云'谢家池上,江淹浦上',则隔矣。白石〔翠楼吟〕:'此地宜有词仙,拥素云黄鹤,与君游戏。玉梯凝望久,叹芳草萋萋千里。'便是不隔。至'酒祓清愁,花消英气',则隔矣!然南宋词虽不隔处,比之前人,自有浅深厚薄之别。'生年不满百,常怀千岁忧。昼短苦夜长,何不秉烛游?''服食求神仙,多为药所误。不如饮美酒,被服纨与素。'写情如此,方为不隔。'采菊东篱下,悠然见南山;山气日夕佳,飞鸟相与还。''天似穹庐,笼盖四野。天苍苍,野茫茫,风吹草低见牛羊!'写景如此,方为不隔。古今词人,词格之高,无如白石;惜不于意境上用力,故觉无言外之味,弦外之响,终不能与于第一流之作者也。南宋词人,白石有格而无情,剑南有气而乏韵;其堪与北宋人颉颃,唯一幼安耳!幼安之佳处,在有性情,有境界。"此国维论词之大概也。所为《人间词》,自谓境界不隔,足追五代、北宋名家。〔蝶恋花〕《昨夜梦中》,可置之《花间集》中;而〔浣溪沙〕"天末同重"则颇有李后主气象,为论词者所重焉!

顾所殚心者尤在剧曲,著有《曲录》六卷,《戏曲考原》一卷,《宋大曲考》一卷,《优语录》二卷,《古曲脚色考》一卷;而国维所自惬意者,莫如《宋元戏曲史》,盖综生平论曲之旨而集其大成者也!大旨以为:"戏曲之原,盖始于古之巫。巫者,实以歌舞为职,以乐神人者也。其后有俳优。晋有优施,楚有优孟,优之为言调戏也。巫与优之别:巫以乐神,而优以乐人;巫以歌舞为主,而优以调谑为主;巫以女为之,而优以男为之。优孟为孙叔敖衣冠,而楚王欲以为相;优施一舞,而孔子谓其笑君,则于言语之外,其调笑亦以动作行之;与后世之优颇复相类。后世戏剧,当自巫优二者出。惟古之俳优,但以歌舞及戏谑为事。自汉以后则间演故事。而合歌舞以演一事者,则始于北齐,如《兰陵王入阵曲》、《踏摇娘》,著于《旧唐书·音乐志》,皆有歌有舞以演一事。而前此虽有歌舞,未用之以演故事;虽演故事,未尝合以歌舞;不可谓非戏之创例也。唐代歌舞戏之外,又有滑稽戏。始于开元,盛于晚唐。其与歌舞戏不同者,则一以歌舞为主,一以言语为主;一则演故事,一则讽时事。一为应节之舞踏,一为随意之动作。此其异也。然后代之戏剧,必合言语、动作、歌唱以演一故事,而后戏剧之意义始全;故真戏剧必与戏曲相表里;而戏剧实滥觞于宋之歌曲也。宋之歌曲,其最通行而为人人所知者,是为词,亦谓之近体乐府,亦谓之长短句;宋人宴集,无不歌以侑觞;然大率徒歌而不舞。其歌舞相兼者,则谓之传踏,亦谓之转踏,亦谓之缠踏。其初恒以一曲连续歌之。然至汴宋之末,则其体渐变,先以引子,引子后只有两腔迎互循环。此外又有曲破与大曲,则曲之遍数虽多,然仍限于一曲。至合数曲而成一乐者,则自诸宫调始。诸宫调者,小说之支流,而被之以乐曲者也。

其所以名诸宫调者，则由宋人所用大曲，传踏不过一曲，其在同一宫调中甚明；惟此编每一宫调中，多或十馀曲，少或一二曲，即易他宫调；合若干宫调以咏一事，故曰诸宫调。今考周密《武林旧事》载官本杂剧段数二百八十本；其用普通词调大曲、法曲、诸宫调者，至一百五十本。其用大曲、法曲、诸宫调者，则曲之片数颇多，以敷衍一故事，自觉不难；而单用词调及曲调者，只有一曲，当以此曲循环敷衍，如传踏之例。则知南宋剧曲，实综合种种之乐曲。至成一定之体段，用一定之曲调，而百馀年间无敢逾越者，则元杂剧是也。自有元杂剧而后中国之真戏曲出。元杂剧之视前代戏曲之进步，约而言之，则有二焉。宋杂剧中用大曲者几半。大曲之为物，遍数虽多，然通前后为一曲，其次序不容颠倒，而字句不容增减；格律至严，运用不便。其用诸宫调者，则不拘于一曲，凡同在一宫调中之曲，皆可用之；顾一宫调中，虽或有联至十馀曲者，然大抵用二三曲而止；移宫换韵，转变至多；故于雄肆之处稍有欠焉。元杂剧则不然。每剧则用四折；四折之外，意有未尽，则以楔子足之；或在前，或在各折之间，每折易一宫调；每调中之曲，必在十曲以上，其视大曲为自由，而较诸宫调为雄肆。且于正宫之〔端正好〕、〔货郎儿〕、〔煞尾〕，仙吕宫之〔混江龙〕、〔后庭花〕、〔青歌儿〕、南吕宫之〔草池春〕、〔鹌鹑儿〕、〔黄钟尾〕，中吕宫之〔道和〕，双调之〔□□□〕、〔折桂令〕、〔梅花酒〕、〔尾声〕，共十四曲，皆字句不拘，可以增损。此乐曲上之进步也。其二则由叙事体而变为代言体也。宋人大曲，就现存者观之，皆为叙事体。金之诸宫调，虽有代言之处，而大体只可谓之叙事。犹元杂剧之为物，合动作、言语、歌唱三者而成；纪所歌唱者曰曲，纪动作者曰科，纪言语者曰宾曰白；自于科白中叙事，而曲文全为代言，亦不可谓非戏曲上一大进步也。然元剧所用曲,仍不出宋杂剧,或出普通词调,或出大曲,或出诸宫调;而诸曲配置之法,亦有如传踏之以二曲迎互循环者;其事实之取材于宋杂本官剧者尤不少。然则元曲之佳处何在?曰:'自然而已矣!'古今之大文学,无不以自然胜,而莫著于《元曲》。盖元剧之作者,其人均非有名位学问也;其作剧也,非有藏之名山,传之其人之意也。彼以意兴之所至,为之以自娱娱人。关目之拙劣,所不问也;思想之卑陋,所不讳也;人物之矛盾,所不顾也。彼但摹写其胸中之感想与时代之情状;而真挚之理与秀杰之气,时流露于其间。故谓元曲为中国最自然之文学,无不可也!明以后传奇无非喜剧,而元则有悲剧在其中;就其存者言之,如《汉宫秋》、《梧桐雨》、《西蜀梦》、《火烧介子推》、《张千赞杀妻》等,初无所谓先离后合,始困终亨之事也。其最有悲剧之性质者,则如关汉卿之《窦娥冤》,纪君祥之《赵氏孤儿》;即列之于世界大悲剧中,亦无愧色也。元剧关目之拙,固不待言,此由当日未尝重视此事;故往往互相蹈袭,或草草为之。然如武汉臣之《老生儿》,关汉卿之《救风尘》,其布置结构,亦极意匠惨淡之致。然元剧最佳之处,不在其思想结构,而在其文章;其文章之妙,亦一言以蔽之,曰:'有意境而已矣!'何以谓之有意境?曰'写情则沁人心脾','写景则在人耳目','述事则如其口出'是也。古诗词之佳者,无不如是。元曲亦然。其言情述事之佳者,如关汉卿《谢天香》第三折:

〔正官端正好〕我往常在风尘,为歌妓,不过多见了几个筵席,到家来仍作个自由鬼。今日倒落在无底磨,牢笼内!

马致远《任风子》第二折:

〔正宫端正好〕添酒力,晚风凉!助杀气,秋云暮!尚兀自脚趔趄,醉眼模糊。他化的俺一方之地都食素。单则是俺这杀生的无缘度。

语语明白如话,而言外有无穷之意。又如《窦娥冤》第二折:

　　〔斗虾蟆〕空悲戚,没理会。人生死,是轮回!感着这般疾病,值着这般时势!可是风寒暑湿,或是饥饱劳役,各人证候自知。人命关天关地,别人怎生替得;寿数非干一世!相守三朝五夕,说甚一家一计。又无羊酒缎匹,又无花红财礼;把手为活过日,撒手如同休弃。不是窦娥忤逆,生怕旁人论议。不如听咱劝你,认过自家悔气;割舍的一具棺材,停置几件布帛,收拾出了咱家门里,送入他家坟地!这不是你那从小儿年纪指脚的夫妻。我其实不关亲,无半点凄怆泪。休得要心如醉,意似痴,便这等嗟嗟怨怨,哭哭啼啼!

此一曲直是宾白,令人忘其为曲。元初所谓当行家,大率如此。至中叶以后,已罕觏矣。其写男女离别之情者,如郑光祖《倩女离魂》第三折:

　　〔醉春风〕空服遍甋眩药,不能痊,知他这腌臜病何日起?要好时直等的见他时!也只为这症候因他上得!一会家缥缈呵,忘了魂灵;一会家精细呵,使着躯壳;一会家混沌呵,不知天地!

　　〔迎仙客〕日长也,愁更长!红稀也,信尤稀!春归也,奄然人未归!我则道相别也,数十年!我则道相隔着数万里。为数归期,则那竹院里刻遍琅玕翠。

此种词如弹丸脱手,后人无能为役。至写景之工者,则马致远之《汉宫秋》第三折:

〔梅花酒〕呀!对着这迥野凄凉,草色已添黄,兔起早迎霜,犬褪得毛苍。人撷起缨枪,马负着行装,车运着糇粮,打猎起围场。他,他,他,伤心辞汉主!我,我,我,携手上河梁。他部从,入穷荒;我銮舆,返咸阳!返咸阳,过宫墙。过宫墙,绕回廊。绕回廊,近椒房。近椒房,月昏黄。月昏黄,夜生凉!夜生凉,泣寒螀。泣寒螀,绿纱窗。绿纱窗,不思量!

〔收江南〕呀!不思量,便是铁心肠!铁心肠,也愁泪滴千行。美人图今夜挂昭阳。我那里供养,便是我高烧银烛照红妆。

(尚书云)陛下回銮罢!娘娘去远了也!(驾唱)

〔鸳鸯煞〕我煞大臣行,说一个推辞谎。又则怕笔尖儿那火编修讲。不见那花朵儿精神,怎趁那草地里风光!唱道伫立多时,徘徊半晌。猛听的塞雁南翔,呀呀的声嘹亮!却原来满目牛羊。是兀那载离恨之毡车,半坡里响!

以上数曲,直所谓'写情则沁人心脾','写景则在人耳目','述事则如其口出'者。第一期之元剧,虽浅深大小不同,而莫不有此意境也!古代文学之形容事物也,率用古语,其用俗语者绝无;又所用之字数,亦不甚多,独元曲以许用衬字故,故辄以许多俗语,或以

自然之声音形容之，此自古文学上所未有也！例如《西厢记》第四剧第四折：

〔雁儿落〕绿依依墙高柳半遮。静悄悄门掩清秋夜。疏剌剌林梢落叶风。昏惨惨云际穿窗月。

〔得胜令〕惊觉我的是颤巍巍竹影走龙蛇，虚飘飘庄周梦蝴蝶，絮叨叨促织儿无休歇，韵悠悠砧声儿断绝。痛煞煞伤别，意煎煎好梦儿应难舍，冷清清的咨嗟，娇滴滴玉人儿何处也！

此犹仅用三字也。其用四字者，如马致远《黄粱梦》第四折：

〔叨叨令〕我这里稳丕丕土坑上迷颩没腾的坐，那婆婆将粗剌剌陈米喜收希和的播！那蹇驴儿柳阴下舒着足乞留恶滥的卧，那汉子去脖项上婆娑没索的摸。你则早醒来了也么哥！你则早醒了也么哥！可正是窗前弹指时光过！

其更奇者，则如郑光祖《倩女离魂》第四折：

〔古水仙子〕全不想这姻亲是旧盟，则待教祅庙火刮刮匝匝烈焰生，将水面上鸳鸯忒楞楞腾分开交颈。疏剌剌沙鞴雕鞍撒了销鞚。厮琅琅汤偷香处喝号提铃。支楞楞争弦断了不续碧玉筝，吉丁丁珰精砖上摔破菱花镜，扑通通东井底坠银瓶。

又无名氏《货郎旦剧》第三折,则所用叠字,其数尤多!

〔货郎儿六转〕我则见黯黯惨惨天涯云布,万万点点潇湘夜雨;正值着窄窄狭狭、沟沟堑堑路崎岖。黑黑暗暗彤云布;赤留赤律、潇潇洒洒、断断续续、出出律律、急急鲁鲁阴云开处;霍霍闪闪电光星注。正值着飕飕摔摔风,淋淋渌渌雨,高高下下、凹凹答答一水模糊。扑扑簌簌、湿湿渌渌疏林人物,却便似一幅惨惨昏昏潇湘水墨图。

由是观之,则元剧实于新文体中自由使用新言语;在我国文学中,于《楚辞》、《内典》外,得此而三,然其源远在宋、金二代;不过至元而大成!其写景、抒情、述事之美,优足以当一代之文学;又以其自然,故能写当时政治及社会之情状,足以供史论家论世之资者不少。又曲中多用俗语,故宋、金、元三朝遗语所存甚多,辑而存之,理而董之,自足为一专书。此又言语学上之事,而非此书之所有事也。"盖国维之盛推元剧如此。自序其书曰:"一代有一代之文学。楚之骚,汉之赋,六代之骈语,唐之诗,宋之词,元之曲,皆所谓一代之文学,而后世莫继焉者也。独元人之曲,为时既近,托体稍卑,故两朝史志与《四库》集部均不著录。后世儒硕,皆鄙弃不复道。而为此学者,大率不学之徒;即有一二学子以馀力及之,亦未有能观其会通,窥其奥窔者。余读元人杂剧,以为能道人情,状物态,词彩俊拔,而出乎自然,盖古所未有,而后人不能仿佛也!辄思究其渊源,明其变化之迹,以为非求诸唐、宋、辽、金之文学,弗能得也!世之为此学者,自余始。其所贡于此学者,亦以《宋元戏曲史》一书为多。非吾辈才力过于古人,实以古人未尝为此学故也!"识者信其言之匪夸！然国维沈思于宋、元以来通俗文学者，先后不逾三年；盖未若治哲学之久也；而所获则远过之！国维治哲学，未尝溺新说而废旧闻；其治通俗文学，亦未尝尊俚辞而薄雅故。

迄辛亥国变，振玉挂冠神武门，避地东渡，航海走日本。国维则携家相从。振玉乃劝之专研国学，而先于小学训诂植其基，并与论学术得失，谓："尼山之学在信古。今人则信今而疑古。本朝学者疑《古文尚书》，疑《尚书孔注》，疑《家语》，所疑固未尝不当。及大名崔氏著《考信录》，则多疑所不必疑。至于晚近，变本加厉，至谓诸经皆出伪造。至欧西之学，其立论多似周、秦诸子。若尼采诸家学说，贱仁义，薄谦逊，非节制，欲创新文化以代旧文化；则流弊滋多。方今世论益歧，三千年之教泽，不绝如线；非矫枉不能返经。士生今日，万事不可为，拯此横流，舍反经信古末由也。君年方壮，予亦未至衰暮，守先待后，期与子共勉之！"国维闻而懔然，自怼以前所学未醇，乃取行箧《静安文集》百馀册，悉摧烧之，欲北面称弟子。自是又尽弃所治宋元文学，专攻经、史，日读注疏尽数卷，旁及古文字声韵之学，如是者数年！所造益深且醇。先振玉三年反国。振玉割藏书十之一赠之，送之神户，执国维手曰："以君进德之勇，异日以亭林相期矣！"迄以治殷墟龟甲文成名。而国维之学，于是为三变矣！其治殷墟甲骨文也，考之史事制度与文物以知其时代之情状；本之《诗》、《书》以求其文之义例；考之古音以通其义之假借；参之彝器以验其文字之变化。所撰《殷卜辞中所见先公先王考》及《殷周制度论》，义据精深，方法缜密，极考证家之能事；而于周代立制之源，及成王周公所以治天下之意，言之尤为真切。自来说诸经大义，未有如国维之贯串者。国维之学，于让清二百馀年中，最近歙县程瑶田易畴及吴县吴大澂愙斋。程氏所著书，以精识胜而以目验辅之；其时古文字古器物尚未大出，故局途虽启而运用未宏。吴氏之书，全据近出之文字器物以立言，其源出于程氏，而精博则逊之！国维识力不亚程氏，而步吴氏之轨躅，又当古文字古器物大出之世，故其规模大于程，而精博则过吴，能由文字声韵以考古代之制度文物，并其立制之所以然；其术在由博而反约，由疑而得信，务在不悖不惑，当于理而止。其于古人之学说亦然。国维尝谓："今之学者，于古人之制度文物学说无不疑；独不肯自疑其立说之根据。"有慨乎其言之也！孜孜兀兀，没身而止，都十五六年。生平治学，盖以考证学为至勤且久云！而处心积虑，所欲号于天下人人者，又志不在此。尝以为："自三代至于近世，道出于一而已。泰西通商以后，西学西政之书，输入中国，于是修身齐家治国平天下之道，乃出于二。光绪中叶，新说渐胜；逮辛亥之变，而中国之政治学术，几全为新说所统一矣。而原西说之所以风靡一世者，以其国家之富强也！然自欧战以后，欧洲诸强国情见势绌，道德堕落，本业衰微，货币低降，物价腾涌，工资之争斗日烈，危险之思想日多。……而中国此十馀年中，纪纲扫地，争夺频仍，财政穷蹙，国几不国者，其源亦半出于此。尝求其故，盖有二焉：西人以权利为天赋，以富强为国是，以竞争为当然，以进取为能事；是故挟其奇技淫巧，以肆其豪强兼并，更无知止知足之心，浸成不夺不餍之势。于是国与国相争，上与下相争，贫与富相争。凡昔之所以致富强者，今适为其自毙之具，此皆由贪之一字误之！此西说之害，根于心术者一也。中国立说，首贵用中。孔子称过犹不及，孟子恶举一废百。西人之说，大率过而失其中，执一而忘其馀者也。试言其尤著者：国以民为本，中外一也。先王知民之不能自治也，故立君以治之；君不能独治也，故设官以佐之；而又虑君与官吏之病民也，故立法以防制之;以此治民,是亦可矣!西人以是为不足,于是有立宪焉,有共和焉。然试问立宪共和之国,其政治果出于多数国民之公意乎,抑出于少数党人之意乎?民之不能自治,无中外一也;所异者,以党魁代君主,且多一贿赂奔走之弊而已!孔子言患不均,《大学》言平天下,古之为政,未有不以均平为务者;然其道不外重农抑末,禁止兼并而已。井田之法,口分之制,皆屡试而不能行,或行而不能久。西人则以是为不足,于是有社会主义焉,有共产主义焉。然此均产之事,将使国人共均之乎?抑委托少数人使均之乎?均产以后,将合全国之人而管理之乎?抑委托少数人使代理之乎?由前之说,则万万无此理。由后之说,则不均之事俄顷即见矣。……抑西人处事,皆欲以科学之法驭之。夫科学之所能驭者,空间也,时间也,物质也,人类与动植物之躯体也。然其结构愈复杂,则科学之律令愈不确实。至于人心之灵,及人类所构成之社会国家,则有民族之特性,数千年之历史与其周围之一切境遇,万不能以科学之法治之。而西人往往见其一而忘其他,故其道方而不能圆,往而不知反。此西说之弊,根于方法者二也。至西洋近百年中,自然科学与历史科学之进步,诚为深邃精密,然不过少数学问家用以研究物理,考证事实,琢磨心思,消遣岁月斯可矣!而自然科学之应用,又不胜其弊;西人兼并之烈,与工资之争,皆由科学为之羽翼。其无流弊如史地诸学者,亦犹富人之华服,大家之古玩,可以饰观瞻,而不足以养口体。是以欧战以后,彼土有识之士,乃转而崇拜东方之学术;非徒研究之,又信奉之;数年以来,欧洲诸大学议设东方学讲座者以数十计。德人之奉孔子、老子说者,至各成一团体。盖与民休息之术,莫尚于黄、老;而长治久安之道,莫备于周、孔;在我国为经验之良方,在彼土尤为对症之新药;是西人固已憬然于彼政学之流弊,而思所变计矣!我惛不知,乃见他人之落阱而辄追逐其后,争民施夺,处士横议,以共和始者,必以共产终。"垂涕而道,而世人不果所言,则见以为迂远而阔于事情!犹称其考古之学,为前无古人,后启来者。然征文考献,有裨文学;厥推阐扬元剧,开其筚路之功也。逊帝宣统钦其学行,赏食五品俸,赐紫禁城骑马,命检昭阳殿书籍,监定内府所藏古彝器。既而逊帝遁荒天津,国维受聘为清华研究院教授;以民国十六年四月,感时丧乱,自沈颐和园之昆明湖,于衣带中得遗墨曰:"五十之年,只欠一死!"海内识与不识,罔不惜其学而闵其愚;使不即死,所造未可量也。特是曲学之兴,国维治之三年,未若吴梅之劬以毕生;国维限于元曲,未若吴梅之集其大成;国维详其历史,未若吴梅之发其条例;国维赏其文学,未若吴梅之析其声律。而论曲学者,并世要推吴梅为大师云!

吴梅附童斐、王季烈、刘富梁、魏戫、姚华、任讷、卢前①

吴梅,字瞿安,一字灵鹣,又号霜崖。少有志治曲学,常曰:"诗文词曲并称。余谓诗文固难,而古今名集至多;且论文论诗诸作,指示极精。惟词曲最难从入;而曲为尤难。何者?词自南唐、两宋,名家著述,易于购取;学者有志,尚可探索。曲则自元以还,关、马、郑、白之作,不可全见;吴兴百种而外,存者不多。有明一代,名世者不过王于一、阮圆海二三十人;而其所作,已在有无之间。且填词宾白之法,素乏专书。词隐之《南词谱》、玄玉之《北词谱》不易得,所依据者不过《西厢》、《琵琶》数种而已。"以年十八作《风洞山传奇》。顾仅为其词而已,未能度曲也。心辄怏怏,尝谓:"欲明

---

① 原版标题如此,依行文,"任讷、卢前"当在"童斐"前。——编者注

曲理，须先唱曲；《隋书》所谓'弹曲多，则能造曲'是也。"吴中里老多善讴者，乃从问业；往往就曲中工尺旁谱，教以轻重疾徐之法。进叩所以。则曰："非余之所知也！且唱曲者可不问此。"顾梅意有不慊，遂取古今杂剧传奇，博览而详核之，积四五年，出与里老相问答，咸骇却走。里老中有俞宗海粟庐者，工为书，而度曲尤臻神妙；独与亲交。梅从之游，途径斯辟。会康有为、梁启超变政，事败，而有为之弟广仁与杨深秀、杨锐、林旭、刘光第、谭嗣同六人，骈戮都市；所谓六君子是也。梅闻而哀焉；为谱传奇，名曰《血花飞》。昭文黄振元为之序，而梅大父惧以文字贾祸，遂取其稿焚焉。既能度曲，乃核审律。所自得意者，尝为吴江陈去病题《徐寄鹿女史西泠悲秋图》，图为悲绍兴女子秋瑾之以革命被戮平墓而作者，用〔越调小桃红〕一套，其中《下山虎》，固举世所称难作者也。尝诵《幽闺记》中一支云："大家体面，委实多般，有眼何曾见，懒能向前。他那里弄盏传杯，恁般腼腆；这里新人忒煞虔。待推怎地展，主婚人不见怜。配合夫妻事，事非偶然。好恶姻缘总在天！"曲中"大"字及"懒能向前"句，"待推怎地展"句，"事非偶然"句，四声一字不可移易，而自以为题此一支之能因难见巧也，其辞曰：

半林夕照，照上峰腰。小冢冬青少；有柳丝数条。记麦饭香醪，清明拜扫。怎三尺孤坟，也守不牢！这冤怎样了！土中人，血泪抛；满地红心草，断魂可招。你敢也侠气阴风在这遭！

以较《幽闺记》，自诧青出于蓝焉。又尝作《双泪碑》传奇，仅成四折，未成书也。丹徒丁传靖者，亦工诗词；作《沧桑艳》、《霜天碧》二曲，词采葩发，才名甚盛；辄以贻梅。独梅规其不律，与之书曰：

琇甫足下：

　　承惠《沧桑艳》、《霜天碧》二曲，循诵再三，渲染点缀，雅近《倚晴》之境。就文而论，无可献疑。弟敢渎进一言于左右者：则以足下之才之大，苟范之以韵律而不逸于先正之规，虽玉茗百子犹将敛手，而惜夫出之之易也！夫杂剧之名，滥觞《宋志》。传奇之作，发轫金源。顾当时管器，专力弦索；所陈乐色，间以胡声；嘈杂缓急之间，南人至不能按。迨及元季，永嘉乃兴，扬关马之流风，创为院本；而伶官旧格，不尽餍一时士夫之心。于是君美、菊庄之徒斐然有作；乐府声调之遗，户工嘌唱之法，规模略具，堂奥斯成。然而对山募国工以正音，天池拜德明而按拍，龂龂刊黍，非故为其难也，盖郑重之也。足下丽藻天授，敢不心倾！弟所乐与足下商榷者，宫调与音韵之际耳。宫调者，六宫十一调也。音韵者，五音十九部也。凡所谓曲，必隶属于一宫一调；而声之抑扬高下，又各视其所隶之宫调以为衡。而此一宫一调之中，所隶诸曲，虽多至百数，其声之抑扬高下，能者早辨之于无声，初不必制谱而知之也。惟此宫调之意，尤各有所归。黄钟宜富贵缠绵也，则词之富丽者属之。仙吕宜清新绵邈也，则词之隽逸者属之。是故为词者，必先审其情势之哀乐而定之于一宫；复酌其牌名之繁简而归之于一套；然后晰其阴阳，辨其清浊，审其板之疏密，称其词之美恶；要归诸自然而已矣。能如是，则神而明之，存乎其人；即小德出入，明者亦无所吹求，此凌次仲所谓"传奇无定法"；而《清远》、《四梦》所以终难见诸场上也。至于音韵要守中州；周德清之说，惟供北词；范昆白之书，仅利南曲。真文庚清之分，齐微鱼模之辨，运用变化，惟在一心，深甫《大典》不足法焉！虽然,犹有难至者在也!引子过曲,人所尽知;而过曲有长短刚柔之殊,有近慢缓快之别。鼓色板格,又有疾徐正赠之不同。则至于斯者,惟因时制宜,操纵合度,不囿于势,不逸于范,竭吾力焉已耳;局促之与夏驾,安得谓之良马哉?弟少喜度曲,辄复倚声。往者刘君子庚屡述盛意,不图并世尚有斯人;岂知握手之期,即在此日,其愉快以为何如耶?用略陈其愚,惟垂察焉。

盖严于核律如此。顾虚衷博采,有工度曲者,辄造论得失。尝访仇涞之于金陵。金陵言度曲,仇为最,为歌《渡江》、《弹词》二折。梅以为口齿不如吴人;而转调换气,有广陵先正之规。仇意欢然。时民国初定,金陵以大都再遭兵祸;为语秦淮旧事。梅感其言,作北词〔折桂令〕曰:

记秦淮载酒曾过,画舸回灯,水榭听歌,欢事无多。河桥依旧,花月消磨。走青楼,揿不住新亭风火;渡清溪,填不平故国风波。回首蹉跎,十载如梭,说甚么金粉南朝,倒变做春梦东坡!

因即订谱歌之,一时闻者皆惘惘也。

初梅以精词曲,任北京大学文科教授,寻转任东南大学、广州中山大学、南京中央大学,所著有《顾曲麈谈》、《百嘉室曲选》、《南北九宫简谱》等书,皆论曲之作。其论词与曲之递变曰:"我国文学改变之迹,皆由自然,非一二大文豪所得左右其间也。自乐府不能按歌,而唐人始有词。太白、香山开其先,至飞卿而其艺遂著。南唐、两宋,更发挥光大之。于是词学乃独树一帜矣。金、元入主中原,旧词之格,往往于嘈杂缓急之间,不能尽按,遂糅杂方言,别立一格,名之曰曲;创始于董解元,而关汉卿、马东篱、郑德辉、白仁甫乃达其变。然则曲也者,为宋、金词调之别体。当南宋词家慢近盛行之时,即为北调榛莽胚胎之日。一时中原弦索,披靡天下;非复垂虹桥畔,浅斟低唱光景矣。'然则词之变而为曲,亦有端倪可寻乎?'曰:'有之,即宋时大曲是也。'宋人宴集,无不歌以侑觞;其歌以词一阕为率,其有连续歌此一阕者,如赵德麟之商调〔蝶恋花〕十章,咏《会真》之事,亦徒歌而不舞。其所以异于普通之词者,不过将此词牌叠用成套,以咏一事而已。宋时官本杂剧,皆以词牌选用成套,而《东京梦华录》载杂剧队舞之制极详;是已具搬演戏剧之性质矣。至《乐府雅词》又备录董颖《薄媚》大曲一套;其曲牌有'排遍'、'十攧'、'入破'、'虚催'、'衮遍'、'催拍'、'歇拍'、'煞衮'等名;更与《董西厢》及元人杂剧相类。而东坡〔哨遍〕隐括《归去来辞》,虽开代言之体,然以数曲代一人之言。且专赋吴越故事者,实自董颖此套为始。要之德麟〔蝶恋花〕十曲开董解元之先声;此套则为元套数杂剧之祖。故戏曲之极盛于金、元,实自宋词变化中来;而大曲尤为词与曲嬗蜕之显而易见者也。始也承两宋诗馀之格,而移易其声调,出辞渊雅,有类秦柳,是曰小令;赵闲闲〔青杏子〕、元遗山〔骤雨打新荷〕是也。继则沿宋人大曲之制,择同调各曲,联缀成篇;写怀赋物,各称其才,是曰散曲;张禄之《词林摘艳》,郭苍岩之《雍熙乐府》,凡所辑录者皆是也。此皆有辞而无科白者也。董解元《西厢》为诸宫调体,有白语矣;而科介则阙焉。科介具者有二:作北曲者为杂剧,作南曲者为传奇,至是戏剧之用始备矣!北剧极盛于元,南戏继起有明。而原南戏之兴,当在宋光宗朝,永嘉人作《赵贞女》、《王魁》二传,实为首唱。或云宣和间已有萌芽,至南渡时则盛行,号曰《永嘉杂剧》;其文字即本宋人词,而益以里巷歌谣,不协宫徵;士大夫罕有传习者!至元时,北剧蔚兴,南戏衰熄。追高则诚《琵琶传》出,尽洗胡元古鲁兀剌之风,而易之以缠绵顿宕之声;又得明高皇帝奖许,于是海内向风,别名为南曲;以元套杂剧为北曲,而相骖靳。此一时也,澉川杨康惠公梓得贯云石之传,尝作《豫让》、《霍光》、《尉迟敬德》诸剧,流传宇内,与中原弦索抗行。而长子国材复与鲜于去矜交游,以乐府世其家,总得南声之秘奥,别创新音,号为海盐调;江西两京间翕然和之。此一时也。嘉、隆间,太仓魏良辅、昆山梁辰鱼以善讴名吴下。良辅探讨声韵,坐卧一小楼者十馀年,考订琵琶板式,造水磨调,辰鱼作《浣纱记》付之,流丽稳协,天下始有清音,号曰昆曲;历世三百,莫不俯首倾耳,奉为雅乐。此犹宋代嘌唱家用就旧声而加以泛艳者也。此又一时也。明之中叶,杂剧亦用南词,传奇间取北曲者,此又事之变也,不可绳之以法也。自明以来,南词特盛;论其高下,派别攸分。《荆》、《刘》、《拜》、《杀》,谐俗者也;《香囊》、《玉玦》,藻丽者也。汤奉常之新颖,沈寿宁之古拙,吴石渠之雅洁,范香令之工练,协律修词,并足为法。逊清一代,高莫如东塘,大莫如昉思。《藏园》、《湖上》,虽雅郑不同,非二家之敌也,夫声歌之道,远本风诗。体格之尊,俨若乐府。自艳语赠答,动乖典章;才士寄情,不辞猥亵;君子观之,辄复鄙弃。抑知雕绘物情,模拟人理,极宇宙之变态,为文章之奇观;又乌可以小技薄之也哉!"

又论词与曲之别曰:"今人言声歌之道,辄将词曲并举,一若二者无异;此不知音者之言也!七音十二律,互乘为八十四调;以宫乘律为宫,以其他六音律为调,而以限定乐器管色之高低,无论词曲一也。惟按歌则大不同。诸词皆一字一音，初无繁声介乎其中，与朱子所述《鹿鸣》、《四牡》等十二章诗谱，按之相合；是与北曲之驰骤，南曲之柔峭，绝不相类。此其异于按歌者一也。至于用韵，曲尤谨严。盖填曲之韵，既非诗韵，又非词韵，其间去取分合，大抵以入声分派三声，而各将一韵分清阴阳；如世传之《中原音韵》与《中州音韵》皆是也。大凡词韵与曲韵相异者，词中所用入韵有协入三声者，有独用入声者，故万不可守入派三声之例，则入声一部，断不能缺；此曲家所以不可用词韵也。且词韵支思与齐微合并为一；居鱼、苏模二韵，寒山、桓欢、先天三韵，家麻、车遮二韵，艳咸、廉纤二韵，亦合而为一。而曲则各判畛域，不可假借；以开口与闭口，出音各殊；鼻音与颚音，吐字宜细。盖不分析，则发音不纯，起调毕曲，无所归宿矣。惟曲韵亦有较诗词宽者，诗则东与冬不能混，萧与豪又不能相合。词虽略宽，顾如魂元之类，有时亦稍当区别。而曲则江阳一致，庚亭不分；宜合平上去三声而共用之，选韵尤绰有馀地，固诗与词所万万不能者也。此其异于用韵者二也。词之长调，意内言外。自宋以来，作者虽多，而论其体例，止有小令、中令、长调之分耳。按诸起调毕曲之说，则首韵与两结韵，各宜慎重下字。然曲则注重在尾格；而每注之起毕，反不必斤斤焉。一支者名小令；二支四支者名重头；全套有尾者名散套；其繁简多寡，与词大异。此其异在结构者三也。词之作法，不论小令、中调、长调，一言以蔽之，曰雅而已矣。曲则有雅有俗。何也？词无角目，曲有角目也。两宋名词具在，大抵主宾酬酢，皓齿一转而已；但冀一牌脱稿，即可引吭发声，初无套数之多少，更无忠佞之分配也。曲则有清曲、戏曲之分。清曲与词尚近，无容费辞；剧曲则邪正贤奸，最宜分析。然而生旦之神情易写，净丑之口吻难描。旧传奇中,净丑诸曲,往往失之太雅,不合本相;不知净丑多市井小人,非若生旦之可以文言见长;身不读书,何能以才语相向乎?是误以作词之法作曲也。此其异在填词者四也。今人混曰'词曲',宁非与于不知言之甚者耶!"

又论南曲与北曲之别曰:"王元美曰:'南曲重板眼,北曲重弦索。南字少而调缓,缓处见眼;北字多而调促,促处见筋。南主柔媚,北主刚劲。南宜独奏,北宜和歌。'此说极是!惟北曲有倍难于南者,北词调促而辞繁,下词至难稳惬;而衬字无定法,板式无定律,初学填词,几于无从入手。不如南曲之衬字不多,且有一定格式。检南词定律,正衬分明;若北曲,则诸家所定之谱,颇有出入,偶一较对,何去何从。清初如《大成宫谱》、《钦定曲谱》之类,虽多所发明;而按诸名家之说;其间尚费斟酌。至《啸馀谱》、《吴骚合编》等书,于北词往往不点板式;而以衬作正,以正误衬,不一而足;令人无从遵守。惟近来时伶,熟习诸套,若者为衬,若者为正;谱中聚讼之处,可就脚本之工尺旁谱中决之。此其难在填词者一也。且北曲不尚词藻,专重白描;胡元方言,尤须熟悉;句法字法,别有一种蹊径;与南曲之温柔典雅,大相悬绝。如《西厢》'系春心情短柳丝长,隔花阴人远天涯近!'语妙今古。顾在当时,不甚以此等艳语为然,谓之行家生活,即明人谓'案头之曲',非'场中之曲'也。实甫如'颠不剌的见了万千,似这般可喜娘罕曾见',及'鹘伶渌老不寻常'等语,却是当行出色!故作南曲,词章佳者尚易动笔;若作北曲,则语语不可夹入词赋话头,以俚俗为文雅;虽词章才子,对此无所措手矣!试遍检明、清传奇,南曲佳者至多,北词佳者绝少,皆坐此病。昔洪昉思与吴舒凫论填词之法。舒凫云:'须令人无从浓圈密点。'时昉思女在座曰:'如此则天下能有几人可造此诣!'此其难在本色者二也。且北曲无唱入声,而以入声诸字俱派入三声;盖以北人言语,本无入声;故唱曲亦无入声也。然必分派入三声者,何也?北曲之妙,全在于此;盖入声本不可唱,唱而引长其声,即是平声。南曲唱入声无长腔,出字即断;其间有引长其声者,皆平声也。何则?南曲唱法以和顺为主,出声吐腔,重在字头,不必四声凿凿,故可稍为假借。至北曲则平自平,上自上,去自去,字字清真,出声、过声、收声,守定《中原音韵》,分毫不可假借;故唱入声,亦必审其字势该近何声,及可读何声,派定唱法;出声之际,历历分明,亦如三声之本音不可移易;然后唱者有所执持,听者分明辨别。此其难在唱入声者三也。故曰'南曲易,北曲难'也。然亦有北曲可不求工,而南曲不可不求工者,即宾白一事是。元人杂剧,以宾白叙事,以词曲写情,故每折之首,先将一折中人出场齐备,说明事迹何若,而后作大套长曲;及其演串登场,歌者自歌,白者自白;一人居中司歌,其宾白诸人环侍左右;先令宾白者出场,两旁分立;待此一折中人齐集以后,然后正末登场,引吭而歌;众人或和歌,或介白。是故宾白在元剧,仅为点清眉目而设,不必求工;即每折抹去宾白,亦无不可。昆调悠扬,一字可数转,虽数人分唱,而仍苦其劳;故曲中宾白,万不可少;一则节唱者之劳,二则宣曲文之意;非若元剧止供和声介曲之用也。且元人各曲,善用腾挪之法;每一套中,其开手数曲,辄尽力装点饱满;而于本事上,入手时不即擒题;须四五曲后方才说到;是一套之曲,不啻一篇文字;不必换一曲牌,更另换一意思也,故视宾白为无足轻重。南曲则一套之中,唱者既系多人,意境势难合一;不独生旦同场,必须分清口角;即同是一生,同是一旦,措词亦各有分寸;名为一套,实则一曲之意;而于关捩转折之际,能显其优美之趣者,则全在乎宾白。曲中词曲,歌时丝竹嗷嘈,一时未必即能领会;十分佳妙,只显七分;而宾白则一时一语,人人皆知,不分雅俗;每当笔酣墨饱之时,常有因得一二句好白,而使词曲亦十分畅达,加倍生色者。如《牡丹亭·惊梦》折白曰:'好天气也。'以下便接〔步步娇〕'袅晴丝吹来闲庭院'一曲,可谓妙矣!试思若无'天气'二字,此曲如何接得上?又云'不到园林,怎知春色如许',以下便接〔皂罗袍〕'原来姹紫嫣红开遍'一曲;试思若无'不到园林'二语,曲中'原来'云云,如何可接?斯其显而易见者矣。"

又论北曲之宜知务头曰:"务头者,曲中平上去三音联串之处也,如七字句,则第三第四第五之三字,不可用同一之音;大抵阳去与阴上相连,阴上与阳平相连,或阴去与阳上相连,阳上与阴平相连亦可;每一曲中,必须有三音相连之一二语,或二音相连之一二语,此即为务头处。周德清《中原音韵》论务头曰:'要知某调某白字是务头,可施俊语于其上。'盖填词家宜知某调某句某字作务头,而施以俊语也。换言之,谓当先自定以某句某字为务头,定其去上,析其阴阳,而用俊语实之;不可拘牵四声阴阳之故,遂致文理不顺也。"

又论南曲之宜检板式曰:"板拍所以为曲中之节奏。北曲无定式,视文中衬字之多少以为衡,所谓死腔活板,是也。南曲则每宫每支,除引子及本宫赚不是路外,无一不立有定式。如仙吕宫之〔河传序〕共三十二板,〔桂枝香〕二十三板,其下板处,各有一定不可移动之处,谓之板式。文人善歌者少,往往不明板式之理,或任意多加衬字;以致上一板与下一板相隔太远;遂令唱者赶板不及,甚者落腔出调者,皆填词时不检板式之病也。未填词之先,必先将欲填之曲检出,细察此曲之板式,其疏密若何;若板式至简,或上句之末一板与下句之第一板中间间隔多字者,则下句之首万不可再加衬字矣!"

又论字音与曲调之殊曰:"声中字音,以上声为最高;而在曲调中则上声诸字,反处极低之度。又去声之音,读之似觉最低;不知在曲调中,则去声最易发调,最易动听。故逢去上两字连用之处,用去上者必佳,用上去者次之;所谓卑亢之间,最难联贯也。凡事自上而下较易,自下而上较难。自去声至上声,由上而下也;自上声至去声,由下而上也。所以去上之声,必优美于上去。总之就曲调之高低,以律字音之卑亢。调之低者,宜用上声字,调之高者,宜用去声字;而上声字能少用,则所填诸词,无不可被管弦者矣!尝怪古今曲家自金源以迄今日,其间享大名者不下数百人;所作诸曲,其脍炙人口者亦不下数十种。而独于填词之道则阙焉不论,遂使千古下人,欲求一成法而不可得。于是宗《西厢》者以妍媚自喜,宗《琵琶》者以朴素自高,而于分宫配调、位置角目、安顿排场诸法,悉委诸伶工,而其道益以不彰;虽有《中原音韵》及《九宫曲谱》二书,亦止供案头之用,不足为场上之资。"自以少时潜心于此,叩之曲家,卒无人晓示本末者!既钻究有会,乃喟然曰:"曲学之所以不昌者,无他,在识曲者之务自秘而已矣。从来文章之事,就其高深言之,各有见到之处,父不能传诸子,师不能传诸弟,此固难言!惟规矩准绳,必须耳提面命,才能有所步趋。今一切不讲,使人暗中扪索,在秘而不宣者,以为填词之法,非尽人所能;且此法无人授我,我岂肯独传于人?宁箝吾舌,使人莫明其妙,而吾略为指点之,则人将以关、马、郑、白尊我矣!此所以迄无成书也。夫文章,天下之公器,非我之所能独私;何必靳而不与至如是哉?"故不惮罄竭所晓,苦心分明,启曲学之径途,诏来者以不诬焉。爰斥专知,撷共喻，而撰其要著于篇。

梅藏曲之富，一时无两。盖南北遨游，手自搜罗者垂二十年，益以朋好所诒，弟子所录，架积日多，盖六百种。尝谓："曲虽小伎，艺兼声文。往昔明嘉、隆间金陵唐氏有《富春堂》演剧百种，万历中吴兴臧氏有《雕虫馆元曲选》，崇祯末海虞毛氏有《汲古阁六十种曲》，近二十年中，贵池刘世珩、武进董康复有《汇刻传奇》及《十段锦》、《盛明杂剧》等诸刊本。网罗放失，可谓勤矣。顾《富春》、《汲古》二本，稀如星凤，未易购求。《雕虫》旧椠，虽有复刊，而流传未广。刘、董两家，刊印颇精，而散曲不多，终嫌漏略。"因辑所藏，刊其尤者，曰《奢摩他室曲丛》，凡一百五十种，分散曲、杂剧、传奇三类。臧、毛等辑，仅具一体，固未足与拟；而《散曲丛书》，自来无刊。兹分别集、总集两目，体类大备；盖著录之所未睹也！

凡散曲之属十一：曰《小山小令》，曰《梦符小令》，以上乾隆重刻嘉靖本。曰《楼居乐府》，嘉靖常评事集本。曰《碧山乐府》，曰《南曲次韵》，以上崇祯张宗孟本。曰《浮海堂词稿》，影钞嘉靖本。曰《击筑馀音》，旧钞本。此散曲别集之属也；曰《词林摘艳》，嘉靖吴江张氏本。曰《南词韵选》，吴江沈氏原本。曰《吴骚合编》，武林张楚叔刻本。曰《太霞新奏》，影钞江南图书馆藏崇祯刻本。此散曲总集之属也。

凡杂剧之属六十五：曰《风云会》，曰《蓝采和》，曰《赤壁赋》，曰《野猿听经》，曰《豫让吞炭》，以上影钞嘉靖本。曰《桃源景》，曰《常椿寿》，曰《香囊怨》，曰《复落娼》，曰《得驺虞》，曰《仗义疏财》，曰《踏雪寻梅》，曰《团圆梦》，曰《牡丹品》，曰《牡丹园》，曰《牡丹仙》，曰《继母大贤》，曰《仙官庆寿》，曰《庆朔堂》，曰《悟真如》，曰《曲江池》，曰《烟花梦》，曰《豹子和尚》，曰《小桃红》，曰《乔断鬼》，曰《半夜朝元》，曰《八仙庆寿》，曰《蟠桃会》，曰《辰钩月》，以上宣德宪藩本。曰《不伏老》，曰《僧尼共犯》，以上影钞嘉靖本。曰《游春记》，曰《中山狼》，以上崇祯张宗孟本。曰《歌代啸》，影钞本。曰《驾座记》，曰《寒衣记》，以上影钞嘉靖本。曰《红纱》，曰《碧纱》，曰《挑灯剧》，以上倘湖小筑本。曰《鸳鸯梦》，午梦堂本。曰《西楼剑啸》，钞袁箨庵自订西楼本。曰《祭皋陶》，安雅堂全集本。曰《坦庵四种》，坦庵自刻本。曰《后四声猿四种》，旧钞本。曰《春水轩九种》，赐锦楼本。曰《四大痴四种》，山水邻本。凡传奇之属七十六，曰《琵琶》，曰《幽闺》，以上陈眉公评本。曰《荆钗》，李卓吾评本。曰《三元》，曰《和戎》，以上富春堂本。曰《葵花》，曰《剑舟》，以上广庆堂本。曰《青楼》，曰《目连救母》，以上富春堂本。曰《凤求凰》，曰《花筵赚》，曰《长命缕》，以上山水邻本。曰《还魂》，冰丝馆本。曰《紫钗》，竹林堂本。曰《邯郸》，独深居本。曰《南柯》，玉茗堂集本。曰《紫箫》，汲古阁本。曰《红梅》，玉茗堂评本。曰《碧珠》，万历刊本。曰《东郭》，曰《醉乡》，以上白雪斋本。曰《红梨》，洛诵生原刻本。曰《红梨》，快活庵评本。曰《新灌园》，曰《女丈夫》，曰《梦磊》，曰《洒雪堂》，曰《精忠旗》，曰《量江记》，曰《酒家佣》，曰《楚江情》，曰《双雄》，曰《万事足》，以上墨憨斋重订本。曰《绿牡丹》，曰《画中人》，曰《西园》，曰《疗妒羹》，以上两衡堂本。曰《情邮》，粲花斋初刻本。曰《快活三》，乾隆内府钞本。曰《息宰河》，且居初印本。曰《异梦》，玉茗堂评本。曰《题塔》，万历刻本。曰《彩舟》，曰《投桃》，以上环翠堂原刻本。曰《珊瑚玦》，曰《双忠庙》，曰《元宝媒》，以上容居堂原刻本。曰《广寒香》，书带草堂本。曰《眉山秀》，一笠庵原刻本。曰《双金榜》，曰《燕子笺》，曰《春灯谜》，曰《牟尼合》，以上石巢园原刻本。曰《偷甲》，曰《双锤》，曰《鱼篮》，曰《万全》，曰《十醋》，曰《双瑞》，曰《四元》，以上金陵坊刻。曰《乞巧》，康熙刻本。曰《香草吟》，曰《载花舲》，以上曲波园原刻本。曰《芙蓉楼》，双溪原刻本。曰《空青石》，曰《念八翻》,曰《风流棒》,以上棃花别墅原刻本。曰《扬州梦》,曰《双报应》,以上葭秋堂原刻本。曰《珊瑚鞭》,穿柳堂原刻本。曰《称人心》,曰《蝶归楼》,以上旧钞本。曰《报恩缘》,曰《才人福》,曰《文星榜》,以上古香林原刻本。曰《伏虎韬》,奢摩他室钞本。

尽发所藏,播之儒林。百五十种中,如《词林摘艳》、《太霞新奏》、诚斋诸剧、桐威四种,皆词林逸品,曲苑鸿篇,向传其名,罕睹其籍!而梅搜采所及,别集总集,则取才尚精;杂剧传奇,则选录从广。作者寓意,不厌详求,遗事轶闻,附书简末。朱祖谋之《彊村词编》,及梅之《曲丛》一刻,咸稽古葺佚,蔚为巨观,而骈峙于当代。文章之囿,于是为不落寞矣!所自为曲,曰《霜厓四剧》:一《湘真阁》,二《无价值》,三《西台恸哭记》,四《惆怅爨》。而《惆怅爨》子目又四类:一云《香山老出放杨柳枝》,一云《湖州守乾作风月司》,一云《高子勉题情围香曲》,一云《陆务观寄怨钗凤词》。模写物态,雕绘人事,濡染既广,吐属自俊。而弟子传其学者,有江都任讷仲敏,从梅游,就奢摩他室居,尽发藏曲读之,纂《读曲概录》五册。江宁卢前冀野,亦梅弟子也;著有《饮虹五种曲》,曰《琵琶赚》、《茱萸会》、《无为州》、《仇宛娘》、《燕子僧》。梅为序之曰:"近世工词者或不工曲;至北词则绝响久。君五折皆俊语,不拾南人馀唾,高者几与元贤抗行!"民国二十一年一月,日人犯我上海,以焚商务印书馆;而梅之《奢摩他室曲丛》毁焉,精椠中辍,学者所恫!而前则承其绪业,专治令套,搜罗孤本,汇刊二十七种,曰《饮虹簃所刻曲》云。宜兴童斐伯章,亦以文人而工度曲,引商刻羽,细校毫芒;纂有《中乐寻源》一书,备论八十四调之原,乐器弦管之法,以及聆音作谱之方,复取古代旧谱,一一为之厘订,上自《关雎》,下至唐诗宋词南北曲,粲然毕具。梅读之而称曰:"苏祇婆琵琶入中国,适当雅乐亡佚之时，四旦二十八调，为后世言燕乐者之祖。惟七角调名，大抵居吟宫之位，非角调之正声，尝疑而不得其解；及读斐所著《论琵琶借角》之说，始悟南北词之角调，皆沿琵琶旧称；而古时七角正音，转多堙晦。得斐一言而深谷峭壁，夷为康庄，不亦大可快耶！昔凌氏《燕乐考原》，陈氏《声律通考》，所论金元乐名之异同，宫调正犯之要妙，多有前人未发者。顾释理而遗器，审音而略谱，未能如斐之明且备！"然斐于梅十年以长，而致推梅为能自力，非己所逮也！又有梅同县人曰王季烈君九者，尝论昆曲之在今日，其优于他种歌曲者：一曰文词之典雅，二曰音调之纡徐，三曰字音之正确，四曰口诀之细密。顾此四端，一人之精力，未必能悉行精究，则不妨分途程功。长于文藻者任制曲之事，精于音律者任谱曲之事，耳聪口敏嗓亮者任度曲之事。合此三种人才精心研究，始得尽昆曲之能事也！论构成昆曲之次第，则先填词，次制谱，而后度曲。然论习昆曲之次第，则须先习度曲，而后学填词制谱；盖不习度曲，则曲牌之选择，衬字之安放，四声之布置，决不能得其宜；纵使曲文极佳，而不能被之管弦。因著《螾庐曲谈》四卷。先度曲，次制曲，次谱曲，终乃论其源流沿革；而尤精审曲谱。以俗工沿误，有乖正音，与嘉兴刘富梁凤叔辑《集成曲谱》一书，都四百馀折：选戏剧，则采曲律词章之兼善；订宫谱，则求古律俗耳之并宜；曲文曲牌，皆悉心订正；小眼宾白，一一详载；锣段笛色，无不注明；斯足集曲谱之大成，示学者以指南。而吴梅《奢摩他室曲丛》之刊，则尝索序季烈，而以冠编首焉。盖吴中曲学，启筚路自俞宗海；而金声玉振以吴梅及季烈；歌场坛坫，大江以南，莫与京也！山阴魏緘铁三、贵筑姚华茫父，亦以能文章、审曲律有名当世。姚华纂《菉猗室曲话》，校订毛晋刻《六十种曲》极核也。而王季烈之刻《集成曲谱》，魏緘序焉。然皆不如梅之著名。

梅为南社社员之一。而南社者，创始于让清光绪己酉，为东南革命诸巨子所组合；虽衡政好言革命，而文学依然笃古。诗唱唐音，不尚西江；文喜捵藻，亦非桐城；无一定宗派，初以推倒满清为主，故多叫嚣亢厉之音。又一派则喜敩为龚自珍之体，徒为貌似而失其胜概！其下者，更辞无涓选，殊足为玷。但就其铮铮者而论，亦足各自成家。其尤著者：慈利吴恭亨悔晦、醴陵傅熊湘钝根、成都吴虞又陵、吴江陈去病佩忍、柳弃疾亚子、泾县胡蕴玉朴庵以诗文；香山苏玄瑛曼殊、山阴诸宗壮贞长、顺德黄节晦闻、番禺沈宗畸太侔、潘飞声兰史以诗；淳安邵瑞彭次公、馀杭徐珂仲可、无锡王蕴章西神以词；顺德蔡有守哲夫以金石书画；而梅以曲；各以所能擅闻于世，称矫矫者，亦文章之渊薮，而儒者之林囿也。始发起者，陈去病、柳弃疾及松江高旭天梅；而柳弃疾连被推为社长，春秋佳日，必为文酒之会。其地则在上海之愚园者为多；岁汇所著，出《南社丛刊》两巨帙，分诗文词选三种，已刊至二十馀集。其中多愤世嫉时，慷慨悲歌之作，与少陵诗史相近也。它如善化黄兴克强、桃源宋教仁渔父、三原于右任、广东汪兆铭精卫之徒，皆一时政雄，而隶籍南社，焜耀斯世焉！谨援《明史·文苑传》附纪复社、几社之例，附于末。

下编 新文学

一　新民体

当代之文,理融欧亚,词驳今古,几如五光十色,不可方物!而要其大别,曰古文学,曰今文学,二者而已。谭古文学者,或远祧中古以上,或近祢近古而还。王闿运,章炳麟、刘师培、李详、孙德谦、苏玄瑛之文与诗,盖远祧中古以上者。其近祢近古而还者,文则有王树枏、贺涛、马其昶之为湘乡,姚永朴、永概兄弟及林纾之为桐城派焉。诗则有易顺鼎、樊增祥、杨圻之中、晚唐,陈三立、郑孝胥、陈衍之宋诗焉。词则有朱祖谋、况周颐之为常州派焉。曲则有王国维、吴梅之治元剧焉。此古文学之流别也。论今文学之流别:有开通俗之文言者,曰康有为、梁启超。有创逻辑之古文者,曰严复、章士钊。有倡白话之诗文者,曰胡适。五人之中,康有为辈行最先,名亦极高;三十年来国内政治学术之剧变,罔不以有为为前驱。而文章之革新,亦自有为启其机括焉!

康有为 附简朝亮、徐勤

有为,康氏,原名祖诒,字广厦,号长素,广东南海人。世以理学传家,为粤名族。祖赞修,官连州教谕,治程朱之学;多士矜式。父达初,早卒,乃受教于大父,授以书,过目不忘。七岁,能属文,有志于圣贤之学。里党传以为笑,戏号之曰"圣人为";盖以其开口辄曰"圣人圣人",故冠于名以为谑也。有为以十九岁丧大父。年十八始游同县朱次琦之门,受学焉。次琦,粤中大儒也;湛深经术,其学根柢于宋儒,而以经世致用为主;穷理治事,刮磨汉、宋纷纭之见,惟尚躬行。一出为山西襄陵令,出则徒步,入则薑盐,朝饔夕飧,皆三十钱;终身布袍;朴学高行,学者翕然宗之。其弟子有名者,厥称顺德简朝亮及有为。朝亮坚苦笃实,壹慕其师;所注《论语》、《尚书》,折衷汉、宋而抉其粹,最为次琦高弟。而有为则诡诞敢大言,异于朝亮;言学杂佛耶,又好称西汉今文微言大义,能为深沈瑰伟之思,实思想革新者之前驱!而发为文章,则糅经语、子史语,旁及外国佛语、耶教语,以至声光化电诸科学语,而冶以一炉,利以排偶;桐城义法至有为乃残坏无馀,恣纵不傥;厥为后来梁启超新民体之所由昉。学问文章,不尽类次琦也。然生平言学必推次琦。次琦著书,晚岁皆自焚之;既卒三十年,其子之绂辑佚,凡诗二十卷,文数十篇;而有为乃序之以显大其学。其辞曰:

> 以躬行为宗,以无欲为尚,气节摩青苍;穷极问学,舍汉释宋,原本孔子,而以经世救民为归;古之学术有在于是者,则吾师朱九江先生以之。先生令山西襄陵百九十日,政化大行,以巡抚某为某亲王嬖人,拂衣归。讲学于其九江乡礼山草堂垂三十年。先生为先祖连州公之友,先君知县公与伯叔父两广文公皆捧杖受业。有为未冠,以回、参之列,辟咡受学,则先生年垂七十矣!望之凝凝如山岳,即之温温如醇酒;硕德高风,不言而化,兴起奋发于不自知焉!乃知以德化人之远也!先生授学者以四行五学。四行:一曰敦行孝弟,二曰崇尚名节,三曰变化气质,四曰检摄威仪。五学:一曰经,二曰史,三曰掌

故,四曰义理,五曰词章。日一登堂讲学,诸生敬侍,威仪严肃。先生博闻强记,不挟一卷,而征引群书,贯穿讽诵,不遗只字;学者录之,即可成书一卷;今所传《礼山讲义》,是也。然十不能得六七。至夫大义所关,名节所系,气盛频赤,大声震堂壁;听者悚然。为才质无似,粗闻大道之传,决以圣人为可学,而尽弃俗学;自此始也。先生天才敏隽,少以神童闻于粤。方十三龄,仪征阮文达督粤而召之,试诗而大惊!辟学海堂,授为都讲。沈浸经史掌故词章之学。凡吾粤长老,若曾勉士之经,侯君谟之史,谢兰生之词章,皆翕受而自得之;旁及金石书画,罔不穷经极微。当是时,汉学方盛,饾饤为上,猎琐文而忘大谊,矜多闻而遗躬行。先生复识高行,独不蔽于俗;厉节行于后汉;探义理于宋人。既则舍康成,释紫阳,一一以孔子为归。其行如碧霄青云,悬崖峭壁;其德如粹玉馨兰,琴瑟彝鼎;其学如海,其文如山,高远深博,雄健正直;盖国朝二百年来,大贤巨儒,未之有比也。黎洲精矣,而奇佚气多;船山深矣,而矫激太过!先生之学行,或于亭林为近似;而平实敦大过之。著书满家,以为所知,有《国朝学案》、《国朝名臣言行录》凡百卷;《蒙古记》、《晋乘》各数十卷;诗文数十卷;晚皆自焚之,世多疑焉。意者先生疾世之哗嚣,多以文学炫宠,而以身为法耶?夫言之不足化人久矣!文人之亡实多矣!天下无我是书,而教化遂以陵夷,人心遂以熄绝,则其书必当存也!天下无我是书,而教化亡大损,人心未至灭,则先圣先哲之遗书具在,循而行之,大道可宏,生民可救;则何以著作炫世乎?孔子曰:"予欲无言。"子思述《中庸》之末曰:"声色之以化民末也。上天之载,无声无臭,至矣!"先生之德,于是至矣!后之人受不言之教，以躬行为归，何必遗书！否则著书等身而中心薮愿，其书愈多，其名愈章，其坏风俗，败国家愈甚，是毒吾民也，奚取焉！予小子稍有所述作，每念先生焚书之旨，未尝不反省而悚然曰："吾岂有心欤？抑出不得已不忍人之心欤？其昔人曾发之而亡待己之喋喋欤？否则宜焚之也！"先生卒于光绪壬午之春，年七十五。诗文既尽焚，无一传，同门友营祠墓毕，议遗文。简广文竹居、胡茂才少恺皆博学高行，以先生恶表襮哗嚣，绍述遗旨，相约勿刻；至于今又垂三十年矣！虽然，令先生无一字流于后世，于先生至人之德，不言之教，则不背矣！于后人思慕之意，则非也。先生嗣子之绂明敏克家，搜辑先生佚诗文于乡里中，得《是汝师斋诗》一卷，《大疋堂诗集》一卷，皆三十岁前作；及佚文数十篇，皆书札为多；盖皆流传于外，先生无从焚者。先生之文雄深疋健，深入秦汉之奥；为今所为文，皆受法于先生。此率尔之文，少日之作，诚不足以见先生之万一！然丹凤一羽，夏鼎一足，得之亦为至宝！与其弃之，无宁过而存之！且大义亦时见焉。后之学者，稍闻遗训而瞻文采，不犹愈于无耶？故敢违先生之旨，负同门之约，刻而布之；诚知罪戾，不遑避矣！先生讳次琦，号稚圭，又字子襄，南海县人；道光丁未进士，行事详于《平阳水利碑》。用弁卷端。其《是汝师斋诗》，刻于粤之学海堂。光绪三十四年秋九月，弟子康有为记。

盖涌说次琦如此。然有为之学，从次琦入，而不从次琦出。次琦制行谨笃；而有为权奇自喜。次琦学宗程朱；而有为旁骛西汉，称微言大义，自负可为帝王师，言天下大计。早岁酷好《周礼》，尝贯穴之，著《政学通义》。后见井研廖平所著书，乃尽弃其旧说。廖平者，王闿运弟子。闿运以治《春秋公羊》闻于时。平受其学，著《四益馆经学丛书》十数种，阐今文家法，开蜀学；尝以其间来分校广雅书院。而有为之通《公羊》，明改制，盖染于平之说者为多也。有为最初所著书曰《新学伪经考》。"伪经"者，谓《周礼》、《逸礼》、《左传》及《诗》之《毛传》，凡西汉末刘歆所力争立博士者。"新学"者，谓新莽之学。时清儒诵法许、郑者，自号曰汉学。有为以为此新代之学，非汉代之学，故正其名曰新学；而《新学伪经考》之作，最其要旨：一曰："西汉经学，并无所谓古文者；凡古文皆刘歆伪作。"二曰："秦焚书，并未厄及《六经》，汉之十四博士所传，皆孔门足本，并无残缺。"三曰："孔子时所用字，即秦汉间篆书，即以文论，亦绝无今古之目。"四曰："刘歆欲弥缝其作伪之迹，故校中秘书时，于一切古书，多所羼乱。"五曰："刘歆所以作伪经之故，因欲佐莽篡汉，先谋湮乱孔子微言大义。"而微言大义之所寄，则在于《春秋公羊》。有为之治《公羊》也，不斷斷于其书法义例之小节，专求其微言大义，即何休所谓"非常异义可怪之论"者。定《春秋》为孔子改制创作之书，谓文字不过其符号，如电报之密码，如乐谱之音符，非口授不能明。又不惟《春秋》而已。凡《六经》皆孔子所作，昔人言孔子述而不作者误也。孔子盖自立一宗旨，而凭之以进退古人，去取古籍。孔子改制，恒托于古。尧舜者，孔子所托也；其人有无不可知；即有，亦至寻常，经典中尧舜之盛德大业，皆孔子理想上所构成也！又不惟孔子而已；周秦诸子，罔不改制，罔不托古。老子之托黄帝，墨子之托大禹，许行之托神农，是也。近人祖述何休以治《公羊》者，若刘逢禄、龚自珍、陈立辈，皆言"改制"，而有为之说，实与彼异。有为所谓"改制"者，盖称"政治革命"、"社会改造"而言也。

故喜言"通三统";"三统"者,谓夏、商、周三代不同,当随时因革也。喜言"张三世";"三世"者,谓"据乱世"、"升平世"、"太平世"愈改而愈进也。孔子之改制,上掩百世,下掩百世,故尊之为教主。谓欧洲之尊景教,为治强之本;故恒欲侪孔子于基督,乃杂引谶纬之言以实之;于是有为心目中之孔子又带有神秘性矣。具见所著《孔子改制考》。教人读古书,不当求诸章句、训诂、名物制度之末,当求其义理,所谓义理者,又非言心言性,乃在古人创法立制之精意。于是汉学宋学,皆所唾弃。《伪经考》既以《古文经》为刘歆所伪造;《改制考》又以《今文经》为孔子托古之作;于是今文古文,皆待考定!数千年共认神圣不可侵犯之经典,于是根本发生疑问,引起学者之怀疑批评,而国人之学术思想,于是乎生一大变化!有为言孔子托古改制;而所以学孔子者,亦必出托古改制。孔子之托古改制,见其义于《春秋》;而有为之托古改制,则托其说于《礼运》。有为以《春秋》三世之义说《礼运》;谓"升平世"为"小康","太平世"为"大同"。《礼运》之言曰:"大道之行也,天下为公。选贤与能,讲信修睦。故人不独亲其亲,不独子其子;使老有所归,壮有所用,幼有所长,鳏寡孤独废疾者皆有所养;男有分,女有归。货恶其弃于地也,不必藏诸己。力恶其不出于身也,不必为己。……是谓'大同'。"有为谓此为孔子之理想的社会制度。曰"天下为公,选贤与能",后世之所谓"民治主义"存焉。曰"讲信修睦",后世之所谓"国际联合主义"存焉。曰"人不独亲其亲","使老有所终","鳏寡孤独废疾者皆有所养",后世之所谓"老病保险主义"存焉。曰"不独子其子",使"幼有所长",后世之所谓"儿童公育主义"存焉。曰"壮有所用",曰"男有分",后世之所谓"职业固定主义"存焉。曰"货恶其弃于地也,不必藏诸己",后世之所谓"共产主义"存焉。

曰："力恶其不出于身,不必为己",后世之所谓"劳作神圣主义"存焉。谓《春秋》所谓"太平世"者即此！乃衍其条理为《大同书》,凡若干事(一)无国家,全世界置一总政府,分若干区域。(二)总政府及区政府,皆由民选。(三)无家族,男女同栖不得逾一年,届期须易人。(四)妇女有身者入胎教院,儿童出胎入育婴院。(五)儿童按年入蒙养院及各级学校。(六)成年后,由政府指派分任农工等生产事业。(七)病则入养病院,老则入养老院。(八)胎教、育婴、蒙养、养病、养老诸院,为各区最高之设备,入者得最高之享乐。(九)成年男女,例须以若干年服役于此诸院,若今世之兵役然。(十)设公共宿舍、公共食堂,有等差,各以其劳作所入,自由享用。(十一)警惰为最严之刑罚。(十二)学术上有新发明者,及在胎教等五院有特别劳绩者,得殊奖。(十三)死则火葬,火葬场比邻为肥料工厂。《大同书》之具体计划如是。全书数十万言,于人生苦乐之根原,善恶之标准,言之极详辩；然后说明其立法之理,其最要之关键,在毁灭家族。有为谓："佛法出家,求脱苦也；不如使其无家可出。谓私有财产为争乱之源；无家族,则谁复乐有私产,若夫国家,则又随家族而消灭者也；夫而后大同之世,不蕲而自至。"有为悬此鹄为人类进化之极轨,于齐家治国平天下而外,独树新义,固一无依傍,一无剿袭；著书立说在三十年前,而其理想与今世所谓"世界主义"、"社会主义"者多合符契,而国人之政治思想,于是乎又生一大变化！凡此皆次琦所不敢道、不知道者也。初有为从学次琦,凡六年而次琦卒；又屏居独学于南海之西樵山者四年；乃出而有事于四方：北走山海关,登万里长城；南游江汉,望中原；东诣阙里谒孔林；浪迹于燕、齐、楚、吴、荆、襄之间,察其风土,交其士大夫；西溯江峡,如桂林。畴昔山中所修养者,一一案之经历实验。

如是者五六年。尝以其间道香港、上海，见西人殖民政治之完整；属地如此，本国之更进可知；因思其所以致此者，必有道德学问以为之本原。乃悉购江南制造局及西教会所译出各书，尽读之。时所译者皆初级普通学，及工艺、兵法、医学之书，否则耶稣经典论疏耳。于政治哲学，毫无所及。而有为以其天禀学识，别有会悟，能举一以反三，因小以知大；自是于其学力中别辟一蹊径。有为自言："上海制造局译印新书，始于同治三年，其书经所购自读及送人者共三千馀册，综计制造局开办以来，三十年间鬻书总额，不过一万一千馀册。而其一人所购，竟达四分一以上。"可见当日风气之不开，而有为能自任以开风气也！既而造京师，乃上书乞见尚书师傅翁同龢，请间言事，不纳。时同龢以毓庆宫师傅，为户部尚书，兼管国子监事，清德雅望，重于朝廷。有为又因国子监祭酒盛昱以通于同龢，具封事，极陈时局艰危，请及时变法以图自强，乞为代奏。同龢恶其评以为直；曰："无裨时局，徒长乱耳。"书格不达。独户部侍郎曾纪泽于有为变法之议，相视莫逆。而有为献议，以朝鲜辟为万国公地，纪泽尤为赏叹云。然无术以进之。有为既郁无所舒，乃游心艺事，于厂肆间，搜得汉魏六朝、唐、宋碑版数百本，从容玩索，学为书，其执笔本得法于朱次琦，主虚拳实指，平腕竖锋；其用墨浸淫于南北朝，而知气韵胎格。乃广泾县包世臣所著《艺舟双楫》，论篆隶变化之由，派别分合之故，世代迁流之异，而序其端曰：

> 可著圣道，可发王制，可洞人理，可穷物变；则刻镂其精，冥缲其形为之也。不劬于圣道、王制、人理、物变，魁儒勿道也。康子戊、己之际，旅京师，渊渊然忧，悁悁然思，俯览万极，

塞钝勿施，格绌于时，握发热然，似人而非。厥友告之曰："大道藏于房，小技鸣于堂，高义伏于床，巧夔显于乡。标枝高则陨风，累石危则坠墙。东海之鳖，不可游于井；龙伯之人，不可钓于塘。汝负畏垒之材，取桀杙，取橶栌，安器汝？汝不自克以程于穷，固宜哉！且汝为人太多，而为已太少；徇于外有而不反于内虚；其亦暗于大道哉！夫道，无小无大，无有无无。大者，小之殷也；小者，大之精也。蠛蠓之巢蚊睫，蠛蠓之睫，又有巢者。视虱如轮，轮之中，虱复傅缘焉。三尺之画，七日游，不能尽其蹊径也；拳石之山，丘壑岩峦，窈深窅曲，蛾蠓蚋生，蛙蟆之夜，蒙茸茂焉；一滴之水，容四大海，洲岛烟立，鱼龙波谲，出日没月。方丈之室，有百千亿狮子广坐，神鬼神帝，生天生地。反汝虚室，游心微密，甚多国土，人民丰实，礼乐黼黻，草木龙郁。汝冲禪其中，弟靡其侧，复何骛哉？盍黔汝志，锄汝心，悉之以阴，藏之无用之地以陆沈！山林之中，钟鼓陈焉；寂寞之野，时闻雷声。且无用者，又有用也。不龟手之药，既以治国矣。杀一物而甚安者，物物甚安焉！苏援一枝而入微者，无所往而不进于道也！"于是康子翻然捐弃其故，洗心藏密，冥神却扫，摊碑摘书，弄翰飞素，千碑百记，钩午是富，发先识之覆疑，窍后生之宦奥。是无用于时者之假物以游岁暮也。国朝多言金石，寡论书者；惟泾县包氏钑之扬之；今则孳之衍之，凡为二十七篇；论书绝句第二十七。永维作始于戊子之腊，实购碑于宣武城南南海馆之汗漫舫，老树僵石，证我古墨焉。归钦于己丑之腊，乃理旧稿于西樵山北银塘乡之淡如楼；长松败柳，侍我草玄焉。凡十七日，至除夕，述书讫；光绪十五年也。述书者,西樵山人康有为也。

有为论书绝精,顾强不知以为知,夸诞其词;所作又不能称是;而转折多圆笔,六朝转笔无圆者;倘所谓"吾眼有神,吾腕有鬼",《广艺舟双楫·述学篇》语。不足以副之欤?有为固自知之矣。

有为既以上书言变法,被放归西樵山。乡人目为怪。新会梁启超方与南海陈千秋同学于学海堂,独好奇,相将谒之;一见大服,遂执业为弟子;共请有为开馆讲学。而以光绪十七年,于长兴里设黉舍焉;则所谓万木草堂,是也。二人者,既夙治汉儒许、郑之学,千秋尤精洽,闻有为说,则尽弃其学而学焉。《新学伪经考》之作,二人者多所参议也。有为经世之怀抱在大同,而其观现在以审次第,则起点于小康拨乱。有为论政之鹄的在民权,而其揆时势以谋进步,则注意于君主立宪。虽著《大同书》,然秘不以示人,其弟子最初得读此书者,陈千秋、梁启超,读则大乐!锐意欲宣传其一部分。有为弗善也!而亦不能禁其所为。后此万木草堂学徒多言大同矣!而有为谓:"今方为据乱之世,只能言小康,不能言大同;言则陷天下于洪水猛兽。"其教弟子,以孔学、佛学、宋明学为体,以史学、西学为用。其教旨专在激厉气节,发扬精神。其学纲,曰志于道,格物克己,励节慎独。据于德,主静出倪,养心不动,变化气质,检摄威仪。依于仁,敦行孝弟,崇尚任恤,广宣教惠,同体饥溺。游于艺。礼、乐、书、数、画、枪。其学目,曰义理之学,孔学、佛学、周秦诸子学、宋明学、泰西哲学。考据之学,中国经学、史学、万国史学、地理学、数学、格致科学。经世之学,政治原理学、中国政治沿革得失、万国政治沿革得失、政治实际应用学、群学。文章之学。中国词章学、外国语言文字学。其课外作业,曰演说,每月朔望课之。曰札记,每日课之。行之校内者也;曰体操,每间一日课之。曰游历,每年假时课之。行之校外者也。而其组织则有为自为总教授,而立学生中三人或六人为学长,曰博文科学长,主助教授及分校功课。约礼科学长,主劝勉品行、纠检威仪。干城科学长。主督率体操。其图书仪器之室,亦委一学生专司之,曰书器库监督。凡学生人置一札记簿;日记读书治事所心得以自课,月朔则缴呈之;而有为为之批评焉。每日在讲堂演述必四五小时;论一事,必上下古今以究其沿革得失,又引欧美以比较证明之;又出其理想之所穷,及悬一至善之鹄以进退古今中外,盖使学者理想之自由日以发达,而别择之知识亦以生焉!方是时,义乌朱一新鼎甫以御史言事罢官,主广州之广雅书院。既旧学高望,重实行而屏华士,闻有为之敢为高论,而心不然焉,乃贻书规曰:"君之热血,仆所深知。然古来惟极热者,一变乃为极冷;此阴阳消长之机,贞下起元之理。纯实者甘于淡泊,遂成石隐;高明者率其胸臆,遂为异端;此中转捩,只在几希。故持论不可过高,择术不可不慎也。君伏阙上书,仆盖心敬其言,而不能不心疑其事。孔子之赞《艮卦》,孟子之论蚯蛙,其义可深长思耳。庄生之书,足下所见至确,而其言汪洋恣肆,究足误人。凡事不可打通后壁。老、庄、释氏皆打通后壁之书也。愚者既不解,智者则易溺其心志,势不至败弃五常不止,岂老、庄、释氏初意之所及哉?然吾夫子则固计及之矣,以故有不语,有罕言,有不可得而闻。凡所以为后世计者,至深且远。今君所云云,毋亦有当罕言者乎?读书穷理,足以自娱;乐行忧违,贞不绝俗;愿勿以有用之身,而逐于无涯之知也。汉学家治训诂而忘义理,常患其太浅。近儒知训诂不足尽义理矣,而或任智以凿经,则又患其太深。夫浅者之所失,支离破碎而已,其失易见;通儒不为所惑也。若其用心甚锐,持论甚高,而兼济之以博学,势将鼓一世聪颖之士,颠倒于新奇可喜之论;而惑经之风,于是乎炽！战国诸子，孰不欲明道术哉？好高之患中之也。仆故不敢不罄其愚，冀足下铲去高论，置之康庄大道中，使坐言可以起行；毋徒凿空武断，使古人衔冤地下，而仍不得《六经》之用也！道也者，如饮衢尊然，无知愚贤不肖，人人各如其量挹之而不穷。世之人，以其平淡无奇也，往往喜为新论以求驾乎其上，遂为贤智之过而不之悟。窃恐大集流传，适为毁弃《六经》张本耳！足下兀兀穷年，何可倒持太阿而授人以柄？始则因噎废食，终且舐糠及米，其殆未之思乎？原足下之所以为此者，无他焉，盖闻见杂博为之害耳！其汪洋自恣也取诸庄，其兼爱无等也取诸墨，其权实互用也取诸释，而又炫于外夷一日之富强，谓有合吾中国管商之术，可以旋至而立效也；故于圣人之言灿著《六经》者悉见为平淡无奇，而必扬之使高，凿之使深；恶近儒之言训诂，破碎害道也，则荡涤而扫除之。以训诂之学，归之刘歆，使人无以自坚其说，而凡古书之与吾说相戾者，一皆诋为伪造；夫然后可以唯吾所欲为，虽圣人不得不俯首而听吾驱策。噫，足下之用意则勤矣！然其所以为说者，亦已甚矣！足下不信壁中古文，谓《史记·河间》、《鲁共王传》无壁经之说。夫当史公时，儒术始兴，其言阔略，《河间传》不言献书，《鲁共传》不言坏壁，正与《楚元传》不言受诗浮丘伯一例。若《史记》言古文者，皆为刘歆所窜，则此二传，乃作伪之本；歆当弥缝之不暇，岂肯留此罅隙以待后人之攻？足下谓歆伪《周官》，伪《左传》，伪《毛诗》、《尔雅》，互相证明，并点窜《史记》以就己说；则歆之于古文为计固甚密矣；何于此独疏之甚乎？史公《自叙》年十岁，则诵古文；《儒林传》有《古文尚书》，其他涉古文者尚夥；足下悉以为歆之窜乱。夫同一书也，合己说者则取之，不合者则伪之；此宋元儒者开其端；而近时汉学家尤甚；虽有精到，要非仆之所敢言也。"有为送难往复，再三不休。迨二十年秋，以著书讲学，被御史奏参，下粤督查究；避居桂林之风洞，而过桂山书院，撰《桂学答问》以答士夫之来问学者。

有为之学，以《孔子改制考》树骨干，以《新学伪经考》张门户，而《答问》为开示途辙。其论经学，一裁以《公羊》；由《公羊》以通《六经》，由孟子而学孔子，而欲以《孟子》通《公羊》，以《荀子》通《穀梁》，由《春秋繁露》以发《公羊》之义例，由《白虎通》以观礼制之折衷。《大戴礼记》当与《小戴礼记》同读，皆孔门口说。《尚书大传》、《韩诗外传》，亦皆孔门口说，与《繁露》、《白虎通》并重。《七经纬》亦皆孔门口说，中多非常异义。然后由《五经异义》用陈寿祺疏证本以读《新学伪经考》，而别古今，分真伪；然后知孔子所以为圣人，以其改制而曲成万物，范围万世也。其心为不忍人之仁，其制为不忍人之政。仁道本于孝弟，则定为人伦；仁术始于井田，则推为王政；孟子发孔子之道最精，而大率发明此义，盖本末精粗举矣！《春秋》所以宜独尊者，为孔子改制之迹在也；《公羊》、《繁露》所以宜尊信者，为孔子改制之说在也；能通《春秋》之说，则《六经》之说，莫不同条而共贯；而孔子之大道可明矣！其治诸子，亦如治经；孔子以《六经》改制，诸子亦各以所学改制。诸子改制，正可明孔子之改制也。《吕氏春秋》、《淮南子》为杂家，诸家之理存焉，尤可穷究。其论宋学，以为宋儒专言义理，《宋元学案》荟萃之，当熟读。《明儒学案》，言心学最精微，可细读。《近思录》为朱子选择，《小学》为做人样子，可熟读。千年之学，皆出于朱子；《朱子大全集》及《语类》，宜熟读。数书皆宜编为日课，与经史并读。《小学》尤为入手始基也。

其论读史，《二十四史》宜全读，而以《史记》、两《汉》为重。

《史记》多孔门微言大义。《汉书》虽为刘歆伪撰,而考汉时事,舍此不得。《后汉》为孔子之治,风俗气节至美;范蔚宗又妙于激扬;皆有经义,皆妙文章,故三史宜熟读。秦汉间日改用孔子之制,可细心考之,当日有悦怿也。三史破,馀史可分政、事、人、文四者读之,自易。然读史当知史例;《史通削繁》可读;《十七史商榷》、《廿二史考异》、《廿一史四谱》可参考;而《廿一史札记》尤通贯,并详掌故治乱,不止史例矣;宜熟读。读史尤贵贯串。编年之史,莫如《资治通鉴》、《续资治通鉴》。纪事则有《左传纪事本末》、《通鉴纪事本末》、《宋史纪事本末》、《明史纪事本末》,皆贯串群史之书,可熟观精考。掌故则"三通"并称。杜佑《通典》,郑樵《通志》,马端临《文献通考》,而《通考》最详,宜与《通鉴》同读,可改称为"二通"也。若《通典》详于礼而多伪说;《通志》惟二十略为精,馀皆史文,故应不如《通考》。

其论词章之学,文先读《楚辞》,次读《文选》,则材骨立矣。《文选》当全读,读其笔法、调法、字法,兼读《骈体文钞》,则能文矣。读《古文辞类纂》,韩、柳集,则有法度矣。若欲成家数,当浸淫秦汉子史,乃有得。桐城派褊薄,不足师也!诗则导源《文选》;《唐宋诗醇》所选极精,可全读。王、孟、韦、柳、李、杜、韩、白、苏、陆各大家集,均随性之所近学之;而杜为宗。《杜诗镜诠》最佳,宜全读。此外二李宜学;玉谿之绵丽,昌谷之奇丽,真所谓"不废江河万古流"者。赋亦导源《文选》,而《赋汇》为巨观。唐赋以王粲、黄滔为宗,选本无佳者;当于《文苑英华》求之;不得已,则律赋必以国朝赋,以吴锡麒、顾元熙为宗;大要树骨于六朝,研声于三唐而已。

其论学书,以为楷法率宗唐碑,欧、颜为尚。唐《石经》尤为有益,既供摹临,尤资考证。若欲以书名,则包慎伯《艺舟双楫》及吾之《广艺舟双楫》,遍见千碑乃能之;初学未易语此;博学详说,津逮后学,亦宏通,亦平实。

其论朱子《小学》为做人样子,入手始基;楷法须摹唐碑欧、颜,而不遽教以《艺舟双楫》;皆极平实之论也。后学骛其宏通而忽其平实;有为又放言高论,益之以怪。朱一新更诤以书曰:"学术在平淡,不在新奇。宋儒之所以不可及者,以其平淡也。世之才士,莫不喜新奇而厌平淡;导之者复不以平淡而以深奇。学术一差,杀人如草;古来治日少而乱日多,率由于此。世亟需才,才者有几?幸而得之,乃不范诸准绳规矩之中,以储斯世之用;而徒导以浮夸,窃恐诋评古人之不已,进而疑经;疑经之不已,进而疑圣;至于疑圣,效可多矣。"顾有为不为动。入京师;以《新学伪经考》献同龢;欲以微感其意,而同龢狃于故常,惊诧不已;以为真说经家一野狐也,益不欲见之矣!方是时,我败于日,海军歼焉。乃率其徒从礼部试,公车入都者凡数千人,上书申变法之议,世所传"公车上书"者是也。中国之有群众的政治运动,于是乎托始!及赴礼部试,题为"达巷党人曰大哉孔子";而有为试文,结语曰:"孔子大矣!孰知万世之后,复有大于孔子者哉!"盖隐以自况也!房考阅之,咋舌弃去。至二十一年乙未成进士,出侍郎李文田之门。文田恶其敢为诡诞,殿试得有为卷,抑置三甲;遂授职工部主事,不得翰林;有为大恨,竟削门生之籍!自是四年之间,凡七上书,申前议。而有为自负其口,工捭阖;于古今中外史迹,及人名年号统计之数目字,皆能历举无讹,见者惊其强记;而论议纵横,放得开,收得住,波澜极壮,首尾条贯;上说下教,虽天下不取,强聒而不舍者也!既通籍,住上斜街,仍颜其室曰万木草堂;仆从十许人,夹陛侍立,如王公贵人。久官京朝,宾朋杂遝,争以望见颜色为幸。徒从既众,乃立强学会于京师,继设分会于上海,寻复开保国会于北京。朝论渐变,声生势张;旬日之间,必遍谒当国贵臣,见辄久谈,或频诣见;时翁同龢最号得君,在毓庆宫授帝读久,以户部尚书协办大学士,又为军机大臣,在总理各国事务衙门行走,以忠诚结主知,以和平剂群嚣。天下之士,奔走其门,而亦有为之所欲藉重以要君者也!乃谒同龢于总理衙门,高睨大谈,其大要归于变法;所具封事,曰立制度,新政局,练民兵,开铁路,借外债数大端。同龢心愤其狂而无以难也,为递折上。有为七上书而姓名达帝听;其最后书,请告天祖,誓群臣,以变法定国是。德宗诵之感愤;诏以有为前后折并《俄皇彼得变政记》皆呈慈禧太后览,而命同龢宣索有为所进书,令再写一份递进。同龢对:"与有为不往来。"帝问:"何也?"曰:"此人居心叵测!"帝曰:"前此何以不说?"对曰:"臣顷见其所著《孔子改制考》知之。"帝默然!间日,帝又宣索有为书。同龢对如前。帝发怒诘责。同龢对传总署令进。帝以同龢老臣,又师傅;必欲藉以进有为而间执诸大臣之口,不许,曰:"着汝诣张荫桓传知。"同龢曰:"张荫桓日日进见,何不面谕?"帝终不许。同龢退,乃告荫桓。同龢既不悦于有为;而有为则故固不知,日日扬言于朝曰:"翁师傅荐我矣!谓康某才百倍老臣也!"德宗则既激发于有为之上书,乃以光绪二十四年戊戌四月二十四日下诏誓改革;其诏草则仍以属同龢;而同龢先以示其门生南通张謇者也。顾二十七日,即下诏斥同龢揽权狂悖,开缺回籍。同龢则闻驾出,亟趋赴宫门,伏道旁碰头,帝回顾无言,神采极凋索也!于是文武一品官及满汉侍郎补缺者,咸具折谢太后。太后则已有疑于帝矣!特逐同龢以示警耳!而帝不为意!二十八日,召见有为;诏悉进所著书,曰《日本明治变法考》,曰《俄大彼得变政致强考》,曰《突厥守旧削弱记》,曰《波兰分灭记》,曰《法国革命记》,曰《孔子改制考》,曰《新学伪经考》,曰《董子春秋学》,凡八种。德宗既读所进《波兰分灭记》一种,泪承于睫,汍澜湿纸;曰:"吾中国几何不为波兰之续矣!"特赏给编书银二千两。又以有为言,显擢内阁候补侍读杨锐,刑部候补主事刘光第,内阁候补中书林旭,江苏候补知府谭嗣同四人,均著赏四品卿衔,在军机章京上行走,参预新政事宜;所谓"四新参"者是也。废八股,开学堂,汰冗员,广言路,凡百设施,不循故常;而有为发纵指示,实管其枢。内阁学士阔普通武又以有为指,奏请行宪法而开国会。廷议不以为然,德宗决欲行之。大学士孙家鼐谏曰:"若开议院,民有权而君无权矣!"帝喟然曰:"朕但欲救中国耳!若中国得救,朕虽无权无害!"于是大臣不悦。大学士荣禄既出为直隶总督,谒帝请训。适有为奉旨召见,因问:"何辞奏对?"有为第曰:"杀二品以上阻挠新法大臣一二人,则新法行矣!"荣禄唯唯,循序俯伏,因问:"皇上视康有为何如人?"帝叹息不早用也!已而荣禄赴颐和园谒辞皇太后。时李鸿章新失职,放居贤良祠;谢皇太后赏食物,同被叫入。荣禄奏:"康有为乱法非制。皇上如过听,必害大事,奈何?"因顾鸿章,谓:"鸿章多历事故,不可不为皇太后言之。"太后问曰:"鸿章意云何?"鸿章即叩头称皇太后圣明。太后叹息:"儿子长大,宁知有母? 我问不如不问。汝为总督,凭汝所知好为之,勿负我!"荣禄即退出。有为告人:"荣禄老辣,我非其敌也。"太后既以荣禄言益疑德宗。而德宗珍妃、瑾嫔皆编修文廷式女弟子。珍妃尤得宠,既怂惠帝大考翰詹,预知赋题为《水火金木土谷》,以告廷式,使宿构考取第一;并代妃兄捉刀,列高等。既而与太后争谐价鬻官,先鬻广州织造于玉铭,又鬻上海道于鲁伯阳。旨下,两江总督刘坤一不识伯阳何如人,电奏诘问。为太后所知,召珍妃讯实,挞而幽之。母子间嫌隙益深矣！于是谭嗣同进密计，说帝召见武卫军统领袁世凯，好言抚之，擢兵部侍郎；而嗣同夜驰谒世凯，传帝旨，诏以勒兵废太后，诛荣禄。世凯患嗣同躁，又惮荣禄，不即发也。荣禄则微有闻，伺世凯来谒，卒问之。世凯既不得隐，则以归诚于荣禄。事泄，太后怒，临朝训政，夺帝柄而锢诸。急逮御史杨深秀及谭嗣同、林旭、杨锐、刘光第与有为之弟曰广仁者，骈戮焉，世所谓"戊戌六君子"。广仁以康有为弟，而深秀以常言得三千杆毛瑟围颐和园有馀也。各省惟湖南行新政最认真，得罪最甚！巡抚陈宝箴、学政江标、巡警道黄遵宪皆革职。然太后终疑帝之任有为，以翁同龢故；乃下诏罪同龢，着地方官严加管束，禁交关宾客；其词以荐康有为也！独有为先期得帝旨，令逃走，且曰："他日更效驰驱，共建大业。"则微行之上海，得英人以兵舰迎护，至香港，仅乃免于难也！遂署号曰更生。自是亡命海外，作汗漫游者十六年，随从奴子皆顶戴如戈什。华侨望见，疑为中国大臣，输款欤左，日盈于门；则以其间纠合海内外同志，名其会曰保皇会，一以声援在幽之德宗，一以消杀革命之势力。卒无有成功，而意气不衰！足迹所之，遍十三国；率以为莫吾中国若也！作《爱国歌》以见意曰：

  登地顶昆仑之墟，左望万里，曰维神洲。东南襟沧海，西北枕崇丘。岳岭环峙，川泽汇流。中开府之奥区，万国莫我侔。

  我江河浩浩万馀里，其馀百川无涯涘。江南十里必有川，深广可以泛汽船！新头、恒河与密士失必，浅窄仅比我小泉；来因、多铙、泰吾士、先河、秦摆，皆是短小流涓涓！幼发拉的、底格里两河，难比江河之长源。万国无我水利专。巨山广泽，大野深林,原隰陵衍,江河溪浔。千百里间,必备崇深。相彼印度与北美,万里平原无寸岑。埃及、波斯、阿拉伯,沙漠沉沉。地形自欧洲之外兮,无与我并驾而倚衿。

地兼三带,候备寒暑。川岳含珍,原野平楚。五金荟萃,万宝繁膴。以花为国,灿烂天府。横览大地,莫我能与!

鸟兽昆虫,果蔬草木。亿品万汇,物产繁毓。羽毛齿革,锦绣珠玉。衣食器用,内求自足。五色六章,袨丝为服。饮馔百品,美备水陆。冠绝万国,犹受多福!

巍巍我祖,懿惟黄帝!天启神灵,创始治世。监视万国,无如赤县地。自崑苍西,东徙临莅。时巡镇抚,师兵营卫。有苗蚩尤,铁额铜头!是戮是平,乃统九洲。力牧开辟,风后宣猷。仓颉制字,文明休休!

惟我文明,曰五千年。历史绵远莫我先!埃及金字陵,中绝文明不传!印度九十六道,微妙多不宣。惟我圣作文字远而存。尧舜让帝创民主,孔子改制文教宣!汉、唐开辟益光大,东亚各国皆我文化权。希腊兴周末,文章盛贺、梅。罗马更是强汉世,皆只当我云来孙!何况欧洲诸国之后生,岛陆群种,属更何言?

我同胞兮祖轩辕!《世本》族谱百世传;皆诸侯大夫遗子孙,金枝玉叶布中原。于今兄弟五万万,同一源!地球之大姓,莫我远原!万国之人民,莫我庶繁!

中华地大比全欧!全国同文东亚洲!日本、高丽、安南,皆我语言文字之遗留。虽有闽、粤音稍转,十六省语能通邮。印度文二十,语言分四流。欧洲十馀国,国国语文殊异难搜求。奥国十四文;英之威路士与爱尔兰,语言殊异难讲闻。彼遍设铁路尚如此,我无铁路乃能同语文。大地同化之力,无如我神!

神禹开华夏,秦汉大一统。长城万里压尨犹,张骞西域远凿空!汉武唐太鞭四夷,南朔东西皆入贡。郭侃百日灭波斯,天朝自古诸蛮重!亚洲国土我最尊,上国之人众所奉!至今安南、印度称阿叔,二千年内神威动!

我人相好端金色,我人聪明妙神识,我国制作最先极!据几着裤持箸饮。突厥、印度、埃及号文明,不裤手食坐地席;英用刀匕二百年,倍根之世尚不识。惟我圣贤豪杰多如鲫,文化武功如交织。我心怦怦起感激,大地文明世家我第一!

我若生高丽兮,一时胁罢兵而亡!噫!我若生阿富汗、暹罗之小国寡民兮,虽自厉而无能强!噫!我若生印度兮,久为奴而无乡!噫!我若为突厥、波斯之人兮,教力压而难扬!噫!我即为荷兰、比利时、瑞典、丹、墨之国民兮,蕞尔强善而难张!噫!我又为德、法、奥、意诸强之民兮,争雄于欧,而难逞大力于太平洋!噫!方霸义之相竞兮,非有广土众民难回翔。唯我有霸国之资兮,横览大地无与我颉颃。我何幸生此第一大国兮,神气王长!

我之哲学包东西!我无压力无所迷!我欲自强兮,一号而心齐!大呼而奋发,气锐神横飞!我速事工艺汽机兮,可以欧、美为府库!我人民四五万万兮,选民兵可有千万数!我金铁生殖无量兮,我军舰可以千艘造!纵横绝五洲兮,看黄龙旗之飞舞!

有为不以诗名;然辞意非常,有诗家所不敢吟,不能吟者。盖诗如

其文,糅杂经语、诸子语、史语,旁及外国佛语、耶教语;而出之以狂荡豪逸之气,写之以倔强奥衍之笔,如黄河千里九曲,浑灏流转,挟泥沙俱下,崖激波飞,跳踉啸怒,不达海而不止;返虚入浑,积健为雄;权奇魁垒,诗外常见有人也。

自负为先知先觉;及为文章,誉己如不容口。言大道,则薄后进而以为不如我知。论政俗,则轻欧、美而以为不及中国,每语人曰:"未游欧洲者,想其地皆琼楼玉宇,视其人若皆神仙才贤;岂知其放僻邪侈,诈盗遍野。故谓百闻不如一见也!"时亦以此召闹取怒。然笔墨通于情性;而怪奇伟丽,往往震发于其间!此所以使好奇爱博者不卒弃也。方居外国为亡人,受其保护,而议论常轻之,自矜自重。尤喜以孔子学说衡量欧、美一切宗教、道德、政治、风俗,犹之林纾以古文义法,衡量欧、美文学也。所言之趾不免于非,而要期于辅世长民,拂俗匡时,足以资论证、备考镜。

其论宗教曰:"吾于二十五年前,读佛书与耶氏书,窃审耶教全出于佛。其言灵魂,言爱人,言异术,言忏悔,言赎罪,言地狱天堂,直指本心,无一不与佛同。其言一神创造,三位一体,上帝万能,皆印度外道之所有;但耶改为末日审判,则魂积空虚,终无入地狱、登天堂之一日;不如说轮回者之易耸动矣!其言养魂甚粗浅,在佛教中,仅登斯陀含果,尚未到罗汉地位。考印度九十六道之盛,远在希腊开创之先;则七贤中毕固他拉之言灵魂,戒杀生,已有所自。盖希腊之与印度,仅隔波斯,舟车商贾大通,则文学教化,亦必互相输转。波斯已侵印度,至亚力山大半吞印度,印之高僧人士,必多有入波斯、希腊而行于巴勒斯坦、犹太之间,此尤浅而易征者矣!且以外仪观之,耶教亦无一不同于佛教焉。不娶妻,一也。出家不仕宦,二也。堂上供像以敬礼,或木像、金像、画像,三也。左右设白蜡烛多对,烧香,四也。案上陈花瓶,五也。神前设坛,几案布席,六也。供酒食,七也。僧衣袈裟亦有斜条,八也。合掌跪拜,九也。肩挂数珠,或手弄之,乃至人民多然;女子颈皆挂之,与蒙满俗同,而今施之中国长官矣!十也。神前昼夜点长明灯,十一也。鸣钟磬,十二也。神前跪诵经,十三也。朝夕礼拜讽诵,十四也。有食斋日,断肉,十五也。僧居寺中修习,十六也。女尼,十七也。出游着法服,十八也。削发之一部,十九也。有僧正法王统之,二十也。路德之娶妻改像法,犹日本亲鸾之改真宗,西藏莲华生之娶妻改红教,虽人情盛行,实非教主正义。考其内心外礼,无一不同;其为出于印之教无可疑!英之学士多证其然。恶士佛大学教习麦古士米拉作《宗教起元论》,以《新约》证之《佛典》皆同,尤可为据矣。佛兼爱众生,而耶氏以鸟兽为天之生以供人食,其道狭小不如佛矣!然其境诣虽浅,而推行更广大者,则以切于爱人而勇于传道。其传道者曾以十三代投狮矣!耐劳苦,不畏死而行之,而又不为深山枯寂闭坐绝人之行,日为济人之事,强聒不舍,有此二者,此其虽浅易而弥大行欤?夫道在养魂。行在医济,身神并有以养,而又以大仁大勇推之,蔑不济矣!虽近者哲学大盛,哥白尼、奈端重学日出,达尔文物体进化之说日兴,其于一神创造上帝万能之理,或多有不信。然方今愚夫多而哲士少,尚当神道设教之时;设无畏警,则尽藉人力,其于迁善改过者必不勇。盖观于朱子为无鬼论而可证矣!耶教以天为父,令人人有四海兄弟之爱心,此其于欧、美及非、亚之间,其补益于人心不鲜。但施之中国,则一切之说,皆我旧教之所有。孔教言天至详,言迁善改过,言鬼神,无不备矣;又有佛教补之;民情不顺,岂能强施?因救人而兵争,至于杀人盈城野,未能救之而先害之,此则不可解者矣!求之中国;独墨子传道于巨子

下编 新文学·一 新民体

以为后,至死百馀人而争之,可谓重大矣!巨子,即教皇也,墨子尊天明鬼,尚同兼爱,无一不与耶同。使墨子而成教主,中国亦有教皇出矣。但墨子有妻而多鬼,此则不同。其道太觳,夫不言魂而尚苦行,此必不可行者也!庄子以为去于王远,岂不宜哉?夫古之为教主者,多有异术以耸人心;观佛之服大迦叶及诸梵志,皆以异术;耶稣亦然。墨子乃从哲学者;王阳明亦直指本心,颇与耶同;然皆有道而无术。于吉之流,有术无道。惟张道陵尊天尚仁,又有符咒之术,道术全备,殆与耶同。其张角三十六方同日起,几成教皇矣;而一败不振!而晋名臣谢安、郗鉴等尚奉其道;卢循亦然,必有可观者!若寇谦之所挟大矣;然又有术无道。推诸子所以致败,则以中国孔子之道,无所不备;虽以佛教之精深,尚难大行,况馀子哉?其中虚者,外得侵之;其中实者,外物不久。中国本自有至精美之教,此诸子之所以难大盛也!故佛教至高妙矣,而多出世之言,于人道之条理未详也。基督尊天爱人,养魂忏恶,于欧、美为盛矣;然而今中国人也,于自有之教主如孔子者,而又不得尊信之,则是绝教化也。夫虽野蛮,亦有其教;则是为逸居无教之禽兽也!今以人心之败坏,风俗之衰敝,稍有识者,亦知非崇道德不足以立国矣!而新学之士,不能兼通中外之政俗,不能深维治教之本原,以欧、美一日之强也,则溺惑之。以中国今兹之弱也,则鄙夷之。溺惑之甚,则于欧、美敝俗秕政,欧人所弃馀者,摹仿之惟恐其不肖也!鄙夷之极者,则虽中国至德要道,数千年所尊信者,蹂躏之,惟恐少有存也!于是有疑孔教为古旧不切于今者,有以为迂而不可行者。呼!何其谬也!夫伦行或有与时轻重之小异,道德则岂有新旧中外之或殊哉?而今之新学者,竟嚣嚣然昌言曰:方今当以新道德易旧道德也。嗟夫!仁、义、礼、智、忠、信、廉、耻,根于天性,协于人为,岂有新旧者哉!《中庸》之言德,曰聪明睿智,宽裕温柔,文理密察,斋庄中正,发强刚毅;而仁智勇为达德;岂有新旧者哉?岂有能去之者哉?欧、美之贤豪,岂有离此德者哉?即言伦行父慈子孝,兄友弟恭,君仁臣忠,夫义妇顺,朋友有信,岂如韩非真以孝、弟、忠、信、贞、廉为'六虱'乎?则必父不慈,子不孝,兄不友,弟不恭,君不仁,臣不忠,夫不义,妇不顺,朋友欺诈而不信,然后为人而非虱,为新德而非旧道乎?推彼之言新道德者,盖以共和立国,君臣道息,因疑经义中之尊君过甚也,疑为专制压民之不可行也。岂知先圣立君臣之义,非专为帝者发也!《传》曰:'王臣公,公臣卿,卿臣大夫,大夫臣士,士臣仆,仆臣隶,隶臣皂,皂臣舆,舆臣台。'由斯以观,士对大夫为臣,而对仆为君;仆对士为臣,而对隶为君矣;故严其父母曰家君,尊家长曰君,此庶人亦为君之证也。故秦汉人相谓为君臣。汉、晋时,郡僚对郡将称臣,且行君臣之义焉。而今人与人言,尚尊人为君,自谦为仆焉。盖君臣云者,犹一肆一农之有主伯亚旅云尔。其司事总理之主者,君也;其奔走分司百执事之亚旅,臣也。总理待百执事,当仁而有礼;百执事待总理,当敬而尽忠。岂非天然至浅之事义,万国同行之公理者哉?岂惟欧、美力行之,其万国前有千古,后有万年,岂能违之哉?藉使总理之待百执事,不仁而无礼;百执事之待总理,不忠而傲慢,其可行乎?若以是为道,恐一商肆一工厂一农场之不能立也!自梁以后,禁属官不得称臣,改称下官;于是臣乃专以对于帝者。今若不以君臣为然,则攻梁武帝,可也!以疑孔子,则无预也!孔子之作《春秋》也,各有名分,其道圆周;故书君,无道也;书臣,臣之罪也。莒人弑其君庶其。《公羊》曰:'书人以弑者,众弑也,君无道也。'岂止诛臣弑君而已哉?故孟子曰:'闻诛一夫纣矣,未闻弑君。'孔子曰:'汤、武革命,顺乎天而应乎人。'今之言革命者,实绍述于孔子。若必如宋儒尊君而抑臣,则孔子必以汤、武为篡贼矣!盖孔子之道,溥博如天,并行不背,曲成不遗,乃定执君臣一义以疑圣,岂不妄哉!孔子于《礼》设三统,于《春秋》成三世,于乱世贬大夫,于升平世斥诸侯,于太平世去天子。故《礼运》孔子曰:'大道之行也……某未之逮也,而有志焉。''大道之行也,天下为公,选贤与能。'孔子之所志也,但叹未逮其时耳。孔子何所不备!法国经千年封建压制之馀,学者乃始倡人道之义,博爱、平等、自由之说。新学者言共和慕法国者,闻则狂喜之,若以为中国所无也;揭竿树帜以为新道德焉,可以易旧道德也!夫人道之义故美也。《中庸》曰:'仁者人也。'孟子释之曰:'仁者人也,合而言之道也。'故人与仁合,即谓之道。孔子曰:'道二,仁与不仁而已矣。'故《中庸》又曰,'道不远人,人之远人,不可以为道;……故以人治人,改而止。'①则人道之义,乃吾《中庸》、《孟子》之浅说,二千年来,吾国负床之孩、贯角之童皆所共读而共知之。昔日八股之士,发挥其说,鞭辟其辞,无孔不入,际极天人;是时欧人学说未出未发,但患国人不力行耳,不患不知也!乃今得'人道'二字奉为舶来之新道德品,而以为中国所无也,真所谓家有文轩而宝人之敝驷也!夫《中庸》、《孟子》,孔子之学也,非僻书也;而今妄人不学无知,而欲以旧道德为新道德也。人有醉狂者,见妻于途,惊其美而搂之,以为绝世未见也。及归而醒,乃知其为妻也。今之所谓新道德者,无乃醉狂乎!《论语》曰:'仁者爱人。''泛爱众'。韩愈《原道》犹言'博爱之谓仁'。《大学》言平天

---

① 《四书章句·中庸》(中华书局本)作:"道不远人,人之为道,而远人,不可以为道……故君子以人治人,改而止。"——编者注

下,曰:'絜矩之道。'《论语》子贡曰:'我不欲人之加诸我也,吾亦欲无加诸人。'岂非所谓博爱、平等、自由而不侵犯人之自由乎?《论语》、《大学》者,吾国贯角之童、负床之孩,所皆共读而共知之;昔日八股之士,发挥其说,鞭辟其义,际极人天。是时欧人学说未出未发,患国人不力行也。乃今得博爱、平等、自由六字,奉为西来初地之祖诀,以为新道德品,而以为中国所无也!真所谓家有锦衣而宝人之敝屣也!夫《论语》、《大学》,孔子之学也;非僻书也;而今妄人不学无知,而欲以新道德为旧道德也。贫子早迷于异国,遇父收恤抚养之而不知也;谬以为他富人赠以璎珞也。今之妄人,不学无知,奚以异是也!以《论语》、《大学》、《中庸》之未知未读,而妄攻孔子为旧道德。夫孔子,以人为道者也,故《公羊》家以孔子为与后王共人道之始。盖人有食味、被服、别声、安处之身,而孔子设为五味、五色、五声、宫室之道以处之。人有生我,我生,同我并生,并游并事偕老之身;而孔子设为父子、夫妇、兄弟、朋友、君臣之道以处之。内有身有家,外有国有天下;孔子设修身、齐家、治国、平天下之道以处之。明有天地、山川、禽兽、草木,幽有鬼神;孔子设为天地、山川、禽兽、草木、鬼神之道以处之。人有灵气魂知死生运命,孔子于明德养气,穷理尽性以至于命,无不有道焉。所谓人道也,上非虚空之航船道,下非蛇鼠之穿穴道;孔子之道,凡为人者不能不行之道。故曰:'何莫由斯道也。'凡五洲万国,教有异,国有异;而惟为僧出家者,不行孔子夫妇之一道而已。此外乎?凡圆颅方趾号为人者,不能出孔子之道外者也。夫教之道多矣:有以神道为教者,有以人道为教者,有合人神为教者。要教之为义,皆在使人去恶而为善而已;但其用法不同,圣者皆是医王,并明权实而双用之。古者民愚,阴冥之中,事事物物,皆以为鬼神;圣者因其所明而怵之,则有所畏而不为恶,有所慕而易向善;故太古之教,必多明鬼;而佛、耶、回乃因旧说,为天堂地狱以诱民。独孔子敷教在宽,不语神怪,不尚迷信,故教以仁让,务民之义;不如佛、耶、回之天志明鬼。然治古民用神道;渐进,则用人道。吾昔者视欧美过高,而以为渐至大同;由今按之,则升平尚未至也。孔子于今日犹为大医王,无有能易之者! 而病者乃欲先绝医,殆死矣。"则是欧洲宗教道德,不如中国一也。

论政治曰:"人民之性,有物则必争,平等则必争;至于国土尤争之甚者。故自种族而并成部落,自部落而合成国家,自国家而合成一统之大国,皆经无量数之血战,仅乃成之。故自分而求合者,人情之自然。孔子倡大一统之说,孟子发'定于一'之论,盖目睹争地以战,杀人盈野,故大倡统一以救之。李斯绍述荀卿之儒学,预闻微言,故丞相绾等请立诸子以为侯王;始皇用李斯言不行,乃分天下以为三十六郡。自是封建废;中国遂以二千年一统,民安其生;比之欧洲千年黑暗之乱祸,其治安多矣! 然我国幸而一统得以久安;不幸则以无竞争而退化! 求所由然,则我国地形,以山环合;欧西地形,以海回旋。山环,则必结合而定一。海回,则必畸零而分峙。故马其顿、罗马之一统,实年不过六七百;而战国、三国、六朝、五代之分裂,亦不过六七百年。我国数千年,以合为正,以分为变。欧洲数千年,以分为正,以合为变。此则其大同而相反之故;而一切政俗因之。呜呼! 岂非地形哉! 我昔尧、舜咨岳,盘庚进民,岂非宪政公诸庶民之具体? 而中国亘古乃无议院政体,民举之司者;国民非不智也,地形实为之也。盖民权之起,必由小国寡民,或部族酋长之世,地方数十里十馀里不等;人民自千数百至数万,人多相识;君不甚尊,去民不远;而贵族争政,君位难久,迭代为君,而渐陵夷以臻议院政体出焉。而欧洲数千年时之有国会者,则以地中海形势使然;以其港岛槎枒,山岭错杂,其险易守,故易于分立而难于统一。分立,故多小国寡民,而王权不尊,而后民会乃能发生焉。若印度则七千里平陆,文明已数千年,在佛时虽分立多国而皆有王,人民繁多,君权极尊,国体久成,非同部落。若波斯则自周时已为一统之大国,帝体尤严。埃及、巴比伦、亚西里亚更自上古已为广土众民之王国。至阿剌伯起立更后,不独染于旧制,亦其教理已非合群平等之义,益无可言。凡此古旧文明之国,则必广土众民而后能产出文明;既有广土众民,则必君权甚尊,而民权国会皆无从孕育矣。况我中国之一统,已当黄帝、尧、舜之世;盖古号九州为中国者,在大江以北,太行以南,旷野数千里,地皆平陆,无险可守;故为一统帝国之早之远,在万国之先。不止成国体,立君权而已;既为数千里之大国众民,则君权必尊,无可易者。统全大地论之:他国野番之部落,会议盖多;但无从得文明以立国。亚洲之文明立国已久,则以大国众民,君权久尊而坚定,无从诞生国会。惟欧洲南北两海,山岭丛杂,港汊繁多。罗马昔者仅辟地中海之海边,未启欧北之地;至欧北既启,则无有能统一之者。以亚洲之大,过欧十倍,而蒙古能一之。而欧洲之小,反无英雄定于一;故至今小国林立。而意大利、日耳曼中自由之市,若嗶呢士、汉堡之类时时存焉。至英以条顿种与挪曼人同漂泊于不立颠,传其旧俗而世行之。至西一千二百六十五年,约翰王时,遂定大宪章,日益光大,以至今日而推行于天下。英国世有王,而国会不废,久之且全夺王权,而成为立宪最坚之政体;而大地立宪政体皆法之。此为大地最奇特之事,亦绝无而仅有之事!盖考英当威廉由荷兰入主英国之时,当我清康熙二十七年,而是时英全国人口不过五百万,区区小国寡民,故克林威尔之革命,亦不过如春秋时列国之废逐其君,晋厉、宋殇之弑,鲁昭、卫辄之出,若是者不可胜数。卫人立晋,乃出于众;贵族柄政,盖视为常。苏格兰、阿尔兰之混一不久,上溯约翰世又四百年,计其时英国仅英伦一隅,当西一千二百六十五年,人民必不过二百馀万;如威廉第一之世,不过百馀万耳;立国于宋世,亦不过人口数万或十数万;名虽有王,不过如今滇、黔土司之酋长耳。盖民数甚少,则君不尊大;地僻海隅之一岛,则罗马及东方大一统之宏规不见;故能传其旧俗而不至灭绝。及文明大启,则国会已坚;而又有希腊、罗马议会故事,傅会之以为民治之极隆;而国会之制,遂为大地之师焉。故日耳曼之分国虽多,而独能传其旧俗者,日耳曼开创之始,攘辟山林,粗开部落,未成国土,未有君王,部落既多,群族相斗,必升会谋之。凡称戈之卒皆得预议,不能荷戈者不得预会。所议者,公举头目将军及编兵之事,而预会者亦只有赞成可否之权,无发言之权。焚火射矢以集众于邱陵林丛,可者舞蹈,不可者击器以乱之,其大不愿者则投戈于地。此种集会,实为英伦国会制之俶落权舆矣。不属他国而属英伦,则以边海之小岛寡民故也。故曰地形使然也。然则中国之不为议院先进,非中国人智之不及,而地势实限之也。吾又游法国烟弗列武库,正室有各国戎衣,吾国御用甲冑及将士之服存焉。御用甲绣龙,铜片蔽足二,玉如意夹之;咸丰十年,法、英联军入京得之者也。惟兵士衣宽袖裼,背心博裤,直非武服,置之各国兵服比较中,非止惭色,亦觉异观,不伦不类,鲜有不以为笑者!岂知吾国一统久矣,养兵仅为警察,只以捕内盗,原非以敌外侮,故谓通国数百年无兵可也。夫苟如欧洲之群雄角立,安得不治兵?观吾战国时,魏有苍头,秦有武骑,齐有武士,可见矣!惟为一统,天下一家;环我小夷,皆悉主臣,听吾鞭笞,无敢抗行者;故可罢兵息民,仅存巡警;此真一统天下之宠规,而非欧人诸小竞争所能望我治平者也!然则兵衣宽博,乃益见吾一统、久安不竞之盛规。但今者汽船大通,万国沟合;吾已夷为列国,非复一统,冬夏既更,裘葛殊异,而犹用昔者一统之规以待强敌,则大谬矣!然欧人经千年黑暗战争之世,若亦甚矣!今读《五代史》,五十馀年之乱杀,尚为不忍;而忍受千年之黑暗乱争乎?今中国迟于欧洲之治强,亦不过让之先数十年耳!吾国方今大变,即可立取欧人之政艺而自有之;岂可以数十年之弱,而甘受千年之黑暗乎?"则是欧洲分争,不如中国统一者又一也。

论法治曰:"中国奉孔子之教,固以德礼为治者也。孔子曰:'道之以德,齐之以礼,有耻且格。道之以政,齐之以刑,民免而无耻。'太史公曰:'法者,制治之具,而非制治清浊之原也;故法出而奸生,令下而诈起。'中国数千年不设辨护士,法律疏阔而狱讼鲜少。戴白之老,长子抱孙;自纳税外,未尝知法律。盖以半部《论语》治天下,国民自以礼义廉耻,孝弟忠信,相尚相激,而自得自由故也。今南洋华人父子兄弟之间,开口即曰'沙拉''抄拉',欧化哉!'沙拉'者,法律也!盖以个人独立之义,有国而无家,故薄恩义而但尊法律。然奸诈盗伪,大行于奉法之中。诚哉其免而无耻也!法治乎,何足尊!"则是欧洲法治,不如中国礼治者三也!

论自由曰:"中国人之生长于自由而忘自由,犹之其生长于空气而不知空气为何物耳。世之浮慕共和、自由、平等者,必称法国。夫法国之所以不得不革命者,以法国王者之下,尚有群侯大僧之交为压制也。夫法之小当吾两省耳;而建侯十万。当时德国封建三十万。奥封建二万。英尤至小,封建六万馀。一侯之下,分地主无数。地主皆为封君,有治民之权。其税也,王取十之五,僧取十之四,侯则听其所取,乃至刈麦之刀,烧面之锅,必租于侯而不能自由。营业职工,皆有限禁;物价皆听发落;民之物产,随意没取;聚会言论,皆有禁限,违旧教者焚之。民刑皆无定律,惟判官之所轻重;而君大夫之夫人、公子、女公子,皆得擅刑讯罚而置私囚焉。民禁不得为吏,禁不得适异邦,但充封君之奴。女子惟封君之所取,其嫁也,必待封君之宿而后得配夫焉。民久苦压制之酷毒,故大呼'不自由,无宁死'也。所求自由者,非放肆乱行也;求人身自由,则免为奴役耳!免不法之刑罚、拘囚、搜检耳!求营业之自由,免除一切禁限耳!求所有权之自由,不能随意没取耳!求聚会、言论、信教之自由,今煌煌著于宪法者是矣!求平等者,非绝无阶级也;求去其奴佃而得为官吏,预公议、民刑裁判、纳税,皆同等而已。试问吾中国何如?中国之为小地主,听人民自有田地;盖自战国以至于今,乃在罗马未出现之前,不止日耳曼矣。自秦、汉已废封建,人人平等,皆可起布衣而为卿相;虽有封爵,只同虚衔;虽有章服,只等徽章。刑讯到案,则亲王宰相与民同罪。租税至薄,乃至取民十分之一,贵贱同之。乡民除纳税诉讼外,与长吏无关。除一二仪饰黄红龙凤之属稍示等威,其馀一切皆听民之自由,凡人身自由,营业自由,所有权自由,集会、言论、出版、信教自由,吾皆行之久也矣!法大革命所得自由平等之权利,凡二千馀条;何一非吾国人民所固有,且最先有乎?但有之已数千年,而忘之不知夸耳!今吾国欲再求自由,除非遇店饮酒,遇库支银,侵犯人而行劫掠,必更无自由矣!今法人尚存世爵数万,仍有尊称,吾乃无之;吾国突进于法多矣!今吾国欲再求平等,则将放肆乱行,绝无阶级。法之平等、自由,果若此乎?嗟乎,纪纲尽破,礼教皆微,何以为治?故中国之人早得自由之福已二千馀年。而今之妄人不察本末,以欧人一日之强,乃欲并其毒病医方而并欲效法而服之。昔有贵人,有痈而割之，血流殷席，命几不保。有贫子美好无病，慕贵人之举动，乃亦引刀自割，貌为呻吟，已而剖伤难合，卒以自毙。今吾国妄人媚外者，自以为取法于法、德，发狂呼号，日以革命自由为事；不几类美好贫子，引刀自割，貌为呻吟，卒以创伤自毙者？岂止见笑于欧、美之识者，无病服毒，不其伤乎！"则是欧洲平等自由，不如中国先进者四也。

论妇女独立曰："巴黎之以繁丽闻于大地者，在其淫坊妓馆、镜台绣闼，其淫乐竟日彻夜。已领牌之妓凡十五万，未领牌者不可胜数。若其女衣诡丽，百色鲜新，为欧土冠。各国王子，宁舍帝王之位而流恋巴黎之妓乐。而贵家妇女，亦多有出而为妓者。法人自由既甚，故妇女多不乐产子，有胎则堕之，以故户口日少。盖自同治九年，德法战时，法人已逾三千万，迄今亦不过三千馀万，就此二三十年间，德之人，增至六千二百馀万，英增至四千馀万，而法乃日衰。若仍此不变，法可自绝灭，不待人灭绝之也！此其故何哉？一薄于教孝也。夫妇女之生子，自孕妊至诞育抚养，至苦矣！当其妊也，行动饮食，卧起皆不便，男女之道又绝；至妊成而产，则痛苦呻吟如割，或有害及生命者；幸而母子无恙，则抚婴劬劳，乳之哺之，提之携之，夜则转侧号啼，病则抚摩按抱，时而竟夕不寐，当餐不食。以其生育之、抚养之、劳苦之甚也。故孔子立法尚孝，教子报之；故《诗》曰'欲报之德，昊天罔极'也。以中国之厚于父母，故女母乐于生子而望倚养于终身，报之于耆老。是故女有生子之望，人无堕胎之俗；故中国人民繁多，过于万国；盖有由也！今欧、美之俗，人人自立，父母不能有其子；劬劳而抚子，子长而嫁娶，别父母而远居，积财而不养父母；岁时省亲，仅同作客；其父困绝而不必养；其母病而不之事。既无得子之报，然则为妇女者何所望于子？

安所肯舍性命、忍嗜欲、耐劳苦,而生之抚之?无宁预绝其萌以省事耶?一妇女自立也。凡天下之忍苦耐劳待人者,必其不能自立,不得已而出之者也。苟能自立,则自由绰绰,何事忍苦耐劳而待无所为之人哉?今妇女之于子也,产之至苦也,抚之至劳也,育之至艰也,不知若何艰苦,然后得子之成立,则待我之老而子养焉,待子之富贵而我尊荣焉,甘耐无穷之劳苦,而思有以易之。今我自能养,我自能富贵尊荣,无事于求人待人;然则何为竭十馀年之力,忍苦耐劳而生子养子哉?无宁预绝其萌而先堕之。美国堕胎之俗,有同于法;妇人居常之论,皆不愿有子矣。美之禁堕胎也,罚银六千元,囚三年,然不足以禁之!德、英妇女之好淫乐而自立,今虽未至于法之地位;然独立之风既扇,亦必不能久矣。其妇女为教习者,且多不愿嫁人。然则欧、美之人口,不其危乎?嗟夫!天下万事,皆赖人类为之;若人类减少,则复愚。人类灭绝,则大地复为犹獉草昧之世。而人之生也,皆赖妇女。故妇人不愿有子,乃天下之大变,洪水猛兽,不烈于此者也。而法、美以文明自由闻;乃先有之,且盛行焉!立法之难,得乎此则失乎彼。抑女而过甚,则非男女平权之义;矫之以独立,又有生人道尽之悲。谈何容易,得其宜乎?今之学者,不通中外古今事势;但闻欧人之俗,辄欲舍弃一切而从之,谬以彼为文明而师之。岂知得失万端,盈虚相倚,观水流沙转而预知崩决之必至。苟非虚心以察万理,原其始而要其终,推其因而审其果者,而欲以浅躁一孔之见,妄为变法,其流害何可言乎!"则是欧洲妇女独立,不如中国教孝者五也。

　　论衣服曰:"中国饮食衣服之美,实冠万国,他日必风行万国。凡美者,人情之所爱。丝服之美,自在优胜劣败之例;不能以欧人一日之长而见屈也。吾国地兼三带,衣服亦备寒暑,既无印度之薄縠,天衣无缝;亦非欧土之厚绒,紧迫其身;不宽不紧,易减易增,披服简便,过于欧、美远矣!欧土多寒,故西服用绒,紧束其身。若我温带,施于盛暑,汗淋如渍,尤损卫生,限以三袭,大寒不能加,盛暑不能减,于观不美,于体不宜。吾昔病于纽约,美医谓我曰:'中国服制最宜。曾有千人大会,莫不感寒,惟中国公使独无恙。若他日变法,一切可变,惟服制必不可变!'吾谓欧服以绒,中服以丝,取材不同。欧服尚披禽兽之毛,膻腥未除;而丝则我天产至美之物也。若吾国舍其天产而从人,则一国四万万人皆服毡绒之服,一人四袭,一袭至贱者二十金,并革履毡帽,人必百金而后可。是我舍数万万金之丝,无所用之,而须购绒革之服料于外。以人百金计之,是费四五万万兆而纳贡于外,过于八国联军之赔款尚百倍也。且吾中国乃大地丝产国也,民之衣食于丝织者以数千万计也。今一易服,全国衣履冠带之丝,皆尽失业,丝织者彷徨而不知所措矣!何为变本加厉,倾民之所有以自敝乎?万国皆不产丝,而为中国独有之天产;上考《禹贡》,蚕桑丝筐,已在四千年前。故服物之五色六章,最为妙丽。此天以最厚吾中国者,宁可弃天贶乎?弃天贶者不祥,弃土产者自敝,服毡绒者退化,随人后者无耻!印度岂不变服;益为奴耳;于自立何有!将欲以此为亲;吾面既黄,虽欲亲而安能亲?日本小岛耳,炮声隆隆,则欧、美畏媚之!近各国王宫,多为日本装殿,而美人暑时,亦多为日本服,但使内政修明,物质精美,炮舰大横庚庚,则中国丝服,自为大地所美而师之。若徒改服乎,则印度人与黑人之改服,何见亲之有?吾奴吾奴耳。何有堂堂数千年文明之中国,抚有天产吾丝,文章之美,而自弃之,以俯从深林后起日耳曼之毡服!"则是欧服毡绒,不如中国丝服者六也。

论膳食曰:"膳食之美,必地为大陆而后得之。大地之国,吞大陆者四域；欧土、波斯、印度及中国耳。印度诸教盛行，多所戒禁，或不食豕，不食羊，或不食牛，不食鸟，或全戒杀生，若此，则食不能美。且其地奇热，好食苦辣腥臭之味，尤为印人所独，而外人不能入口焉！波斯信回教与火教，亦多所禁食。欧土自中世纪黑暗世后，侯国竞争，国境小或十数里，界关隔绝，百货难通，则食品难集！至今尚脔而不切，酱齐之和后加焉；其食之未精，可知也！惟中国自汉一统，地兼三带。百货骈集，品兼水陆；故八珍之美，自周已精，故用酱以和齐入味，先切而用箸弃刀，已在周时矣！今欧洲美食，皆称巴黎；然法国之食，皆出自西班牙，班人僻乡亦解调和，吾游班及墨，觉其价贱而精，尚过于法也。班之食学，又出于葡；吾游葡京理斯本，闻其馔名，有与粤同。盖葡自一千四百几十年，哥仑布寻得美洲，至一千五百三十馀年，遂得澳门。是时英培根之世，尚用手食而未用刀割，其未能调和，不待言也。葡人以东方之食味，移植葡京，乃大变焉。是时推班与葡并驱海外，抚有全美，民大富而备海陆之珍，故班首学葡食。法路易十四遣孙非特腊第五王班，贵妇宫女、大臣从者数千人，及王长而后归法，乃移班食味于法。路易十四盛陈宫室服食以怀柔十万诸侯，于是食馔之美大进，风行欧、美焉。然葡食实我所出，班食为吾孙，法食为吾曾孙，欧、美为吾云来；突厥、日本切食，尤为吾嫡嗣。盖吾食之博而至精，冠于万国，且皆师我者也！欧食美否不论，但今尚设五味架，从后加味，味不能入，其为不知和可见矣。而今吾国乃反盛行西食。若以同食不洁，则吾明以前无小异食者，上考宋之《武林遗事》，下考戏剧，犹可推见；何不每人异器，如日本然？既可得洁，又保己国之美食，而何事弃己万国最美之馔而退化从人哉？"则是欧人膳食，不如中国先进者七也。

论酗酒曰:"法人之好酒极矣。吾游巴黎,入店不饮。酒家请曰:'吾巴黎无不饮酒者。'乃为饮之,则法人之沈湎可见矣!《书·酒诰》曰:'群饮,汝勿佚,尽执拘以归于周,予其杀!'此与道光年间重惩鸦片之刑同。夫饮酒小过,何至惩以杀刑?盖当时风俗沈湎之极,故欲以严惩之。吾观欧、美人醉酒之风,夜卧于道而哗于市,归驱其妻而争杀开枪致死者,比比也。所经小市大衢,酒店相望;竟日作工所入,尽付酒家,而导淫演杀,与酒为邻。若此败风,惟吾国无之。欧、美皆然,惟法人为尤甚耳!盖吾国酒俗为过去世矣。不知者开口媚欧、美人为文明;试入卖酒垆,观其喧哗,与我孰为文明哉?近世鸦片之毒,弱人体质,厥害为中国数千年所无。然其毒自外来,去之不难,不如酒之甚也。即以鸦片店之患,一榻横陈,亦岂有哗争斗杀之害乎?天下人道之大患,莫甚于相杀;故以酒烟相比,酒之害为尤烈也。"则是欧人嗜酒,不如中国吃鸦片者八也。

论宫室曰:"吾昔闻罗马文明,尤闻建筑妙丽,倾仰甚至。及亲至罗马而遍历名王之古宫,乃见土木之恶劣,仅知用灰泥与版筑而已。其最甚者,不知开户牖以导光。以王宫之伟壮,以尼罗之穷奢,而犹拙蠢若此;不独无建章之万户千门,直探类于古公之陶复陶穴。吾国山西富人,尚有穴山作屋,仅取中溜以通光,穿室数十重,壁盖厚数尺,乃极似罗马古帝宫焉。若法路易十四之宫,夸为世界第一者,雕镂固精,然仅此一大座;比之吾国帝居禁城之宏壮,相去尚十百倍!突厥波斯之宫殿,吾未之见!印度壮丽亦未极闳。若除此外,则中国帝室皇居之壮大,实为大地第一。盖万里大国,二千年一统致然。自建章、未央千门万户,由来久矣。此其雄规,实关文明;不得以专制少之。今以《三辅故事》所述汉武帝之宫比之:建章宫,度为千门万户;其东则凤阙,高二十馀丈,上有铜凤凰;

立神明台，井干楼，皆高五十丈；辇道相属焉，其上有九室，形或四角八角。张衡赋谓'井干叠而百层'，与巴黎之铜楼何异？其北大液池，中有渐台，高二十馀丈；中有蓬莱、方丈、瀛洲、壶梁，象海中三神山，龟鱼之属；其南有玉堂、璧门、大鸟；承露盘高二十丈，大七围，以铜为之；上有金铜仙人掌，至唐尚存，李贺尚见之，有《金铜仙人辞汉歌》。其甘泉宫之通天台，高三十丈，可望长安城，其上林苑连绵四百馀里，离宫别馆三十六所。《汉书》称成帝之昭阳殿，中庭彤朱，赤壁青琐，殿上髹漆，砌皆铜沓，黄金途，白玉阶，壁带往往为黄金釭，函蓝田璧，明珠翠羽饰之。班固《西都赋》所谓'雕玉璞以居楹，裁金璧以饰珰，屋不呈材，墙不露形，裹以藻绣，络以纶连；随侯明月，错落其间；金釭衔璧，是谓列钱；翡翠火齐，流离含英'，是也。此不过偶举一二耳。若《汉书》称秦之骊山，高五十馀丈，周回五里，石椁为游馆，人膏为灯烛，水银为江海，黄金为凫雁，珍宝之藏，机械之变，棺椁之丽，宫馆之盛，不可胜原。而阿房宫三百馀里，作者七十万人；破各国，写其宫室；门列金人十二，每重二十四万斤，门以磁石为之；前殿东西五百步，南北五十丈，可坐万人，下可建五丈旗；二百里内，宫观二百七十，甬道复道相连，帷帐钟鼓，不移而具；周驰为阁道，自殿抵南山，表南山之巅以为阙；复为复道，渡渭，至咸阳，北至九嵕甘泉，南至长阳五柞，东门至河，西门至汧渭，东西八百里，离宫相望。甘衣绨绣，土被朱紫。宫人不徙，穷年不能遍。由此观之：吾国秦皇、汉武时宫室文明之程度，过于罗马不可以道里计矣！惟罗马亦有可敬者：二千年之颓宫古庙，至今犹存者无数，危墙坏壁，都中相望；而都人累经万劫，争乱盗贼经二千年，乃无有毁之者。今都人士，皆知爱护，皆知叹美，皆知效法，无有取其一砖，拾其一泥者，而公保守之以为国荣。令大地过客皆得游观,生其叹慕,睹其实迹,拓影而去,足以为凭。而我国阿房之宫,烧于项羽,大火三月。未央、建章之宫,烧于赤眉之乱。仙掌金人为魏明帝移于邺,已而入于河北。齐高氏之营高二十六丈者,周武帝则毁之。陈后主结绮、临春之宫,高数十丈,咸饰珠宝,隋灭陈则毁之。馀皆类是。故吾绝少五百年之宫室。即如吾粤巨富若潘、卢、伍、叶者,其居宅园林皆极精丽,几冠中国。吾少时皆尝游之。即若近者十八甫伍紫垣宅,一门一窗,一栏一楯木,皆别花式,无有同者;而以伍家不振,忽改为巷,遂使全粤巨宅,无一存者。夫以诸巨富之讲求土木,不惜巨赀;其玲珑窈窕,皆几经匠心。若如日本之日光庙及奈良庙,游者收赀,岁入数十万。而所存美术精品,后人得由此益加改良进步;则其美术岂不更精焉?乃不知为公众之宝,而一旦扫除,后人再欲讲求,亦不过仅至其域,谈何容易胜之乎?故中国数千年美术精技,后人或且不能再传其法。若宋偃师之演剧木人,公输墨翟之天上斗鸢,张衡之地动仪,诸葛之木牛流马,北齐祖晅之轮船,隋炀之图书馆,能开门掩门、开帐垂帐之金人,宇文恺之行城,元顺帝之钟表,皆不能传于后,至使欧、美今以工艺盛强于地球。此则我国人不知保存古物之大罪也。不知保存古物,则真野蛮人之行为!而我国人乃不幸有之;则虽有千万文明之具,亦可耗然尽矣。"则是欧人宫室,不如中国宏伟者九也!

论浴房曰:"欧人浴房,但分男女室;男与男赤体同浴,女与女赤体同浴。日本则男女同浴。吾国粤人廉耻最重,无赤体相对者;故粤无浴室。欧人尚乐,故雕刻皆尚赤体,宜其浴无择也。然今则颇尚耻,以短裤遮其下体。瑞典与日本同,并不用短裤矣。盖浴为洁体之大事,可以祛病;浴为乐魂之妙术,可以畅怀。独乐不如同乐,故多同浴。各国多同之,《史记》讥'於越之俗,男女同川而浴'；盖人道之始必如此。及其后廉耻日进，则男女异浴；又进而恶其秽也，不肯裸以相见，则人人异室矣。吾遍观大地各国，人情无不好浴者。惟西藏、布丹、廓尔喀人不好浴，故最不洁；则以难得水之故，且极寒之故也。野蛮不浴。据乱同浴。升平之世，廉耻与乱世异，则尚异浴。太平大同之世，人各自立，人各自由，则复归于同浴耶！"则是欧人据乱同浴，不如中国异浴之为升平者十也。凡此之类，度长絜大，极世界之美，无逾中国。未尝不发愤而道曰："吾国人不可不读中国书，不可不游外国地，以互证而两较之；当不至为人所恐吓而自退处于野蛮也。日本著书多震惊欧、美者。此在日本之小岛国则然，岂吾五六千年地球第一文明古国，而若此之浅见寡闻乎？"因汇所睹记，成《欧洲十一国游记》，而序其端曰：

将尽大地万国之山川、国土、政教、艺俗、文物，而尽揽掬之，采别之，掇吸之，岂非凡人之所同愿哉？于大地之中，其尤文明之国土十数；凡其政教、艺俗、文物之都丽郁美，尽揽掬而采别掇吸之；又淘其粗恶而荐其英华焉；岂非人之尤所同愿耶？然史弼之征爪哇也，误以为二十五万里。元卓术太子之入钦察也，马行三年乃至。博望凿空，玄奘西游，当道路未通，汽机未出之世，山海阻深，岁月澶漫。以大地之无涯，而人力之短薄也；虽哥仑布、墨志领、岌顿曲之远志毅力，而足迹所探游者，亦有限矣。然则欲揽掬也，孰从而揽掬之？故夫人之生也，视其遇也。芸芸众生，阅亿万年，遇野蛮种族部落交争之世，居僻乡穷山之地，足迹不出百数十里者，盖皆是矣。进而生万里文明之大国，而舟车不通，亦亡由睹大九洲而游瀛海；吾华诸先哲，盖皆遗恨于是。则虽聪明卓绝，亦为区域所限！

英帝印度之岁,南海康有为以生!在意王统一前三年,德、法战之前十二年也。所遇何时哉?汽船也,汽车也,电线也,之三者,缩大地促交通之神具也;汽船成于我生之前五十年;汽车成于我生之前三十年;电线成于我生之前十年;而万物变化之祖,为瓦特之机器,亦不过先我八十年。凡欧、美之新文明具,皆发于我生百年之内外耳!萃大地百年之英灵,竭哲巧万亿之心精,奔走荟萃,发扬蜚鸣,旁魄浩瀚,积极光晶,汇百千万亿泉流,而成江河湖海,以注于康有为之生也,大陈设以供养之!俾康有为肆其雄心,纵其足迹,穷其目力,供其广长之舌,大饕餮而吸饮焉。自四十年前,既揽掬华夏数千年之所有;七年以来,汗漫四海。东自日本、美洲,南自安南、暹罗、柔佛、吉德、霹雳、吉冷、爪哇、缅甸、哲孟雄、印度、锡兰,西自阿剌伯、埃及、意大利、瑞士、奥地利、匈加利、丹墨、瑞典、荷兰、比利时、德意志、法兰西、英吉利,环周而复至美。嗟乎!康有为虽爱博好奇,探赜研精,而何能穷极大地之奇珍绝胜,置之眼底足下,揽之怀抱若此哉?缩地之神具,不自我先,不自我后;特制竭作以效劳贡媚于我。我幸不贵不贱,亡所不入,亡所不睹;俾我之耳目闻见,有以远轶于古之圣哲人。天之厚我乎,何其至也!夫中国之圆首方足,以四五万万计。才哲如林,而闭处内地,不能穷天地之大观。若我之游踪者殆未有焉。而独生康有为于不先不后之时,不贵不贱之地,巧纵其足迹、目力、心思,使遍大地;岂有所私而得天幸哉?天其或哀中国之病,而思有以药而寿之耶?其将令其揽万国之华实,考其性质色味,别有良楷,察其宜否,制以为方,采以为药,使中国服之而不误于医耶?则必择一能若不死之神农,使之遍尝百草;而后神方大药可成,而沉疴乃可起耶?则是天纵之远游者,乃天责之大任!则又既皇既恐,以忧以惧;虑其弱而不胜也。虽然,天既强使之为先觉以任斯民矣!虽不能胜,亦既二十年来昼夜负而戴之矣!万木森森,百果具繁,左捋右撷,大嚼横吞,其安能不别良楛、察宜否、审方制药,以馈于我四万万同胞哉?方病之殷,当群医杂沓之时,我国民分甘而同味焉,其可以起死回生,补精益气以延年增寿乎?吾之谓然,人其不然耶?吾于欧也,尚有俄罗斯、突厥、波斯、西班牙、葡萄牙未至也。于美也,则中南美洲未窥,而非洲未入焉。其大岛若澳洲、古巴、檀香山、小吕宋、苏禄、文莱未过。则吾于大地之药草,尚未尽尝;而制方岂能谓其不谬耶?抑或恶劣之医书可以不读;或不龟手之药可以治宋国;而犹有待于遍游耶?康有为曰:"吾犹待于后遍游以毕吾医业。"今欧洲十一国游既毕;不敢自私,先疏记其略以请同胞分尝一脔焉。吾为厨人,而同胞坐食之;吾为画工,而同胞游览也。其亦不弃诸!

其自任以天下之重如此。自称"童而好讽诗;顾学以经世,志在撑理,不能雕肝呕肺以为诗人。而嗜杜甫诗若出性生,能诵《全杜集》,一字不遗。又性好游,玩山水,爱风竹;船唇马背,野店驿亭,不暇为学,则馀事为诗。及戊戌遘祸,遁迹海外,五洲万国,靡所不到,风俗名胜,托为咏歌;若拔抑塞磊落之怀,日行连犿奇伟之境,临睨旧乡,邅回故国,阅劫已夥,世变日非。灵均之行吟泽畔,骚些多哀;子卿之啮雪海上,平生已矣。河梁陇首,游子何之;落月屋梁,水波深阔,嗟我行迈,皆寓于诗。"既而游突厥,道出所谓耶路撒冷者,犹太人哭所罗门城壁,男妇百数,日午凭城泪下如縻,诚万国

所无也。喟然曰:"惟有教有识,故感人深远。吾念故国,为《怆然赋》。"凡一百韵。其辞曰:

崇壁严仡仡,围山上摩天;巨石大盈丈,莹滑工何妍。筑者所罗门,于今三千年。城下聚男妇,号哭声咽阗:日午百数人,曲巷肩骈连;凭壁立而啼,涕泪涌如泉。惨气上九霄,悲声下九渊。始疑沿具文,拭泪知诚虔。电气互传载,真哀发中宣。一人向隅泣,不乐满堂缘。借问犹太亡,事远难哀怜;万国有兴废,遗民同衔冤!譬如父母丧,痛深限年旬;岂有远古朝,临哭旦夕酸?罗马后起强,第度扬其鞭;虽杀五十万,流血染城闉。当时严上帝,清庙金碧鲜。我来瞻遗殿,华严犹目前。珍宝移罗马,痛心亦难喧。正当吾汉时,渺茫何足云。吾国二千载,亡国破京频;刘石乱中华,洛阳惨风云;侯景围台城,一切文物焚;耶律执重贵,雅乐遂不闻;暨至宋徽钦,汴京虏君民。岂无思古情,颇感骚人魂?或作怀古诗,亦传哀吊文。未有凭城哭,至诚逮野人;妇婴同洒泪,千载恸遗民。吾迹遍万国,奇骇何感因?答言:"祖摩西,奉天创业勤;艰苦出埃及,转徙红海滨。帝降西奈山,特眷吾家春。十二以色列,奄有佐顿川。大辟所罗门,两王尤殊勋!拓边大马色,筑庙耶路颠。武功与文德,焜耀死海漘;馀波跃耶回,大地遍遵循。人种我最贵,天孙我最亲!岂意灭亡后,蹂躏最惨辛!罗马与萨逊,蹈藉久纷纭;英暴当中世,俄虐今尚繁。遗种八百万,飘荡大地魂!有家而无国,处处逐辱艰。被虐谁为护?蒙冤谁为伸?传言上帝爱,我呼彼充填。穷途无控诉,凭城啼吾先。"言罢又再啼,四壁啼益喧;哀哀不忍闻,吾亦为垂涟。亡国人皆恨,惟汝有教贤！他国不知愁,同化久忘筌。汝城文明民,文明成瘴瘗；区区此遗黎,艰苦抱守艰。虽然犹太教,今犹立世间。吾游墨西哥,文字皆不传；英哲与图器,泯灭咸无存！读学皆班文,性俗忘祖孙；岂比汝犹太,能哭尚知原！哀哀念远祖,仁孝无比援。他日买故国,独立可复完。先啕必后笑,物理固循环。吾哀犹太人,吾回睨中原！四万万灵胄,神明自羲、轩；唐、虞启大文,禹、汤、文、武联；孔圣宝文王,制作大礼尊。圣哲妙心灵,图器文史篇。后生坐受之,枕胙忘其源！如胎育佳儿,如酿蕴良醇！我形胡自来？我动胡自迁？我识与我神,明觉胡为先？喜怒胡自起？哀乐胡所偏？我咏歌舞蹈,我饮食文言。——英哲人,化我同周旋。忘之我坐忘,悟之大觉圆。一往情与深,思古吾翩跹。庄周梦化蝶,吾实化国魂。若其国竟殇,哀恸不知端！凡亡非我亡,畸士托古诠。吾未免为人,多情犹为牵。吾为有国故,身家频弃捐！哭弟哀友生,柴市埋冤云。哭墓已不获,先骸掘三坟。十死亡海外,谗侮百险煎。受诏久无功,缠身万苦难！十载逋亡人,拂逆痛心肝！我本淡荡人,方外乐谈玄。胡事预人国？误为不忍缠？今既荷担之,重远难释肩。地狱我甘入,为救生民艰！受苦固所甘,忍之复忍焉。久忍终难受,去去将舍旃。浩荡诸天游,欢喜作散仙。天外不能出,大地不能捐。国籍不能去,六凿不能穿。犹是中国人,临睨旧乡园。明明涕被席,眈眈伤我神。类告爱国者,犹太是何人？

其辞磊落而英多,其意激切而孤愤；揆之古人,独《湛然居士集·西游诗》、长春真人《西游记》中诗、陈刚中《交州集》可相仿佛；然有其傲诡,而无此慷慨也!尝以为中国不可行民主;傅会孔、孟,旁援欧、美,其大要归于强国庇民,因时制宜。故曰:"天下无万应之药;无论参术苓草之贵,牛溲马渤之贱,但能救病,便为良方。天下无无弊之法;无论立宪、共和、专制、民权、国会一切名词,但能救国宜民,是谓良法。执独步单方者,必非良医。执一政体治体者,必非良法。故学莫大乎观其会通,识莫尚乎审其时势。《礼运》曰:'时为大,顺次之,体次之。'协于时,宜于人,顺于地,庶几良法矣!孟子曰:'民为贵,社稷次之,君为轻。'社稷者国也;国权、民权、君权三者迭递代兴而时为轻重者也。专制之世,则君权重;太平之世,则民权重。此皆自然之势,而克当其宜者也。欧洲民权君权之争,在百年前矣;至数十年来,君权之说已绝,馀波荡于亚洲。若民权乎?则在百年前欧、美最盛之时;而数十年来国权之说忽盛;俾士麦以此强德国;虽以美国平民之政,罗斯福亦大倡霸国之义,而各国亦皆鼓吹之。处列强并峙,日事竞争,少不若人,即至夷灭;故霸国之义,不得不倡者,时为之也。昔在春秋战国之时,管、商之学,专以国权为重。孔、孟意存一统,则专以民权为先。义各有为也。凡学说之盛衰,视其时宜。倡国权说于法国革命之时,则无当矣;倡民权说于德国既强之后,尤为大谬矣!以美国之富盛,昔无海军时,则德人极轻之;近年大治海军,则德人重之。日本以战俄之故,重人民之赋税;然日之威棱震于全球矣!倘使美、日犹主重民之义;则日税太重,民难负担;美而治兵,尤悖华盛顿、孟禄之训。然而美、日不得不重国而轻民者,诚察时势之宜!不得已也。故重民而张民权之说,乃欧、美百年前之旧论,于药则为渣滓,于制则为刍狗,于米则为秕糠,于花则为落瓣。乃吾国通明之士,号称新学,而拾欧、美之残羹冷炙以为佳馔新烹,于胃则不宜,于体则不协;小之致病,大之致死。盖失其时,悖其顺,非其宜故也。"既斥民权而崇国权,国权所寄,必在君主。其初戊戌变政,则进君主立宪之说。及至辛亥革命,益倡虚君共和之论。终莫之用,而革命有成功,建号民国;于是发愤而道曰:"南方之魁桀何尝无帝制自为之心?而矫为民主共和之说以饵于民曰:'贫富共产也','人人可为总统议员也','若入吾党,可得富贵也',甚至谓'改民主共和后,米价可贱也,可不纳税也'。此与'迎闯王可免钱粮'何异哉?愚民乐其便己也,信而从之。强豪桀颉者辍耕垅上,倚啸东门,平宁已久,无从发愤,藉为乱具,侥幸图成。风气所鼓,四海之人,习见枭雄夸诈之夫,能为共和之大言,能为自由之谬论,因时乘势,袭据土壤,纷纷攀附,各藉权势。其夸垒尤甚者,中分天下,指挥风云;政府则敬畏之,乃至藉外款千百万以媚事之。其次亦复上将勋位,剖土分藩。下之灶养市魁,皆一蹴而秉麾纡组,列鼎鸣钟,呼叱而金帛盈山,顾盼而声色列屋;其车马、宫室、服食之豪侈过于王公;其颉颃、横暴、跋扈、肆睢之气势,行于州县。向之偷儿、里盗、椎埋、剽窃之夫,进称雄于州邑,退亦为政于乡里,横行攘据,武断乡曲。然则谁不慕之?谁不辗转效之?权利之思想已溢,自由之势力弥充,进无所慕于古,退有以荣于人,时风众势,卷而成俗,人所羡慕,皆在此徒。苟不破法律,作奸欺,谋乱略,营党私,何以充塞其权利之私,弥满其自由之壑乎?即有廉让之士,而风俗既成,坐而相化,则织衣大帻,谨厚者亦复为之。故当今之世,人不谋乱,更复何事,而涂泽以欧、美之文明。群众所尚,报纸所哗,则新世界之所谓'共和'、'平等'、'自由'、'权利思想'诸名词也。夫'自由'者,纵极吾欲云尔。'权利思想'者,日思争拓其私云尔。所谓'平等'者,非欲令人人有士君子之行;不过锄除富家贵族,而听无量数之暴民横行云尔。

所谓'共和'者,倒帝者之专制,自馀则两党相争,陈兵相杀,日为犯上作乱云尔。以风俗所尚,孕育所成,则只有为洪水猛兽布满全国而已。今夫地方自治,至美之良法也;而中国行之,则惟资豪猾武断乡曲,未见能于地方兴利也。设辨护士,岂非保护贫弱者之美意哉?而中国行之,则劫贼横行;及被捕获,则亦将延辨护士而解脱;于是盗劫日滋。其他辨护士之日诱人讼以破人产者无论也。若夫官制弃资格而听长官自拔,则惟有引用亲私;负贩牛医,皆上列大位,下绾铜墨;甚至一丁不识,人皆怀非分之想;人情既不能无私利,则官方何自而整。任官若此,而望其牧民任职,岂非欲入而闭之门哉?若废科举而用学校,则学者自听讲义、读课本外,束书不观,乃至中国相传之名物日用之书,亦不之识;其愚闭乔塞,殆甚于八股之时;而八股之士尚日诵先圣之经,得以淑身而善俗。今学校之士,则并圣经而不读,于是中国数千年之教化扫地!而士不悦学,惟知贪利纵欲,无所顾忌,若禽兽然。其他举议员,入政党,则惟有挟势鬻金以把持纵肆、败风坏俗而已!然则所谓'共和'、'民权'、'平等'、'自由'者,实不过此十数万之暴民得之耳!此十数万暴民之'民权'、'平等'、'自由',诚肆睢傥荡,无所不用其极矣!试问吾四万万同胞,谁则实得民权乎?民权托之代议;夫谁能代我民者?其立义已为大谬。况我所欲举者,未必被举,既为多金所买,又为大力所挤;而吾民实俯首叹恨而无所与焉?故民权者,大党十数要人之权;而于我四万万同胞何与焉?又试问,吾四万万同胞,谁实得平等、自由乎?彼千百暴民之魁,凭权据势,占领土壤,汽车听其盘游,女色惟其所择,车马流水,金帛堆山;发言有权,一电而各省响应;横行如意,举步而开会欢迎;总统则畏其乱而罗笼之,报馆则藉其势而张皇之;随意居游,惟所欲适,无不平等,无不自由。故平等、自由者,彼千数百暴民之平等、自由;吾民宛篽于虐政之下,一言有误而枪死,一事见诬而枪死,薄言往诉,普天无告。然则吾四万万同胞,谁实得平等、自由乎?夫使吾四万万同胞,果皆得民权、平等、自由,则个人各得其权利,而国权必屈。方今列强并争之世,犹非所宜也!然四万万人果真得民权、平等、自由,则少屈国权,而伸个人之权利,犹之可也!无如四万万人皆无所得于民权、平等、自由,而仅令千数百之暴民得民权、平等、自由;是排除一人之专制,而增设千数百人之专制也!名称'共和',实曰结党而图共乱;号为'民主',实以少数而行专制;戴假面,则朱唇玉貌;揭暗幕,则青面獠牙!"言之若有馀悸也!情不能以自禁,辞不免于过訐,播所欲言,署曰"不忍"。

或讼共和之美,在扬民权。则正告之曰:"人实诳汝!共和者,欧制况称之辞;且大诳于中国。夫号称'共和'者,乃凡在国民人人得发其意之谓。民意昭宣,民权发皇;卢骚之流,大发其义。此在欧洲,古之希腊,中世之威尼士、致那华,及德之汉堡、罕伯雷、伯来问、佉伦、佛兰拂及今之瑞士、蕞尔之国,百数十万之民,而大事,则人民共议,则诚得民意矣!选举则人人有权,则亦庶几民权矣!卢骚亦谓'二万人之国,可行共和'。若二万人者,或可真得民意,真行民权矣!此不过如吾粤之大乡云尔。吾粤南海之九江、沙头,顺德之龙山、容奇、桂州,新会之外海,番禺之沙湾。皆聚十数万人为一乡,比于卢骚之二万人已过之;其立乡约,行乡法,能得民意与民权与否,尚不可知也。南美洲之各共和国也,若玻里非、委内瑞拉、乌拉圭、巴拉圭,皆以数千人举一议员。即巴西、阿根廷、秘鲁、智利之大,亦不过以万人举一议员。塞维、布加利牙、希腊、罗马尼亚,亦略皆以万人举一议员。若比利时、荷兰、那威、丹麦亦不过以万人举一议员。即英国之大，为宪法选举之祖，亦不过以三万人选一议员。然当威廉第三入英之际，英民不过四百万；至与拿破仑交战之时，亦不过五百万，是时英最盛昌，亦不过万人选一议员耳！夫尊民意民权者，不能直达，而以'代议'名之；苟不能如瑞士之直议，何权之有！人与人面目既殊，心意必异！父子师弟，亦难强同。而谓所举之人能达我意，必无是理矣！故以一人举一人，已不能得其意；况以万数千人而举一人；人人异意；而谓能以一人曲肖万数千人之意，代达万数千人之意，有是理乎？故万数千人选一议员之国，号称代议，其说已大谬矣。虽然，若英国三万人选一议员。三万人者，亦如吾粤一巨乡耳，既以代议为制，势不能不选于众。三万人之乡，其有才贤，乡人略皆知之，则虽不能得民意，发民权；然既自民之耳目心思所自举者，则亦可谓之民举也。德、法以十万人举一人；日本以十三万人举一人；更不能比于英矣。然十万之乡县，耳目亦近；彼宪政既久，选举既熟，或能知其人者，谓之民举焉，亦未尝不可也。至如中国之大，人民之多，今之选举法也，以八十万人选一人。夫八十万人之多数，地兼数县，或则数府，壤隔千里，少亦数百里；吾国道路不通，山川绝限，人民无识，交游未盛，选举不习；则八十万人之中，渺渺茫茫，既为大地选举例之所无；而曾谓八十万人者，能知其人而举之；其人又能代达八十万人之意乎？此尤必无之理也！然则在今大地中，凡百有国，皆可言民意、民权；惟我中国能言民意、民权，则无之也，徒资数万之暴民而已！是大妄也，是欺人也！惟国民真愚，乃受其欺耳！夫欧、美之说，知直议不可得，则诡以代议为民以欺人。然曰'代议'，虽不得民意、民权，告朔饩羊，犹有其名也！而今选举之学说，则猩狂而大言曰：'代议者，乃代一国之政，非代民个人之意也。'此说也，则明明非代民之意矣！以实事言之，彼议员自议国政，非代民之意。以虚名言之，则此学说，亦大声疾呼非代达民之意；然于其宪法也，于其国会也，于其选举法也，则大书特书曰'代议院'也，'代议员'也。名实相反，言议相乖；实而案之，不过欺民而已，不过豪猾之士，欲搂夺国政，借民权民意以欺人而已。无论议员之选，出于金钱与势胁也，难于得民望也；即不然，要必非民权民意而代民议，则可断断言也！夫既非民意民权，非代民议，则今之国会大声疾呼曰'代议'者，岂不大谬哉！代金钱而议，则有之矣！代势力而议，则有之矣！代民意而议，则未之见也！故在欧人之说，已是辞穷而为欺民诱众之计矣！我国地等全欧，人民倍之，国与民相去甚远。民意民权必不可得，而学欧、美人之舌，大声疾呼曰民意、民权。我今质问四万万人，'汝有何权？''所选举者，谁为汝意？''议员所陈，谁得汝心？'吾意真选举之人，必不及四千；而得其心意者，必不及千也。若云权乎权乎，谁则有之？欺人自欺，无俟言矣。"或谓民主之治，托之政党。又激论之曰："人实欺汝！政党者，欧治积弊之俗；且大戾于中国。夫以英国政体之美，为万国之最；其为政党也，武人不得入，法官不得入，诸吏不得入，非学人富商寻常工商，不得入。其本党之得权也，获官者不过六十人，馀皆无所报酬。全国官吏皆不动，工商皆安业。其为政党者，不过如买马票者之视斗马；所买票之马得胜，则为之抚掌大喜，欢忭舞蹈，不知其然而然。虽然，买马票者犹有所获利也；此政党中之六十者得官者也；其它政党人绝无报酬而奚乐为之？盖彼积数百年之风俗，贵人罢居，富人无事，以为游戏博猎之举而为欢娱者耳！譬如昔之试得科第者，其本省人得状元，本府县人得翰林，本乡人获举贡青衿；其省府县乡之人，无所分杯酒肉羹之惠也，更无所谓报酬也；而接闻报时，莫不欣然色喜，莫解其所以然者。又若观竞渡焉,两曹之观竞者,无所报酬也,而咸乐捐赏执花击鼓以助竞事;于其曹之胜也,大喜若狂;若是云尔!然英人之攻之者,犹谓政党为奸诈之府,腐败之薮也。若夫美国平民政治之政党,则各地方皆有波士握权,把持党事,鱼肉良善,武断一切,纳贿作奸,甚者杀人。其为祸害,美人已痛心疾首之矣。我不得美之长,而先收其短,今且学而青出于蓝焉。以吾所睹:非其党不官。入其党,则可无法。藉其党以遍握权要,鱼肉良善,出入罪恶,吞踞财产,杀戮人民,禁锢异党,封禁报馆,强占选举,万恶皆著矣!盖未有政党之前,中国有法律;既有政党之后,中国无法律。未有政党之前,人民生命财产得保全;既有政党之后,人民生命财产不保全!未有政党之前,人民言论、身体得自由;既有政党之后,人民言论、身体不自由。吾夙昔仰慕欧、美首创政党,曾不意政党之害至是也!夫政党岂无佳士?然既入其中,则为大势所驱而不能自拔矣。政党愈大,则薰莸愈杂,整率愈难。若其为法之山岳党乎?挟势横行,斯为屠伯矣。"极言急论,若有不得已!而袁世凯为总统,致书称国老,其大旨谓:"京洛故人,河汾弟子,咸占汇进,宏济艰难。爱国如公,宁容独善!"厚币卑礼,款致之京师而一见焉。有为谢勿赴也。然国权之论,进步党遂袭之以相袁世凯盗国专制;久之,国民党燔,而进步党亦倾,卒以酿洪宪之祸也!世凯既殂,有为弥用自喜;昌言无忌,好恶拂人之性。久之,渐为论政持国是者所不喜,独长江巡阅使张勋有贰心于民国,阴赞其说而加隆礼焉!则以逊帝复辟之说进也。勋则曰:"诺,是吾志也。汝其问诸冯华甫。"冯华甫者,副总统领江苏省督军冯国璋也。有为乃以勋意赞于国璋及故广西督军陆荣廷;皆无违言。国璋且曰:"张绍轩岂能办此?倘君出,我则执鞭弭以从!"有为则大喜!乃属周树模以致告于段祺瑞。时祺瑞方以国务总理，不得志于总统黎元洪，而元洪又挟国会自重，鞅鞅以失职；则应曰："民主日争，非君主不能已乱！但只可有其形式，不可用其精神。"有为曰："此我之所谓'虚君共和'者也！段芝泉同我矣！我则问诸徐菊人。"徐菊人者，东海徐世昌，民国之元老，逊帝之太傅，一时称为巨人长德者也；既闻有为之言，而协赞焉！有为则以复于张勋曰："众谋佥同矣。"于是十四省督军以六年五月，会议徐州，谋复辟，署盟书，信誓旦旦，画诺惟谨，而推勋为主盟，以亲卒三千入京师解散国会；于七月一日迎逊帝溥仪号宣统者出复辟。溥仪年十一岁，初闻复辟之谋，问师傅曰："我即出，将置民权何地？"师傅曰："权仍在民；皇上即君临天下，亦无权！"溥仪曰："即如是，何必复辟？"师傅曰："民意也！"溥仪曰："事之不成，将集众谤，必集以诟厉于我矣！"师傅无以应也！至是勋挟溥仪以行大事，既逐黎元洪避日本使馆，而不戒于段祺瑞。祺瑞既藉勋手以逞志黎元洪；乃徐起乘勋之敝，一举而覆其军，再造共和；以收民望！冯国璋以副总统代元洪为总统。段祺瑞再起柄国。自勋之复辟仅十二日，而事败，走荷兰使馆，既知见绐于祺瑞、国璋，而利用之为驱除夫难者，则大愤曰："此一役也，岂吾一人意，而用集谤于我也！"将公布所署盟书以告于国人，而探箧则无有矣！有为既以勋谋主，被名捕，逃而免。则愤而致书徐世昌，累五千言，发其事焉！然后知所谓"复辟"者，凡段祺瑞、冯国璋及世昌咸与于谋！世所传与《徐太傅书》，刊见《不忍》第九第十之合册者也。顾有为议论坚持中国宜虚君共和，不宜民主如故。既蹶不振，重草《共和平议》，条其利害，凡九万言，而叙其端曰：

吾二十七岁著《大同书》，创议行大同者。吾两年居美、墨、加,七游法;吾居瑞士,一游葡,八游英,频游意、比、丹、那;久居瑞典;十六年于外,无所事事。考政治,乃吾专业也!于世所谓共和,于中国宜否,思之烂熟矣!其得失,关中国存亡,至重也。不揣愚昧,以为邦人君子,百尔所思,不如我所知;以所见闻,草成《共和平议》四卷,数十篇。昔《吕氏》、《淮南》之成,悬之国门,有能易一字者,予以千金。吾今亦悬此论于国门,甚望国人补我不逮,加以诘难。有能证据坚确,破吾论文一篇者,酬以千圆!

其果于自信如此!然发生民之疾苦,扶共和之极敝,至谓:"搔首问天,惟民国之鞠凶。今惟创业之伟人,争权之政客,藉以掠民争利者,数百人外,无不厌民主者矣!或者外国之游学生,中下阶级之军官,各学校学生,蔽于近见而无远识,寡于阅历而侈听闻,与夫海外华商,空慕共和之美名,未受共和之实害,亦或安焉!自尔之外,数万国民,无不闻民主而谈虎色变,畏之恶之,苦之厌之,但不敢公然笔之于书,以告我国民耳!则恐获罪云尔!"其言为人人所欲吐,其意则人人之所嗫嚅!未尝不可为世之大人先生当头一棒喝也!自是不问世事,创天游学院于上海。盛名所招,从游无算,独称乡人林奄方。每语人曰:"吾昔讲学万木草堂,门下最高材者,为曹泰与陈千秋二人。梁卓如之思路,常赖二子浚发尔。非其匹也。惜皆夭死,年不过二十五六,为吾生第一恨事!今林生茂才力学,意态与著伟绝似,而行纯无疵且又过之!"奄方年二十,而文笔奇警,思力亦伟,投函《甲寅周刊》为长沙章士钊所称道;字迹矫健,尤似有为。顾贫无所得食,投考上海邮局以执事,不能竟学也!有为尤以为恨云!

有为禀赋绝异,老而不衰。虽摈不容于世,然无所屈于人!复辟既败,所至见嫉,而有为未尝以自挫。其垂殁之年,实为民国十五年,以事至天津;人颇议其阴谋再复辟也。汉文《泰晤士报》訾之尤甚,标题康有为大逆不道字,连载数日不休。有为读之无怍色。长沙章士钊亦辟地天津;往过焉,谈次及之。有为微哂曰:"《书》云:'兼弱攻昧。'今吾国士夫之昧,真是骇闻!共和国以民意为从违;民意多数曰何者,政即何从;其中并无独禁君政不谈之理。法兰西有君政党,赫然列席国会,岂是秘事?何吾人之昧,一至于此!"然言下亦无遽色,徐曰:"吾生平不喜攻人,惟著《新学伪经考》,为辨学术源流,有所诋諆,如箭在弦,不得不发耳。此外则一听人毁我,我决不毁人,士君子为国惜才,以诚接物,其道应尔。"士钊为神移者久之!而有为年则七十二矣!口辨悬河,声若洪钟,精神夔铄,见者辟易!士钊退语人曰:"二十年前,闻之服南海者曰:'天下之丑诋南海者,其人直未尝见之耳!见之,未有不易侮为敬者也!'吾尝举其语以为笑!而今见之,乃信异人。"其明年,国民军再奠江南;有为走死于青岛,年七十三!

有为自以生平担荷斯道之重,比于孔丘;抗颜为人师,无所于让。方讲学万木草堂,弟子著籍者众;尤赏南海曹泰、陈千秋。曹泰,字著伟,年二十二,署语壁柱曰:"我辈耐十年寒,供斯民暖席。朝廷具一副泪,闻天下笑声。"最耽哲理,思想渊渊入微;尝为《儒教平等义》十馀篇,未成。晚年欲穷魂学之精髓,以为佛教密咒,必有特别妙谛,捐弃百学以冥索之;居罗浮岁馀,以暴病卒!其文豪放连犿,波谲云诡,能肖其心思。从有为作八比文,题为《天地之大也人犹有所憾》,凡二千馀言,万怪皇惑,不可思议!末两比云:"《同人》以啕为始,则忧患已伏于生时;可知泣血涟而,即降孕已受天囚之惨!"《未济》以火为归,则乾坤必毁于灰烬;可知亢龙有悔,即上帝难为乞命之身!"有为亟赏其名理。侍有为游桂林,题诗崖壁曰:"大地权舆我到迟,也曾歌泣也怀思。深山大泽堪容剑,天老地荒独有诗。龙蛇昔曾归觉想,涅槃今欲证心期。我行幸有微风舵,元气舟中任所之!"盖亦哲人之诗也,其精神意趣可想矣。陈千秋,字通甫,与曹泰同县,累见姓氏于梁启超著书。梁启超以辛卯计偕试入京师。千秋赠以诗,有句云:"非无江湖志,跌宕恣游遣。苍生惨流血,敞席安得暖?"又为启超题箑数语曰:"伊川赏'梦魂惯得无拘检,又踏杨花过谢桥。'通甫赏'蝴蝶上阶飞,风帘自在垂。'二词谁工?请问知者。"好学能文,才望甲于一邑。以诸生推主西樵乡局,练民团五百人,兴一学校,建一藏书楼,治盗禁赌,风化肃然。乡中十馀万人,奉令惟谨;而为豪强不便,起而讦之,千秋则发愤呕血以死也!尝为《仁说》一书,其持论略与浏阳谭嗣同之《仁学》相出入;又著《性论》、《教宗平议》等书,皆未及成,临殁,则手取摧烧之。年二十二!有为尤恸之。其后有为命草堂诸子汇刊日课札记,系以诗三绝曰:"万木森森散万花,垂珠连璧照红霞;好将遗宝同珍护,勿任摧残毁瓦沙。""春华秋实各为贤,几年伤逝化风烟。偶登群玉山头望,八万珠璎总可怜!""万木森森万玉鸣,只鳞片羽万人惊。更将散布人间世,化身万亿发光明!"于时陈千秋、曹泰则已逝矣!故第二绝云云,盖伤之也!刻竟不成,而两人所著散佚既尽,其名氏亦渐湮没以无闻于世!世所知名者,首梁启超,其次三水徐勤。勤之从有为游者二十有四年,与有为共患难者十有五年;其待有为至忠且敬也!美、墨、非、澳、亚环海之国民党二百埠,皆附有为而隶属于保皇者;定名于丙午,因以丙午国民党名;皆勤总护之以秉成于有为!有为之居东也,日本前文部大臣国民党魁犬养毅,议员柏原文太郎同游于热海,驱车于汤河,俯仰海山,纵论人物,问于有为曰:"吾识先生门弟子多矣!若徐勤者,德行第一,至诚不息;其为孔门之颜渊耶?若梁启超之文学,其为门下之子夏乎?"独梁启超文章骏发,传诵海内,尤善论议,名高出于徐勤云。

梁启超 附陈千秋、谭嗣同

梁启超者,字卓如,别署任公,广东新会人也。六岁毕业五经。八岁学为文。九岁能日缀千言。顾家贫,无它书可读,惟有《史记》、《纲鉴易知录》、《唐诗》诸书,日以为课,咸成诵。老辈有爱其慧者,赠以《汉书》、《古文辞类纂》;则大喜,读之卒业焉。十二岁,补新会县学生。十三岁,始治段、王训诂之学,遂负笈入省城之学海堂。学海堂者,让清嘉庆间总督阮元所立,以训诂词章教学粤人者也。十七岁中式光绪辛卯广东乡试举人。主考李端棻奇其文,以女弟归之。年十八,计偕入京师。报罢归,重肄业学海堂;乃得与陈千秋交。千秋语之曰:"吾闻康先生在京师上书请变法;不报,被放南下。吾往谒焉。其学乃为吾与子所未梦及,吾与子师之矣!"康先生者,康有为,喜持《公羊》家所谓"非常异义可怪之论",时人故迂怪少之!而启超闻千秋言,独好奇,介以谒。启超自以少年擢科第,且于时流所重难之训诂辞章,咸窥途辙;以此沾沾自喜!有为一见,则一一斥其非学!至是启超乃尽失所恃,惘惘然归,竟夕不得寐!明日再谒,请何学而可?有为乃告以陆、王心学,而并及史学、西学之梗概。启超则大服,愿执业为弟子。自是决然舍去旧学。自退出学海堂,而间日请益于万木草堂。顾有为不轻以所学授人;草堂常课,《公羊传》以外,则点读《资治通鉴》、《宋元学案》、《朱子语类》等书,又时时习古礼。启超勿嗜也,则与千秋相偕治周、秦诸子及佛典,亦涉猎清儒经济书及译本西籍;皆就有为决疑滞。居一年,乃闻所谓"大同义"者,喜欲狂!锐意谋宣传。有为谓非其时,然不禁也!启超治《伪经考》,时复不慊于其师之武断;后遂置不复道。其师好引纬书,以神秘性说孔子,启超亦不谓然。启超谓:"孔门之学,后衍为孟子、荀卿二派,荀传小康,孟传大同。汉代经师,不问为今文家古文家,皆出荀卿;二千年间宗派屡变,壹皆盘旋荀学肘下。孟学绝而孔学亦衰!"于是专以绌荀申孟为标帜;引《孟子》中指责"民贼"、"独夫"、"善战服上刑"、"授田制产"诸义,谓为大同精义所寄,口倡道之。又好墨子,诵说其"兼爱"、"非攻"诸论。启超屡游京师,渐交当世士大夫;而其讲学最契之友,前称陈千秋。千秋既早死,乃交钱唐夏曾祐、浏阳谭嗣同。曾祐方治龚自珍、刘逢禄之所谓今文家言,每发一义,辄相视莫逆!而嗣同则治王夫之之学,喜谈名理,谈经济;及交启超,亦盛言大同,著《仁学》。而启超之学,受夏、谭影响亦至巨。其后启超舍讲学而有志从政;创一旬刊杂志于上海,曰《时务报》。自著《变法通议》,批评秕政;而救敝之法,归于废科举,举学校;亦时时发民权,但微引其绪,未敢昌言;厥为启超投身论政之发轫也。已而嗣同与黄遵宪、熊希龄等设时务学堂于湖南长沙,聘启超主讲席。启超至,则承有为之学,以《公羊》、《孟子》教,课以札记。学生仅四十人,而蔡锷最称高材生焉!启超每日在讲堂四小时,夜则批答诸生札记每条或至千言,往往彻夜不寐!所言皆傅会古学以阐民权;又多言清代故实,胪举失政,盛昌革命。其论学术,则自荀卿以下,汉、唐、宋、明、清学者,掊击无完肤!时学生皆住堂,不与外通,议论激张,人无知者!及年假,诸生归省,出札记示亲友。全湘大哗!

顾宛平徐仁铸,方为湖南学政,尤礼异启超,著《輶轩今语》,独申引其说,颁之学官。士论益不服。而首发难者,长沙叶德辉焕彬著《翼教丛编》数十万言,将康有为所著书及启超批札记以至《时务报》诸论文,逐条痛斥。而张之洞方总制湖南北,则著《劝学篇》以折衷新旧;旨趣亦与启超不同。于是启超浸不安于位。既则随有为走京师,上书论变法之宜亟;开强学会,开保国会,启超咸与赞画有力!寻以侍郎徐致靖荐,总理衙门荐,被召见。诏办大学堂译书局事务。启超既有为高第弟子,参闻秘计;方造谭嗣同,有所议讨;而抄捕南海馆之报至。南海馆者,康有为之所居也。嗣同从容语启超曰:"昔欲救皇上,即成蹉跌;今欲救康先生,亦恐无及!吾已智尽能索,惟有一死以报知己耳!虽然,天下事知其不可而为之。足下盍入日本使馆,谒伊藤氏,请致电上海领事而救先生焉?"启超则以是夕宿日本使馆;而嗣同竟日不出门以待捕者。捕者既不至,则于其明日入日本使馆,与启超见,劝东游。日使从旁讽曰:"不如君偕!"嗣同不可。再三强之。嗣同曰:"各国变法无不从流血而成。今中国未闻有因变法而流血者!此国之所以不昌也!有之,请自嗣同始!"因顾启超曰:"不有行者,无以图将来;不有死者,无以酬圣主。今康先生之生死未可知。程婴、杵臼,月照西乡,吾与足下共勉之!"而不知有为之先期跳遁也。嗣同既不免于难;而启超则乘日本大岛兵舰以东,遂亡命日本,作《去国行》以见志曰:

呜呼!济艰乏才兮儒冠容容!佞头不斩兮侠剑无功!君恩友仇两未报,死于贼手毋乃非英雄!割慈忍泪出国门,掉头不去吾其东!东方古称君子国,种俗文教咸我同!尔来封狼逐逐磷齿瞰西北,唇齿患难尤相通!大陆山河若破碎,巢覆完卵难为功！我来欲作秦廷七日哭，大邦犹幸非宋聋。却读东史说东故，卅年前事将毋同？城狐社鼠积威福，王室蠢蠢如鳌痈；浮云蔽日不可扫，坐令蝼蚁食应龙。可怜志士死社稷，前仆后起形影从。一夫敢射百决拾，水户萨长之间流血成川红。尔来明治新政耀大地，驾欧凌美气葱茏。旁人闻歌岂闻哭，此乃百千志士头颅血泪回苍穹！

时日本新变法图强有成功；而启超师弟谋改制，乃不容于中国，故有所激发。自是启超避地日本，既作《清议报》丑诋慈禧太后；复作《新民丛报》痛诋专制，导扬革命。章炳麟《訄书》、邹容《革命军》先后出书，海内风动，人人有革命思想矣！而其机则自启超导之也。启超早年为诗如其文；词旨不甚修饬，而淋漓感慨，恻恻动人，此固所长！然非所论于诗界革命之诗也。诗界革命之说，始倡于夏曾佑，而谭嗣同和焉。嗣同有诗咏《金陵听说法》云："纲伦惨以喀私德，法会盛于巴力门。"喀私德之为言，即 Caset 之译音，盖指印度分人为等级之制也。巴力门，即 Parliament 之译音，盖英国议院之名也。所为诗喜挦扯舶来新名词以自表异，大率类此！而启超不谓然！曰："过渡时代，必有革命。然革命者，当革其精神，非革其形式。吾党近好言诗家革命。虽然，若以堆积满纸新名词为革命，是又满洲政府变法维新之类也！能以旧风格，含新意境，斯可以举革命之实矣！"谭嗣同既死；启超独称夏曾佑与嘉应黄遵宪，诸暨蒋智由，并推为新诗界三杰。其实三人皆取法古人，并未能脱尽畦封！中国与欧美诸洲交通以来，持英荡与敦槃者，不断于道；而能以诗鸣者，惟黄遵宪，毅然有改革诗体之志；模山范水，关于外邦名迹之作，颇为夥颐；其成就虽未能副其所期；然规模既大，波澜亦宏，世称"硬黄"，一时巨手矣！蒋智由、夏曾祐皆喜擷用新理西事入诗；而智由则宗李翰林，风格固规模前人；是启超所谓"以旧风格，含新意境"者也。惟三人皆颇擷用新理西事以润泽其诗，与谭嗣同同；而启超则颇以伤格为讥耳！

启超既被放海外，而时时以文字牖导国人，前后为《清议报》、《新民丛报》、《新小说》、《政论》、《国风报》诸杂志，畅其旨意；而《新民丛报》播被尤广！国人竞喜读之，销售至十万册以上！清廷虽严禁，不能遏也。其间亦为革命排满之论；而其师康有为深不谓然！屡责备之；继以婉劝，两年之间，函札数万言。启超亦不慊意当时革命家之所为，惩羹而吹齑，持论稍变矣！初，启超为文治桐城；久之舍去，学晚汉、魏、晋，颇尚矜练；至是酣放自恣，务为纵横轶荡，时时杂以俚语、韵语、排比语及外国语法，皆所不禁，更无论桐城家所禁约之语录语，魏晋六朝人藻丽俳语，诗歌中隽语，及南、北《史》佻巧语焉。此实文体之一大解放。学者竞喜效之，谓之"新民体"；以创自启超所为之《新民丛报》也。老辈则痛恨，诋为"文妖"！然其文晰于事理，丰于情感。迄今六十岁以下四十岁以上之士夫，论政持学，殆无不为之默化潜移；可以想见启超文学感化力之伟大焉！录《俾士麦与格兰斯顿》一文。其辞曰：

> 欧洲近世大政治家，莫如德之俾士麦，英之格兰斯顿。俾士麦之治德也，专持一主义，始终以之。其主义云何？则统一德意志列邦是也。初以此主义要维廉大帝而见信用；继以此主义断行专制，扩充军备；终以此主义挫奥蹶法，排万难以行之。毕生之政略，未尝少变！格兰斯顿则反是！不专执一主义，不固守一政策；故初时持守旧主义，后乃转而为自由主义；

壮年极力保护国教,老年乃解散爱尔兰教会;初时以强力镇压爱尔兰,终乃倡爱尔兰之当自治;凡此诸端,皆前后大相矛盾;然其所以屡变者,非为一身之功名也,非行一时之诡遇也,实其发自至诚,见有不得不变者存也!夫世界者,变动不居者也。一国之形势与外国之关系,亦月异而岁不同也。二三十年前所持之政见,至后年自觉其不适用而思变之;智识日增之所致乎,庸何伤焉!故能如格兰斯顿者,可谓之真守旧矣!俾公坚持其主义,而非刚愎自用者所得藉口。格公屡变其主义,而非首鼠两端者所可学步。曰:"惟至诚之故!"

凡任天下大事者,不可无自信力。每处一事,既见得透,自信得过,则以一往无前之勇气以赴之;以百折不回之耐力以持之;虽千山万壑,一时崩坼,而不以为意;虽怒涛惊澜,蓦然号鸣于脚下,而不改其容;猛虎舞牙爪而不动;霹雳旋顶上而不惊;一世之俗论嚣嚣集矢,而吾之主见如故。若此者,格兰斯顿与俾士麦正其人也!格公倡议爱尔兰自治之时,自党分裂,腹心尽去,昨日股肱,今日仇敌;而格公不少变,乃高吟曰:"舍慈子兮涕滂沱,故旧绝我兮涕滂沱!呜呼!绵绵此恨兮恨如何!为国家之大计兮,我终自信而不磨!"俾公为行德国之合邦,或行专断之政策,或出压制之手段;几次解散议院而不顾;几次以身为舆论之射鹄而不惧;尝述怀曰:"以我身投于屠肆,以我首授于国民;我之所以谢天下苍生者,尽于是矣!虽然,我之所信者终不改之!我之所谋者终不败之!"呜呼!此何等气概!此何等肩膀!非常之原,黎民惧焉!非有万钧之力,则不能守一寸之功。

启超之文,篇幅之巨,亦创前古所未有。古人以"万言书"为希罕之称!而在启超无书不万言,习见不鲜也!《俾士麦与格兰斯顿》一文,洋洋六百馀言,在古人不为短幅;而在启超则札记小品耳!然纡徐委备,往复百折,而条达疏畅,无所间断;气尽语极,急言竭论,而容与间易,无艰难劳苦之态;遣言措意,切近的当;能令读者寻绎不倦,如与晓事人语,不惊其言之河汉无涯。呜呼!此启超之文之所为独辟一径者也!启超自东渡以来,已绝口不谈"伪经",亦不甚谈"改制";而其师康有为大倡设孔教会,定国教祀天配孔诸议,国中附和之者众!而启超不谓然。常以为"中国思想之痼疾,在'好依傍'与'名实混淆',而有为亦未能自拔!其大同之学,空前创获;而必谓自出孔子。及至孔子之改制,何为必托古?诸子何为皆托古?则亦'依傍'、'混淆'也已!此病根本不拔,则思想终无独立自由之望!"启超盖于此三致意焉!于是启超学术思想,别出于康有为而自树一派,屡起而驳之,语具《新民丛报》。

启超见世之效为新民体者,学其堆砌,学其排比,有其冗长,失其条畅,于是自为文章,乃力趋于洞爽轩辟。《国风报》已臻洁净,朴实说理,不似《新民丛报》之浑灏流转,挟泥沙俱下!然排比如故,冗长如故!既,清廷逊国,启超自海外归,欲以言论与国人相见。而革命党人不悦;以为"启超曾主张君主立宪。在今共和政体之下,不应有发言权;即欲有言,亦当先自引咎以求恕于畴昔之革命党。"而启超归国之日,正黄兴出都之日;其时国民党本部已以决议不攻启超,且愿与民主党合;以为启超,民主党之暗中党魁也。其时国民党人方痛骂之;而党魁黄兴则殷勤愿见梁某颜色;以启超在大沽遇风阻滞,候至数日而未得见,遂遗书痛骂,危言激论,谓其不慊于共和,希图破坏。而启超之徒,亦有疑于平昔所主张,与今日时势不相应,舍己从人,近于贬节;因嗫嚅而不敢出言。独启超意气洋洋,不欲授革命党人以间;而独居深念,知不尽言,且无幸。既抵京师,出席报界欢迎会,历陈二十年办报之经过,而卒言之曰:"我欲以言论与国人相见,不可不以我之为我,自陈于国人之前。我则立宪党人也;我尤不可不以立宪党之为立宪党,剖析以陈国人之前。即以近年立宪党所主张,对于国体,主维持现状;对于政体,则悬一理想以求必达;此志固可皎然与天下共见!夫国体与政体本不相蒙;稍有政治常识者,类能知之矣。当去年九月以前,君主之存在,尚俨然为一种事实;而政治之败坏,已达极点。于是忧国之士,对于政治前途发展之方法,分为二派;其一派则希望政治现象日趋腐败,俾君主府民怨而自速灭亡者,即谚所谓苦肉计也;故于其失政,不屑复为救正,惟从事于秘密运动而已!其一派则不忍生民之涂炭,思随事补救,以立宪一名词,套在满政府头上,使不得不设种种之法定民选机关,为民权之武器,得凭藉以与一战。此二派所用手段,虽有不同;然何尝不相辅相成。去年起义至今,无事不资两派人士之协力,此其明证也。然则前此曾言君主立宪者,果何负于国民?在今日亦何嫌何疑而不敢为国宣力?至于强诬前此立宪派之人为不慊共和,则更无理取闹。立宪派人,不争国体而争政体。其对于国体主维持现状,吾既屡言之;故于国体,则承认现在之事实;于政体,则求贯彻将来之理想。夫于前此障碍极多之君主国体,犹以其现存之事实而承认之,屈己以活动于此事实之下;岂有对于神圣高尚之共和国体,而反挟异议者?夫破坏国体,惟革命党始出此手段耳!若立宪党,则从未闻有以摇动国体为主义者也;故在今日拥护共和国体,实行立宪政体,此自论理上必然之结果!若夫吾侪前此所忧革命后种种险象,其不幸而言中者十而八九;事实章章,在人耳目,又宁能为讳?既能发之,则当思所以能收之。自今以往,其责任之艰巨,视前十倍!今激烈派中人,其一部分则谓吾既已为国家立大功、成大业矣;畴昔为我尽义务之时期,今日为我享权利之时期;前此所受窘逐戮辱于清政府者,今则欲取什伯倍之安福尊荣于民国以为偿;此种人自待太薄,既不复有责备之价值!其束身自好者,则谓吾前此亦已尽一部分之责任,进国家于今日之地位矣!自今以往,吾其可以息肩;则翛然尘外而已!而所谓温和派者,则忘却自己本来争政体,不争国体;因国体变更,而自以为主张失败,无话可说;如斗败之鸡,垂头丧气;如新嫁之娘,扭扭捏捏,而不知现在政治之绝未改良,立宪主张之绝未贯澈!若谓前此曾言君主立宪之人,当共和国体成立后,即不许其容喙于政治。吾恐古往今来,普天率土之共和国,无此法律。吾侪惟知中国人之中国,尽人有分,而绝非一部分人所得私!前清政府以国家为其私产,以政治为其私权;其所以迫害吾党,不使容喙于政治者,无所不用其极。吾侪未敢缘此自馁而放弃言责也!况在今日共和国体之下,何至有此不祥之言!"闻者莫不动容;即革命党亦无以难之。乃为《庸言报》以儆戒于国人;而睹国人忻于共和之名而昧其实也!作《罪言》曰:

> 无其实而尸其名,君子曰不祥,而狂愚鹜焉!天下鹜名之民,则未有过今日之中国者也!英人以守旧闻天下,我亦以守旧闻天下。彼旧其名而新其实。我旧其实而新其名。今英之王,非犹乎昔之王也;然固名曰王。其卡边匿内阁非犹乎昔之卡边匿也;其巴力门国会非犹乎昔之巴力门也;然固名曰卡边匿、巴力门。乃至一切法制礼俗,实质日日蜕变,转瞬陈迹;而

千百年前之名,抱守勿弃也。我则反是!实莫或察而惟名之斷斷!钧是人也!名曰盐嫫,相望却走;易名嫱施,则啧啧共道其美也!厩无马,指鹿,锡以马名,则相庆曰吾有马矣!急焉榜于国门曰"立宪",国遂为立宪国,民遂为立宪国民也。忽焉榜于国门曰"共和",国遂为共和国,民遂为共和国民也。门以内勿问也,而日以所榜自豪!人所有者,我勿容无有也。有责任内阁乎?曰有。有政党乎?曰有。有独立法庭乎?曰有。有自治团体乎?曰有。有学校乎?曰有。有公司乎?曰有。有能参政之女子乎?曰有。有能征讨之军士乎?曰有。乃至有旷世间出之伟人乎?曰有。朝弗善也,易以府;谕勿善也,易以令;军机处弗善也,易以秘书厅;内阁弗善也,易以国务院。尚、侍弗善也,易以总、次长;督抚弗善也,易以都督;镇、协弗善也,易以师、旅。爵秩弗善也,易以勋位;大人、老爷弗善也,易以先生。他人积百数十年而仅闻者,或更积百数十年而犹惧未致者,我一旦而尽有之。畴者共指为万恶之薮者,一易其称而众善归焉!偃师陈戏,鱼龙曼衍;瞿昙说法,楼台弹指。集事之易,进化之速,殆莫吾京也。狙公赋芋,朝三暮四,名实未亏,喜怒为用。我不喜怒于实而喜怒于名,其智抑加狙一等矣!久假不归,安知非有?名不足以欺天下,固可聊以自娱。虽然,啖名不饱!殉名自贼!及并其名而堕焉,则实落材亡,固已久矣!呜呼!

他所论说称是也。诵其文者比之东坡之嬉笑怒骂,俱成文章焉!时国内士夫,人人效为启超文,而启超转自厌倦所为,时时以诗古文辞质正于望江赵熙、闽县陈衍诸人;而赵熙尤所心折!赵熙,字尧生。逊清宣统末,由翰林院编修转江西道监察御史,奏劾邮传部尚书盛宣怀借债卖路,直声震朝宁!而诗功湛深,苍秀密栗,成之极易;见者莫不以为苦吟而得,其实皆脱口而出,不加锤炼者也!尝与同官杨增荦及陈宝琛、陈衍数人联句,意思萧闲,若不欲战;而占句特多,下笔则缁缁不自休。同辈樊增祥、易顺鼎、陈三立外,莫与比捷。而诗格各不同;尤工言山水。增荦改官将之蜀。熙成《竹枝词》三十首送行,专写入蜀山水,自鄂渚至成都者。陈衍诵而爱之,请书一横幅见畀。熙立增首尾四诗为赠云:"石遗老子天下绝,谈诗爱山无世情!大好金华读书处,闻风心到锦官城。""送客魂销下里词,故人杨子最能诗。迟君一纵巴山棹,细雨迎秋唱竹枝。""千山万水三生约,好句亲题送子云。西向定将人日报,草堂花发最思君!""水驿山程约略齐,并应渔具手中携。闲吟为伴陈无已,一夜乡心到蜀西。"次日,衍相过,熙送行诗,又增为六十首矣!衍以告增荦,无不叹其敏捷!增荦在京师,诗名甚盛;高秀似放翁,闲适出右丞;其风骨峻峭之作,又时近文与可、米元章;诗境时与熙不同;而致叹熙之绳幽凿险,范山模水,出以歌咏,直有抉天心、探地肺之奇;不徒以捷给见长也!熙自言:"三十前学诗,三十后专治小学、古文。年近五十,又学诗。文章高下之境,一一悬量胸中,求以自立;乃知世之驰逐虚声者,政骎若海也!有知以来,荷交海内通人,其性好大都不一。今老矣,追数一生闻见,仍以仁者为至难!若词采蔚然,或周知雅故,凤皇之异于凡鸟,毛羽固殊;然自别有和盛之德也!"每观近人刻集多空陋;心嗤其骛名而无本,遂自戒不轻付刻。问学道义,相知者无不爱敬!而启超闻声忾慕,致其相思,每不自觉长言永叹,感慨之深也!方其遁荒海外,有《庚戌秋冬间,因若海纳交于赵尧生侍御,从问诗古文辞,所以进之者良厚,顾羁

海外,迄未识面,辄为长谣以寄遐忆》一诗;其辞曰:

  道术无古今,致用乃为贵。交亲无新旧,相尚在风义。我以古人心,纳交当世士。夙慕蜀多才,捧手得数子;直节刘子政,粹德杨伯起。原注:裴村、叔峤两京卿。其人与其言,磊磊在青史。早年所往还,尤敬延陵季。诸郎尽麟凤,昵我逾昆季。原注:吴季清先生及德嗣铁樵、仲弢、子发兄弟。料简心相宗,研索象数旨。执御汔无成,哭寝但颡泚!觥觥周孝侯,刚果通大理。官节遍三川,气骨横一世。此并赵侯友,夙昔不我弃!赵侯云中鹤,轩轩抗高志。名节树藩篱,艺林厚根柢。峨眉从西来,去天尺有咫,终古孕冰雪,元精逼象纬。御风问真源,独往恣所止。八十四盘陂,陂陂印屐齿。荡胸极雄深,即境领新异!所以其文行,邈与俗殊致。开元及元和,去今各千祀;君独遵何辙,接彼将坠纪?诗撼少陵律,笔摩昌黎垒。择言转气盛,刊华得神拟。浩浩扬天风,郁郁斐兰芷,幽幽缭洞壑,漠漠弄洲沚。诀荡天门开,恢诡蜃市起;迅健骏下坂,淡宕鱼戏水。有时一篇中,摄受万态备;探源析正变,证诣惬醇肆。自从同光来,斯道久陵替。岂期万人海,复听九皋唳。固知言皆宜,要在中有恃。文章虽小道,可以觇识器,释褐及中年,簪笔作谏议。上策皆贾、晁,陈义必牧、贽;遥遥千圣心,落落天下计!昔昔勤论思,字字迸血泪。亦知逆耳言,夙干道家忌!黎元正倒悬,斧锧安得避?回天精卫㙍,逐恶鹰鹯鸷。谏草留御床,直声在天地!自我出国门,交旧半弃置!迤听得云天,怀想空梦寐。何期绝尘姿,盼睐及下驷!群动蛰三冬,尺素枉千里。我学病驰骛,所养失端委。皇皇求助友,恳恳得砻砥;商量到刊分，往复累百纸。吁嗟末俗心，相应以骄伪。岂闻倾盖交，乃辱百朋赐！天步正艰难，民生日憔悴！衔石念海枯，入渊援日坠。吾徒乘愿来，为此一大事。君其体坚贞，走也将执辔。燕市风萧萧，须浦月弥弥！相望不相即，歌答杂商徵！闲居潘安仁潘若海，就我方谋醉。聊因天末风，一讯君子意！

时民国建元之前二年庚戌也。民国既建，入都；则时时与林纾、陈衍、易顺鼎过从；述志言情，间出俪体。《答宋伯鲁书》曰：

芝栋先生几下：

萧瑟平生，哀时泪尽；从军书剑，双鬓飘零。仰灵光其嵯峨，标清流之眉目；关西称为夫子，天下唯有使君！忆昔春明之游，梦如隔世！抚今感往，下泪如縻。钩党西京，朝衣东市；兰摧瓜蔓，骨折心惊！蜚语载以百车，知名尽于一网！投井其汹汹下石，戴盆则郁郁瞻天！狱急同文，令严大索。公既诖议，仆亦遁荒。或削迹柏台而荷戈，或窜身樱岛而橐笔。解手背面，星纪再更。私谓此生，无再相见。不意命悬虎口，誓验乌头；整顿乾坤，二三豪俊！吴竟鹿游目睹，梁以鱼烂自亡。至于仆者，皮骨已空，文字不死！公乃以口舌之先声，比廓清于武事。见誉其过，乌敢承哉！帝社既屋，公名如山！每念履蒸，苦探息耗。兹承锡以咳唾，慰其索离。重喜高贤，谋参闟幄。毕缄咨答边防，近见颇牧。山涛言议兵事，暗合孙、吴。方之古人，风采与匹！又假麾下之馀闲，度秦中之支部。导宣政略，藻镜人伦。从者如云，所居成市！从此莲花千叶，观山先拜主峰；神木万年，设治不遗边县。同人拜赐，吾道西行。

疏示经用不充,故党务多蹇。已如尊旨,转告同侪。苟活水之有源,必分支以普润。仍烦棘手,共矢素心。譬犹河导龙门,天擎华岳,兹事非公莫属矣!仆叨冒时誉,因缘幸会,无才试吏,有路妨贤。倘获拭目升平,屏身陇亩,释禽鱼于笼缚,访蓑笠之交游,亲觏燕私,追谈忧患,寻求白渠之故址,考订黑水之真源,登龙首而盛缅未央,涉辋川而退瞻杜曲,赋诗洒洒,一览千秋;盖不劳域外之游踪,而自极生人之奇趣者矣!顷间主国即真,兵衅鏖靖。特公私扫地,礼教横流;正俗救贫,骤无长计!即仆所司刑狱,有策亦付悬谈。财力窘空,人才消竭。在昔白云宿吏,坐曹犹鲜专家!今则黄颔稚年,筮仕即为长令!师门甫别,宦牒同荣,更事未深,攫谤奚免!此欲案无留牍,狱鲜冤声;亦恐貌饰维新,口惭诛颂。不剪兹弊,奚以临民;伏维我公学行绝人,经纶冠世,前所云云,治本攸系。是用顿首上请,为国乞言。庶几日照潼关,不吝分明逮仆矣乎?南海师顷奉家讳,未计出山。后有所闻,续日邮报。即今世网逼侧,愿公珍啬自寿,黄发相期,下情岂胜向往之至!不宣。

宋伯鲁者,昔官御史,与启超欢好;而以预于戊戌变政谪戍者也。方戊戌政变之无成也,梁启超以致怨于袁世凯。及世凯当国,为临时大总统,则曲意以交欢于启超。启超既不慊于革命原动力之所谓国民党者;于是拥其徒从以组进步党而自为之魁。世凯遂用之以倾国民党也!而进步党者,则共和党之所自出。追事之急,长沙章士钊遇武进杨廷栋翼之于江苏都督程德全所。廷栋则共和党员也。士钊为言:"项城杖视共和党,杖南方狗。狗毙,杖亦随手弃耳!"不听!国民党之初计,既欲破进步党与袁世凯之联合,以孤世凯之势；又欲破启超与进步党之连合，以孤进步党之势。卒不得逞，而有宁沪之役，以资袁世凯削平东南，摈国民党而放流之，当选为第一任大总统，盖多藉重于启超。国民党既覆，袁世凯以凤凰熊希龄为国务总理。希龄不可。启超以大义敦劝，谓"苟利国家，何恤小己！"希龄不得已起，欲成第一流经验与第一流人才之内阁，而以启超长教育。启超坚辞。希龄大不怿，诘曰："我不欲出，而公责以牺牲。我既牺牲，而公乃自洁；岂熊希龄三字，不抵梁启超三字之值价耶？公且不出，其他何望！"声色俱厉。而世凯闻启超之坚不出，昌言："大局如此！社会责我不用新人；及竭诚相推，而新人复望望然！"启超乃亲见世凯，自明出处之义。会希龄入谒，世凯乃谓："总理在此，君可自与商之。"苦辞往复，不得要领出。希龄黯然。总统府秘书等惕然！世凯乃语人曰："任公不任，成何说话！"启超不得已起，为司法总长，顾无所设施，为世凯撰拟文字，出入讽议。会逊国隆裕皇太后卒；代表大总统致祭《清德宗帝后奉安文》曰：

中华民国二年十二月十二日，大总统袁世凯谨代表国民遣官赵秉钧、梁启超、朱启钤、荫昌、崐源、陆建章，马龙标等，致祭于大清德宗景皇帝、大清孝定景皇后之灵曰：呜呼！遏密而如丧考妣，已韬天山之羲娥；闻善而若决江河，同颂女中之尧舜。三千牍神功圣德，民不能忘，卅六宫懿范徽音，史犹可述。惟我德宗景皇帝冲龄践阼，变法图强；孝思不废于寝门，俭德弥彰于卑服。龙髯递逝，鼎湖弃乌号之弓，马鬣未封，橐泉待鱼膏之烛。望苍梧而叫虞帝，不返六螭；歌《黄竹》而吊周王，难回八骏。孝定景皇后尧门表瑞，姒屋垂型。伤别鹄于离弦，感斗麟于失镜。神器不私一姓，大同则天下为公；惠泽流于千春，让德则万邦惟宪。方冀翟褕日畅，慈竹长青。何期鸾掖风凄，柰花竟白！衔哀二圣，永痛重泉。在天之灵爽倘凭；率土之哀思弥切！虽配天配地，无改骏奔之容；而葬阴葬阳，未合鲋鱼之象！今者灵辆并举，吉壤同安；六台霜凄，万人雨泣！拜汉家之陵墓，长对南山；降弟子之灵旗，倘逢北渚。郁葱佳气，定产夏黄之芝；邃密幽扃，岂怆冬青之树。再窥松柏，应见云飞；迟荐樱桃，伫看春熟。九夏饮帝台之水，象为耕而马为耘；八方怀女几之山，鸾自歌而凤自舞。尚飨！

一书一文，于启超中年以后为别调；倘初年学晚汉、魏晋，绮习未除，而有忍俊不禁者耶！于是之时，启超亦时时学为桐城文以应人请；而因事抒慨，亦致深切动人；是其天性善感，终非描头画角所可几也。跋周印昆所藏《左文襄公书牍》曰：

《左文襄公书牍》三册，皆公上其外姑周太君及致其妻弟汝充汝光两先生者也。公殁后三十馀年，汝光先生之孙印昆始搜缀装池之，自宝袭焉，且以遗子孙。启超谨按：公微时，馆甥于周者且十岁。其间常计偕如京师；授学陶文毅家，抚其孤，理其产；后乃入骆文忠幕，渐与闻国家事矣！而筠心夫人犹依母而居；女公子亦育于外氏。故公与周氏昆弟，分虽姻娅，而爱厚过骨肉；其视周母若母也！此三册者，则当时十馀年间所相与往复也。其间以学业相砥砺，以功名相期许者，固往往概见；而其泰半乃家人语，谋所以治生产作业，计农畜出入至纤悉,盖文襄自始贫无立锥地!其俨然成家室,无恤饥寒自此时也!昔刘玄德论人物,以谓"求田问舍,为陈元龙所羞";而躬耕之孔明,则三顾之;抑何以称焉?吾又尝读《曾文正公家书》,其训厉子弟以治生产作业,计农畜出入至纤悉,殆更甚于左公书;又何以称焉?盖恒产恒心之义,岂惟民哉?士亦有然。士不至以家计撄虑,乃可以养廉,可以壹志。而恃太仓之米以自赡畜者,其于进退之间,既鲜馀裕矣!印昆与启超同生乱世,不能为畸处岩穴之行;寒苦盗廪,而以任天下事自解嘲;其视昔贤所以善保金玉者何如哉!吾跋斯册而所感仅此;后之揽者,亦可以知其世也!

跋尾署甲寅四月,盖民国之三年也。于是启超既一出为袁世凯之司法总长,寻转币制局总裁,以无所事事辞职;贻书世凯曰:"以不才之才,为无用之用。"世凯笑曰:"卓如非不才,总裁实无用!"自以平日所怀政略,百不施一二;而徒食于官以自愧厉!故感激而发若此。会欧战初起,遂假馆西郊之清华学校,作《欧洲战役史论》以诏国人,意甚自得。有《甲寅冬假馆清华学校,著书成〈欧洲战役史论〉,赋示校员及诸生》一诗;其辞曰:

在昔吾居夷,希与尘容接。箱根山一月,归装橐盈箧。虽匪周世用,乃实与心惬。如何归乎来,两载投牢笑;愧俸每颡泚,畏讥动魂慑。冗材惮享牺,遐想醒梦蝶。推理悟今吾,乘愿理夙业。郊园美风物,昔游记逌悏。愿言贳一庑,庶以容孤笈。其时天逢凶,大地血正喋;蕴怒夙争郑,导衅忽刺歂。解纷使者标,合从载书歃。贾勇羞目逃,斗智屡踵蹴。遂令六七雄,傞舞等中魇!澜倒竟畴障,天坠真已压。狂势所簸薄,震我卧榻鲐!未能一丸封,坐遭两鲸挟。吾衰复何论!天僇困接折。猛志落江湖,能事寄简牒。试凭三寸管,貌彼五云叠。庀材初类匠,诇势乃如谍。溯往既缅缅,衡今逾喋喋。有时下武断,快若髻赴镊!哀哉久宋聋,持此饷葛盍!藏山望岂敢,学海愿亦辄。月出天宇寒,携影响廊庑。苦心碎池凌,老泪润阶叶。咄哉此局棋,圻角惊急切。错节方余畀,畏途与谁涉!莘莘年少子,济川汝其楫!相期共艰危,活国厝妥帖。当为雕鸢墨,莫作好龙叶。夔空复怜蚿,目若不见睫!来者倘暴弃,耗矣始愁喋!急景催跳丸,我来亦旬浃。行袖东海石,还指西门喋。惭非徙薪客,徒效恤纬妾。晏岁付劳歌,口呿不能噆!

综前所述,可知启超归国以来,则亦时时喜治所谓诗古文辞者;盖其时在京师投简札而与过从者,大率治诗古文辞者多也;最折服为赵熙,每有所为,常以质正焉!又有《寄赵尧生侍御以诗代书》一篇;其辞曰:

山中赵邠卿,起居复何似?去秋书千言,短李为我致。生客睹欲夺,我怒几色市。此复凭罗隐,寄五十六字。把之不忍释,旬浃同卧起。稽答信死罪,惭报亦有以:昔岁黄巾沸,偶式郑公里。岂期姜桂性,遽撄魑魅忌!青天大白日,横注射工矢。公愤塞京国,岂直我发指!执义别有人,我仅押纸尾。怪君听之过,喋喋每挂齿!谬引汾阳郭,远拯夜郎李!我不任受故,欲报斯辄止。复次我所历,不足告君子!自我别君归,嘐嘐不自揆!思奋躯尘微,以救国卵累!无端立人朝,月躔迅逾纪。君思如我戆,岂堪习为吏?自然枘入凿,窘若磨旋蚁。默数一年来,至竟所得几?口空渚罪言,骨反销积毁!君昔东入海,劝我慎衽趾。戒我坐垂堂,历历语在耳。由今以思之,智什我岂翅!坐是欲有陈,操笔此颡泚!今我竟自拔,遂我初服矣!所欲语君者,百请述一二。一自系鞄解,故业日以理。避人恒兼旬,深蛰西山阯。冬秀餐雪桧,秋艳摘霜柿。曾踏居庸月,眼界空凤浑。曾饮玉泉水,冽芳沁膍脾。自其放游外,则溺于文事;乙乙蚕吐丝,汩汩蜡泫泪;日率数千言,今略就千纸。持之以入市,所易未甚菲。苟能长如兹,馁冻已可抵。君常忧我贫,闻此当一喜。去春花生日,吾女既燕尔。其塔凤嗜学,幸不橘化枳!两小今随我,述作亦斐亹。君诗远垂问,纫爱岂独彼!诸交旧踪迹,君倘愿闻只!罗癯跌宕姿,视昔且倍蓰!山水诗酒花,名优与名士;作吏更制礼,应接无停晷。百凡皆芳洁,一事略可鄙!索笑北枝梅,楚璧久如黖。曾蛰蛰更密,足已绝尘轨。田居诗十首,一首千金值,原注:蛰厂躬耕而丧其赀。丰岁犹调饥,骞举义弗仕;眼中古之人,惟此君而已!彩笔江家郎,原注:翊云。在官我肩比。金玉兢自保,不与俗波靡!近更常为诗,就我相砻砥。君久不见之,见应刮目视!三子君所笃,交我今最挚!陈、林、黄、黄、梁,原注:陈征宇、林宰平、黄孝觉、哲维、梁众异。旧社君同气。而亦皆好我,襟袍互弗闵。更二陈,原注:弢庵、石遗。一林,原注:畏庐。老宿众所企!吾问一诣之,则以一诗赞。其在海上者:安仁原注:潘若海。嘻憔悴!顾未累口腹,而或损猛志！孝侯原注:周孝怀。特可哀,悲风生陟屺;君曾否闻知,备礼致吊诔？此君孝而愚！长者宜督譬。凡兹所举似,君或稔之备,欲慰君索居,词费兹毋避。大地正喋血,毒螫且潜沸！一发之国命,懔懔驭朽辔！吾曹此馀生,孰审天所置？恋旧与伤离,适见不达耳。以君所养醇,宜夙了此旨。故山两年间,何藉以适己？箧中新诗稿,曾添几尺咫？其他藏山业,几种竟端委？酒量进抑退,抑遵昔不徙？或一比持戒,我意告者诡！岂其若是恝,幸此邮简美！所常与钓游,得几园与绮？门下之俊物,又见几骠骊？健脚想如昨,较我步更驶。峨眉在户牖,贾勇否再拟？琐琐此问讯,一一待蜀使。今我寄此诗,媵以《欧战史》；去腊青始杀,敚帠颇自喜！下走代班籍,将勿笑辽豕？尤有《亚匏集》,我嗜若脍胾；谓有清一代,三百年无此。我见本井蛙,君视谓然否？我操兹豚蹄,责报乃无底！第一即责君,索我诗瘢痏。首尾涂肛之,益我学根柢。次则昔癸丑,禊集西郊沚。至者若而人,诗亦杂瑾玼。丐君补题图,贤者宜乐是。复次责诗卷,手写字栉比。凡近所为诗,不问近古体；言多斯益善,求添吾弗耻。最后有所请,申之以长跪。老父君夙敬,生日今在迩。行将归称觞,乞宠以巨制。乌私此区区,君义当不诿！浮云西南行,望中蜀山紫。悬想诗到时,春已满杖履。努力善眠食,开抱受蕃祉！桃涨趁江来,伫待剖双鲤。岁乙卯人日,启超拜手启。

赵熙以外,启超又尽裒生平所为诗数百首,畀之陈衍曰:"子为我正之。"衍亦奋其笔削,未尝有所逊谢退让諉避也！曰:"任公诗如其文,天骨开张,精力弥满。顾任公《庚戌秋冬间,因若海纳交于赵尧生侍御,从问诗古文辞,辄为长谣以寄遐忆》一诗;'衔石念海枯'句,与上'回天精卫瘁'句事复;不如易'精卫'为'鹗鸰',与'瘁口''回天'意均合。大抵古体长于近体;惟七律中对时有未工整处;古体诗用韵有上去声通押者,似非所宜。"启超亦不为嫌也。此四五年中,厥为启超文学之复古时期焉。

  启超既相袁世凯以霸国民党!国民党尽,袁世凯专政;启超亦不用事,遂返粤而省其父。既而入都,道南京。江苏将军冯国璋告之曰:"我闻总统将帝制自为;我辈不力争,无以谢天下!"遂偕启超俱入京以谒袁世凯也,将以谏。既入见,世凯知二人欲有言,即称曰:"外论欲我称帝以定民志。然天下尽人可更变共和国体;惟我不可变更共和国体。我为民国元首,就任之日,信誓旦旦,为民国永远保存此国体。我若渝誓,人即不言,我何面目以临民上!"辞气慷慨。寻又曰:"我已小筑数椽于英伦;若国民终不见舍,行将以彼土作汶上。"两人嘿不发一言而出。启超行且顾国璋微语曰:"我观总统意无他;讹传耳!"国璋惭应曰:"然,讹传耳!"国璋南归;而启超则赴天津,杜门读书,若示无意于天下;信世凯之果不为帝也!俄而总统府宪法顾问美博士曰古德诺者,昌言共和国体不适中国国情,著为《共和与君主论》,历举中美、南美、墨西哥诸共和国之卒以坏国残民,以大戒于国。群情震沸!于是参政院参政杨度遂发起筹安会,以研讨君主、民主国体二者之于中国孰为适也!启超既诵古德诺之论,以语其徒,且骂且哂曰:"此义非外国博士不能发明耶!则其他勿论,即如鄙人者,虽学说谫陋,不逮古博士万一,然博士今兹之大著,直可谓无意中与我十年旧论,同其牙慧。特恨透辟精悍,尚不及我十分之一、百分之一耳!此非吾妄自夸诞,坊间所行《新民丛报》、《饮冰室文集》,何啻百十万本?可覆按也!独惜吾睛不蓝,吾鬐不赤;故吾之论,宜不为国人所倾听耳!呜呼!前事岂复忍道?吾愿国中有心人,试取甲辰、乙巳两年《新民丛报》之拙著一覆观之。凡辛亥迄今数年间,全国民所受苦痛,何一不经吾当时层层道破!其恶现象循环迭生之程序,岂有一焉能出吾当时预言之外!然而大声疾呼,垂涕婉劝,遂终无福命以荷国民之嘉纳;而变更国体所得之结果,今则既若是矣!夫孰谓共和利害之不宜商榷?然商榷自有其时。当辛亥革命起初,其最宜商榷之时也。过此以往,则殆非复可以商榷之时也。呜呼!天下重器也!可静而不可动也!岂其可以反复尝试,废置如弈棋;谓吾姑且自埋焉,而预计所以自搰之也!吾自昔常标一义以告于众,谓吾侪立宪党之政论家,只问政体,不问国体。盖国体之为物,既非政论家之所当问,尤非政论家之所能问。方当国体彷徨歧路之时,政治之一大部分,恒呈中止之状态,殆无复政象之可言;而政论更安所丽!苟政论家而牵惹国体问题,政导之以入彷徨歧路;则是先自坏其立足之基础,譬之欲陟而捐其阶,欲渡而舍其舟。故曰'不当问'。何以言乎'不能问'?凡国体之一彼一此,其驱运而旋转之者,恒存夫政治以外之势力。其时机未至耶?绝非缘政论家之赞成,所能促进。其时机已至耶?又绝非缘政论家之反对所能制止。以政论家而容喙于国体问题,实不自量之甚!故曰'不能问'。岂惟政论家为然!常在现行国体基础之上,而谋政体政象之改进,此即政治家惟一之天职;苟于此范围外越雷池一步,则是革命家或阴谋家之所为;岂堂堂正正之政治家所当有!故鄙人生平持论,无论何种国体,皆非所反对;惟在现在国体之下,而思以异议鼓吹他种国体;则无论何时,皆必反对!"世凯既藉启超以霸国民党而无所于惮;独畏启超有异议,则馈之十万金,曰:"敢以为太公寿也!"将以饵而间执启超之口。顾启超则谢不受,而著《异哉所谓国体问题》一文,以复于世凯,以播之国中,而清议渐彰。卒出秘计以脱其弟子蔡锷于羁,俾之出走,而起兵云南,讨袁世凯之罪。蔡锷之走,启超则与把臂约曰:"行矣勉旃!事幸而捷,吾党毋以宠利居成功,不猎官,不怙权,还读我书。败则以死殉之,不走租界,不奔外国!"蔡锷诺,请如命。袁世凯既失蔡锷,所以侦启超者严甚。启超惧不免,微服行;中宵与妇诀,妇送之门曰:"上自君舅,下逮儿女,我一身任之。君但为国死,毋反顾也!"容烈而辞壮,启超为神王焉!既抵上海,则航海走安南,间关千里,之南宁,说广西将军陆荣廷举兵北出,取湖南以应蔡锷。而广东将军龙济光既受袁世凯之命,引兵西向,示欲攻荣廷,牵之不得北。而蔡锷久困泸州,兵顿势绌;启超计无所出,则只身走广州,抚龙济光而柔之,卒熸世凯,而奠民国,启超之力也。世凯既死,副总统黎元洪代为大总统。国民党再起用事,乃制宪法,于是启超在北京虎坊桥演说《宪法之纲领》,大旨惩前失,戒师心,按时立论,闻者震悚。会欧战停,美、英、法、日、意五强国开和会于巴黎,而日本方要盟是利,以谋侵占我山东。我以陆征祥、顾维钧为和会代表。而启超则以私人往。既至,万国报界方设俱乐部于巴黎,则以启超之为中国报界名主笔也,辄盛馔具宴焉!盖和会开时,万国报界俱乐部尝宴飨者四人:一美之国务卿兰辛,一英之外交大臣巴尔福,一希腊首相维亚柴罗,皆一代之英!而其一则中国名主笔梁启超也。顾以日人之狡焉启疆于我也,佥议不邀日本。而日本新闻记者五人,则志愿参加焉。于是启超辄即席以演说山东问题曰:"假有一国而欲承袭德人在吾山东侵略主义之遗产者,此和平之公敌,而为世界第二大战之媒者也!"四座为之鼓掌,日记者无如何。美记者赛蒙氏以著《战史》有名者也,则问于启超曰:

"汝回国将何以？岂欲携西洋之所谓科学文明以归饷遗国人耶？"启超曰："然！"赛蒙太息言曰："汝毋然！西洋竞富强，中国尚仁义。富强者，科学之所致也；仁义者，经典之所遗也。然而争民施夺，末日将至！西洋文明则破产矣！噫！甚矣惫！"启超愕曰："然则公将何以？"赛蒙曰："我归杜门不事事，静俟公之输中国文明以相救拔尔！"启超为之怃然。顾此一役也，启超之于国事裨补也鲜，而学问文章之转变也甚大。其文学转变之足征者，即由复古文学而駸駸回向新民体；又舍诗古文辞不为，而时时为语体文也。在英京《与弟仲策书》曰：

仲弟鉴：

半载无书，知觖望者不独吾弟也！淹法三月，昨日又来英矣！今日最称清暇，草草寄此纸，地远迅疏，殆恒情耶。默计一书往复，例须三月，甫执笔而兴已减。吾书固稀，弟亦不数！徐亲朋几无一字。以云缺望，彼此均也。而此间之忙，又为乏书之最大原因，弟宜察之。今当首述吾四月来之状况，以慰远怀。简单言之，则体气日加强，神志日加发皇也。起居虽非严格的有节制；然视国内生活，较有秩序；运动及呼吸空气时较多；故体胖而颜泽。最近影相，曾次第奉寄；试以较去岁病后，所影殆如两人矣！至内部心灵界之变化，则殊不能自测其所届；数月以来，晤种种性质差别之人，闻种种派别错综之论，睹种种利害冲突之事；炫以范像通神之图画雕刻，摩以回肠荡气之诗歌音乐，环以恢诡葱郁之社会状态，饫以雄伟娇变之天然风景；以吾之天性富于情感，而志不懈于向上；弟试思之，其感受刺激，宜如何者！吾自觉吾之意境，日在酝酿发酵中！吾之灵府，必将产生一绝大之革命性！革命产儿为何物？今尚在不可知之数耳。数月来，主要之功课，可分为四：一曰见人。二曰听讲义。三曰游览名所。四曰习英文。法国方面之名士，已见者殆十之七八，其多见者，则政治家及哲学家、文学家也。政治家除专制怪杰之克里曼梭外，殆皆已见。克氏专派一属员来相接待，维两度约见皆以忙而订后期。大约此人须待彼下野后始见矣。法之政党以十数，自极右党，自极左党，其首领皆已见，觉气味最好者为社会党，次则王党，次则天主教党；所谓温和共和党，急进共和党者，最占势力，而最为无聊；中庸君子之性质，万方同概也！学者社会极为沈瀯。第一流之哲学家三人，皆已见，且成交契。其文学家则第二流者略已见。最著名之两人以不在巴黎，未获见；将来必当见也！巴黎人最富于社交性，每赴茶会一次，可得友无算。吾于其他茶会多谢绝；惟学者之家，有约必到；故所识独多，若再淹留半年，恐全巴黎之书呆子，皆成知己矣！所见人最得意者有二：其一为新派哲学巨子柏格森。其二为三国协商主动人大外交家笛尔加莎。二人皆为十年来梦寐愿见之人，一见皆成良友，最足快也。笛氏与克里曼梭，两雄相厄，今方为失败者！然其人精悍谙练，全法之政界殆罕俦匹，将来必有活动无疑！彼之外交，精通欧洲情状；而对于远东实多隔膜。他日再见，当有以进之。吾辈在欧访客，其最矜持者，莫过于初访柏格森矣！吾与百里、振飞三人，一日分途预备谈话资料；彻夜读其所著书，检择要点以备请益。振飞翻译，有天才，无论何时，本皆纵横自在；独于访柏氏之前，战战栗栗，惟恐不胜！及既见，为长时间之问难，乃大得柏氏褒叹，谓吾侪研究彼之哲学极深邃云！可愧也！吾告以吾友张东荪译彼之《创化论》，已将成；彼大喜过望，索赠印本，且允作序文；乞告东荪努力成之；毋使我负诺责也。除法人外，则美国人最多见。五全权已见其四，为威尔逊、兰辛、何斯大佐、槐德。惟英人甚寡缘，其要人皆未得一面也。此外小国名士见者甚多。希腊各当局尤稔熟；因归途欲游雅典，特与结欢也。芬兰、波兰人极力运动我往游彼国，然交通太不便，未必能成行。游历地方颇少！初到时，曾以十日之力游战地及莱因河左岸联军占领地，其后复游北部战地，又一游克鲁苏大铁厂；除此三外，未尝出巴黎一步。将来法国南部农工业最盛处，非游不可。惟在法游历，有一难题，因其政府招待太殷勤，每游一次，必派数员随伴；且旅费皆政府供给；吾受之滋愧，因此颇阻游兴也！住巴黎虽有数月，然游览名胜颇少，因每日太忙，惟来复稍得休暇，则尽一日之力以流连风景，故所得殊少。其间有可特别相告者三事：其一游隧道内，陈髑髅七百万具，皆大革命时发掘累代古坟，罗列此间者；当为世界独一无二之壮观！入之胜读佛经七百万卷也！其二游卢骚故居，即著《民约论》处；其阍人言亚洲人来游者，以吾辈为嚆矢也！其三有一七十八岁之老女优，当拿破仑第三时已负盛名者，多年不登场矣！其日为一文豪纪念，特以义务献技，其日吾本约往参议院旁听；临时谢绝，改往听之，因得一瞻西方谭叫天之颜色；实此行一段奇事也！又曾乘飞机腾空五百基罗米突。曾登最大之天文台，窥月里山河，土星光环。此皆足记者！至博物馆、图书馆、美术馆等，皆匆匆而已。最苦者，每诣一处，其政府皆先知照该馆，馆长职员等全部官样迎送，甚感局促也！生平不喜观剧，弟所知也！至此乃不期而心醉！每观一次,恒竟夜振荡不怡,而嗜之乃益笃。虽然,为时日所限,往观尚不逮十度也。吾在此发愤当学生,现所受讲义:一、战时各国财政及金融。二、西战场战史。三、法国政党现状。四、近世文学潮流。即此已费时日不少矣！其讲义皆精绝,将来可各成一书也。他日复返法,尚拟请柏格森专为讲授哲学,不审彼有此时日否耳？此行若通欧语,所获奚啻十倍！前此蹉跎,虽悔何裨！今惟汲汲作补牢计耳！故每日所有空隙,尽举以习英文,虽甚燥苦,然本师(丁在君)奖其进步甚速,故兴益不衰！吾弟读至此,则吾每日之起居注,可以想象得之矣！质言之,则数月来之光阴,可谓一秒一分未尝枉费。所最鞅掌者,则中国人之拜往寒暄,饮食征逐,夺我宝贵时间不少！此亦无可如何也。弟察此情形,则我书稀阔之罪,当可未减耶？所最负疚者,此行与外交丝毫无补也！平情论之:失败之责任,什之七八在政府,而全权殊不足深责。但据吾所见:事前事后,因应失当者亦正不少！坐视而不能补救,付诸浩叹而已！三四月间谣言之兴,悬想吾弟及同人不知若何怫怒？尔来见京沪各报为我讼直者,亦复多方揣测,不得其真相。其实此事甚明了,制造谣言,只此一处！即巴黎专使团中之一人是也。其人亦非必特有所恶于我;彼当三四月间,兴高采烈,以为大功告成在即,欲攘他人之功,又恐功转为人所攘,故排亭林,排象山。排亭林,妒其辞令优美,骤得令名也。排象山者,因其首领,欲攻而代之也。又恐象山去而别有人代之也,于是极力谋毁其人;一纸电报,满城风雨。此种行为,鬼蜮情状,从何说起。今事过境迁,在我固更无劳自白。最可惜者,以极宝贵之光阴,日消磨于内讧！中间险象环生,当局冥然罔觉;而旁观者又不能进一言!呜呼!中国人此等性质,其何以自立于大地耶?

盖启超游欧时,学问思想之变,具详所著《欧游心影录》。此文仅引其绪而已。大抵启超为人之所以异于其师康有为者:有为执我见,启超趣时变;其从政也有然,其治学也亦有然。有为常言:"吾学三十岁已成,此后不复有进,亦不必求进。"启超不然,常自觉所学于时代为落伍,而憛后生之可畏;数十年日在旁皇求索中。故有为之学,站定脚跟,有以自得者也;启超之学,随时转移,巧于通变者也。方启超之游欧洲而归也,骤见军阀称兵,党人横议,民不聊生,事益无可为,乃宣言不谈政治,意以文学自障,舍一时而争百年之业。少年有绩溪胡适者,新自美洲毕所学而归,都讲京师,倡为白话文,风靡一时;意气之盛,与启超早年入湘主时务学堂差相埒也!启超则大喜,乐引其说以自张,加润泽焉!诸少年噪曰:"梁任公跟着我们跑也!"以视民国初元,启超日本归来之好以诗古文词与林纾、陈衍诸老相周旋者,其趣向又一变矣!顾启超出其所学,亦时有不"跟着诸少年跑",而思调节其横流者。诸少年排诋孔子,以"专打孔家店"为揭帜;而启超则终以孔子大中至正,模楷人伦,不可毁也。诸少年斥古文学以为死文学;为骈文乎?则斥曰选学妖孽;倘散文乎?又谥以桐城谬种;无一而可。而启超则治古文学,以为不可尽废,死而有不尽死者也;启超论文之旨,则具见于《论中国韵文里头所表现的情感》、《中学以上作文教学法》两文。盖一为清华学校之文学的课外讲演,而一则演讲于东南大学者也。尝谓:"文章之大别为三:一记载之文。二论辨之文。三情感之文。"其《论中国韵文里头所表现的情感》一文,所以治情感之文。而《中学以上作文教学法》，则论记载之文与论辨之文者也。其《论中国韵文里头所表现的情感》曰：

> 韵文是有音节的文字；那范围从《三百篇》、《楚辞》起，连乐府、歌谣、古近体诗、填词、曲本乃至骈体文都包在内，我这回所讲的，专注重表现情感的方法有多少种？是希望诸君把我所讲的做基础，拿来和西洋文学做比较；看看我们文学家表示情感的方法，缺乏的是那几种？先要知道自己民族的短处去补救；才配说发挥民族的长处。这是我讲演的深意，现在请入本题。
> 向来写感情的，多半是以含蓄蕴藉为原则，像那弹琴的弦外之音，像吃橄榄的那点回甘味儿，是我们中国文学家所最乐道。但是有一类的情感，是要忽然奔迸一泻无馀的；我们可以给这类文学起一个名，叫做奔迸的表情法。例如碰着意外的过度的刺激，大叫一声，或大哭一场，或大跳一阵；在这种时候，含蓄蕴藉是一点用不着；凡这一类都是情感突变，一烧烧到白热度，便一毫不隐瞒，一毫不修饰，照那情感的原样子，迸裂到字句上。这种表现法，十有九是表悲痛；表别的情感，就不大好用。我勉强找，找得《牡丹亭·惊梦》里头："原来是姹紫嫣红开遍，似这般都付与断井颓垣！"这两句确是属于奔迸表情法这一类。他写情感忽然受了刺激，变换了一个方向，将那霎时间的新生命，迸现出来；真是能手！我意悲痛以外的情感，并不是不能用这种方式去表现。他的诀窍，只是当情感突变时，捉住他"心奥"的那一点，用强调写到最高度。那么，别的情感，何尝不可以如此呢？苏东坡《水调歌头》便是一个好

例:"明月几时有?把酒问青天。不知天上官阙,今夕是何年?我欲乘风归去,又恐琼楼玉宇,高处不胜寒!"

这全是表现情感一种亢进的状态,忽然得着一个"超现世的"新生命,令我们读起来,不知不觉也跟着到他那新生命的领域去了。这种情感的表现法,西洋文学里头恐怕很多,我们中国却太少了!我希望今后的文学家努力从这方面开拓境界。

第二种叫做回荡的表情法,是一种极浓厚的情感蟠结在胸中,像春蚕抽丝一般,把他抽出来。这种表情法,看他专从热烈方面尽量发挥,和前一类正相同。所异者,前一类是直线式的表现;这一类是曲线式或多角式的表现。前一类所表的情感,是起在突变时候,性质极为单纯,容不得有别种情感搀杂在里头。这一类所表的情感,是有相当的时间经过;数种情感交错纠结起来,成为网形的性质。人类情感在这种状态之中者最多,所以文学上所表现,亦以这一类为最多。这种表情法,我们中国人也用得很精熟,能够尽态极妍。

现在讲第三种是含蓄蕴藉的表现法。这种表情法,向来批评家认为文学正宗,或者可以说是中华民族特性的最真表现。这种表情法,和前两种不同:前两种是热的,这种是温的;前两种是有光芒的炎焰,这种是拿灰盖着的炉炭。这种表情法,也可以分三类①:

第一类是情感正在很强的时候,他却用有很节制的样子去表现他;不是用电气来震,却是用温泉来浸;令人在平淡之

---

① 疑误,当作"四类"。——编者注

中,慢慢的领略出极渊永的情趣,他是把情感收敛到十足,微微发放点出来;藏着不发放的还有许多。但发放出来的,确是全部的灵影;所以神妙!这类作品,自然以《三百篇》为绝唱。

第二类的蕴藉表情法,不直写自己的情感,乃用环境或别人的情感烘托出来。这一类诗,我想给他一个名字,叫做"半写实派"。他所写的事实,是用来做烘出自己情感的手段,所以不算纯写实。他写的事实,全用客观的态度观察出来,专从断片的表出全部,正是写实派所用技术,所以可算得半写实。

第三类的蕴藉表情法,索性把情感完全藏起不露,专写眼前实景(或是虚构之景);把情感从实景上浮现出来。这种写法,《三百篇》中很少。北齐有一位名将斛律光,是不识字的,有一天,皇帝在殿上要各人做诗。他冲口做了一首,便成千古绝调,那诗是:

"敕勒川,阴山下。天似穹庐,笼盖四野。天苍苍,野茫茫,风吹草低见牛羊。"

这时是独自一个人骑匹马在万里平沙中所看见的宇宙,他并没说出有什么感想。我们读过去,觉得有一个粗豪沈郁的人格,活跳出来。须知这类诗,和单纯写景诗不同。写景诗以客观的景为重心,他的能事在体物入微,虽然景由人写,景中离不了情,到底是以景为主。这类诗以主观的情为重心,客观的景,不过借来做工具。

第四类的蕴藉表情法,虽然把情感本身照原样写出,却把所感的对象隐藏过去,另外拿一种事来做象征。这类方法,自起《楚辞》,篇中许多美人芳草,纯属代数上的符号,他意思别有所指。若不是当作代数符号看,那么,屈原到处调情,到处拈酸吃醋,岂不成了疯子?自《楚辞》开宗后,汉、魏五言诗,多含有这种色彩。中、晚唐时,诗的国土被盛唐大家占领殆尽,温飞卿、李义山、李长吉诸人,便想专从这里头辟新蹊径。这一派后来衍为西昆体,专务拮扯词藻,受人诟病。近来提倡白话诗的人,不消说是极端反对他了。但就唯美的眼光看来,自有他的价值。就如《义山集》中《碧城三首》的第一首:

> 碧城十二曲阑干,犀辟尘埃玉辟寒。阆苑有书多附鹤,女墙无树不栖鸾。星沈海底当窗见,雨过河源隔座看。若使晓珠明又定,一生长对水晶盘。

这些诗他讲的什么事,我理会不着。拆开一句一句的叫我解释,我连文义也解不出来。但我觉得他美,读出来令我精神上得一种新鲜的愉快。须知美是多方面的;美是含有神秘性的。我们若还承认美的价值,对于这种文学,是不容轻轻抹煞呵!

现在要附一段专论女性文学。近代文学写女性,大半以"多愁多病"为美人的模范。古代却不然!《诗经》所赞美的是"硕人其颀",是"颜如舜华"。《楚辞》所赞美的是"美人既醉朱颜酡,娱光眇视目层波"。《汉赋》所赞美的是"精耀华烛,俯仰如神",是"翩若惊鸿,矫若游龙",凡这类形容词,都是以容态之艳丽,和体格之俊健合构而成;从未见以带着病的恹弱形态为美的。以病态为美,起于南朝,适足以证明女学界的病态。唐、宋以后的作家,都汲其流;说到美人,便离不了病,真是文学界一件耻辱!我盼望往后文学家描写女性,最要紧先把美人的康健恢复才好!

此启超论情感之文学也。论非情感之文学曰：

> 文章作用，和语言一样，都是要把自己的思想传达给人家。但是所谓思想，实具有两种条件：（一）有内容的，譬如令小儿为文，他胸中本来一无所有，强令执管，决不成文。又如考试的八股文章，和骈体的应酬文字，虽然成文，还是没有内容的；所以于文章上绝无价值。（二）有系统的。虽然有了种种思想，还须加以有条理的排列才好。否则如乱石一堆，不能成文。古人说："言之有物"，就是有内容；"言之有序"，就是有系统。传达思想亦有两条件：（一）须适中。所言嫌多或嫌少，都不合。吾们做文章，须要言所欲言，不多不少；意尽则言止，到恰好的地位才兴。（二）须明晰。传达思想，须使人能明白。孔子云："辞达而已矣!"可知辞贵乎"达意"。复加"而已"两字，可知"达意"之外，无事他求也！大凡做成功一篇文章，总须具备此四种条件才好！
>
> 至于做文章的功夫，可分做两步：（一）结构；（二）修辞。结构可以学而致，修辞则要在天才。同一意思，或说来索然无味，或说来妙趣环生，此全在天才。孟子云："大匠能予人以规矩，不能使人巧。"我说："教师能够教人做文章的一个结构；未必能教人做文章修辞一定修得好。"但是文章有有结构而不好的，断乎没有无结构而能好的。我今天讲的就是怎样整理思想成一个结构。
>
> 结构也各种文章不同。文章种类，可以思想途径之不同而区分为两类：（一）将客观的事物取入以充吾思想之内容者，为客观的，属记述文。（二）以我之思想发出者，为主观的，属

论辨文。然而人人不能不用功夫做客观之叙述,不必人人能做主观的论辨。因为主观的论辨须要自出主张;有识见,才有议论,这不是容易的。就是主观的论辨,也离不掉客观的事实做材料。倘使我们一切事物,见见闻闻,都像影戏一样闪过去就算;不能做客观的叙述功夫;那就要做主观的论证,也全没有把鼻。所以客观的叙述最要紧,也最有用。

客观的叙述可分两种:(一)记静态。(二)记动态。静态是一事物已经完全或比较的已成固定状态,或前后均有变动而中间一部已归静止。记静态,和绘画一样;一人形状,尽管前后无定,那绘画者,只取现在一定之形状来画。又如山水风景,尽管气象万千,画的人只取在所呈之景象来画一样。举个例,就像一种书之提要是。动态是人、物、事的活动状况。记动态,系记人、物、事活动之过程;如留声机,各人曲调不同,而高下疾徐,皆能传出;又如电影,仅视其一片,不成形象;及统合演放,可成一完全戏剧;如传记及记事本末等皆是。大抵记述文,不外记静态与动态。或记静中之动,或记动中之静,或记静中之静,或记动中之动,皆不外静动两种。

静态有单纯的,有复杂的。如做一种书之提要,系单纯的;做几种书之提要,则为比较的复杂。又如记一山一河,为单纯的;记许多山,许多河,则为复杂。动态亦然;如一人在一时间有一种动作,为单纯的;记多数人在一时间有种种动作;或在不同时间为一种动作,为复杂的。文章难易之分,即在于是。记单纯者较易。记复杂者较难。惟无论记何种状态,精神须顾到两方面:(一)外表的。(二)内容的。如叙一种书共几篇几页,为外表的;而是书之要义在何处,则为内容的。又如作战记,孰胜孰败,为外表的;而其人之性格品行等,均能借以看出,为内容的。

作文有以简驭繁之法,即收空间与时间之关系而整理之。凡空间发生一事,或时间发生一事,均有不并容性;即在一时间发生之事,在空间必不相容;反之在空间发生之事,在时间亦必不相容。记静态以空间为主,时间为辅。记动态以时间为主,空间为辅。但无论记空间与时间,尤有一种原则,即不能单记平面;必须有一部甚详,一部较略,配搭成文;这就是所谓思想的整理。

此其大略也。《中学以上作文教学法》并非据《改造》四卷九号刊载梁氏手定讲稿,乃录自《时事新报》通信中,以较简赅也。**启超自欧游归,壹屏向者新民体之政论不为**;而周游讲学,历任东南大学、清华研究院教授,时时为语体文之学术论著,以饷遗我国人。又欲创设国学院,其设计可得而陈者六事:第一、编审国学**丛书**。以一百种为一集,其目分**学术思想**,以校理阐发先哲某家某派之学说为主,其译述外国书及自己创作皆不采。**文艺**、以诠述批评前代作家或作品为主,自己创作不采。**历史**一、各科专史,如中国文学史、中国音乐史之类,题目或总或分,或大或小,皆不拘。二、时代史,如有史以前史、春秋史、两汉史等。**地理**、**自然科学**、例如中国矿物学、中国生物学等。社会现状等项。此**丛书**由本院拟定题目,聘请专家编著,或收已成之稿;其海外著作可采,或亦译登;每年最少出二十四种;除专聘所编外,其投著稿译稿者,或优给酬金,或受其版权,或量给奖励金,版权仍归作者。第二、编辑近代学术文编及国学海外文编。略师贺氏《经世文编》之例,广搜清初迄今学者专集及杂志中所发表凡研究国学有价值之文字,专书不录。分类编录,使学者可以尽见难得之资料,且省翻检之劳。此书以一年完成之。海外文编,则专译欧、美、日本研究中国学术事情之著者。第三、编制大辞书。一曰科总辞书,二分科专门辞书。第四、校理古籍。凡古籍有不朽价值而较难读者,例如《六经》、诸子、四史、《通鉴》等,择出二三十种,精校简择,加圈点符号,补图表,冠以详核之解题,令青年学子人人能读,且引起兴味,拟于五年内将最重要的古籍校理完竣。第五、续辑四库全书。搜辑四库未收书及乾、嘉以后名著,编定目录,撰述提要。第六、重编佛藏。精择各宗派代表之经论,删伪删复,再益以续藏中之主要论疏,约泐成三千卷,各书附以提要。造端宏大,以语掌邦教者,徒惊其言之河汉无涯而已。每自叙曰:"启超学问欲极炽;其所嗜之种类亦繁杂。每治一业,则沈溺焉,集中精力,尽抛其他;历若干时日,移于他业,则又抛其前所治者。以集中精力故,故常有所得。以移时而抛故,故入焉而不深。尝有诗题其女令娴《艺术馆日记》①云:'吾学病爱博,是用浅且芜!尤病在无恒,有获旋失诸。百凡可效我,此二无我如。'顾启超虽自知其病而改之不勇;中间又屡为无聊的政治活动所牵率,耗其精而荒其业。识者谓启超若能永远绝意政治,且裁敛其学问欲,专精于一二点,则于将来之思想界,当更有所贡献,否则亦适成清代思想史之结束人物而已。"可谓有自知之明者也。用以卒吾篇。其最近刊布著书,有《中国历史研究法》、《先秦政治思想史》、《清代学术概论》、《梁任公近著》、《梁任公学术演讲集》诸书,兹不具论;而著其涉于文学者。以民国十七年卒,年五十七。

---

① 书名疑误,当作《艺蘅馆日记》。——编者注

二　逻辑文

　　自衡政操论者习为梁启超排比堆砌之新民体，读者既稍稍厌之矣！于斯时也，有异军突起，而痛刮磨湔洗，不与启超为同者，长沙章士钊也。大抵启超之文，辞气滂沛，而丰于情感。而士钊之作，则文理密察，而衷以**逻辑**。逻辑者，侯官严复译曰"名学"者也。惟士钊为人，达于西洋之**逻辑**，抒以中国之古文；绩溪胡适字之曰"欧化的古文"；而于是民国初元之论坛顿为改观焉。然中国言逻辑者，始于严复，而士钊**逻辑**古文之导前路于严复，犹之梁启超新民文体之开先河自康有为也；故叙章士钊者宜先严复，犹之叙梁启超者必溯康有为。然而康有为、梁启超之视严复、章士钊，其文章有不同而同者；籀其体气，要皆出于八股。八股之文，昉于宋、元之经义，盛于明、清之科举，朝廷以之取士者逾六百年。而其为之工者，无不严于立界，犯上连下，例所不许。巧于比类，截搭钓渡。化散为整，即同见异，通其层累曲折之致，其心境之显呈，心力之所待，与其间不可乱、不可缺之秩序，常于吾人不识不知之际，策德术心知以入慎思明辨之境涯，而不堕于卤莽灭裂。每见近人于语言精当，部分辨晰，与凡物之秩然有序者，皆曰合于逻辑矣；盖假欧学以为论衡之绳墨也。然就耳目所睹记，语言文章之工，合于逻辑者，无有逾于八股文者也。此论思之所以有神；而数百年来，吾祖若宗德术心智之所资以砥砺而不终萎枯也欤？迄于清末，而八股之文，随科举制以俱废；而流风馀韵，犹时时不绝流露于作者字里行间。有袭八股排比之调，而肆之为纵横轶宕者；康有为、梁启超之新民文学也。有用八股偶比之格，而出之以文理密察者；严复、章士钊之逻辑文学也。论文之家，知本者鲜。独章炳麟与人论文，以为严复气体比于制举；而胡适论梁启超之文，亦称蜕自八股；斯不愧知言之士已！若论逻辑文学之有开必先，则不得不推严复为前茅；叙章士钊而先严复，庶几先河后海之义云！

严复

　　严复，原名宗光，字又陵，一字几道，福建侯官人也。早慧，师事同里黄宗彝，治经有家法，饫闻宋、元、明儒先学行。让清同治间，同县沈葆桢号知兵，以巡抚居忧在里，奉诏创船政，招试英髦，储海军将才；得复文，奇之，用冠其曹；则年十四也。五年卒业，分派扬武军舰为练习生。舰长为英人德勒塞，英之海军中校也；携之周历南洋黄海及日本各口岸。是时日本方筹办海军；扬武至，聚观者万人空巷。既而德勒塞归国，濒行，谓复曰："君之海军学术，已卒业矣！然学问一事，并不以卒业为终点，此后自行求学之日方长。君如不自足自封，则新知无尽。"复之所以终身尽瘁于学者，谓德勒塞启之云。光绪二年，派赴英国海军学校，肄战术及炮台建筑诸学。是时日本亦始遣人留学西洋，伊藤相、大隈伯之伦皆其选；而复试辄最上第。湘阴郭嵩焘以侍郎使英，时引与论析中西学同异，穷日夕不休。比学成归，葆桢已薨，无用之者。于是发愤治八比，冀以科第显；纳粟为监生，应南北乡试者再，俛得复失！而合肥李鸿章方总督直隶，领北洋大臣，器复之能，乃辟教授北洋水师学堂。复见朝野玩愒,而日本同学归者,既用事图强,径霸琉球,则大戚。常语人不三十年,藩属且尽,缳我如老牸牛耳。闻者弗省。鸿章亦嫌其危言激论,不之亲也!法越事裂;鸿章为德璀琳辈所绐,皇遽定约;謷言者摘发,疑忌及复。复亦愤而自疏。及鸿章大治海军,以复总办学堂;不预机要,奉职而已!甲午之战,海军熸于日,割地赔款,仅以无事!德宗大恨,锐欲变法,特诏遴人才。复被荐,以二十四年戊戌秋召对称旨;退上皇帝万言书,大略言:"中国积弱,于今为极;此其所以然之故,由于内治者十之七,由于外患者十之三耳。而天下汹汹,若专以外患为急者,此所谓为目论者也。今日各国之势,与古之战国异。古之战国务兼并;而今之各国谨平权;此所以宋、卫、中山不存于七雄之世;而荷兰、瑞士、丹麦尚瓦全于英、法、德、俄之间。且百年以降,船械日新,军兴日费,量长较短,其各谋于攻守之术也亦日精,两军交绥,虽至强之国,无万全之算也;胜负或异,死丧皆多;且难端既构,累世相仇;是以各国重之。使中国一旦自强,与各国有以比权量力,则彼将隐销其侮夺觊觎之心,而所求于我者,不过通商之利而已;不必利我之土地人民也!惟中国之终于不振而无以自立,则以此五洲上腴之壤,无论何国得之,皆可以鞭笞天下,而平权相制之局坏矣!虑此之故,其势不能不争;其争不能不力。然则必中国自主之权失,而后全球杀机动也。虽然,彼各国岂乐于是哉?争存自保之道,势不得不然也!今夫外患之乘中国,古有之矣!然彼皆利中国之弱。而后可以得志。而今之各国,大约而言之,其用心初不若是;是故徒以外患而论,则今之为治,尚易于古叔季之时。夫易为而不能为,则其故由于内治之不修,积重而难反;而外患虽急,尚非吾国病本之所在也。其在内治云何?法既敝而不知变也。今日吾国之富强,民之智勇,无一事及外洋者；其所以然之故，所从来也远！大抵建国立群之道，一统无外之世，则以久安长治为要图；分民分土，地丑德齐之时，则以富国强兵为切计；此不易之理也。顾富强之盛，必待民之智勇则后可几；而民之智勇，又必待有所争竞磨砻而后日进；此又不易之理也。欧洲国土，当我殷、周之间，希腊最盛，文物政治皆彬彬矣！希腊中衰，乃有罗马。罗马者，汉之所谓大秦者也，庶几一统矣；继而政理放纷，民俗抵冒，上下征利，背公营私。当此之时，峨特、日尔曼诸种起而乘之，盖自是欧洲散为十馀国焉，各立君长，种族相矜，互相砥砺，以胜为荣，以负为辱。盖其所争，不仅军旅疆场之间而止；自农工商贾至于文词学问，一名一艺之微，莫不如此！此所以始于相忌，终以相成，日就月将，至于近今百年；其富强之效，遂有非馀洲所可及者。虽曰人事，抑亦其地势之乖离破碎使之然也。至我中国则北起龙庭、天山，西缘葱岭、轮台之限，而东南界海，中间数万里之地，带山砺河，浑整绵亘，其地势利为合，而不利为分；故当先秦、魏、晋、六朝、五代之秋，虽暂为据乱，而其治终归于一统。统既一矣，于此之时，有王者起，为之内修纲维而齐以法制，外收藩属而优以羁縻，则所以御四夷而抚百姓，求所谓长治久安者，事已具矣！夫圣人之治理不同；而其求措天下于至安而不复危者，心一而已。圣人之意，以谓天下已治已安矣，吾为之弥纶至纤悉焉，俾后世子孙，谨守吾法，而有以相安养、相保持，永永乐利，不可复乱；则治道至于如是，是亦足矣！吾安所用富强为哉？是故其垂谟著诫，则尚率由而重改作，贵述古而薄谋新。其言理财也，则重本而抑末，务节流而不急开源；戒进取，敦止足，要在使民无冻饿，而有以制丰歉，供租税而已。其言武备也，则取诘奸宄，备非常，示安不忘危之义；外之无与为絜长度大之劲敌，则无事于日讲攻守之方,使之益精益密也;内之与民休息,去养兵、转饷之烦苛,则无由蓄大支之劲旅也。且圣人非不知智勇之民之可贵也,然以为无益于治安而或害吾治;由是凡其作民厉学之政,大抵皆去异尚同,而旌其纯良谨悫;所谓豪侠健果、重然诺、与立节概之风,则皆惩其末流而黜之矣!夫如是,数传之后,天下靡靡驯伏,易安而难危,乱民无由起,而圣人求所以措置天下之方,于是乎大得。此其意非必欲愚黔首、利天下、私子孙也;以为安民长久之道莫若此耳!盖使天下常为一统而无外,则由其道而上下相维,君子亲贤,小人乐利,长久无极,不复乱危;此其为甚休可愿之事,固远过于富强也!不幸为治之事,弊常伏于久安之中;而谋国之难,患常起于所防之外;此自前世而已然矣!而今日乃有西国者,天假以舟车之利,闯然而破中国数千年一统之局;且挟其千有馀年所争竞磨砻而得之智勇富强以与吾相角;于是吾所谓长治久安者,有僬然不终日之势矣!今使中国之民,一如西国,则见国势倾危若此,方且相率自为,不必惊扰仓皇,而次第设施,自将有以救正,而数稔之间,吾国固已富已强矣!顾中国之民有所不能者,数千年道国明民之事,其处势操术,与西人绝异故也!夫民既不克自为,则其事非倡之于上,固不可矣!然所以成其如是者,率皆经数千载自然之势流衍而来,对待相生,牢不可破;故今日审势相时而思有所变革,则一行变甲,当先变乙,及思变乙,又宜变丙,由是以往,胶葛纷坛;设但支节为之,则不特徒劳无功,且所变不能久立。又况兴作多端,动糜财力,使其为而寡效,则积久必至不支,此亦事之至可虑者也。"所论通达治体,而出之以至诚悱恻;徒以其后言变法而推极论之,必先破把持之局。语为大臣所嫉,格不得上。而政局亦变,德宗被幽。后二年拳匪祸作。自是避地居上海者七年!

复既摈不用,则殚心著述,蕲于匡时拂俗。既于学无所不窥,举中外治术学理,靡不究极原委,抉其失得,证明而会通之;一治之以名学而推本于求诚。诚者非他,真实无妄之知是已。名学者,求诚之学也。顾其所重尤专在求;据已知以推未知,席既然以睹未然。其已知既然,为公例可也,为散著可也。名学所辨论,非所信者也;在据所征以为信。盖信一理一言者,必不徒信也,必有其所以信者;此所以信者,正名学所精考微验而不敢苟者也。顾吾国所谓学,告吾以所以信者则如何?自晚周、秦、汉以来,大经不离言词文字而已;求其仰观俯察,近取诸身,远取诸物,如西人所谓学于自然者,不多遘也!夫言词文字者,古人之言词文字也;乃专以是为学,故极其弊为支离,为逐末,既拘于墟而束于教矣;而课其所得,或求诸吾心而不必安,或放诸四海而不必准;如是者,转不若屏除耳目之用,收视反听,归而求诸方寸之中,辄恍然而有遇;此达摩所以有廓然无圣之言,朱子晚年所以恨盲废之不早,而王阳明居夷之后,亦专以先立乎其大者教人也!惟善为学者不然!学于言辞文字以收前人之所以得者矣;乃学于自然。自然者何?内之身心,外之事变,精察微验,而所得或超于向者言辞文字外也;则思想日精,而人群相为生养之乐利,乃由吾之新知而益备焉;此天演之所以进化,而世所以无退转之文明也!知者,人心之所同具也。理者,必物对待而后形焉者也。吾心之所觉,必证诸物之见象,而后得其符也。王阳明谓:"吾心即理。"使六合旷然无一物以接于吾心;当此之时,心且不可见,安得所谓理者哉?此中国言明心见性,而不本之格物致知者之所以为修辞不立其诚也!然执是遂谓中国言词文字之所著者一切无当于学,则亦不可也!古书难读,中国为甚!英国名学家穆勒约翰有言:"欲考一国之文字语言而能见其理极,非谙晓数国之言语文字者不能也!"岂徒言语文字之散著者而已？即至大义微言,古之人殚毕生之精力以从事于一学,当其有得,藏之一心则为理;动之口舌、著之简策则为词;固皆有其所以得此理之由,亦有其所以载焉以传之故。自后人之读古人之书,而未尝为古人之学;则于古人所得以为理者,已有切肤精忳之异矣！又况历时久远,简牍沿讹;声音代变,则通假难明;风俗殊尚,则事意参差;夫如是,则虽有故训疏义之勤,而于古人诏示来学之旨,愈益晦矣！故曰:"读古书难!"虽然,彼所以托焉而传之理,固自若也。使其理诚精,其事诚信,则年代国俗无以隔之。其故不传于兹,或见于彼,事不相谋而各有合,考道之士,以其所得于彼者,反以证诸吾古人之所得,乃澄湛精莹,如寐初觉;其亲切有味,较之占毕为学者万万有加。而生今日者,乃转于西学得识古之用焉！此可与知者道,难与不知者言也。夫以西学识古,以实验治学,后来胡适倡新汉学者之所持以为揭帜;而实导之于复。复常以为中西二学,兼途并进,或者藉自它之耀,祛旧知之蔽！译有英哲赫胥黎《天演论》、斯密亚丹《原富》、耶方斯《名学浅说》、穆勒约翰《名学》《群己权界论》、斯宾塞尔《群学肄言》、甄克思《社会通诠》、法人孟德斯鸠《法意》诸书。凡译一书,与他书有异同者,辄旁考博证,列入后案,张皇幽眇,以补漏义;尤能以古文辞达奥旨,而不断断于字比句次之间。国人之言以古诗体译西诗者,自苏玄瑛;言以古文辞译小说者,自林纾;而言以古文辞译欧西政治、经济、哲学诸科,盖自复启其机镮焉！自以生平师事服膺者,厥惟桐城吴汝纶;每译一书,必以质正。汝纶既高文硕望,常以"晚周以来,诸子各自名家。其大要有集录之书,有自著之言。集录者,篇各为义,不相统贯;原于《诗》、《书》者也。自著者,建立一干,枝叶扶疏,原于《易》、《春秋》者也。汉之士争以撰著相高；其尤者，《太史公书》继《春秋》而作；扬子《太玄》，拟《易》而为之；是皆所谓一干而枝叶扶疏者也。及唐中叶，而韩退之氏出，源本《诗》、《书》，一变而为集录之体；宋以来因之。是故汉氏多撰著之编；唐、宋多集录之文，其大略也。集录既多，而向之所谓撰著之体不复多见；间一见之，其文采不足以自发，知言者摈焉勿列也！独近世所传西人书，率皆一干而众枝，有合于汉氏之撰著。"又惜吾国之译言，大抵龛陋不文，不足传载其义！独推复博涉兼能，文章学问，奄有东西数万里之长；扬子云笔札之功，赵充国四夷之学，美具难并，钟于一手，求之往古，殆邈焉罕俦。复常虚心请益，而汝纶则自谦不通西文；顾亦时有独见！尝答书于复以论译西书曰：

> 来示谓新、旧二学，当并存具列，且将自它之耀，以祛蔽揭翳，最为卓识！某前书未能自达所见，语辄过当。本意谓中国书猥杂，多不足行远；西学行，则学人日力夺去大半，益无暇浏览向时无足轻重之书；而姚选《古文》则万不能废，以此为学堂必用之书，当与六艺并传不朽也！若中学之精美者，固亦不止此等。往时曾太傅言；"《六经》外有七书，能通其一，即为成学。七者兼通，则间气所钟，不数数见也。"七书者，《史记》、《汉书》、《庄子》、《韩文》、《文选》、《说文》、《通鉴》也。某于七书皆未致力，又欲妄增二书，其一姚公此书，馀则曾公《十八家诗钞》也。但此诸书，必高材秀杰之士，乃能治之。若资性平钝，虽无西学，亦未能追其途辙。独姚选《古文》，即西学堂中亦不能弃去不习，不习则中学绝矣！世人乃欲编造俚文以便初学；此废弃中学之渐，某所私忧而大恐者也！区区妄见，

敬以奉质。别纸垂询数事,某浅学不足仰副明问,谨率陈臆说,用备采择:欧美文字与我国绝殊;译之,似宜别创体制,如六朝人之译佛书,其体全是特创;今不但不宜袭中文,并不宜袭用佛书。窃谓以执事雄笔,必可自我作古。又妄意,彼书固自有体制,或易其辞而仍其体,似亦可也。不通西文,不敢意定。独中国诸书无可仿效耳。来示谓"行文欲求尔雅,有不可阑入之字,改窜则失真,因任则伤洁",此诚难事。鄙意与其伤洁,毋宁失真。凡琐屑不足道之事,不记何伤?若名之为文,俚俗鄙浅,荐绅所不道。此则昔之知言者,无不悬为戒律,曾氏所谓"辞气远鄙"也!文固有化俗为雅之一法,如左氏之言"马矢",庄生之言"矢溺",公羊之言"登来",太史之言"黟颐",在当时固皆以俚语为文,而不失为雅。若《范书》所载"铁胫尤来"、"大枪"、"五楼"、"五幡"等名目,窃料太史公执笔,必皆芟薙不书。不然,胜、广、项氏时,必多有俚鄙不经之事,何以《史记》中绝不一见?如今时"雅片馆"等比,自难入文,削之自不为过;倘令为林文忠作传,则烧雅片一事,固当大书特书;但必叙明原委,如史公之记《平准》,班氏之叙《盐铁论》耳;亦非一切割弃,至失事实也。姚郎中所选文,似难为继;独曾文正《经史杂钞》能自立一帜;王、黎所续,似皆未善。国朝文字,姚春木所选《国朝文录》,较胜于《二十四家》。然文章之事,代不数人,人不数篇。若欲备一朝掌故,如《文粹》、《文鉴》之类,则世盖多有!若谓足与文章之事,则姚郎中之后,止梅伯言、曾太傅及近日武昌张廉卿数人而已!其馀盖皆自郐也。来示谓"欧洲国史,似中国所谓'长编'、'纪事本末'等比"。然则欲译其书,即用曾太傅所称《叙记》、《典志》二门,似为得体。此二类,曾云"于姚郎中所定诸类外,特建新类";非大手笔不易办也。欧洲记述名人,失之过详;此宜以迁、固史法裁之。文无剪裁,专以求尽为务,此非行远所宜。中国间有此体,其最著者,则孟坚所为《王莽传》;若《穆天下》、《飞燕》、《太真》等传,则小说家言,不足法也。《欧史》用韵,今亦以韵译之,似无不可,独雅词为难耳。中国用韵之文,退之为极诣矣。私见如此,未审有当否?

复致服其言,常语人曰:"不佞往者每译脱稿,辄以示桐城吴先生;老眼无花,一读即窥深处;盖不徒斧落徽引,受裨益于文字间也。故书成必求其读,读已必求其序。"已而汝纶卒;复感伤不已,集玉溪、剑南诗句为挽曰:"平生风义兼师友,天下英雄惟使君!"每言:"吾国人中,旧学淹贯,而不鄙夷新知者,吴先生一人而已!"初复之译书最先出者,赫胥黎《天演论》。汝纶读,叹绝曰:"自中土翻译西书以来,无此鸿制;匪直天演之学,在中国为初凿鸿濛;亦缘自来译手无似此高文雄笔也。顾蒙意尚有不能尽无私疑者:以谓执事若自为一书,则可纵意驰骋;若以译赫氏之书为名,则篇中所引古书古事,皆宜以原书所称西方者为当,似不必改用中国人语。以中事中人,固非赫氏所及知!法宜如晋、宋名流所译佛书,与中儒著述,显分体制,似为入式!"顾复自以志在达旨,不尽从也。定为《译例》三事:

> 一译事三难:信、达、雅。求其信,已大难矣!顾信矣不达,虽译犹不译也,则达尚焉!海通以来,象寄之才,随地多有;而任取一书,责其能与于斯二者,则已寡矣!其故在浅尝,

一也；偏至，二也；辨之者少，三也。今是书所言，本五十年来西人新得之学，又为晚出之书。译文取明深义，故词句之间，时有所颠倒附益，不斤斤于字比句次，而意义则不倍本文，题曰"达旨"，不云"笔译"；取便发挥，实非正法。什法师有云"学我者病"，来者方多，幸勿以是书为口实也。

一西文句中，名物字多，随举随释，如中文之旁支，后乃遥接前文，足意成句。故西文句法，少者二三字，多者数十百言。假令仿此为译，则恐必不可通；而删削取径，又恐意义有漏。此在译者将全文神理融会于心，则下笔抒词，自然互备。至原文词理本深，难于共喻，则当前后引衬以显其意。凡此经营，皆以为达，即所以为信也。

一《易》曰："修辞立诚。"子曰："辞达而已。"又曰："言之无文，行之不远。"三者乃文章正轨，亦即为译事楷模；故信达而外，求其尔雅。此不仅期以行远已耳；实则精理微言，用汉以前字法句法则为达易。用近世利俗文字，则求达难。往往抑义就词，毫厘千里。审择于斯二者之间，夫固有所不得已也！岂钓奇哉！不佞此译，颇贻艰深文陋之讥；实则刻意求显，不过如是。又原书论说，多本名数格致及一切畴人之学；倘于之数者向未问津，虽作者同国之人，言语相通，仍多未喻。矧夫出以重译也耶？

它所译大率似此。大抵不肯于汝纶所称"与其伤洁，毋宁失真"而已。顾复自言："《原富》之译，与《天演论》不同。下笔之顷，虽于全节文理，不能不融会贯通为之；然于辞义之间无所颠倒附益，独于首部篇十一《释租》之后，原书旁论四百年以来银市腾跌，文多繁

赘,而无关宏旨;则概括要义译之。"又言:"穆勒约翰《群己权界论》,原书文理颇深,意繁句重。若依文作译,必至难索解人;故不得不略为颠倒。此以中文译西书定法也。"质言之,曰"译意"而已;故不斷斷于字比句次之间也。虽至名义亦然。顾谨于造辞,矜慎不苟,自谓:"一名之立,旬月踟蹰。"译赫胥黎《天演论》曰:"新理踵出,名目纷繁。索之中文,渺不可得;即有牵合,终嫌参差。译者遇此,独有自具衡量,即义定名。顾其事有甚难者。即于此书上卷《导言》十馀篇,乃因正论理深,先敷浅说;仆始翻'卮言',而钱唐夏穗卿曾佑病其滥恶,谓:'内典原有此种,可名悬谈。'及桐城吴丈挚父汝纶见之,又谓:'卮言既成滥词,悬谈亦沿释氏,均非能树立者所为,不如用诸子旧例,随篇标目为佳!'穗卿又谓:'如此则篇自为文,于原书建立一本之义稍晦。'而'悬谈'、'悬疏'诸名,'悬'者系也,乃会撮精旨之言,与此不合,必不可用。于是乃依其原目,质译'导言';而分注吴之篇目于下,取便阅者。此以见定名之难;欲避生吞活剥之诮,有不可得者矣。他如'物竞'、'天择'、'储能'、'效实'诸名,皆由我始。"译斯密亚丹《原富》曰:"'计学'西名叶科诺密;'叶科'此言'家','诺密'为聂摩之转,此言'治'、言'计';则其义始于治家,引而申之,为凡料量、经纪、撙节、出纳之事;扩而充之,为邦国天下生食为用之经。盖其训之所包至众,故日本译之以'经济',中国译之以'理财'。顾必求吻合,则经济既嫌太廓,而理财又嫌过陋。自我作古,乃以'计学'当之;虽计之为义,不止于地官之所掌,平准之所书;然考往籍'会计'、'计相'、'计偕'诸语,与常俗'国计'、'家计'之称,似与希腊之聂摩,较为有合!故《原富》者,'计学'之书也。然则何不径称'计学'而名'原富'?曰:'从斯密氏之所自名也。'且其书体例,亦与后人所撰计学,稍有不同:达用多于明体,一也。匡谬急于讲学,二也。其中所论,如部丙之篇二、篇三,部戊之篇五,皆旁罗之言,于计学所涉者寡,尤不得以科学家言例之。云原富者,所以察究财利之性情,贫富之因果,著国财所由出云尔!故《原富》者,计学之书,而非讲计学者之正法也。计学于科学为内籀之属。内籀者,观化察变,见其会通,立为公例者也;如斯密、理嘉图、穆勒父子之所论者,皆属此类。然至近世,如耶方斯、马夏律诸书则渐入外籀,为微积曲线之可推,而其理乃益密。此二百年来计学之大进步也。计学以近代为精密;乃不佞独有取于是书,而以为先事者:盖温故知新之义,一也。其中所指斥当轴之迷谬,多吾国言财政者之所同然,所谓从其后而鞭之,二也。其书于欧、亚二洲始通之情势,英、法诸国旧日所用之典章,多所纂引,足资考镜,三也。标一公理,则必有事实为之证喻;不若他书勃窣理窟,洁净精微,不便浅学,四也。"译穆勒约翰《名学》曰:"'逻辑'此翻'名学'。其名义始于希腊,为'逻各斯'一根之转。'逻各斯'一名兼二义;在心之意,出口之词,皆以此名;引而申之,则为论为学;故今日泰西诸学,其西名多以'罗支'结响,'罗支'即'逻辑'也;如'斐洛罗支'之为字学,'唆休罗支'之为群学,'什可罗支'之为心学,'拜诃罗支'之为生学,是已,精而微之,则吾生最贵之一物,亦名'逻各斯';此如佛氏所举之'阿德门',基督教所称之'灵魂',老子所谓'道',孟子所谓'性',皆此物也。故'逻各斯'名义最奥衍,而本学之所称为'逻辑'者,以如贝根言,是学为一切法之法,一切学之学;明其为体之尊,为用之广,则变'逻各斯'为'逻辑'以名之,学者可以知其学之精深广大矣!'逻辑'最初译本,为固陋所及见者,有明季之《名理探》,乃李之藻所译;近日税务司译有《辨学启蒙》。曰'探'曰'辨',皆不足与本学之深广相副;

必求其近，姑以'名学'译之，盖中文惟'名'字所函，其奥衍精博，与'逻各斯'字差相若；而学问思辨，皆所以求诚；正名之事不得舍其全而用其偏也。"译穆勒约翰《群己权界论》曰："或谓旧翻'自繇'之西文'里勃而特'，当翻'公道'；犹云事事公道而已；此其说误也！谨按'里勃而特'，原古文'里勃而达'，乃自由之神号，其字与常用之'伏利当'者同义；"伏利当"者，无挂碍也，又与'奴隶'、'臣服'、'约束'、'必须'等字为对义。'公道'西文自有专字曰'札思直斯'，二者义虽相涉，然必不可混而一之也。中文'自繇'，常含放诞、恣睢、无忌惮诸劣义；然自是后起附属之话，与初义无涉！初义但云不为外物拘牵而已；无胜义，亦无劣义也。夫人而自繇，固不必须以为恶；即欲为善，亦须自繇。其字义训，本为最宽。'自繇'者，凡所欲为，理无不可；此如有人独居世外；其自繇界域，岂有限制？为善为恶，一切皆自本身起义，谁复禁之？但自入群而后，我自繇者，人亦自繇；使无限制约束，便入强权世界而相冲突。故曰：'人得自繇，而必以他人之自繇为界。'此则《大学》絜矩之道，君子所恃以平天下者矣！穆勒此书，即为人分别何者必宜自繇，何者不可自繇也。斯宾塞《伦理学·说公》一篇，言：'人道所以必得自繇者，盖不自繇，则善恶功罪皆非己出，而仅有幸不幸可言，而民德亦无由演进，故惟与以自繇而天择为用，斯郅治有必成之一日。'佛言：'一切众生，皆转于物；若能转物，即同如来。'能转物者，真自繇也。是以西哲又谓：'真实完全自繇，形气中本无此物，惟上帝真神，乃能享之！禽兽下生，驱于形气，一切不由自主，则无自繇而皆束缚。独人道介于天物之间，有自繇，亦有束缚。治化天演，程度愈高，其所得以自繇自主之事愈多。'由此可知'自繇'之乐，惟自治力大者为能享之；而气禀嗜欲之中，所以缠缚驱迫者，方至众也！卢梭《民约》其开宗明义，谓'斯民生而自繇'，此语大为后贤所呵！亦谓初生小儿，法同禽兽，生死饥饱，权非己操，断断乎不得以自繇论也。名义一经俗用，久辄失真。如老氏之'自然'，盖谓世间一切事物，皆有待而然；惟最初众父，无待而然；以其无待，故称'自然'，惟'造化'、'真宰'、'无极'、'太极'为能当之；乃今俗义，凡顺成者皆'自然'矣！又如释氏之'自在'，乃言世间一切六如变幻起灭；独有一物，不增不减，不生不灭；以其长存，故称'自在'。惟力质本体，恒住真因，乃有此德。乃今欲取涅槃极乐引伸之义，而凡安闲逸乐者皆'自在'矣！则何怪'自繇'之义，始不过谓自主而无以挂碍者；乃今为放肆，为淫佚，为不法，为无礼；一及其名，恶义全集；而为主其说者之诟病乎？穆勒此篇所释名义，只如其初而止。柳子厚诗云：'破额山前碧血流，骚人遥住木兰舟。东风无限潇湘意，欲采蘋花不自由！'所谓'自由'，正此义也。'由'、'繇'二字，古相通假。今此译皆作'自繇'字，不作'自由'者，非以为古也，盖其字依西文规例，本一系名，非虚乃实；写为'自繇'，欲略示区别而已。"凡此之类，皆几经籀讨，而后定一名，下一义。学者称之曰"侯官严先生"。自是士大夫多领向西人学说。而复则以为"自由"、"平等"、"权利"诸说，由之未尝无利；脱靡所折衷，则流荡放佚，害且不可胜言，其究必有受其弊者！独居深念，尝谓近者吾国以世变之殷，凡吾民前者所造因，皆将于此食其报。而浅谫剽疾之士，不悟其所从来如是之大且久也！辄攘臂疾走，谓以旦暮之更张，将可以与胜我抗也！不能得，又搪撞号呼，欲率一世之人，与盲进以为破坏之事！顾破坏矣，而所建设者，又未必其果有合也；则何如稍审重而先咨于学之为犹愈也。每于广众中陈之，急言急论。顾闻者不以为意，辄谓复之过计也。以光绪三十一年，因事赴伦敦,孙文适在英,闻复之至,造访焉。复乃为痛陈中国民品之劣,民智之卑,即有改革,害之除于甲者,将见于乙;泯于丙者,将发于丁。如不从教育下手,更新何日。文曰:"俟河之清,人寿几何?君思想家,我乃实行家也。"遂不复见云。

复既以海军积劳叙副将矣!尽弃去,入赀为同知,洊擢道员。宣统元年,海军部立,特授协统。寻赐文科进士出身。其乡人郑孝胥调以二诗。其一曰:"严侯本武人,科举偶所慕。弃官更纳粟,被刖尝至屡。平生等身书,弦诵遍行路。晚邀进士赐,食报一何暮。回思丙丁间,春闱我犹赴;都门有文会,子作必寄附;传观比尤王,一读舌俱吐。谁知厄场屋,同辈空交誉。天倾地维绝,万事逐烟雾。八股竟先亡,当时殊不悟。寒窗抱卷客,亿兆有馀诅。吾侪老更黠,检点夸戏具。烦君发庄论。习气端如故!"其二曰:"左侯左宗棠居军中,叹息谓欧斋,林寿图以进士出身,官陕西布政使。时左官陕甘总督也。'屈指友朋间,才第有等差。进士胜翰林,举人又过之。我不得进士,胜君或庶几。'欧斋奋然答:'霞山刘蓉以诸生从戎,累官陕西巡抚。语益奇。举人何足道,卓绝惟秀才!'言次辄捧腹,季高怒竖眉。观君评制艺,折肱信良医。少年求进士,得之特稍迟。风味如甘蔗,倒嚼境渐佳。何可遽骄满,持将傲吾侪!不穀虽不德,自知背时宜。三十罢应试,庚寅直至斯。誓抱季高说,不顾欧斋嗤。君诗貌烦冤,内喜堪雪悲。官里行皆促,老苍仗头皮。八股纵已亡。身受伏馀威。知君不忘故,得意还见思。"亦以证复曩昔之治八股者劬耳!旋充学部名词馆编纂。其后章士钊董理其稿,草率敷衍,乃弥可惊!叹复藉馆觅食,未抛心力为之也。旋以硕学通儒征为资政院议员。三年,授海军部一等参谋官。

袁世凯与复本雅故;其督直隶,招复不至,以为恨!既罢政,诋者蜂起。复独抗言折之,谓:"世凯之才,一时无两。"则又感复! 及被举为临时大总统,遂聘复长京师大学堂,充公府顾问,参政院参政及宪法起草委员。复恒昌言:"国人识度不适于共和。"又言:"自由平等者,法律之所据以为施,而非云民质之本如此也! 夫言自由而日趋于放恣,言平等而在在反于事实之发生;此真无益,而智者之所不事也! 大抵治权之施,见诸事实;故明者著论,必以历史之所发见者为之本基;其间籀取公例,则必用内籀归纳之术而后可存。若夫向壁虚造,用前有、假如之术,立为原则,演绎之;及其终事,罔不生心害政。卢梭之《民约论》出,以自由平等为天下号,适会时世,民乐畔古;而卢梭文辞又偏悍发扬,语辨而意泽,能使听者入其玄而不自知。顾所谓'民居之而常自由常平等'者,卢梭亦自言其为历史之所无矣! 夫指一社会,考诸前而无有,求诸后而不能,则安用此华胥、乌托邦之政论而毒天下乎? 况今吾国人之所急者,非自由也,而在人人减损自由,而以利国善群为职志。至于'平等',本法律而言之,诚为平国要素,而见于出占投票之时;然须知国有疑问,以多数定其从违,要亦出于法之不得已;福利与否,必视公民之程度为何如。往往一众之专横,其危险压制,更甚于独夫,而亦未必遂为专者之利。是以其书名为救世;于穷檐编户,妪煦燠咻;而其实则惨刻少恩,恣睢暴戾。"乃著《民约平议》一文,其说本之英哲家赫胥黎。而戴袁世凯者,利复有言,又以复雄文高名,欲资之以称帝。始发其谋者杨度。宪法顾问美博士古德诺氏《共和与君主论》既发表之第三日,杨度访复于西城旧刑部街之居,侈陈其比来博塞之利;谓"数日前,挟二千金之天津,访所眷某姬,约友作雀戏,以千元作底,加旺子百元,和与翻无限制;会吾轮庄牌,作饼子清一色,案上碰出八九饼;手中一饼三枚,二五饼对碰等和;旁家发一饼,以常情论,吾无开杠理。顾吾欲藉以卜吾运之亨塞,乃举手中牌七枚,翻以示人曰:'吾既杠一饼,已无异自宣吾蕴,尚何秘为? 苟吾运果佳者,所需二五饼,终当摸索自得之;天缘凑巧,或且杠上开花矣!'不意翻取诸杠头之牌视之,果为二饼;遂以一色全对成和,作五翻计算,合旺子之数,一次所赢,已逾万金也! 吾以是知吾运已入亨通之境;意有所图,必当如愿。近谋组织一公司,朋辈争相互股,群思托荫于吾,冀有所膏润"云。复闻度言之津津,若有至味,颇不识何所取意。

次日,度复相过,问:"见古德诺《君主论》乎?"曰:"见之。"问:"公视今日政治,何如前清? 共和果足以使中国臻于富强兴盛乎?"复唯尔而言曰:"此一时殊未易答。辛亥改革之顷,清室曾颁布宪法信条十九,誓以勿渝。仆于其时主张定虚君之制,使如吾言,清室怵于王统之垂绝幸续,十九信条必将守之惟谨,不敢或背,而君臣之义未全堕地,内外百官犹有所慑。国事之坏,当不至如今日之甚! 或得如英国国君端拱无为而臻于上理,未可知也?"度曰:"惟然;我将与同志诸人组合一会,名曰筹安,专就吾国是否宜于共和,抑宜于君主,为学理之研究。古德诺引其端,吾等将竟其绪。国中士庶,向惟公之马首是瞻。请公为发起人,可乎?"复瞿然作色曰:"适吾所云,不过追维既往,聊备一说。国经改革,原非一蹴可期其大治。君主之制,所赖以维系者,厥惟人君之威严。今日人君威严,既成覆水;贸然复旧,徒益乱耳! 仆持重人所共知,居恒每谓国家革故鼎新,为之太骤;元气之损,往往非数十百年不易复。故世俗所谓革命,无问其意在更民主抑君主,凡卒然尽覆已然之局者,皆为仆所不取! 国家大事,宁如弈棋,一误岂容再误? 吾国之宜有君而舆尸征凶,此虽三尺童子知之! 而所难者,孰为之君? 此在今日,虽为圣者,莫知适从!鄙意诚所重惮!"度应之曰:"而公曾不闻之乎?德皇威廉一再语梁崧生公使、袁芸台公子:梁士诒、袁克定。'中国非君主不治;长此不更,为害必且累及世界。'其言诚洞中肯綮。以公之明,讵尚见不到此?且吾辈但事研究,可耳。至君主应否规复之议一决,吾辈之责任已毕。若夫实施,别有措置。尔时水到渠成,尚何重惮之有?"复又曰:"若然,则欲君主,便君主可耳!自古觊觎大位者,一惟势力是视;何尝有待于研究哉?"度乃以大义相劫,正色告曰:"政治之弛张,不本之学术;于理未融,即于情不顺。公宿学雅望,士林瞻仰;既知共和国体之无补于救亡,即不宜苟安听其流变!"复意不能无动,乃曰:"筹安会,足下必欲成之;仆入会为会员,贡一得之愚,固未尝不可。特以研究相号召,度不能强人主张以必同也!"度乃起告别,寻语曰:"日者相者俱判吾鹏程万里,行且将扶摇上青天。吾不已告公博塞之微,其通亨且若彼;公果降心相从,何鳏鳏虑夭阏也?"复至是始悟昨之侈言博塞,意在以讽喻,为今日游说张本耳!

　　明日,度具柬邀复晚餐,柬叙同座,则孙毓筠、刘师培、李燮和、胡瑛姓名赫然在焉!皆度所要给以发起筹安会者也!复既以疾辞。至晚宴散,度复相过。复固辞不见。度怏怏去。夜逾半,度忽遣使以一书相诒,谓:"筹安会事,实告公,盖承极峰旨。极峰谕非得公为发起人不可。固辞恐不便,事机稍纵即逝。发起启事,明日必见报。公达人,何可深拒?已代公署名,不及待复示矣。"缄尾并缀"阅后付火"四字。复得书,仓卒不知所为。明日筹安会启事出;而复列名发起人第三。阍者启:"门首晨出,即有壮士二人荷枪鹄立;询之,则谓长官恐匪党或相扰,遣来警卫也。"于是复杜门不出;筹安会召议事,辄称疾谢之;直至筹安会解散,未尝一莅石驸马街,望筹安会之门。

及梁启超有异议,其论一出,风动海内。而世凯谋所以折其议者,乃以为非复莫属!署券四万金,令内史夏寿田持以谒复,请为文以难启超。复却其币,告寿田曰:"吾苟能为,固分所应尔。若以货取,其何以昭信天下?非主座见命之意也。容吾徐图之以报命。"寿田唯唯退。而复得要胁之书,无虑二十通,或讽以利害,或胁以刺杀,或责其义不容辞,而诡称天下属望。所署姓字真伪不得知,要皆谓复非有以折启超而关其口不可。复筹虑数日,乃诣寿田,举所得诸函示之曰:"梁氏之议,吾诚有以驳之。惟吾思主座命为文,所祈以祛天下之惑而有裨于事耳!闽中谚云:'有当任妇言之时。有姑当自言之时。'时势至今,正当任妇言之。吾虽不过列名顾问,要为政府中人,言出吾口,纵极粲花之能事,人方视之为姑所自言;非惟不足以祛天下之惑,或转为人藉口。吾以是踌躇不轻落笔,非不肯为也。为之而有裨于事,吾宁不为哉?至于外间以生死相恫吓,殊非吾所介意。吾年逾六十,病患相迫,甘求解脱而不得;果能死我,我且百拜之矣!"寿田以白世凯。世凯知其意不可夺,驳梁启超之文乃改命孙毓筠为之。是故名与筹安发起之列者六人;世谓之"筹安六君子",语含讽嘲。馀五人皆有美新之作,劝进之文,而杨度《君宪救国论》,最传诵人口。独复学问文章,冠绝后辈,未尝有只字著论;而语于人曰:"大总统宣誓就职之后,以法律言,于约法有必守之义务。不独自变君主不可训,且宜反抗馀人之为变。堂堂正正,则必俟通国民之要求。顾民意之于吾国,乃至难出现之一物;使不如是。则共和最高国体,亦无所云不宜者矣。"徒以名高为累,遂为世凯所浼!英人多辣司氏谓其友曰:"世凯苟具卓荦之识,积学如严先生辈,正不应牵令入政治漩涡,摧毁国之精英。然未尝以不如己意而杀其身；贤于贵国古代奸雄远矣。"

世凯既失志以死。而黎元洪代为总统，知复之不与谋也，故缉治筹安肇首，复不与焉。顾明令未颁之先，颇有传复不为元洪所谅者。林纾至泣涕以迫复宵遁。复慨然曰："吾俯仰无愧怍，虽被刑，无累于吾神明；庸何伤！"夷然处之。然千夫所指，清望顿减矣！顾复通知古今，善于觇国；既感时惊心，有所切论；知之者以为警世之危言，不知者以为逊朝之殷顽也！然谈言微中，不为苟同，足以资监观裨国是者，不鲜焉。

方袁世凯之为大总统也，国人震其威名，以为可遗大投艰。而复则殊不谓然！曰："中国之弱，其原因不止一端；顾其大患，在上习凡猥，而上无循名责实之政。齐之强以管仲，秦之起以商鞅，其他若申不害、赵奢、李悝、吴起，降而诸葛武侯、王景略，唐之姚崇，明之张太岳，凡为强效，大抵皆任法者也！吾国人学术既不发达，而于公中之财，人人皆有巧偷豪夺之私，如是而增国民负担，谁复甘之！草衣木食，潜谋革命，则痛哭流涕，訾政府穷凶极恶！一旦窃柄自雄，则舍声色货利，别无所营；平日爱国主义，不知何往。以如是之国民，虽为强者奴隶，岂不幸哉！是故居今而言救亡，惟申韩庶可用。除却综名核实，岂有他途可行！试观历史，无论中外古今，其稍获强效者，何一非任法者耶？项城固一时之桀，顾吾所心憾不足者，无科学知识，无世界眼光；又过欲以人从己，不欲以己从人；一切用人行政，未能任法而不任情也。望其转移风俗，奠固邦基；呜呼！非其选尔！顾居今之日，平情而论，于新旧两派之中，求当元首之任而胜项城者谁乎？此国事之所以重可叹也！财匮民穷，不为根本救济之法，方戚戚以断炊破产为忧；刻意聚敛，以养君为最急之事，尚何能为民治生计乎？教育强国根本，而革命以后，此论久不闻矣。"

及世凯之败也,国人怒其稔恶,又以亟去之为快。而复意又不然;曰:"项城此时去,则天下必乱,而必至于覆亡。德人有言:'祖国无上;为此者,一切无形有形之物,皆可牺牲。'复之不劝项城退位,非有爱于项城也;无他,所重在国故耳。夫项城非不可去,然必先为其可以去。苏明允谓:'管仲未尝为其可以死,其于国为不忠。'使项成而稍有天良,则前事既差,而此时为一国计,为万民计,必不可去。而他日既为可去之后,又万万不可以留。盖使项城今日而去,则前者既为不义,而今日又为其不仁!使项城他日而留,则前者既为其寡廉,而他日又为其鲜耻。故曰'今日必不可去,他日必不可留'也。历观各报,函电旁午,壹以迫项城退位为宗。顾退位矣,而用何道出之,使神州中国得以瓦全?则又毫无办法。故复常谓中国党人,无论帝制、共和两派,蜂起愤争;而迹其行事,诛其居心,要皆以国为戏以售其权利愤好之私,而为旁睨胠箧之傀儡。以云爱国,迳乎远矣!夫中国自前清之帝制而革命,革命而共和,共和而一人政治,一人政治而帝制复萌,谁实谓之,至于此极!彼项城固不得为无罪;而所以使项城日趋于专,驯至握此大权者,夫非辛壬党人、参众两院之捣乱,靡所不为,致国民寒心,以为宁设强硬中央,驱除洪猛,而后元元至息肩喘喙之地故耶?不幸项城不悟,以为天下戴己,遂占亢龙,遽取大物;一着既差,威信扫地。呜呼!亦可谓大哀也已!然所谓帝制违誓种种,特反对者所执之词;而项城之失人心,一败至于不可收拾者,固别有在,非帝制也!盖项城之失败众矣;而最制其死命者,莫如财政;项城之败著夥矣,而莫厉于暗杀。项城自柄政以还,于中交两行,其亏负显然可指者过四千万!而黯昧通挪,经梁士诒、叶恭绰为之腾攫者,尚过此数。

不得已,梁士诒倡停止付现之院令,盖以逢项城之意,欲取中国银行预备金以为济急之计。乃京、汉而外,举不奉令;则事已全反其所期,而徒为益深益热之败著。呜呼!吾曹终日忧叹,为国怀破产之惧;而项城则长作乐观,泥沙挥霍;小人逢长,因而啜叶促訾,是其败宜久矣!就职五年,民不见德;不幸又值欧战发生,工商交困,百货昂腾,而国用日烦;一切赋税,有加无减。社会侈靡成风,人怀非望。此即平世,已不易为!乃国体适于此时议变更,遂为群矢之的。且项城自辛亥出山以来,得以首出庶物者,无他,旧握兵权而羽翼为尽死力故也。生性好用诡谋以锄异己。往者勿论!乃革命军动,再行出山,至今若吴禄贞、若宋教仁、若赵秉钧、若应桂馨,最后若郑汝成、若张思仁、若黄远庸,海宇哗然,皆以为项城主之。夫杀吴、宋,虽公孙子阳而外之所不为;然犹可为说。至于赵秉钧、郑汝成,皆平日所谓心腹股肱,徒以泄秘密之口,忍于出此,又况段祺瑞以不同意称帝,杜门不动,数见危机。人间口语,怪怪奇奇,则群下几何其不解体乎?夫求之财政则如彼;察之人心又如此;虽以魏武、刘裕当之,殆难为力;矧非其伦!而自就职以来,于中国根本问题,毫末无所措注。即以治标而论,军旅素所自许,而悍兵骄将,军实战械,皆未闻有统一之规。徒以因缘际会,群龙无首,为众所推,遂亦予圣自雄,以为无两。而以参众两院捣乱之太过,于是救时之士,亦谓中国欲治,非强有力之中央政府不可。新修约法,于法理本属无当;而反对者少。无他,冀少获救国之效已耳。而谁谓转厚项城之毒乎?筹安会之起,私衷本不赞同。然丈夫行事,既不能当机决绝,登报自明;则今日受责,即亦无以自解。惟于此日取消帝制之后,而欲使我劝项城退位,则又万万不能。"

袁世凯既殂,而黎元洪代起为大总统;国人推长者,谓其可息世嚣、夷大难!而复意又不然;曰:"遍读中西历史,小人固覆邦家,而君子亦未尝不失败。大抵政治一道,如御舟然,如用兵然;履风涛、冒锋镝,各具手眼,以济以胜为期;能济能胜而后为群众所托命。道德之于国君,譬之如财政家之信用,非是固不可行;然而乃其一节,而非其全能也。黎公道德,天下所信!然救国图存,断非如此道德所能有效。何则?以柔暗故。遍读中西历史,以谓天下最危险者,无过良善暗懦人,下为一家之长,将不足以庇其家;出为一国之长,必不足以保其国。古之以暴戾豪纵亡国者,桀纣而外,惟杨广耳;至于其馀,则皆煦煦姝姝,善良谨葸者也。又况今日邦基陧杌,其能宏济艰难,拨乱世而反之正者,决非仅仅守正高尚,如今人所谓道德者,足以集事!当是之际,能得汉光武、唐太宗,上之上者也;即不然,曹操、刘裕、桓宣武、赵匡胤,亦所欢迎。盖当国运飘摇,干犯名义是一事;而功成治定,芟夷顽梗,得以使大多数苍生安居乐业,又是一事。此语若对众宣扬,必为人人所唾骂。然细思之,今日政治惟一要义,其对外能强,其对内能治;所用方法,则皆其次。孟子谓:'行一不义,杀一不辜,虽得天下不为。'此自极端高论,殆非世界所能有。然吾所患于袁氏者,以其多行不义,多杀不辜;而于外强内治两言,又复未尝梦到!观其在位四年,军伍之不统一,财政之纷乱;夫治标乃渠侬最急之图,尚是如此;至其他根本问题,如教育、司法,尤不必论!综其行事,所最为中外佩服者,即其解散国会一事,谓其有利刃斩乱麻之能;而抵制日本要求不与焉!尝观陕西教士著一《见闻录》,谓:"袁世凯大罪,不在规图帝制;在于不审始终,至于事败,转使强盗群称守正,匪人皆居成功;而民国之苦痛遂极。"此真针针见血之语!夫国乱如此,北洋系经一番酬豢之后,既成暮气而无能为!则使有政党焉,以其魄力盘踞把持,出而为一切之治,锄诛异己,号令出于一门,人曰'此暴民专制'也,而吾则曰'犹有赖焉'。而乃好恶拂人,贪酷无厌。假令一旦异己者亡,而同室之中,又乖离分张,芽蘖萌动,而争雄长矣。夫盗贼匪人,岂有久合之道?欲其利国,不益远乎?此吾国前途所为可痛哭也。"

其时梁启超方以政论负天下望,而袁世凯之殂,又发难于启超之一论,国人仰之如景星庆云。而复意又不然!曰:"国家欲为根本改革之计,其事前皆须有预备。而今之人,则欲一蹴而几,又焉可得?少年人大抵狂于声色货利之际;即其中心地稍净者,亦闻一偏之说,鄙薄古昔,而急欲一试,以谓必得至效。逮情见势屈,始悟不然;此时即有次骨之悔,而所亡已多。今日之事,不如是耶?但问今日局面不可收拾之所由来,则其原因至众,项城不过因其势而挺之而已,非造成此势者也。若论造成此势,则清室自为其消极;而康、梁以下诸公为其积极;二者合,而大乱遂为不得不成之势。至于元二诸公,所谓推波助澜,而其身亦在漩涡滚浪之中,欲不为然,或不可得!夫满清入关,以东胡种人而为中国之主,比较而论,其暴君乱政,以视朱明、胡元要为稀少。而一旦权臣欺其寡孤以与人市,臣民之中绝少为之太息扼腕者,虽曰自取;而向来执笔出报诸公,不得不谓其大有效力耳。嗟嗟!吾国自甲午以来,变故为不少矣!而海内所奉为导师,以为趋向标准者,首屈康、梁师弟。顾众人视之以为福首;而自仆视之,则以为祸魁。何则?政治变革之事,蕃变至多,往往见其是矣,而其效或非;群谓善矣,而收果转恶!是故深识远览之士,愀然恒以为难,不敢轻心掉之,而无予智之习。而彼康、梁则何如?生长粤东,为中国沾染欧风最早之地。而粤人赴美者多,赴欧者少,其所捆载而归者,大抵皆十七八世纪革命独立之旧义。其中如洛克、米勒登、卢梭诸公学说,骤然观之,而不细勘以东西历史、人群结合开化之事实,则未有不熏醉颠狂,以其说为人道惟一共遵之途径,仿而行之,有百利而无一害者也。而孰意其大谬不然乎!平生于《庄子》累读不厌,因其说理语打破后壁,往往至今不能出其范围!其言曰:'名,公器也,不可以多取。仁义,先王之蘧庐也,止可以一宿,而不可以久处。'庄生在古则言'仁义',使生今日,则当言'平等'、'自由'、'博爱'、'民权'诸学说矣。庄生言:'儒者以诗书发冢。'而罗兰夫人亦云:'自由自由,几多罪恶,假汝而行!'甚至'爱国'二字,其于今世最为神圣矣!然英儒约翰孙有言:"'爱国'二字,有时为穷凶极恶之铁炮台。"西国文明,自今番欧战扫地遂尽。英国看护妇某氏正命之顷,明告左右,谓:'爱国道德为不足称。何则?以其发源于私,而不以天地之心为心故也。'此等醒世名言,必垂于后,正如罗兰夫人论刑时,对自由神谓'几多善恶,假汝而行'也!可知谈理论一入死法,便无是处。是故孔子绝四,而释迦亦云:'如筏喻者,法尚应舍,何况非法。'而彼康、梁则何如?于道徒见其一偏而出言甚易。南海文笔沈闷。至于任公妙才,下笔不能自休;其自甲午以后,于报章文字,成绩为多,一纸风行,海内观听为之一耸!仆尝寓书戒之,劝其无易出言,致成他日之悔。当日得书,闻颇意动;而转念乃云:'吾将凭随时之良知行之。'由是猖狂无忌,畅所欲言;至学识稍增,自知过当,则曰:'吾不惜与自己前言宣战。'然而革命、暗杀、破坏诸主张,并不为悔艾者留馀地也。其笔端又有魔力,足以动人;言'破坏',则人人以破坏为天经;倡'暗杀',则人人以暗杀为地义;敢为非常可喜之论,而不知其种祸无穷。往者唐伯虎诗云:'闲来写得青山卖,不使人间造业钱。'以仆观之,梁任公所得于杂志者,大抵皆造业钱耳。今夫亡有清二百六十年社稷者,非他,康、梁也!何以言之？德宗固有意向之人君。向使无康、梁,其母子未必生衅。西太后天年易尽,俟其百年,政权独揽,徐起更张;此不独祖宗之所式凭,而亦四百兆人民之利赖。而康乃踵商君之故智,卒然得君,卤莽灭裂,轻易猖狂,驯至于幽其君而杀其友;己则逍遥海外,立名目以敛人财,恬然不为耻。夫曰保皇,试问其所保今安在耶？必谓其有意作乱,固属大过;而狂谬妄发,自许太过,祸人家国,而不自引咎;则虽百仪、秦,不能为南海作辩护也。至于任公,则自窜身海外以来,常以摧剥征伐政府为能事;《清议》、《新民》、《国风》,进而弥厉;至于其极,诋之为穷凶极恶,意若不共戴天。以一己之新学,略有所知,遂若旧制一无可恕,其辞具在,吾岂诳哉？于是头脑单简之少年,醉心《民约》之洋学生,至于自命时髦之旧官僚,乃群起而为汤武顺天应人之事;迨万弩齐发,堤防尽隳,而天下汹汹,莫适谁主。盖至辛亥壬子之交,天良未昧,任公悔之晚矣。于是熏穴求君,思及朱明之恪孙,曲阜之圣裔。乃语人曰：'吾往日议论,止攻政府,不诋皇室。'嗟嗟！任公生为中国之人,读书破万卷,尚不知吾国之制,皇室政府不得歧而二之;于其体诚欲保全,于其用不得不稍留馀地,亦可谓枉读一世之中西书矣！今夫中国立基四千馀年,含育四五百兆,是故天下重器,不可妄动;动则积尸成山,流血为渠！古圣人所以严分义而威乱贼者以此,伊尹之三就桀者以此！周发之初会孟津而复散归者以此！操、懿之久而后篡者亦以此！英人摩理有言：'政治为物,常择于两过之间。'法哲韦陀虎哥有言：'革命时代,最危险物,莫如直线。'任公理想中人,欲以无过律一切政法,而一往不回,常行于最险直线者也！故其立言多可悔;迨悔而天下之灾已不可救矣！今夫投鼠忌器,常智犹能与之。彼有清多罪,至于末造之亲贵用事,坏法乱政,谁不知之。然使任公为文痛詈之时,稍存忠厚,少敛笔锋;不至天下愤兴,流氓童骏尽可奉辞与之为难,则留一姓之传,以内阁责任汉人,为君主立宪;所全岂不甚多?而无如其一毁而无馀何也。至于今日,事已往矣。师弟翩反,复睹乡枌,强健长存,仍享大名,而为海内之巨子;一词一令,依然左右群伦;而有清之社,则已屋矣。《黄台瓜》辞曰:'种瓜黄台下,瓜熟子离离。一摘使瓜好,再摘使瓜稀,三摘犹为可,四摘抱蔓归。'康、梁之于中国,已再摘而三摘矣!耿耿隐忧,窃愿其慎勿四摘耳。大抵任公操笔为文时,其实心救国之意浅,而俗谚所谓'出风头'之意多。庄生谓:'蒯聩知人之过,而不知其所以过。'而德文豪哥德剧曲中,载有鲍斯特者,无学不窥,最后学符咒神秘术;一夜召地球神,而地球神至,阴森狞恶。六种震动。问欲何为?鲍大恐屈伏;然而无术退之。嗟乎!任公既以笔端搅动社会至于此矣!然惜无术再使吾国社会清明;则于救亡本旨,又何济耶?时局至此,当日维新之徒,大抵无所逃罪。仆虽心知其危,故《天演论》既出之后,即以《群学肄言》继之,意欲蜂气者稍为持重。不幸舍其旧而谋其新,风会已成。而郑苏戡《五十自寿长句》有句云:'读尽旧史不称意,意有新世容吾侪!'嗟乎!新则新矣!而试问此为何如世耶?大抵吾人通病,在睹旧法之弊,以为一从夫新,如西人所为,即可以得无弊之法;而孰意不然。专制末流,固可为痛;则以为共和当佳;而孰知其害乃过于专制。始知世间一切法举皆有弊;而福利多寡,仍以民德民智高下为归。使其德智果高,将不徒新法可行,即旧者亦何尝遂病。倘德与智,未足心知其意,即民权亦复何为。其最受病,在用共和而不知选举权之重,放弃贩卖,匪所不为。

根本受病,此树不能久矣!所以哓哓者,即以亿兆程度,必不可以强为;即自谓有程度,其程度乃真不足;目不见睫,常苦不自知耳!辛亥革命,而段祺瑞执梃袁门,搂合武人以为兵谏,宣统逊政,共和以成。八九年来,当以保障共和自任;然而于所以为共和者,段氏宁梦见也?国会之惟利是视,摧剥民生,殆吾国有历史来所未有。旧有风宪之官,言西法者皆以为非善制;今则以其权畀国会矣!由是明目张胆,植党营私;当国者只须有钱以豢养此辈议员,便可以诸善勿作,诸恶奉行,而身名仍复俱泰!呜呼!真不图我生不辰,乃见如此世界也!间尝深思世变,以为物必待极而后反。前者举国暗于政理,为共和幸福种种美言夸辞所炫,故不惜破坏旧法从之!今之民国近十年矣!而时事如此;更复数年,势必令人人亲受苦痛,而恶共和与一切自由平等之论如蛇蝎,而后起反古之思;至于其时,又未必不太过!此社会钟摆原例,无可奈何者也!往者突厥,群称近东病夫,至十九稘末造,毅然变法;于是有少年突厥之特称!列邦拭目观其变化,佥谓自兹欧、亚接壤中间,将必有崛兴之强国矣!顾乃大谬不然!数年之间,埃及、巴尔干群属几尽;而最后乃不量德力,为德所利用;屈指年月,更绘舆图;不独欧洲必无回部,即在安息、大食中间,亦不知占得幅员几许?是故变法而兴者,日本也。变法而亡者,突厥也。天时、地利、人事三者交汇以为其因;此中消息至微,惟狂妄者乃欲矢口高论耳!吾辈托生东方,天赋以国;国者,其尊如君,其亲如父。今乃于垂老之日,目击危亡之机,欲为挽救之图,早夜思维,常苦无术。又熟知世界大势,日见半开通少年,于醉梦中求浆乞酒,真使人祈死不得。所绝对不敢信者,以中国之地形民质,可以共和存立;梁任公亦谓:'共和必至亡国。'而求所以出此共和者,又断然无善术。呜呼!今乃知当日肆口击排清室,令其一毁无馀者,为可恨也。《传》曰:'无易由言。'人人自诡救国,实人人皆抱火厝薪之夫。一旦及之后知,履之后艰;虽痛哭流涕,戟指呵骂其所崇拜盲从之人,亦已晚矣!悲夫!"

既而丧乱频仍,国人意又稍苦共和。康有为乃与长江巡阅使张勋阴谋复辟。而复意又不然!曰:"九年卤莽共和,天下事至于如此。自常识而论,复辟岂非佳事?惟君主之治,必须出于自力;其次亦须辅佐。况当武人拥兵时代,非聪明神武,岂能戡祸乱而奠治安?此时中国已患无才;至于满人,更不消说。此正合历史一姓不再兴公例。倘卤莽灭裂以图之,非惟无补于苍生,抑将丛诟于清室!名为爱之,适以害之;衺叔违天,乌足尚乎?须知清室若可再兴,则辛亥必不失国。当时天子声灵,尚自赫耀;故家遗老犹有存者;手握雷霆万钧之势。乃亲贵乱政,授人口实,坏此山河;而谓今日凭藉鸱张武夫,可以光复旧物?必不然矣!此议果行,大非旧朝之福!"

于时天下汹汹,一分而不可复合;北洋之军阀,南方之民党,纷纭角讼。各有藉词!而复则两不以为然!曰:"吾国革命之后,占势力者不过两系:军人,一也;所谓民党,二也。时局至此,民党则被罪于军阀之干政;而北洋军人则归狱于万恶之国会。互相抨击,殆无休时。顾我辈平情论之,恐两派均难逃责也。数千年文胜之国,所谓兵者,本如苏明允所称;'以不义之徒,操杀人之器。'武人当令,则民不聊生;乃历史上之事实!近数十年来,愤于对外之累败,由是项城诸公得利用之,起而言尚武,言练兵。所以练兵;自唐以来,朝廷于有兵封疆,必姑息敷衍;清中兴以后尤甚!此项城所以刻志言兵也!虽然,武则尚矣,而教育不先,风气未改,所谓新式军人,新于服制已耳;而其为'不义之徒,操杀人之器'自若也。虽然,此类军人亦惟在中国始能存立耳;稍与节制师遇,无不披靡。日本有某将官尝言:'军人娶得美妻,殖产至数十万金,其人即非军人。'然则歌童舞女,列屋环侍;偷粮蚀饷,积资数百千万;其人尚有军人资格耶?以如是之人而秉国成,淫佚骄奢,争民施夺,国祚安得而不安虚?民生安得而不憔悴?由是浸淫成五季之局,斯为幸耳。吾国原是极好清平世界。外交失败,其过亦不尽在兵。自光、宣间,当路目光不远,亦不悟中西情势大殊。偘然主张练兵,提倡尚武;而当日所禀令者,依然是'以不义之夫,执杀人之器'。此吾国今日所由纷纭大乱,万劫不复也。若夫民党,尤为可哀。侈言自由,假途护法。其在野也,私立名字,广召党徒,无事则以报纸为机关,有事则藉电报为风雷,把持倡和,运动苞苴。一日登台,所用者必其党徒,曰:'此固美、法先进民主国之法程也!'蜂屯蚁聚,虽二十二行省全国官僚,不足以敷其位置;而徒党之中,驴夫走卒,目不识丁,但前有摇旗呐喊之功,则皆有一脔分尝之获。吏治官方,扫地而尽。至其所谓'护法'者,亦不过所奉之辞而已。一旦手握重权,则破法者亦即此辈。军人诚恶;然尚有统系纪律之存,其为害或稍胜狂愚谬妄之民党也!北洋军人之奢骄淫佚,夫岂不知?然孰使此类之人,于社会有势力而犹为人心所系者;民党诸公宜自反也。民党诸公,所畏忌无过北系军人;顾识其真际者,窃以为不足畏。盖北系名为军人,养尊处优,大抵暮气。而民党仰取俯拾,方在进行一是,无所忌惮,以必得为主;故当胜也。然于'福国利民'四字,皆为无望。群不逞志,太息俟时。而中央失政,方镇恣睢,既授以可乘之隙,则群起而挺之。至于成事,则得位行权,各出其钩爪锯牙,以攘拿国祚、鱼肉吾民者,犹吾大夫,未见君子。《诗》曰:'譬彼舟流,不知所届。'吾国今日所最苦者,在于乏才。十年前,志士以政府腐败之故,日日鸣鼓攻之,致令身无完肤;然于事无济,徒假极无价值人,甚至强盗流氓以隙,使得借以为资,生称伟人,死铸铜像。目下举国若狂,是非自无定论。然我辈去后三十年,人心稍定时,回观今日,不识当如何叹恨,如何齿冷耳!从来历史当国是国体大更动时,必呈此种现象;俟种种经历丧失,流血已多,而后人天厌乱,渐趋正轨。合欧洲已事观之,此时正佛家所谓浩劫,未见黄人之遂臻平世也。俄虽欧之大国,民物土地,泱泱雄风;而其间大公窃权,女谒弄政,宠赂苟法,与夫其民之不学,较之吾国,殆有甚焉。故虽蚕食亚洲,而一遇强对。辄复不振。比者其国半明之民,乘机革命,亦复定制共和。不知国之治乱强弱,初不系此。盖革命所制锄者,特贵族耳!而民之愚暗,初不能一蹴而跻休明。而旧法提防既堕,逞忿纵欲,二者必大横决。故法经八十年而始有可循之轨,犹不足以盛强。最近者俄方且由革命而造成恐怖,由共和而流为过激;其宗旨行事,实与百年前革命一派绝然不同。其人极恶平等自由之说,以为明日黄花,过时之物;所绝对把持者,破坏资产之家与为均贫而已。残虐暴厉,据所记载,真令人有天地末日之悲!故中国乱矣,而俄罗斯比之则加酷焉。此如中国明季政窳而有闯、献,斯俄之专制末流而结此果,真两间劫运之所假手!与我中国,均不知何日始有向明之机!此时仳苦停辛,所受痛楚,要皆必循之阶级。极端自由平等之说,殆如海啸飓风,其势固不可久;而所摧杀破坏,不可亿计。此等浩劫,内因外缘两相成,故其孽果无可解免。使可解免,则吾党事前不必作如许危言笃论矣!"

党竞既烈,乃藉辞外交,段祺瑞为国务总理,以对德宣战,不为黎元洪所可,发愤走天津;而国会则佑元洪以逐祺瑞,佥谓德人无败理也。而复则独不谓然;曰:"西方一德,东方一倭,皆犹吾古秦,知有权利,而不信有礼义公理者也。德有三四兵家,且借天演之言,谓战为人类进化不可少之作用。顾以正法眼藏观之,殊为谬说。战真所谓反淘汰之事,罗马、法国则皆受其敝者也。故使果有真宰上帝,则如是国种,必所不福。又使人性果善,则如是学说必不久行。德意志联邦自千八百七十年来,可谓放一异彩!不独兵事船械,事事见长,起夺英、法之席;而国民学术,如医、如商、如农、如哲学、如物理、如教育,皆极精进。乃不幸居于骄王之下,轻用其民以与四五列强为战;而所奉之辞又多漏义,不为人类之所通趁。目论者徒见其摧坚破强,锐不可当。惟是兵战之道,必计成功,不重锋锐:项羽百战百胜,而卒蹶于汉高。今之德皇,殆如往史之项羽,即胜巨鹿,即烧咸阳,终之无救于垓下。德皇即残比利时,即长驱入巴黎,恐亦终无补于危败也。盖德皇竭力缮武二十馀年。用拿破仑与其祖维廉第一之术,欲以雷霆万钧,迅霆不及掩聪,用破法擒俄,而后徐及于英国,故其大命悬于速战而大捷。顾计所不及者,英人之助比、法也,列日起致死为抗也。德国极强,然孟贲、乌获,力有所底;飙发雷奋;所畜粉者,比国耳;浸淫而及于法之北疆,顾咫尺巴黎,经百日而不能破;东不能入俄境;南不能庇奥邻。至马兰之挫衄,而无成之局兆矣!及逾二年,则正蹈曹刿三竭之说。而英人则节节为持久之画;疏通后路,维持海权,联合三国,不许单独媾和。曹刿以一鼓当齐之三,以为彼竭我盈;英人之术,正复如是。大抵德人之病,在能实力而不能虚心。故德、英皆骄国也;德人之骄,益以剽悍;英人之骄,济以沈鸷。然则胜负之数,不待蓍蔡矣。尝谓今日之战,动以国从。战事之起,于人国犹试金之石;不独军政兵谋,关乎胜负,乃至政令、人心、道德、风俗,皆倚为衡。俄广土众民,天下莫二;然以蚕食小弱有馀,至于强对作战,则无往不败！昔之于日本，今之于德，皆其已事之明效也！此其故不在兵而在国之政俗。据今策之，纵横二系，非一仆不止。而德意志国力之强，固可谓生民以来所未有；东西二面，敌三最强国矣；而比、塞虽小，要未可轻。顾开战十阅月，民命则死伤以兆计；每日战费不在百万镑以下；来头勇猛，覆比入法，累败俄人；至今虽巴黎未破，喀来未通，东则瓦骚尚为俄守；海上无一国徽，殖民地十亡八九，然而一厚集兵力，则尽复奥所亡城；俄人退让，日忧战线之中绝；比境法北之间，联军动必以数千伤亡，易区区数基罗之地；所谓死柞不得入尺寸者也；不独直抵柏林。虽有圣者，不能计其期日；即此法北肃清，比地收复，正未易言。此真史传之所绝无，而又知人事之大可恃也。英人于初起时，除一二兵家如罗勒、吉青纳外，大抵皆以为易与。及是始举国忧悚，念以全国注之。而于政治，则变政党之内阁而为群策群力；于军械子药，则易榴弹以为高炸；取缔工党，向之以八时工作者，至今乃十一时；男子衽兵革，女子职厂工；国债三举，数逾千兆镑，而犹苦未充。由此观之，则英人心目之中，以条顿种民为何等强对，大可见矣。故尝谓国之实力，民之程度，必经苦战而后可知；设未经是役，则德之强盛，不独吾辈远东之民不窥其实；即彼与接壤相摩者，舍三数公外，亦未必知其真际也。使彼知之，则英人征兵之制，必且早行；法之政府于平日军储，必不弛然怠缺而为之备，明矣。今夫德以地形言，则处中央散地四战之境；犹战国之韩、魏也。顾自伏烈大力以来，即持强权主义；虽中经拿破仑之蹂躏，而民气愈益深沉。千百八十年累胜之馀，一跃千丈；数十年磨厉以须，以有今日之盛强。由此而知，国之强弱无定形；得能者为之教训生聚，百年之中，由极强可以为巨霸；观于德，可征已。德人之于英、法,文明程度相若;而政俗则大不同。德人虽有议院,然实尚武而专制,以战为国民不可少之圣药;外交则尚夸诈,重调侦;其教民以能刻苦、厉竞争为本;其所厉行,乃尽吾国申、商之长而去其短。日本窃其绪馀,遂能于三十年之中,超为一等强国。而英、法则皆民主。民主于军谋,最不便;故宣战后,其政府皆须改组,不然,败矣!日本以岛国而为君主立宪,然其经国训民,不取法同型之英,而纯以德为师资者,不仅察其国民程度为此;亦以一学英、法,则难以图强故也!年来英国屡经失败,其自救而即以救欧洲者,在幡然改用征兵制之一着;否则至今尚未知鹿死谁手耳。世变正当法轮大转之秋;凡古人百年数百年之经过,至今可以十年尽之。盖时间无异空间,古之程度,待数年而后达者,今人可以数日至也。故一切学说法理,今日视为金科玉律,转眼已为蘧庐刍狗,成不可重陈之物;譬如平等、自由、民权诸主义,百年以往,真如第二福音;乃至于今,其弊日见,不变计者且有乱亡之祸。老夫年将七十,暮年观道,十八九殆与前不同;以为吾国旧法断断不可厚非。今有一证在此:有如英国十四年军兴以来,内阁实用人才,不拘党系;足征政党,吾国历史所垂戒者,至于风雨飘摇之际,决不可行;一也。最后则设立战时内阁;而各部长不得列席;此即是前世中书、枢密两府之制,与夫前清之军机处矣;二也。英人动机之后,俄、意诸协商国靡然从之。夫人方日蜕化,以吾制为最便;而吾国则效颦学步,取其已唾弃之刍狗而陈之;此不亦大异也耶?方战事勃发之初,以德人新兴之锐,乘英、法积弛之政,实操十全胜算。尔乃入巴黎不能,趋卡来不至,仅举比境与法北微而不得过雷池半步者,此其中殆有天焉?及至旷日持久而不得志,则今日之事,其决胜不在战阵交绥之中,而必以财政兵众之数为最后。德虽至强,而兵力固亦有限。试为约略计之，则一年中，其死伤或云达三百万，即令少此，二百馀万当亦有之。而其东陲对俄之兵，报称三百五十万众；如此则六百万矣。而西面比、法之间，至少亦不下二百万，是德之胜兵八百万也。方战之初，德人自言兵有此数，群诧以为夸诞之言！乃今此众已全出矣。英、法之海众未燔，而财力犹足以相持。军兴费重，日七八兆镑；久之，德必不支。要而言之：德之霸权，终当屈于财权之下。又知此后战争，民众乃第一要义。吾国之繁庶如此，假有雄桀起而用之，可以无对。而日操戈同室，残民以逞，为足痛也。"

时论方趋欧化而訾读经。而复则甚不谓然；曰："吾垂老亲见支那七年之民国，与欧罗巴四年亘古未有之血战。觉欧人三百年之进化，只做到'利己杀人，寡廉鲜耻'八个字。回观孔、孟之道，真觉量同天地，泽被寰区。此不独吾言为然，往闻吾国腐儒议论，谓孔子之道，必有大行人类之时！心窃以为妄语！乃今听欧、美通人议论，渐复同此。彼都人士，研究中土文化之学者，亦日益加众，学会书楼，不一而足。即此可知天下潮流之所趋矣。士于国学，茫乎未有知，斯已耳。如其不然也，聆他国学说，观他国国政民风，必益信吾国先圣之言为不可易；而以其新知发挥旧学，转足使之盛大而不穷。盖心愈瀹者知愈通；量愈拓者气愈平；而圣人之道，实已立其极也。中国目前危难，全由人心之非；而异日一线命根，仍是数千年来先王教化之泽。读经之在学校，当特立一科；而所占时间，不宜过多。宁可少读，不宜删节；期以熟读，亦不必悉求领悟；而要必于童蒙之教植其基；非不知辞奥义深，非小学生所能领解；然如祖父容颜，总须令其见过；至其人之性情学识，自然须俟年长，乃能相喻。《四子》、《五经》亦然。皆中国数千年人伦道德之基，此时不妨先教讽诵；能解则解，不能解则置之，俟年长学问深时，再行理会，有何不可。若少时不肯盲读一过，则终身与之枘凿；徐而理之，殆无其事。虽然，其中有历古不变者焉，有因时利用者焉；使读书者自具法眼，披沙见金，则新陈递嬗之间，转足为原则公例之铁证。老夫行年将近古稀。窃尝究观哲理，以为耐久无敝，尚是孔子之书。《四子》、《五经》，固是最富矿藏，唯须改用新式机器，发掘淘炼而已。顾古圣贤人所讲学而有至效者，其大命所在，在实体而躬行；今日号治旧学者，特训诂文章之士已耳！故学虽成，其于人群社会无裨益也。其次莫如读史，当留心细察古今社会异同之点。古人好读"四史"，亦以其文字佳耳。若研究人心政俗之变，则赵宋一代历史最宜究心。中国所以成为今日现象者，为善为恶，姑不具论；而为宋人之所造就，什八九可断言也。"

时论方戒早婚而崇自由。而复则亦不谓然！曰："吾国前者以宗法社会，又以男女交际不同欧人，遂有早婚之俗，而末流或至病国，诚有然者。而今日一知半解之年少，莫不以迟婚为主义，若有志于化民善俗。顾细察其情，则实不尔！盖少年得此可以抵抗父母，夺其旧有之权；一也。心醉欧风，于配偶求先接洽，既察姿容之美恶，复测情性之浅深，以为自由结婚之地；二也。复次凡今略讲新学少年，莫不以军国民自居，于古人娶妇所以养亲之义，本已弃如涕唾，至儿女似续，尤所不重；则方致力求进之顷，以为娶妻适以自累！假一不知谁氏女子以与之商终身不二之权利，则私计亦所不甘，则何若不娶单居？他日学成，幸而有百金以上之入；吾方挟此遨游，脱然无累；群雌粥粥，皆为肉欲之资；孰与挟一伉俪而啼寒号饥，日受开门七件之累乎？此其三也。用此三因，于是今之少年，其趋于极端者不但崇尚晚婚，亦多傫然不娶；又睹东西之俗，通倪逾闲,由是怨旷既多,而夫妇之道亦苦。不如中国数千年敬重女贞;男子娶妇,于旧法有至重之名义,乃所以承祭祀,事二亲,而延似续。而用今人之义,则舍爱情俗欲而外,羌无目的之存;女色衰则爱弛,男财尽则义绝;中道仳离者往往而有。今试问二者之中,何法为近于禽兽?则将悚然而知古礼之不可轻议矣!婚嫁旧法,至以子女为禽犊,言之伤心。而新法自由,男女幸福,乃以益薄!今夫旧法之弊,时流类能言之。至一趋于新而不知所裁制,其害且倍蓰于旧,彼昏不知也。"

时论方废文言而倡白话。而复则亦不谓然:曰:"北京大学陈独秀、胡适、钱玄同诸君,主张言文合一而作白话文,意谓西国然也。不知西国为此,乃以语言合之文字;而陈、胡诸君则反是,以文字合之语言。今夫文言文之所以为优美者,以其名辞富有,著之手口,有以导达奥妙精深之理想,状写奇异美丽之物态耳。如刘勰云:'情在词外曰隐,状溢目前曰秀。'沈约云:'相如工为形似之言,二班长于情理之说。'梅圣俞云:'含不尽之意,见于言外;状难写之景,如在目前。'今试问欲为此者,将于文言求之乎,抑于白话求之乎?诗之善述情者无若杜子美之《北征》;能状物者,无若韩吏部之《南山》。设用白话,则高者不过《水浒》、《红楼》;下者将同戏曲中簧皮之脚本。就令以此教育,易于普及,而遗弃周鼎,宝此康瓠,正无如退化何耳!世间万事,无逃天演,革命时代,学说万千;然而施之人间,优者自存,劣者自败,虽千陈独秀,万胡适、钱玄同,岂能劫持其柄?则亦如春鸟秋虫,听其自鸣自止可耳。林纾辈与之较论,亦可笑也。"

好为危言抗论,不为随俗,大率类此。而老病颓唐,感时发愤,无可告语,常自叹恨曰:"我生之后,世界泯纷;眼见举国饮狂,人理几绝;而袖手旁观,不能为毫末补救。虽有透顶学识,何益人己之间!然则徒言学术,亦何与人事?此羊叔子所以不如铜雀伎也。吾人不善读书,往往为书所误;是以以难进易退为君子,以隐沦高尚为贤人。不知荣利固不必慕,而生为此国之人,即有为国尽力之天职。往者孔子固未尝以此教人,故公山、佛肸之召,皆欲往矣。而于沮溺之讥,则云:'天下有道,某不与易。'孔子何尝以消极为主义也?世事朝局,所以败坏不可收拾如今日者,正坐吾辈自名读书明理,而纯用消极主义,一听无数纤儿,撞破家居之故。使吾国继此果亡,他年信史,平分功过,知亦必有归狱也。吾六十之年又加四矣,羸病扫轨,自力不能,惟有浩叹。向使年仅知命,抑虽老未衰,将鞭弭櫜鞬,出而从事;杀身亡家,所不顾耳!"

英使朱尔典归国;而复往送之,与谈朝局,抚今感昔,不觉老泪如绠。朱慰之曰:"君毋然!吾观中国四千馀年蒂固根深之教化,不至归于无效。天之待国犹人,眼前颠沛流离,即复甚苦;然放开眼孔看去,未必非所以玉成之也。君其勿悲!"复闻其言,稍为破涕也。中年以来,既以文学为天下所仰;杂文散见,不自留副;仅存诗三百馀首,树骨浣花,取径介甫,偶一命笔,思深味永,不仅西学高居上流也。其为学一主于诚,事无大小无所苟;虽小诗短札,皆精美,为世宝贵。而其战术、炮台、建筑诸学,则反为文学掩矣!以民国十年九月二十七日卒,年六十九。遗书三事,以诏子孙:一,中国必不亡,旧法可损益,必不可叛。二,新知无尽,真理无穷,人生一世宜励业求知。三,两害相权,轻己重群。其用心端可知矣!

章士钊

　　章士钊,字行严,湖南长沙人。少好文章。于唐宋八家,独称柳宗元,每语人曰:"子厚《答韦中立书》,自道文章甘苦,有曰:'参之《穀梁》以厉其气。参之《孟》、《荀》以畅其支。参之《老》、《庄》以肆其端。参之《国语》以博其趣。参之《离骚》以致其幽。参之《太史》以著其洁。'夫于气则厉,于支则畅,于端则肆,于趣则博,于幽则致,于洁则著,相引以穷其胜,相剂以尽其美,凡文章之能事,至此始观止矣。就中'洁'之云者,尤为集成一贯之德;有获于是,其馀诸德自帖然按部而来;故子厚殿以为文章之终事。自来文家,美中所感不足,盖莫逾'洁'字之道未备。韩退之《致孟东野书》,一篇之中,至连用'其'字四十馀次,此科以助词未甚中程,似不为过。苏子瞻论文,谓'宜求物之妙,使了然于口于手',此独到之见,恒人所无。然东坡之文,往往泥沙俱下;'气盛'诚有之,'言宜'每不尽然,为宜之道则奈何?曰:凡式之未慊于意者,勿著于篇。凡字之未明其用者,勿厕于句。力戒模糊,鞭辟入里,洞然有见于文境意境,是一是二;如观游涧之鱼,一清见底;如察当檐之蛛,丝络分明。命意遣词,所定腕下必遵之律令,不轻滑过,要其归于'洁'而已矣。"此士钊论文之旨也。读书长沙东乡之老屋,前庭有桐树二,东隅老桐;西隅少桐。老者叶重荫浓,苍然气古。少者皮青干直,油然爱生。时士钊年二十耳,日夕倚徙其间,以桐有直德,隐然以少者自命;喜白香山有"一颗青桐子"之句,因自号青桐子。二十一岁,负笈来南京,学于江南陆师学堂,总办山阴俞明震恪士素擅学问,尤工为诗,感物造端,摄兴象空灵杳蔼之域;晚益托体简斋,句法间追钱仲文;尝言:"诗人非有宏抱远识,必无佳构。"其为人和隽两至,飘然绝俗;能奖掖后生,尤重士钊。而士钊乡人马晋羲惕吾则主讲国文,兼授史地。时校律严,为士钊敬惮;然以此为躁妄者不便。时值上海南洋公学大罢学后,阳湖吴敬恒稚晖主《苏报》,特置《学界风潮》一栏,恣意鼓吹,士气骤动,风靡全国。中国学生之以罢学为当然,自敬恒之倡也。当时知名诸校,莫不有事,陆师亦不免焉。时士钊既以能文章,为校士魁领,则何甘于不罢课而以示弱诸校。一日,毅然率同学三十馀人,买舟之上海,求与所谓爱国学社者合,并心一往,百不之恤。三十馀人者,校之良也,此曹一去,菁华略尽!俞明震知士钊魁率多士,函劝不顾,马晋羲垂涕示阻,亦目笑存之也。自以为壮志毅魄,呼啸风云,吞长江而吹歇潮矣。然三十馀人,由此失学者过半,或卒以惰废不自振。中年以后,士钊每为马晋羲道之,往往有刺骨之悔;曰:"罢学之于学生,有百毁而无一成;何待他征?愚所及身亲验,昭哉可睹,既若此矣。"事在逊清光绪二十八年壬寅也。

方是之时,革命之说稍起,而孙文名字未著。章炳麟、吴敬恒及善化秦巩黄力山、山阴蔡元培孑民之徒,次第张之。巩黄掉臂绿林,潜踪女间,自为风气,罕与士夫接。而炳麟、敬恒、元培皆籍爱国学社。炳麟挟《驳康有为书》一册,沾沾自喜,侪类亦以此推之。敬恒以辩才闻于时;安垍第之演说,大擅江海;然其所言,能得人之耳,而未必得人之心。元培退然若不胜衣,与之言事,类有然诺而无讽示。士钊既罢学之上海,与诸公者合,周旋其间,独抵掌说军国民之义焉。炳麟则大喜,以为得一奇士也。时沧州张继博泉、巴县邹容蔚丹方以劫取日本留学监督姚某之辫,走上海,亦居爱国学社。而容著《革命军》一书;士钊则润泽之,初版签书《革命军》三字,乃士钊笔也;而容以序属炳麟。一日,炳麟挈士钊与张继及容同登酒楼,痛饮极酣,曰:"吾四人当为兄弟,僇力天下事。"炳麟年最长,自居为伯;而仲士钊,叔继,季容;自是士钊弟畜二人而呼炳麟曰兄也。容十九岁,年最幼,而气陵厉出士钊上,卒然问曰:"大哥为《驳康有为书》;我为《革命军》;博泉为《无政府主义》;子何作?"士钊笑谢之而已;顾自内惭,乃据日本宫崎寅藏所著《三十三年落花梦》为底本,成一小册子,颜曰《孙逸仙》。而自序其端曰:

孙逸仙,近今谈革命者之初祖,实行革命者之北辰,此有耳目之所同认。吾今著录此书,标之曰《孙逸仙》,岂不尚哉?而不然。孙逸仙者,非一氏之新私号,乃新中国新发露之名词也。有孙逸仙而中国始可为,则孙逸仙者,实中国过渡虚悬无薄之隐针。天相中国,则孙逸仙之一怪物,不可以不出世。即无今之孙逸仙,吾知今之孙逸仙之景与魍魉,亦必照此幽幽之鬼域也。世有疑吾言乎?则请验孙逸仙之原质为何物,以孙逸仙之原质而制作之又为何物。此二物者,非孙逸仙之所独有!不过吾取孙逸仙而名吾物,则适成为孙逸仙而已。既知此义,谈兴中国者,不可脱离孙逸仙三字。非孙逸仙而能兴中国也,所以为孙逸仙者而能兴中国也。然则孙逸仙与中国之关系,当视为克虏伯炮弹成一联属词,而后不悖此书本旨。吾,黄帝之子孙也,有能循吾黄帝之业者,则视为性命所在,且为此广义,正告天下;以视世之私谊相标榜、主张伪说、迷惑天下者,读此书当能辨之矣。共和四千六百一十四年八月二十日。

其时天下固瞀然不知孙氏为谁何者。上海同志与孙氏有旧者,独一秦巩黄,尤诵有喜焉。为之序曰:"四年前,吾人意中之孙文,不过广州湾一海贼也,而岂知有如行严所云云者?吾东洋人最好标榜,彼得毋又蹈此病?巩黄阅人多矣;吾父理刑名,少小随侍往来宦场中;继又访吾国之逋臣于东南群岛;复求草泽无名之英雄于南部各省。龚瑟人曰:'乌睹所谓奇虬巨鲸大珠空青者耶!'我行仆仆,亦若是则已矣。大盗移国,公私涂炭。秦失其鹿,丧乱弘多;而孙君乃于吾国腐败尚未暴露之甲午乙未以前,不惜其头颅性命,而虎啸于东南重立之都会广州府,在当时莫不以为狂。而自今思之,举国熙熙皞皞,醉生梦死,彼独以一人图祖国之光复,担人种之竞争,且欲发现人权公理于东洋专制世界;得非天诱其衷而锡之勇者乎?吾曾欲著此书;而以三年来与孙君有识,人将以我为名也,复罢之。今读行严之书,与吾眼中耳中之逸仙,其神靡不毕肖。喜而为之序。"巩黄又曰:"热心家初出门任事,其进诚锐;意若曰:'以齐王犹反手。'而不知前途有无限之荆天棘地。一旦失败,则又徜徉歧路。是以朝秦暮楚,比比皆是。此则孙君之所以异乎寻常志士。读者之所当注意,吾辈之极宜自励者。"炳麟则为题词曰:"索虏披昌乱禹绩,有赤帝子断其嗌之籀文。掩迹郑洪为民辟,四百兆民视此册。"自是孙文、孙中山著为文章,浸喧于士人之口矣!时孙文易名中山樵以避逻者,士钊著录,用孙中山三字,缀为姓字称之。睹者大诧,谓无真伪两姓骈举成名之理。然孙中山之名自此称。而亦以其间时时投稿上海《苏报》及《国民日日报》,中有署名青桐之诗歌,即士钊作也。会清廷遣俞明震以江苏候补道来检察革命党。章炳麟、邹容皆就逮;而士钊得脱,则以明震之厚重之也。士钊既免于难,乃还湖南,随善化黄兴克强,纠合湖南革命人物,创立华兴会于长沙,又与洪帮哥老会合,举事不成。士钊乃亡命日本,走江户;则顿悟党人无学,妄言革命,祸发且不可收拾,功罪必不相偿。渐谢孙文、黄兴,不与交往,则发愤自力于学;二十四岁,初习英文字母而不以为耻。于是黄兴以华兴会并入孙文所主之兴中会,及留学生有志革命者,合组同盟会于日本之赤坡:中分八部,各有专职,而以"驱除鞑虏,恢复中华,建立民国,平均地权"为信条。会众三百馀人,举孙文为总理。已而章炳麟亦脱狱来会,一日在新宿寓庐,与寿州孙毓筠少侯迫士钊署约入同盟会,共图大事。士钊不许,则动之以情,更劫之以势,非署名者不得出室庐一步,如是者持两昼夜,卒不许也。世风乍启,革命之说鼎盛一时。女子之教。且由外言不入,一跃而藩篱尽撤。士钊遁荒域外,见名门淑女,年十七八,无父兄师保自随,独游异邦,呼朋啸侣,男女无别,行止自便者无算,尤不谓然。顾于其中得一人焉,曰吴弱男,盖庐江吴保初君遂之女也。保初为清故提督长庆谥武壮次子,为四公子之一。保初文弱颖异,长庆以为非将种,使入都师事故侍郎宗室宝廷。宝廷文章直节,早擅重名;方罢官,无以自存。长庆岁资助之而属以保初。保初则濡染为清折闲肆之诗,遂识沈曾植、陈衍之伦;郑孝胥至都,独请业学诗称弟子。孝胥素不主张弟子之说,坚拒之。而庐江陈诗者,年长于保初,又从而称诗弟子焉。保初尚气好文章,事事效法宝廷,为诗千百言立就;前后千百首,刊有《北山楼集》,音节悲壮,遣词命意时近王安石;其回肠荡气之作,亦不亚《海藏楼》也。时刚毅方长刑部,自命刑名家,保初以荫补主事,与争一狱,谳稿反复咯咯持不下。至掷稿于地,自褫公服出署去。既弃官居上海;慈禧太后临朝,报效麇集,政日敝。保初乃电请归政,康有为、梁启超谋变法；保初奔走号召，助张目；而唐才常起事汉口，相传保初与谋焉。兄保德惧连，将告密；又与保初妇谋绐而坑之；嗣子世炎具以告，逃之日本；逾年归。袁世凯方为北洋大臣，以早为长庆所识拔，而谋得当于保初，月致二百金，使居金陵，勿得至上海；继益百金，要以三事：不入都，不言朝政，不结交新党，若圈禁于天津焉；恐其及祸也。世炎有神童之目，书过目不忘，十馀岁喉疾卒。保初伤之甚。唯二女弱男、亚男，遣游学日本，勖女以诗，有"西方有美人，贞德与罗兰"之句；而弱男倜傥好事，通中英文，足有才藻，至是邂逅士钊，自由缔婚焉。弱男时为同盟会英文书记，与孙文上下议论，持极端欧化之说，又谓："非平等自由，不足征欧化"，气焰万丈。士钊初解字母，不能读西书，雅不然之！然天下盛称西方美人贞德、罗兰如是，无以难也！未几，偕游英伦。初至，与王小徐论贤母良妻，不协，愤而趋沍北淀。居之三年，至是亲接彼中妇女，往来大学教授及名牧师之家庭间，尽得其忠勤端静，持家教子，非成年之女，无督不得独出诸状。乃征贤母良妻，无碍欧化；欧化亦不尽于自由平等；而刮弃昔日之所轻信谬执，一以亲炙于西贤者为归，而渐化焉！自是以迄归国，绝不问外事，尤鄙女子参政论，闭户理家政、修文学；非亲故，外间获见其面者且罕。士钊每喟然曰："嘻，欧化真似之辨，吾妻今昔之殊，诚不料其相违之度如此之大也！然亦贵有人善体认焉而速改其度耳！庸讵知吾辈须眉男子之论西政西学，不与吾妻未游欧前之言社会革命者同其谬妄耶？吾思之！吾重思之！"

　　士钊既之英，乃入伦敦大学，习政治经济之学。顾最喜者逻辑，又通古诸子名家言，杷梳梳理而观其通。自国中言名学者，严复而后，莫之或先也。自是衡政论文，罔不衷于逻辑。每谓："文自有逻辑独至之境。高之则太仰,低焉则太俯;增之则太多,减之则太少;急焉则太张,缓焉则太弛。能斟酌乎俯仰多少张弛之度,恰如其分以予之者,惟柳子厚为能;可谓宇宙之至文也!"黄花岗既败。志士殉者七十二人,而至友杨守仁笃生同客英伦,自恨不与其役,发愤蹈海死。士钊旅居无憀,黯然有秋意;感于诗人秋雨梧桐之意,遂易"青"而"秋"焉!其时北京《帝国日报》屡征士钊文,士钊则为《英宪》各论,皆署"秋桐"二字与之。辛亥八月,革命突起,不数月而清帝逊位,共和告成,推孙文为临时大总统,奠都南京。然革命党人所能依稀仿佛以涣然大号者,惟立国会、兴民权,廓然数大事耳!其中经纬百端,及中西立国异同本义,殆无一人能言。士钊归自英伦,晤桃源宋教仁遹初于游府西街。教仁以能文善辩说,有造于共和;而为孙总统所倚重者也;则坦然相告曰:"子归乎?吾幸集子所言,以时考览,藉明宪政梗概。"士钊问其故。教仁出示一帙,盖士钊投寄北京《帝国日报·英宪》各论,教仁次第裁取,已裒然成一册也。于是士钊乃以明宪法、通政情,为革命党人所欲礼罗!吴敬恒、张继、于右任之徒,联翩而至,邀之入同盟会,士钊卒婉谢之。于右任方主《民立日报》,乃委己以听。《民立日报》者,同盟会之机关报也。同盟会既得势,不知所为,唯四出抵排人。梁启超尝持立宪以与同盟会晤;至是归国,求不见绝于同盟会,因扬言于众曰:"吾夙昔言立宪者,手段也;目的同为革命。"同盟会不听,而讧益急;又不能持论,唯指与立宪党有连,则莫不关其口而夺之气!其湖北同盟会员王慕陶侃叔者,至抗辩于众曰:"吾非王八蛋,焉为立宪党!"海上群言,以次屏息!顾士钊习于逻辑,持论不为诡随。独谓:"政党政治成功之第一要素,在于党德。党德云者,即认明他党为合法团体,而听其并力经营于政治范围以内,以期相与确守政争之公平律也;即英儒梅依所言'听反对党意见之流行'一语也。凡一时代急激之论,一派独擅之以为名高,因束缚驰骤人,使慑于其势,不显与为抗,一遭反诘,甚且嗫嚅无敢自承;于是此一派者,气焰独张,或隐或显,垄断天下之舆论而君之。久之他派尽失其自守之域,轩豁之态,如弹簧然,一唯外力之所施者以为受;不论久暂全阙,天下大势终统于一尊。然理屈不伸,利害情感郁结无自舒发;群序既不得平流而进,国家社会之元气,乖戾过甚,卒亦大伤。盖不认反对党之行为为合法;凡所争执,隐之走入偏私,显之流于暴举,乃为事势之所必然。十七世纪,英伦之政争纪录,凡号为阴谋史或流血史,有时总理退职,得安然亡命以去,且称幸运焉者,即以此也。是故以和平改革四字,导领政治,使两党相代用事;非认反对党之所为有益于国,万万不可。且政党不单行。凡一党欲其党内之常新,他党忽尔消灭,或日形削弱,均非所利;盖失其对待,已将无党可言;他党力衰,而己党亦必至虫生而物腐也。"壹本其平素所笃信而由衷者,质焉剂焉,持说侃侃,于同盟会意壹不瞻徇。以此大骘于国人,然亦以此失同盟会欢。同盟会既改组为国民党;黄兴缜要隶籍。士钊又不许,国民党人大谨。士钊主《民立报》①所为文,以本字"行严"标识,未用"秋桐",国民党人,既与士钊见相左,因评前之投稿《帝国日报》署"秋桐",而今匿情,若有隐图;又揭杨守仁与士钊书,以明士钊故与立宪党有连,不宜资《民立日报》以隐为立宪党道地。士钊则愤发舍去,杨□□怀中者,杨守仁之兄弟也,自柏林致书询所以。士钊则复以书曰:

---

① 即《民立日报》,余同。——编者注

怀中学长左右：

得书知由瑞士复抵柏林，此行饱看山水，得诗几何，以为念也。公见《神州日报》，与弟抗论，颇觉不快，以为政争生涯，如是如是！恐弟以之灰心。想公决不料新闻记者之卑劣，日甚一日，在今日望公所见之《神州日报》，转在天上也。《民立报》夙为革命党机关，光复时，声光最盛。南京政府既立，同盟会人执政；南方新闻群以立宪派嫌怨，遇事不敢论列，《时报》至数周不载社论。当时惟《民立报》有作诤友之资地，于右任复以言论独立颂言于人。弟因缘入该社，与右任要约，务持"独立"二字不失；冀于同盟会炙手可热之时，以中道之论进，使有所折衷，不丧天下之望。此种设想本不自量，至其心则无他也。自从《民立报》与同盟会提携之道，不出于朋比，而出于扶掖。弟意有所不可，辄不妄为假借；有时持论，势不得不与党人所见，取义互有出入；而卒以此伤同盟会人之心。夫伤其心，宜也；弟决不以为彼等咎！盖弟非同盟会人；彼毁弟借该会机关倾轧该会，面质右任："何事出此自杀之愚计？""并何厚于章某而薄于本党？"如此等语，皆非在情理之外。故彼辈造作诬词，百计骂弟，弟概置之不问，而独此等语不得不听。何也？嫌疑所在，道德上说不过去也。弟既去《民立报》，谤词复连载十余日不休，若谓中国可亡，而章行严之名誉不可使存。公当不信行严返国，胡乃陡增如许声价。夫天地之大，何所不客？弟涵养工夫虽不如公，此等流言，尚能包含下去；故彼等如何毁弟，无取为公述之，惟笃生遗书一通，近发布于《中华民报》，中诋弟语甚众；彼等遂引为口实以中伤弟；是不得不有所质于公，冀得公一言以祛烦惑。笃生于公至亲，于弟至友，在英时,三人形影相吊,自始未离一步。凡弟有负笃生,公必知之。笃生暮年感慨过多,好持无端涯之论以抹杀人,与吾二人意多不合,此当为公所能忆。弟于笃生,风义本在师友之间,有所论议,因故避其锋,而笃生辄断断不已。一日,以小事哄于弟寓,顿失常度。弟妇吴弱男至为之骇走。弟以笃生忽有此意外之举,中心痛之;而其事弟亦有失检处,尤难为怀;譬说之馀,至于雪涕。笃生平未尝为人流泪,独此次不能忍;此景公亲见之,谅未忘也!若而事者,笃生书中俱屑屑道之。罪弟负友,颇为良证,然此尚非同盟会人发表遗书之意。彼意所在,乃欲实弟为保皇党耳。原书有"弟疑彼原注:笃生不忠革命,借词责之;而己乃徘徊于梁卓如、杨晢子之间,既在《帝国日报》投稿,《国风报》上复有大作一首,又安足以服其心"云云,凡兹所言,实为笃生末日褊狭之态造一肖像;弟实哀之之不暇,安忍以其言为过?特未许他人窃之以妄骂人耳。弟与南海康氏未谋一面。自弟稍解政治,康之足迹,即不见于国内。且笃生书中并未及康;以为言者,则《国风报》上曾有大作一首,遂断其依傍梁卓如耳。所谓大作者,乃论翻译名义,见该报二十九期中,公熟知之。此事弟自始未以为当讳;在《民立报》略谈逻辑,首及译名,并屡引前论,使为左证。存蔡君尔文至据原论与弟驰辨,其书赫然在投函栏内,可考也!此于彼等,诚以谓最脆弱可攻处;而在弟则固久矣坦怀置之!以共和之邦,文网尔密,弟决不愿更争旦夕之命也。至何以作此文者,则弟在东京,曾撰《双枰记》小说求鬻;彭希明为携前年至梁处。支取稿费百元;乃稿未成而弟西渡,逾年,弟状更窘,议重鬻焉;而前半在梁处,且百元亦无虚受理,乃与梁一通书,并以大作一首寄之，此其大略也。此外与梁有关，则彼创政闻社时，介于徐佛苏、黄兴之，曾在东京晤谈一次，特寒暄数十语耳，未及政治；以其时弟以文学自炫，方鄙政治不谈，且将西行，亦未遑及之也。此种关联，较之某君即发书者与《新民丛报》之亲切，实无可言；即较之笃生自身与梁之纪念，亦无可言。杨、梁关系为中国革命史上一大纪念，谊当为表之。笃生以此责弟，由于神经刺激过甚，遂乃举社会一切事情而恶绝之。黄花岗败后，什匿克之心理尤亢；吾辈日与之习，又是政见不合，因首承其蔽，而为彼病态动作之目的物焉，殆不足奇。涉思及此，弟固不忍为笃生过。惟弟与梁卓如并无密交，事实具在于是，一览而知。弟为此言，决不许彼辈妄度弟意，以梁君方为民国不题之人，而弟必望望然去之，前此交谊，概置不顾。世风凉薄，此种随处皆是。弟夙昔痛恨之。弟果与梁君缔交弥笃，虽难解于儇薄少年之口语，断不肯以夙昔所痛恨者反而效之；匪惟不效，弟犹且用力表出以为反复小人激劝。夫梁君自丁酉以还，于举世醉梦之中，独为汝南晨鸡，叫唤不绝，亘十馀年不休；一国迷妄，为彼扬声叫破者，岂在少量？此今日革命党人扪心而自知者也！虽彼未尝躬亲革命之业，以致为急激派所借口；而平心论事，彼昔年开导社会之功，自有其独立自存之值，无取与后来功罪相提并论。且立国之业大矣，所有人才，奚必出于一途？以彼之学之才，称为本邦建树之资；其所成就，将非馀子可望。急激者必欲排而去之，谅是急与忌之两念驱之使为。社会之公德心，如是缺乏，此弟与公言之所为长太息者也。推彼等用心，以弟与康、梁有秘密交谊，而特畏为人所发，故阳与同盟会人交欢，俾掩厥迹；今其秽史，出于与弟最昵、道德最高之杨笃生,弟必无颜更在民国言说短长焉矣。见地如此浅鄙,真足令人喷饭!弟自癸卯败后,审交接长江哥弟,非己所长,因绝口不论政事。窃不自量,欲遁而治文学以自见。此凡与弟习者皆能言之,十年来之革命事迹,与弟无关,此自事实。弟固未图以是示异,并向何所妄有所称说。弟苟欲挂革命党招牌,则昔年谈革命于东京,较之上海,尤为太平;何章太炎、孙少侯闭弟于室,强要入会而弟不许,此犹得曰热心利禄。洋翰林非异人任,作党人终未便也。今民国既建,革命已成,险阻艰难,变为荣华;依附末光,此其时矣!胡乃以吴稚晖、张博泉、于右任之敦劝,而弟不入同盟会;以黄克强、胡经武之推挽,而弟复不入国民党?弟始终持此,弟自有其一人之见,人尽议其刚愎,尽訾其别有用心,而以明弟不惜革命党之头衔自重,要为有馀!弟被骂甚,革命党中之知弟者,每举弟昔年实行诸迹以谋间执,无论彼等可曰弟始革命而终保皇,其口仍不可以间执也。即间执矣,而弟谓大是隔靴搔痒之事。夫民国者,民国也;非革命党所得而私也。今人深体挽近国民权利,自有为于其国;宁有以非革命党之故,而受人非礼之排击者!弟固不为保皇党,而请让一步承之。弟固不为政闻社员,而亦让一步应之。凡此俱不足以使弟自生惭怍,退然无动;且正以革命党贪天之功,于稍异己者,妄挟一顺生逆死之见以倒行而逆施,行见中华民国汨没于此辈骄横卑劣者之手而不可救;愈不得不困心横虑,谋有以消其焰。吾舌可断,斯言不可毁也。呜呼,笃生留英之年,神经亢不可阶。往往小故,在他人宜绝不经意者,而笃生视与地坼天崩无异,卒至亲其所疏,疏其所亲,颠倒误乱,一至于是!谅公闻之,当不禁为之长叹也!偶有所触，书之不觉满幅。若以此书有累笃生盛德，公责言至，亦所乐受。彼手写遗诗，尚未付印，以正觅旧友作跋，欲并印为一册。今谤言日至，此举或不足传笃生之名，而转以败之；故弟颇复怅怏踌躇尔。馀不白。士钊顿首。

士钊既失职于国民党，而法理政论，一时推为宗盟。既痛当日舆论缚于党见，意皆有所郁结不得抒；则发愤为《独立周报》以畅欲言；又怒国民党人间执"秋桐"二字以为口实也，大书特书以示无畏。其发端辞引英国文家艾狄生所主撰之周报《司佩铁特》；司佩铁特者，袖手旁观人之谓也，艾狄生实以自况；而士钊则藉以致其企慕，隐寓旁观者醒之意。而谥之曰"独立"者，所以揭持论不为苟同之旨也。士钊既名重一时，出其凌空之笔，抉发政情，语语为人所欲出而不得出，其文遂入人心，为人人所爱诵，不啻英伦之于艾狄生焉！

时袁世凯为临时大总统，方图专政，而欲藉途宪法以谋称制。既知士钊之通宪法，而闻其不得志于国民党也，则以孙毓筠为介，招入见，馆之锡拉胡同，礼意稠叠，壹惟士钊之意，欲总长，总长之；欲公使，公使之；舍馆广狭惟择，财计支用无限；所责于士钊者，亦宪法为之主持而已！士钊则大窘！顾袁氏则以吴保初父子雅故，又尝有恩；士钊，其亲女夫，意可托大事也。促膝深谈，具悉其所以为帝制者，其计井然，则尤大骇！宋教仁既见贼；士钊意自危，而其妻吴弱男又戒以勿受暴人羁縻；则尽遗其行李仆从，孑然宵遁。既抵上海，造黄兴，方图举兵南京，士钊则袖出《讨袁之檄》，而与章炳麟先后之武昌，说黎元洪同图大事。元洪隐持两端，而二次革命之役猝起。于是国民党乃重认士钊为政友；岑春萱亦起而声讨袁世凯以称大元帅,士钊则为之秘书。既不克,士钊亦被名捕,东窜日本;知袁氏不可与争锋,而欲藉文字以杀其焰;乃组《甲寅杂志》社于日本之东京小石川区林町七十番地,以中华民国三年五月十日出版第一期;言不迫切,洞中奥会。

袁氏之徒方以大难初夷,唯集权足以奠定;而士钊则揭联邦论以持之。联邦论者,自民国初元,意已萌动,经癸丑二次革命之役,以集权制之反响,势尤潜长;徒慑于袁氏之淫威,国内谈士如丁佛言、张东荪辈,词旨可见,而无敢尸其名。截断众流,严立界说,毅然翘联邦论以示天下,自士钊始也。袁氏之徒,方以大总统总揽治权,制为约法;而士钊则说统治权以折之。统治权者,出于欧文萨威棱帖。萨威棱帖者,犹言一国最高之权也;国而无此最高之权,则不国;此最高权而无国,则不词。是故国家与统治权合体者也;从其凝而言之,为国家;从其流而言之,为统治权;之二物者,非二物也,一物而两象者也。然而大总统非国家也,何能总揽统治权而与之合体?而欲明此别也,当先严国家与政府之分,国家者,统治权之本体也;政府者,领受国家之意思以敷陈政事者也。国家者,无责任者也;而政府不得不有之。今若以统治权之总揽者属之政府,则为之首长者势将行其绝对无限之权而莫能制之;苟制止之,其事即等于革命。由前之说,是无国家;由后之说,是危政府。二者皆大不可也!惟厘国家、政府而二之,使各守其防,不相侵越,而后国政可得而理。国家之权无限;而政府之权则不得不有限。盖政府者,国家所创置者也;苟政府之权而无限焉,则惟有通国家政府之藩,而反乎专治无艺之实;若而国者,并非绝无可以成立之道;惟宪法一物,不当存在。何也?宪法云者,其在欧文首以限制为义,而政权所使,举有一定之范围,不得逾越。设或逾越,而即有法督乎其后。由斯以谈,国家自有宪法以后,则政权无论大小要有限制;既有限制,即不得冒统治权之一名词。今则以统治权之总揽者属之大总统矣。吾闻行权绝对无限者,最后必有所以限之,其权亦与之为绝对无限。限之如何? 即法皇路易之头之所以砍,英王查尔士之首之所以悬、桀、纣、幽、厉经历期以迄前清之所以死,所以流,所以灭,所以亡也。

国民党人既遁荒海外,而袁氏之徒务屏绝之不与同中国;士钊则晓之以政力向背论。政力向背论者:昔者英儒奈端治天文称宗匠,断言太阳系中有二力于焉运行,日者,全系之心也;一力吸行星而向之;一力复曳行星而离之;前者曰向心力;后者曰离心力;斯律既著,质学大进。后蒲徕士罿精史学,深明律意;以奈端之说,可通于政治,极言作政当保持两力平衡之道。其说曰:"社会号有组织,必也合无数人无数团体而范围之。其所以使此人若团体共相维系,则向心力也;反之,人若团体因而瓦解,则离心力也。凡曰社会,无不有前力为之主宰,此至易明;然谓后力可以悉量免除,自有社会以来,完美亦决不至是。盖社会者,乃由小团体组织而成,而小团体中之个体,莫不各自有其中心环之而走,无论何之,不尽离宗。此种趋势,对于他团体及其个体,其为离立,决非调融,可不俟辨。且也社会过大,人人之意见、希望、利益、情感,断无全归一致之理。彼之所以为康乐,此或以为冤苦;彼受如斯待遇而以为足,此或受之而不能平。缓则别求处理,急且决欲舍去;社会之情,一伤至此。久而久之,势且成为中坚,所有忧伤疾苦,环趋迸发,群体不裂,又复几何?"夫所谓群体裂者何? 即革命之祸之所由始也。然则欲祸之不起,惟有保其离心力于团体以内,使不外崩;断无利其离而转排之之理,苟或排焉,则力之盛衰原无一定;强弱相倚,而互排之局成；辗转相排，辗转相乱，人生之道苦，于国家之命亦将绝矣！由是两力相排，大乱之道；两力相守，治平之原。当民军一呼，满廷解纽，昔日之主张君宪者，转而表同情于革命。此较之拿破仑第三既败，共和政府已宣布于巴黎；而君宪之声威，尚公然扬于全国；国民会议，以君党名义而得选举者，至居多数；因日在共和会议，昌言恢复帝政者，其为势顺逆难易何似，不难想见。于法兰西共和先烈，有道以立于楚歌四面之中；而吾首义诸君，乃不知利用众山皆向之势。十三省代表集于汉口，议创临时政府，其中多昔日主持立宪之徒，遂大为革命党人所龁龀，鸟兽散去，实则此诸人者，为执役民军而来。其后唐绍仪南下议和，从行者多一时俊髦之士，而俱以昔日见党不同，接洽未遑，即欲仇以白刃，致彼仓皇投止，狼狈北归。保皇党者，乃过去之名词；当事者以欲张其鼓吹革命之功，乃日寻敌党之宿慝以相媒孽。凡此数端，求于前举政则，乃离心力之可转为向心力者；既为所排而去，而国内所有一切离心力，更不识所以位之使得其所，而日以独伸向心力为事。卒之离心力骤然溃决，全体以解，已竟陷于绝地而不自觉焉！以言今政府之所为；彼既利用国民党穷追离心力之势，悉收之以向己，而人心以得，而同时乃不审筹一相当之地，以置不可收之离心力，使运行于法制之内，借图政治剂质之用，而措国家于和平之域也。

　　刘廷琛、劳乃宣、宋育仁、章梫之徒，昌言复辟；舆论排之，指为邪说；政府慭之，欲兴大狱；士钊则进之以《政本论》。为政有本，本何在？曰在有容。何谓有容？曰不好同恶异。近世立国，不外将国中所有意见、情感、利害、希望维持而调护之，使一一各得其所。惟所谓各得其所，其所必异；异则党派以生。君政者，亦党派之得以为帜者也；苟吾守异说至坚，断无禁其存在之理。于是有为事实之谈者曰："国体何事？既云确立，复容他说以叛之，视国家如弈棋，又焉可尚？"不知此正所以固国本也。盖对抗国体之论，张之则为顽词，闭之则为秘计。顽词之张，谁则听之；而一部分之孤怀野性，有所寄托，反侧之志，既销于言词；宽大之名，复归于民国；名曰张之，其实弛之，非失计也！反是叛国之辞，悬为厉禁；感情既郁，诡秘横生，国基纵不以是而颠，而魑魅时闻，大有害于和平进步之序。议者得无谓吾为共和，有倡言复辟者，即当执而戮之，肆诸市朝，以儆有众。则法兰西之山岳党，曾为之于百馀年前矣；不仅王党被戮，即有通王之嫌，或温和而可被以是嫌者皆上断头台。彼岂不曰："王孽既绝，共和之花，当百年不凋？"乃死事之血未干，王政之基复起，中经数王，往复数十载；至师丹败后，拿破仑第三被卤，而共和始庆更生。时则建国诸贤，深明治体，对于尊王反动之徒不加压迫，转与提携议会之中，君政党公然列席，初为多数，逐年递减，至今日仍存二十馀席焉。如此优容，转不闻共和为其所坏。此诚一孔之士所不可解；而明理之夫以为自然者也！盖其时君政党跋扈于议会；国家之运命，彼实操之；帝政之不复苏，其间不能以寸。幸而其党自有内讧，所拥各异，未能即决。苟民政党过张其理想，迫之以不能堪，则反动立成，彼惟有自泯其争端，相携以制共和之死命已耳！倡共和者知其然也，相与让之；只须保存共和之名以上；一切制度，自审其无可抗议，即惟其所欲；善养帝政馀孽之锋，而待其自挫；听其自然，卒未闻于共和有害。于以知褊狭者不可以谋国，浮浅者不可与议法。此诚观于法兰西之往事，而当著为炯戒者也！且一说之起，必有其所由起。今复辟说之所由起者何也？此在稍明时势之人，可以一言断之，曰伪共和也。伪共和者何也？帝政其质，而共和其皮者也。质不异矣，我之质，胡乃独贵于人之质？人求其质，而我必自贵，强人以从我，此安足以服之！今人痛排帝政，并不自认帝政之嫌，而辄翘共和以对。意谓共和之名，一出吾口，即有鬼神呵护，帝政邪说，法当退听。则拿翁设祭，华圣顿之灵，翩然来格，斯可耳！不然，则我露其质，乃朝四而暮三；我蒙厥皮，亦朝三而暮四；名实未亏，而冀其喜怒为用。狙公诚智，刘、劳、章、宋之徒，未见有若众狙如庄生所称也。《传》曰："尧舜率天下以仁，而民从之。桀纣率天下以暴，而民从之。其所令反其所好而民不从。"今所令者共和也；而所好则不在是。凡民且为离心，焉论俊秀！董子曰："诘其名实，观其离合，则是非之情，不可以相谰已！"愚固共和论中之走卒，而兴言及此，对于复辟论者，盖不知所以为情。由斯以谈，复辟论非其本身足以自存；乃伪共和有以召之，明白甚矣！其因既得，攻复辟者惟有证明今日之共和非伪，或促进今后之共和，使不为伪而已！盍亦反其本矣！

严复著《民约平议》一文，揭之天津《庸言报》以痛诋卢梭，而袁氏之徒张之以为民权自由，群治之所由不进；士钊则折之以《读民约平议》。《民约平议》者，严氏之所号称自造，盖全出于赫胥黎《人类自然等差》一文。赫氏为生物专家，近世寡其辈流；而以拘墟于科学之律特甚，扞格不通，自相抵牾；是故以言物理，赫氏诚为宗工；以言政理，时乃驰于异教；术业专攻，势使然也。自有《民约论》以来，论者百家，名文林立，持说无论正负，要有不尽不竭之观。严氏作为平议，体亦大矣！乃皆外而不求，略而不论，独取一生物学者之赫胥黎先入以为之主；不知赫胥黎固非不认民约之说者，特其所谓约，不如卢梭作界之严耳！卢梭曰："约以意，不以力。"而赫胥黎则曰："无意无力，两造相要，举谓之约。"严氏今以产业见夺于人，吾无力与之相抗，因俯首帖耳从其条件，疑即卢梭之所谓"约"，反词以诘之;冀崇拜民约者,无敢置对,词穷而去。是殆先熟赫胥黎之论于胸。请得更诵卢梭之言曰:"约以想,不以力。屈于力者,乃势之事,非意之事也。"然赫胥黎究非能坚守已说,而得其所以言约者,严氏盖敷陈其意以入乎所译《天演论》;下卷严意第四。而撮其大旨,取数点焉:一曰民既合群,必有群约。一曰其为约也,实自立而自守之,自诺而自责之。一曰尊者之约,非约也,约行于平等。一曰民权日伸,公治日出,亦复其本所宜然而已。兹数说者,皆不啻为卢梭之书下以铁板注脚,与赫胥黎他日之所以攻卢者,其意不符!赫氏之论平等,其说从体智身份而入,谓智愚、强弱、贵贱、贫富之不同,自然而然,无法齐之,其言不为无理。然当知此种不同,卢梭非无所见;以此间执卢梭,宁非无谓之尤!卢梭撰《民约论》,论产业终,结以一语曰:"吾今此语,当用以为群制之本源,是何也?是乃民之初约,在不违反天然平等之性,而以道德法律之平等,取体质之不平等而代之。以体质之不平等,乃造物以加于人,无可解免者也;由是民力民智纵或不齐,而以有约之故,其在法律,乃享同等之权利。"是则智愚强弱之不一,卢梭已有说处此!至贵贱贫富之所由异,有时乃属贤愚勤惰之结果;卢梭宁不知之?故其言曰:"以言平等,其慎勿以为若权若富,吾人皆当保持同等之量。斯语之所谓,不外有权者不当使之为暴;其行权也,务准乎位,依于法。富者不当使之足以买人;反之,贫不当使人不足自存,至于自鬻;如是而已!"是卢梭所以配置贵贱、贫富之道,亦不如俗论所云,彼于权位财产,必芟荑蕴崇,绝其本根,然后快也!呜呼!世人一耳卢梭之名,几相惊以伯有矣!乃夷考其实,言之平正通达如此,且时时戒人勿作极端之思焉!英儒鲍生蔡尝病卢梭之书。为人妄解,而发愤一道曰:"凡伟人之意见,一入常人之口,其所留意戒备,视为不可犯者,辄犯之不已;甚且假其名以行焉。"此诚有惭乎其言之!

袁氏稔恶,既以称帝。梁启超则领袖进步党以与国民党合而讨袁;君子有清流大同盟之颂!而蔡锷者,启超高第弟子也,有云南首义之功,意国民党当下之!国民党不乐!于是肇庆之军事刚终,沪上之讧声复起!方蔡锷之起云南也,岑春萱实入肇庆以为两广都司令,辟士钊为秘书长。启超亦来会。士钊建议辟新运以别立政统,至少亦决不复国会。启超韪之,春萱亦以为然!而汤化龙、吴景濂之徒大会沪上,以民意相劫持;天下重足而立,敢怒而不敢言;约法国会表里唱和之局,呫嗟立成,春萱、启超惕息莫敢动!世凯既殂,春萱释兵以归于沪,士钊则劝以从容养望,不可妄动,词旨切至。春萱颔之。士钊即求入北京大学讲逻辑,以三年不闻政相期。居顷之,春萱惑于人言,以为桂军必奉令,又欲恢复国会以收民望;一年之中,三约士钊之沪议行止。每议,钊辄力沮之;春萱则怏怏。士钊贻书痛陈桂军不足恃,并言国会鬻货长乱,恢复无当国人意状。春萱偶发其函于赵世钰,议士大恨!春萱亦卒走粤,召国会,立军府,而自为总裁,急电相召,无立异馀地。士钊则降心相从。

自后启超附于段祺瑞以征南。而春萱遮蔽民党,用事于粤;士钊实为上佐,言:"议员宜课资格,受试验。"闻者大哗!又在上海揭论,主宪法不由国会订立。其文流传,两院中人指为叛逆;而以士钊之亦为议员也,张皇号召,削其籍。又以附之者衡政必曰学理,谥之为政学系,时人为之语曰:"北有安福,南有政学",以为大诟。曹锟乘之,用吴佩孚以败段祺瑞;而岑春萱不容于孙文,亦以奔走失职!居无何,孙文亦为其将陈炯明所放逐!士钊睹事无可为,而疑代议之无裨治制;又憯于斯制惰力之未全去,所称宪政祖国之英伦,尤如北辰所在,时论拱焉!乃于十年二月,于役欧洲,亲加考览,长途万里,所怀百端,即红海舟中,草致章炳麟书,历陈国会之乱政,而谓:"有人民神圣、国会万能诸说,稗贩政治者流,得以奔走张皇,莫能颂言其非。惟兄集中有《代议然否》一论,造于逊清末年,主不设国会。其说建于未立本制之先,始为人人所不能言,中为人人所不敢言,卒为人人所欲言而不知所以为言。此诚不能不蒲伏于兄先识巨胆之下,不胜欢喜,深用自壮者也!"既抵英伦,历访其文人政士,而小说家威尔思,戏剧家萧伯讷,皆于民治有贬词!威尔思约士钊赴其乡园,纳凉池畔,从容谈及中国国政,慨然曰:"民主主义,吾人击之使无完肤,只须十分钟耳!但其馀主义脆弱,且又过之;持辩至五分钟,便是旗靡辙乱。是民主政治之死而未僵,力不在本身,而在代者之未得其道。世间以吾英有此,群效法之,乃最不幸事!中国向无代议制,人以非民主少之,不知历代相沿之科举制,乃与民主精神深相契合;盖白屋公卿,人人可致,岂非平等之极则?辛亥革命,贸然废之,科举之废不待革命,威氏之言微误。可谓愚矣!吾欲著一书曰《事能体合论》,意在阐明何事需用何能,何能始为何事:事能之间,有一定之拣选方法,使之体合。中国民治,其病在事能之不体合也!"为太息者久之。而萧伯讷之所以语士钊者,意尤恢诡!其言曰:"能治人者始可治人。林肯以来,政坛有恒言曰:'为民利,由民主之民治。'然人民果何足为治乎?如剧,小道也,编剧即非尽人能之。设有人言:'为民乐,由民编之民剧。'语之不词,至为章显。盖剧者,人民乐之而不审其所由然。苟其欲之,不能自制,而必请益于我,惟政府亦然!英、美之传统思想,为人人可以治国。中国则反是!中国人而跻于治人之位,必经国定之试程;试法虽未必当,而用意要无可议。今所当讲,亦如何而使试符其用耳!"士钊又以所为《业治论》质正于群家潘悌。潘悌旧为工程师,乃树立基尔特社会主义之先觉,而倡业治以矫巴力门制者也!则诏于士钊曰:"中国自立代议制,政事梦不可理。盖所谓代议者,并未尝代人民而议。且以选区如彼其辽阔,凡所以为选者,其权例操于少数党人之手;此曰代表,词直不通。以此之故,凡政客下选区为演说,其政纲类由自择。人民于不自我起之争论中,迫而指名一造,代己谋国;而其争论又为性至复,非深知其内容,是非莫明;即深知之矣,所列问题每浮伪不切事情,无关民福;选民纵英爽能断,亦无所用。要之党人所标政策,徒于己党朋分政权而见为利;以云利国,直去万里。彼辈初挟理想而学为政!而一例以骑墙派终,非无故也!盖选区之分划,绝不与实际相符。试思一区之中,利害百出,包举于一人之身,如何可能?吾英谋矫此弊,因有基尔特制之创议。斯制非他,即所以运政治于实际者也。夫代议制之虚伪,以机体不立;故基尔特首祛是病,乃举一国之人,类聚而群分之。如此为分,其最自然之尺度曰业;诚以业者,人所相依为命者也。彼谈国政,恒不免于无意识;而本业夫惟不谈,谈则不离乎意识者近是。何以故?问题较简,而己与之相习故。自有基尔特运动以来,发轫于英伦,风靡于欧、美大陆,使言政之家,论思一变;盖以其说深抵巴力门制之创痛。而予意尤以中国为饶有施行业治之机会。盖所谓七十二行,气力不足而行会未亡,以新治加于其上,为势甚顺。中国果其实行,尤且得促西方之反省,使奉为矩范,起而效法。此征于今日西方人心之大觉,予语良非泛然。何也?以其厌恶今制,信念全失,思古幽情,油然以生;举凡生活方式,使人由之,心差安而理差得尔。然吾之基尔特,于资本制未兴以前即已消失；今以业治期之，宜先有准备工夫以资过渡。是何也？即计议资本如何可去，而基尔特如何可复也。中国斫丧未久，犹有存焉者；而在西方，则不反而求诸过去，不可得见也。"潘悌持之以正言庄论，威尔思、萧伯讷出之以嬉笑怒骂；而要归于然否代议则一。于是士钊之政治信念全变。遂返国，道出法之里昂，而吴敬恒方为里昂大学校长。士钊论议文章，敬恒所重；每谓宝山张嘉森君迈曰："章行严之一骭毛，无非佳者！"至是邀讲演。将登坛；有粤生起指士钊大骂，词不可堪，其大指影射粤军政府，无关问学。横逆之来，士钊默尔。而敬恒嗫声拊掌，不知所出。粤生兴尽自去，仅乃得讲。私询知为陈炯明党也！炯明资之来校，同伴凡数十人。时惟粤生多金，校费从出，号贵族，故跋扈如此。士钊私心自计，不审敬恒平日驭贵族何术者？

后数月，诸生哄而驱敬恒，布词丑诋。敬恒则大愤，绝去，归国以后，誓不更兴办学事。私居聚议，每严颜斥若辈青年无望，恨恨不已！然敬恒持论大廷，建言新闻，则又大神圣而特神圣其新中国之新青年者，壹是有褒而无贬，有书而无但；且制为通律曰："学生与教习斗者，学生必胜；犹之人民与政府战者，人民必胜。"藉是长养天下学生暴动，曾不动色！士钊尝引以为怪焉。

士钊之归国也，会曹锟以直隶督军胁总统黎元洪而逐之。其大将吴佩孚练兵洛阳，申讨军实以为奔走御侮之臣。曹锟弥洋洋自得，又欲供重议士饵诱以选为总统。士钊既未甘以自货，遂遁而之沪，橐笔已久，辄复思动，而联邦自治之说，士钊实倡之。赵恒惕遂据湖南以制省宪，自命为湖南自治省长；其宣布大政之就职文，即士钊笔也。既为《新闻报》有所撰述，其尤著者，曰《论威尔逊》、《论列宁之死》，《论麦克道纳内阁》、《农治述意》，皆为时所称诵。

士钊自以《甲寅》得大名,益油然生嗣兴前迹之思,名仍《甲寅》,刊则以周,招赞授事,计议粗定,而轩波以大起!江苏督军齐燮元用吴佩孚之命,起兵以逐卢永祥于浙江,吴佩孚自将大军出山海关以攻张作霖;冯玉祥随吴佩孚出师而有贰志;取间道归以袭北京,取曹锟而幽诸,杀其嬖人李彦青;遂与张作霖联军以夹击吴佩孚,尽俘其众;欲推一人以主国事。

段祺瑞既失职居天津,图起用事,而以士钊能文善论思,有声南北,请以为谋主。士钊乃置《甲寅周刊》不论而奔命以赴,与祺瑞左右谋以何道而起。士钊曰:"吾向主毁法造法,逆料有一时期,约法既坏,新法未生,总统旧称无所用之;非别立一名不可。以前军务院之抚军长,及军政府之总裁,独是一隅自限之号;建位北京,军民并治,取义当有未同。因念西史纪元前,罗马初设民主,署曰公萨,译家如严几道、林琴南均取吾籍'执政'两字当之,宏义雅名,向往弥切。曹锟窃国,黎黄陂移节上海,议立政府。愚不取法统说,以临时执政制进;议虽未成,而窃以为段公再起,谊必出此。"于是段祺瑞以执政建号,开府北京;遂以士钊为司法总长,寻兼教育总长,自以习熟情伪,奋欲更张;于是奂然号于众曰:"吾国兴学许久,而校纪日颓,学绩不举。学生谋便旷废,致倡不受试验之议;即受试矣。或求指范围,或胁加分数,丑迹四播,有试若无。为教授者,以所讲并无切实功夫,复图见好学生以便操纵,虚应故事,亦固其然。他国大学教授,在职愈久,愈见一学之权威;而吾国适得其反。夫留学生初出校门,讲章在抱,虽无成业,条贯粗明;而又朝气尚好,污俗未染,骤膺教职,弥觉兢兢;此类人选他国至多置之研究院内、助教室中,而在吾国则为上品通材,良足矜贵;何校得此。生气立滋,过此以往,渐成废料!新知不益,物诱日多;内诒学生,外干时事,标榜之术工,空疏化为神圣!犷悍之气盛,一切可以把持!教风若斯,谁乐治学?北京八校,教授多至数百人,年耗库款少亦二百万元以上;岁终至无百页可读之书、三年可垂之籍,以登学府而版国门。独念吾华号为文化古国。海通以还,学术途径益形扩大。除旧籍所当加意整理外,近世应用科学及各邦文史政俗种种著录,为学子所万不可忽者,所涉尤繁。使先辈讲学之精神得存一二,今时述作将百倍于古而未有已!乃自上海制造局倡议译书以还,垂四五十年,译事迄无进步;而文字转形芜俚,所学未遑探索;鸾刀妄割,谬种流传!无其书,有斯文将丧之忧;有之,转发不如无书之叹。昔徐建寅、华蘅芳、李善兰、徐寿、赵元益、江衡辈,所译质、力、天算诸书,贯通中西,字斟句酌,由今视之,恍若典册高文,攀跻不及!即下而至于格致书院课艺,其风貌亦非今时硕博之所能几!以云进化,适得其反。氂士以俚语为自足,小生求不学而名家;黄茅白苇,一往无馀。学者自扪,宁诚不怍?而为之学生者,读西籍,既乏相称之功能;质本师,又乏可供之著述。几纸数年不易破碎不全之讲义,尸祝社稷,于是出焉。此云兴学,宁非背道!且也大学为学术总集之名,犹之内阁为政治总集之名。内阁有长财政者,不闻称财政内阁;有长司法者,不闻称司法内阁。今大学宜讲农工业,竟自号农业大学与工业大学;大学宜讲法律政治,复自号法政大学;甚至师范美术,文科中之一部耳,亦分别独立,各称大学。干为支灭,别得类名!逻辑所不能通,行政所大不便。部落思想横被学林。卒之兼课纷纭,师生旁午,学统尽坏,排娼风生。欲求首都有一宏深精进、条干分明之大学,与伦敦、巴黎竞爽,俟之百年,将亦难得。欲图易俗,乃画三策:一、本部设考试委员会,仿伦敦大学成例,学生入学毕业诸试,概由部办。二、本部设编译馆,要求各大学教授通力合作,优加奖励,期于必成,务使期年之间,有新著数十百种,布之黉舍,辞理并当,餍人取求。三、合并八校。"骤议之日,士钊持说侃侃,无所避就,莫之能难!然而风声所播,诟谤乃丛。部试诸生,青年自视为大逆不道,先生长者阳持静默而阴和之,潜势极张。宏奖著述,竟讹传为甄别教员,不加考询,顽然抗议。合并八校,施受之间,暗潮不可终日。士钊又以其间重刊《甲寅》,论列时贤,于吴敬恒、胡适之伦,多所讥切;好恶拂人,弥以丛怨。而五月七日之事起。五月七日者,岁岁以纪念爱国为循例者也;惟警厅以岁必滋事,禁止游行,咨请教育部,转知各校。士钊亦未照办,黠者乃造转知一文以揭于报,且甚其辞曰:"摧残教育,阻挠爱国!"于是学生大恨,以为"不扑杀此獠,卖国贼其何所惩!"建旗呐喊以趋魏家胡同十三号,欲得士钊而甘心焉。士钊遁,而毁其室也,士钊既知其后有大力者负之而趋,未可深究,则置不问。而独居深念,意忽忽不乐;因吟白香山《孤桐》诗曰:"'直从萌芽拔,高见毫末始;四面无附枝,中心有通理。寄言立身者,独直当如此!'孤桐孤桐,人生如此,尚复何恨!"因易字孤桐。其时北京女子师范大学学生,逐其校长杨荫榆。荫榆至,则持木棍砖石,叫骂追逐,无所不至,撕其布告,而易以学生求援宣言。北京大学学生从而应之,声生势张,男女啸聚,锁闭办公室,把守校门,阻止校长教职员不许入。诸生跳梁于内,校长侨处在外。士钊大怒,请于段祺瑞曰:"士钊少负不羁之名,长习自由之说。名邦大学,负笈分驰;男女同班,亦尝亲与。所有社会交际,两性衔接之机缄缔构,一一考求,其中流以上之家,凡未成年之女子,殆无不惟阿保之命是从,文质彬彬,至可爱敬。从未见有不受检制,竟体忘形,聚啸男生,蔑视长上;家族不知所出,浪士从而推波,伪托文明,肆为驰骋;谨愿者尽丧所守,狡黠者毫无忌惮;学纪大紊,礼教全荒,如吾国今日女学之可悲叹者也! 以此兴学,直是灭学;以此尊重女子,直是摧辱女子! 钊念儿女乃家家所有,良用痛心。当此女教绝续之秋,宜为根本改图之计。不如查照马前次长处理美术专门学校成例,将女子师范大学停办解散为便。"祺瑞可其请。部令一出,士论哗然。于是号称代表九十八校之学生联合会,登报以声讨士钊之罪,曰:"章士钊两次长教,摧残教育,禁止爱国,事实昭然。敝会始终表示反对。乃近日复受帝国主义之暗示,必欲扑灭学生爱国运动而后快。不特不谋美专之恢复,且复勾结杨荫榆,解散女师大,以数千女同学为牺牲。此卖国媚外之章贼不除,反对势力益将气焰日高。不特全国教育前途受其蹂躏,而反帝国主义之运动,亦将遭其荼毒矣! 故敝会代表九十八校,不特否认章贼为教长;且将以最严厉之手段,驱之下野。望我国人其共图之!"诵者同然和之!

北京大学教授李石曾会士钊于广座,攮臂起曰:"余本不欲言。惟今日京师女学,有一极悲惨之纪念,颇欲藉以警告教育当局,使知女子师范大学学生,有为警察殴伤者若干人。其导因为外交问题,其表见为摧残女学。如此痛心之事,演于首都。已成之国学而不能保;何暇计及地方私立女学之成毁盛衰乎!"语甚悲壮,合座动色。士钊从容诘之曰:"石曾所称警察殴伤女生若干人,果何所见而云然乎? 石曾曾身亲焉否乎? 若仅以告者为凭,则凡来教部骇告,及所告负责任之呈报,遮得君言之反。当日警察,盖绝未敢侵学生,徒见学生纷持木棍砖石,追逐校长,而为从中调解而已。以北京学界见嫉之甚,保护弱者声浪之高,而女师大又向为一切教联、学联休戚与共之大毂。岂有女生伤及多人,事越三日,并一纸声诉书而不得见;而魏家胡同十三号之门庭,复宁静乃尔矣乎? 石曾平旦视愚,岂求摧压学生以为己利者哉?诸君抹杀事实,广构虚词,鸟瞰先机,务锄异己。狙使血气未定之学子,恣为一切坏乱之秘谋。此其用心,直不使有读书种子留连京府,董理教务,以气类之相感,为学问之远图;而宁禽视鸟息于军阀官僚之下,伺其颜色,倚为奸利;偶有冲激,寻衅有名。而凡手持毛瑟,或腰带指挥刀者,诸君乃立为第二天性所暗示,不复正觑;而惟使夙称同类同情,决不肯滥用政力,侵陵学府者,不复有旋足吐气之馀地。以愚不明心解,苦昧其故。石曾思之,亦能示我转语否乎?"石曾无以应也。

于是吴敬恒扬言于众曰:"整顿学风,宜也。顾章行严何人,足言整顿学风乎?足解散女师大乎?若蔡子民,斯可矣。"蔡子民者,北京大学校长蔡元培也。两公既高名宿学,不快士钊,沸腾群口。而士钊又以司法总长审查金佛郎案而予通过;事发,士论益哗,以为伙同受贿有据;再毁士钊之室,肆力以捣,尽量以攫;卒扫聚所馀,相与火之。呼啸千百众学生,十馀人为之发踪指示,自门窗以至椅凳,凡木之属无完者!自插架以至案陈,凡书之属无完者;由笥而榧,无键与不键,凡服用之属无完者;荡焉尽焉,以得肆志为快。吴敬恒为讲其义曰:"此诚作官者之业报也。"士钊乃不得一日安于其位,相应而解官。然而士钊则以号于人曰:"吾官可解,吾道不可易也!由今之道。无变今之俗,扰攘终年,羌无一是,政益见其浑乱,学益趋于荒落。虽有圣方,只速人死!"士钊解官而众怒未已。

士钊好尽言而与众立异,又工臧否人物。吴敬恒者,一世之人震而惊之,以为人伦模楷,称曰吴先生者也;而士钊则以与梁启超、陈独秀同讥切,以为:"国人图新之第一大病,在无办法。其自谓有办法者,其无尤甚!近世革新,分立宪、革命、共产三期,以梁先生尸立宪,吴先生尸革命,陈先生尸共产,允为适当之代表人物。之三人者,各有所长,亦各有所短。以物为喻:稚晖自始闻政以迄今兹,所领盖为游击偏师;已既绝意势位,复无何种作政纲领,惟于意之所欲击者而恣击之尔。盖如盘天之雕,志存击物,始无所不击,终乃一无所击,回旋空中,不肯即下。任公者,知更之鸟也。凡民之欲,有开必先;先之秘息,莫不知之;且凡所知,一一以行,乃致今日之我,纷纷与昨日之我战而无所于恤。独秀则不羁之马,奋力驰去;言语峻利,好为断制;性狷急不能容人,亦辄不见容于人,则别树一帜,为马克思之说以自宠异,回头之草弗啮,不峻之坡弗上,尽气途绝,行与凡马同踣。如此等人,岂非世所谓魁异奇杰之伦?而各各所事之为无裨于国,则如十日并出之所共照,无可诋谰!任公曰'立宪立宪',今时宪安在者?稚晖曰'革命革命',无命不革,已命且莫之逭,遑言其他。独秀曰'共产共产',试问民穷财尽,尚复何产可共?于是语其义也,莫不粹然成章,闻者悦服。至语其效,则同是乱天下有余。何以故?曰无办法故。盖以主义而言主义,天下固未有持之而无故者!其见为善不善,当以为之之若何而定,不当以本身之存值而定。庚子而降,凡吾国魁异奇杰者之所为倡,只图倡之之时,快于心而便于口;至为之偏何在而宜补,弊何在而宜救,事前既讲之无素,事至复应之无方,鲁莽灭裂,以国尝试;一摘再摘,三摘四摘,以至今日空抱蔓归,犹是一无办法,了无进步。吾意无办法矣,与其伪为有办法,四出缴绕,治丝益棼,以覆其国,无宁自承无办法,少安无躁,使国家复其元气,徐图兴造。稚晖、任公、独秀以及不肖,皆试药医生,丧人之命至夥者也。"然而敬恒弗承也。敬恒尤喜言物质救国,自谓弄斧头之年龄已过,未能为劳工之神圣;入与伦敦西南工人为邻,习植铅字数千;出携柏林廓大克一具,以意摄取天然诸美,服劳自给,庶几无负此生。其辞博辩雄伟。杂出庄谐,口无择言,少年宗尚以为一家。而士钊则以为:"稚晖富于玄想,巍然大师。语其高,可与希腊诸哲抗席;语其低,乃不足与中学毕业生程材。英之威尔士,文行与稚晖相仿。顾稚晖薄威尔士不为,笔阵偶张,旋复弃去。稚晖试思之,入植铅字数千,出携廓大克一具,食力不过百钱,为烈不逾一手足者,此诚满街皆是,何劳吴稚晖为之?稚晖为之,亦既二十年矣;语其所获,果何益于盛衰成败之数?"然而敬恒弗服也。愤懑之馀,习为激宕;由是论锋横溢,毛举细故。此其士钊得罪世所谓贤人君子者一矣。

新文化、新文学者,胡适之所以哗众取荣誉,得大名者也!而士钊则以为:"新文化者,亡文化也。夫文章,大事也;曩者穷年矻矻,莫获贯通;偶得品题,声价十倍。今适之告之曰:'此无庸也。凡口所道,俱为至文;被之篇目,圣者莫易!'彼初试而将疑,后倡焉而百和,如蚊之聚,雷然一声。而其所谓白话,亦止于口如何道,笔如何写;韵味之不明,剪裁之不解,分位之不知,道谊之不协,横斜涂抹,狼籍满纸,媸研高下,无力自判。已与徒党辄悍然号于众曰:'文学革命也!文学革命也!'以鄙倍妄为之笔,窃高文美艺之名;以就下走圹之狂,堕载道行远之业。跳踉以喜,风靡一时;处势差比前清之谈革命;而其纵阔之深至,更远过之;何也?以运动之式可以公开,少年窃此以自便其不学,恣斯世盗名之图。河流急转,一泻千里,又较之前清革命党人艰贞为国,前仆后起,如马十驾乃登峻坡者,为势顺逆不可比数也。而有一事相同;则持其故者,一切务为劫持;凡异议之生,不察以理而制以势,天下之人,因亦竞为选愞以应之。老师宿儒如梁任公者,闻之且大喜,尽附其说以自张,尤加甚焉!诸少年噪曰:'梁任公跟着我们跑也!'有不肯跑者,则群訾曰'落伍落伍',千人所指,不疾自僵。有不肯跑而稍稍匡救焉者,则群版其名曰反动;发为口号曰'枪毙枪毙',国人皆杀,时或不远。而国家之教育机关不尽操纵于若辈之手,不止。历来之教育长官所不为若辈颐使,位不安!京沪规模较大之书局,所不遵若辈之教条出书,书不售!语其表也,似天下之论已归于一;至语其里,则不学者少数人发纵指示,强令夫天下之学者默焉以屈于己而已!如金在冶,不跃为常;复假定天下之学者,自默焉屈于己外,无他道而已!为问此默而屈者,其将与之终古否乎?与之终古,中国之文也化也将至何境矣乎?四五年来,自非无目,莫不见伦纪之凌夷,文事之倾落,如水就下、兽走圹,日蹙千里而未艾也。吾尝澄心求之,以谓人本兽也;人性即兽性,其苦拘囚而乐放纵,避艰贞而就平易,乃出于天赋之自然,不待教而知,不待劝而能者也。使充其性而无道以节之,则人欲不得其养,争端不知所届,祸乱并至,而人道且熄。古之圣人知其然也,乃创为礼与文之二事以约之,一之于言动视听,使不放其邪心;著之于名物象数,使不穷于外物;复游之以《诗》、《书》六艺,使舒其筋力而瀹其心灵。初行似局,浸润而安,久之百行醇而至乐出。彬彬君子,实为天下之司命;默持而善导之,天下从风,炳焉如一!夫是之谓礼教,夫是之谓文化。斯道也,四千年来,吾国君相师儒,续续用力以恢弘之,其间至焉而违,违焉而复至,所经困折,不止一端。盖人心放之易而正之难;文事弛之易而修之难;质性如是,固无可如何者也!今乃反其道而行之;距今以前,所有良法美意、孕育于礼与文者,不论精粗表里,一切摧毁不顾;而惟以人之一时思想所得之,口耳所得传,淫情滥绪,弹词小说所得描写,袒裼裸裎,使自致于世,号曰至美!是相率而返于上古榛榛狉狉之境,所谓苦拘囚而乐放纵,避艰贞而就平易,出于天赋之自然,不待教而知,不待劝而能者也!"然而胡适弗服也。适之言曰:"旧文学者,死文学也,不能代表活社会,活国家,活团体。"而士钊则曰:"此最足以耸庸众之听,而无当于理者也。凡死文学,必其迹象与今群溆所不相习,仅少数人资为考古而探索之,废兴存亡,不系于世用者也:今之欧人,于希腊、拉丁之学为然,而吾也岂其俦乎?且弗言异国古文也!以英人而治赵瑟 Chaucer,十四世纪之诗人。即号难读;自非大学英文科生,解之者寥寥。吾则二千年外之经典,可得琅然诵于数岁儿童之口,韩昌黎差比麦考黎;英十九世纪之文家。而元白之歌行,且易于裴、Byron,裴伦。谢 Shelley 谢烈与裴同为十九世纪诗人。之短句,莎米更非其伦。死之云者,能得如是之一境乎?且文言贯乎数千百年,意无二致,人无不晓!俚言则时与地限之。二者有所移易,诵习往往难通。黄鲁直之词及元人之碑碣,其著例也。如曰死也,又在彼而不在此矣!"然而胡适仍弗服也!谓:"若社会一切书籍,均用文言著述,平民概不了解,必且失趣而废然以返。吾人必一致努力为白话文,以造成白话文之环境!"而士钊则曰:"白话文之环境,万无造成之理。可以世界语为喻。夫世界之学问,包涵于英、德、法三国之文字者,为量至大。而三国自身不能互通;有时英人有求于德,德人有求于法,犹且尽力迻译,弥其缺陷。今一旦举三国之全量而废置之,惟以瓠落无所容之世界语,使人之耳目心思,从而寄顿;道德学术,从而发扬。他文著录,全译既有所不能,能亦韵味全失,无以生感。同时娴于他文者,复不能严为之界,使俱屏而不用,干枯杂沓,情见势绌。此世界语之卒无能为役也!惟白话文亦然。吾之国性群德,悉存文言;国苟不亡,理不可弃。今举九家百流之书,一一翻成白话,当非适之力所能至。适之殚精著作,将《水浒》、《三国演义》、《西游记》之心思结构,运用无遗;亦未见供人取求,应有而尽有。而又自为矛盾,以整理国故相号召;所列书目,又率为愚夫愚妇顽童稚子之所不谙。己之结习未忘,人之智欲焉傅?环境之说,其虑弥是!而无如其法之无可通也!夫文之为道,要在雅驯。俚言之屏于雅,自无待论;而其蔽害之深切著明者,尤在不驯。凡说理层累之文,恒见五六'的'字,贯于一句,亘二三十言不休;耳治既艰,口诵尤涩;运思至四五分钟,意犹莫明。请遣他词,源乃不具;谋易他句,法亦不习;臃肿堆垛,语不成章。以今去文未远,白话多出能文者之手,茅塞已呈是境。更越若干年,将所谓作文为一事,达意又为一事,打成两橛,不见相属。尤不仅此!文事之精,在以少许胜人多许;文简而当,其品乃高。计世界文字之中,此点以吾文为独至。而白话文则反之。胎息《水浒》、《红楼梦》之白话尤反之。其参入'的''吗''哩''咧',及其他借撼听觉,羌无意义之辅字而自成为赘,尤不待言也。是文贵剪剔纷淆,而白话以纷淆为尚;文贵整齐驳冗,而白话以驳冗为高。立言无范,共喻为艰,犷悍相师,如兽走圹。冥冥中文化濒于破产,中国人且失其所以为中国人而不自知,此诚斯文之大厄,而适之努力造成之环境也。"是其得罪当世所谓贤人君子者又一矣!

吴敬恒、胡适倡欧化以振垂亡之势,而士钊则曰:"唯唯,否否,不然。欧洲者,工业国也;工业国之财源存于外府,即各国商场。伸缩力绝大;国家预算得量出以为入:故无公无私,规模壮阔,举止豪华,一一与其作业相应,无甚大害;一切社会恶德,出于其制之不得不然,所云 Necessary evils 是也。而吾为农国;全国上下百年之根基可得以工业意味释之者,荡焉无有。无有,而不论精粗大小,一唯工业国之排场是骛,衣服器用,起居饮食,男女交际,党会运动,言必称欧、美,语必及台赛,变本加厉,一切恣次无忌,实则比欧、美之Necessary Merits 毫发未具;而其 encls 在欧、美之国,所蕴而未发,或发而未尽者;而吾也由放依而驰骋,由驰骋而泛滥,赤裸裸地一无遮阻;转使碧眼黄须儿,卷舌固声于侧,叹弗如焉。此在国家,势不得不举外债、鬻国产,以弥其滥支帑金之不足;在私人,势不得不贪婪诈骗、女淫男盗,以保其肆意挥霍之无艺。其至于今,图穷匕见,公私涂炭,国之不亡,殆与行尸无异。而冥冥中人道堕坏,凡一群中应有同具之恒德,且不得备;其损失尤不堪言。昨年水灾,地域之广,难民之众,灾情之惨,自来所希闻也;而幸免之人,熟视无睹,将伯之呼莫应,同情之泪不挥。军阀也者,争城夺地如故;官阀也者,恒舞酣歌如故;学阀也者,甚嚣尘上如故。上海《密勒评论》有 Impeg 者,论次其事,且及前代防潦工事之差完,四方捐输之弥急,而一语曰:"中国博施济众之精神,近三十年,已不存矣。"是何也?即伪欧化有以克制之也。偶举一证,可概其馀。民德之挠,滔滔皆是,乃至父无以教子,兄无以约弟,夫妇无以相守,友朋无以相信。群纽日解,国无与立。昔班嗣称有学步于邯郸者,曾未得其仿佛,又复失其故步,遂尔匍匐而归。呜呼!吾人今后,亦求得匍匐而归为幸耳!"吴敬恒、胡适倡革新以祛旧染之污,而士钊则曰:"唯唯!否否!不然!新者对夫旧而言之。彼以为反乎旧之即所谓新。今即求新,势且一切舍旧;舍旧,何有历史?而历史者,则在人类社会诸可宝贵之物之中,最为宝贵。今人竞言教育;不知教育所以必要,旨在以前辈之所发明经验传之后人,使后人可以较少之心力博得较大之成效,不更似前辈走却许多迂道,费却许多目力,惨淡经营,才得筑成仅可流传之基础而已。又尝譬之,社会之进程取连环式;其由第一环以达于今环,中经无数环与接为构。而所谓第一环者;见象容与今环全然不同;且相间之时,鸾焉不属。然诸环之原形,在逻辑依然各在,其间接又间接与今环相牵之故,俱可想象得之。故今环之人以求改善今环之故,不得不求知原环及以次诸环之情实,资为印证。此历史一科所由立;而知新者早无形孕育于旧者之中;而决非无因突出于旧者之外。盖旧者非他,乃数千年来,巨人长德、方家艺士之所殚精存积,流传至今者也。思想之为物,从其全而消息之,正如《墨经》所云:'弥异时,弥异所。'而整然自在;其偏之见于东西南北,或古今旦莫,特事实之适然;决无何地何时,得天独全,见道独至之理。'新'云、'旧'云,特当时当地之人,以其际遇所环,情感所至,希望嗜好所逼楼,惰力生力所交乘,因字将谢者为'旧',受代者为'新'已耳。于思想本身何所容心?若升高而鸟瞰之,新新旧旧,盖往复流转于宇与久间,恒相间而迭见。其所以然,则人类厌常与笃旧之两矛盾性,时乃融会贯通而趋于一。盖凡吾人久处一境,饫闻而厌见,每以疲苶恼乱,思有所迁。念之初起,必且奋力向外驰去,冀得崭新绝异之域以为息壤;而盘旋久之,未见有得!于时但觉祖宗累代之所递嬗,或自身早岁之所曾经,注存于吾先天及无意识之中。向为表相及意志之所控抑而未动者,今不期乘间抵巇肆力,奔放而未有已。所谓'迷途知反',反者斯时;'不远而复',复者此境;本期开新,卒乃获旧。虽云旧也,或则明知为旧而心安之;或则竟无所觉而仍自欺欺人,以为新不可阶。此诚新旧相衔之妙谛,其味深长,最宜潜玩者也。今之谈文化者,不解斯义,以为躁者乃离旧而僢驰,一是仇旧,而惟渺不可得之新是骛;宜夫不数年间,精神界大乱,郁郁伥伥之象,充塞天下。躁妄悍然,莫明其非,谨厚者蕳然丧其所守;父无以教子,兄无以诏弟。以言教化,乃全陷于青黄不接、辕辙背驰之一大恐慌也。

不谓误解一字之弊,乃至于此。"如此之类,难以仆陈;既以新旧相持,纷纭莫决;乃作《说铎》以解之,语详《甲寅周刊》。或以规曰:"子一年中所遗政迹,时议纷坛,都不必在念。盖学风扇发,天下病焉。父兄之教莫先,整饬之方宜讲,子营此事,且有同情。即金佛郎案,牵连国交,迟速必办;为国任重,得谤乃常,既宠赂之不章,奚怨毒之难解?世所期期以为不可,而君坐以市天下之怨,绝友朋之好,行且蹈不测之罪,贻无穷之羞者,惟办《甲寅周刊》一事耳。天下事,未可以口舌争,胡哓哓以蒙耻召怒为也?"士钊应之曰:"吾行吾素,知罪惟人。若其中散放言,刑踵华士;伯喈变容,罚同邪党;生命既绝,词旨自空。如其不尔,一任自然。愚生不工趋避之义,夙志不干违道之誉;天爵自修,人言何恤?怀君子而居易,遵舆诵之本务而已。"既而段祺瑞不得志于冯玉祥,又失张作霖之援;吴佩孚再起湖南,与张作霖联兵以逼京师。段祺瑞出走,士钊随之蹉跌以不振。而于是士钊之名,儒林所不齿;士钊之文,君子以羞道。然其后国民军再奠江南,建号南京;而掌邦教育,并合诸大学,厉行考试,取缔学生运动,颇用士钊计,盖不以人废言云。

　　士钊始为《甲寅杂志》于日本,以文会友,获二子焉:一直隶李大钊,一安徽高一涵也。皆摹士钊所为文,而壹以衷于逻辑,掉鞅文坛,焯有声誉。而一涵冰清玉润,文理密察,其文尤得士钊之神。其后胡适著《五十年来之中国文学史》,乃以高一涵与士钊骈称,为甲寅派。及是唾弃甲寅不屑道,而习为白话,倒戈以向,骂士钊为反动,助胡适之张目焉!

三　白话文

胡适附黄远庸、周树人、徐志摩等

　　胡适,原名洪骍,字适之,安徽绩溪人。父□①,诸生,以严正为邑里所惮;尤究心宋儒理学,尝用四言韵语,著《学为人诗》及《原学》两书以授适诵;历官台东直隶州知州;中日战起,我割台湾以和;乃弃官归,殁于厦门;生适三岁矣。母冯,为继室,仅二十三岁,以适早孤,督教极严;每日昧爽,即促之披衣起坐,为缕述父志业,且曰:"我一生只见汝父一完人耳,汝好学之!"往往涕随声下。跬步必谨;五岁,即就外傅,授《孝经》,朱子《小学》、《四书》、《易》、《书》、《诗》三经及《礼记》,皆能背诵;尤喜朱子《小学》。课馀则浏览《水浒传》、《三国演义》、《红楼梦》、《儒林外史》、《聊斋志异》小说家言,为诸姊妹诵说,以为笑乐。而母望之深,有不检,未尝不教诫,或罚跪;以故适畏母甚,客至,或为儿嬉戏,母色禁目喻,遂慑不为也。自谓涉世三十年,律己不敢不谨,接物不敢不恕者;非惟乃父理学之遗传使然;抑亦母教为之也。十四岁,乃以母命负笈之上海求学,历梅溪学堂、澄衷学堂、中国公学、中国新公学,遂以其间读梁启超主编之《新民丛报》,严复译之赫胥黎《天演论》,振奋感

---

① 原作缺,胡适父,名传,字铁花。——编者注。

动,而思想为之锐变;乃取"优胜劣败,适者生存"之意,更名曰适,而以适之为字焉。始作白话文,畅所欲言,以载《竞业旬报》。又从诗人胡朝梁学诗;读陶渊明、杜甫、白居易诸家集;而喜白居易特甚,因录明李东阳《怀麓堂诗话》于笔记中云:"作诗必使老妪都解,固不可;然必使士大夫读而不能解,此何故耶?"以宣统二年赴北京,应赔款留学官费考试;三年七月,遂赴美国留学;读欧、美人诗集渐多,因叹:"吾国作诗,每不重言外之意,故说理之作极少。求一朴蒲(Pope)已不可多得;何况华茨活司(Wordsworth)、贵推(Goethe)、白朗吟(Browning)矣!"乃作诗以赠其友人安徽梅光迪曰:"梅君梅君毋自鄙! 神州文学久枯馁,百年未有健者起。新潮之来不可止,文学革命其时矣,吾辈势不容坐视。且复号召二三子,革命军前杖马箠,鞭笞驱除一车鬼,再拜迎入新世纪。以此报国未云菲,缩地戡天差可拟。梅君梅君毋自鄙!"光迪诵而非之,以书相规。而适持之益坚,以谓:"文学革命,在吾国史上,非创见也。即以韵文而论:《三百篇》变而为《骚》,一大革命也。又变为五言七言,二大革命也。赋变而为无韵之骈文,古诗变而为律诗,三大革命也。诗之变而为词,四大革命也。词之变而为曲,为剧本,五大革命也。何独于吾所持文学革命论而疑之? 文亦遭几许革命矣;自孔子至于秦汉,中国文体,始臻完备。六朝之文,亦有可观者;然其时骈俪之体大盛,文以工巧雕琢见长,文法遂衰。韩退之所以称'文起八代之衰'者,其功在于规复散文,讲求文法;此一革命也。宋人谈哲理者,深悟古人之不适于用,于是语录体兴焉;语录体者,禅门所常用,以俚语说理记言;此一大革命也。盖吾国言文之背驰之矣。自佛书之输入,译者以文言不足以达意,故以浅近之文译之,其体已近白话;其后佛氏讲义语录,尤多用白话为之者。

及宋儒以白话为语录,遂成讲学正体。至元人之小说,白话几成文学的语言矣!总之,文学革命,至元而极盛;其时之词也,曲也,剧本也,小说也,皆第一流之文学,而皆以白话为之。其时吾国真可谓有一种'活文学'出现。倘此革命潮流,不遭明代八股之劫,不遭前后七子复古之劫,则吾国之文学已成白话的文学,而吾国之语早成为言文一致之语言,可无疑矣!但丁之创意大利文学,郤叟辈之创英文学,路德之创德文学,未足独有千古矣!惜乎!五百馀年来半死之古文,以及半死之诗词,复夺此'活文学'之席;而半死之文学,遂得苟延残喘以至于今日。呜呼!文学革命,何可更缓耶?文学革命,何可更缓耶?"而于是文学革命之论,始自适发其机械。初,梁启超创新民之文体,章士钊衷逻辑为论衡,斯亦我行我法,脱尽古人恒蹊者矣。然袭文言之体,或有明而未融之处。而士钊之逻辑文学,浅识尤苦索解,故当第一次《甲寅》风行之日,北京《亚细亚日报》记者黄远庸致书士钊以相切论;曰:"居今论政,不知从何说起。远意当从提倡新文学入手。综之当使吾辈思潮,如何能与现代思潮相接触而促其猛省;而其要义,须与一般之人生出交涉;法须以浅近文艺,普遍四周。史家以文艺复兴为中世改革之根本,足下当能悟其消息盈虚之理也。"士钊答曰:"提倡新文学,自是根本救济之法;然必其国政治差良,其程度不在水平线下;而后有社会之事可言。文艺,其一端也。"观其辞有抑扬,殆未以远庸之言为尽然。然胡适则谓:"士钊逻辑文学之大病,在不能'与一般之人生出交涉',如远庸所云也!"远庸,名为基,以字行,江西九江人。父儒藻,文采秀发,诸生不第,遂薄宦浙江。母姚,汉上名族,习礼明诗。远庸问学夙成,实资母教。年十六,补诸生。二十岁,举于乡。明年连捷,中前清光绪甲辰进士,以知县即用。时朝廷设进士馆。

新第之授京职者，得入馆肄业，或游学外国，三年程其功课以为高下而迁除之。远庸不得京职，而有志于游学，请于当国，再三乃许。于是赴日本，入中央大学习法律科，黾勉研索。昕夕无间；且以馀力旁及英吉利文字。己酉秋，学成回国，实为宣统元年。调邮传部，奏改员外郎。时掌部者为尚书徐世昌、侍郎汪大燮、沈云沛，咸相引重，派参议厅行走兼编译局纂修官。会部纂《邮电航路四政条例》成。将奏御前，缺例言；诸曹郎皆以时促，不敢任，独以属远庸，给札郎署，不逾晷，成数千言，叙述详赡，文词渊雅，见者服其工捷。远庸之东游而归也，同里李盛铎亦归自欧洲，同僦居于海岱门内，远庸方肆力于文学，又有志于朝章国故。盛铎告之曰："吾见欧士之谙近世掌故者，多为新闻撰述家。以君之方闻博涉，必为名记者。"而远庸从事新闻记者之业，实基于此。国变以后，部长留之曹署；而远庸绝意进取，谢不往也。时京沪诸报各以新闻论著相属。远庸文章，典重深厚，胎息汉、魏；及是为洞朗轩辟，辞兼庄谐；尤工通讯，幽隐毕达；都下传观，有纸贵之誉。然论治不能无低昂，论人不能无臧否，而于国民党尤多砭戒；以故名益盛而仇者忌者日益滋。及袁世凯为帝，属为文以赞；而远庸高名迹近，不欲应，不敢不应，草一文若讽若嘲。世凯既心不喜。而传者遽言远庸劝进也。徒以言论文章，观听所系，世凯必欲用之，而仇袁者则必欲杀之。袁世凯欲使远庸之上海，主干《亚细亚日报》以为帝制张目。远庸心知不可，久迟且无幸！亟浮海避日本。居数日，若有人踪；东渡美洲，抵桑港，遇刺而死，年三十二岁。远庸风神朗澈，和易近人。簪舄交错之时，远庸一至，则谈谐泛演，四座春生。居日本久，缟纻弥广，每当宴集，辄促致辞；音响方终，赞叹盈耳。闻远庸之死，咸奔走告语，太息弥襟，谓此才之不易得也。生平持论，以为："文艺家之能独立者,以其有人生观。人生观之结果,乃至无解决,无理想;乃至破坏一切秩序法律及世俗之所谓道德纲常;而文艺家无罪焉。彼其职在写象;象如是现,写工不得不如是写;写工之自写亦复如是。故文艺家第一义在大胆;第二义在诚实不欺。技之工拙,存乎其人,天才亦半焉。吾国人之文学家好称文以载道;而所谓古文学者,十有七八如此!大抵论教必尊孔,论伦理必尊礼教;论文必尊所谓古文;皆吾所谓专制一孔之见,其于今日决当唾弃。"海盐朱联沅芷青诵说其文而大赏叹曰:"是能谈新文艺者,吾生几见!"遂相交欢。而远庸自谓每见芷青,则一见一心醉,见即与谈所谓新文艺者,其大指以为:"吾人今日思想界,乃最重写实及内照之精神;虽甚粗糙而无伤也!余既不能修饰其思想,则亦不能修饰其文字;若真有见之发怒而冷笑者,则即余文之价值也。"联沅辄冷然善焉。联沅既以早夭,远庸又不良死,而于所谓新文艺者,徒托诸空言,未及见诸行事之深切著明也!然论文之贵写实,薄古文;论教之非尊孔,斥礼教;若为适之傲落权舆焉。

既而适入哥伦比亚大学,师事杜威博士,得闻所谓"实验主义"者而大悦服之,每语于人曰:"我之思想,惟受两人之影响最大!一赫胥黎,一杜威先生。赫胥黎诏我以疑,无征则不信。而杜威先生则诏我以思,思必验诸实。而所谓思必验诸实者,有三说焉:一、从具体之事实与境地下手。二、一切学说与理想,不过为待证之假设,而非天经地义。三、一切学说与理想,须以实行为试验。惟实验为真理之惟一试金石。"又以杜威讲学,每一制度或学说之起,必就历史而阐其因时制宜之所以,以明法不虚立。于是适之所以传授心法,而说明杜威"实验主义"者,约以二事:一历史的方法,一实验的方法。遂用实验的方法,以谈国故之整理,而表彰清代学者的治学方法，以明休宁、高邮之言考据，于科学精神有合。用历史的方法，以言文学之革命，而盛唱历史的文学观念论，以见桐城之治古文与历史进化相反。其大旨以为："文学者，随时代而变迁者也，一时代有一时代之文学。周秦有周秦之文学，汉魏有汉魏之文学，唐宋元明有唐宋元明之文学。此非吾一人之私言，乃文明进化之公理也。左氏、史公之文奇矣；然施耐庵之《水浒传》，视《左传》、《史记》何多让焉；《三都》、《两京》之赋富矣；然以视唐诗宋词，则糟粕耳。此可见文学因时进化，不能自止。吾主张'历史的文学观念'，而古文家则反对此观念也。吾以为今人当造今人之文学；而古文家则以为今人作文，必法马、班、韩、柳；其不法马、班、韩、柳者皆非文学之正宗也。吾之攻古文家，正以其不明文学之趋势，而强欲作一千年、二千年以上之文；此说不破，则白话之文学，无有列为文学正宗之一日。"会陈独秀主编《新青年》杂志，诵其说而张之；一纸不胫，四海波动；大儒噤口，后生倾风。又进而薄仁义，废礼教，乃至如黄远庸所云："破坏一切秩序法律及世俗之所谓道德纲常。"所以鼓荡天下之人心，而转移一代之风气者，以视当日梁启超之《新民丛报》，且什伯过之不啻焉。及适自美国毕所学而归，遂任北京大学文科教授，倡为白话文；登高之呼，所以自号于天下者有三：曰八不主义—须言之有物，二不摹仿古人，三须讲求文法，四不作无病之呻吟，五务去烂调套语，六不用典，七不讲对仗，八不避俗字俗语。也。曰历史的文学进化观念也，曰文学的试验精神也。质言之曰"国语的文学，文学的国语"而已。稽其著述，言八不主义者，有《文学改良刍议》、《建设的文学革命论》焉。言历史的文学进化观念者，有《历史的文学观念论》、《五十年来之中国文学史》焉。至文学之试验精神，则表以《尝试集》之一序焉。《尝试集》者，适所为之诗集也，其为文章，坦迤明白而无回澜；条理清楚而欠跳荡；阐理有馀,抒情不足。而诗亦伤于率易,绝无缠绵悱恻之致,耐读者之寻味。昔人论诗文之妙,谓不厌百回读；而适之为诗,则只耐一回读；幸尚清顺明畅,不为烂套恶俚耳！录一二篇以见一斑：

病中得冬秀书

病中得他书,不满八行纸,全无要紧话,颇使我欢喜！我不认得他,他不认得我,我总常念他,这是为什么？岂不因我们,分定长相亲,由分生情意,所以非路人？岂不爱自由？此意无人晓！情愿不自由,也是自由了！

新　　婚

十三年没见面的相思,于今完结。把一桩桩伤心旧事,从头细说。你莫说你对不住我,我也不说对不住你,且牢牢记取这十二月三十夜中天明月！

其诗由有韵而为无韵,由五言七言之整齐句式,而为长短随意,自豪曰:"此诗体之大解放。"所云冬秀者,其妻江氏也。方适之未出国也。问名未娶；又江氏未受学校教育。而适游美洲自由之邦,少年才俊,自由恋爱,匪无艳遇；而适不忍相负,矢志无他,卒归娶焉。然于友朋之离婚再娶者,则必以婚姻自由,放言高论,而特赞之。适天性敦厚,诵念母教,又颂其父治理学,可以仪刑子孙,为刊《钝夫先生年谱》；而言必非孝。每语于人曰:"吾人欲拥护民治,则不得不反对孔教之旧伦理。欲提倡科学,则不得不反对旧艺术、旧宗教。易言之,欲拥护民治与科学,即不得不反对国粹与旧文学耳。"

章炳麟制言未尝不平正,而举止偏若佯狂。胡适律己未尝不谨笃,而论议僻好新奇。然一时男女青年之荡闲逾检、放佚不可制者,何尝不以适论议为借口焉。一时和之而首为驱除难者,陈独秀及浙江钱玄同也。林纾、马其昶之伦,皆文章老宿,而纾尚气好辩,尤负盛名;为适所嫉,撅其一章一句,纵情诋毁;复嗾其徒假名曰王静轩者,佯若为纾辩护;同时并刊驳难而耸观听。及纾弟子李濂镗,欲访所谓王静轩者而与之友,则乌有先生也。叹曰:"昔人所谓不信之至欺其友;不意镗亲见之!"纾则愤气填膺而无如何,既以摧抑不得伸喙。独梅光迪及江西胡先骕故偕适留学美国,称欢交;然论文学则龂龂不相下。适倡革命,而光迪、先骕主存古,与适相持。先骕尤褒弹不遗馀力。胡适以仿古之文言文为死文学,而新倡之白话文为活文学,文学有死活,无雅俗。胡先骕曰:"不然。文学之死活,以其自身之价值而定,而不以其所用之文字之今古为死活。故荷马之诗,活文学也,以其不死不朽也。乔塞(Chaucer)之诗,活文学也,以其不死不朽也。梭和科(Sophocle)之戏剧,活文学也,以其不死不朽也。席西罗(Cicero)之演说,活文学也,以其不死不朽也。蒲罗大(Plutarch)之传记,活文学也,以其不死不朽也。反而论之:Edgar lee masters 之诗,死文学也,以其必死必朽也;不以其用活文字之故而遂得不死不朽也。陀司妥夫士忌、戈尔忌之小说,死文学也;不以其轰动一时,遂得不死不朽也。适之君之《尝试集》,死文学,以其必死必朽也;不以其用活文字之故而遂得不死不朽也。物之将死,必精神失其常度,言动出于常轨。适之君辈之诗之卤莽灭裂,趋于极端,正其必死之征耳!一种运动之价值,初不系于成败;而一时之风行,亦不足为成功之征。舍以古今为死活,则是世间无不朽之著作;而每种名著,时过境迁,至多亦不过流传二三百年矣!

天下宁有是理耶!"胡适以为欧洲中古时,各国皆有俚语;而以拉丁文为文言,凡著作书籍皆用之,如吾国之以文言著书也。其后意大利有但丁诸文豪,始以其国俚语著作,诸国踵兴。今日欧洲诸国之文学,在当日皆为俚语,迨诸文豪与,始以"活文学"代拉丁之死文学;有活文学而后有言文合一之国语也。胡先骕曰:"不然。语言若与文字合而为一,则语言变而文字亦随之变。故英之 Chaucer 去今不过五百馀年;Spencer 去今不过四百馀年;以英国文字为谐声文字之故,二氏之诗已如我国商周之文之难读。而我国则周、秦之书,尚不如是。盖欧文谐声,中文辨形;谐声之文字,必因语言之推迁而嬗变。辨形之文字,则虽语言逐渐变易,而文字可以不变;故吾国文字不若欧洲各国文字之易于变易也。向使言文合一,文随语变。宋、元之文,已不可读;况秦、汉、魏、晋乎?此正中国言文分离之优点。夫《盘庚》、《大诰》之所以难于《尧典》、《舜典》者,即以前者为殷人之白话;而后者乃史官文言之记述也。故《元曲》之白话,于今不多可解。然宋、元人之文章,则与今日无别。论者不思其便利,而欲故增其困难乎?抑宋、元以上之学,已可完全抛弃而不足惜,则文学已无流传于后世之价值,而古代之书籍可完全焚毁矣!斯又何解于西人之保存彼国之古籍耶?且西人言文何尝合一?其他无论矣!即以戏曲论:夫戏曲本取于通俗也;何莎士比亚之戏曲所用之字至万馀,岂英人日用口语须用如此之多之字乎?小说亦本以白话为本者也;今试读 Charlotte Bronte 之著作,则见其所用典雅之字极夥。其他若 Dr. Johnson 之喜用奇字者,更无论矣。且历史家如 Macawlay, Prescott, Green 等,科学家如达尔文、赫胥黎、斯宾塞尔等,莫不用极雅驯、极生动之笔以纪载一代之历史。或叙述辩论其学理,而令百世之下,犹以其文为规范;此又何如耶?大抵口语所用之字句多写实,而文学所用之字句多抽象。用白话以叙说高深之学理,而欲期以剀切简明,难矣！今试用白话以译Bergson之创制《天演论》,必致不能达意而后已;若欲参入抽象之名词、典雅之字句,则又不为纯粹之白话矣！又何必不用简易之文言,而必以驳杂不纯之口语代之乎？"胡适以为"五言七言之诗,句法整齐,不合语言之自然,而有截长补短之病。故诗体之大解放,在打破一切枷锁自由之枷锁镣铐。五七言之整齐句法,亦枷锁诗体自由之一种枷锁镣铐也。"胡先骕曰："不然。中国之有五七言诗,犹西国之有Meter也。惟欧语复音多,故不能如中国四言五言七言之整齐;然必高音低音错综而为Meter,而限定每句所含Feet之数;自希腊荷马以来即然。主张解放之大诗家威至威斯（Wordsworth）,以为：'可悲之境况与情感,写以句法整齐之韵文,以视用散文之效力为久远。'又谓：'由整齐之句法所得之快乐,盖谓由不同而得有同之感觉之快乐。'辜勒律（Coleridge）已谓：'诗与文之别,即在整齐之句法与叶韵。'德昆西（Dequincey）以为：'整齐之句法,可辅助思想之表现。'汉特（J. H. Leigh Hunt）以为：'诗之佳处,在全体整齐,而各部分变异。'波（Poe）以为：'整齐句法与音节皆不容轻易抛弃者。'英诗人德来登（Dryden）以为：'韵之最大之利益,即在限制范围诗人之幻想。盖诗人之想象力,往往恣肆而无纪律;无韵诗,使诗人过于自由,常作多数可省,或可更加锤炼之句。苟有韵以为之限制,则必将其思想以特种字句申说之,使韵自然与字句相应,而不必以思想勉强趁韵。思想既受有此种限制,审判力倍须增加,则更高深更清晰之思想,反可因之而生矣。'岂非句法之整齐与叶韵,为诗体之不可废者耶？考之歌谣,靡不以整齐句法为之：'月光光,姊妹妹';三言也。'月亮光光,照见汪洋';四言也。'打铁十八年,赚个破铜钱';五言也。'行也思量留半地,睡也思量留半床';七言也。此外,二三六言、八言、九言、十言特稀。盖二言气促,六言突兀,八九十言过长。八九十言即有之,亦必分为三四五言小段,如'太夫人,移步出堂前',虽为八言,然为三言与五言所合成;'蔡鸣凤,坐店房,自思自想',虽为十言,然为两三言一四言所合成。可见四言五言七言者,中国语中最适宜之句法也。惟四言诗只盛于周,而五言古诗则自汉、魏以至于齐、梁,几为惟一之诗体;其时七言诗虽有作者,然不及五言之重要。即至唐、宋以还虽七言古兴,而律诗大盛,然五言古始终占第一重要位置;直至今日,学诗者犹以为入手之途境,最后之规则,其间岂无故哉?盖五言古既可言志,复能抒情;既可叙事,复能体物。阮步兵之《咏怀》,陈子昂之《感遇》,李太白之《古风》,皆言志之诗也。《孔雀东南飞》、《木兰词》,皆叙事之诗也。谢灵运之作,大半皆写景之诗也。诗之能事,五言古几尽能之。所不能者,为七言古诗之剽疾流利、抑扬顿挫,与夫五七言近体诗之一唱三叹,音调铿锵耳。七言古以剽疾流利、抑扬顿挫为本,故宜于笔力矫健之作;故虽说理言志不及五言,而跌宕过之。然以七言古之跌宕委婉,一调叶其声调,使之谐婉,则七言古诗中之长庆体,又为叙事之良好工具矣。盖叙事贵婉转尽致,因之音节亦尚谐婉。长庆体全用律句以作古诗,其声调之铿锵,情韵之缠绵,遂较平常之七言古诗出一头地。元白不论,即梅村之能嗣响长庆,亦正以其用长庆体故也。至五七言律诗,以八句四韵之短幅,复以对偶为要旨,自不能如五七言古极纵横阔大、尽理穷物之能事。胡适之君必以不讲对仗为改良诗体之一事,则又与于不知诗之甚者也。夫天地间事物,比偶者极多,俯拾即是。虽在周、秦之世,诸子名理之言,亦尚排偶。而《古诗十九首》之'青青河畔草,郁郁园中柳','胡马依北风,越鸟巢南枝',苏、李诗之'昔为鸳与鸯,今为参与辰','烛烛晨明月,馥馥秋兰芳','征夫怀往路,游子恋故乡',皆为对仗。至谢灵运之诗,则几于自首至尾皆为对仗。以后无论五七言古诗,皆寓偶于奇,杂以对仗。虽适之君所推崇之白香山、陆放翁之五七言古诗,亦对仗极多。放翁之五古,且有自首至尾,皆用对仗者。古来名人中之喜用单行以作古诗,惟元遗山一人耳。近体诗惟五言七言排律不耐诵读,其原因初不尽在对仗;盖音调之过于谐婉,实为一大原因:故虽以老杜五排之波澜壮阔,而喜读之者卒鲜也。在古诗之谐畅,作者能错落其句法以救单调之害耳;此即汉特所谓'全体整齐而各部变异',正所以'达到美之最后之目的'者也。夫单行与对仗,各用效用。单行句法,雄浑严整,厚重缓和;故不求流动而欲端整之作宜之。言非一端,亦各有当,宁必以去对仗为尽作诗之能事乎?"先骕字步曾,江西南昌人,美国加利福尼亚大学农科学士,历庐山森林局副局长,东南大学植物教授。顾先骕治植物学而好谈文学,与胡适友善,而论文不为唯阿。"时代精神"者,胡适之所骛也。先骕曰:"勿骛于'时代精神',须知文学之最不可恃者,厥为时代精神;以其事过境迁,不含'不朽'之要素也。""文学创造"者,胡适之所夸言也。先骕曰:"勿夸言'创造',而忘不可免之摹仿。须知茹古者深,含英咀华;'创造'即在摹仿之中也!"著有《中国文学改良论》、《文学之标准》、《评尝试集》、《评胡适五十年来中国之文学》,具载《学衡》杂志,皆难适而作。浸以失欢,绝交于适焉。

在前清光、宣之际,北京大学之文科,以桐城家马其昶、姚永概诸人为重镇。民国新造,浙江派代之而兴,章炳麟之徒乃有多人登文科讲席;至是桐城派乃有式微之叹!著于林纾《畏庐文集》者,可复按也！然自陈独秀为文科学长，用适之说，一时新文学之思潮，又复澎湃于大学之内，浙士钱玄同者，尝执业于章炳麟之门，称为高第弟子者也；为人文理密察，雅善持论；至是折而从适，为之疏附。适骤得此强佐，声气腾跃；既倡新文艺以摧毁古文；又讲新文化以打倒礼教。而学生运动，亦适一力提倡以臻极盛；然而无以持其后！动而得谤，名亦随之。老成持重者，诋为洪水猛兽；而少年景从，以为威麟祥凤不啻。梁启超清流凤望，亦心畏此咄咄逼人之后生，降心以相从。适亦引而进之以示推重；若曰："此老少年也！"启超则弥沾沾自喜，标榜后生以为名高。一时大师，骈称梁、胡。二公揄衣扬袖，囊括南北，其于青年实倍耳提面命之功，惜无扶困持危之术。启超之病，生于妩媚；而适之病，乃为武谲。夫妩媚，则为面谀，为徇从；后生小子喜人阿其所好，因以恣睢，不悟是终身之惑，无有解之一日也。武谲则尚诈取，贵诡获；人情莫不厌艰巨而乐轻易，畏陈编而嗜新说。使得略披序录，便膺整理之荣；才握管觚，即遂发挥之快；其幸成未尝不可乐，而不知见小欲速中于心术；陷溺既深，终无自拔之一日也。然当是时，白话文乘新兴之运，先之以《新青年》之摧锋陷阵，胡适、陈独秀、钱玄同诸人实为主干。而风气所鼓，继起应和者，北京则有《新潮月刊》、《每周评论》，上海则有《民国日报》附张之《觉悟》，《时事新报》之《学灯》，推波助澜，一以"国语的文学，文学的国语"十字为宣传；是则适建设的文学之树以为鹄者也。于是教育部以民国九年颁"小学课本改用国语"之令；而白话文之宣传，益得植其基于法令焉！刊有《胡适文存》三集。

适才高而意广，既以放废古文，屏斥旧学，放言无忌；而又不耐治科学，则诩诩焉谈"科学方法"，欲以整理国故；又著《一个最低限度的国学书目》一文以诏天下学者;予智自雄。老师大儒,既震于科学方法,莫为抵牾;又惊其言之河汉无涯涘。独慈溪裘毓麟著论明科学方法之不足以治国学;又斥《一个最低限度的国学书目》之不免大言欺人。其论科学方法之不能以治国学曰:"吾东方固有之学术,其性质与今之所谓科学者迥别。研究科学及一切形质之学者,如积土为山,进一篑,有一篑之功;作一日,得一日之力;论其所得之高下浅深,可以计日课程而为之等第也。治心性义理之学者,如掘地觅泉,有掘数尺即得水者,有掘数丈始得水者,有掘百数十丈然后得水者,有掘百数十丈而终不得水者,有所掘深而得水多,亦有所掘深而得水反少者,有所掘浅而得水少,亦有所掘浅而得水反多者。而所得之水,又有清浊之分,甘苦之别,不能克日计工,而衡其得水之多寡清浊也。其一旦得水也,固由于积日累功而成;然当其未及泉也,则无论用力如何勤苦,经营如何之久,若欲预计其成功之期,则固无人能言其明确之时日者也。所谓'掘井九仞而不及泉,犹为弃井'也。治心性义理之学,亦犹是矣。当其体察钻研,沈潜反复,虽志壹气凝,用力极其勤奋;苟未至于一旦豁然贯通之日,则无论用力如何勤苦,杳不知其成功之究在何时也。且此所谓一旦者,不能以日计,不能以月计,亦不能以年计;但由正知正见而入。至于用力之久,则终当有此一旦已耳。然亦有用力既勤且久而终无此一旦者,亦正不鲜。就其大别言之,有得人一言之启发而即大悟者,有积数年数十年之力学苦参而始悟者;有勤奋终身而仍未大悟者,有勤奋终身而终不悟者。盖学之偏于实者,其程效可以计功计日;学者偏于虚者,苟非实有所悟,则决无渐臻高深之望。语其成功,不闻用力之多寡,为时之久暂也。明陈白沙先生论学曰:'学有由积累而至者,有不由积累而至者;有可以言传者,有不可以言传者。'大抵由积累而至者,可以言传也;不由积累而至者,不可以言传也。东西学术之别视此矣。凡西哲之学问,莫不重系统,有阶级,故其学皆由积累而至,皆可以言语文字传授者,若吾东方之学术则异乎是。不特性命之根源,精微之义理,本非可以积累而至,可以言传;即九流末伎如医卜星相之徒,苟语及精微之处,设于道一无所知,则终身亦决无自臻于高明之境。道如一大树,圣贤得其根干,方伎得其枝叶;此中道妙,父不能传之于子,师不能授之于弟;亦不由积累而至,亦非可以言语传授者也。圣贤相传之道,非古圣能创作也;不能因其固有之道举以告人耳。如黄山、天台之景,天下之奇观也;然此境非吾曹所能创造,亦非吾曹所能建设。天地间原有此境;欲知此境,只须亲到亲见。圣贤不过先到此境,先见此境而已。吾人能笃信古圣之所指示,孳孳日进,终必有实到此境,实见此境之一日;迨已到已见之后,方知此境本为古今人人之共有,既非先圣所能创作,亦非后圣所能改造。且如黄山、天台,天地间既实有此山,此山终古不改;则凡曾到此山者,其所见即无一不同。千万年以前,曾见此山者,所说如是;千万年以后,凡见此山者,所说亦必如是。决不能于实际增益分毫,亦决不能于实际减削分毫;以稍有增减,即与固有者、本然者不合也。历圣所传之道亦犹是矣。道既无二,道既不变,历圣既同传此道,宜所见无不同,所说亦无不同矣。不独尧、舜、禹、汤、文、周、孔、孟同此道也,即推至羲、黄以前,下至后世程、朱、陆、王之所见,旁及柱下、漆园之所说,亦无不同也。不特中国诸圣之道同也,即西方大圣人所说,若语道之根源,亦无一不同也。盖地无分东西,时无分今古,凡圣人设教之本心,无非欲世人共知此道,共明此道而已。此道范围天地,无古无今,先天不违,后天奉时;诸圣之所明者明此,诸儒之所学者学此。不明此,不足以为圣;不知此,不足以为学;所谓唯此一事实,馀二即非真之大道,无论何时何人,决非可以凭一己之心思才智,创立新说异见者也。以孔子之大圣,犹云'述而不作'。窃尝论之,既为圣人,必明大道;既明大道,即无可作。孔子祖述尧舜,无所谓作也;即尧舜亦不得谓之作,不过祖述尧舜以上之圣人而已;推而至于羲、黄以来,均述而非作;即推而至于羲、黄以上,亦无人可称作者,何也?所谓圣学者,盖天地间实有如是一件道理,圣人不过知此、见此、觉此、说此,欲人人共明此而已。此实际之道理,圣人不能增益分毫,亦不能减损分毫;如天地间既实有黄山、天台等山,前人曾游此山者,即说山之高低远近以示世人矣。山既经古人无稍改变,宁有后人见此山者,其所说竟与前人异乎?且此道不因世生圣人而有,亦不因世无圣人而灭;故道因圣人之存亡而分晦明,非因圣人之存亡而生有无;犹山初不因游人之多少有无而少改变其原有状态也。若云圣人有所创作,则此道不啻已为圣人所私有;已不能谓之'先天而天不违,后天而奉天时'之大道矣。故曰:'先圣后圣,其揆一也。'又曰:'东海西海有圣出,此心此理同也。'西儒之言哲学,则全与之相反。哲学派别既多,意见各异。一说既兴,则必有绝对相反之说与之并立;故既有一元说,则即有二元说起而与之抗;既有唯心论,则更有唯物论出而与之争;各是其是,无所折衷。而研此学者亦必兼收并包,莫定一尊。既无同揆之可言,更难期收一贯之效。是故西儒之治哲学,如人造园庭,各人所作各各不同。一人所作之园庭,可由一人之意匠经营而为建设布置;故后人所作之园庭,不必同于前人,亦不难胜于前人。是以西儒之治哲学,往往后胜于前,今密于古;不同东方人之学道者,先圣既造其极,决无后可胜前之理。无论后人用力如何勤奋,悟道如何深远,谓所见同于先圣,可也;谓所见等于先圣,可也;若谓所见异于先圣,或谓其过于先圣,则非愚即妄矣!为学之道,惟信为能入。孔子曰:'信而好古。'又曰:'笃信好学。'子张曰:'执德不宏,信道不笃。''焉能为有,焉能为亡!'而以今日学者之浅陋,读圣贤精微之经传;苟非信至极处,决难望有所得也!无论天资如何高明,用工如何勤奋,愿十年之内万不可轻言有疑。惟当以全身靠在圣贤语言上,然后虚心静气,优游玩索,以身体之,以心验之,从容默会于幽闲静一之中,超然自得于书言象意之表。如口之于味,鼻之于臭,吾人欲知味臭之区别,设非亲尝之,亲臭之,则决无真知确见之可言。论味则蜜与糖同甘,而糖之甘自异于蜜;梅与醋同酸,而醋之酸不同于梅。论臭则兰蕙与旃檀之香同而复有别;鲍鱼与屎尿之臭同而不相混;若欲详辨四者之分别,虽使善文者覃思深虑而出之,仍不过得其仿佛而已;若复令读其文者,即可辨其异同,则虽上智亦决不能也。然使其人一尝其味,一嗅其臭,则虽愚夫,亦能立辨之而无爽焉!此即阳明所谓'哑子吃苦瓜,与尔说不得,尔要知此苦,还须尔自吃'。悟即自吃之谓也;可知不自吃,则终不知味;不自悟,则终于道无所得也。由信得悟。由悟证道。古人之论悟道也,曰:'言语道断,心行处灭。'又曰:'口欲言而辞丧,心欲思而虑亡。'又曰:'穷诸玄辩,若一毫置于太虚。竭世枢机,似一滴投诸巨壑。'非古人好为微妙幽深之语,使世人难于窥测也。盖有以见道体本质如此。故曰:'此事极奇特,极玄妙,而又极平庸,极真实。'其入手最要之方,则莫若静,静而后能定;既静且定,然后能发慧;则吾心广大、本体灵光发见,然后方可期有得耳。由信得悟,由静生明,惟静而后能虚灵。宋儒言心以虚灵为贵,此言亦善;必虚而后能灵;既虚且灵,方能默契先圣精微之旨。若专以博学多闻为贵,终其身皇皇然以搜求捃摭为务,如清中叶汉学家之所为,则此心已实而窒矣。实而窒,又焉能悟道妙哉?所以学道者,决非博观强记、探颐索深之谓;必澄心息念,收视返观而后期有得。其未得也,不能克日计功,由于积累而成;其已得也,先觉者亦不能以言语文辞传之后进;学者苟非真参实悟,无由知其妙微。若西儒之治哲学,则不外博览群书、广采物情,全凭意识以为推求,历举事例以为比较,无所谓澄心返观之法也。大抵西人治学之途径,不外分别、比较二术;名数质力,日扰其心,终日思索,神劳则昏,尚安有心体灵光发见之一日耶?圣贤之学,全由圣贤心体灵光发见,非由外得。故言道学者,前圣已造其极,决无后可胜前之理。故学儒者决无人能过孔孟,学道者决无人能过老庄,学佛者决无人能过释迦。学者既明此理,则但当终身安心作孔、孟、老、庄之信徒,不当妄思欲作孔、孟、老、庄之试官。若近日浅人之所为,字意未明,句读未真,便欲评其高下,论其是非,是无异人人可作孔、孟、老、庄之试官矣。人人欲作孔、孟、老、庄之试官,势必至无人复能解孔、孟、老、庄之真意矣!”其论青年修习国学方法曰:“余见胡适所开《国学书目》,标曰'最低限度'。而所列之书,广博无限。经学小学,则清代名家之大部著述,以及汉、魏、唐、宋诸儒之名著,无不列入。理学则宋、元、明、清学案及《二程全书》、《朱子全书》、《朱子大全集》、《陆象山全集》、《王文成全集》,复益以宋、元、明、清儒专集数十种。子则二十二子及其注解,复益以周秦后诸家所作、为世所传诵者。佛典则《华严》、《法华》等经,《三论》、《唯识》等论禅宗语录,相宗注疏,广为搜罗。此所谓思想部也。若文学则历代名人诗文专集百数十家,宋元来通行之词曲小说多种。凡此皆胡氏之所谓'最低限度'书目也。然论其数量,则已逾万卷;论其类别,则昔人所谓专门之学者,亦已逾十门。凡古来宏博之士,能深通其一门者,已为翘然杰出之材;若能兼通数门,则一代数百年中,不过数人。若谓综上所列诸门而悉通之者,则自周孔以来,尚未见其人。何也?人生数十寒暑,心思材力,究属有限;而人之天资,语其所近,不过一二种;兼通数门,已称多材。长词章者未必兼通考据,有得于心性之学者未必乐钻故纸。故精汉学如阎、戴、段、王,若语以宋明诸儒精微之说,未必能解也。工诗文者如韩、柳、欧、苏,若与之辨训诂音韵之微,则非所习也。文人谈禅,不过供临文时捃撦之资;若进而与之论教相,辨判科,则茫然矣。宋元词曲巨子,若与之论经传之大义,谈老庄之玄旨,则瞠目结舌矣。天之生人,决无付以全知全能之理;而人之于学,非专习决不能精。凡人于一种学问,已得门径,意趣日出,则所读者必多同类之书;长经学者必多读经传之注解;工文辞者必多读名家之专集。若舍其素习而读他种书,则虽宿儒,无异初学;苟非以全力攻破其难关,将见始终格格不入。语曰:'读书万卷',实则读万卷书尚非难事;而多读门类不同之书以明其大义者,古今无几人也。纪昀于近儒中读书最富,而余读其评理学之语,开口即错;经学亦有隔膜。《曾文正公日记》有云:'阅《宋元学案》中《百源学案》,于邵子言数之训,一无所解,愧憾之至。'陈兰甫先生与友人书,自言:'生平未曾读宋儒书;晚岁犹思补读。'曾公命世之英,兰甫博学而享大年,犹有未尽读、未尽通之书。凡自谓于学无所不通,此仅可欺浅学无识之辈;若通儒则决无此论。而自汉唐以来,未闻有一人而兼经学、小学、性理、考据、佛典、词章、词曲之长者也。今以古今鸿儒硕士所万不能兼通者,某先生乃标其名曰'最低限度',吾不解某先生所谓'高等'者,其课程复将奚若!其将尽龙宫铁塔之藏,穷三洞四辅之秘乎?凡此皆欺人之甚。而言者悍然不惭，闻者茫然莫辨。世人既多妄人，复多愚人。非妄人无以益愚人之愚；非愚人无以长妄人之妄。余读近人著作，胸中辄作二疑。观其繁称博引，广列群书，则疑其人无书不读。及见其立论之浅谬，往往于古人极浅近之旨，尚未明了，则又疑其人实未曾读过一书。今日学术界之大患，几于无事不虚伪，无语不妄；且愈敢于妄语者，则享名亦愈盛。然而文人诡诞，自古有之：如清毛西河、戴东原二氏，二百年来，学者仰如泰斗；然二子均喜欺人，其生平示人之语，殆无一由衷之谈。试翻《全谢山集》中之《萧山毛检讨别传》，及章实斋《文史通义》之《朱陆篇书后》两篇，历举毛、戴二人种种欺人妄语之事实，其例甚多。大抵文人好名而性复诡诈，其对于后进钦风慕名而向之请益者，则必广举艰深宏博之书多种以告，又复恍惚其词，玄之又玄，令人无从捉摸。其实彼所举之书，或仅知其书名，或得其梗概于书目提要中，其书固未曾入目也；或涉猎之而未得其大意，犹之未读也。然在初学，震其高论，贸然从之；始为好名喜功之心所歆动，尚能振奋一时；迨钻研不久，久无所得，锐气一消，颓然废学，犹以为彼自高明，我则昏昧，无由趋步；不知被其所欺，误尽一生而不自知也。又凡人治一种学问，其入手之处，大抵得力于浅近之书；惟因其浅近，往往近俗，每为通人所不屑道。故在好名之人，虽最初得力于浅近之书，往往终身讳莫如深，虽亲友亦不轻泄。设有人问入手方法，则决不肯告人以己最初所读之得力者，必别举一艰深之书；听者不察而深信之，始则扞格不入，继则望洋生叹，终亦必至甘于自暴自弃而已。余近年读书稍多，见理稍明，觉今昔文人所说，大抵夸而不实，高而不切，欺世之意多而利人之心少，自炫之意多而作育之心少。余十数年前，思温习《四书》，以应读何种注解，询之章太炎先生，当世所谓经学大师也。章先生即以刘宝楠《论语正义》、焦循《孟子正义》对。余读之年馀，毫无所得，以其博而寡要也。翻然改计，日取朱子《四书集注》温一二章，令可默诵，参以《四书反身录》、《困勉录》、《四书大全》、《松阳讲义》、《四书近指》、《中庸集解》、《论语集解》、《论语义疏》、《论语后案》及《通志堂经解》中宋元诸儒集释，自觉年有进境。此余身历之事。余深疾近世文人之诬诞，生平论学，誓不作欺人之语；学者但信吾言，终身自有受用真实之处；切勿尚虚名而受实害也。修习国学，必以诵读古书为本；不外圣经贤传及周秦诸子而已。自来学人苟于经子根柢之学无所窥见，虽文辞华赡，记诵丑博，终不免为无源之末学，不足贵也！而自秦汉以来，论诵读古书之法，无逾于朱子。朱子教人读书之法，散见于《朱子语类》及文集者不下百数十条。而最其指要，只分五端：书须熟读；熟则义理融浃，胸中不期效而效自至；一也。读书时贵端身静虑，意不外驰，则气凝心明，义理自出；二也。心贵纯一，业尚专精；泛滥群书，不如精一；少得多惑，古训昭然；三也。圣意幽远，未易窥测；凡情浅鄙，悬隔天壤；偶有所见，未必即是；一有执着，即塞悟门；四也。吾生有涯，义理无穷，虚心观书，本意自见，穿凿强通，必多误谬；五也。古来名儒论学者众矣，求其精当切近，收效广而流弊少者，自以朱子之说为最。何也？词章考据之士或规规于考订训诂之细，或沈溺于声调格律之中，不复探求经传之大义，心性之微旨，故其说琐细浅陋，终无当于圣贤之学。陆王言学，扫去一切枝叶，直截根源。上智之士闻其言而顿契微旨，自较径捷。然世多中人而少上智；精微幽玄之旨自非常人所易领悟；稍有差误，天壤悬隔；强加附会，误人益深。朱子论学，以熟读精思，循序渐进为的。学者但循循不已，自有豁然贯通之一日。凡古人之书，读之，觉中庸平直，无矜才使气之语，而多忠厚恻怛之思者，必真实语也。初读之甚觉新奇可喜，继续之则无精意，其立说专求胜人，而惟以见知于世为务者，必多伪言也。尝见某禅师语录，有佛光、魔光之辨；谓见之令人清凉安适者，佛光也；见之使人震耀荡惑者，魔光也。其说甚辨。读古人书亦犹是矣。然非曾经一番苦工，于学问根源处有所窥见者，亦未易辨其诚伪也。吾国旧书自《六经》外，后儒说理精深者，殆无过于周、邵、程、张诸子矣，此稍有识者所公认也。然吾读数先生之书，若不能明者，甚深微妙之义耳；至于字句之间，显明极矣，并无僻字奥语，予人以难解者。反之，如近人龚定庵、汤海秋辈，举世所惊为奇才硕学者也。余诵其书数过，亦实无过人之见地；惟喜以奇字僻典困人，浅学者自觉难解！若以显明之笔出之，其意亦人所易知者也。诬世惑民，好名之过，于是著书者拣难的字以炫人；读书者拣难的读以误己。苏子瞻谓扬雄拣难的说以惊世钓名，往往'以艰深文其浅陋'，此实语也。凡读古昔圣贤心性之书，就余一已经历言之，至少有二种感觉：一曰触发，读之如触电气，全身震动。如《孟子·告子篇》中之《牛山》章、《鱼与熊掌》章、《放心》章，其启发人天良之语，均极痛切透辟；读之如当头棒喝，通体汗下；如深夜闻钟，发人猛省。凡古人之书，读之能触发我性灵者，虽欲不好，不可得也。读之而无所触发，必其书无深意之可言；或读者钝根人，麻木不仁者也。二曰融合，即杜元凯所谓'若江海之波，膏泽之润，涣然冰释，怡然理顺，然后为得'也！读之，觉古人所说者，无不恰好；又彼所言者，皆为我胸中所欲说，却被他句句先我道出；更觉书中所说，添一字不得，减一字不得，一字不多，一字不少；当读之时，读者之心与作者之心融洽一片，无少间隔。上所说两种境界，凡读心性之书者，必同具此感觉；若始终无此感者,必其人顽钝无知者也。"盖毓麟自道所得如此。

毓麟,字匡庐,旧译学馆毕业,升入京师分科大学;以民国二年赴美,留学加利福尼大学,习政治经济,五年而归。自谓:"三十岁以前,为一纯粹学校之学生,所喜研究者,厥为西儒之科学。吾以圣经贤传,向不注意。及出国,目睹欧美社会之崇势利而薄仁义,终无以善其后;而不如孔孟之道为可大可久。"著有《游美见闻录》,刊登《时报》。方以新思潮澎湃,而适之焰高张于论坛,莫之省也。适既高谈国故,而又鄙弃为无用。或问:"若然,与其谈国故,何如治科学?"则又应曰:"吾人为学,何可挟功利之见?当视其性之所近,以治所学;为真理而求真理,发明一字之古义,何必不与天文家之发见一恒星,其功相等?而清代汉学家之所以能于国故学有发明者,正以其所用方法,与科学方法暗合耳。"既则施施曰:"我之整理国故,欲以摧灭国故耳。"吴敬恒者,以科学为天下号者也;乃赞之曰:"中国之线装书,只有适之配读!"适则弥以自喜;而读之之法,只有一途;即用清代汉学家之校勘训诂方法,以求本子之订正与古义之考定,是也。且曰:"古义亦只是古义而已,无裨于今也。"著有《中国哲学史》,最为世所传诵。梁漱溟者,著《东西文化及其哲学》者也;读之,则曰:"依胡先生之说,中国哲学亦不过如此而已。"而适则谲应之曰:"我之所以整理国故者,只欲人人知所谓国故者'亦不过如此而已。'"裴毓麟曰:"学术之放废,一至如此,尚何言哉!"于是闭门读书二十年。精究程朱,旁参释典,积久有得而著为书。独以生平服膺,最在太仓陆世仪《思辨》一录,恨其未睹今日之极变,而不及与之论证也;遂以《思辨广录》题其篇。凡稿本三十馀册。日本人有节译本。

自适《尝试集》出,诗体解放,一时慕效者,竞以新诗自鸣。适乃作豪语曰："中国诗界，必有大放光明之一时期！"又谓："少年新诗人之中，康白情、俞平伯之起最早，自由诗之提倡，白情、平伯之功不少。白情只是要自由吐出心里的东西，而平伯则主张努力创造民众化之诗。假如吾人以此读平伯之诗，则不能不谓之失败。平伯之诗，往往索解不得，何能民众化。"夫以"有什么话，说什么话；话怎么说，就怎么说"之白话诗，而云索解不得；此可知深入显出，文学别有事在；而不在白话与非白话也。厥后新体之诗，始仅蔑弃旧诗规律，犹未脱旧诗之音节，再变而为无韵之诗，三变而为日本、印度之俳句短歌，四变而至西洋体诗。李思纯讥其"在单音独体之汉字下而强用之，以造作拼音文字式之诗，其去常识已远"（详《学衡》）。然作者弥众，陆离光怪，方且未休，章士钊谓"今之束发小生，握笔登先，名流巨公，易节恐后，诗家成林，作品满街；"将毋"诗界之光明时期"已至乎？学者亦久而无以餍厥心，纵有徐志摩之富于玄想，郭沫若之回肠荡气，谢冰心之亲切动人，王统照之尽情哭笑，而陈勺水且言"中国新诗，至今未上轨道"矣！（《乐群》）揆厥原因：以"新诗无脚韵、平仄、音数三者，故体貌未具。深有慨于习作者，仅效西国少数之自由诗，而未睹英、德、俄、法之诗，大都有其严定之韵律，如吾国旧诗之所重。"闻一多亦言："惟不能诗者，方以格律为束缚。"梁宗岱谈诗：引姜白石"难处见作者"，与马拉美"不难的就等于零"，为中外古今之同见。且大呼曰："谁谓典故，窒塞情思？谁谓规律，桎梏性灵？"此皆最近新诗运动者之论诗也。及朱湘《石门集》出，其第三编，尝试十四行意体，十四行意体，凡七十一首。赵景深评之曰："我国之作新诗，能严守十四行脚韵，作而多者，当以朱湘为第一！"（并见《人间世》）今合陈、闻、梁三人之论，证以朱湘之习作，可知作新体诗之穷而当变，思复其初矣！女诗人黄庐隐《读诗偶得》谓："诗不可学，然亦不能不学。盖不可学者，诗人锐敏之知觉，热烈之情感，丰富之想像耳。而不可不学者，则其描写之技巧，如音调之铿锵，声律之和协等，皆由于锻炼而成。"又曰："太白五言，拟古学刘公干，写景效谢玄晖，以太白大才，尚分而学之，则吾人学诗，尤不能不揣摹各家之长。俟既得之，不难融化，而自成风格。"又曰："诗不可绳之以逻辑，其绝不通处，正其绝妙处！"呜呼！凡兹所陈，皆合旧说。使十年以前而言者，当无不目为迂腐，斥为狂惑，曾几何时，穷则反本；不式古训久矣！今乃转闻诸素习新诗之作家，尝试未成，悔其可追！不用典而顿悟用典之妙，不摹仿而转羡摹仿之功，悠悠苍天，此何心哉！诗道如此；散文何如？

　　白话文之散体：有写以中国之普通话，而文言杂厕，在所不禁者；适及梁启超，是也。有摹仿欧文而谥之曰"欧化的国语文学"者，始倡于周树人之译西洋小说，以顺文直译为尚；斥意译之不忠实，而摹欧文以国语，比鹦鹉之学舌，托于象胥，斯为作俑。效颦者乃至造述抒志，亦竞欧化。《小说月报》盛扬其焰，然而佶屈聱牙，过于《周诰》；学士费解，何论民众。上海曹慕管笑之曰："吾侪生愿读欧文，不欲见此妙文也！比如上海时装妇人，着高底西式女鞋，而跬步倾跌，益增丑态；崇效古人，斥曰奴性；摹仿外国，独非奴性耶？"反唇之讥，或谑近虐。然始之创白话文以期言文一致，家喻户晓者；不以"欧化的国语文学"之兴而荒其志耶？斯则矛盾之说，无以自圆者矣。或者以白话之盛而有周树人之"欧化的国语"，比之文言之盛而有章士钊之欧化的古文云。周作人论："中国散文，适之、仲甫，清新明白，长于说理讲学。平伯、废名，涩如青果。志摩、冰心，流丽清脆。"而周树人者，世所称鲁迅，周作人之兄也。论其文体,则以欧化国语为建设;而朱自清则品之曰:"有中国名士风,有外国绅士风,有隐士,有叛徒,在思想上是如此。"然而胡适之创白话文也,所持以号于天下者,曰:"平民文学也,非士夫阶级文学也。"一时景附以有大名者,周树人以小说,徐志摩以诗,最为魁能冠伦以自名家。而树人著小说,工为写实,每于琐细见精神,读之者哭笑不得。志摩为诗,则喜堆砌,讲节奏,尤贵震动,多用叠句排句,自谓本之希腊;而欣赏自然,富有玄想,亦差似之;一时有诗哲之目。树人善写实,志摩喜玄想,取径不同,而皆揭"平民文学"四字以自张大。后生小子始读之而喜,继而疑,终而诋曰:"此小资产阶级文学也,非真正民众也。树人颓废,不适于奋斗。志摩华靡,何当于民众。志摩沈溺小己之享乐,漠视民之惨沮,唯心而非唯物者也。至树人所著,只有过去回忆,而不知建设将来;只抒小己愤慨,而不图福利民众。若而人者,彼其心目中,何尝有民众耶!"若其渐由小己而转向民众以为青年所推者,曰郭沫若、郁达夫。郭沫若代表青年抵抗一派;郁达夫代表青年颓废一派;而其所以可贵,则要在意趣之转向劳动阶级。而于是所谓新文艺之新而又新者,盖莫如第四阶级之文艺,谥之曰普罗文学,其精神则愤怒抗进,其文章则震动咆哮,以唯物主义树骨干,以阶级斗争奠基石,急言极论,即此可征新文艺之极左倾向。而周树人、徐志摩,则以文艺之右倾,而失热血青年之望。其集会结社,则有文学研究会、新月社以代表右倾。而左倾者,则有所谓左翼作家联盟、自由运动大同盟、无产阶级文艺俱乐部、国际文化研究会、马克思主义文艺理论研究会、普罗诗社、社会科学作家联盟,风起云涌,万窍怒号;其不知者,尚阙如也。既以普罗文学不容于政府,而幽默大师林语堂因时崛起,倡幽默文学以为天下号;其为文章,微言讽刺,以嬉笑代怒骂,出刊物,号曰《论语》;而周树人、徐志摩、郭沫若、郁达夫之流,胥有作焉。一册风行,学子争诵,其盛况比于《新青年》。更进而为小品文之提倡,有《人间世》之刊行,不知者疑将追踪庄周,欲谬悠荒唐,以广俗士之心胸。顾其开宗明义,则曰:"十四年来,中国现代文唯一之成功,小品文之成功也。创作小说,即有佳作,亦由小品散文训练而来。"(发刊词)或又疑今之为散文者,岂仅止此?此未悟《鲁论》"道不同,不相为谋也"。阿英有《现代十六家小品》之选。自作人迄语堂,附以小序,详其流变;吾读之而有感,喟然曰:此岂"今文观止"之流乎?作人闭户读书,谈草木虫鱼,有"田园诗人"之目。然流连厂甸,精选古版,未知与"短褐穿结,箪瓢屡空"之渊明何如?苦荼庵中义不知有否"田父野老"之往还也?树人《阿Q正传》,译遍数国,有法、俄、英及世界语本。《呐喊》、《彷徨》,弥见苦斗。然张若谷访郁达夫于创造社,叹其月入之薄,告知"鲁迅年可坐得版税万金",以为盛事。语堂方张"小品",鲁迅则视为有"危机",谓:"在风沙扑面,虎狼成群之时,谁还有闲功夫,玩琥珀扇坠,翡翠戒指?即要悦目,当有大建筑,坚固而伟大,用不着雅。"然语堂则"论小品文笔调"矣,"怎样洗炼白话文"矣!《论语·幽默文选》,杂采古史古集,近且编印《有不为斋丛书》,先选《袁中郎集》,冠以一序,有曰:"东家是个普罗,西家是个法西,洒家则看不上这些玩意儿,一定要说什么主义,咱只会说是想做人罢。今日之人,不读圣贤书,又只懂得西洋文化之皮毛,难怪其矫性更甚。最有名的英文丛书,名为《摩登丛书》,有选至西历纪元前三五世纪者。现代中国人,只肯读一九三四的西洋书,哪里会懂得西洋文化之底蕴?又不肯读古书,又何从知中国文化之底蕴?"准此以谈,"书非三代两汉不读"之韩退之,尤为摩登先师矣。语堂又本周作人《新文学源流》,取袁中郎"性灵"之说,名曰"言志派"。呜呼,斯文一脉,本无二致;无端妄谈,误尽苍生!十数年来,始之非圣反古以为新,继之欧化国语以为新,今则又学古以为新矣。人情喜新,亦复好古,十年非久,如是循环;知与不知,俱为此"时代洪流"疾卷以去,空馀戏狎忏悔之词也!报载美国孟禄博士论:"中国在政治上、文化上,尚未寻着自己。"惟不知有己,故至今无以自立。而王新民等,乃有《中国本位的文化建设宣言》,以今后当努力自求相诏。吾又不禁忆章士钊《说辂》之作,曰:"两军相抵,则奈何?曰惟辂以济之而已。辂者,还也,车相避也。相避者又非徒相避也,乃乍还以通其道,旋乃复进也。"今之相抵,不仅文学,而文学之必通其道,为一切文化建设之先声,有不容疑者。自是以后;果皆"寻着自己","辂"而后造乎?予故著其异议,穷其流变,而以俟五百年后之论定焉。

跋

无锡国学专门学校诸生,索余所著《现代中国文学史长编》稿,而集赀以铅字排印贰百部,索跋于后。余搜讨旧献,旁罗新闻,草创此编,始民国六年,积十馀岁,起王闿运以迄胡适,衷然成巨帙,人不求备,而风气变迁,大略可睹。其中陈石遗衍、康南海有为两老人,梁任公启超、章行严士钊两先生,皆曾以稿相示。惟任公晤谈时,若有不愉色然;辄亦无以自解也。呜呼!革命成功,此诸公者,或推或挽,多与有力;然冒宠利以居成功者,所在多有;而曾不图革命之何以善其后。独章太炎炳麟革命之文雄;而自始于革命有过虑之谭;长图大念,不自今日。然而论者徒矜其博文,罕体其深识。康南海,维新之先锋;而垂老有笃古之论,著《欧洲十一国游记》,然疑欧化,若图晚盖;回首前尘,能无惘然。独梁任公沾沾自喜,时欲与后生相追逐,与之为亡町畦;若忘老之将至,而不免贻落伍之讥;耗矣哀哉!乃知推排成老物,此亦无可如何之事。任公妩媚动人,南海权奇自喜,一师一弟,各擅千秋。严又陵复与南海、任公同时辈流,早年声气标榜,抵掌图新,倡予和汝;而临绝哀音,乃力诋康、梁,以为"社会纪纲之灭裂,少年心行之浮薄,谁生厉阶,二公实尸其咎",感慨恻怆,言之雪涕。呜呼!神器不可以一端窥;愚民不可以浮议扰;严叟国士,抑何见之晚也!章行严少小闹学,意气无前;而整饬学风,行严乃不自我先,不自我后,首发大难,不惮以今日之我,与昔日之我战,召闹取怨,功罪与天下人共见之;可谓磊落丈夫已!其他难以更仆数,余为一一著于篇。於戏!举一世之人徒见诸公者文采照映,倾动当时;而不知柴棘满胸,中有难言之隐,扪心不得,抱惭何穷。读者以此一帙为现代文人之忏悔录可也。民不见德,唯乱是闻。觥觥诸公,高文动俗,徒快一时,果何为乎?余文质无底,抱朴杜门,论治不缘政党,谈艺不入文社;差幸服习父兄之教,不逐时贤后尘。独念东汉党人,千古盛事。然郑康成经师人师,模楷儒冠;而名字不在党籍,谈者高之。自惟问学不中为康成作奴仆;唯此一事,粗堪追随。然而士无靖志,论喜惊众。前人悔之,后来不悛;波随流转,漫漫安竭;长写不测,知其何故哉?昔元微之撰《会真记》,叙张生崔女事,所望知之者不为,为之者不惑。呜呼,女用色媚,士以文淫;所操不同,惑志一也。知之不为,为之不惑。诸公已矣,来者监诸!至于载笔之法,次第之义,具详叙目,此不论焉。

中华人民造国之二十一年十二月十五日
无锡钱基博跋于上海光华大学之西院

明代文学

自　序

　　自来论文章者,多侈谭汉、魏、唐、宋,而罕及明代!独会稽李慈铭极言明人诗文,超绝宋元恒蹊,而未有勘发。自我观之:中国文学之有明,其如欧洲中世纪之有文艺复兴乎?明太祖开基江淮,以逐胡元,还我河山,用夏变夷,右文稽古,士大夫争自濯磨。而文则奥博排奡,力追秦汉,以矫欧、苏、曾、王之平熟;而宋濂、刘基骈骝开道,以著何、李、王、李之先鞭。诗则雄迈高亮,出入汉、魏、盛唐,以救宋诗之粗硬,革元风之纤浓;而高启、李东阳后先继轨,以为何、李、王、李开山。曲则明太祖导扬高则诚《琵琶》一记,尽洗胡元古鲁兀剌之风,而易之以南词之缠绵顿挫。至八股文,则利禄之途,俗称时文者也。然唐顺之、归有光纵横轶荡,则以古文为时文,力求返虚入浑,积健为雄;虽与诗古文体气不同,而反本修古一也!然则明文学者,实宋元文学之极王而厌,而汉、魏、盛唐之拔戟复振,弹古调以洗俗响,厌庸肤而求奥衍,体制尽别,归趣无殊。此则仆师心自得,而《明史》序《文苑传》者之所未及知也!顾论文者,则狃桐城家言之绪论,而亟称归氏,妄庸七子。不知明有何、李之复古,以矫唐宋八家之平熟;犹唐有韩、柳之复古,以救汉、魏、六朝之缛靡;有往必复,亦气运之自然!明有唐顺之、归有光辈,振八家之坠绪以与七子相撑拄;不过如唐之有裴度、段文昌等,与韩、柳为异,以扬六朝之颓波耳!而一代文章之正宗,固别有在也!又论者以钱谦益文为秽为杂，此亦拾桐城家之唾馀，而不免求全之毁！钱氏以明代文章巨公，而冠逊清《贰臣传》之首，人品自是可议！至于极推欧阳修，以为真得太史公血脉，而下开归氏；又翘归氏以追配唐宋大家，因校刻《震川集》而序之以发其指。然后知桐城家言之治古文，由归氏以踵欧阳而窥太史公；姚鼐遂以归氏上继唐宋八家，而为《古文辞类纂》一书；胥出钱氏之绪论，有以启其途辙也！特其为文章，盛气缛语，错综奇偶，七子之习，澌洗不尽；自与桐城之清真雅澹，而得归氏之洁适者异趣！然以视湘乡曾国藩之为文，从姚鼐入手，而益探源扬、马，复字单谊，杂厕其间，务为厚集其气，使声采炳焕，而夐焉有声者，何必不与钱氏后先同符！钱氏从王、李入，而不从王、李出；湘乡从姚氏入，而不从姚氏出；自出变化，以不姝暖于一先生之言，亦何必此之为是，而彼之为非！然世论不敢薄湘乡，而务集谤于钱氏，多见其不知类也！此与以耳食者何以异！至于谭诗者，则多为朱彝尊《明诗综》所囿，而以钱氏《列朝诗集》为口实。不知朱氏以《明诗综》而诋《列朝诗集》，譬如蠹生于木，还食其木！何者？《列朝诗集》，《明诗综》之底本也，何焯尝恶而揭发之！不过文人矜诞，好谤前辈耳！诗至晚明，钟、谭异军别张，钱氏、朱氏皆所不喜，竟陵遂为谤府。而夷考其实，钟、谭之诗，蹊径别开，蕲以幽冷救七子之绚烂，而为秀峭以矫公安之容易，诗道穷而必变，亦如肥鱼大肉，餍饫之过，而不得不思菜羹也！其时出入中晚唐郊、岛、皮、陆之间，么弦侧调，亦有渊源，避熟就生，人自少见多怪耳！要之盛唐李、杜，摹拟势尽，厌故喜新，人情皆然！王士祯《唐贤三昧集》不取李、杜一首，何尝不与钟、谭所选《唐诗归》同指！而士祯诗为秀丽疏朗钟、谭出以幽深孤峭，皆欲以偏师制胜；或诋钟、谭格局未完，雕镂愈工，不知真气弥伤；然士祯缥缈取神,风华富有,亦病性情不真;而一尸亡国之大诟,一为盛世之元音,岂非所遭之时有幸不幸耶!仆怀此久,未有以发;商务印书馆主人属为撰论,用布所蓄,以俟论定。而读《四库提要》著录明人诗文集,睹记所及,每有寻声逐响之谈,并为随事举正以著于篇。中华民国二十二年六月三日,无锡钱基博。

第一章 文

第一节 总论

近代文学之有明,如近古文学之有唐;盖承前代文学之极王而厌以别开风气者也。明有何景明、李梦阳之复古以矫唐宋八家之庸懦,犹唐有韩愈、柳宗元之复古以救汉魏六朝之缛靡。唐有裴度、段文昌等扬六朝之颓波;亦与明有唐顺之、归有光辈振八家之坠绪,仿佛差似。大抵宋元以来,文以平正雅驯为宗,其究渐流于庸肤;庸肤之极,不得不变而求奥衍。何、李之起,文以沈博奥峭为尚,其极渐流于虚侨;虚侨之过,不得不返而求平实。一张一弛,盖理势之自然。然汉魏之声,由此高论于后世,而与韩、欧争长;唐宋之文运,于是乎变!迁流以至晚明。钱谦益、艾南英准北宋之矩矱;张溥、陈子龙撷东汉之芳华,旗鼓相当,亦斐有文!明文源流,大抵如此。今博考诸家之集,参以众论,录其著者。

第二节 杨维桢 宋濂附张孟兼 刘基附王祎、徐一夔、胡翰、苏平仲等

明太祖起自畎亩,开国文臣,首称金华宋濂字景濂;次则青田

刘基字伯温。而会稽铁崖杨维桢字廉夫,独以前朝老文学,厚币安车,白衣宣至白衣还;士论高之,有大名!诗坛一时之雄,号铁崖体;其为诗以奇谲兀奡,自辟町畦;而文则文从字顺,演迤澄泓,传有《东维子文集》三十一卷,附录一卷(《四部丛刊》影印江南图书馆藏鸣野山房钞本),其中文二十八卷。维桢遨嬉同尘,而自谓无所浼于世;著《竹夫人传》以见志曰:

夫人,竹氏,名茹,字珍珑,自号抱节君。其先为孤竹君之子曰智,谏武王伐纣,不听;遂不食周粟,饿于首阳山;且死,以其族告曰:"吾不食死!百年后,当有不食饮者为吾女氏,以救世之浊热!然未尝如锁子妇之黩其节也!"越若干世,为宋之元祐年,果生夫人。夫人生而癯如箧器,成将作匠之罗织;巧慧其中,玲珑空洞无他肠;又善滑稽圆转;虽与人狎,其情邈,亦如木偶氏。诮夫人者无斋斯分;而善之者,则无内荒长舌之祸也!尝见聘赵氏子,充家奴,畜之。豫章黄太史庭坚闻其人,作诗雪之,以为:"憩臂体膝,辱夫人;而况又奴之乎!"夫人亦犯而不校。夫人自以家世素青节,终耻屈身于人;铅华眉黛,弗之御矣;荆钗棘簪之微,一皆弃斥。而王后嫔妃下至公卿百执事,无不器重之;召亦无不往;然所在抱节,终身未尝少污其洁。先是得长生久视术于羿娥氏,用能辟谷导引以应鼻祖氏之言。其踪迹诡秘,当炎而出,方秋节遁去,或谓尸解,不知其终!

史氏曰:庄周称:"姑射山有神人,肌肤若冰雪,绰约若处子。"夫人岂其流亚欤?惟其辟谷不食饮,故老不死,人疑为女仙。后人有见于葛陂者,与壶丈人同蜕去云。

其辞坦迤,绝无雕藻淫艳之态。顾名高而毁至。嘉定王彝至作《文妖》一篇以相诋诽,谓:"观其文,以淫词谲语,裂仁义,反名实,浊乱先王之道;顾乃柔曼倾衍,黛绿朱白,奄然以自媚。"亦可谓毁出于不虞者矣!而观维桢之为《鹿皮子文集序》曰:"言有高而弗当,义有奥而弗通,若是者,后世有传焉?无有也。又况言庞而弗律,义淫而无轨者乎?"因历举唐人卢殷、李础、樊绍述之言庞义淫;则亦非欲"以淫词谲语,裂仁义,反名实,浊乱先王之道"者也!然宋濂志其墓,谓"非先秦、两汉弗之学,久与俱化,见诸论撰,如睹商敦周彝,云雷成文,而寒光横逸,夺人目睛";则亦过情之誉矣!要其志在力驾宋人而卒未能力破宋人之藩篱,气畅而词适,亦不堕恶道;故与宋濂同其冲融清遒夷犹耳!惟维桢词笔瘦挢,而濂则才章富健,则又不同。

元末文章以浦阳吴莱字立夫、浦江柳贯字道传、金华黄溍字晋卿为一朝之后劲。而濂初从莱学,又学于贯与溍,其授受具有源流。自少至老,未尝一日去书卷,于学无所不通,下笔缃缃不能自休;及事明太祖,在朝郊社宗庙山川百神之典,朝会、宴享、律历、衣冠之制,四裔贡赋赏劳之仪,旁及元勋巨卿碑记刻石之辞,咸以委濂,屡推为开国文臣之首。士大夫造门乞文者,后先相踵。外国贡使亦知其名,每问宋先生无恙。高丽、安南、日本至出兼金购文集。修《元史》,充总裁官,累官翰林院学士;四方学者悉称为太史公,不以姓氏。为文章醇深演迤,而乏裁翦之功;体流沿而不返,词枝蔓而不修,此其短也!吴莱恃气纵横,笔情闳肆;论者谓他人患其浅陋,而莱独患其宏博!濂则得法于莱,而以才多为累,亦与同讥。惟莱雄崒矫举而失之矜张,濂则敷腴朗畅而不免冗芜;顾笔力遒足以自振,故不以冗芜为病。传有《宋学士文集》七十五卷(《四部丛刊》影印明正德间张溍刻本,内分《銮坡集》即《翰苑前集》、《翰苑后集》又《翰苑续集》、《翰苑别集》、《芝园集》、《芝园后集》、《朝京稿》),又《宋文宪全集》五十三卷,卷首四卷(清嘉庆间严荣刻本)。其为《竹溪逸民传》曰:

竹溪逸民者,幼治经,长诵百家言,造文蔚茂喜驰骋,声闻烨烨起荐绅间,意功名可以赤手致;忽抵掌于几曰:"人生百岁,能几旦暮!所难遂者适意尔!他尚何恤哉?"乃戴青霞冠,披白鹿裘,不复与尘事接。所居近大溪,篁竹翛翛然生。当明月高照,水光潋滟,共月争清辉。逸民辄腰短箫,乘小舫,荡漾空明中;箫声挟秋气为豪,直入无际,宛转若龙鸣深泓,绝可听箫已,逸民叩舷歌曰:"吹玉箫兮弄明月。明月照兮头成雪!头成雪兮将奈何!白沤起兮冲素波。"人见之,叹曰:"是诚世外人也!欲常见且不可得!况狎而近之乎?"性嗜菊,种之满园,顾视若孩婴;黄花一开,独引觞对酌,日入不倦。人让其留物。怒曰:"举世无知我!知我惟此花尔!一息自怡,尚可谓滞于物耶!"复爱梅;梅孕绿萼微吐,赤脚踏雪中若温,见辄凝视移时,目不瞬,且大言曰:"知我者惟菊;菊已谢我去,幸汝梅继之!汝梅脱又谢我去,我当上白鹤山采五芝耳!"白鹤山盖溪上诸峰云。逸民年五十,益恬泊无所系;间私谓其友曰:"吾于世味愈孤矣!将渔于山樵于水矣!"其友疑其诞。逸民曰:"樵于水,志岂在薪?渔于山,志岂在鱼?是无所利也;无所利,乐矣!子以予果滞于梅与与菊耶?"君子以其语近道,有类于古隐者,相与传其事,逸民所未尝言,则无从知之矣!逸民,陈姓,泂其名,乌伤人。

> 史官曰：昔者李白与孔巢父等六人隐居徂徕山，世仰之以为不可狎近，因号为竹溪六逸。寥寥七百年后，而逸民亦以竹溪自名，若出一辙；岂闻风而兴起欤？纵曰其地或殊，人之众独有异；高风绝尘，照映后先，其安有不同者欤？士之沉酣声利而弗返者，盖亦知所自警欤！夫自范蔚宗著《后汉书》以隐逸登诸史传，历代取法而莫之废者，其意又岂无所激欤？虽然，逸民之自为则善矣！

或以濂一代文宗，比之宋之有欧阳修，而文章实非其伦！欧阳态有馀妍，而出之容与闲易。濂则笔无剩肆，而好为纵横驰骤。欧裕于养；濂遑其才。刘基负气甚豪。明太祖尝以文学之臣为问。基对曰："当今文章第一，舆论所属，实在翰林学士臣濂！其次臣基，不敢他有所让，又次则太常丞臣孟兼。"孟兼，张氏，名丁，以字行，浦江人，传有《白石山房逸稿》二卷（南京龙蟠里图书馆藏有钞本）；其诗文温雅清丽，而奇气烨然，不可掩抑，亦以追踪于濂；宜基有以亟称之也！

基雄迈有奇气，而濂自命儒者。然基炼气入道，而不为濂之泛滥；又造辞欲洁，亦不如濂之曼衍。濂蛟腾凤起，其文赡。基剑气珠光，其辞崭。清臣修《明史·基传》称："基所为文章，气昌而奇。"奇则有之，昌非所尚！而《四库全书提要》则曰："濂文雍容浑穆，如天闲良骥，鱼鱼雅雅，自中节度；基文神锋四出，如千金骏足，飞腾飘瞥，蓦涧注坡；虽皆极天下之选，而以德以力，则有间矣。"此亦似是而非之论！其实濂闳放若有馀肆，差似雍容，未为浑穆。而基则敛抑如恐绝尘，自中节度，岂欲飞腾。一肆一道，其大较也。基博通古今，文章精卓；传有《诚意伯刘文成公文集》二十卷（《四部

第一章 文

丛刊》影印明隆庆壬申刻本,又清乾隆丙子刻本);其中《郁离子》二卷,杂文六卷。而《郁离子》者,在元季屏居青田山时所著之书,发愤而有作,正名察治,托物取譬,以自命一家言者也。其辞曰:

楚太子以梧桐之实养枭而冀其凤鸣焉。春申君曰:"是枭也,生而殊性,不可易也! 食何与焉!"朱英闻之,谓春申君曰:"君知枭之不可以食易其性而为凤矣;而君之门下,无非狗偷、鼠窃、亡赖之人也,而君宠荣之,食之以玉食,荐之以珠履;将望之以国士之报。以臣观之,亦何异乎以梧桐之食养枭而冀其凤鸣也?"春申君不寤,卒为李园所杀;而门下之士无一人能报者!(《千里马》篇)

郁离子曰:"豻之智,其出于庶兽者乎! 呜呼! 岂独兽哉! 人之无知也,亦不如之矣! 故豻之力,非虎敌也;而独见焉则避;及其朋之来,则相与觭角之。尽虎之力,得一豻焉;未暇顾其后也,而觭之者至矣;虎虽猛,其奚以当之! 长平之役,以四十万之众,投戈甲而受死;惟其知之不如豻而已!"(《鲁般》篇)

瓠里子自吴归粤。相国使人送之,曰:"使自择官舟以渡。"送者未至;于是舟泊于浒者以千数;瓠里子欲择之而不能识。送者至;问之曰:"舟若是多也;恶乎择?"对曰:"甚易也! 但视其敝篷折橹而破靾者,即官舟也!"从而得之。瓠里子仰天叹曰:"今之治政,其亦以民为官民欤? 则爱之者鲜矣! 宜其敝也!"(《灵丘丈人》篇)

楚有养狙以为生者,楚人谓之狙公;旦日必部分众狙于庭,使老狙率以之山中,求草木之实,赋什一以自奉;或不给,则加鞭箠焉。群狙皆畏苦之,弗取违也! 一日,有小狙谓众狙曰:"山之果,公所树欤?"曰:"否也!天生也!"曰:"非公不得而取欤?"曰:"否也!皆得而取也!"曰:"然则吾何假于彼而为之役乎?"言未既,众狙皆寤。其夕,相与伺狙公之寝,破栅毁柙,取其积相携而入于林中,不复归。狙公卒馁而死。郁离子曰:"世有以术使民而无道揆者,其如狙公乎!惟其昏而未觉也!一旦有开之,其术穷矣!"(《瞽聩》篇)

孽摇之虚有鸟焉,一身而九头;得食则八头皆争,呀然而相衔,洒血飞毛,食不得入咽,而九头皆伤。海凫观而笑之曰:"胡不思九口之食同归于一腹乎!而奚其争也!"(《省敌》篇)

辞谲而义贞,指小而喻大。其他《九难》放《七发》,遒丽得枚乘之体;会稽山水诸记,幽秀有柳州之意;其音清越,殊胜濂也!义乌王祎字子充,与濂偕总裁修《元史》。太祖谓濂曰:"浙东人才,惟卿与王祎。才思之雄,祎不如卿。学问之博,卿不如祎。"传有《王忠文公》集二十四卷(南京龙蟠里图书馆藏有明万历刊本)。而濂为之序,称:"其文凡三变:初年所作,幅程广而运化宏。壮年出游之后,气象益以沈雄。暨四十以后,乃浑然天成,条理不爽。"则亦服祎之深矣!祎尝荐天台徐一夔字大章者同修《元史》。一夔不出,而有《与祎论修史书》;诵者称其有鉴裁。传有《始丰稿》十四卷(南京龙蟠里图书馆藏有钞配明初刻本)。又濂乡人胡翰字仲子,从吴莱学,与濂同门;其文亦为黄溍、柳贯所称;传有《胡仲子集》十卷(南京龙蟠里图书馆藏有明洪武刻本),其中文九卷,持论多切世用,文章与宋濂、王祎相上下。而濂独亟苏平仲,以为不求似古人,而未尝不似也!平仲,名伯衡,亦濂乡人。濂以翰林学士承旨致仕。太祖问代者。濂对曰:"臣乡人苏伯衡学博行修,文词蔚赡有法。"传有《苏平仲集》十六卷(《四部丛刊》影印明正统壬戌本);而濂序其书曰:"精博而不龛涩。敷腴而不苛缛。"盖文章蹊径与濂同;故相契合如此。而濂与基,皆不安为宋人之文。明之有濂、基以开何、李之复古,犹唐之有燕(张说)、许(苏颋)以为韩、柳之前茅也。

第三节　方孝孺附解缙

宁海方孝孺,字希直,一字希古,从宋濂学;濂门下知名士皆出其下。先辈胡翰、苏伯衡亦自谓弗如!孝孺顾未视文艺,恒以明王道,致太平为己任;欲以驾轶汉、唐,锐复三代;而毅然自命之气,发扬蹈厉,时露于笔墨之间;其文章纵横豪放,颇出入南北宋苏轼、陈亮之间;与濂同其赡肆,而不同其枝碎。濂宏博而不免缓散;所病在取径太阔大,遣词太繁缛,未能浑灏流转;故不知孝孺之直抒欲言,纵笔所之,疏快成片段也!传有《逊志斋集》二十四卷(《四部丛刊》影印明嘉靖辛酉刻本);感物写怀,每有悲天闵人之意。录《蚊对》曰:

> 天台生困暑,夜卧絺帷中;童子持翣飏于前,适甚,就睡;久之,童子亦睡,投翣倚床,其音如雷。生惊寤以为风雨且至也!抱膝而坐;俄而耳旁闻有飞鸣声,如歌如诉,如怨如慕,拂肱刺肉,扑股嘬面,毛发尽竖,肌肉欲颤;两手交拍,掌湿如汗,引而嗅之,赤血腥然!大愕不知所为,蹴童子,呼曰:"吾为物所苦,亟起索烛照。"烛至,絺帷尽张;蚊数千皆集帷旁,见烛乱散,如蚁如蝇,利嘴饫腹,充赤圆红。生骂童子曰:"此非嘬吾血者

耶！皆尔不谨，褰帷而放之入！且彼异类也，防之苟至，乌能为人害！"童子拔蒿束之，置火于端，其烟勃郁，左麾右旋，绕床数匝，逐蚊出门，复于生曰："可以寝矣！蚊已去矣！"生乃拂席将寝，呼天而叹曰："天胡产此微物而毒人乎！"童子闻之，哑尔笑曰："子何待己之太厚，而尤天之太固也！夫覆载之间，二气细缊，赋形受质，人物是分。大之为犀象，怪之为蛟龙，暴之为虎豹，驯之为麋鹿与庸狨，羽毛而为禽，裸身而为人为虫，莫不皆有所养；虽巨细修短之不同，然寓形于其中则一也。自我而观之，则人贵而物贱。自天地而观之，果孰贵而孰贱耶？今人乃自贵其贵，号为长雄；水陆之物，有生之类，莫不高罗而卑冈，山贡而海供；蛙黾莫逃其命；鸿雁莫匿其踪；其食乎物者，可谓泰矣！而物独不可食于人耶！兹夕蚊一举喙，即号天而诉之。使物为人所食者，亦皆呼号告于天则天之罚人，又当何如耶！且物之食于人，人之食于物，异类也；犹可言也！而蚊且犹畏谨恐惧，白昼不敢露其形，瞰人之不见，乘人之困息，而后有求焉！今有同类者，啜粟而饮汤同，畜妻而育子同也；衣冠仪貌，无不同者；白昼俨然乘其同类之间而陵之，吮其膏而监其脑；使其饿踣于草野，离流于道路，呼天之声相接也，而且无恤之者！今子一为蚊所嘈，而寝辄不安；闻同类之相嘈而若无闻；岂君子先人后身之道耶？"天台生于是投枕于地，叩心太息，披衣出户，坐以终夕！

顿挫浏亮，一洗宋濂冗滞之敝；不得不有出蓝之誉也！孝孺既以不事成祖诛死；其文章亦禁不行，门人王稔藏遗稿，宣德（宣宗年号）间始稍传播，原本凡三十卷，拾遗十卷，附录一卷，乃黄孔昭、谢铎所编。世所传二十四卷本,则正德(武宗年号)中,顾璘守台州时所重刊也!吉水解缙,字大绅,与孝孺同辈,而才气放逸,下笔不能自休;当时有才子之目;迄今委巷流传其少年宿慧诸事,多鄙诞不经;传有《解学士文集》十卷(南京龙蟠里图书馆藏有明嘉靖刻本);其奏议如《大庖西封事》、《白李善长冤》诸篇,俱明白剀切,有孝孺之风。大抵宋濂、刘基,饱更世难,其辞敛,其意深。缙及孝孺新进用事,其文激,其气锐。

第四节　杨士奇_{附杨荣、黄淮、金幼孜}　杨溥

太祖之世,运当开国,多峭健雄博之文。成祖而后,太平日久,为台阁雍容之作。作者递兴,皆冲融演迤,不矜才气;而泰和杨士奇名寓(以字行),建安杨荣字勉仁,石首杨溥字弘济,并世当国,历相仁宗、宣宗、英宗三朝,黼黻承平;中外翕然称三杨;推士奇文章特优,一时制诰碑版,出其手者为多!仁宗雅好欧阳修文。士奇文平正纡馀,时论称其仿佛。后来馆阁著作,沿为流派;所谓台阁体是也;传有《东里全集》九十卷,别集四卷(南京龙蟠里图书馆中藏有明天顺刊本)。录《沈学士墓碑》曰:

呜呼!此吾友翰林学士沈公之墓!沈世家松江华亭。大考讳德辉,尝为郡史,平反冤狱百数十人;乡称长者!妣宋氏。考讳易,仕为谘议参军,无几,弃官养亲,而授徒里中,惇行伦谊,集《五伦诗》以教学者;而甘贫乐义,人号苦节先生。妣顾氏,有善德。二子:长即公讳度,字民则。次粲,字民望。公天

资温雅敦实;自幼嗜学,博涉经史;洪武中,郡邑交举文学,弗就;坐累谪云南,跋涉万里,处患难,其中裕然!时同谪者多名人,率于公交。达官重帅,争欲迎致公馆下。岷王具礼币聘之;既至,屡进直言,居无几,辞去。都督瞿能知贤下士,延于家塾为弟子师,旦暮躬请益焉;其入京师也,以公偕行。时太宗皇帝初临御,命翰林举贤才。今礼部尚书江陵杨公为编修,以公名上,擢翰林典籍。方时,制敕填委,既视草,学士以下,率分书之。上独览公书称善。一时翰林善书,如解大绅之真行草,胡光大之行草,滕用亨之篆八分,王汝玉、梁用行之真,杨文遇之行,皆知名当世;而解及公之书,独为上所爱。凡玉册金简,用之宗庙朝廷,藏秘府,施四裔,刻诸贞石,传于后世,一切大制作,必命公书。公之书婉丽飘逸,雍容矩度,兼篆八分;八分尤高古,浑然汉意;而日侍清密无间,赏赐二品金织衣,新制象笏镂公氏名,涂金以赐;以其弟与子皆善书,皆官之近侍;父子兄弟,并荣于朝。古今以书遭承宠遇,莫或加公!书盖公一艺耳!为文章,尚兴致,平淡雅则,不为浮靡。事上必尽诚,被顾问必以正对。由典籍升检讨,复升修撰,遂升侍讲学士奉直大夫。仁宗皇帝赐诰命,进协正庶尹;赠其考奉直大夫协正庶尹,翰林侍讲学士;其妣宜人;予诰归焚黄,赐钞给驿传。宣宗皇帝临御,进翰林学士,奉政大夫。年逾七十,再上章乞致仕归,不听。公事亲孝,与弟粲友爱相笃终身;与人交,久益敬。为人贞静不苟附。初入翰林,乡人有为大宗伯者,得君有气势赫赫;朝士希进者日奔走其门;公以故旧独自守,未尝轻造;间或邀公,辄以礼辞;士论高之!闲暇,闭户焚香,鸣琴赋诗以自乐;人号自乐先生。襟宇澄澹,风韵萧散,所好惟载籍法书,名画古器,自题其斋居曰乐琴书处;杂列花卉奇石;高人韵士至,必具觞酌,或吟或弈,意度翛然。所作诗文有《滇南稿随笔录西清馀暇自乐稿》,藏于家。年七十有八。一日微疾,犹作《和王行俭詹事小洞天词》,明日捐馆,宣德甲寅十月二十二日也!讣闻,上遣礼部郎中陈谟赐祭,给驿舟归丧,命有司营葬。元配顾,赠宜人。继陈。子二:芹,先十五年卒。藻,中书舍人,升右大理寺副。孙男二:潮,秀敏好学,先十年卒。次源。女三:长归俞珙。馀在室。曾孙男一。士奇与公同入翰林,相交三十有三年,最相得;其殁也,盖哭之恸!于是粲及藻求予表墓。予忍以衰朽而忘情老友哉!敬为之表。

遣言措意,切近的当;然遽以拟欧阳修。亦似少过!欧阳气逸韵流,意态无穷。士奇言尽而意止,趣味不长。只是纡徐委备,无艰难劳苦之态,所以得欧阳之仿佛;然亦以启冗弱之病!欧阳意有馀于词,故耐咀咏,士奇词或饶于意,不免芜弱也!杨荣与士奇同主一代之文柄,而传有《杨文敏集》二十五卷(南京龙蟠里图书馆藏有明正统刻本)。其文章雍容平易,体格与士奇略同。虽无深湛幽渺之思,纵横驰骤之才,足以震耀一世;而逶迤有度,醇实不炫。其他永嘉黄淮,字宗豫,有《省愆集》二卷(南京龙蟠里图书馆藏有明正统刊本)。新淦金幼孜名善(以字行),有《金文靖集》十卷(南京龙蟠里图书馆藏有明弘治间刻本)。春容雅步,颇亦肩随。盖其时天下康乐,故廊庙赓飏,具有气象,操觚者亦不知也!独杨溥以弘识雅操骖驾三杨,而刻意遒古,力摹昌黎;而不以文名,其集亦不传。睹所为《承恩堂记》曰:

皇上嗣登天宝,嘉念苍生,期底雍熙,图任老成人,弥纶治化;少师吏部尚书蹇公实为之冠！宣德七年秋,诏有司,若曰:"予有辅臣,粤自先朝,伟著德望,暨于今启沃居多！予于庶政咨焉！予于庶官审焉！克允克谐,实惟其人！欲新厥居以称予优礼之意;其绘图以进！"有司明日以图进;弗称。又明日更为图进;弗称。上乃自规画授有司。乃卜地于都城东南,厥位维阳,厥土维刚;董材于肆,厥木维良,厥石维贞,陶瓦维坚;乃卜日之吉鸠工,衰高以平,筑虚以实;引绳缩板,以垣厥周;乃建厥堂,翼之以室;乃辟厥路,重之以门;甓之甃之,涂之沐之,不逾月告成。祀先有庙;礼宾有馆;庖有厨;汲有井;有库有厩,以储以牧;轮奂咸美,百用具备。复命大臣燕饮以落之,肴核酒醴,咸出大官。公谓翰林学士杨溥曰:"昔晋献文子成室,诸大夫发焉。当时善颂善祷者见称于君子。子何以语我?"溥不敢以不敏辞,乃酌而祝曰:"惟天佑国家,乃实以贤哲简畀平格,复锡以寿,若周之毕公,策名文武之世,相成王,相康王,永光周室。公历四朝,进位师保,享高年,辅圣天子丕隆太平之运。溥于斯为国家贺！"又酌而祝曰:"明盛之世,惠归之德,君子享多福,而民咸乐其乐,是以锡马蕃庶,昼日三接,乃惟康侯。溥于斯为天下苍生贺！"又酌而祝曰:"福善之报,惟有德于民者为盛！古昔名臣辅君致治,实功允德,孚达神明,身被光荣,泽流子孙,与国同久。《诗》曰:'惟其有之,是以似之！'溥于斯为公贺！"公酌而复曰:"圣天子之恩笃不敢忘！子亦可谓善颂者矣！"谨名其堂曰承恩堂,请书此以为记。

取材结体,摹《诰》范《颂》,有意矜练,又是一格;而与士奇荣之汗漫演迤者不同。虽出以平实雅淡,而矜持少变化,光焰不长;然何、李之前轨也!

第五节　李东阳附邵宝

茶陵李东阳,字宾之,历相孝宗、武宗,工为文章,朝廷大著作,多出其手。自明兴以来,宰臣以文章领袖搢绅者,杨士奇后,东阳而已!传有《怀麓堂集》一百卷,其中文稿六十卷;文章在难易之间,视士奇为刻意,而语未坚卓;比宋濂稍安闲,而意则肤泛。《明史》以典雅流丽称之,不免誉非其实。然其为之工者,亦能春容尽意,无矫揉造作之致;故能继踪士奇而主文章之坛坫。录《甲申十同年图诗序》曰:

《甲申十同年图》一卷,盖吾同年进士之在朝者九人,与南京来朝者一人而十,会于太子太保刑部尚书吴兴闵公朝瑛之第,图焉者也。图分为三曹:自卷首而观:其高颧多髯,髯强半白,袖手右向而侧坐者,为南京户部尚书公安王公用敬。微须,鬓颁白,鸢肩高耸,背若有负而中坐者,为吏部左侍郎泌阳焦公孟阳。微须,多鬓,白氄氄不受栉,面骨稜层起,左向坐,右手持一册,册半启闭者,为礼部右侍郎掌国子祭酒事黄严谢公鸣治。又一曹:微须赪面,笑齿欲露,左手握带,右向而半者,工部尚书郴州曾公克明。虎头方面,大目丰准,须髯微白而长,右手携牙牌,左握带,中左坐者,闵公也。白须,黎面,面老皱,两手握带,中右坐者,工部右侍郎泰和张公时达。无须,

605

颒面,耸肩袖手而危坐,且左顾者,都察院左都御史浮梁戴公廷珍。又一曹:为户部右侍郎益都陈公廉夫者,面微长且颒,眉浓,发半白,稍右向而坐。为兵部尚书华容刘公时雍者,面微方而长,须鬓皓白,左手握带,右手按膝而中坐。予则面微长而臞,髭数茎,白且尽,中若有隐忧,右手持一卷如授简状,坐而向左,居卷最后者,是也。九人者,皆画工面对手貌,概得其形模意态;惟焦公奉使南国,弗及会,预留其旧所图者而取之,故仅得其半而已。是日谢公倡为诗,吾八人者皆和。焦公归亦和焉。传有之:"物之不齐,物之情也。"十者数之成,而亦数之渐。以吾十人者,得之于四十年之馀,良不为少!然以二百五十人者,而不能二十之一;则谓之多,亦不可也。以年论之:闵公年七十有四。张公少二岁。曾公又少二岁。谢、焦二公又少一岁。刘、戴、陈、王四公又递少一岁。予于同年为最少,今年五十有七,亦已就衰。追忆曩时之少者壮者,使猝然而逢之,若不相识也!且以地以姓论之,无一同者。以官,则六部之与都察院,其署与职,亦莫能以皆同。盖所谓不齐者如此!然摅志效力,各执其事,以赞扬政化,期弼天下于熙平之域,则未始不同。语有之:"人心不同,有如其面。"今固不可以貌论也。又何爵齿族里之足云乎!孔子论成人,以久要不忘为次,而廉知勇艺文之礼乐者为至。兹九人者之才之行,汇征类聚,建功业于天下,固将以大有成。惟予蹇劣无似,方惧名实之不副;而是心也,不敢以相负也。然则今日之会,岂徒为聚散离合,时考而世讲之具哉!唐九老之在香山、宋五老之在睢阳,歌诗宴会,皆出于休退之后。今吾十人者,皆有国事吏责,故其诗于和平优裕之间,犹有思职勤事之意;他日功成身退,各归其乡,顾不得交倡迭和,鸣太平之乐以续前朝故事;则是诗也,未必非寄情寓意之地也。因粹而序之以各藏于其家。闵公名珪,张公名遂,曾公名鉴,谢公名铎,焦公名芳,刘公名大夏,戴公名珊,王公名轼,陈公名清,今各以字举。而余则太子太保户部尚书谨身殿大学士长沙李东阳宾之也。进士举于天顺之八年,会则于弘治十六年癸亥三月二十五日;越翼日,乃序。

意度娴雅,步骤谨严,集中如此者不多见也!好文章,尤奖成后进,推挽才彦,学士大夫出其门者,卒粲然有所成就。而无锡邵宝字二泉,乡试出东阳之门;故其诗文矩度,皆宗法东阳。东阳于其诗文亦极推奖,曾作《信难》一篇以赠,称:"其集出入经史,搜罗传记,该括情事,摹写景物,以极其所欲言,而无冗字长语,辛苦不怡之色,若欲进于古之人。"且以欧阳修之知苏轼为比。传有《容春堂集》六十六卷(南京龙蟠里图书馆藏有明嘉靖刻本)。其文边幅少狭而部勒有度,易而不率,畅而不芜,体近东阳而无其末流冗阘肤廓之失;亦卓然以成一家者矣!

第六节　李梦阳　何景明_{附康海、王九思、王廷相等}

庆阳李梦阳字献吉,起自穷边,而才思雄鸷,卓然以复古自命。弘治时,李东阳以宰相主文柄,翕然为天下宗!梦阳亦尝执贽焉;独讥其萎弱,倡言"文必秦汉,诗必盛唐",非是者弗道;与何景明、徐祯卿、边贡、康海、王九思、王廷相号"七才子",而梦阳为之魁;传有《空同集》六十六卷(南京龙蟠里图书馆藏有明万历刊本),盛气矜心,欲驾八家而上之;其文则故作聱牙,范经铸子,以艰深文其浅易。而雄迈之气,足以振啴缓;生撰之句,足以矫平熟;风气鼓荡,观听变易,所谓"虽以无道行之,必可畏也!"录《禹庙碑》曰:

李子游于禹庙之台,鉴长河之防,孤城故宫,平沙四漫,退盼故流,北尽碣石,九派泗淤,云草浩浩。于是怆然而悲曰:"嗟乎!予于是知王霸之功也!"霸之功骤,久之疑。王之功忘,久之思。昔者禹之治水也,导川为陆,易虮为宁;地以之平,天以之成;去巢就庐,而粒而畊:生生至今者,固其功也,所谓万世永赖者也。然问之畊者弗知,粒者弗知,庐者弗知,陆者弗知。故曰:"王之功忘。"譬之天生物而物忘之,泳者忘其川,栖者忘其枝,民者忘其圣人,非忘之也,不知之也;不知自忘。及其蓄也,号呼而祈恤,于是智者则指之所从来,而庙者兴矣!河盟津东也,霮旷肆悍,势犹建瓴;陨堰一决,数郡鱼鳖。于是昏垫之民,匍匐诣庙,稽首号曰:"王在!吾奚役斯!"所谓思也。故不忘不大,不思不深。深莫如地,大莫如王,天之道也!霸者非不功也;然不能使之不忘,而不能使之不疑。何也?不忘者小,小则近,近则浅,浅则疑,如秦穆赐食善马肉者酒是也。夫天下未闻有庙桓文者也!故曰:"予观禹庙而知王霸之功也。"或问汤文不庙。李子曰:"圣人各有其至;尧仁舜孝,禹功汤义;文王之忠,周公之才,孔子之学,是也。夫功者,切于蓄者也。大梁以蓄故,是故独庙禹。"是时监察御史潭州王子会按江南,登台四顾,乃亦怆然而悲曰:"嗟乎!余于是而知功之言征也!吾少也览,尝蹑州城,眺沧渤,南目大梁之

第一章 文

墟,乃今历三河,揽淮泗,极洪流而尽滔滔,使非有神者主之,桑而海者久矣! 尚能粒耶! 畊耶! 庐耶! 能靴者宁耶! 川者陆耶! 嗟乎! 予于是而知功之言征也! 所谓'微禹吾其鱼'者耶! 所谓'美载勤而不德'者耶!"于是饬所司葺其庙,而属李子碑焉。王子,名溱,以嘉靖元年春,按江南,明年秋,代去。乃李子则为迎送神辞三章,俾祭者歌之以侑神焉。其辞曰:

天门兮显辟! 赫赫兮云吐! 窈黄屋兮陆离! 灵总总兮上下! 羌若来兮儵不见! 不见兮奈何! 望美人徒怨苦,横四海兮怒波! 缊弦兮铛鼓,神不来兮谁怒! 执河伯兮显戮,饬阳侯兮清路。灵霭霭兮来至,风冷冷兮堂户。舞我兮我醑,尸既饱兮颜酡。惠我人兮乃土乃粒,日云暮兮尸奈何! 风九河兮涛暮云,曈曈兮昏雨。王驾凤兮骖文鱼,龙翼翼兮两骖。怅佳期兮难屡,心有爱兮易离。爱君兮思君,肴芳兮酒芬! 君归来兮庇吾民!

不懈及古,力求拔俗,大率类是! 然不免雕琢伤元气,未能浑成天然。杨士奇、李东阳以啴缓见馀力,而或懦不能以自振,芜不能以自裁。李梦阳、何景明以生奥得古致,而卒涩不能以自运,格不能以自吐。傥知此之所以得,即征彼之所为失;亦文章得失之林也。

信阳何景明字仲默,与李梦阳俱倡为复古之学。梦阳最雄骏。景明稍后出,相与颉颃。然二人天分各殊,规模不同。梦阳才雄而气盛,故枵张其词。景明虑详而力缓,故敛抑其气。而未脱尽古人畦封以造于浑化则一;斯摹拟之蹊径也! 景明传有《大复集》三十八卷(清乾隆间何氏重刻本、咸丰重刻本)。录《师问》曰:

有问于何子者曰:"今之师,何如古之师也?"何子曰:"古也有师。今也无师。""然则今之所谓师者何称也?"曰:"今之所谓师也,非古之所谓师也!其名存,其实亡,故曰无师!"曰:"古之师可得闻欤?"曰:"古者教之之法,曰性,曰伦。性则仁、义、礼、智、信,是也;伦则君臣、父子、兄弟、长幼、朋友,是也;于是而学焉以由之曰道;学焉以得之曰德;用之而足以举于天下曰业。是故古之师,将以尽性也,明伦也,则其道德而蓄其业也,是谓古之师也。"曰:"何谓今之师?"曰:"今之师,举业之师也;执经授书,分章截句,属题比类,纂摘简略,剽窃程式,传之口耳,安察心臆,叛圣弃古,以会有司。是故今之师,速化苟就之术,干荣要利之媒也!"曰:"师止是二者乎?"曰:"否!不止是也!汉有经师,作训诂以传一家之业者也;君子有尚之。唐宋以来,有诗文师,辨体裁,绳格律,审音响,启辞发藻,较论工鄙,咀嚼齿牙,媚悦耳目者也;然而壮夫犹羞称之!故道德师为上;次有经师;次有诗文师;次有举业师。师而至于举业,其卑而可羞者,未有过焉者也!"曰:"然则废举业已乎?"曰:"何可废也!今之取士之制也,士进用之阶也!"曰:"是既不可废;子何谓其卑而可羞也?"曰:"吾所谓卑而可羞者,非其制使然也;师举业者之敝也!古之师之教者,立廉耻之节,守礼义之闲,不重贵富,不羞贫贱,不诎身于威武,不失志于患难,故上乐得人而用之。夫今独不欲得是人用哉!顾以身求之,势为难也,故以言观之;以言观之,故有科举之制;岂逆其师之教弟子之学,乃以为利之门也!"尝见今之为其子弟求师,及其子弟之愿学者,口访耳采;有告之曰:"某,高官也!其前,高第也!其举业,则精也!其师之!"于是虽千里从之也!又告之曰:"某,未有高官也!未有高第也!其道德则可师也!"于是虽比舍弗从之矣!夫巫医乐工,与凡百工相师法以习其技艺,所以求食也;安有士相师以求食而可为也!此吾所谓卑而可羞者也。曰:"若是则何如而可也?"曰:"今之举业,所习者,固古圣人之言也;因其言,求其道,修之内而不愿乎其外,达则行之,困则存之;兴斯教也,安知今之师非古之师哉!"问者于是避席曰:"今日乃承益我以师之说。"

景明志操耿介,尚节义,鄙荣利,与梦阳并有国士风。两人为诗文,初相得甚欢;名成之后,互相诋諆。梦阳主摹仿,而景明则主创造,各树坚垒不相下。两人交游,亦遂分左右袒。景明之才,本逊梦阳,而其文章闲雅稳称,不如梦阳之奇崛博奥,而亦无梦阳张脉偾兴之敝。然天下语诗文,必并称何、李;又与边贡、徐祯卿并称四杰。边贡,字廷实,历城人,有《华泉集》十四卷;徐祯卿,字昌谷,吴县人,有《迪功集》六卷;皆以诗名,而文非所长!七子之中,惟武功康海字德涵文章岸异,何景明异厥驱迈,李梦阳谢其雄浑,笔力夭矫,有《对山集》十卷;其拟《廷臣论宁夏事状》及《铸钱论》诸篇,尤洞爽轩辟,称心而谈,虽不如梦阳之遒炼;然其逸气往来,翛然自异;固在梦阳之割剥秦汉者上也!鄠县王九思,字敬夫,有《渼陂集》十六卷,自序称"始为翰林时,诗学靡丽,文体萎弱,其后德涵、献吉导予易其习。献吉改正予诗稿,而文由德涵改正者尤多"云云。诗体文格,差得二人仿佛。然诗之富健,不及梦阳。文之粗率,尤甚于海。虎贲貌似,无足贵尔!仪封王廷相,字子衡,传有《王氏家藏集》六十八卷,其诗文列名七子之中,而轨辙相循,亦不出北地信阳门户云。

第七节　王守仁　杨慎

何、李复古之声既高,天下从风而靡,以艰深钩棘,相与剽剟古人,求附坛坫。而于时有大儒出焉,曰馀姚王守仁字伯安,特以致良知绍述宋儒象山陆氏之学;而发为文章,缘笔起趣,明白透快,原本苏轼;上同杨士奇、李东阳之容易,而力裁其冗滥;下开唐顺之、归有光之宽衍,而不强立间架。初与李、何诸人倡和,后大有所悟,断然弃去;社中人皆深惜之;曰:"学如韩、柳,不过文人;辞如李、杜,不过诗人;惟志心性之学,以颜、闵为期者,乃人间第一等德业也。"身系风气之中,而文在风气以外,直抒胸臆,沛然有馀,不斤斤于格律法度之间;而不支不蔓,称心出之,傥亦致良知之形诸文章者耶!传有《王文成全书》三十八卷(《四部丛刊》影印明隆庆间谢廷杰刻本、清光绪间浙江书局刻本),其中文录五卷,别录十卷,录《寄杨邃庵阁老书》曰:

> 前日尝奉启,计上达。自明公进秉机密,天下士夫忻忻然动颜相庆,皆为太平可立致矣!门下鄙生独切生忧,以为犹甚难也!亨屯倾否,当今之时,舍明公无可以望者;则明公虽欲逃避乎此,将亦有所不能!然而万斛之舵,操之非一手;则缓急折旋,岂能尽如己意。临事不得专操舟之权,而偾事乃与同覆舟之罪;此鄙生之所谓难也!夫不专其权,而漫同其罪,则莫若预逃其任;然在明公,亦既不能逃矣!逃之不能,专又不得,则莫若求避其罪;然在明公,亦终不得避矣!天下之事,果

遂卒无所为欤？夫惟身任天下之祸,然后能操天下之权。操天下之权,然后能济天下之患。当其权之未得也,其致之甚难;而其归之也,则操之甚易。万斛之舵,平时从而争操之者,以利存焉！一旦风涛颠沛,变起不测,众方皇惑震丧,救死不遑,而谁复与争操乎？于是起而专之;众将恃以无恐,而事因以济;苟亦从而委靡焉,固沦胥以溺矣！故曰:"其归之也,则操之甚易"者,此也。古之君子,洞物情之向背而握其机,察阴阳之消长以乘其运;是以动必有成而吉无不利;伊、旦之于商周,是矣！其在汉唐,盖亦庶几乎此者;虽其学术有所不逮,然亦足以定国本而安社稷;则亦断非后世偷生苟免者之所能也！夫权者,天下之大利大害也;小人窃之以成其恶,君子用之以济其善,固君子之不可一日去,小人之不可一日有者也。欲济天下之难,而不操之以权,是犹倒持太阿而授人以柄,希不割矣！故君子之致权也有道;本之至诚以立其德;植之善类以多其辅;示之以无不容之量以安其情;扩之以无所竞之心以平其气;昭之以不可夺之节以端其向;神之以不可测之机以摄其奸;形之以必可赖之智以收其望;坦然为之下以上之;退然为之后以先之;是以功盖天下而莫之嫉,善利万物而莫与争。此皆明公之能事,素所蓄而有者。惟在仓卒之际,身任天下之祸,决起而操之耳！夫身任天下之祸,岂君子之得已哉！既当其任,知天下之祸将终不能免也,则身任之而已;身任之,而后可以免于天下之祸。小人不知祸之不可以幸免,而百诡以求脱;遂致酿成大祸,而己亦卒不能免。故任祸者,惟忠诚忧国之君子能之;而小人不能也！某受知门下,不能效一得之愚以为报;献其芹曝,惟鉴其忱悃而悯其所不逮,幸甚！

守仁未讲学时，先与同辈学作诗文；故讲学之后，其往来论学书及奏疏，皆纡徐委备，如晓事人语，洞澈中边；虽识见之高，学力之到；然其得力，未始不在少年时一番简练揣摩也！《寄杨邃庵阁老书》，集中题下注癸未；按年谱，为嘉靖二年，守仁五十二岁作；条达疏畅，如水到渠成，自然洄澜；所谓"文章老更成"也。而其早年之作，亦有摹拟为古，未臻于浑化者。如《黄楼夜涛赋》文尾署弘治甲子，为弘治十七年，时守仁三十三岁。而《卧马塚记宾阳堂记重修月潭寺建公馆记玩易窝记》诸篇，题下注戊辰，则正德三年，守仁三十七岁。是时学道未成，而刻意为文，吐词命意，力求遒古；想与何、李为声气之求耶？然气疏以达，不如梦阳之矜重；而亦无其僻涩聱牙之病。简炼醇雅，波澜气焰，未极俶奇伟丽之观；而春容尔雅，无艰难劳苦之态；条达疏畅，故天性也！至《浚河记》题下注乙酉，为嘉靖四年，守仁五十四岁时作；亦简练以为古者；然抑遏蔽掩，敛气为劲，亦与梦阳之叫嚣恣肆者不同。然故集中之别出机杼者矣！余故特表而出之。

与何、李诸子交游接席，而文章不在声气之中者；曰王守仁，曰新都杨慎字用修。然慎与守仁蹊径亦不同。守仁春容疏快，体出宋人，于杨士奇、李东阳为近；而不同杨、李之庸肤。慎则博奥奇丽，推本秦汉，与何景明、李梦阳略同；而不为何、李之僻涩。盖皆卓然有以自树立于斯文绝续之会，而不苟徇风气，亦不故为违异者也。慎幼警敏，十一岁能诗，十二岁拟作《古战场文过秦论》，长老惊异；入京赋《黄叶诗》，李东阳见而嗟赏，令受业门下；而文章肆力于古，不落东阳窠臼；传有《升庵集》八十一卷（南京龙蟠里图书馆藏有明万历刻本，又有乾隆六十年养拙山房重刻本）。明世记诵之博，著作之富，推慎为第一！然论说考证，往往恃其强识，不及检核原书；而恃气求胜，证佐不足，辄造古书以实之；因搜考妇人弓足，遂造《汉杂事秘辛》，以为起于后汉也。其文曰：

建和元年四月丁亥，保林吴姁以丙戌诏书下中常侍超曰："朕闻河洲窈窕，明辟思服。择贤作丽，隆代所先。故大将军乘氏忠侯商所遗少女，有贞静之德，流闻禁掖。其与姁并诣商第，周视动止，审悉幽隐，其毋讳匿。朕将采焉。"姁即与超以诏书趋诣商第。第内謹谍，食时，商女女莹从中阁细步到寝。姁与超如诏书周视动止，俱合法相。超留外舍；姁以诏书如莹燕处，屏斥接待，闭中阁子。时日晷薄辰，穿照蠡窗，光送著莹面上，如朝霞和雪，艳射不能正视；目波澄鲜；眉妩连卷；朱口皓齿；修耳悬鼻；辅靥颐颔，位置均适。姁寻脱莹步摇，伸髻度发，如黝髹可鉴；围手八盘，坠地加半。握已，乞缓私小结束。莹面发赪抵拦。姁告莹曰："官家重礼，借见朽落，缓此结束，当加鞠翟耳！"莹泣数行下，闭目转面内向。姁为手缓，捧著日光，芳气喷袭；肌理腻洁，拊不留手；规前方后，筑脂刻玉；胸乳菽发；脐容半寸许珠；私处坟起，为展两股，阴沟渥丹，火齐欲吐；"此守礼谨严处女也！"约略莹体，血足荣肤，肤足饰肉，肉足冒骨；长短合度，自颠至底，长七尺一寸；肩广一尺六寸；臀视肩广减三寸；自肩至指，长各二尺七寸；指去掌四寸，肖十竹萌削也；髀至足长三尺二寸，足长八寸，胫跗丰妍，底平指敛，约缣迫袜，收束微如禁中。久之，不得音响。姁令催谢"皇帝万年"。莹乃徐拜，称"皇帝万年"，若微风振箫，幽鸣可听。不痔不疡，无黑子创陷及口鼻腋私足诸过。"臣妾姁女贱愚憃，言不宣心，书不符见；谨秘缄，昧死以闻。"时夜漏三下，太后犹御寿安殿,发缄欢喜,顾语帝曰:"吾入宫后知有幼妹;然中外隔阔,目所未见,不谓争达如尔。"明日诏下有司议礼。有司奏曰:"谨按《春秋》,迎王后于纪,在途则称后。故大将军乘氏忠侯商女,今大将军参录尚书事乘氏侯冀女弟,膺绍圣善,旧协潜邸;结婚之际,有命既集;宜备礼章,时进征币请下三公太常按礼仪奏可,一准孝惠皇帝纳后故事。"

杨慎序称"《汉杂事》一卷,得于安宁州土知州董氏;卷首有秘辛二字不可解,要是卷帙甲乙名目。"然《御览》诸书,亦有《汉杂事》,而略不及此;按之《后汉书》,事实乖刺不相应;即慎所伪作也。特以多见古书,含英咀华,事尽淫艳,文极朴古,不见鄙秽,吐属馨逸;贤于何、李诸家窒塞艰涩,不可句读者远已!

第八节　王世贞_{附李攀龙}　宗臣_{附吴国伦等}

明代文章,自前后七子而大变。前七子以李梦阳为冠;何景明附翼之。后七子以历城李攀龙字于鳞者为倡;太仓王世贞字元美者应和之。后攀龙先逝,而世贞名位日昌,声气日广,著述日富,坛坫遂跻攀龙上。然尊李梦阳,排李东阳,重振前七子之旅鼓者,攀龙实先登之枭也!其持论谓:"文自西京,诗自天宝而下,俱无足观!"于本朝独推李梦阳。而世贞与谢榛宗臣、梁有誉、徐中行、吴国伦翕然和之;非是则诋为宋学!诸人多少年,才高气锐,视当世无人,互相标榜,号"七才子"。攀龙才思劲鸷,名最高;独心重世贞;天下亦并称王、李;又与何景明、李梦阳,并称何、李、王、李。第世贞声华意气驾出何景明。而攀龙才思识力,远逊李梦阳。何者?才不如梦阳之大,斯气不能以自运;学不如梦阳之深,故句不能以自造;而割剥秦汉,生砌硬填,徒见诘屈其词,涂饰其字;传有《沧溟集》三十卷,附录一卷(南京龙蟠里图书馆藏有明隆庆刻本,又有清道光重刻本);其中文十六卷,聱牙棘口,读者至不能终篇。而世贞则亟称之曰:"李于鳞如商彝周鼎,海外环宝;身非三代人与波斯胡,可重不可议!"然其辞愈古,其章弥碎。其气愈矜,其意弥隐。世贞始与攀龙狎主文盟;攀龙殁,独操柄二十年,才最大,地望最显,令闻广誉,笼盖海内。其持论"文必西汉,诗必盛唐;大历以后书勿读"一本攀龙。而读其文,奇桀自喜,出之沛然;记事文尤蔚跂,反复低昂,不似《沧溟集》兀臬也!《嘉靖以来首辅传》,词气铿訇,仿佛《史》、《汉》,使人精神振发;第字句剽袭,往往不能妥帖,斯则攀龙之同调,而何、李之嗣响也已!传有《弇州山人四部稿》一百七十四卷,《续稿》二百七卷(南京龙蟠里图书馆藏有明世经堂刻本);又有《弇山堂别集》一百卷(广州局刻本);自来文集之富,未有过于世贞者!录《华孟达集序》曰:

无锡有华孟达者,一日而以书数百言自通,且赘其诗若文三卷;曰:"今天下称龙门者必以子。夫龙门者,其左右夹上造霄汉;西来之流,径万里而下,束三级,齿石成霜雪,噫声成霆霹。倍寻之鲤,一过之,则神灵起于馨薰间;上帝绘之,爵为应龙。乃不佞之鲤则异是!子幸而汰之乎?吾将去而攻吾疾。其又幸而姑志之乎?吾将去而益炼吾质以俟乎他日。"余既异其言,为之稍读其书;而中有与其宗人往复者,亦类是云。宗人而好慕为古文辞,则从臾为古文辞;其欲梓行之,则勿敢也;

曰："吾且折衷于衡艺者。远而左、马、庄、屈、建安、杜、李，吾师之。近而北地济南，吾仪之。然无若王子之当吾世也！吾其从折衷矣！"余益异之，乃为竟其诗若文。诗体出入中古，躐长庆而䞍永嘉，清楚冲夷，有悠然自赏之味。文笔尤峻洁；裁之，则骊邕之小言也；畅之，则昌黎、河东之顺轨也；乃尺牍萧萧乎人意表矣！夫此孟达境也！孟达之为识，逾是境而三舍矣！毋乃犹有待者才也。其才侲及境矣；毋乃犹有待者学也，夫学者，充才者也。才者，趣识者也。吾姑志之，而孟达姑听之。虽然，孟达以吾言而信可也，是亦且梓而行矣。其所以行者何也？对授人以弹射也。昔者文信侯为《吕览》，布之咸阳市，而榜其上曰："有能增损一字者，予千金。"而人莫敢增损也。其识者窃笑之矣！异代子云闻而诧曰："惜不以我往！将席卷其金以归。"则又笑之。其所以笑者何也？为文信侯之挟诈，而子云之见事晚也。今孟达居贫贱，而名未即就，不足以胁人之耳目而易其真。天下而信之，则真信也。其犹有弹射者，皆孟达之不朽地也；是何世之为孟达龙门者众也！孟达亟称有郁人文者，其鲤耶？其龙门耶？请质之而不以非，则置弁焉。

是世贞之学秦汉而臻于浑化者；节节顿挫，不矜奇辞奥句；而字字若履危崖而下，落纸乃迟重绝伦；得古人遒峻之致，而不袭奥僻之词，学秦汉者当以此为法。而《明史》以"藻饰太甚"为世贞病，此或论其诗耳！若就文论文，则摹秦仿汉之中，自有灏气行乎其间，抑扬爽朗；如《书应生事》一篇，遥逸横生，于诘屈之中，发挥奇趣；何可以摹拟二字一笔抹杀耶！所以世贞之与攀龙，摹拟秦汉同；而所为摹拟则异。攀龙只剽其字句。世贞时得其胎息。然七子之

第一章 文

学,得于诗者较深,得于文者颇浅;故其诗多自成家,而古文则钩章棘句,剽袭秦汉之面貌者,比比皆是;故不独一攀龙。若乃跌宕俊逸,不徒以钩章棘句为能事者;七子中,惟世贞;其次则兴化宗臣字子相;传有《宗子相集》十五卷(南京龙蟠里图书馆藏有明嘉靖刻本),文笔疏爽,无剽剟填砌之习。录《报刘一丈书》曰:

  数千里外,得长者时赐一书以慰长想,即亦甚幸矣!何至更辱馈遗;则不才益将何以报焉!书中情意甚殷,即长者之不忘老父,知老父之念长者深也!至以"上下相孚,才德称位"语不才;则不才有深感焉!夫才德不称,固自知之矣!至于不孚之病,则尤不才为甚!且今之所谓孚者何哉?日夕策马候权者之门;门者故不入;则甘言媚词,作妇人状,袖金以私之。即门者持刺入;而主人又不即出见;立厩中仆马之间,恶气袭衣袖,即饥寒毒热不可忍,不去也!抵暮,则前所受赠金者,出报客曰:"相公倦,谢客矣!客请明日来!"即明日又不敢不来;夜披衣坐,闻鸡鸣,即起盥栉,走马抵门。门者怒曰:"为谁?"则曰:"昨日之客来。"则又怒曰:"何客之勤也。岂有相公此时出见客乎?"客心耻之,强忍而与言曰:"亡奈何矣!姑容我入!"门者又得所赠金,则起而入之;又立向所立厩中。幸主者出,南面召见,则惊走匍匐阶下。主者曰"进!"则再拜,故迟不起;起则上所上寿金;主者故不受;则固请;主者故固不受,则又固请;然后命吏纳之,则又再拜;又固迟不起;起则五六揖始出,出揖门者曰:"官人幸顾我!他日来,幸无阻我也!"门者答揖。大喜奔出,马上遇所交识,即扬鞭语曰:"适自相公家来!相公厚我厚我!"且虚言状。即所交识,亦心畏相公厚之矣!相公又稍稍语人曰："某也贤！某也贤！"闻者亦心计交赞之。此世所谓"上下相孚"也。长者谓仆能之乎！前所谓权门者，自岁时伏腊一刺之外，即经年不往也；闲道经其门，则亦掩耳闭目跃马疾走过之，若有所追逐者；斯则仆之褊衷，以此长不见悦于长吏；仆则愈益不顾也！每大言曰："人生有命，吾惟守分而已！"长者闻之，得无厌其为迂乎！乡园多故，不能不动客子之愁。至于长者之抱才而困，则又令我怆然有感。天之与先生者甚厚；无论长者不欲轻弃之，即天意亦不欲长者之轻弃之也；幸宁心哉！

淋漓喷薄，无复摹秦仿汉之习；而感概中出恢诡，乃极似太史公《游侠列传叙》、杨恽《报孙会宗书》。至其《西门西征二曾夜谈》诸记，则摹拟之迹未化，而气体便形窘拘；然纡徐委备，雅健有度，绝无叫嚣矜张之态；斯则攀龙之所不如者已！临清谢榛，字茂秦，传有《四溟集》十卷（明俞宪编《盛明百家诗》中有之），诗独有名。长兴徐中行，字子舆，传有《天目山堂集》二十卷，附录一卷（南京龙蟠里图书馆藏有明万历刊本）。兴国吴国伦，字明卿，于七子中最老寿后死；好客轻财，声名藉甚！求名之士，不东走太仓，则西走兴国。世贞殁，国伦犹无恙，传有《甔甀洞稿》五十四卷，《续稿》二十七卷，亦伙颐沈沈者也！

第九节　王慎中　茅坤　唐顺之　归有光

何、李、王、李，后先炫耀，方以钩棘涂饰相高。而有人焉，独以

第一章 文

欧、曾相撑拄,章妥句适,雍容和雅,卓然以名家者;曰晋江王慎中字道思。慎中为文,初主秦汉,袭何、李之论,谓东京下无可取;已悟欧、曾作文之法,乃尽焚旧作,一意师仿,尤得力于曾巩。唐顺之初不服,久亦变而从之。天下称之曰王、唐。家居问业者踵至;李攀龙、王世贞后起,力排之,卒不能掩;亦犹何景明、李梦阳之于李东阳,能掩而胜之,终不能挤而废之也!而攀龙亦慎中提学山东时所取士。慎中传有《遵岩集》二十五卷。有李东阳之演迤详赡,而无其庸音肤词。得曾巩之醇厚典硕,而饶有悠情逸韵。录《送程龙峰郡博致仕序》曰:

嘉靖二十三年,制当黜陟天下百司,庶职报罢者凡若干人。而吾泉州儒学教授程君龙峰名在有疾之籍,当致其事以去。程君在学,方修废起坠,搜遗纲失,以兴学成材为任;早作晏休,不少惰怠;耳聪目明,智长力给,非独精爽有馀,意气未衰;至于耳目之所营注,手足之所蹈持,该涉器数而周旋仪等,纤烦劳备,莫不究殚胜举。不知司枋者奚所考而名其为疾也?黜陟之典,将论贤不肖以驭废置。人之有疾与否,则有命焉;贤不肖之论,非可倚此以为断也;况于名其为疾者,乃非疾乎?人之贤不肖,藏于心术,效于治行,其隐微难见而形似易惑,故其论常至于失实;非若有疾与否,可以形决而体定也。今所谓疾者,其失若此!则于贤不肖之论,又可知矣!此余所以深有感也!又有异为!古者宪老而不乞言。师也者,所事也,非事人也;所谓"以道得民"者是也。责其筋力之强束,课其骸骨之武健,是所以待猥局冗司之末也。古之事师也,其饮食,于饭患其噎,于戴患其哽,而祝之也;其居处,于坐则有几,于行则有杖,皆所以事师而修其辅赢摄疴之具;未闻以疾而罢之也! 古之道,其不可行于今乎! 程君之僚与其所教诸生,皆恨程君之去,谓其非疾也。余故论今之失而及古之谊,使知程君虽诚有疾,亦不可使去也! 君去矣! 敛其所学以教乡之子弟。徜徉山水之间,步履轻翔,放饭决肉,夔铄自喜。傥有讶而问者,君胡无疾也? 聊应之曰:"昔者疾而今愈矣!"不亦可乎!

优游缓衍而不矜张作态,繁简廉肉不失法;入后馀韵悠然,戏笑甚于怒骂;是悟欧、曾作文之法者也;以视七子之气嘶响嚣,作如许张致者,真觉春容大雅矣!

归安茅坤,字顺甫;少喜为文,每谓当跌宕激射似太史公。尝梦共太史公抽书石室,面为指画;唐以后若薄不足为者! 及从唐顺之游。顺之乃疾折之曰:"唐之韩,犹汉之马、迁;宋之欧、曾、二苏,犹唐之韩子,不得致其至;而何轻议为也!"久而从其说;则以为:"唐韩愈、柳宗元,宋欧阳修、曾巩、苏氏兄弟之于汉马迁,大略琴瑟梡敔,调各不同;而其得万物之情以肆于心,则一也。近代以来,学士大夫之操觚为文章,无虑数十百家;其以云吻露噏,虎啮鸷攫之材,扬声艺林者,亦星见踵出;然于仆所谓万物之情,或在置而未及也! 嗟乎! 隋唐之文,其患在靡而弱;而退之出而振之,固已难矣! 乃若近代之文,其患在剿而赝;有志者苟欲出而振之,而其为力也,不尤戛戛乎其难矣哉!"顾所蕲向在太史公;其次韩愈。而谓:"昌黎之奇,于碑志尤为巉削。予窃疑其于太史公之旨,或属一间;以其盛气揢抉,幅尺峻而韵折少也! 太史公所为《史记》百三十篇,除世所传褚先生别补十一篇外,其他帝王世系,或多舛讹;制度沿革,或多遗佚;忠贤本末,或多放失;而要之指次古今,出入风骚;譬之韩、白提兵而战河山之间,当其壁垒部曲,旌旗钲鼓,左提右挈,中权后劲,起伏变化,若一夫剑舞于曲旃之上,而无不如意者;西京以来,千年绝调也!班固《汉书》严密过之;而所当疏宕逍逸,令人读之,杳然神游于云幢羽衣之间,所可望而不可挹者;予窃疑班掾犹不能登其堂而洞其穷也!而况其下者乎!唐以来,独韩昌黎为文,极力镵画,不可不谓之同工也!间按《顺宗皇帝实录》与《秦始皇本纪》,读之夐不相及;抑可概见其微矣!"而明以来,学者知由韩欧沿洄以溯太史公,而定逊清三百年文章之局者,坤实有开山之功也!王慎中优游缓衍,得欧阳修、曾巩之法。而坤则疏宕逍逸,有苏轼、王安石之态;传有《白华楼藏稿》十一卷,《续稿》十五卷,《吟稿》八卷,《玉芝山房稿》二十二卷,《耄年录》七卷。录《与查近川太常书》曰:

> 林卧既久,遂成懒癖。春来读岁书,始知浮生已四十九;因忆解印绶五六年;别兄京兆来,则又八九年;仆束发来所深交如兄者能几;荏苒离愁,倏若羽驰如此!间抽镜对之,发虽未茎白,渐索矣!颜亦渐黝且槁矣!向之所欲附兄辈驰驱四方,数按古名贤传记所载当世功业,辄自谓未必不相及;气何盛也!而今何如哉!顷者候董甥之使自京邑还,得兄与施验封书,大略并嗟仆日月之如流,林蛰之久滞;谓一切书问,不当与中朝之士遂绝;非肉骨心肾之爱,何以及此!甚且一二知己,或如汉之人所以嘲子云者,面嗔仆曰:"某,今之贤者也。彼方位肘腋,中外之士所藉以引擢者若流水;若独流滞中林者,殆以世皆尚黑,而子独白耳!"仆笑而不应。而使自兄所来,辱兄口谕之,亦且云云。嗟乎!兄爱矣!而未之深思也!

仆尝读韩退之所志《柳子厚墓铭》,痛子厚一斥不复,以其中朝之士,无援之者。今之人或以是罪子厚气岸过峻,故人不为援。以予思之:他巨人名卿,以子厚不能为脂韦滑泽,遂疏而置之,理固然耳!独怪退之于子厚,以文章相颉颃于时,其相知之谊,不为不深!观其于叙子厚以柳易播,其于友朋间,若欲为欷歔而流涕者。退之由考功晋列卿,抑尝光显于朝矣!当是时,退之稍肯出气力谒公卿间,如《三上宰相书》十之一二焉;子厚未必穷且死于粤也!退之不能援之于缩带而交之时,而顾吊之于墓草且宿之后,抑过矣!然而子厚以彼之才且美,使如今之市人,攫十金之利者,凫喳蒲伏以自媚于当世;虽无深交如退之,文章之知如退之;当亦未必终摈且零落以至于此!而今卒若尔者,寸有所独长,尺有所独短。子厚宁饮瘴于钴鉧之潭;而不能遣一使于执政者之侧;宁以文章与椎髻卉服之夷相牛马;而不能奴请于二三故知如退之辈者;彼亦中有所自将故也。后之人,宁能尽笑而非之耶!吾故于退之所志子厚墓,未尝不欲移其所以吊子厚者,而喑且诘乎退之也!然子厚在当时,其所同刘梦得附王叔文辈,盖已陷于世之公议然耳!后有士,其文章之盛,虽或不逮;而平生所从吏州郡及佩印千里之间;文武将吏,未尝不怜其能,而悲其罢官之无从者;假令有当世之交如退之,官不特考功,显不特列卿;其他所引擢天下之士,踵相接也。其独嗟子厚所不能,而为之耳无闻,目无见乎!抑亦怜其文章不逮在子厚下,故所并声而驰者;其官业所夺,犹炯然其在世之耳目;或不当终摈而萎蘙之也!将矜其愚,引其不能,而移其所引擢他人者而为之力乎!噫!仆至此,亦可投笔而自嘲矣!又何必人之嘲我为也!适遣使护少弟某谒选京邑,当过兄所问起居,且思有以复兄之口谕云云也;不觉呕吐至此。幸兄共一二知己,度仆生平之交,其文章之深,气力之厚,有如子厚之于退之者乎!脱或过焉,幸以其勿独嘳子厚而少为之巽言而请也!退之苟有知,未必不自悔恨于九原也已!何如何如!

坤为古文,刻意学司马迁、韩愈而不能;乃似苏、王;最心折唐顺之。顺之喜唐宋诸大家文,所著《文编》,唐宋人自韩、柳、欧、三苏、曾、王八家外,无所取。故坤选《八大家文钞》以与《史记钞》相表里;《文钞》行而《文编》废。乡里小生,无不知茅鹿门(坤别号);以《八大家文钞》也。而唐宋八大家之目自此始!

武进唐顺之,字应德,学问渊博,自天文、地理、乐律、兵法以至句股壬奇之术,无不精研。其文章法度,具见《文编》一书,所录上自秦汉以来,而大抵从唐宋门庭沿溯以入,分体排纂,盖逊清姚鼐《古文辞类纂》之所昉,而辟清代三百年文家之径涂者也。虽义例不免踳驳,进退亦多失据,不及姚氏《纂》之矜慎;然筚路之功,不可没也!尝谓"汉以前之文,未尝无法而未尝有法;法寓于无法之中,故其为法也,密而不可窥。唐与宋之文,不能无法,而能毫厘不失乎法;以有法为法,故其为法也,严而不可犯。"其言皆妙解文理;而所自为文章,则浑茫演迤,庶几灭尽针线迹以跻于无法;而洮汰锻炼之功,或有未暇!盖其中年自诡讲学,而又不能忘情用世;又其学博而杂,自以为徒业者不哜其胾也!传有《荆川集》十八卷(清康熙间唐氏刻本、光绪间武进盛氏《常州先哲丛书》重刻康熙本,又《四部丛刊》影印明万历刻本十七卷外集三卷,又江宁局本十二卷)。集中书牍最多,大半肤言心性,多涉禅宗,而喜为语录鄙俚之言,殊为不取!惟《答曾石塘总制第二书》,感概振发,学韩愈《与鄂州柳中丞书》,逊其雄遒;而言外见讽,意思深长;则故过之!其他序记诸作,则多简雅清深,不失大家矩矱。而传志表墓之文,最为可观!其尤著名者,《叙沈希仪广右战功》一篇,至八千二百言,古今推为奇作!其中叙次历历如绘,备极声色;《明史·沈希仪传》采之,焯有生气!然自捕韦扶谏以下,稍嫌支曼。所记诱缚岑金事,虽曲折尽情,而亦拉杂有小说气。且此两事皆不得谓之战功;若改其题为书事,则无病矣!其它叙事谨严,确有史裁;而于故旧之际,情韵不匮,抑扬往复,上接欧阳修,下开归有光,在有明中叶,屹然为一大宗!录《旸谷吴公传》曰:

公名杰,字士奇,武进人也;其为医始公之高祖肇。父宁,赠太医院判。公之学,自青乌氏书,风角,云气,占经,李虚中,子平之术,金丹内外秘诀,无所不通;医特其一技耳!然竟以医至大官。其于医,精究古方书而善脉。其治病,不纯主古方书,而一切以脉消息之,有初若与证相反,而卒无不效者;其馀奇疾尤效也!弘治间,以明医征至京师,遂以医游诸公卿间。公医既精,而仪观磊落,阔达善谈说,颖然见锋锷;于是诸公卿争迎致为上客。京师诸老医与公同时所征诸郡国医,莫不望风下之。是时都御史王钺镇大同,奏乞吴某调治边军。未及行,御史颜颐寿给事中李良度皆奏言:"吴某宜在供奉,不宜弃之边地。"下礼部。礼部尚书集所征郡国医,试之,卒无逾公者。故事,高等入御药房,中等入院,最下遣还郡;而当遣者若干人。公为之请曰:"国家三四十年,才一征医耳。若等幸被征,又待次都下十馀年,而又遣还,诚流落可悯!愿不入御药

第一章 文

房,而与若等同入院。"尚书义而许之。正德几年,掌院事李宗周竟荐公入御药房;而同荐者凡八人。有与宗周同官争权者,因左右谗之上曰:"宗周所荐多私人,且通贿,实不能医。"上曰:"吾当自试之!"时上病喉痹,遂按名召公,一药而愈。上喜甚,叹曰:"有医若此,乃不以医朕耶!"因厚赐公,诘责谗者,而谓宗周为忠。公自是得幸于上,每病未尝不属公。公治之未尝不立愈。一日,上猎射还,惫甚,感血疾;公进犀角汤愈;命进一官,赐彪虎衣一。上尝幸虎圈,虎腾而惊;公疗之愈;命进一官,赐银五十两,表里一。顷之,试马;御马监腹卒痛;公进理中汤立愈;赐绣春刀一,银三十两。自是上所游幸,公必从。尝侍上卧,至以肩荷上,或摩抚玉体;有不以属左右近幸而以属公;其分御膳啖公,有左右近幸所不能得,而公得之。自医士十日而迁御医;自御医三月而迁院判;凡一愈病,则一迁;为院判当迁者数矣!公固让,三年而迁院使。上亲宠益笃,尝欲以禁卫衔公,赐蟒衣。公谢曰:"臣以药囊侍升下,此非臣职也!"上乃止。某年上南巡。公以医谏,且泣曰:"圣体尚未安,不宜远行!"上怒曰:"汝医官也,敢乎!"叱左右挟出。公留京师。驾行至淮,渔于清江浦,遂病,还临清,梦见公,急遣校尉召公。公驰至临清,见上。上泣曰:"而不忆我耶!"公亦泣。遂扈从还通州。时权彬握兵在左右,见上病,一旦不讳,惧诛,欲据窟穴为乱,力请复幸宣府。公脉已惊甚,言诸大奄曰:"疾亟矣!幸可及还内耳!脱至宣府不讳;吾与若辈即死,宁有葬地乎!"奄以为然,乘间百方说上。上意动。而彬亦数从公觇问:"上病何如?"即诡言曰:"且愈矣!勿忧也!"已而驾还京师崩。彬坐诛。毅皇崩之几月,而公亦致仕去矣!既致仕,留居京师,遣其二子遍从翰林诸名公游。壬辰,子希孟举进士,以才廉擢给事中;于是以恩进公阶朝列大夫。甲午,子希鲁举于乡。自某年,公还武进,稍葺室庐,治田园为终焉之计。公既老,居乡,不复为人治病;而亲戚故人有奇症,或病危甚;众医所不治者,乃以请公。公亦间往;往则应手愈。居间诵老、庄氏书,益究金丹内外秘诀,以冀所谓长生者;其自号旸谷,谷者,谷神也;或曰:"旸谷,海东仙人所庐。"岁时与里中故人雅歌弹棋饮酒为乐;酒酣,数语及毅皇时事,出所赐衣物,未尝不泫然流涕也!久之,希孟为广信知府,恳乞致仕归养。归数月而公卒!公每自诧得丹诀,指其小腹,谓人曰:"此中有物矣!"先卒之一日,余往候公。公紫色莹然如平生。希孟曰:"唐翰林在。"公点头。卒时,神气不乱,整衣端坐,口云"好好",遂卒!年七十有八。嗟乎!公信多奇矣哉!希孟居乡有志向,师事徐养斋先生而友余。余是以得备闻公之行事为传;而叙公在毅皇时事独详焉,以见公之遭遇,以俟国史传方技者有者云。

顺之为文之以唐宋为法,实自王慎中发之。然慎中按部就班,蕲乎毫厘不失法;而顺之则欲以法寓于无法之中,虽文章时有利钝,而一洗比拟闲架,描头画角之习。顾不语人以求工文字。每谓:"两汉而下,文之不如古者,岂其所谓绳墨转折之精之不尽如哉!本色不如也。秦、汉以前,儒家者有儒家本色;至如老、庄家有老、庄本色;纵横家有纵横家本色;名家、墨家、阴阳家,皆有本色;虽其为术也驳,而莫不皆有一段千古不可磨灭之见;是以老家必不肯剿儒家之说,纵横必不肯借墨家之谈,各自其本色而鸣之为言;其所言者,其本色也,是以精光注焉,而其言遂不泯于世!唐宋而下,文人莫不语性命,谈治道,满纸炫然,一切自托于儒家;然非其涵养畜聚之素,非真有一段千古不可磨灭之见,而影响剿说,盖头窃尾,如贫人借富人之衣,庄农作大贾之饰,极力装做,丑态尽露;是以精光枵焉,而其言遂不久湮废!然则秦汉而上,虽其老墨名法杂家之说而犹传;今诸子之书是也。唐宋而下,虽其一切语性命,谈治道之说,而亦不传;欧阳永叔所见唐《四库书目》百不存一焉者是也。仆居闲偶想起宇宙间有一二事,人人见惯而绝是可笑者。其屠沽细人,有一碗饭吃,其死后则必有一篇墓志。其达官贵人与中科第人稍有名目在世间者,其死后则必有一部诗文刻集;如生而饭食,死而棺椁之不可缺。此事非特三代以上所无;虽秦汉以前,亦绝无此事。幸而所谓墓志与诗文集者,皆不久泯灭;然其往者灭矣;而在者尚满屋也!若皆存在世间,即使以大地为架子,亦安顿不下矣!此等文字,倘家藏人畜者,尽举祖龙手段作用一番,则南山煤炭竹木尽减价矣!可笑可笑!"闻者怃然!盖精神意量,有在笔墨蹊径之外者矣!

　　王世贞绍述李攀龙之说,以秦汉之文倡率天下。而唐顺之则从唐宋门庭沿洄以溯秦汉;晚乃摈绝文字,无意与世贞挂撑。崑山归有光字熙甫稍后起,而名位不显;独抱唐宋诸家遗集,与二三弟子讲授于荒江老屋之间,毅然出其言论以与世贞相驳难,至诋之为妄庸巨子。世贞大憾;迨于晚年,乃始心折,题有光遗集,赞曰:"风行水上,涣为文章。风定波息,如水相忘。千载有公,继韩、欧阳。"虽以世贞之高名盛气;而有光拔帜易帜以屹自树立,开逊清桐城之文,而妙出以纡徐;其文由欧阳修以几太史公;虽无雄直之气,驱迈之势,而独得史公之神韵;传有《震川文集》三十卷,别集十卷(清康熙间归庄刻本、《四部丛刊》影印归庄刻本、光绪间归氏重刻本），发于亲旧及人微而语无忌者，盖多近古之文；至事关天属，其尤善者，不事修饰，而情辞并得，使览者恻然有隐，其气韵盖得之史公。而或者亦讥之曰："彼其所为抑扬吞吐，情韵不匮者，苟裁之以义，或皆可以不陈。浮芥舟以纵送于蹄涔之水，不复忆天下有曰海涛者也！"特于不要紧之题，说不要紧之话，却自风神疏淡，是于太史公深有会处。盖有光以前，上而名公硕卿，下而美人名士之奇闻隽语，刿心怵目，乃以厕文人学士之笔；至有光出而专致力于家常琐屑之描写；其尤恻恻动人者，如《先妣事略》、《归府君墓志铭》、《周弦斋寿序》、《寒花葬志》、《项脊轩记》诸文，悼亡念存，极挚之情，而写以极淡之笔，睹物怀人，此意境人人所有，此笔妙人人所无；而所以成其为震川之文，开韩、柳、欧、苏未辟之境者也！录《项脊轩记》曰：

项脊轩，旧南阁子也。室仅方丈，可容一人居；百年老屋，尘泥渗漉；雨泽下注，每移案顾视，无可置者；又北向，不能得日；日过午已昏。余稍为修葺，使不上漏；前辟四窗，垣墙周庭，以当南日，日影反照，室始洞然！又杂植兰桂竹木于庭，旧时栏楯，亦遂增胜！借书满架，偃仰啸歌，冥然兀坐，万籁有声；而庭阶寂寂，小鸟时来啄食，人至不去。三五之夜，明月半墙，桂影斑驳，风移影动，珊珊可爱！然余居于此，多可喜，亦多可悲！先是庭中通南北为一；迨诸父异爨，内外多置小门，墙往往而是；东犬西吠。客逾庖而宴。鸡栖于厅。庭中始为篱，已为墙，凡再变矣！家有老妪，尝居于此。妪，先大母婢也；乳二世。先妣抚之甚厚。室西连于中闺。先妣尝一至。

妪每谓余曰："某所，而母立于兹！"妪又曰："汝姊在吾怀呱呱而泣。娘以指扣门扉曰：'儿寒乎？欲食乎？'吾从板外相为应答。"语未毕，余泣！妪亦泣！余自束发读书轩中。一日，大母过余曰："吾儿！久不见若影！何竟日默默在此，大类女郎也！"比去，以手阖门，自语曰："吾家读书久不效；儿之成则可待乎？"顷之，持一象笏至；曰："此吾祖太常公，宣德间执此以朝！他日，汝当用之！"瞻顾遗迹，如在昨日，令人长号不自禁！轩东故尝为厨；人往，从轩前过。余扃牖而居，久之，能以足音辨人。轩凡四遭火，得不焚；殆有神护者！项脊生曰："蜀清守丹穴利甲天下；其后秦皇帝筑女怀清台。刘元德与曹操争天下，诸葛孔明起隆中。方二人之昧昧于一隅也，世何足以知之！余区区处败屋中，方扬眉瞬目，谓有奇景；人知之者，其谓与陷井之蛙何异！"

余既为此志，后五年，吾妻来归，时至轩中，从吾问古事；或凭几学书。吾妻归宁，述诸小妹语曰："闻姊家有阁子。且何谓阁子也？"其后六年，吾妻死，室坏不修！其后二年，余久卧病无聊，乃使人复葺南阁子，其制稍异于前。然自后，余多在外，不常居。庭有枇杷树，吾妻死之年所手植也；今已亭亭如盖矣！

杨士奇与有光同一学欧阳修；然士奇宽衍而伤于肤，辞系情隐。有光优游而归之洁，言简旨永。盖一如香蕉之熟而过烂；而一则谏果之味回于甘；有寥寥短章而逼真《史记》者，乃其最高淡处。如《项脊轩后记》，所以寄其悼亡之思，著墨不多，萧然高寄，而有弦外之音。又如《寒花葬志》曰：

婢、魏孺人媵也。嘉靖丁酉五月四日死,葬虚邱;事我而不卒,命也夫!婢初媵时,年十岁,垂双鬟,曳深绿布裳。一日,天寒,爇火煮荸荠熟;婢削之盈瓯。余入自外,取食之。婢持去不与。魏孺人笑之!孺人每令婢倚几旁饭,即饭,目眶冉冉动;孺人又指余以为笑!回思是时,奄忽便已十年。吁!可悲也已!

皆所谓"于不要紧之题,说不要紧之话,却自风神疏淡"者也。然有光之文,高者在神境;而稍病虚,声几欲下!亦有近俚而伤于繁者。特自何、李崇茁轧之习,号为力追周秦;王、李重扬其波,天下从风靡。而有光一切刮磨,不事涂饰,而选言有序;不刻画而足以昭物情,与古作者合符,而后来者取则焉!可不谓之特立独行之士乎哉!

第十节　袁宏道 附徐渭、袁宗道　钟惺　谭元春

　　方何、李、王、李之极盛;茅坤、唐顺之以疏快救板重。王慎中、归有光以洁适变奥古。此变而得其正者也。山阴徐渭字文长,公安袁宏道字中郎,以清真药雕琢,而不免纤窘,则江湖才子之恶调也!竟陵钟惺字伯敬,谭元春字友夏,以幽冷裁肤缛,而仍归涩僻,又山林充隐之赝格也!一则漫无持择;一又过为尖新;虽蹊径不同,而要之好行小慧,以便空疏不学则一!此变而不得其正者也。

　　当嘉靖时,王、李倡七子社,谢榛独以布衣被摈。渭自以诸生不得意,愤其以轩冕压韦布,誓不入二人党。殁二十年,袁宏道游

越中，得渭残帙，以示祭酒陶望龄，相与激赏，刻以行世。传有《徐文长集》三十卷，中多代总督胡宗宪之作；其文则源出苏轼，唐顺之、茅坤诸人皆相推挹；独不得志于王、李，遂不在声气之中！而宏道为之传曰："文有卓识，气沈而法严，不以模拟损才，不以议论伤格，韩、曾之流亚也！文长既雅不与时调合，当时所谓骚坛主盟者，文长皆叱而奴之，故其名不出于越！悲夫！"然渭本俊才，不幸而学问未充，声名太早，一为权贵所知，遂任情放诞；及乎时移事易，侘傺穷愁，益放言高论，不复问古人法度为何物；只见为调靡而机利而已！何所谓气沈而法严也！然故公安一派之滥觞矣！宜宏道有以亟称之也！

宏道与兄宗道字伯修，中道字小修，并有才名；时称三袁。先是王、李之学盛行，遂以仿汉摹唐转移一代之风气；迨其末流渐成伪体，涂泽字句，钩棘篇章，万喙一音，陈因相厌。于是三袁乘其弊而排抵之；而宗道实倡其说，于唐好白乐天，于宋好苏轼，名其斋曰白苏。至宏道益矫以清新轻俊，传有《袁中郎集》四十卷；然戏谑嘲笑，间杂俚语。录《拙效传》曰：

家有四钝仆：一名冬，一名东，一名戚，一名奎。冬，即余仆也，掀鼻削面，蓝睛虬须，色若绣铁；尝从余武昌，偶令过邻生处，归失道，往返数十回，见他仆过者，亦不问；时年已四十馀。余偶出，见其凄凉四顾，如欲哭者；呼之，大喜过望。性嗜酒。一日，家方煮醪，冬乞得一盏；适有他役，即忘之案上，为一婢子窃食尽；煮酒者怜之，与酒如前。冬伛偻窦间，为薪焰所著，一烘而过，须眉几火。家人大笑，仍与他酒一瓶。冬甚喜，挈瓶沸汤中，俟暖即饮；偶为汤所溅，失手坠瓶，竟不得一口,瞠目而出。尝令开门,门枢稍紧,极力一推,身随门辟,头颅触地,足过顶上。举家大笑!今年随至燕邸,与诸门隶嬉游半载,问其姓名,一无所知。东貌亦古,然稍有诙气;少役于伯修。伯修聘继室时,令至城市饼;家去城百里,吉期已迫,约以三日归。日晡不至,家严同伯修门外望,至夕,见一荷担从柳隈来者,东也!家严大喜,亟引至舍,释担视之,仅得蜜一甕;问饼何在?东曰:"昨至城,偶见蜜价贱,遂市之。饼价贵,未可市也。"时约以明日纳礼,竟不得行!戚、奎皆三弟仆。戚常刈薪,跪而缚之,力过绳断,拳及其胸,闷绝仆地,半日始苏!奎貌若野獐,年三十尚未冠,发后攒作一纽,如大绳状。弟与钱市帽。奎忘其纽;及归,束发加帽,眼鼻俱入帽中,骇叹竟日!一日,至比舍,犬逐之,即张空拳相角,如与人交艺也,竟啮其指。其痴绝皆此类!然余家狡狯之仆,往往得过;独四拙颇能守法。其狡狯者相继逐去,资身无策,多不过一二年,不免冻馁,而四拙以无过坐而衣食;主者谅其无他,计口而授之粟,唯恐其失所也!噫!亦足以见拙者之效矣!

不事修饰,其意在变板重为轻巧,变粉饰为本色,致天下耳目于一新,学者多舍王、李而从之,目为公安体。然王、李犹根于学问;公安则惟恃聪明;其尤甚者,轻薄以为风趣,矜诞以为吊诡。而金圣叹一派之放诞灭裂以自命才子,未必非公安阶之厉也!学王、李者,不过奥坚以赝古。而学公安者,乃至矜其小慧,反道而败德,名为救王、李之弊,而弊又甚焉!其后王、李风渐息,而钟、谭之说大炽!

钟、谭者,钟惺、谭元春也。惺貌寝,羸不胜衣;为人严冷不喜

第一章 文

接俗客,由此得谢人事,肆力为文章;其宗旨具见所辑《周文归》、《宋文归》,与论诗同一蹊径,点逗一二新隽字句,矜为奇秘。周文质奥;宋文畅适;而惺一切以纤巧之法选之,以佻薄之语评之,撮新标奇,亦时有发。其文集不见;睹所为《游武夷山记》,洁情秀韵,颇工刻画;亦以幽秀孤峭,性与境称也!然有隽语而无快笔,不免失之枝碎;亦以生平著意字句,而无篇章之功也。其辞曰:

入闽,自崇安县南至省会八百馀里,周始于山。去县三十里之裴村,隔溪望,形神狯谲,疑不为山;疑不为山,而山之习者创,恒者奇,人始作山想,欣然思一至者,武夷山也。山之情候在溪;溪九曲,山或应或违,而无所不相关。往往用舟,由一至九,终武夷游事。而自县南来者,去山十里,有水帘洞最胜。洞在山之万年官左,而北接□,乃与一曲诸峰钩连,异岭同胜,如两人背立,游宜从此始。或曰:"七曲有径,可达此洞。"则其离合断续之故,又不可问也!余以天启三年癸亥归楚,则路先裴村,度溪,憩山千万年官;虽欲始水帘洞而不能。为二月初八日,友人商梅送余至此,曰:"游武夷,右之右之耳!"盖九曲在官右故也。大要官在山为邮舍,在他处已作深山;然大王与幔亭二峰,似处官后,入即见之;入舟始一曲而正立溪左,庄甚!迤逦至二曲,乃更枕藉;傍小峰轩举作态;然游者皆以为一曲中物也!而一曲所有之峰,如大小观音与狮子,与二曲之玉女,入舟皆见;舟行稍远,则狮子没,三峰去一为二;又远,则小观音没,二复为一;然三峰不以出没为有无也!玉女屡迁多姿,一曲之未至,与三四之已过者,心目延返皆不能忘;于此虽欲专属二曲而不能也;然二曲用此为标。标三曲者,峰不可数,小藏为最。四曲者不可数,大藏为最,其下有卧龙潭焉。标五曲者不可数,仙掌大隐屏接笋为最。六曲则天游观左右之;晚对苍屏、三教、大小城、高岩为最;若一曲之大王幔亭,二曲之玉女也。余初八日之游,至六曲止。第以舟行,而二曲之灵岩、一线天、虎啸岩诸处,不能往;往非舆行六七里不可;如是则以二曲专一日,亦不为过。而念霁甚,是夜天游观之月,居高及远,当为溪山之鉴,宿无良于此者。出舟,仰小藏壁中仙船,而至乃绕其背,至卧龙潭,潭在大藏峰下;九曲之水,清无隐鳞,虽浅亦自可;而此水以潭名,极为静深,渊渊然如不恒流焉!由此趋平林渡,未终五曲,以舆代舟。寻太隐屏,朱晦翁书院在焉;当诸曲之中,溪山所会也;翁自有记。接笋峰雁次相缀;书院在峰前,而云窝在其后。云窝者,陈少司马省所营。公,长乐人,住山十二年,因崖割胜,居处门庭,部署历历,法趣相生,使后至者有鸠借鹊巢之思焉!余留诗见志。乃循仙掌峰,曲折缘流,步夕阳空翠而上;由石门上天游观。是夜宿焉,颇接笋峰,地高天近,云水烟霜,俱化为月;月光所往,未见其止;始知身在山中。与商子亭中坐立相对,惟恐其旦!旦则登一览台;台高于观,三曲之水,反在其下;见大王峰,复庄甚!降复开舟,盖初九日也。意当从五曲始;不知六七曲边际,已销付仙掌笋舆中,舟待于七曲久矣!乃从此入舟;以故六曲之苍屏、上下城、高岩、小桃源,俱未及问焉。标七曲者为北廊岩、天壶峰。八曲为鼓子、三教峰、百花庄。九曲为寒岩、灵峰。观恬目愉趣佳处领其要而已!行至九曲,径夷神旷,有出山之意。念岩壁之散处溪左右,为舟所未及;舟至而步未及至者,雅不欲以既倦之心目偿之。乃回舟。棹声未灭,已过天

第一章 文

游观;诵谢康乐"空翠难强名"之句,望昨夜所坐立亭子,危仄似非可著足处!仙掌虽一峰,横据甚广,笼映可数曲;缘壁甫穷,遂发五六曲之舟,有以也!将达五曲,步至接笋峰下,欲登而不敢,必陈力进止。由一小门入,入得一亭,可憩;其绝顶有鸡胸岩,受趾以外,深不见底,以絙度;而峰本不甚高,依壁为木梯,级不盈尺,凡七十级;而余以病后不能;有诗云:"自欢来偏晚,非关上独难。"谓游山须及时;兴日进而具日减,年所为也!一道士手茶果,蹑梯下,步甚安,承饮焉。山中人以种茶代耕,茶惟接笋为妙。舆而舟,舟而又舆,返寻六曲之苍屏峰、城高岩;岩半庐一僧,僧亦山中所少也!舆而又舟,度溪,问所谓小桃源者?按图,旧有石堂寺,宋天圣间,中夜风雨所陷之石,倚垂者为洞,坠者为梁;水声出洞梁中戛戛者为洞;凡为石门者二;既进,乃有田园庐舍,桑麻鸡犬,不知其山中也?幽险之极,得坦旷者,反以为异!武夷可居,无过此者!入舟,过四三曲,玉女、大王诸峰,数面成故。返宿万年宫,游事可终。念山中宿处,高莫如天游,深莫如虎啸!乃舍舟横斜行六七里许,问灵岩;岩不甚高,石覆如廊,洞如比屋,堂寝略具。檐牙所交,天光入隙,广不逾寸,长百之,如线者;一线天也!横有隙,由一洞又穿一洞,既至,寒吹如晚如秋者,风洞也!望衡对宇,可往可来者,伏羲洞也!日暮矣,返宿虎啸岩。岩高于灵岩,立而微颇以覆缀壁之屋,僧居之,屋亦瓦,然终古不知有雨!是夜,月光如水,使人欲泛;余诗所谓"置身星月上,魄濯水烟中"者是也!明日,由二曲入舟,寻止止庵。山中无桃花,大要为茶所夺;惟灵岩以往及止止庵,稍灿灿若瓶中物。还万年宫,具威仪而行。左行十里,道旁得一门如窦,易笋舆而入,坦步二里许,丹霞及火焰三峰桀竖,上乱烟日;群峰夹之,径渐仄,两壁相拒,如行三峡中;水间关,扼于石,纤直不自由者,为洞而不能为溪;而异者亦跣而频济;石益束,厥势始交;交则为洞如小桃源,而大且险倍之!洞穷径出,复有天日,乃观水帘洞石壁。壁高而颓,故所覆甚远;去壁数百武,晴日阴暄,雾飞如雨;久之,始知流从壁上来;屋挂于壁,栏周之,拾级凭栏,如人执喷壶往来绝顶,滴沥如丝,东西游移,或东西分,弱不能自主,恒听于风。洞以水得名;峰势雄整,而水之思理反细,声光微处,最宜静者;非浮气人听睹所及也!余初不知水帘洞与武夷已隔一溪,相去又十里,何以相隶?既而悟异人频济处,已还度溪,原未尝隔也!钟子往返武夷三日,觉远望疑不为山者,身到处无非山。山不知有曲,溪为之。溪不自谓曲之必九,泛溪者为之。水帘洞与武夷,一而二,二而一,自县南来者,宜以此为游事之始。来者甚锐,望九曲不能待,姑俟其归,则韵者如食已饫,俗者如倦欲寝,故竟亦过而不问也。商子导余,决计以水帘洞终武夷游事,为月之初十日。

文见《武夷山志》。考其时,乃惺丁忧去职,枉道而为此。昔苏氏轼、辙兄弟去丧,禁断诗文;再期之内,不著一字。而惺素称严冷,具至性,何乃不如二苏之放旷者欤?况登山何事,闻讣何时,而竟优游为之耶?顾谭元春撰《墓铭》,不为隐避,不为微词,反称其哀乐奇到,非俗儒所能测!噫!三年之丧,天下之通丧也!岂不俗人之所能免欤!

谭元春最喜读郦道元《水经注》,刻有评本,虽识堕小慧,而趣绝恒蹊,意想所营,颇多创得。而为文章,亦得力焉模山范水;传有

《谭友夏合集》二十三卷,中《鹄湾文草》九卷。传志诸篇,立言无体,几为笑柄,多类稗官。而书牍序言,颇有意致。铭辞游记,尤可取裁;叙泉石之奇,能超形想;写友朋之乐,足散人怀。铭或具体于东坡,记多得力于《郦注》,洁情隽致,亦自足多;然有好句而无完篇。今最其文之佳者:如《游玄岳记》,有曰:"涧上置桥,高壁成城,相围如一甕。树色彻上下。波声为石所迫,人不能细语;桃花方自千仞落,亦作水响。"又曰:"众山纷纷委于壑;松柏如随其山下伏,偃然与荇藻无异!"《游南岳记》,有曰:"入丹霞寺,栋宇飘摇,若欲及客之身。自此以上,云雾僦居,冬夏一气,屋往往莫能自坚。"又曰:"指隔山上封寺,道有级路,趾斜垂若蚁缘。人与云遇于途,云不畏人。趾穷,坦然得寺,亭午弄旭,澹若夕照。"又曰:"上祝融峰顶,数人各据一石。晴漾其里,云缝其外,上如海,下如天,幻冥一色,心目无主;觉万丈之下,漠漠送声。"又曰:"久之,云动。有顷,后云追前云,不及,遂失队;万云乘其罅,绕山左飞,飞尽日现,天地定位,下界山争以青翠供奉;四峰皆莫能自起,远湖近江,皆作丝缕白。"又曰:"宿上封寺,云有去者。星月雍然,磬声不壮。"又曰:"善游岳者先望。善望岳者,逐步所移而望之。雨望于渌口。月望于山门,皆不见。都市乃得见之,深于云一纸耳。将抵衡,触望庄栗,空中欲分天。又望于县之郊庵,云顶一二片定者,的的见缥碧。又望于道中,万岭皆可数;然是前山,非郊庵所望缥碧者也!"《初游乌龙潭》有曰:"有舟自邻家出,与阁上相望者,往来秋色。"《再游乌龙潭记》有曰:"电与电相后先。电光煜煜入水中,深入丈尺,而吸其波光以上于雨,作金银珠圆影;良久乃已。"《三游乌龙潭记》有曰:"残阳接月,晚霞四起,朱光下射,红在莲叶下起;已而尽潭皆颏,明霞作底。"此皆写景之妙者也。《退谷(钟惺别号)墓志铭》有曰:"退谷改南时,傚秦淮一水阁,闭门读史。每游人午夜棹回,曲倦酒尽,两岸寂不闻声;而犹有一灯荧荧,守笔墨不收者,窥窗视之,则嗒然退谷也!"《三十四舅氏墓志铭》有曰:"农暇或一至予家,问吾母安否?夏月稻登场,必贻以新。仲秋月圆酒熟,必寄予兄弟;每过予家,则教以安分行乐。予兄弟往拜舅室,见其与妇乔孺人,子女四五人,所畜童婢二人,料理鸡埘牛圈,屋茆钓缗;宽然无辱于担石之中!应酬不烦,王税不逋,贵不知敬,富不知羡。若以今世士大夫稍能知苦乐安危者,闻舅氏事;岂有不窃叹者哉!"《求母氏五十文说》有曰:"舂兄弟六人,百亩之田,三尺之童,母乘其俱出析之;曰:'非儿曹意也!吾见魏氏数世同居,子孙不知世务,卒以此愦愞落其家声;徒存义名,无补门户!且吾所为析者,使诸妇不凌杂耳!其母妹兄弟同食如故;人直供一日。'薄暮取酒相对,谈学业世事。母亦喜出听,自出饼饵蔬醴,佐舂兄弟啖。兄弟中有求益者。母喜曰:'吾见汝曹争食;家中长若此可矣!'"此皆写情之真者也。至铭赞之佳,如《端石研铭》曰:"无旁无足,无口无目。墨易生如蓄,水自出如瀑。大人书之金如玉,野人书之石如木。"《连环研铭》曰:"石田苍苍,一区二唐。"《女士程辟支所绣观音颂》曰:"腾腾白光,一针所始。何以竟之,既结旋委。稽首审听,瓶摇新水。春闺无怨,丝丝神理。幅帛莫增,扪如其指。送大士行,月出烟止。"《宋绣观世音赞》曰:"我闻绣佛,慎哉劈丝!离朱晨曦,目午则疲。莲花瓣瓣,紫竹枝枝。视手中线,观音在兹。"名章迥句,处处间起;与钟惺齐名,亦以易天下之耳目;有竟陵体之称。然竟陵特以诗著,而文章亦自成一格。公安结调太熟;而竟陵又过生新。公安造语近俚;竟陵构篇不完。公安无洁情,而竟陵乏远韵。若夫言择雅驯,文忌枝碎,结调在生熟之间,而馀味包篇章之外者,其惟归有光乎! 其惟归有光乎!

第十一节　钱谦益　艾南英_{附罗玘}

有导扬归有光之学,以自振拔于王、李,而湔洗不净者,曰常熟钱谦益字受之。自言年十六七岁,已好陵猎为古文;李梦阳《空同》王世贞《弇山》二集,澜翻背诵,暗中摸索,能了知某纸;摇笔自喜,欲与驱驾。父世扬见之曰:"此唐荆川所谓三岁孩作老人形耳!"而谦益自若! 为举子,偕李长衡,视所作。长衡笑曰:"子他日当为李、王辈流。"谦益惊曰:"李、王而外,尚有文章乎?"长衡为言唐宋大家,与李、王迥别,而略指其所以然。谦益为之心动。既而从练川二三长者,得闻归有光之绪论,与近代王、李剽贼之病。客从临川来,汤显祖寄声相勉曰:"本朝文,自空同已降,皆文之舆台也! 古文自有真,勿漫视宋濂!"于是始覃精研思,刻意学唐宋古文,因以及金元元好问、虞集诸家;而尤喜欧阳修《五代史记》,以为"真得太史公血脉,而下开震川。如震川之《李罗村行状》、《赵汝渊墓志》,虽欧公复生,何以过此! 以震川追配唐宋大家,其于介甫、子由,殆有过之,而与古人参会于毫芒杪忽之间也! 士生于斯世,尚能知宋元大家之文,可以与两汉同流,不为王、李所澌灭。震川之功,岂不伟哉!"因校刻《震川集》而序之。盖逊清桐城家言之治古文者,胥由有光以踵欧阳而窥太史公;姚鼐遂以有光上继唐宋八家而为《古文辞类纂》一书;何莫非谦益之绪论,有以启其涂辙也! 特谦益自为文章,则以早年寝馈于《空同》、《弇山》者深,而洗伐不尽。有光之文,顺理成章,自然隽永深折。谦益之文,盛气缛语,不免峻厉矜肆。杨士奇、李东阳气体阔大,而骨力甚平;其流为庸熟。而谦益则又骨力开张,而脉理不细;其弊为矜诞。然杨、李所谓雍容之音,讵耐咀味!而谦益妙有噍杀之节,时能激发。传有《初学集》一百十卷(《四部丛刊》影印明崇祯癸未刻本,又清宣统间吴江薛凤昌邃汉斋铅排本),《有学集》五十卷(《四部丛刊》景印清康熙甲辰刻本,又宣统间薛凤昌铅排本)。录《瞳目篇赠华征君仲通》曰:

周室东迁后,垂二百年,蛮夷交侵,三纲沦替。生斯世也,伥伥乎无所之,胥天下皆瞽人矣!孔子出,作《春秋》以相之;左目日,右目月,视为画,瞑为夜;故曰:"圣人者,时人之目也。"吾于斯世,得二瞽人焉!《春秋》未作,得一人焉,曰师旷。诗不云乎!"蠢尔荆蛮,大邦为雠。"齐桓公以悬车束马之馀威,凭陵方汉;胶舟之问,委诸水滨。子野,一瞽工耳!骤歌《南风》,知楚师之不竞;何其神也!管夷吾死,楚氛蔽华夏,惟师旷为有目,焉得瞽!《春秋》既作,得一人焉,曰左丘明。史不云乎!"丘明失明,厥有《国语》。"言天道,征人事,采毫末,贬纤介,如抉目之金钗,如照世之宝玉。"左丘明耻之",孔子盖三叹焉!孔子,时人之目也。左丘明,以孔子为目者也。万古长夜,《春秋》复旦,鲁君子之四目,至今炯如也;焉得瞽!由是推之,自《春秋》以后,二千馀年,暴于秦,乱于五代,僭于耶律、蒙古完颜,稽天吞日,万倍荆蛮;于其中不瞽不盲者有几人哉!瞽者两目眹矣;犹恐人之一目眹也,汲汲然思厚其膜,滋其眵,又集矢以中之,胥天下拍肩取道而后已!秦始皇之于高渐离,畏忌而瞳其目,亦犹是也。虽然,始皇瞳渐离之目,自以为无患矣!近不瞳胡亥、赵高、李斯之目;远不能瞳陈涉、吴广、刘季、项羽之目;所谓"千秋万岁,传之无穷"者,亦终如瞽者之摸象,归于何有;则亦可为一笑而已矣!梁溪华仲通,怀文抱质,鲁君子之徒也!不幸而有丧明之疾;铅椠削笔,尊周王鲁,未尝一息而忘《春秋》之志也!居环堵之室,咏歌先王之风,曳杖抱膝,声满户牖;徐而听之,泣铜盘,弹翎雀,湫乎攸乎,如师旷之骤歌《南风》而有馀思也!仲通居矇瞽之世,以有目取憎;天之矇其目也,所以全仲通也!屏居内视,玄览中区,目光如炬,庶几半头天眼;此人之所不能憎,而天之所不能矇者也!虽有百始皇,如仲通何!吾于师旷、丘明二瞽之后,窃取仲通以配之曰:"此宇宙间三有目人也!"不亦可乎!仲通今年六十,人争引唐文昌以城南复明为祝。而余则诵元遗山之诗曰:"无穷白日青天在,自有先生引镜时。"以为天之所不能矇者,复明与否,非所急也!作《矇目篇》以贻之。

谦益目睹明社之屋,而不能死;又以身事新朝,微文见意,时有弦外之音,而出以诙诡。清帝恨之,遂禁其集不得行。然在明清易代之际,江以南言文章者,必以谦益为巨擘焉!

东乡艾南英,字千子,起于江西,亦衍归有光之说以斥王世贞,而与谦益相应和。自李梦阳之说出,而学者剽窃班、马、李、杜。自世贞之集出,学者遂剽窃世贞。南英每痛切言之曰:"后生小子,不必读书,不必作文;但架上有《弇州前后四部稿》,每遇应酬,顷刻裁割,便可成篇;骤读之,无不浓丽鲜华,绚烂夺目;细案之,一腐套耳!"传有《天佣子全集》十卷(有清康熙、道光两种刊本)。其文学欧阳修,然根柢少薄,模拟有迹。录《重刻罗文肃公集序》曰:

有明文章之盛,莫盛于太祖朝!刘文成、宋文宪、王文忠、陶姑孰辈,不独帷幄议论,佐圣神文武,佑启后人之谟烈;而文章亦遂为当代之冠!至于苏平仲、高季迪、解大绅、方希古,或专以诗文,或兼有节义,后、先二祖之世。虽由草昧开天,士崇实学,不惑于流俗苟且之见;亦由唐宋大家之流风遗韵,典型未远。洪、永而后,文章浸衰矣!杨文贞、王文成虽卓然自成一家;而两公以相业事功,不专名文章;风矩所激,后进无由睹其标指!一时文章之权,无所主持。于是弘治之世,邪说始兴,至劝天下士无读唐以后书;又曰"非三代、两汉之书不读";骄心盛气,不复考韩、欧大家立言之旨。又以所持既狭,中无实学,相率取司马迁、班固,摘其句字,分门纂类,因仍附和。太仓、历下两生,持北地之说而又过之。持之愈坚,流弊愈广!后生相习为腐剿,至于今而未已!天祐斯文,笃生豪杰。南城圭峰、罗文肃公当邪说始兴之时,矫俗自立,力追古大家体裁;当时以为直逼柳州。天下后进,读公之集,始知刻厉为文,不袭陈言,不厌薄韩、柳,以为可师;皆公之力也!《易》曰:"硕果不食。"其公之谓欤!公殁且百年,为北地之徒者,日归于腐败;而公之文愈著。天下言文之士,由当代而溯韩、柳氏者,必以公为小宗。然后知后世之公论,作者之精神,有以致之也!公所为文,在翰林应酬之作为多;较之宋文宪、方希古、苏平仲辈,虽篇幅谨严,稍逊前人之宽博;至其冥思入微,命词遣意,境界一新;其师摹得力,自柳子《愚谷》诸记而来;即起方、宋于九原,未敢多让。加以力持风节,尝谏言官诤外戚之狱;为吏部侍郎,因群盗窃发,疏请早建储贰以系属人心。家居邻宁庶人馈遗。盖方正学之风节,《大庖西封事》之遗概,庶几似之!

予既序选公集,列之有明大家,而复因其玄孙栗□之请,序其全。公集刻旴郡,刻南国子监。此本较二刻稍备。近武进尚书淇澳孙公复有选本;然吾不乐其与北地并推也!

罗文肃公者,南城罗玘,字景鸣,与何、李同时,而不涉声气;著有《圭峰文集》三十卷。其文规模韩愈,戛戛独造,多抑掩其意,迁折其词,所争在句法奇险之间;而磊落嶔崎,有意作态,不能如韩愈之浑噩。艾南英模放欧阳,而生吞活剥,亦落肤剿,不能如归有光之神逸。以视李梦阳、王世贞之模秦仿汉,亦复鲁卫之政;何必此之为是而彼之为非!学秦汉文之落窠臼,而不免于肤剿者,李梦阳、王世贞也。学唐宋文之落窠臼,而一出于摹拟者,罗玘、艾南英也。钱谦益学欧阳修,面目全不似;而错综震荡,亦有气概。而艾南英学欧阳修,字句似;而拘挛系著,绝无神彩。独论文诸书,抑扬爽朗,颇尽利钝;而《与陈子龙书》,尤极峻厉。

第十二节 张溥 陈子龙

方明之季,艾南英倡豫章社,衍归有光等之说,而畅其流。而华亭陈子龙字卧子者,则结几社,承王世贞等之说,而涤其滥。是时,太仓张溥字天如、张采字受先,共学齐名,号娄东二张;集吴中名士,相与复古学;而溥为主盟,编有《汉魏六朝百三家集》一百十八卷,名其文社曰复社。而子龙则与同里夏允彝等倡几社相应和,以昭明《文选》为门庭。而子龙最为雄桀,天才迅发,好上下古今,切合时务,而敷以藻艳。艾南英至云间,抗颜南面。惟子龙以少年与之争。南英主理学；子龙主议论；南英主秦汉；子龙主魏晋；互持不相下，至于攘臂；要其独主所见，不肯雷同，亦足以自豪也！早为警丽，晚而趋于平淡，悔其少作；则南英亦为降心相推焉！录《横云山石壁铭》曰：

横云山者，松之屏蔽。其山偃卧凭隆，平冈削麓。含泉窟石，气理顽秀；凿山消精，岁积齿齿，盖僻迥残壤，远寄者绝其盘游，荒荒莫纪。有石壁焉，削成岿崎，肤色黄艳，方数十丈，猿鸟莫度，下临石池，嶙峋笋起；右转而北，石貌横出，两峰交会，中涧深寂，涧末委潭，测之以绠，未及垂止。斯亦方内之邃迹，浅境之壮观矣！环壁包池，则李氏之园在焉；既剪丛棘，遂有堂宇；濯洼以俟雨；植枫而缀秋。涉冬之阳，李氏携客信宿。落叶零翠，寒山冻青，风消夕醉，月照宵邃，辨隔浦之归渔，习空山之啸鬼，横览凄恻，悲凉莫馨！壁立峣屼，颓兮千古！乃作铭曰：

石髓凝风，云堆干雨。穴锁龙符，壁开灵斧。萝篆玄文，藓留青妩。滑磴疑猿，颓峰碍羽。泉覆群月，天空一秋。飞霜鸟路，结雾仟楼。碧摩㑞莽，红落浮游。涧鬼恒聚，石鼠尝游。竹响无羁，草香不扫。风堕岩危，波摇木矫。地骨黄初，山眉黛老。矗望当星，潜看逼昊。窦乳欲泫，择沙若明。傍崿虎瞰，阴濑蛟擎。岳堂中镇，湍桥宛萦。主情燕豫，客性峥嵘。考义古昔，揽时欣赏。酒寄怀深，诗安心荡。击火浮烟，缘溪拾橡。夜黑虚峤，幽魂下上！

语出生撰，调操险急，有李梦阳之奥古，而谢其剽袭；同王世贞之绚烂,而出以卓炼。雄骏驱迈,不如李、王,而短峭精悍,亦非李、王所及！李、王之文,排奡陵厉而出之;故浑灏流转之势盛。子龙之文,刮磨琢炼而出之。故遒峭峻险之意多。其后峥嵘极而归平淡,如所为《仙都山志》,绝去雕饰,而突起纡行,峭收缦回;章妥句适,而出以千锤百炼;牢笼百态,旷如也,奥如也,虽柳州不加焉！陈子龙遒丽惊挺,归有光简澹隽永,二子之文,吾未知所先后也！顾徐姚黄宗羲梨洲,与子龙交契,而所选《明文授读》,不登子龙一篇;自来选家,亦罕有及之者;宁得谓之知言哉！惜其文不多见耳！

张溥高名盛气,以汉魏为东南倡,而笔力凡近,所为《五人墓记》,急转直落,有意效太史公之跌宕激射;而提不起,放不下,欲为雄骏而曾不能以疏快,且不得与艾南英比;调已靡矣！其稍入奥者,则又堆垛龌积,捃摭古语,而意涉于晦,不可以句读者,亦往往有焉！桐城方以智字密之,贵公子,而撰《文章薪火》,以唐宋大家为东南倡;特议论好为穿凿。然玄黄之会,文多伪体;而云间以华,桐城以朴,差有宗尚。陈子龙之于东汉,含英咀华所得者多。而以智志于马、班、韩、欧,则寝馈不深。后来西泠十子陆僎胡辈出于云间,而骈俪之体日雅。戴名世、方苞辈大昌桐城,而散体之文以洁。贞下起元,固始基之矣！

第二章　诗_附词_

第一节　总论

　　自来文人好标榜,诗人为多;而明之诗人尤甚！以诗也者,易能难精;而门径多歧,又不能别黑白而定一尊;于是不求其实,相竞于名,树职志,立门户。明太祖时,吴则有北郭十子,为高启、杨基、张羽、徐贲、余尧臣、王行、宋克、吕敏、陈则、释道衍。越则有会稽二肃,谓唐肃、谢肃。粤则有南园五子,为孙蕡、黄哲、王佐、李德、赵介。闽则有十子,为林鸿、王恭、王偁、高廷礼、陈亮、郑定、王褒、唐泰、周元、黄元。景帝时,有景泰十才子,为刘溥、汤胤绩、苏平、苏正、沈愚、晏铎、王淮、邹亮、蒋主忠、王贞庆。孝宗时,有前七子,为李梦阳、何景明、徐祯卿、边贡、王廷相、康海、王九思;七子中,去王廷相,加朱应登、顾璘、陈沂、郑善夫,号十子。世宗时,有嘉靖八才子,为李开先、王慎中、唐顺之、陈束、赵时春、任瀚、熊过、吕高。有后七子,为李攀龙、王世贞、谢榛、梁有誉、宗臣、徐中行、吴国伦。后五子,为张九一、张嘉胤、汪道昆、余曰德、魏裳。广五子,为卢柟、欧大任、俞允文、李先芳、吴维岳。续五子,为黎民表、王道行、石星、赵用贤、朱多煃。末五子,为屠隆、胡应麟、李维桢、吴旦、李时行。而梁有誉、欧大任、黎民表、吴旦、李时行,又为南园后五先生。神宗时,有嘉定四先生,为程嘉燧、李流芳、娄坚、唐时升。又有公安派,则袁宗道、袁宏道、袁中道;竟陵派,为钟惺、谭元春。然此百十人中,没世有称者,不过三四十人。而极其流变,则在振唐格以革元风,矫纤浓而为雄道。元末明初,杨维桢最为巨擘;然险怪仿昌谷,妖丽出温、李,以之自成一家则可;究非康庄大道。刘基独标骨干,时能规模杜、韩。而高启则才气超迈,音节响亮,出入于汉魏、六朝、唐、宋诸家,而自出新意;振元末纤秾缛丽之习,而开何、李复古之风;博大昌明,泱泱乎开国之气象也!要之明初诗人,以二分为冠;袁凯、杨基次之,张以宁、徐贲、张羽又次之;其以高、杨、张、徐为明初四家,固不若是班也!永乐以还,崇尚台阁体。李东阳力挽颓波。何、李七子,起而振之,诗遂复归于正。而李梦阳雄浑悲壮,鼓汤飞扬;何景明秀朗俊逸,回翔驰骤;同一宪章少陵,而所造各异;骎骎乎一代之盛,有非徐祯卿、边贡、王廷相、王九思、康海所可及者!而其时杨慎负高明伉爽之才,空所倚傍,拔戟于李、何之外而自成一队。薛蕙、高叔嗣并以冲淡为宗;华察希韦、柳之风;皇甫冲得晋宋之意;亦正嘉时之尔雅者也!后七子,王世贞乐府古体,卓尔名家;李攀龙七言近体,高华矜贵;未尝不各有所长;但其它锻炼未纯,摹古大甚;而谢榛、吴国伦、徐中行、宗臣、梁有誉等辅之,沿袭雷同,致来攻击之口。于是一变为公安之轻儁,再变为竟陵之僻涩,三变为陈继儒、程嘉燧之纤佻,而每况愈下矣!议者或极推嘉燧,刻论李、何,究不过为门户之见耳!万历以来,高攀龙雅淡清真,得陶公意趣;陈子龙垦辟榛芜,上窥正始;斯为不染时趋者矣!明诗源流,大抵如此。今博考诸家之集,参以众论,录其著者。

第二节　杨维桢附贝琼　刘基　高启附杨基、张羽、徐贲、袁凯、林鸿等

易代之际,杨维桢诗名盖代,号铁崖体;而乐府其尤擅场者也!乐府始于汉武,后遂以官署之名,为文章之名。其初郊祀等歌,依律制诗;横吹诸曲,采诗协律;与古诗原不甚分。后乃声调迥殊,与诗异格,或拟旧谱,或制新题,辗转日增,体裁百出。大抵奇矫始于鲍照;变化极于李白;幽艳奇诡,别出蹊径,歧于李贺。元之季年,多效温庭筠体,柔媚旖旎,全类小词。维桢以横绝一世之才,乘其弊而力矫之,根柢于青莲、昌谷,纵横排奡,自辟町畦;传有《铁崖古乐府》十六卷(《四部丛刊》影印明成化刊本);其高者或突过古人,其下者亦多堕入魔趣,故文采照映一时,而弹射者亦复四起!录《湖中女》、《五湖游》两章:

湖　中　女

湖中水,滑如脂。湖中女,夫容姿。湖中小桨荡莲叶,唱得吴王白雪词。轻裾利屣踏雁足,为客高歌激明目。生年不作人家妇,东人西人换恩主。主家薄倖非三从,归来抱瑟弹孤鸿。君不见,东家女伴粗且丑,嫁得比邻呼何忪(读作钟)!

五　湖　游

鸱夷湖上水仙舟,舟中仙人十二楼。桃花春水连天浮,七十二黛吹落天外如青沤!道人谪世三千秋,手把一枝青玉蚪。东扶海日红桑楰,海风约住吴王洲。吴王洲前校水战,水犀十

万如浮沤。水声一夜入台沼,麋鹿已无台上游。歌吴歙,舞吴剑,招鸱夷兮狎阳侯。楼船不须到蓬丘,西施、郑旦坐两头。道人卧舟吹铁篴,仰看青天天倒流。商老人,橘几奕?东方生,桃几偷?精卫塞海成瓯窭。海荡珉山漂髑髅。胡为不饮成春愁!

维桢诗以奇逸矫变凌跨一世;特其才务驰骋,意务新异,不免滋末流之弊!宋濂撰《维桢墓志》称:"其于诗尤号名家,震荡陵厉,骎骎将逼盛唐;骤阅之,神出鬼殁,不可察其端倪。"而《答章秀才论诗书》,则曰:"近来学者类多自高,操觚未能成章,辄阔视前古为无物,故其所作往往猖狂无伦,以扬沙走石为豪,而不复知有纯和冲粹之意;可胜叹哉!"意似为维桢发也,则固不无微词矣!崇德贝琼,字廷琚;从学于维桢,而其言曰:"立言不在崭绝刻峭,而平衍为可观;不在荒唐险怪,而丰腴为可乐。"盖虽出于维桢之门,而宗旨颇不相袭者也。传有《清江贝先生集》四十一卷(《四部丛刊》影印明洪武刻本),其中《诗集》十卷,录《经故内》:

山中玉殿尽苍苔,天子蒙尘岂复回!地脉不从沧海断,潮声犹上浙东来。百年禁树知谁惜,三月宫花尚自开!此日登临解题赋,白头庾信不胜哀!

其诗温厚之中,自然高秀;不同维桢之方为奇矫也!

杨维桢以乐府擅声元代;然多构新题为古体,又辞华洗伐不尽。惟刘基锐意摹古,独标高格,力追杜、韩,而出以沈郁顿挫,遂开明三百年风气。而乐府高于古诗,古诗高于近体,五言近体又高于七言。元诗态浓而语纤;刘基干之以风力,辞意非常,骨气奇高,感慨同刘越石,险峻出韩退之,错综震荡;谢灵运《邺中诗》所谓"刘桢卓荦偏人,而文最有气,所得颇经奇"者也!若《二鬼》一篇,直欲破刘乂之胆矣!录《杂诗》:

小鱼头如针,大鱼须如松。小大各生育,孰私天地功!坤灵发淫怒,溟海簸惊风。大鱼食小鱼,陂池为之空。陂空水亦竭,小大相唅喁。但见灌莽间,颅骨成崆岘。残膏饫蝼蚁,孰辨鲸与鳗!

人生如浮云,飘摇无根蒂。昨暮青山阿,今朝沧海澨。风波无定时,沦踬难为计!是中苟不爽,曷问耿与翳。申胥存楚国,仲连却秦帝。此士虽则亡,英名千万世!

鹰本是鸷鸟,爪利翮劲疾。胡为化为鸠,钝拙无与匹!栖迟荆棘间,粒啄营口实。暮啼墙角雨,朝啼屋头日。昔为众鸟畏,今为众鸟哑。运命苦不常,孰为金石质!

急雨涨潢潦,沟池成五湖。青蛙与耿黾,得意鸣相呼。自谓乐无似,至足不求馀!蓬莱有玄鹤,曾见东海枯。清夜唳长风,哀音绕天衢。使我起太息,黑鬓变霜须!

惟豺知祭兽,獭亦知祭鱼。豺獭有报本,人道当何如!华堂饫玉食,盗贼塞中途。那能不自愧,而以耀庸愚!吁嗟千载下,枯骨空专车!

天地若大甖,万物生其腹。人犹腹中虫,蠢蠢随化育。钻攻无时休,脏腑为翻覆。帝青调元气,岂不畏戎毒!幡然命涤荡,汗下兼湧衄。蚩蚩自狂獝,涫沸交杀戮。何当瞑眩定,风止水归渎。铸铁作锄犁,春耕待秋熟。

言在耳目之内,情寄八荒之表,雅壮而多风,造语奇伟,如千金骏足,飞腾飘瞥,蓦涧注坡,不如维桢之有意奇诡,而自然高骧;一则文人之偏师出奇,一为志士之忧时托愤。是故非奇逸之难,有其胸次为难也!

长洲高启,字季迪;天才高逸,独为明开国诗人之冠!其于诗拟汉魏似汉魏,拟六朝似六朝,拟唐似唐,拟宋似宋,凡古人之所长,无不兼之,传有《诗集》十八卷(《四部丛刊》影印明景泰元年徐庸刻《大全集》本、清雍正六年桐乡金檀集注之文瑞楼刊本、近上海文瑞楼书庄影印文瑞楼原刊本),一洗元诗纤丽肤缛之习,而返之于古,启实为有力!然得名太早,殒折太速,未能镕铸变化,自为一家;故备有古人之格,而反不能名启为何格,此则天实限之,非启过也!特其摹仿古调之中,自有精神意象存乎其间。录《忆昨行寄吴中诸故人》:

忆昨结交豪侠客,意气相倾无促戚。十年离乱如不知,日费黄金出游剧。狐裘蒙茸欺北风,霹雳应手鸣雕弓。桓王墓下沙草内,仿佛地似辽城东。马行雪中四蹄热,流影欲追飞隼灭。归来笑学曹景宗,生击黄獐饮其血。皋桥泰娘双翠娥,唤来尊前为我歌,白日欲没奈愁何!回潭水绿春始波,此中夜游乐更多。月出东山白云里,照见船中笛声起。惊鸥飞过片片轻,有似梅花落江水。天峰最高明日登,手接飞鸟攀危藤。龙门路黑不可上,松风吹灭岩中灯。众客欲归我不能,更度前岭缘崚嶒。远携茗器下相候,喜有白首楞伽僧。馆娃离宫已为寺,香径无人欲愁思。醉题高壁墨如鸦,一半欹斜不成字。夫差城南天下稀,狂游累日忘却归。座中争起劝我酒,但道饮此无相违。自从飘零各江海,故旧如今几人在!荒烟落日野乌啼,寂寞青山颜亦改!须知少年乐事偏,当饮岂得言无钱!我今齿发虽未老,豪健已觉难如前。去日已去不可止,来日方来犹可喜。古来达士有名言,只说"人生行乐耳"。

顿挫浏亮,自选定其诗为《缶鸣集》;而王祎序而评之曰:"季迪之诗,隽逸而清丽,如秋空飞隼,盘旋百折,招之不肯下。又如碧水夫渠,不假雕饰,翛然尘外,有君子之风焉!"明初吴下多诗人,启与杨基、张羽、徐贲称四杰,以配唐王、杨、卢、骆云。基,字孟载,传有《眉庵集》十二卷(南京龙蟠里图书馆藏有影写明重刊成化本),其诗颇沿元季纤秾之习,不如启之冲雅遒炼;然其五言古诗,风格颇上。羽,字来仪,传有《静居集》四卷(南京龙蟠里图书馆藏有钞明万历刊本)。其律诗意取俊逸,失之平熟;而五言古体,低昂婉转,殊有浏亮之作;至于歌行,笔力雄放,音节谐畅,足以放驾于启而为一时之豪。贲,字幼文,传有《北郭集》十卷(南京龙蟠里图书馆藏有影写明成化刊本);其诗才气不及高、杨、张,而法律谨严,字句熨贴,长篇短什,并首尾温丽,于三家别为一格。然唐四杰以材章丽赡为美;而明四杰以风骨腾骞为高,故龙头不得不属启也!华亭袁凯,字景文,以白燕诗得名,时称袁白燕。启赠诗曰:"清新还似我,雄健不如他。"传有《海叟集》四卷(南京龙蟠里图书馆藏有明万历刊本又清光绪癸巳年徐氏观自得斋刊本);而何景明序谓:"明初诗人,以凯为冠。"盖凯古体多学《文选》,近体多学杜甫;与景明持论颇契,故有此语也。景明又极称:"歌行得杜之体。"然伤乎直,殊少变化。七言断句,在李庶子、刘宾客间;高启、杨基俱不及也!然吴诗尚风骨。而闽派讲格调,其诗派称三唐而祧宋元;善诗者称十才子,而福清林鸿字子羽者推巨擘焉!十才子者,闽郑定,侯官王褒、唐泰,长乐高棅、王恭、陈亮,永福王偁及鸿弟子周元、黄元时人目为二元者也。鸿论诗,大指谓"汉魏骨气虽雄,而菁华不足。晋祖元虚。宋尚条畅。齐梁以下,但务春华,少秋实。惟唐作者可谓大成;然贞观尚习故陋;神龙渐变常调;开元天宝间声律大备,学者当以是为楷式。"闽人言诗者,率本于鸿;传有《鸣盛集》四卷,宗法唐人,绳趋尺步,而无鹰扬虎视之致。"袁凯《海叟集》专学杜;而鸿《鸣盛集》专学唐;盖能极力摹拟,不但字面句法,并其题目亦效之;开卷骤视,宛若旧本;然细味之,求其流出肺腑,卓尔自立者,指不能一再屈也!"李东阳云。

第三节　李东阳　李梦阳　何景明　徐祯卿附祝允明、唐寅、文征明、边贡等　杨慎附高叔嗣、华察、皇甫冲等

诗必盛唐以上,李梦阳、何景明所以高唱复古也。然李东阳实有开山之功。东阳宏奖群英,力追正始;由其天材颖异,长短丰约,高下疾徐,滔滔莽莽,惟意所如。其自序谓:"耳目所接,兴况所寄,左触右激,发乎言而成声,虽欲止之,有不可得而止者。"此自得之言也。录《灵寿杖歌》:

> 吾闻武当之山四万二千丈,半在云根半天上!不知三十六宫何处称绝奇,产出灵株非一状。蛟螭盘拿露头角,态经树颠虎山脚。根蟠节错相纠缠,含风饱云经炎寒。九年洪水之水浸不杀,十日之日暴烈何时干!梯悬磴接趾步不可上,谁采

青壁红琅玕。见之羡者不容口,锡以嘉名曰灵寿;爪之不入行有声,金可同坚石同久!吾家此物旧所有,神与相扶鬼为守。自从病足跛曳不得前,已觉山林落吾手,一病经旬不出门,手中此杖嗟犹存!下床欹足立不定,此时托子以为命。不顾四体无微疴,但愿谢病归山阿。左扶右策夹以二童子,下可涉园径,上可陵陂陀。愿栽万本截万杖,穷崖阴谷生森罗。灵兮寿兮此物倘可致,直遣四海赤子头俱皤!

纵横跌宕,能盘硬语,极意规模少陵,何必李梦阳《空同集》耶!而梦阳轻之,何也?近体雅驯清澈,律圆而调响,亦深得唐意。录《游岳麓寺》:

危峰高瞰楚江干,路在羊肠第几盘?万树松杉双径合,四山风雨一僧寒。平沙浅草连天远,落日孤城隔水看。苏北、湘南俱入眼,鹧鸪声里独凭栏。

永乐以后诗,台阁体平熟,而理学诸公则近俚;得东阳起而振之,如老鹤一鸣,喧啾俱废。后李梦阳、何景明继起,廓而大之,骎骎乎一代之盛矣!李梦阳、何景明文必秦汉,诗必盛唐以上。而东阳文非秦汉,诗则盛唐也。

李梦阳五言古源本陈王、谢客,初不以杜为师;所云杜体者,乃其摹拟之作,中多生吞语,偶附集中非得意诗也;而学陈王、谢客者亦过雕刻,未极自然惟七言古及近体专仿少陵,而超然蹊径之外。七言古雄浑悲壮,纵横变化;《明星》、《去妇》、《杜铢师》、《刘大司马》等篇,跌宕奇矫;《士兵》、《豆茔》之作,学杜而智过其师,俚质生硬,处正不易到。而七言近体,开合动宕,不拘故方,准之杜陵,亦几具体;故当雄视一代,邈焉寡俦!至五言律颇伤质直;而长律整栗,亦有支弱之习;《灵济宫》一篇,高出《松陵》;馀则《华岳简何舍人鄱阳湖》诸作,亦可诵。七言绝,则学供奉;而五绝如《狱中咏将》诸篇,奇特可喜,是亦逸品。录《去妇词》、《秋望》:

去 妇 词

孔雀南飞雁北翔,含颦揽涕下君堂!绣幙空留并菡萏,罗袿尚带双鸳鸯。菡萏鸳鸯谁不羡,人生一别何由见!只解黄金顷刻成,那知碧海须臾变,贱妾甘为覆地水,郎君忍作离弦箭!忆昔嫁来花满天,贱妾郎君俱少年。瑶台筑就犹嫌恶,金屋装成不论钱。重楼复道天中起,结绮临春照春水。宛转流苏夜月前,萋迷宝瑟烟花里。夜月烟花不相待,安得朱颜常不改!若使相逢无别离,肯放逝波到东海。薄命难教娣姒知,衰年恨少姑嫜在。长安大道接燕川,邻里携壶旧路边。妾悲妾怨凭谁省,君舞君歌空自怜!郎君岂是会稽守,贱妾宁同会稽妇!郎乎幸爱千金躯,但愿新人故不如!

秋 望

黄河水绕汉边墙,河上秋风雁几行?客子过壕追野马,将军弢箭射天狼。黄尘古渡迷飞挽,白月横空冷战场。闻道朔方多勇略,只今谁是郭汾阳?

华州王维桢以为:"七言律自杜甫以后,善用顿挫倒插之法,惟梦阳一人!"而何景明则讥之曰:"子高处是古人影子耳!其下者,已落近代之口。未见子自筑一堂奥,突开一户牖,而以何急于下朽也!"梦阳论诗称陆、谢。而景明则箴之曰:"陆诗,语俳,体不俳也。谢则体语俱俳矣!"又曰:"空同刻意古范,铸形宿模,而独守尺寸。仆则欲富于材积,领会神情,临影构结,不仿形迹。诗曰:'惟其有之,是以似之。'以有求似,仆之愚也。近诗以盛唐为尚。宋人似苍老而实疏卤,元人似秀俊而实浅俗。今仆诗不免元习;而空同近作,间入于宋。譬之乐,众响赴会,条理乃贯;一音独奏,成章则难。故丝竹之音要眇,木革之音杀直;若独取杀直,而并弃要眇之声,何以穷极至妙,感精饰听也?空同丙寅间作,叩其音尚中金石;而江西以后之作,辞艰者意反近,意苦者辞反常;色澹黯而中理披慢,读之若摇鞞击铎耳!夫声以窍生,色以质丽。虚其窍,不假声矣!实其质,不假色矣!苟实其窍,虚其质,而求之声色之末,则终于无有矣!"梦阳主摹仿,景明则主创造。然景明不如梦阳之才大。梦阳亦逊景明之气清。梦阳诗以雄丽胜,景明诗以秀朗胜;同是宪章少陵,而所造各异。名成之后,互相诋諆。何诮李摇髀振铎,李诮何搏沙弄泥。何病李之杀直,李病何之缓散。两君皆负才傲物,而何稍和易;以是人多附之。亳州薛惠诗云:"俊逸终怜何大复,粗豪不解李空同。"自此诗出,而抑李申何者日渐多矣!

　　何景明题画诸诗,源出少陵,匪徒貌似,神亦似之。而五言古,有三谢体,有少陵体。七言古则深崇唐四杰转韵之格。录《明月篇并序》:

　　　　仆始读杜子七言诗,爱其陈事切实,布词沈著。鄙心窃效之,以为长篇胜于子美矣!既而读汉魏以来歌诗及唐初四子者之所为,而反覆之;则知汉魏固承《三百篇》之后,流风犹可征焉。而四子者,虽工富丽,去古远甚!至其音节,往往可歌。乃知子美词固沈著,而调失流转,虽成一家语,实则歌诗之变体也。夫时本性情而发者也;其切而易见者,莫如夫妇之间。是以《三百篇》首乎《关雎》,六义始乎《风》。而汉魏作者,义关君臣朋友,辞必托诸夫妇,以宣郁而达情焉;其旨远矣!由是言之:子美之诗,博涉世故,而出于夫妇者常少;致兼雅颂,而风人之义或缺。此其调,或反在四子下欤?暇日为此篇,意调若仿佛四子;而才质偎弱,思致庸陋,故摛词芜絮,无复统饬。姑录之以俟审音者裁割焉。

长安月,离离出海峤!遥见层城隐半轮,渐见阿阁衔初照。潋滟黄金波,团囵白玉盘!青天流影披红蕊,白露含辉泛紫兰。紫兰红蕊西风起,九衢夹道秋如水。锦幌高褰香雾浓,琐闱斜映轻霞举。雾沉霞落天宇开,万户千门月明里!月明皎皎陌东西,柏寝岧峣望不迷。侯家台榭光先满,戚里笙歌影乍低。濯濯芙蓉生玉沼,娟娟杨柳覆金堤。凤凰楼上吹箫女,蟋蟀堂前织锦妻。别有深官闭深院,年年岁岁愁相见!金屋萤流长信阶,绮栊燕入昭阳殿。赵女通宵侍御床,班姬此夕悲团扇。秋来明月照金微,榆黄沙白路逶迤。征夫塞上行怜影,少妇窗前想画眉。上林鸿雁书中恨,北地关山笛里悲。书中笛里空相忆,几见盈亏泪沾臆!红闺貌减落春华,玉门肠断逢秋色。春华秋色递如流,东家怨女上妆楼。流苏帐卷初安镜,翡翠帘开自上钩。河边织女期七夕,天上嫦娥奈九秋。七夕风涛还可渡,九秋霜露迥生愁!九秋七夕须臾易,盛年一去真堪惜!可怜扬彩入罗帏,可怜流素凝瑶席!未作当垆卖酒人,难邀入座援琴客。客心对此欢蹉跎,乌鹊南飞可奈何!江头商妇移船待,湖上佳人挟瑟歌。此时凭兰垂玉箸,此时灭独敛青蛾。玉箸青蛾苦缄怨,缄怨舍情不能吐!丽色春妍桃李蹊,迟辉晚媚菖蒲浦。与君相思在二八,与君相期在三五,空持夜被贴鸳鸯,空持暖玉擎鹦鹉。青衫泣掩琵琶弦,银屏忍对箜篌语。箜篌再弹月已微,穿廊入闼霭斜晖。归心日远大刀折,极目天涯破镜飞!

此篇词彩秾丽,音律婉谐,而未极秀朗;于景明为变格,乃极意摹唐四杰者。其它歌行如《听琴》、《猎图》、《送徐少参津市打鱼》诸篇,深得少陵之髓,特以秀色掩之耳!景明与梦阳书曰:"仆尝谓诗文有不可易之法者,辞断而意属,职类而比物也。上考古圣立言,中征秦汉绪论,下采魏晋声诗,莫之有易也!夫文靡于隋,韩力振之;然古文之法亡于韩。诗溺于陶,谢力振之;然古诗之法亦亡于谢。"而梦阳则应之曰:"假令仆即今为文一通,能辞不属,意不断,物联而类比矣;然于中情思涩促,语险而硬,音节生拗,质直而龛;浅谫露骨,爱痴爱枯,则子取之乎?故辞断而意属者,其体也,文之势也;联而比之者事也;柔澹者思也;含蓄者意也;典厚者义也;高古者格也;宛亮者调也;沈著雄丽、清峻闲雅者,才之类也,而发于辞;辞之畅者,其气也;中和者,气之最也。夫然又华之以色,永之以味,溢之以音。是以古之文者,一挥而众善具也;然其翕辟顿挫,尺尺而寸寸之,未始无法也;所谓圆规而方矩者也。然仆犹谓不证诸事,则空言不切;不切不信!夫子近作乖于法者,何也?盖其诗读之,若抟沙弄泥,散而不莹;又龛者弗雅也,如《月蚀诗妖遮赤道行》,是也。然阔大者鲜把持,又无针线。古人之作,其法虽多端;大抵前疏者后必密,半阔者半必细,一实者必一虚,叠景者意必二,此予之所谓法,圆规而方矩者也。沈约亦云:'若前有浮声,则后须切响。一简之内,音韵尽殊。两句之中,轻重悉异。'即如人身以魄载魂,生有此体,即有此法也。诗云:'有物有则。'故曹、刘、阮、陆、李、杜,能用之而不能异,能异之而不能不同。今人止见其异,而不见其同;宜其谓守法者为影子,而支离失真者以舍筏登岸自宽也!且仲默'《神女赋》、《帝妃篇》、《南游日》、《北上年》',四句接用,古有此法乎?水亭菡萏,风殿薜萝,意不一乎?盖君诗徒知神情会处,下笔成章为高;而不知高而不法,其势如搏巨蛇,驾风螭,步骤即奇,不足训也。君诗结语太咄易。七言律与绝句等更不成篇,亦寡音节。'百年''万里',何其层见而迭出也?七言若剪得上二字,言何必七也?"即此可征何、李之异趣焉。宏正间,诗流特众;然皆近逐李、何。丰城熊卓字士选,寿张殷云霄字近夫,宝应朱应登字升之,梦阳派也。吴县顾璘字华玉,亳州薛蕙字君采,信阳戴冠字仲鹖,孟洋字望之,景明派也。惟徐祯卿虽服膺梦阳,然绝自名家。其与梦阳书曰:"《古诗》三百,可以博其源;《遗篇》十九,可以约其趋;乐府雄高,可以励其气;《离骚》深永,可以裨其思;然后法经而植旨,绳古以崇辞。"揆其涂径,与梦阳不异。特梦阳才雄而气盛,故恢张其辞。祯卿虑澹而思深,故密运以意。当时不能与梦阳争先,日久论定,亦不与梦阳俱废也。

自祯卿少时,已工诗歌,多学六朝,旁参白居易、刘禹锡。及见梦阳,初犹倔强,赋诗曰:"我虽甘为李左车,身未交锋心未服。顾余多见不知量,此项未肯下颇牧。"既而梦阳诒以书曰:"仆窃谓足下过矣!夫诗,宣志而道和者也;故贵宛不贵险;贵质不贵靡;贵情不贵系;贵融洽不贵工巧;故曰:'闻其乐而知其德。'故音也者,愚智之大防,庄诙简侈浮孚之界分也。至元白韩、孟、皮、陆之徒出,始连联斗押,累累数千百言不相下;此何异于入市攫金,登场角戏也!三代而下,汉魏最近古。乡使繁巧险靡之习,诚贵于情质宛洽;而庄诐简侈浮乎,意义无大高下;汉魏诸子,不先为之耶!"祯卿折服,遂变面目。是时李、何并陈,未决雌雄。祯卿雄不及李,秀不及何,而风骨超然,遂成鼎足;咀六朝之精音,采初唐之妙则,其诗不专学太白,而仿佛近之。七言胜于五言;绝句尤胜诸体;《古宫词》、《送萧若愚》等作,虽龙标太白复生,何多让焉!录《春思》、《送萧若愚》:

春　　思

渺渺春江空落晖,行人相顾欲沾衣!楚王宫外千条柳,不遣飞花送客归!

送萧若愚

送君南下巴渝深,予亦迢迢湘水心。前路不知何地别,千山万壑暮猿吟!

祯卿未遇梦阳之时,先与祝允明、唐寅、文征明善,号吴中四才子。允明与寅并以任诞为世指目。寅诗颓唐浅率,老益潦倒。而允明诗则取材颇富,造语亦妍,下撷晚唐,上薄六代,与祯卿别稿《鹦鹉编》、《花间集》风格差似,有竹枝杨柳之韵。征明诗则雅饬之中,时饶逸韵;自云:"吾少年学诗,从陆放翁入;故格调卑弱,不若诸君皆唐音也!"此所谓如鱼饮水,冷暖自知;皎然不诬其本志者矣!边贡与李梦阳、何景明、徐祯卿并称四杰;其诗才力雄健不及梦阳、景明;善于用长,意境清远,不及祯卿;而平淡和粹,能于沈稳处见其流丽;善于用短,而夷犹于诸人之间,以不战为胜者也!

杨慎以宰相子,文采照映;独不在七子声气之中,而其诗含吐六朝,以高明亢爽之才,鸿博绝丽之学,随题赋形,一空依傍;而于李、何诸子之外,异军特起。《南中稿》秾丽婉至,一集之胜!录《柳》:

> 垂杨垂柳管芳年,飞絮飞花媚远天。金距斗鸡寒食后,玉蛾翻雪暖风前。别离江上还河上,抛掷桥边与路边。游子魂销青塞月,美人肠断翠柳烟。

慎诗多用新事,工于设色,搜罗刻削,无出其右;而骈绘既繁,性情或尽;传谓美能没礼,诗亦有之,此其蔽也!

杨慎以意度秾丽,冠绝当代。而祥符高叔嗣字子业,无锡华察字子潜,长洲皇甫冲字子浚,又以造诣古澹,骖驾一时。高叔嗣初以诗受知于李梦阳;然摆脱窠臼,自抒性情,乃迥与梦阳异调;传有《苏门集》八卷(南京龙蟠里图书馆藏有明嘉靖刊本),五言尤工,冲淡得韦苏州体。录《病起偶题》:

> 空斋晨起坐,懽游罢不适!微雨东方来,阴霭倏终夕。久卧不知春,茫然怨行役。故园芳草色,惆怅今如积!

叔嗣诗如空山鼓琴,沈思忽往,木叶尽脱,石气自青。华察亦以五言冲淡,欲追陶韦,传有《岩居稿》;然垢氛已离,未穿溟涬。录《惠山寺与施子羽话别》:

> 看山不觉暝,月出禅林幽。夜静见空色,身闲忘去留。疏钟隔云度,残叶映泉流。此地欲为别,诸天暮生愁。

境事超诣,正复何减叔嗣;而叔嗣独憔悴婉笃。皇甫冲与弟涍、汸、濂,并有盛名,称四皇甫。而冲传有《华阳集》;其诗源出韦、柳,兼取材于潘左、江鲍,清音亮节,无一点纤浓之习;高叔嗣、华察而外,无有及之者。录《维摩寺两坐》:

> 回岭无仄径,陟冈有夷壤。展睐入空濛,游心益昭朗!长风吹轻衣,飘摇翠微上。古寺迷夕烟,明灯淡绡幌。冥雨从东来,惊雷自西往。林峦忽不见,但闻山涧响。景寂非避喧,心莹乃成赏。为礼沉疴踪,因之知幻象。

绝去雕藻,益臻遒亮。此则超绝风气,而自树帜于李、何之外者焉。

第四节　李攀龙　王世贞　宗臣　谢榛 附徐中行、吴国伦

王、李七子,绍述何、李;而李攀龙为之倡,极为王世贞所推,至谓"文许先秦上,诗卑正始还",誉过其实。攀龙乃居之不疑。今观其诗,古乐府及五言古体,临摹太过,痕迹宛然。七言律及七言绝句,高华矜贵,脱弃凡庸,而七言律,人所共推,心摹手追者,王维、李颀也。录《秋杪登太华山绝顶》、《寄王元美》。

秋杪登太华山绝顶

缥渺真探白帝宫,三峰此日为谁雄?苍龙半挂秦川雨,石马长嘶汉苑风。地敞中原秋色尽,天开万里夕阳空!平生突兀看人意,容尔深知造化功。

寄王元美

苏门城上月婆娑,玉笛谁为出塞歌?君自客中听不得,秋风吹落小黄河。

七言律已臻高格,未极变态。七言绝句,有神无迹,语近情深,故应跨越馀子,为集中之冠!

嘉靖七子,王世贞才气十倍李攀龙;惟病在爱博;自珊瑚木难以及牛溲马勃,无所不有。乐府变化,奇奇正正,推陈出新,远非攀龙生吞活剥者可比!律体高华,绝亦典丽,虽锻炼未纯,不免华赡之馀,时露浅率;亦未遽出攀龙下也!当日名虽七子,实则一雄;其自述曰:"野夫兴就不复删,大海回风吹紫澜。"言虽大而非夸!录《战城南》、《陵祀》:

战　城　南

战城南,城南壁;黑云压我城北。伏兵捣我东,游骑抄我西,使我不得休息。黄尘合匝,日为青,天模糊。钲鼓发,乱讙呼。胡骑敛,飙迅驱。树若荠,草为枯。啼者何。父收子,妻问夫!戈甲委积,血淹头颅。家家招魂入,队队自哀呼!告主将,主将若不知!生为边陲士,野葬复何悲!釜中食,午未炊。惜其仓皇遂长诀,焉得一饱为!野风骚屑魂依之;曷不睹主将高牙大纛坐城中,生当封彻侯,死当庙食无穷!

陵　祀

松楸何不极,复道见行官。剑珮千官月,桥陵万马风。地回山尽拱,云合树俱雄。白首先朝事,伤心涕泪中!

世贞诗唱盛唐,然其诗亦有清透似宋人者。余爱其《短歌》数句云:"不必名山藏,不必千金悬。归去来一壶,美酒抽一编。读罢一枕床头眠。天公未唤债未满,自吟自写终残年!"又《弃官》云:"人生求官不可得,我今得官何弃之?六月绣襦黄金垂,行人拍手好威仪!与君说苦君不信,请君自衣当自知。"《明史》本传称世贞论诗,呵叱宋人,晚年临终犹手握《苏子瞻集》。此二诗果似子瞻。

嘉靖七子之有宗臣,犹徐祯卿之于何、李,诗才秀爽,与王、李同声气而不同格调。录《登云门诸山》:

山头月白云英英,千峰倒插千江明。手把芙蓉步石壁,苍翠乱射猿鸟惊。谁其云外吹紫笙,欲来不来空复情?天风吹我佩萧飒,恍疑身在昆仑行!

其诗跌宕俊逸,颇能取法太白;而自入七子之社,渐染习气,日以窘弱。然天子婉秀,吐属风流,究无剽剟填砌之习;本质犹未尽漓也!

七子结社之初,尚论有唐诸家,茫无适从。谢榛以布衣执牛耳,主选十四家诗,读熟之以奋神气,申咏之以求声调,玩味之以哀精华;得此三要,造乎浑沦,不必塑谪仙而画少陵。李攀龙极推之,赠诗曰:"谢榛吾党彦,咄嗟名士籍;遂令清庙音,乃在褐衣客。"既而布衣高论,不为同社所安。攀龙乃遗书绝交,而其称诗之旨要,皆自榛发！诸人实心师其言也！榛近体工力深厚,句响而字稳。七子之流,莫之与京也！录《榆河晓发》、《有感》:

榆河晓发

朝晖开众山,遥见居庸关。云出三边外,风生万马间,征尘何日静,古戍几人闲？忽忆弃襦者,空渐旅鬓斑。

有　感

薄伐原中策,论兵自古难！汉唐频拓地,将帅几登坛。绝汉兼天尽,交河荡日寒！不知大宛马,曾复到长安！

榛五言近体,句烹字炼,气逸调高；当与李攀龙七言,骈称七子之冠云！七子中,徐中行、吴国伦咸工律绝。大抵七子可厌者,拟古乐府之生吞活剥耳！五古亦鲜真诣。七古高亮华美之作,自为可爱。至于七律七绝,则虚实开合,非仅浮声为贵！如谓其用字多同,格调若一。则又不尽然,观其随物赋形,古泽可掬,何尝不典且丽！至诗中常用好字,本自不多。陶、谢、韦、杜、王、孟诸公,无论何家,一集之中,比而观之,多有雷同；较其直际,亦不数见。则亦无事苛绳于七子矣！

第五节　袁宏道附弟中道　高攀龙

王、李七子之派,极王而厌。徐渭欲以李长吉体变之,不能也！

临川汤显祖欲以"南宋四家"尤、杨、范、陆体变之,不能也! 长洲王穉登、吴江王叔承、鄞县屠隆虽迭有违言;然壁垒不张,均未足以相代。于是三袁兄弟起而乘之;其论诗以为:"唐自有古诗,不必选体。中晚皆有诗,不必初盛。欧、苏、陈、黄各有诗,不必唐人。唐诗色泽鲜妍,如旦晚脱笔砚者;今诗才脱笔砚,已是陈言;岂非流自性灵,与出自剽拟所从来异乎!"一时闻者涣然神悟,若良药之解散,而沉疴之去体也。宗道首出,既以白苏名斋而导其源。宏道、中道继之,流波大畅,遂有公安体之目;而宏道最为白眉,中郎之名独著。白苏诗以容易出清真,自有神采,厥旨渊放,使人忘其鄙近;而宗道则颓波自放,舍其高洁,专尚鄙俚;作法于凉,后将何观!此则宗道之失也!惟宏道清新轻隽,时有合作。录《横塘渡》、《妾薄命》:

横 塘 渡

横塘渡! 郎西来,妾东去,感郎千金顾! 妾家住红桥,朱门十字路。认取辛夷花,莫过杨柳树!

妾 薄 命

落花去故条,尚有根可依! 妇人失夫心,含情欲告谁! 灯光不到明,宠极心还变。只此双蛾眉;供得几回盼! 看多自成故,未必真衰老! 譬彼盛开花,不若初生草!

其集中诗亦时涉俳谐调笑,如《西湖》云:"一日湖上行。一日湖上坐。一日湖上住。一日湖上卧。"《偶见白发》云:"无端见白发,欲哭反成笑! 自喜笑中意,一笑又一跳。"《严陵钓台》云:"人言汉梅福,君之妻父也。"其弟中道为之说曰:"吾兄《锦帆解脱》等集,意在破人执缚;间有率意游戏之语,或快爽之极,浮而不沈;情景太真,近而不远;要出自性灵,足以荡涤尘坌。"学者不察,效颦学语,其究为俚俗,为纤巧,为莽荡;乌焉三写,弊有必至,非中郎之本旨也!中道才逊中郎,而雅饬过伯氏,传有《珂雪斋集》。

无锡高攀龙字云从,理学大儒,与三袁同时,其为诗亦尚清真,而冲澹入古,不事俳佻;足拔戟自成一队。传有《高子遗书》十二卷,其第六卷,则诗也。录《夏日闲居》、《夜步》:

夏 日 闲 居

长夏此静坐,终日无一言,问君何所为?无事心自闲。细雨渔舟归,儿童喧树间。北风忽南来,落日在远山。顾此有好怀,酌酒遂陶然。池中鸥飞去,两两复来还。

夜 步

幽人夜未眠,月出每孤往。繁林乱萤照,村屋人语响。宿鸟时一鸣,草径露微上。欣然意有会,谁与共心赏!

无心学陶,天趣自会;以视公安之俳俚杂出者,何啻雅俗之别!然后知涤王、李之富丽,而返正始之元音者,当在此而不在彼也。

第六节 钟惺 谭元春_{附程嘉燧、陈继儒} 陈子龙_{附词}

钟惺与谭元春评选唐人之诗为《唐诗归》,又评选隋以前诗为

《古诗归》,风行一时,几于家弦户诵;而竟陵派之名以起。盖承前后七子藻丽矞皇之后,所选《唐诗》,专取清瘦淡远一路;其人人所读,若李太白之古风,杜少陵之《秋兴》、《诸将》,皆不入选。公安以轻俊矫王、李之缛重;而竟陵以幽冷洗王、李之绚烂;所谓厌刍豢,思螺蛤也。盛名之致,会当其时;纤巨高卑,视所成就。要亦秉其夙悟,运以苦思,执专门之巨规,树并时之壁垒。而小道易泥,欹器惧盈;于诗学虽不甚浅,而他学问实未有得,故说诗既不能触处洞然,自不能抛砖落地;往往有"说不得"、"不可解"等评语,内实模糊影响,外似超超玄箸;虽惊流俗之观,益来识者之诟;根本不实,洼水即干,吹毛索瘢,遂无全体!然极可医庸肤之病。而惺生当晚明,复为党论所挤,当时以大行拟科,忽出而为南仪曹,志节不舒,而不肯赶热;"冷"之一言,其诗文,其学行皆主之。平日究心《经》、《史》、《庄》、《骚》,以官为隐,以读书为官,其人其品实不可及!而其诗有《隐秀轩集》;其手近隘,其心独狠,要是著意读书人,可谓之偏枯,不得目为肤浅。其于师友骨肉存亡之间,深情苦语,令人酸鼻;则又未可以一冷字抹煞。大抵惺之诗,如橘皮橄榄汤,在醉饱后,洗涤肠胃最善;饥时却用不得。然当其时,天下文章,酒池肉林矣!那得不推为俊物也!录《上巳雨登雨花台》、《巴东道中示弟恮》:

上巳雨登雨花台

去年当上巳,小集寇家亭。今昔分阴霁,悲欢异醉醒!可怜三月草,未了六朝青!花作残春雨,春归不肯停!

巴东道中示弟恮

山中未必雨,云起已生愁!峡窄天多暮,江高地易秋!连朝皆陟嶻,兹路独临流。欲画瞿塘胜,归途定觅舟。

幽深孤峭,手眼别出;而情性所傅,时有名理;山水所发,弥见清思。惟才小气窄,体轻腹陋,意邻浅直,格囿卑寒,故为不了之语,每涉鬼趣之言;故或片语可称,全篇趁取;此其蔽也!然惺为人严冷,不喜接俗客;湖海之声气未广。籍谭元春应和之,派乃盛行。而元春才不如惺,诗为幽峭则一;传有《岳归堂集》十卷。录《夜次阳逻同夏平寻山》、《游九峰山》:

夜次阳逻同夏平寻山

静人真可偕,高趣脱无逆。人家残涨后,初干沙纹迹。软步过秋草,寂寂林下宅。宅边如有径,谅为兹山辟。微茫犬吠巅,向下人声积。高处天地灵,长江动空碧。一灯磬杳然,岭为溪所隔。不必诣其所,惆怅亦有获!

游九峰山

众山作寺围,群松作山护。缠绵青翠光,山欲化为树。根斜即倚磴,枝隙已通路。阴云贯其下,常令白日暮。藤刺里山巅,飞鸟慎勿度。

模山范水,特工五言;朗秀处似王右丞,险健处似孟东野;其病在时涉俳俚;缠字复意,不免间出,作枯窘寒俭相;又往往上下语不相应;如能芟去芜枝,迥然孤秀,亦复何减古人!然竟陵之体靡天下;而后进之学者,大江以南更甚;得其形貌,遗其神情。有贾岛之苦僻,无孟郊之坚苍,以寂寥言精练,以寡约言清远,以俚浅言冲澹,以生涩言新裁;篇章字句之间,每多重复,稍下一二助语,辄以号于人曰:"吾诗空灵已极。"空则有之,灵则何曾;见斥艺林,盖有由已!然而非钟、谭之罪也!

歙县程嘉燧,字孟阳,亦不为何、李、王、李者,诗亦娟秀少尘,而不免纤窕;著有《松圆浪淘集》。钱谦益深惩何、李、王、李流派,乃于明三百年中,特尊之为诗老。然格调极卑,时涉秽俚;近体多于古风,七律多于五律,才庸而气弱,固卑之无甚高论矣! 华亭陈继儒字仲醇,以处士虚声,倾动朝野;传有《眉公集》,而纤词浮语,更下松圆一等。

王、李道尽,公安之派浸广,竟陵之焰顿兴,一时好异者诪张为幻。而有振七子之坠绪,返俚浅于茂典者,陈子龙也;实以沈博绝丽之才,领袖几社。而同郡夏完淳字存古,髫龄崛起,如响斯应。誉之者谓其廓清榛芜,力追先正;而诋之者则曰七子窠臼,徒为虚器。然以此结明三百年之诗局,而与开一代风气之高启,后先辉映;亦足以觇复古为明文学之主潮,诗亦不在例外;所谓君以此始,亦以此终也! 子龙有《白云草庐居》、《湘真阁》诸稿,尤工七言古。录《小车行》、《边词》:

小 车 行

小车斑斑黄尘晚! 夫为推,妇为挽。出门何所之? 青青者榆疗吾饥;愿得乐土共哺糜。风吹黄蒿,望见墙宇。中有主人当饲汝。叩门无人室无釜,踯躅空巷泪如雨!

边 词

大同女儿颜如花,十五学得筝琵琶。莫向中宵弹一曲,清丽矣！元剧排场至劣,明则有次第矣！故曰明曲与元曲不同也。吾友吴瞿安先生梅有专书备论之,兹不具述。而要删其指以备一格。大抵明文之异于宋元者,排唐宋以力追秦汉也。明诗之异于宋元者,排宋元以还之汉、魏、盛唐也。明曲之异于元曲者,排胡音以还我夏风也。要之反本修古,不忘其初而已矣！

第四章 八股文

第一节 总论

八股文,亦名《四书》文。《四书》文者,以命题言之也。八股文者,以体制言之也。或称帖括,即唐帖经。亦名经义,即唐墨义。顾唐人帖经,犹今默写经书,无文词之发;非八股文比。而明之八股文,排比声调,裁对整齐,即唐人所试之律试律赋,貌虽殊而其体则一也。亦称时文,则对古文而言。其初宋仁宗笃意经学;王安石请兴建学校,因言:"学者专意经术,庶几可以复古。"于是改取士之法,罢诗赋帖经墨义,士各占治《易》、《书》、《诗》、《周礼》、《礼记》一经,兼《论语》、《孟子》,每试四场,初大经,次兼经,大义凡十道;后改《论语》、《孟子》义各三道;命中书撰大义式颁行。王安石奋笔为之,存文十篇;或谨严峭劲,附题诠释;或震荡排奡,独抒己见;一则时文之祖也,一则古文之遗也。眉山苏氏父子,亦出其古文之馀,以与安石抗手;然皆独摅伟论,不沾沾于代古人语气;其代古人语气者,自南宋杨万里始。此则《四书》文所由昉也。第北宋只《论》、《孟》命题,不及《大学》、《中庸》;有之,当在南渡以后。朱子尝为私议,欲罢诗赋,而分诸经子史时务之年。诸经以子午卯酉四科试之,皆兼《大学》、《论语》、《中庸》、《孟子》义一道。元仁宗皇庆二年,中书省臣奏科举事,专立德行明经之科,乃下诏及条目颁行,出题用《四子书》。**明初即制国学,每月试经书义各一道。洪武三年八月,京师及各行省开乡试;初场《四书》疑问,本经义,及《四书》义各一道。诸生应试之文,通称举业;《四书》义一道,二百字以上;经义一道,三百字以上;取书旨明皙,不尚华采;其命题专取《四子书》及《易》、《书》、《诗》、《春秋》、《礼记》五经,遂为定制。然英宗天顺以前,举业之文,亦不过敷衍传注,或对或散,初无定式;而宪宗成化以后,始为八股;其法,截本题为两截,每截作四股,每四股之中,一反一正,一虚一实,一浅一深;其两扇立格,则每扇之中,各有四股,其次第之法亦如之;故谓之八股;而未入口气以前,先以破题,次以承题;篇末敷衍圣人言毕,自摅所见,或数十字,或百馀字,谓之大结,可以发挥时事;以后功令益密,恐有借以自炫者,但许言前代,不及本朝;大结无可发挥,止三四句而已!明初举业文多散佚。开国会元,首推黄子澄。而成祖时,登第者,则于谦、薛瑄,差有传作;谦英风飙发,瑄醇白无疵,各肖其人。英宗嗣位,商辂、陈献章、岳正、王恕蝉联鹊起。及邱浚教习国子,人材蔚起;乙未主试,冠会榜者王鏊,魁大廷者谢迁,则浚之有以乐育之也。其时李东阳屡掌文衡,振起之功,亦复不少!罗伦、章懋、林瀚、吴宽诸人,云蒸霞蔚,济济盈门;而林瀚之文,谈理真实,而行之以繁重纤曲;吴宽则舂容大雅,不动声色,尤文之以养胜者!然称为斯文宗主,则首推王鏊,虽谢迁之清刚古朴,不让于鏊;究不若其神完气足,理法纯备也!至孝宗弘治庚戌,钱福会榜第一;因而王、钱并称。其后冠会榜者,惟董玘可与二家鼎足而立。大抵王翱长于论议。钱福善于刻画。而玘则游行理窟,自成大家,非他人所可及,亦非识者莫能辨;故王、钱文易读,而玘文难读;王、钱体正大,玘格孤高。王、钱之后,衍于唐顺之,终明之世,号曰元灯。而坯之文,其传遂绝,三百年间无问津者。今读其文,神骨高骞,绝似古文之韩愈,知其用功者深也！唐顺之传王鏊之法,而运以唐宋古文雄肆之气,以世宗嘉靖己丑得隽会榜,遂冠绝诸家；盖其于经史子集,靡不贯通,而融裁之以八股文字。浑灏流转,品独高绝！而瞿景淳又以精确冲夷,别树一帜,合之王、钱、唐三人,因有四家之目。薛应旂贯通《六经》,发而为文,如金出冶,如玉离璞,光芒焕发；遂有退钱而进薛以合王、唐、瞿为四家者。而究其以古文为时文,使天下复见宋人经义之旧者,则惟归有光之功独称茂焉！王鏊善用偶。有光善用奇。有光宗法在钱,而名理过之！观其高古,则秦汉也！其疏畅排宕,则唐宋八家也！而其法律精严,于题位不溢不漏,则又为时文之大宗；而跌宕磅礴,看似散行,细玩乃见其股法之变；实有明一代八股文大宗也！其后胡友信相继而起,则又家数纯似王鏊,而出以浩气,不为鏊之熟圆！或以友信与有光追配王、唐,所谓王、唐归胡者也！茅坤与唐顺之讲贯,善抉古人之奥,以太史公为师,以韩、柳、欧、苏为友,而施之举业,亦为别调独弹。艾南英论举业首推归有光,继又以坤为上,二说相持未定；要之有光文固涵盖一世；而古雅温醇,坤亦何遽不相及也！乃至神宗万历一变而为陵驾,再变而为斲削。降逮熹宗天启,文章削薄已极。一时转移风气,豫章四家之力为多！陈际泰文最奇横,如苏海韩潮。章世纯幽深劲鸷,如龙蟠蛟起。罗万藻清微澹远,如疏雨微云。而艾南英则所谓公输运斤,指挥如意；师旷辨音,纤微必审者也！世人禽然归之,称为章、罗、陈、艾。大抵天启之文,深入而失于太苦。崇祯之文,畅发而又嫌太尽。独金声崛起为雄,幽深矫拔,力追古初。而陈子龙清奇冷隽,取材于韩非《八奸》、《五蠹》、《说难》、《孤愤》诸篇,而运以魏晋风藻,故足别开生面者也！自科举废而八股成绝响,然亦文章得失之林也！明贤抉发理奥,洞明世故,往往以古人为时文,借题发挥,三百年之人文系焉！吾友吴瞿安先生尝言："明代文章,止有八比之时文,与四十出之传奇,为别创之格。"（语见《顾曲麈谈》）吾友既备论曲学矣；独八股文阙焉放废,遂为明其流变,著其名家,以俟成学治国闻者有考焉！

第二节　黄子澄　姚广孝 附于谦

分宜黄子澄名湜,以字行,洪武十八年会试第一,首题为《论语》："天下有道,则礼乐征伐,自天子出。"其文章庄重典雅,自来著录八股文者,以此为台阁文字,开国之冠。其辞曰：

治道隆于一世,政柄统于一人。夫政之所在,治之所在也。礼乐征伐,皆统于天子；非天下有道之世而何哉！昔圣人通论天下之势,首举其盛为言,若曰：天下大政,固非一端。天子至尊,实无二上！是故民安物阜,群黎乐四海之无虞。天开日明,万国仰一人之有庆。主圣而明,臣贤而良,朝廷有穆皇之美也！治隆于上,俗美于下,海宇皆熙暤之休也！非天下有道之时乎！当斯时也,语离明,则一人所独居也。语干纲,则一人所独断也。若礼若乐,国之大事；则以天子制之,而掌于宗伯。若征若伐,国之大柄；则以天子操之,而掌于司马。一制度,一声容,议之者天子；不闻以诸侯而变之也！一生杀,一予夺,制之者天子；不闻以大夫而擅之也！皇灵丕振,而尧封之内,咸懔圣主之威严!王纲独握,而禹甸之中,皆仰一王之制度!信乎!非天下有道之盛世,孰能若此哉!

时未立试牍科条,雍容揄扬,颇涉颂体;而收纵之机,浩荡之气,呵成一片,元气浑囵;亟应首录以存举业之河源。其直射本题下文"诸侯"、"大夫"字样而不为侵下;亦可知当日格式尚宽也!

长洲姚广孝,为僧,名道衍,洪武中,诏通儒书僧试礼部,不受官;以僧服与谋人家国,佐成祖起兵;而为《大学》"所谓诚其意者,毋自欺也,与恶恶臭,与好好色,此之谓自慊,故君子必慎其独也,小人闲居为不善,无所不至,见君子而后厌然,掩其不善而著其善,人之视己,如见其肺肝然,则何益矣,此谓诚于中,形于外,故君子必慎其独也。"题文;至云"虽以圣人帝王,而不能无杂霸之心,即不能无盗跖之心";语奇辟未经人道,亦可见心术形于文章,有不自掩者!其辞曰:

  诚意之功在独,非慎不可也。夫不慎独,则意得欺之;此君子而小人也。盖闻明德以天下为体,然每为天下之念所昏。圣经以致知言诚意而求端于格物,此有深意焉!夫所格者何物也?若曰:一人明德耳,何为天下国家之皆贯其间?则必有为人一念欺吾初心;是与小人之不格物者一也。如何修身然后齐治平皆在其间?又有求人一念并欺我知;是与小人之不能致知者一也。凡好恶发于赤子之真,皆可通之天下;此圣贤之意,亦帝王之意自慊也。凡好恶为天下而饰,即非赤子之真;此杂霸之意,即盗跖之意自欺也。虽以圣人帝王,而不能无杂霸之心,即不能无盗跖之心;故君子必慎其独也。慎之何如?时时格物,则时时知致矣。少人惟致知格物之间,略有不慎,而求之天下。圣人王者方持大鉴以照心中之盗跖,而天下之盗跖,皆入其鉴。此小人之所以不免也。嗟呼!小人亦误求之天下之间,而失之于先后焉者也!其害如此,可不慎哉!惟慎,故格物致知;格物致知,正慎也;此明明德也;诚意者可不知哉!

隽桀廉悍,其气卓荦,自与黄子澄之雍容揄扬不同。然一浑雅,一奇警,虽规模粗具,而气象岸异,大朴不雕,可以概见。世论多以八股文代古人语气,未易见抱负。然非所论于豪杰;而明贤借题发挥,往往独抒伟抱,无依阿浼涩之态;如姚广孝之放言不顾,其一例也!又如钱唐于谦字廷益,遭逢国变,主虑寇深;而扶危定倾,措置若定;然亦蕴之有素。观其为《孟子》"不待三然则子之失伍也亦多矣"题八股文,起讲云:"且国家之倚重者有二:遇战斗,则用介胄之士。遇绥靖,则用旬宣之臣。故兵法严,则士奋勇。吏治肃,则官效职。人君以驭兵之法驭臣,则吏治精矣!人臣以死绥之义死职,则官职当矣!"而后幅则曰:"一失伍,则执而论之有司,何至于再!再失伍,则缚而僇之于社,何至于三!盖有死无犯,军之善政也。信赏必罚,国之大经也。此大夫之所素明也!今子莅官以来,所谓奉职循理者安在?其于急事,不啻再矣!岂士以贱刑,官以贵贷耶!由子旷官以来,所谓省怨讼过者安在?拟之以失伍,亦已多矣!岂士不致于再,官不惮其多耶!"辣手铸文章,天下逃将旷官,一齐胆破!心存开济,吐言天拔,其素所蓄积也!亦何嫌于举业之消磨志气哉!无亦志气之自不振耳!

第三节　唐顺之附王鏊　归有光附胡友信

吴县王鏊,字济之;少善八股文,及贵显,数典乡试,程文魁一代。八股文之有鏊,如诗之有杜甫,古文之有韩愈;前此风会未开,鏊无所不有;后此时流屡变,鏊无所不包。前人语句,多对而不对,参差洒落,虽颇近古;终不如鏊裁对整齐,机调熟圆,为举业正法眼藏!若乃手眼别出,我行我法;而以古文为时文,于熟圆出苍坚者,则自唐顺之倡之也。如《孟子》"子莫执中,执中为近之,执中无权,犹执一也。"题文曰:

> 时人欲矫异端之偏,而不知其自陷于偏也!盖不偏之谓中;而用中者权也。子莫欲矫杨、墨之偏而不知权焉,则亦一偏而已!此孟子斥其弊以立吾道之准也。且夫吾道理一而分殊;而为我之与兼爱,固皆去道甚远者也。吾道以一而贯万;而执其为我与执其兼爱者,固皆执一而不通者也。于是有子莫者,知夫杨、墨之弊,而参之于杨、墨之间,以求执乎其中焉。盖曰:其孑孑然以绝物如杨子者,吾不忍为也!但不至于兼爱而已矣。其煦煦然以徇物如墨子者,吾不暇为也!但不至于为我而已矣。自其不为为我也,疑于逃杨而归仁。自其不为兼爱也,疑于逃墨而归义。子莫之于道,似为近也;然不知随时从道之谓权,以权应物之谓中;而杨、墨之间,非所以求中也!徒知夫绝物之不可;而不知称物以平施,则为我固不为也,而吾道之独善其身者,彼亦以为近于为我而莫之敢为矣!

徒知夫徇物之不可；而不能因物以付物，则兼爱固不为也，而吾道之兼善天下者，彼亦以为近于兼爱而莫之肯为矣！虽曰将以逃杨也；然杨子有见于我，我无见于人；而子莫有见于固，无见于通；要之均为一曲之学而已！知周万变者果如是乎！虽曰将以逃墨也；然墨子有见于人，无见于我；而子莫有见于迹，无见于化；要之均为一隅之蔽而已！泛应不穷者果如是乎！夫为我，一也；兼爱，一也；故杨、墨之为执一易知也。中，非一也；中而无权，则中亦一也；故子莫之为执一难知也。非孟子辞而辟之，则人鲜不以子莫为能通乎道者矣！

其文内坚凝而外浑厚，如一笔书成，而曲折相生，反正相顾，平舒叠幻，如山川之出云；而其实熟极生巧，故有神明于王鏊之矩矱以自出变化。大抵举业之文，体气至王鏊而正；规模至顺之乃大！顺之有自为诗云："文入妙来无过熟，书从疑处更须参。"此顺之自道其所得也！其举业文，纵放出东坡，拗峭敩荆公，放而能收，散而能敛，一开一合，规矩出神明；凡八股文两扇中作一纽遥对，始自顺之！

归有光亦以古文为时文，古文出欧阳修，而举业则取径于苏氏父子，肆之为恢闳，泽之以经史，融裁古人语，浑如己出；实大声闳，驾顺之而出其上！如《孟子》："天子一位，公一位，侯一位，伯一位，子男同一位，凡五等也。君一位，卿一位，大夫一位，上士一位，中士一位，下士一位，凡六等。"题文曰：

  大贤详周室班爵之制，内外各有其等也。夫爵者，先王所以列贵贱也；内外异等，而天下之势成矣。且夫有天下者不以自私；而选贤与能以与天下共焉，兹明王所以奉若天道者也；而制尽于成周矣！自其通于天下者言之：盖无所不统谓之天子；天子无爵也，而爵之所尊也；六合之内，无以加矣！于是乎天子端冕于内，六服承辟于外，锡之命而重藩翰之寄，胙之土而同带砺之盟。公也，侯也，伯也，各一位也，名异而等不同也；子也，男也，同一位也，名异而等不异也；合之凡五等矣。要之先王非私天下而相与为赐也；顾寰宇之广，亿兆之众，苟非闻见之所及，则智虑有所不周，而天下之情，必有壅而不通者矣！故为之众建诸侯，而使之错壤以居以大弼成之义；而内外相统，远近相维，则运臂使指之势以成；而五服之长，外薄四海矣！然则有天子，必有诸侯；有诸侯，必有公侯伯子男者，势也。此先生所以联属天下而尽其大者也。自其施于国中者言之：盖自天子至于子男，皆谓之君；君诏爵者也，而爵之所先也；域中之大，无以加矣！于是乎各君其国，则各统其臣，论官材而俾之咸熙庶绩，亮天工而俾之弼予一人。卿也，大夫也，各一位也，官异而秩亦异也；上士也，中士也，下士也，各一位也，士同而品不同也；合之凡六等矣。要之先王非侈名号而相与为荣也；顾委寄之重，几务之丛，苟非耳目之所寄，则聪明有所不及，而天下之事，必有偏而不举者矣！故为之广置官属，而使之分职以治以尽协恭之义；而上下相承，体统相系，则丝联绳牵之势以成；而九牧之长，阜成兆民矣！然则有君必有臣；有臣必有卿大夫士者，亦势也。此先王所以经理一国而尽其细者也。是知合六等以治五等之国，合五等以一天下之势，周室班爵之制，有如此者。

其为文高视阔步,置身题外以写题中,绝去时文束缚之苦;凡直起直落,承题不复破题,起讲不复承题,是古文佳境,惟有光能之! 后德清胡友信与齐名,世并称归、胡。友信亦博通经史,沛然出之,无事长篇大论,局敛而气自开拓!

第四节　陈际泰　艾南英_{附章世纯、罗万藻、邱义等}

嘉靖以前,如王、唐、归、胡,文以实胜。而隆庆、万历以后,文以虚胜。嘉靖文转处皆折;隆万始圆;圆机,邓以赞开之也。嘉靖文妙处皆生;隆万始熟;熟调,许獬开之也。圆之极而趋于薄。熟之极而入于腐。艾南英深嫉之,起于江西,与同郡章世纯、罗万藻、陈际泰以兴起斯文为己任,乃刻四人所作行之世,以开天、崇两朝清刚警卓之风,而结有明三百年八股之局;世翕然称豫章四家。而临川陈际泰,字大士,积健为雄,返虚入浑,万流景仰,尤为绝出! 际泰产于贫家,常借邻人书读之,不受师传卒成大家;其学无所承借,一览数行,手口耳目并用,质甚奇! 日构数十艺,作文盈万,才甚捷! 变通先辈,自为面目,法甚高! 为诸生时,所作文遍天下,士大夫皆愿与交。有以《四书》疑义质者,辄口占以示,即未成章,或二股,或四股,出没纵横,每多精义,后遂集为《四书读》。其稿中一题数义者甚多;如《孟子》"充类至义之尽也"题文凡五篇,一气衔接,意境如辘轳之相引;举业家以此为直接贾谊《过秦三论》、柳宗元《西山八记》,分之则一篇自为首尾,合之则数篇自为首尾。时文之快且多,无有如陈际泰者! 录《大学》"欲齐其家者先修其身"题文曰:

家取则于身,故君子谋所以齐之者焉。夫以不德之身,强行于物,即家且先格矣,岂能齐乎!且夫家之难齐,甚于国之难治也!所谓甚于国者有二:国者,威权之所可驭也;用恩之地,而威权之分失矣!国者,耳目之所不接也;暱就之人,而耳目之际真矣!威权不得而施,则反其道乃可以相易。耳目不得而匿,则益其事乃足以相当。其必先修身乎!一家之中,其为贤不肖者,不一而足。齐之者,将使人人有士君子之行。夫狎邪淫比,禁之而不止者,无术以主之也!吾修吾身,言必称先王;动必稽古昔;则作事可法,而无自恣其偷越之思;故其子弟之教,不肃而成!一家之中,其爱恶相攻者,亦不一而足。齐之者,将使人人有秉礼度义之意。夫诟谇嚚陵,调之而愈棼者,无道以御之也!吾修吾身,情欲之感,无介乎仪容;晏安之私,不形于动静;则用情正大,而无自开其偏溺之端;故其起伏之情,不剂而平!夫治家以和者,固不以乖戾致恩义之睽;而其弊或致于无节!治家以严者,固不以亵狎致妇子之嬉;而其弊或致于不乐!故齐家莫修身若也!身修,固去其和与严之名,而兼乎和与严之利者乎!盖关雎麟趾之休,本于文德;而风火利贞之义,究归言行;然则欲齐其家者,其所先盖可知矣!

际泰文于四家中最奇横如风发泉涌,兔起鹘落;而此独体质纯茂,又变其平日纵横跌宕,而一归于经术。理题文,前此多直用朱熹《集注》以诂之;至际泰出,乃抱取群言,自出精义,与相发明;故能高步一时,终莫之逾也!自言:"余文数变;然其意皆以一己之精神,透圣贤之义旨为旨;而所独得者乃在分股。前人定为八股者,言之不已,而再言之,明为必如是而后尽也。若每股合掌,则四股可矣;何必八股哉!而吾则对股与出股一字不同,对股既严而后出股不苟;然不合掌,又非于题外求不合掌也。文未至于一字不移,是八寸三分头巾,随人可戴也;病又不在世俗合掌下。必明于此,而后文始刻,始高,行文之手始快。至于微远以取致,博奥以取理,所谓加务善之,而所要不存焉!"

艾南英少负异才,倡其同志为四大家稿,名动海内;而泛舟吴越间,以文贽者如云,总束而庋于几;每当风日清美,纵棹明湖,酒酣兴至,开评圈乙,出其甲者特置之艇尾。侦者得,走报各家曰:"某某文中选矣!"趋贺者倾间,筵晏累目。于时与选者,几如登第之荣。而南英一老诸生,力肩斯文,裁成振作,一时风气,遂为所移!顾持论刻核,亦以树敌。复社为太仓张溥、杨枢等所结,而宜兴周钟为之长,尝自镌《经翼》诸选,比之咸阳国门之书。南英力讥贬之,语见所选《明文定》中。然以文论,南英文无一语不原本经传,却不用一经传语,补题之妙,皆王鏊、钱福旧法,而出以朴质坚辣,非王、钱所及;钟则气体阔大,骨力平庸,诚不足以当南英之一映!几社则创自陈子龙,附者尤众;其学好读《文选》,务怪奇务藻思;独包尔庚有峭拔之笔,文情摇曳;则为子龙所不喜,而同社不贵也!南英尤斥子龙,与际泰及章世纯、罗万藻相砥砺。几社中人忌之,为驳四家文以解,故为抑扬;际泰、世纯不悦,故四家之交,合而不终;而世纯亦折而入几社。南英势孤,意有郁绐不得摅,乃发愤拈《孟子》曰"无伤也"题,为文以见意曰:

知人言之不足恤,而人当自信矣!夫礼义之或愆,则所患也;彼不理于口,是何伤哉!闻之曰:伤人以言,甚于戈矛;此特世俗之常情,而非所论于君子也!子告我曰:大不理于口,忧谗畏讥之心，何皇皇耶！夫君子褆躬，何至以心为垢府；然有人于此，终其身无诖误可摘者，其中亦可疑也！君子涉世，何至以身为诟端；然有人乎此，终其身无毁言能加者，其品亦可知也！子之不理于口，吾直以为无伤耳！闻世俗之繁言，而夷夷然惊，规规然自失；此怯胆也！夫丈夫固当有相旷之怀，宁使有瑜有瑕，不甘无举无刺；谣诼之口，何足介其念也！患物议之相侵，而平情以合污，辄行以弭怨，此俗肠也；夫丈夫固当有超胜之韵，尊之圣贤不喜，呼之牛马不怒，诪张之舌，何足动其衷也！嗟乎！何物庸众，而能誉豪杰也；谤固其所耳！一忌而欲杀，一恶而欲死，吾以闲心观焉，天下有可解颐如此者哉！嗟乎！何物庸众，而敢誉豪杰也；毁固其分耳！造谗者手足俱乱，吠声者耳目若狂，吾以冷眼视焉，天下有可鼓掌如此者哉！故褊衷者闻谤若刺于肌肤；而冥之以至理，则群声汹汹，犹婴儿之啼呼也！何相忤也！盛气者闻毁不安于梦寐；而对之以达观，则群口嗷嗷，犹鸟兽之鸣号也！何相怒也！夫为士者，识欲其超，骨欲其劲；以天下誉之，夷然不屑；以天下非之，倘然不顾。若夫忧谗畏讥，则妾妇之事也！

有笑有骂，亦愤极而为旷达之言。世论以八股代言，比之优孟衣冠，啼笑皆非其真；如此之感慨激发，亦何尝不出于性情之真也！性不俛仰随俗，而清刚之气，贯注行墨；遭时丧乱，跋履间关，同时名士，狼籍载路；而南英独视死如归，游说万端，终莫之屈；不愧为笃信好学，守死善道者矣！又明之亡也，满洲入关以主诸夏。而宁化邱义字明大者，崇祯末，补诸生；易代后，义不就试。其父诘之。对曰："世代既变，人心亦变；即文字亦变。以前文应今试，徒取黜辱,无益!"父曰:"不必言遇合,但功令不许不应试耳!"义乃就试,题为《大学》"之其所哀矜而辟焉",义乃振笔直书以抒黍离之恫曰:

> (破题承题佚)当可哀可矜之世,必无不哀不矜之人。世有辟于哀矜之人,必世有不胜哀矜之事也!今夫无怙无恃,哀之至也!乃至宗庙邱墟,鼎社迁改,哀又过之!《诗》所谓"哀恫中国,具赘卒荒",是也。更取父母之遗体而毁伤之;取圣王之冠裳而灭裂之;哀哉,维今之人,不尚有旧哉;鳏寡孤独,矜之至也!乃至天潢沟壑,宫闱泥涂,矜百倍之!《诗》所谓"爰及矜人,哀此鳏寡",抑末矣!更取匹耦而秽乱之,夫鳏而妻不寡;取耄倪而仆隶之,父独而子不孤。哀哉,倬彼昊天,宁不我矜哉!乃哀未毕也而和悦继之;髡钳之不为辱,呼蹙之不为愤,即屠门覆祀,不敢仇也!矜未毕也而安乐继之;谓他人父而忘其孤,谓他人夫而忘其寡;他人不子不妻而奴婢之,不悔其贱也!此之谓失其本心!故曰:"哀莫大于心死,而形死次之。"吾哀夫当哀而不知哀者!又哀夫己不能自哀,而反哀他人之哀者!又哀夫己不哀而反禁人之哀者!又哀夫恣胸行臆,挤人于可哀可矜,而自为愉快者!又哀夫助虐相淫,陷万家于可哀可矜,而仅奉一人欢笑者!盖至此而荼毒攒心,无可告诉,徒饮痛衔恤而已!岂非之其所哀矜而辟乎!

怨恫愤盈,溢于纸墨。提学道闵度阅而判曰:"文心如此,何必应试!除名免责。"榜揭而诸生哗然,取原卷争相传写,一时纸贵;亦可见人心不死,情到真处,无不感乎也!虽然,哀莫大于心死,当哀而不知哀,尤岂独明清易代之际也哉!生今之世,以若所为,殆有甚焉,耗矣哀哉!用以卒吾篇。

明代八股文选本,如苏苞九《甲癸集》,捃撫之多,至一百二十四种。黎淳《国朝试录》六百四十卷,辑成化以前之文,邱浚为序。而《四书程文》二十九卷,亦明初举业程式,见《明史·艺文志》,不载选者姓氏。然而恢闳其义,足为准绳者,要不得不推艾南英为宗匠;其所选《明文定》、《明文待》诸书,大纲既举,众目具张,黜富强而归于王,辨祥墨而宗于儒,究周秦议论之失,斥汉唐训诂之浮,一代风气,皆其论定。然犹不如后来俞长城所选《百二十名家》稿之备;自宋王安石、苏辙以迄清初诸家,其所持择,不名一格,每人各序出处于简端,皆忠义文章之士,其人品金壬者不与焉;用功甚巨,用心甚深。见者谓其以史法论文,五百年之文,即可以当五百年之史;亦洋洋乎大观也哉!

钱基博先生学术年表*

1887 年（清光绪十三年）

夏历二月二日，生于江苏无锡县城连元街吴氏寓庐，与弟钱基厚孪生。

1905 年（光绪三十一年）

3 月，《中国舆地大势论》刊于《新民丛报》第 64 至 67 号。

1906 年（光绪三十二年）

应无锡商界薛氏之聘，任家庭教师。

1907 年（光绪三十三年）

娶同邑王缜之女。

1909 年（宣统元年）

入江西提法使陶大均幕，筹办司法改良。

1910 年（宣统二年）

任无锡竞志女学教员。

1911 年（宣统三年）

11 月，作《无锡光复檄文》，后收入钱基博《无锡光复志》。

1913 年

8 月，出任无锡县立第一高等小学国文、历史、理科教员。12

---

* 本年表由张德建编撰。

月兼任无锡第二高等小学理科教员。

秋,《无锡光复志》铅印本刊行。

1914 年

1 月,武侠小说《技击余闻补》始刊于《小说月刊》5 卷 1 号,前后连载 12 期。

1915 年

8 月,转任吴江县丽则女子中学国文教员。

11 月,《中国文法说例》(又名《中国文字圈识例则》)油印本刊行。

1916 年

将所著武侠小说编为《武侠丛谈》,由商务印书馆出版。

1917 年

转任江苏省立第三师范学校国文教员兼读经。

1918 年

受聘无锡县修志总纂。志虽未成,但《无锡风俗志》刊于是年《无锡县教育会年刊》,余四志刊于《新无锡》报。6 月兼任无锡县图书馆经董(馆长)。

1919 年

3 月,《春秋约纂》由江苏省立第三师范学校刊印。

12 月,《国民外交常识》由商务印书馆出版。

是年,《戊午暑期国文讲义汇刊》由省立第三师范学校刊印。《孟子约纂》由无锡辅仁中学刊行。《礼记约纂》铅印本刊行。

1920 年

7 月,《语体文范》由无锡县公署三科出版。

1923 年

秋,出任上海圣约翰大学国文系教授。

8—9 月,《读书稽古法》、《〈中国历史问题研究〉序》、《上古学术文编叙录》等文刊于《无锡新报·文学月刊》。

1924 年

是年,《国学分科研究的问题》刊于《南通报·文艺副刊》。

4 月,《国学必读》(新中学教科书)由中华书局出版。《国文》(新师范讲习用书)由中华书局出版。

1925 年

6 月,为支持学生爱国运动,抗议圣约翰大学压制师生爱国行为,离开该校。在社会各界支持下,离校师生于沪西创办私立光华大学,先生担任筹委会委员。暑期后,出任清华大学国文系教授。秋,辞谢清华大学之聘,出任光华大学国文系教授。

2 月,《国学历代变异的问题》(一至七)始刊于《南通报·文艺副刊》。

3 月,《中国古代学者治学的方法》(八至十二)刊于《南通报·文艺副刊》。

10 月,《〈论语〉解题及其读法》刊于《南通报》。《治学篇(上、下)》刊于《清华周刊》第 24 卷第 4、5 期。

11 月,《近五十年许慎〈说文〉学流别考论》刊于《清华周刊》第 24 卷第 11 期。

1926 年

3 月,在北京师范大学附中演讲,题为《国学之意义及治国学方法之评判》,后刊于《清华周刊》第 25 卷第 7 期。

4 月,《读太史公谈〈论六家要指〉考论》刊于《清华周刊》第 25

卷第10期。

6月,《墨辩学考略》刊于《清华周刊》第25卷第15期。

7月,《〈孟子〉解题及其读法》刊于《南通报》。

1927年

应无锡国学专修馆(无锡国学专修学校)校长唐文治之邀至校讲学,后正式聘为教授兼校务主任。暑假,应第四中山大学之请任国文系主任,仅半月,即辞谢,仍回光华大学任教。

1928年

8—11月,《读〈庄子·南华真经〉卷头题记》、《读〈中庸〉卷头解题记》、《〈孝经〉解题及其读法》、《〈古文辞类纂〉解题及其读法》刊于《南通报》。

1929年

11月,《〈文史通义〉解题及其读法》由中山书局出版。

1930年

2月,《〈四书〉解题及其读法叙目》刊于《南通报》。

是年,《读〈庄子·天下篇〉疏记》(万有文库本)由商务印书馆出版。

1931年

5月,《国学文选类纂》(上、下册)由商务印书馆出版。

是年,《〈名家五种〉校读记》、《〈文心雕龙〉校读记》由无锡国学专修学校出版。《古籍举要》(又名《后东塾读书记》)由上海世界书局出版。

1932年

1月,《〈辽史纪事本末绪论〉序》刊于《南通报·文艺副刊》第2号。

12月,《现代中国文学史长编》由无锡国专学生会铅印出版。

1933年

下半年,兼任光华大学文学院院长。

6月,《明代文学》由商务印书馆出版,后收入"百科小丛书"再版。

9月,《现代中国文学史》由上海世界书局出版。

是年,《版本通义》(万有文库本)、《〈周易〉解题及其读法》由商务印书馆出版。《〈古文辞类纂〉解题及其读法》由中山书局出版。《骈文通义》由大华书局出版。

1934年

1月,《〈四书〉解题及其读法》(万有文库本)由商务印书馆出版。

10月,《〈老子·道德经〉解题及其读法》由大华书局出版。

12月,《韩愈文读》(两卷本)由商务印书馆出版。

1935年

4月,《钱基博自传》(又名《潜庐自传》)刊于《光华大学半月刊》第3卷第8期。

6月,《十年来国学之商兑》刊于《光华大学半月刊》第3卷第9、10期合刊。

1月,《韩愈志》由商务印书馆出版。4月,《模范文选》(上、下册)由商务印书馆出版。

1936年

辞去无锡国学专修学校校务主任一职。

3月,《读清人文集别录》刊于《光华大学半月刊》第4、5卷。

4月,《经学通志》由中华书局出版。

1937 年

暑假前后转赴杭州浙江大学国文系任教。

1938 年

1 月,随浙江大学迁至江西泰和。10 月,任湖南蓝田国立师范学院国文系主任。

1939 年

5 月,《孙子章句训义》收入《精忠柏石室丛书》初版。

是年,《中国文学史》(上古至隋唐之部)由湖南蓝田袖珍书店出版。

1942 年

4 月,《孙子章句训义》(增订新战史例)出版,1947 年由商务印书馆再版。

5 月,《中国文学史》(宋辽金之部)由湖南蓝田公益书局出版。

11 月,《德国兵家克劳山维兹兵法精义》(顾谷宜译,钱基博注释)由江西出版合作社出版。

1943 年

《中国文学史》(元之部)由湖南蓝田新中国书局出版。

1944 年

战事紧张,随蓝田国立师范学院迁至溆浦县。

《近百年来湖南学风》由湖南蓝田袖珍书店出版。

1946 年

4 月,返回无锡老家。秋,出任私立华中大学教授。

1948 年

参与筹建泰伯文献馆事宜。

12 月,《金刚经心经章句信解》铅印线装本出版。《堠山钱氏丹桂堂家谱》刊行。

1950 年

春,将平生积累的五万馀册珍贵藏书赠予华中大学图书馆。

1951 年

华中大学改为公立大学,出任改制委员会委员;后改为华中高等师范学校,在国文系任教。

12月,《精忠柏石室藏印》精忠柏石室石印本出版。

1952 年

是年,华中高等师范学校与华中大学、中原大学教育学院等院校合并,成立华中师范学院。先生转任历史系教授,并将平生所藏文物古玩二百馀件捐赠华中师范学院历史博物馆,又将碑帖字画一千馀件赠苏南文物管理委员会,方志一千馀种赠予无锡泰伯文献馆。

6—8月,华中师院开始"思想改造"运动,撰《自我检讨书》。

1957 年

6月,在"反右"运动中遭受批判,一病不起。

11月31日,因喉癌病逝于华中师范学院,享年七十一岁。

附注:1959年7月,钱基博所撰《明鉴》、《清鉴》由台北启明书局出版。其他出版时间不详之著述有《〈诗品〉解题及其读法》(刊于《青鹤》)、《国文研究法》(油印本)、《桐城派文论》(国学小丛书本,商务印书馆)、《韩愈文谈》(商务印书馆)。《欧洲兵学演变史论》作于抗战期间。本年表的编制主要参考傅宏星《钱基博年谱》,华中师范大学出版社2007年版。

昭明师法,穷原竟委
——钱基博的文学史写作

张德建

一

钱基博(1887—1957),字子泉,又字哑泉,晚号老泉,别号潜庐,江苏无锡人。夏历丁亥二月初二出生于江苏无锡城内连元街吴氏宅,与弟钱基厚孪生。钱氏为江南望族,可上溯至五代十国时吴越国王钱俶,代以文化传承自命。无锡钱氏有堠山、湖头两支,钱基博为堠山一支,钱穆为湖头一支。钱基博对钱氏家族的文化传承有着强烈的自觉意识,曾说:"自以始得姓于三皇,初盛于汉,衰于唐,中兴于唐宋之际,下暨齐民于元明,儒于清,继继绳绳,卜年三千,虽家之华落不一,绩之隐曜无常,而休明著作,百祖无殊,典籍大备,灿然可征也。"(《无锡光复志·自叙篇第六》)钱基博对孟子"独有至好",他在《孟子约纂》中说:"博于《孟子》一书独有至好,以为发孔子之所未发。而其文之婉切笃至,尤足以警发人之善心,不使放心耻气接焉。伏念后孟子以周安王十七年四月生,说者谓即夏历之二月二日也。博二千二百八十有三年,而适以同月同日生。意者天之启予。孟子之学,将待予小子而昌明矣乎!"[①]中国

---

① 曹敏英:《钱基博学术论著选》,华中师范大学出版社1997年版。

古人最崇高的梦就是梦到圣人,会使人有"天之启予",将降大任于斯人的神圣感,代表的是读书人希圣企贤的理想。钱基博的一生都沉浸在传承传统文化,仁民济物、昌大学术的情怀之中,不曾改变。

钱基博的祖父钱维桢是前清贡生,父亲钱福炯秀才出身,故钱家确可称"家世儒者"。钱氏家教极严,据钱基博回忆:

> 父祖耆公以家世儒者,约敕子弟,只以朴学敦行为家范,不许接宾客,通声气。又以科举废而学校兴,百度草创,未有纪纲,徒长嚣薄,无裨学问。而诫基博杜门读书,毋许入学校,毋得以文学标高揭己,沽声名也。①

四岁起便由母亲授识文字,读《孝经》。五岁起从堂兄钱基恩受书,九岁毕《四书》、《易经》、《尚书》、《毛诗》、《周礼》、《春秋左氏传》、《古文翼》,皆能背诵。十岁,伯父仲眉公教为策论,熟读《史记》、诸氏唐宋八大家文。十一岁,把《尔雅》、《古文观止》、《唐诗三百首》、《纲鉴易知录》"当作小说看过一遍"。十三岁,读《资治通鉴》、《续通鉴》,圈点七过。又精研顾祖禹《读史方舆纪要》(《潜庐自传》、《自我检讨书》,均见傅宏星《钱基博年谱》附录)。十八岁,一篇长达四万言的《中国舆地大势论》在《新民丛报》上发表,梁启超写信向他表示鼓励。

十二岁时,戊戌变法对他产生了极大冲击,"受到了康有为、梁

---

① 《潜庐自传》,傅宏星编撰:《钱基博年谱》附录二,华中师范大学出版社2007年版。

启超的资产阶级改良主义的'维新变法'运动的影响,先生开始从事'新学',对中国古代历史、地理进行自学。"(钱锺汉语)①在读古书的同时,父亲还为他订了一份《申报》,每天晚上用硃笔点报上论说一篇,作为课馀。他又开始对西学产生浓厚兴趣:"《格致新报》……中间登着严复译的赫胥黎《天演论》;我读了,觉得耳目一新;从此对于生物学,自然科学发生兴趣。"还先后自学了《笔算数学》、《代数备旨》、《几何备旨》、《八线备旨》等课本。为买到这些新书,"有时还瞒着父兄,取家中藏的经史,到书铺去换取上海制造局出版的各种物理化学书看。"(《潜庐自传》)这些新知识开拓了先生的眼界,旧学新知共同塑造了这位学术大师。

1909年钱基博先生入江西提法使陶大钧幕,筹办司法改良,月薪白银百两。陶大钧初见先生文章,"骇为龚定庵复生"。先生于幕中积极建言,自奉甚严。次年,陶大钧死,先生回乡。1911年辛亥革命起,无锡光复,先生任锡金军政府秘书。南京临时政府成立,去任安徽援淮部队司令部少校参谋,延治军书。不久,援淮部队改编为第16师,先生晋陆军中校,任副官参谋,调江苏都督府,随部队驻镇江。在入幕和从军期间,先生依然不废吟读,革命成功后,草《吴禄贞传》,传诵一时。二次革命失败后,直隶都督赵秉钧、江苏都督冯国璋皆以秘书为招,先生以"自以奉职南方军府,丈夫立身,岂容反复;议论异同,只以救世难而非以图身利。又目睹世乱方兴,飞书走檄,不过以文字为藩府口舌;文章不以经国,而莠言乱政,匪所思存。"(《潜庐自传》)于是谢不往。

回乡后,先生以为当时只有两条路可走,"一条路,在本地当个

---

① 转引自《钱锺书与近代学人》,华中师范大学出版社1997年版。

绅士,地方上亦尚有人信用。一条路,靠我笔下尚来得,外间也有人知道,投到北京去活动,做一小政客。不过我觉得我自己有点危险性!我身体不健康,胆气也不够;不过我有些小聪明,能用吾脑,碰到一些事,能够正反面看,不同普通人的只看表面;万一被人利用着我打歹主意,我将误用我的聪明害人!所以我决定选择一环境,限制我的用脑,没有机会打歹主意;还是教书!"(《自我检讨书》)于是,应顾祖瑛邀请,任无锡县第一小学教员,开始了一生从事教育的人生历程,先后任吴江丽则女子中学教员、江苏省立第三师范学校国文与经学教员及教务主长、圣约翰大学国文教授、国立清华大学国文教授、光华大学国文系主任及文学院院长、私立无锡国学专修学校教授兼校务主任、第四中山大学国文系主任、浙江大学国文系教授、湖南蓝田国立师范学院国文系主任、华中大学教授等职。

抗日战争胜利后,先生受聘于武昌私立华中大学。中华人民共和国成立后,先生留在国内,继续在华中大学任教。1950年,先生将五万馀册藏书全部捐给华中大学,1952年又将历年所藏甲骨、铜玉、陶瓷、历代货币、书画等二百馀件捐给华中师范学院,将碑帖字画千馀件、方志千馀种分别捐给苏南文物管理委员会和江苏泰伯文献馆。这一切无不显示了先生的拳拳爱国之心。先生始终秉持知识分子的直率任情之性和忧国仁民之怀,在众人追风之际发人所不敢想,不敢发。1957年,他在政治运动中遭受批判。年底,先生因病郁郁而终。

先生虽终身以学术、教育自命,然亦时刻不忘国家民众,任职圣约翰大学期间,正遇"五卅惨案"发生,先生主张罢课以示抗议,并在教授会上据理力争。为抗议学校压制爱国行为,与部分教师和学生离开圣约翰大学,并积极支持成立私立光华大学。清华大学教师因薪水问题发生争执,先生以为清华大学为庚子赔款所建,是为国耻,而斤斤争利实为清华之污点,故辞去教授之职。江苏教育厅欲聘先生为"教育督学",先生反对国民党的"党治之教育"而固辞不就①,时刻保持着读书人的正义感和爱国爱民胸怀,令人感佩不已。

综观先生一生,学问由传统入,根基深厚,视野广阔,在现代学术思潮中自成一家,终为学术大师;道德贞固,持守甚严,外示人以正,内实淳厚。立身以入幕始,后投身教育,虽"平生不入党社",然身处乱世,忧国爱民,欲以学术、教育拯救民族,终其一生。学术淳正,在众人皆沉溺西学之际,坚守传统,敢发人所不敢言、不能言。

二

"文学史"作为一种新的文学历史叙述方式出现在晚清,是西化思潮下的产物,是西方文学史模式直接影响的结果。1910 年武林谋新室出版了林传甲的《中国文学史》,该书是林传甲 1904 年在京师大学堂讲授中国文学课时的讲义,郑振铎《插图本中国文学史》称此书为"中国人自著之中国文学史,最早的一部"。这引起了一个中国文学史的写作高潮,在钱基博先生的《现代中国文学史》成书前后,就有多种,如:谭正璧《中国文学史大纲》《中国文学进化史》、赵景深《中国文学小史》、周群玉《白话文学史大纲》、刘师培《论近世文学之变迁》、胡适《五十年来中国之文学》、陈子展《最近

---

① 参见傅宏星编撰:《钱基博年谱》。

三十年中国文学史》、周作人《中国新文学的源流》、吕思勉《宋代文学》、罗根泽《乐府文学史》、杨荫深《先秦文学史大纲》等。林传甲的《中国文学史》虽明言文学史写作"仿日本笹川种郎《中国文学史》之意以成书",但从全书章节结构和内容看,全书十八章,其中十六章与光绪二十九年颁布的《奏定大学堂章程》中所规定的"研究文学之要义"四十一款的前十六款几乎完全相同。当刚刚引入分科教育体制时,观念还十分陈旧。此后出现的大量文学史则不论是文学史观念,还是学科范围的规定,以及文学史方法论都开始以全新的面貌出现。文学史作为学术研究范式包含三个基本要素:

一、现代民族国家意识。民族国家意识在近代西方多重冲击下产生,它不同于传统的天下国家概念,它包含着十分复杂的信息,既有民族觉醒、国家独立的政治要求,又有改造旧文学,建设新文学的文化要求。

二、文学观念的建立。新文学观念的建立彻底打破了旧的教化、明道、言情观念,并努力划清界限,自此以后西化的狭义美文观念成为正统观念。

三、新研究方法的确立。旧的理论、方法基本上被抛弃,转而引入西方研究方法,知人论世方法被更加科学和系统的归纳、进化等方法取代。表现在现代文学史写作中,有两点最为突出:一是进化思想成为文学史写作的核心理念,二是西方文学成为价值判断的标准,不论是文学发展阶段论,还是文体分类及其等级划分都以西方文学为标准。谢应光《进化论思想与中国现代文学史观》认为:

在进化论思想的制约下,中国式的文学史观又是怎样的呢?最显著的可能有这样两个特征。一是文学总是不断地向前进步,今天的文学总是比昨天的好。因此,五四以后的文学我们就叫新文学,而以前的文学就相对叫做旧文学。旧文学是落后的、反动的,因此就该彻底地打倒和否定。新文学就应该不断地进步下去,所以,五四以后的文学在性质上就被描述为不断进步的文学。二是进步的榜样就是西方文学。陈独秀将西方文学划分为古典主义、浪漫主义和现实主义三个阶段,与之相比,认为其时的中国文学尚处于古典主义阶段。文体的划分方法,也不再是奏议、书论、铭诔和诗赋之类,代之以诗歌、小说、戏剧和散文之类的分法。因此,在短短的五四时期,中国将西方几乎所有的东西都拿了过来。这种思维模式至今仍然深刻地影响着中国人的心理结构。(《社会科学研究》2004年第4期)

胡适还从历史上找到了一个支撑这种观念的理论:"一代有一代之文学。"这个自明清以来逐渐兴起的观念在传统文学思想体系中得到较为充分的论证,并逐渐为人所接受。但传统意义上的"一代有一代之文学"是建立在通变论基础上的,而新论述则建立在进化论思想基础上,二者之不同显而易见。进化论虽然被后来的理论所取代,但进步观则被广泛接受,还被改造成为革命进步观,进而为阶级斗争论所取代。西方文学不仅是一个价值参照系,而且演化成一个重要标准,其间虽有变化,如英美文学、苏俄文学在不同时期成为潮流引导者,但始终是中国现代文学的榜样。不论如何变化,进化论与西方文学观始终是现代文学史之共同心理结构的基本因素。

在众多的各类文学史中,钱基博的《现代中国文学史》显然不合潮流,从出版时起就属于异类。此时,新文学可谓如日中天,胡适出版了《五十年来中国之文学》,以进化论的文学史观宣告"文学革命运动和白话文运动"成功。钱著则把矛头直指以白话文为代表的新文学,甚至说:"胡适《五十年来中国之文学》不为文学史。何也?盖褒弹古今,好为议论,大致主于扬白话而贬文言,成见太深而记载欠翔实也。"①于是,很快就招来各方面的批评,穆士达说:"在正文里面,他却专致力于焦氏所谓'馀气游魂'之叙述,只费二十四页,而引《尝试集·自序》之文,竟占一十四页。这样地不明时代之所胜,当然是没有资格写作文学史的。"②直至现在,仍有人这样评价:"作为一部现代中国文学史,则从根本上歪曲了这一段文学发展的历史。"③少有的几个赞同的声音也被淹没在众声喧哗之中了,怀宁潘式致书先生曰:"此书断自现代,部勒精整,叙次贯串,其宛委相通之法,良得史公之遗。而摛辞雅洁,尤为独出冠时!"(第5页)胡先骕曾说:"虽其书可商榷之处尚夥,然终为今日著述界有价值之著作,可断其必能风行于一时,即在百世之下亦不至于覆瓿也。"④倒也预示了钱著的命运。其实,先生也自知不能尽惬众心,但颇自信,宣称:"吾知百年以后,世移势变,是非经久而论定,意气阅世平心,事过境迁,痛定思痛,必有沈吟反复于吾书,而致戒

---

① 本书第13页。以下凡征引本书均随文括注页码。
② 《钱基博著〈现代中国文学史〉的批评》(一),转引自傅宏星编撰《钱基博年谱》卷二。
③ 黄修己:《中国新文学编纂史》,北京大学出版社1995年版。
④ 《评钱基博〈现代中国文学史〉》,转引自傅宏星编撰《钱基博年谱》卷二。

于天下神器之不可为,国于天地之必有与立者。"(第5—6页)尽管出版后影响颇大,四年内连版四次,可谓"风行于一时",但随着时势转移,很快就被忘却。60年后,对这部书评价开始发生很大变化,从初读此书的新鲜感到较为客观、积极的认识多了起来,并且与对晚清至五四以来文学话语的历史变化、新文学建构性特征的认识结合起来,对《现代中国文学史》的评价呈逐渐提升之势。

这部文学史与我们常见的文学史有着很大差异,表现在如下几个方面:

(一) 新旧融合的文学史建构理论

在《绪论》中,作者第一句话就提出了独特的文学史观念:"治文学史,不可不知何谓文学,而欲知何谓文学,不可不先知何谓文。"(第10页)不同于大多数文学史忽视对文学的定义(其实是采用了一般的认识),也与大多数文学理论对文学的定义方式完全不同,而是从中国传统文学的基本现实出发,从"文"说起,一开始就抓住了中国文学的本质。文中提出"文"之含义有三:复杂、组织、美丽。五四以来,这种观念被排斥在外,学者视由这种认识生成的文学观念为"文字的",而非"文学的"(刘半农语),因而他们的文学观只能是狭义的。接着,钱基博从狭义和广义两个角度分别对什么是文学进行定义。"狭义的文学"专指"美的文学",论内容,"情感丰富,而不必合义理";论形式,"音韵铿锵,而或出于整比;可以被弦诵,可以动欣赏"(第10页)。"广义的文学"意指"述作之总称,用以会通众心,互纳群想,而表诸文章,兼发智情;其中有偏于是发智者,如论辩、序跋、传记等是也。有偏于抒情者,如诗歌、戏曲、小说等是也。"(第12页)①这个定义是一个奇妙的复合体，融合了古今中外对文学的认识。就文体而言，既有韵文、散文对举，又有融汇古今的文体论；既包括古代的论辩、序跋、传记等文体划分方式，也包括诗歌、戏曲、小说等现代文学四分法中的文体；还有贵族文学与平民文学这样的新观念。就表达而言，既包括情感，也包括智识。就功能而言，或偏于发智，或偏于抒情。不仅如此，先生还从学术分科的角度简要谈了文学与哲学、科学的不同。如果从理论的纯正性着眼，此定义不免庞杂。但从文学历史演变的角度看，这个定义旧中有新，新中有旧，既有中国文史传统的延续，也融贯新文学观念加以发展，切实反映出新旧交替之际的中国文学状况。

关于文学史，先生首先从"史"入手，与从"文"入手一样，显现乾嘉以来从考据方法进入的学术传统，亦表现了先生广博的学问根基：

> 《说文·史部》："史，记事者也，从又持中，正也。"然则史之云者，又《说文》："又，手也。"持中以记事也；中者，不偏之谓，章炳麟曰："记事之书，惟为客观之学。"夫史以传信。所贵于史者，贵能为忠实之客观的记载，非贵其有丰厚之主观的情绪也，夫然后不偏不党而能持以中正。(《绪论》，第13页)

---

① 《我之中国文学的观察》一文也有近似的表述："文学者，述作之总称，用以会通众心，互纳群想，而表诸文章，兼发情智，知以治教，情以彰感，譬如舟焉，知如其柂，情为帆棹，知标理语，情通和乐，得乎人心之同然矣。"(《大家国学·钱基博卷》，天津人民出版社2008年版)

故"文学史之职志,则在纪实传信"(第13页),由此,他认为司马迁发愤而作《史记》,不能称为名,"其文则史,其情则骚也"。同理,胡适《五十年来之中国文学》也不能称为史,因为其书"好为议论","成见太深"(第13页)。他认为"文学史云者,记吾人之文学作业者也。"(第14页,《荀子·非十二子》注:"事业谓作业也。")这与我们现在的文学史观念大相径庭,一般认为现代文学"是一种理智的预先设计的产物",是"由一群轻视文学自身价值的思想启蒙者所造成的"[1]。就目前我们所看到的现代文学史而言,这当然是一个十分准确的评价,甚至可以进一步说:"现代文学一方面不能不是民族国家的产物,另一方面,又不能不是民族国家生产主导意识形态的重要基地。"[2]罗岗《危机时刻的文化想像》一书就通过对胡适、周作人、陈独秀等现代文学创始人提出的"文学"、"新文学"、"白话文学"等核心概念的剖析,切入他们对现代文学的"想像"和话语建构[3]。现代文学的历史经历了一个由思想到意识形态先后主导的建构过程,完全掌握了话语主导权。这两种不同的文学历史建构观念格格不入,形成了我们可以称之为主观与客观两派文学史写作模式,但主观派占了上风,因此我们看到了现代文学史几乎无一例外是以新文学为中心建构起来的,旧文学被无情地放逐了,有一段时期甚至成为反面形象,

---

[1] 王晓明:《一份杂志和一个"社团"——重评五四文学传统》,《二十世纪中国文学史论》上卷,东方出版中心2003年版。

[2] 刘禾:《语际书写——现代思想史写作批判纲要》,转引自罗岗《危机时刻的文化想像·导论》,江西教育出版社2005年版。

[3] 参见易晖:《作为现代性工程的中国现代文学——评罗岗著〈危机时刻的文化想像〉》,《中国现代文学研究》2008年第2期。

被彻底边缘化,而客观派的文学史则受到长期压制。

钱基博的《现代中国文学史》就是这样一部力主客观的文学史,当然,纪实传信不是事实的直接记录,不是没有叙述者的主观参与。先生也受到西方思想的影响,如进化论思想,他在论述骈散之争时,说:"骈、散古合今分者,亦文字进化之一端欤!"(第20页)论明代复古运动时,说:"秦汉之文,玉璞金浑,风气未开。后世文明日进,理欲其显,故格变而平;事繁于昔,故语演而长;此亦天演自然之理。"(《编首》,第40页)如丹纳的"人种、环境、时代"论(《绪论》,第14页)。但这些都是偶一为之,且与中国古代文学理论中的通变论相关,并非全书的立意主脑。全书的主脑即我们称之为文学史建构理论的核心是"事"、"文"、"义"三要素,《绪论》中提出:"余则谓作史有三要,曰事,曰文,曰义。""设以人体为喻:事譬则史之躯壳耳,必敷之以文而后史有神彩焉,树之以义而后史有灵魂焉!"(第15页)明确地说"义"是文学史的灵魂,可见钱基博也并不排斥主观价值参与文学史的建构,但要有"事"、"文"相辅,从其中发掘出相应的"义",而不顾"事"、"文"的主观建构则有意忽略了复杂的文学现实。先生所拈出的"义"也非什么主义,而出自《易经》,"《易·系辞传》曰:'圣人有以见天下之动而观其会通。'又曰:'《易》有圣人之道……以动者尚其变……通其变,遂成天地之文。'"运用到文学史中,"义"即"会通":"文学史者,则所以见历代文学之动,而通其变,观其会通者也。此文学史之所谓取义也。""会通"什么呢?"所重者,在综贯百家,博通古今文学之嬗变,洞流索源,而不在姝姝一先生之说。"(《绪论》,第14—16页)也就是说,要通过对古今文学嬗变的历史及其源流变迁进行系统地梳理,不是斤斤于什么主义、思想来建构文学史,而是处处从文学本身出发,以一己之胸怀、学识去体悟、认识文学。

　　写作文学史的目的关乎文学史的价值,也关乎对未来中国文学的希望,先生期望通过文学史的写作"据往事以为推而已矣。故治史之大用,在博古通今,藏往知来"(第16页)。问题在于我们的很多文学史在"博古"方面少有关注,不能客观地看待旧学与新知的关系,因此这部充分实践自己主张的文学史便具有了重要意义,为我们提供了一个有价值的视角。

(二)独特的结构模式与叙述方式

　　《现代中国文学史》有着一套独特的结构方式,他将现代文学分为两大类,一为古文学,一为新文学,分上下两编叙之。古文学中分文、诗、词、曲四部分,文下分魏晋文、骈文、散文,诗分中晚唐诗、宋诗,词、曲叙说较为简单。新文学分新民体、逻辑文、白话文。卷首又有《绪论》分论文学、文学史、现代中国文学史之概念、范畴,已如前述,此不具论。《绪论》之后复有《编首》,叙现代中国文学史之前的文学史概貌,分总论、上古、中古、近古及近代五部分,意在使现代文学史与古代文学史贯通观之,以察其变,给读者一个全面的认识和通观的理念,如先生所言:"现代文学者,近代文学之所发酵也。近代文学者,又历古文学之所积渐也。明历古文学,始可与语近代;知近代文学,乃可与语现代。"(《编首》,第47页)上下两编篇幅并不相称,上编叙古文学占全书三分之二,下编叙新文学只占三分之一,其中新民体、逻辑文所叙为康有为、梁启超、严复、章士钊,真正叙写新文学的只有白话文一节,仅及胡适附以黄远庸、周树人、徐志摩等,而此时新文学运动方兴未艾。这样的结构在现代文学史撰写中可谓空前,亦可称绝后,而先生长期被人误解亦以此。

何以会出现这种状况呢?这与先生对文学新变的认识有关,先生以为:"民国肇造,国体更新;而文学亦言革命,与之俱新。尚有老成人,湛深古学,亦既如荼如火,尽罗吾国三四千年变动不居之文学,以缩演诸民国之二十年;而欧洲思潮又适以时澎湃东渐;入主出奴,聚讼盈庭,一哄之市,莫衷其是!榷而为论,其弊有二:一曰执古,二曰骛外。何为骛外?欧化之东,浅识或自菲薄,衡政论学,必准诸欧;……然而茹古深者又乖今宜;崇归、方以不祧,鄙剧曲为下里,徒示不广,无当大雅。兹之为弊,谥曰'执古'!"(《绪论》,第16—17页)骛外者"入主出奴",否定几千年的传统文学,一切以欧化为标准;执古者仍坚执桐城一脉,曲高和寡,不能适应时代变化。二者皆偏执一方,不能融通。这个判断与当时欢呼欧化新文学诞生一派截然不同,在几于众声一腔的西化思潮中,先生独指出骛外与执古两弊为害文学,胸中实有深见。一味西化,批判泥执于旧传统的文学,其弊在人为割裂文学血脉,完全沉浸于以革新文学为手段,急欲创造新国家新文化的理想冲动之下,似乎不摒弃旧文学,便无法创造出新文学,便不能创造出新文化。反之,一味泥古不化,也同样不能创造出新文学,如林纾"独不晓时变,姝姝守一先生之言;力持唐、宋,以与崇魏、晋之章炳麟争;继又持古文,以与倡今文学之胡适争;丛举世之诟尤,不以为悔,殆所谓'俗士可与虑常'者耶?"(第239页)然就文化传承而论,指出骛外之弊大于执古之弊。以先生之知识修养与胸怀志意考观时代,不能不有所倾向,亦是可以理解的。

时至今日,当代文学的发展与现代文学一脉相承,但已基本上切断了与古代文学的血脉联系,其弊害已不胜言说,不能不说正是"今文学"发其端。换个角度看,历来叙现代文学者多以新文学发展为中心展开叙述,于旧文学言之甚简,或作为新文学发生的背景,或干脆将很多作家移至近代文学史中。但近代与现代之分将时代交替之际的文学史置于真空地带。于是,大多数人包括治现代文学史者于旧文学不甚了了,而钱著则有助于我们深入了解"古文学"于新旧交替之际是以何种面貌存在,即此而言,厥功不小。先生解释此书名为"现代"之故时说:"吾书之所为题'现代',详于民国以来而略推迹往古者,此物此志也。然不题'民国'而曰'现代',何也? 曰:'维我民国,肇造日浅,而一时所推文学家者,皆早崭然露头角于让清之末年;甚者遗老自居,不愿奉民国之正朔;宁可以民国概之! 而别张一军,翘然特起于民国纪元之后,独章士钊之逻辑文学,胡适之白话文学耳。然则生今之世,言文学而必限于民国,斯亦廑矣!'"(《绪论》,第17页)而先生尤注意于新旧之间的变化,仍以林纾为例,钱基博肯定了林纾在古文创作中为发展桐城文脉所作出的重要贡献:"当清之季,士大夫言文章者,必以纾为师法。"又指出林纾"晚年昵于马其昶、姚永概,遂为桐城护法;昵于陈宝箴、郑孝胥,遂助西江张目"(第236页),明确指出林纾在文学主张上多受人事影响的特点,进而将林纾与真正的桐城家区别开来。然后再以林纾与章炳麟、胡适的争论为例,指出其"独不晓时变"的守旧性一面。由此我们可以看出坚持"顺应为用,阐变方今"的学术理念使他能够保持历史叙述的客观性。面对批评的声音,先生在《致王源征书》中解释道:"吴雨苍君信收到。于现代文学史事,颇有见地,然博当日颇未尽所言,如近日白话渐文言化,及白话语之兴,而词益盛,皆未及发挥。实以当日中气不继。

其他所论,亦可备参考。"(转引自《钱基博年谱》)他也承认书中对新文学"未及发挥",但以"中气不继"为辞,实则坚持己见,不阿附时论。我们固可批评先生不及新文学为不知时代大势,但我们也应当看到,不论是胡适的《白话文学史》,还是周作人的《中国新文学的源流》,以及《中国新文学大系》的编纂都体现着新旧对立,通过历史书写,旧文学不仅在现实中被打倒了,在历史中也被涂抹得不成样子。这种涂抹到了极致,甚至连基本的书写空间都予剥夺,留下了一大段空白,这也不是客观的态度。

《现代中国文学史》又有独特的叙述方式,即先分派,再以一人统领附入别家,如魏晋文以王闿运附廖平、吴虞,章炳麟附黄侃,骈文以李详附王式通,孙德谦附孙雄,散文以贺涛附张宗瑛、李刚己、赵衡、吴闿生,马其昶附叶玉麟,新民体以康有为附简朝亮,梁启超附陈千秋、谭嗣同,白话文以胡适附黄远庸、周树人、徐志摩等,这种方式表面上似与当今文学史大家分章,小家分节的叙述方式接近,但后者是现代流派意识的产物,前者则受到传统学术中注重门派学脉之风的影响。文学史虽为文学研究的一种方式,而其本质上属于史学,这一点往往被我们忽视,钱基博此书则着意于从史学叙述方式中寻找切入点,形成了独到的文学史叙述方式,先生在《序》中说:"余读班、范两《汉书》,《儒林传》分经叙次,一经之中,又叙其流别;如《易》之分施、孟、梁、丘,《书》分欧阳、大小夏侯,其徒从各以类次,昭明师法;穷原竟委,足称良史。"(第7页)流别、师法皆学术史研究中的重要方法,先生会通于心,发扬于文学史之中,既有继承优秀学术传统的一面,也有应对文学史写作而加以创新的一面,值得高度肯定。

具体叙述中,钱基博对每个作家的生平、创作、师承都娓娓言之,不是简单的生平简介,举凡交游、行止、争论及时事、掌故无不涉及,且言之甚详。一般文学史写作对作家生平都是履历式介绍,这种方式使得作家介绍游离于外,不能深入到作家的生命历程之中,不能展现历史的复杂性,其弊非止一端,然模式已成,令人徒叹奈何!也有人认为先生这种方式有似于传统的文苑传,琐细无当。如穆士达《钱基博著〈现代中国文学史〉的批评》:"本书的内容,多叙琐事末节,大部分与文学的本身,没有关联;而其性质便与旧式的'文谈'、'诗话'绝无差别。这乃是以'文苑传'的方式来写文学史,而不是以文学的方法来写文学史。在方法上以根本错误,结果是'买椟还珠'。""本书名不副实,充其量,只可算是一部'近代中国文学作家列传'。如果能把'绪论','编首'及下编'新文学'中的'白话文'一段去掉,仅剩中间几大段,而名之曰'近代中国古文作家略传',或比'近代中国文学作家列传'这个名词,还要妥当一点。"①但我以为这正是钱著的长处,因为它可以使我们深入到历史的可感知层面之中,去切身认识当时的情境,去体会作家的情感波动,去认知作品的产生过程。如逻辑文一节中叙严复,先叙严复学海军,学成无所用,乃由李鸿章辟教授北洋水师学堂,又叙甲午海战后上书光绪帝,避地居上海乃殚心著述。至袁世凯复辟,严复被杨度等拉入筹安会,列名发起人第三,实属无奈。至袁败,不与黎元洪合作,而与梁启超论辩;张勋复辟,严复又不可,南北相争,严复又不可……于生平叙述之中暗藏时政变迁,个体陈述之中包含宏大叙事,最得史体。钱基博古文名于一时,陈衍称之曰:"肆力古文词,于昌黎习之尤哜其胾而得其髓。"(《石遗

---

① 转引自傅宏星编撰《钱基博年谱》卷二。

室诗话续编》)

钱先生文学史写作也深得古文真脉,于叙述生平之际,掺入时政、时势、人事、政治种种史实,深得叙论合一之美。又注重文气转接,往往大笔铺排,波澜起伏,而能前后勾联呼应,洵为大手笔。即如严复一节,先生分几大段叙之:"方袁世凯之为大总统也,国人震其威名,以为可遗大投艰。而复则殊不谓然","及袁世凯之败也,国人怒其稔恶,又以亟去之为快。而复意又不然","袁世凯既殪,而黎元洪代起为大总统;国人推长者,谓其可息世嚣、夷大难。而复意又不然","其时梁启超方以政论负天下望,而袁世凯之殪,又发难于启超之一论,国人仰之如景星庆云。而复意又不然","既而丧乱频仍,国人意又稍苦共和。康有为乃与长江巡阅使张勋阴谋复辟。而复意又不然","于是天下汹汹,一分而不可复合;北洋之军阀,南方之民党,纷纭角讼。各有藉词。而复则两不以为然","时论方戒早婚而崇自由。而复则亦不谓然","时论方废文言而倡白话。而复则亦不谓然"(第501—518页)。其文如长江大河,奔腾而下,而严复之生平及思想变迁寓于其中。

当今文学史的叙述体制被分割为二,一为史述,一为作品选,固然增加了内容涵量,但无形之中将作家与作品分离,实际上增加了理解的难度。作品选一般只是字词注解辅以简单的解题,不能深入到作品之中去。先生撰史则特重引文,几于不避繁复,如叙章炳麟一节,长篇引用论党锢、论薄宋程朱、论蔑弃道德、论共和代议、论兴学废科举之文;康有为一节更是引其论宗教、论政治、论法治、论自由、论妇女独立、论衣服、论膳食、论酗酒、论宫室、论浴房,都是长篇节选,文中整篇引文也随处可见。这样有利于理解作品的时代背景,举凡政治、论争、时事皆在其中,引文之后再加以评论,句句实在,全靠作者的体认,顺理成章,很少有当今文学史机械分析之弊。如评康有为"发为文章,则糅经语、子史语,旁及外国佛语、耶教语,以至声光化电诸科学语,而冶以一炉,利以排偶;桐城义法至有为乃残坏无馀;恣纵不傥,厥为后来梁启超新民体之所由昉。"(第392页)引其《爱国歌》后评曰:"盖诗如其文,糅杂经语、诸子语、史语,旁及外国佛语、耶教语;而出之以狂荡豪逸之气,写之以倔强奥衍之笔,如黄河千里九曲,浑灏流转,挟泥沙俱下,崖激波飞,跳踉啸怒,不达海而不止;返虚入浑,积健为雄;权奇魁垒,诗外常见有人也。"(第411页)全用古文笔法,比拟形容,复同于古文评诗论文之法,道出了康有为诗文的共同特色及其别异之处。

先生论作家时,还常引论诗、论文语,且绝不如当今只以之为例证,游离于作品之外。陈衍一节中,先言"衍喜说诗,所著有《石遗室诗话前编》三十卷,《续编》六卷,上下古今,靡所不论及;盖自有诗话以来,未有如是之浩博者!"(第299页)再大量引述陈衍论诗之语,凡十数页,结语处则只云:"凡此之类,皆所谓语无泛设,洞中奥窍者。"(第310页)这种方式也引起争议,贬之者以为如同古之诗话、文话,泛言无义,徒为费词。实则以论证诗,以诗征论,正是解读作品的关键,亦是古人得意处。明代陆深《蓉塘诗话引》:"诗话,文章家之一体,莫盛于宋贤,经术、事本、国体、世风兼采,不但论诗而已。下至俚俗歌谣、星历医卜,无所不录。至其甚者,虽嘲谑鬼怪淫秽鄙亵之事皆有。盖立言者用以讳避陈托,微意所存,又文章之一法也。若乃发幽隐,昭鉴戒,纪岁月,顾有裨于正传之阙失,盖史家之流亚也。"(《俨山集》卷三)这段话中有几处应注意,一是"诗话,文章家之一体",二是"不但论诗",三是"微意所存",四是"史家之流亚"。明白了这些,可知诗话之价值绝非只言片语式的体悟表达,而包含整体思维和方法论意义。现在的文学史缺少作者论诗之语,而多引古人评价之语,徒令人知其然,而不知其所以然,更多生硬之处,令人费解。而先生之论固有费词之累,然一一申明,正令人有索解之径。古人往往兼有诗人与评论家双重身份,二者合而不离,虽有论高作浅之异,然由此可知古人创作甘苦,体悟古人特殊语境。

先生行文大笔开阖,细处亦不放过,读来颇觉有趣,尤注意于文人逸事趣语,初看似为无意,细品方知语意俱佳,于理解作家颇有妙处。这里,不嫌词费,引先生说及严复一事:

> 杨度访复于西城旧刑部街之居,侈陈其比来博塞之利;谓"数日前,挟二千金之天津,访所眷某姬,约友作雀戏,以千元作底,加旺子百元,和与翻无限制;会吾轮庄牌,作饼子清一色,案上碰出八九饼;手中一饼三枚,二五饼对碰等和;旁家发一饼,以常情论,吾无开杠理。顾吾欲藉以卜吾运之亨塞,乃举手中牌七枚,翻以示人曰:'吾既杠一饼,已无异自宣吾蕴,尚何秘为?苟吾运果佳者,所需二五饼,终当摸索自得之;天缘凑巧,或且杠上开花矣!'不意翻取诸杠头之牌视之,果为二饼;遂以一色全对成和,作五翻计算,合旺子之数,一次所赢,已逾万金也!吾以是知吾运已入亨通之境;意有所图,必当如愿。近谋组织一公司,朋辈争相互股,群思托荫于吾,冀有所膏润"云。(第497—498页)

写政治活动忽入打麻将,且叙之甚详,颇为有趣,如此行文之法实不多见,反对者固可视为费词无义,为小说家言;然先生正欲以此说明严复在筹安会中的处境,更以见杨度视国势运转如棋局、麻将,小视之且以利求。入此一段,正是古文笔法,于细微处见精神,且为行文平添无穷趣味。

三

不可否认,现代学术范型的建立有两个突出特征:一是全面接受西方学术思想,一是全面否定传统文化,这种单向度的接受和不顾一切的否定造成中国现代学术创造力的缺乏,至今仍在影响着人们的思维。余英时先生曾指出:

> 五四虽然提供给中国人一个接触西方文化的机会,可是当时人只热心提倡科学、实证主义,认为科学、理性和知识可以解决人生的一切问题,这个态度不能算错,可是如果只有这一面,那问题就来了,不但人性里面超越性的一面、人和禽兽的分别不能讲,而且人性中非理性的黑暗面也无法交代。在当时的中国,一切有关超越性的观念都受到嗤之以鼻的待遇,人人只讲科学和民主。换句话说,自清朝以来,整个儒家意义世界已瓦解,思想上一片空白,五四时大量翻译外国书籍欲填补这个思想的大空白,但是否有人消化这些知识,却是个问题。况且整体的文化大空白也不是短期内可以用西方材料填得起来的,人人都专心于全面改造中国,完全忽视了深一层的或超越于民主与科学以外的问题。好像民主和科学在西方文

化中是无限的。①

这种整体上的文化态势在中国现当代文化中留下深深的痕迹,形成了诸如新与旧、进步与保守、科学与愚昧等思维范式,凡是不符合前者的都被斥逐。而且在这种思想背景下形成的思想论述逐渐形成一个定式,并通过植入历史叙述而获得了强大力量。在他们的思想逻辑中,打倒旧文学,创建新文学是现代文学建构的核心。近年来很多现代文学研究都注意将现代文学置于现代学术思想之中加以研究。但现代学术的转型远非新与旧这样两个内涵难于界定的概念所能涵括,文学转型当然也是如此。并且现代学术与文学史又是复杂历史情境的产物,与社会变迁、政治风云、外国入侵、国内战争等现实因素有着密切关系,历史舞台上演出着各类故事,多种人物,如走马灯一般,你方唱罢我登场。由此,我们便可以理解余英时所说的"文化空白",而填补这一空白必须回溯传统,从传统中寻找资源,在巨变的时代不乏这样的追求,在平静下来的今天这种方法也同样意义深远。

《现代中国文学史》一出,人们便都注意了其学术史眼光和论述策略,一方肯定这种表述方式,如陈豪楚《评钱基博〈现代中国文学史〉》:"本书取材宏富,评断精审,丰富卓越,盖非率尔觚者之比。而于述文学之外,间涉思想与政治之各方面,是又不仅专治文学者所宜一读者也。"(转引自《钱基博年谱》卷二)一方反对这种做法,以穆士达《钱基博著〈现代中国文学史〉的批评》一文最有代表性,

---

① 余英时:《中国近代个人观的改变》,《余英时文集》第二卷《中国思想传统及其现代变迁》,广西师范大学出版社2004年版。

"例如他讲王闿运、章炳麟时,多说明其经学上的主张;至讲康、梁时,则更于公羊学外,大谈其政见,几使人疑'文学作业'的范围里面,本来是包括学术和政治的。"在后者的观念中"文学作业"是不包括学术和政治的,按照现代学术分科体系,这当然是没有问题的,但所谓"文学研究"无法独立存在,文学存在于一个多重复杂的现实境遇之中,文学内容的表达和文学功能的实现也只有在学术视野下才看得更清楚,即使是文体、修辞问题也非文学研究本身所能解决。所以,我们认为学术史的眼光和论述策略是《现代中国文学史》最突出的特点,关键在于作者深刻地认识到只有把现代文学放到宏阔的学术演变历史中才能看得更清楚,这更是基于对学术思想与社会变革关系的深刻认识。文学亦是学术史演变中的一分子,以往,我们过多地从社会、历史、文化变迁中探讨文学发生的原因,但没有找到恰当的结合点,相关论述成为背景式介绍,而忽视学术思想变迁对文学的影响,根本原因还是我们从现代学术分科体系出发,只将文学视作文学,而抛弃了中国古代学术思想体系中最有价值的一面,即文史哲不分的通儒之学。近代以来,文学广泛参与到学术和社会变革之中,钱基博指出:"三十年来国内政治学术剧变,罔不以有为为前驱。而文章之革新,亦自有为启其机括焉。"(《绪论》)很难分清政治学术之变与文章之变孰为先后,因为他们都归属于同一个体系。

前文已经指出文学史作为一种学术研究范式是西方文化影响下的产物,这个范式的建立基于现代民族国家意识、文学观念的建立、新研究方法的确立三个基本要素。但还有一点也需要指出,国学之成立也在这个时候,如果我们把国学纳入广义的学术范畴,则文学史自然与学术产生天然联系。钱基博先生是一位国学大师,他在《国学之意义及治国学方法之评判》中写道：

> "国学"的意义，就是"国性之自觉"。"国性之自觉"这句话，有两层意思：第一层意思，就是我们学了国学，我们可以觉到，这个国家和我们的关系，不仅是法律政治等能够保障我们生命财产一切权利；并且他的历史，他的文化，也很能够惹我们的系恋，发生一种固结不解的爱。……第二，我们觉得中国数千年文化，古色古香，自然来得可爱！然而我们也要觉到中国的文化，经了数千年，好比一面古镜，搁了岁月，也许尘封生翳，当得加以磨拭，才能光可鉴人；万勿把镜面上封了的尘，就当他镜面看，忍不得磨拭；那就千年尘封，愈古愈暗淡！

由此，我们可理解到先生对学术有着自觉的理性和发自内心的深切之爱，故先生于书中所叙各家皆有意详述其学术渊源、创见与学术论争，尤注意于思想、政治见解，根本在于先生欲由此入手探讨文学之变创，而最终指向乃在"国性之自觉"。文学研讨不离学术，学术探研不离国性，而国性终有其现实指向。由此文学之研讨更加深入。

最后，还有一个问题需要说明一下，即集部之学与文学之关系。先生对治集部之学颇为自信，曾自言："基博论学，务为浩博无涯涘，诂经谭史，旁涉百家，抉摘利病，发其阃奥。自谓集部之学，海内罕对。"（《潜庐自传》）先生言集部之学而不言文学，盖有深意在焉。明代胡应麟《经籍会通二》：

> 夏商以前，经即史也，《尚书》、《春秋》是已，至汉而人不任

> 经矣,于是乎作史继之,魏晋其业浸微而其书浸盛,史遂析而别于经矣,而经之禅于佛、老矣。周、秦之际,子即集也,孟轲、荀况是已,至汉而人不专于子矣,于是乎有集继之,唐宋其体愈备而其制愈繁,子遂析而入于集,而子之体夷于诗、骚矣。《尚书》,经之史也;《春秋》,史之经也。《中庸》、《孟氏》,子也,而其理经,故陟而经也;《道德》、《冲虚》,经也,而其理子,故降而子也。三者皆可以互名,惟其实也,集则迥不同矣。①

经史子集是学术变迁历史的产物,胡应麟对这一历史的梳理十分清晰。当然,这一分类还包含着品级意味,经无疑是最重要的。在中国古代的学术体系中,六经占据中心位置。经史功能不同,史学位居第二,在某些时期特别是理学盛行之际,史学成为经学的补充,经史之学遂成为中国古代学术的核心。子学则由于其异端性质,在春秋、战国之际盛行一时,随后逐渐退出历史的核心舞台,某些时期子学研究的兴起并未造成子学的再兴。而集部之学历来处于最后的位置,尽管如胡应麟所说子析而入于集,但集部毕竟不是子史,而在正统文学观念看来,集应该是经之附庸。但人们又对集部之滥恶于文辞,"镂冰画脂,无当于用,色栀泽蜡,巧伪丛生"之风表示不满,明代李维桢《皇明词林人物考叙》指出:"夫所谓词林者,不越经史子集四部矣。"《皇明词林人物考》是一部词林人物传记丛书,一般意义上词林即指文坛,但他又反对仅限于集,而主张包括四部,实际上意谓集部不应该是单纯的"集"而应"会通经史子之文,以成一家言":

------

① 《少室山房笔丛》卷二,上海书店出版社2001年版,第16页。

> 三代而下经史子故不易作,复不恒作,而词林一归于集,滥恶日滋,甚思者每思付诸秦火。是考行而天下后世修辞者惧元祯之核其实也,必会通经史子之文,成一家言而不敢卤莽灭裂,袭取以欺人;惧元祯之论其世也,必循经史子之理学焉而各得其性之所近,而不敢自贻玷缺为通人所指议。昔者孔子四科,文学言语德行政事,各效其长,今词林四部集与经史子各诣其盛,合固双美,离不两伤。

由是,我们知道集部之学并不能等同于文学,文学之不能成为一个单独图书分类出现亦正由于此。中国古代文学是一个几乎无所不包的大概念,在某种程度上是一个杂学概念,几经努力,却始终无法获得完全的独立,所谓文学即依附于集部而存在。因此,我们研究中国文学就不能只从今天的概念出发,人为地把自己的研究局限于今天所谓"文学",因为这显然不符合基本的历史事实,逸出了传统学术体系。故先生每称集部之学,而不称文学史学,正是有见于此。集部之学是一个包容度广的概念,这样便可以解决纯文学观念带来的褊狭之弊,从而在更广阔的范围内讨论文学。这正是钱基博《现代中国文学史》的学术价值所在,不仅提供了一种融合新旧的文学观念,还提供了一种新的文学史撰写体例。

本书外一种《明代文学》是一部小书,共四章,分述文、诗(附词)、曲及八股文,其中词极简少,曲亦不足以成章。但全书简而精,要而核,多有深见。古代诗文研究中早就存在着轻视明清两代的倾向,近年才有所改观,钱基博所处的时代轻视之风更盛,闻一多的一段话很有代表性:

> 我们只觉得明清两代关于诗的那许多运动和争论,都是无味的挣扎。每一度挣扎的失败,无非重新证实一遍那挣扎的徒劳无益而已。本来从西周唱到北宋,足足二千年的工夫也够长的了,可能的调子都已唱完了。到此,中国文学史可能不必再写,假如不是两种外来的文艺形式——小说与戏剧,早在旁边静候者,准备届时上前来接力。是的,中国文学史的路线南宋起便转向了,从此以后是小说戏剧的时代。①

先生这部小书开风气之先,客观地对明代文学做出了正面的评价。《自序》称:"自我观之:中国文学之有明,其如欧洲中世纪之有文艺复兴乎?"(第589页)视明代文学为中国的文艺复兴,评价甚高。而自中国文学观之,"近代文学之有明,如近古文学之有唐;盖承前代文学之极王而厌以别开风气者也。"(第592页)显示先生通观古今中外的学术胸怀与眼界。

这部书有几点值得注意:

一是采用传统的批评方式,重体悟。体悟是传统的文学研究方式,通过这种方式使研究者与作家处于同一文化语境之中,慧心灵性,一点即悟。但却要求才、学、识俱备,方可达到悟境,是所谓系统批评无可比肩的。

二是时时欲为通观,重比较。体悟与比较又是相通的,即于体悟中比较,比较源于对作家的体认。观其比较,有两个特点,一与明代作家相比较,二与古代作家比较。如论宋濂文时,指出其文"醇深演迤,而乏裁翦之功;体流沿而不返,词枝蔓而不修,此其短

---

① 《闻一多全集》卷一《文学的历史动向》,开明书店1949年版,第203页。

也!"再与其师吴莱相比:"吴莱恃气纵横,笔情闳肆;论者谓他人患其浅陋,而莱独患其宏博!濂则得法于莱,而以才多为累,亦与同讥。惟莱雄崭矫举而失之矜张,濂则敷畅而不免冗芜。"(第594页)复又于论刘基时比较二人之不同,指出"濂闳放若有馀肆,差似雍容,未为浑穆。而基则敛抑如恐绝尘,自中节度,岂欲飞腾。一肆一遒,其大较也。"并驳《四库全书总目》似是而非之论。通过这样的比较,运用传统的文学批评方式、术语,将宋濂散文的长处短处,渊源流变、风格特点一一揭示出来。行文精简,而观点却极高妙。又能时时与古代作家相比较,以评明代作家,如评杨士奇时就与欧阳修比较,云:"欧阳气逸韵流,意态无穷。士奇言尽而意止,趣味不长。只是纤馀委备,无艰难劳苦之态,所以得欧阳之仿佛,然亦以启冗弱之病!欧阳意有馀于词,故耐咀味,士奇词或饶于意,不免芜弱也。"(第603页)既对杨士奇师法欧阳修的问题进行了论述,又能指出其不同,准确精细,得其精髓。

三是得出了很多重要的结论。先生在非常简要的叙述之后往往能做出重要的评论,不泛泛而言,如指出杨溥"以弘识雅操骖驾三杨,而刻意遒古,力摹昌黎"(第603页);李东阳"视士奇为刻意,而语未坚卓;比宋濂稍安闲,而意则肤泛"(第605页);评李梦阳"雄迈之气,足以振啴缓;生撰之句,足以矫平熟;风气鼓荡,观听变易,所谓'虽以无道行,必可畏也'"(第608页);评李攀龙"才思识力,远逊李梦阳。何者?才不如梦阳之大,斯气不能以自运;学不如梦阳之深,故句不能以自造;而割剥秦汉,生砌硬填,徒见诘屈其词,涂饰其字"(第617页);评王慎中"优游缓衍而不矜张作态,繁简廉肉不失法;入后馀韵悠然,戏笑甚于怒骂;是悟欧、曾作文之法者也;以视七子之气嘶响嚣,作如许张致者,真觉舂容大雅矣"(第

622页），诸如此类，不胜枚举。这些品评颇有见地，足见先生沉浸之深，体悟之精，只言片语便能抉其奥理，得其神髓。相比之下，现在的很多诗文研究竟如矮子观场，置身门外。

四是将八股文纳入文学史写作之中，确有超人之处。近代以来，取消科举考试，建立近代学校教育体制是一个影响深远的重大变更。先生认为："自科举废而八股成绝响，然亦文章得失之林也！明贤抉发理奥，洞明世故，往往以古人为时文，借题发挥，三百年之人文系焉！"（第679页）不懂八股文便不足以探讨文章得失，不明八股文更不足以知三百年人文变迁，真是再简要不过的论述了。故先生专列一章，研讨明代八股文。

钱基博先生不刻求全面，表现为全书间架结构极简单，只是列出各派各家之名，叙述过程又不惜字如金，不在生平、思想等处停留，单刀直入。但背后则是对整个明代文学的通观在起作用，惟有此通观，故只选取代表性作家简单论列，却能一下子把握住整个时代。书中的一些内容十分简省，如论词才只百馀字，曲单列一章，亦只一页多，盖先生平生于词、曲精研不多，故目录虽列出，但未及深入，故简言之。我们可以说存在缺憾，但先生不勉强论说，避生就熟的务实精神也值得我们学习。

钱基博先生学问广博，且能融旧学新知于一身，其文学史研究正体现了这种学术境界，是一生用力甚勤之处。除《现代中国文学史》和《明代文学》之外，先生还著有《中国文学史》，也是文学史名著。《现代中国文学史》灌注了钱基博先生全副精力，他以贯通古今、融汇中西的学术涵养和博通经史、精于集部之学的学术视野，撰写了一部充满争议的文学史，展现了新旧交替时期中国现代文学复杂的历史面貌。相比之下,《明代文学》则驭重若轻,如成竹在胸,抉奥拣精,新见迭出,足见先生对明代文学的深刻认识。从两部书的学术意义和价值看,《现代中国文学史》足以获得超越文学之外的意义,充满着重构中国文化的学术理念和面向未来的学术精神,今天仍能引起我们的深思。《明代文学》虽只具有学科内部的价值,但指出学术研究应由博学、体悟中来,而出之以精深简奥的方法,正是向上之路。本文简要评介了两部文学史,希望可以与大家共同体味先生由融通新旧,淹贯经史而构建"集部之学"的治学思想。